征和四年
谢璇的一天

晨起，和陆珑一起去庭院，看鸟窝中新生的雏鸟。

上午，去城中学舍，为战场遗孤讲授《千字文》

中午，和家人一同用午饭。

午后，去校场和陆珑比试射箭，宋夫人作裁判。

下午，和陆珑一起整理去关山马场的行装

傍晚，去银轩取回一个月前定做的赤玉耳坠

晚间，试戴赤玉耳坠给陆珑看，入睡。

长风万里

苏景闲 ◎ 著

孔學堂書局

图书在版编目（CIP）数据

长风几万里 / 苏景闲著 . — 贵阳 : 孔学堂书局，
2023.7
ISBN 978-7-80770-434-8

Ⅰ . ①长… Ⅱ . ①苏… Ⅲ . ①长篇小说 – 中国 – 当代
Ⅳ . ① I247.5

中国国家版本馆 CIP 数据核字 (2023) 第 086957 号

长风几万里　　苏景闲 著

CHANG FENG JI WAN LI

责任编辑：胡国浚
责任印制：张　莹　刘思妤

出　　品：贵州日报当代融媒体集团
出版发行：孔学堂书局
地　　址：贵阳市乌当区大坡路 26 号
　　　　　贵阳市花溪区孔学堂中华文化国际研修园 1 号楼
印　　制：北京君达艺彩科技发展有限公司
开　　本：787mm × 1092mm　1/16
字　　数：476 千字
印　　张：23
版　　次：2023 年 7 月第 1 版
印　　次：2023 年 7 月第 1 次印刷
书　　号：978-7-80770-434-8
定　　价：55.00 元

目录

第一章 夜雨探花

入夜后，酝酿多时的暴雨沉沉落下，狂风吹卷树叶的声音从四面八方涌来。废弃的寺庙位置偏僻，两侧已然垮塌，只剩中间的正堂还勉强能够避雨，不过在呼啸不止的大风中，也显出摇摇欲坠的颓相。

“砰”的一声，满是蛛网的老旧木门被一脚踹开。一身短褐，浑身湿透的葛武大步跨过门槛，将背上老大夫放下，又飞快地转身把门合拢。

葛武脸上、身上都滴着水，疾步走到火堆边，单膝半跪，焦急道：“公子，我把大夫找来了！”

破庙阴凉潮湿，提着药箱的老大夫冷得哆嗦了一下，脱了蓑衣，底下的衣服倒没有被这大雨浇塌。听见这声“公子”，老大夫心里暗道：这人竟然只是个护卫？

眼前这个自称“葛武”的人突然闯进他的小院，二话不说就让他随他前去救人。虽说突然，但行医多年，老大夫不是没遇见过这般事。

一路上他发现，这个葛武力气大，下盘稳，背着他走在泥泞的山路上也丝毫不滑塌，呼吸平缓，显然是个身手不俗的练家子。即便葛武着急，待他一个乡野大夫依旧尊重有礼，让他心里对葛武的身份产生了不少好奇。

破庙昏暗，老大夫下意识地抬头，刚刚定睛看清靠着佛像石台坐着的人，就毫无心理准备地被吓得连退了两步……

不怪他胆小，实在是那人唇色如血，面色如玉，乌发披散，又一身月白衣裳，像极了被镇压在佛像底下的美艳山鬼，亟待饮人鲜血。

他赶紧心慌地揉了揉眼。

那“山鬼”坐在发潮的草席上，文士服松散地垂在身侧，像层层展开的昙花。火光映照下，可以看出他的容貌极美，眉间萦绕着一股浓郁病气，只轻咳两声，就将他的眼角逼得微红。因他年不及弱冠，身量还未完全长成，墨发映衬下，有几分雌雄莫辨的昳丽样子。

注意到他指尖冷得青白发颤，前额上却布满细汗，老大夫眉头一皱，不再想那些鬼神之事，走近后跪坐：“公子可否容老朽探探脉象？”

葛武全身都是泥水，怕过了潮气给自家公子，不敢靠得太近，只轻轻地叫了声“公子”。

见谢琢半合着眼轻轻颔首，葛武才恳切地朝老大夫说道："劳烦您了，我家公子身体一直不大好，这场雨来得太急，没地方可避，淋了雨后不到一个时辰就发起了高烧。"

老大夫点头表示知道了，枯瘦的手指按在谢琢的腕上，片刻后，沉吟："公子可是自出生起便有不足之症？"

谢琢胸口憋闷，一时说不出话来，轻抬手指，示意葛武代为回答。

葛武连忙说道："没错，我家公子出生时未足月，自小体虚畏寒。"

"嗯。"老大夫行医数年，敏锐地察觉指下的脉象并非仅先天不足，似乎还有……别的什么东西在侵蚀生机。

这不像是病，更像是毒。

他不敢妄言，只说道："此番淋雨，引动了公子体内的寒疾，所以额头滚烫，周身却如坠冰窖。老朽带来的药材只能应急，暂时压下这汹汹病势。"

谢琢声音沙哑地说道："有劳了。"

作为大夫，他见过无数沉疴在身的人，疾病与死亡总是令人神色狰狞。面前这个人明明重病孱弱，却丝毫不见惊恐之色，依旧朗目疏眉，让人惊叹的同时又不由得心生惋惜。

老大夫不由得多嘱咐了几句："以公子的身体，需得少熬心血、少思虑，万事不放心头才好。如今日这般淋雨受寒、长途奔走之事更是不要再发生为宜，随意一场雨，都可能要了公子的性命，公子切记。"

谢琢咳嗽了两声，压下胸口撕裂般的疼痛感："谢某知道了。"他的嗓音更哑了几分，"只是还有事要做，容不得谢某停歇。"

老大夫不赞同："比性命还重要？"

谢琢点了点头，语气很轻："嗯，比性命更重。"

老大夫对上谢琢的眼睛，知道这人固执，肯定说不动，干脆不再多言，从药箱里仔细挑出需要的药材，末了又从中拿出一个专门熬药的陶罐，一起递给在旁等候的葛武。

老大夫原本还担心葛武粗手粗脚，做不了精细活，却不想对方熬药的动作格外熟练。再看向已经靠着石台合眼休憩的人，老大夫心想，是自己想岔了，有这么一个"药罐子"当主子，手下人怎么可能不会熬药？

谢琢喝完药，虽然仍觉得冷，但精神总算好了两分，朝老大夫道谢后，便吩咐葛武将人送回去。

大门被打开又关上，中间不过片刻，地面就已经湿了一大块。谢琢靠着石台，耳边是不绝的雨声，他半合着眼，不知道是不是刚刚喝的药里有安神助眠的药材，难得有些昏昏欲睡。

他其实很不喜欢下雨天。

每到雨天，天气阴湿，他的病情就会加重。伴随雨声而来的，总是无休止的疼痛、刺骨的冰寒和没有尽头的噩梦，让他有种再也无法醒来的错觉。

不知道过了多久，闭着眼睛的谢琢自浅眠中被惊动——正堂的木门被轻轻地推开了。

葛武回来了？

不对。天黑雨大，夜路难走，葛武不可能回来得这么快。

刻意放轻的脚步声正在不断靠近，谢琢没有选择装睡，睁眼看过去。

来人身形精瘦，深青外裳，斜襟用棕黑的皮毛镶边，一双长靴沾满了泥水，像是有人在后面追赶他，以至惊慌到顾及不了别的人。来人一片纯黑布巾遮了半张脸，露出的一双眼睛正愣怔地盯着谢琢。

几乎是瞬间，谢琢就敏感地从中捕捉到了惊异和不怀好意。而这恰好是谢琢最为厌恶的眼神，甚至令他涌起一丝恶心的感觉，他的眼神因此冷了三分。

蒙面人似是害怕惊扰什么，喉结上下动了动，问："你……你是人是鬼？"

正堂里供奉的不知道是哪一尊佛，塌了半座石身，表面覆盖着一层绿苔，只有面容尚显清晰，一双细眼低垂，注视着石座下的众生。

对方口音奇怪，谢琢花了点儿工夫才分辨清楚这人说了什么。他靠着佛像的石台轻笑，嗓音像是挠着人脆弱的耳膜说道："你走近来，我就告诉你。"

蒙面人无意识地往前跨了小半步，一惊后陡然顿住，又犹豫起来。但当他目光扫过谢琢纤瘦易折的手腕、病态苍白的脸，以及衣带繁复的月白文士服，判断对方对他造不成任何威胁后，眼中的贪婪之色更深了几分。

他将手按在刀柄上，谨慎地往前踱了两步。

谢琢坐在原地，一缕长发垂至肩前，散漫地单手支着下巴，似乎根本没注意到他的动作，只抬起眼："再走近些。"

不知道想到了什么画面，蒙面人眼神骤亮，几步绕过火堆来至谢琢面前，将其上下打量了一遍，兴奋到刀都握不稳。两个人一坐一站，处于受人辖制位置的谢琢却勾唇一笑，屈指勾了勾手，嗓音沙哑地说："你附耳过来。"

蒙面人没有贸然靠近，而是先将短刀拔出，故意将刀光映向谢琢的眼睛，快速地说了句什么，随即才放心地矮身半跪，靠近谢琢。

距离足够了。

蒙面人只觉喉咙一凉，随后才是炸开的剧烈疼痛感，喉口像破烂风箱，短刀"哐"的一声砸在了地上。他本能地用双手紧紧捂着伤口，不多时便沾了满手的血。

笑意敛去，谢琢神情凉薄，宽大的袖口随着他的动作往下滑，露出一截手臂。锋利的刀刃与谢琢骨节分明的手指贴在一处，有种违和感，仿佛他执笔落墨的手不该握住杀人的凶器。可他映在匕首上的双眼不见波动，也毫无惧怕之意，一如锋刃，有几分漫不经心的冷然。

倒在地上的人睁大眼，不断喘息，像是不相信病恹恹的谢琢握得住刀，杀得了人。

但匕首刺得极快，角度刁钻，让人避无可避，甚至连落刀的位置都极为精准，只有几滴血溅在了谢琢的手背上，像雪里红梅。

直到蒙面人再无动静，谢琢才嫌恶地将手中染血的匕首扔到一边，又好心地告知对方："我讨厌有人用这样的眼神看我。"

葛武回来时，谢琢正站在佛像前，就着屋顶破洞处漏下的雨水慢条斯理地洗手，指尖、指缝，洗得十分仔细，直到掌心和手背都被搓得发红，才用丝绢将水渍擦干。

葛武一进正堂便闻到了血腥气，紧张地打量着谢琢。

谢琢好笑，轻咳了两声："看什么？赶紧把人处理了。"

"是。"知道他这是没受伤的意思，葛武松了一口气，快步走过去，扯下蒙面人的面巾，看了两眼，"公子，这人从长相来看，像是北狄那边的人，应该不是追着我们来的。"

北狄人世代居住于大楚以北的草原戈壁上，两国交战数年，血仇累世。狄人都高鼻浓眉，眼窝深陷，很容易辨认。

谢琢还在用柔软的丝绢反复擦着手，像是手上仍沾着什么脏污的东西。他听完这话，吩咐葛武："把痕迹都抹干净，说不定会有人追过来。"

等葛武出去一趟，又飞快地将正堂重新收拾好时，谢琢命他脱下湿透的外衫去烤火，问："诊金可付了？"

"按照公子吩咐的，付了十倍诊金和药钱，老大夫不肯收，我给悄悄留在药箱里了，他打开就能看见。"

"做得很好，辛苦了。"

"没什么辛苦的，"葛武利落地往火堆里添了点柴，让火烧得大一点，想到了什么，"公子，今天路过茶坊，我听见不少茶客在谈论，说武宁侯这两天就要回洛京了。"

谢琢盯着跳动的火苗，对此似乎没多少兴趣，淡淡地回答："我知道。"

武宁侯陆骁此次出京小半年，是奉皇命督造行宫。不过洛京上下的人都在说，咸宁帝是怕陆骁在洛京憋久了，这才给他找个宽敞的地方跑跑马，松快松快筋骨，又说陆骁如此得咸宁帝信任恩宠，怪不得尚未加冠就已经被封了侯。

葛武想问他要不要递张拜帖去侯府，转念又想起到洛京大半年，公子都没有这方面的意思。不过公子向来思虑周全，轮不到他来操心，他又把嘴边的话咽了回去。

葛武正握着一根木棒拨动火堆，动作忽然一滞，猛地望向门外："是马蹄声！公子，有人过来了！"

谢琢沉静的眼底像是有一层夜雾，火苗的暖光也映不进去："沿着官道再往前几里就是官驿，出京办事的大小官员自然都会选择去官驿住一夜，避雨消乏，断不会来这破庙里。

所以，来者不是路人，就是追着刚刚那个北狄人过来的人。”

“来得倒挺快。”葛武绷紧的弦松了松。来的不是认识的人就好，否则他实在不知道公子应该怎么向来人解释他们为什么会出现在这里。

雨声夹杂着马蹄声越来越近，葛武低声提醒：“来了。”

话音落下后不久，正堂老旧的大门便被推开来，本该刺耳的“咯吱”声在暴雨里几乎被吞没。

谢琢抬眼看去，发现来人一袭黑衣，身形高大，湿透了的乌皮靴踩在地上，一步一个水印。他单手摘下兜帽，头发被一个简单的革冠高高束起，露出一张年轻俊朗、眉目锋利的脸。

谢琢没想到来的竟是陆骁。

他与陆骁只有过一次交集。

三月十五的殿试上，他被咸宁帝钦点为今科探花，之后的琼林宴里，他按照惯例，在御苑中折下一朵牡丹。

咸宁帝命他将花给武宁侯陆骁，又当着众臣的面，指着陆骁说道：“成天只知道在洛京城里打马游荡，半点正事不做，从没见你认真读过书！你把这朵牡丹拿回去，多少沾一沾探花郎的文墨气！”

虽是指责，但咸宁帝语气亲厚，态度不像对下臣，更像对不争气的子侄。

那时的陆骁一身御赐黑色麒麟服，英俊倜傥，接下花后，笑容散漫地朝咸宁帝行礼：“臣回家就去读书，争取下次能让陛下少骂两句！”

说完，他也不伦不类地朝谢琢作了个揖：“谢谢探花郎的牡丹，我回去一定将其摆在书房里，日日观看，时时督促自己。”

谢琢拱手回礼。

见状，咸宁帝朝谢琢说道：“延龄，武宁侯的大话你听听就行了，千万不要相信，别说日日观看，这小子府里有没有书房都还不一定！”

众人大笑。

陆骁捏着牡丹花茎坐在位子上，毫不在意周围的哄笑声，一副漫不经心的无赖模样。

这也是洛京上下的人对武宁侯陆骁的一贯印象。

但此时此刻，绵延不绝的雨声与夜色下，谢琢一时无法将眼前的人和御苑中拿着牡丹，气质佻薄的少年郎联系在一起。

他余光注意到，站在身旁的葛武身体紧绷，目光牢牢地锁在来人身上，别在腰侧的刀已经悄无声息地出鞘两寸，像是感知到危险的本能反应。

旁人只当葛武是个身手普通的护卫，但谢琢清楚，这两年来鲜少有人单凭气势就令葛武戒备至此。

掩下心中所想，谢琢起身，长袖舒展，行了一礼，开口邀请："外面风雨正盛，小侯爷不介意的话，可以进来一起烤烤火。"

陆骁初一抬眼，还以为夜雨破庙，他这是跟话本里一样，遇见山野精怪了。等人开口他才反应过来，什么山野精怪，这人他见过，咸宁二十一年的探花郎谢琢。

他平日里见的人太多，常常记不住谁是谁，但谢琢是个例外——实在是因为这人生了副让人见过就忘不了的长相。

两人在火堆旁重新坐下。

葛武在听见谢琢喊出"小侯爷"这个称呼后，就意识到来人的身份，立刻收了刀。

毕竟年未及弱冠便被封侯的，当朝仅此一位，非常好认。

陆骁展了展湿透的袍角："外面雨下得太大了，这才进来避雨，没想到这么巧，正好遇见谢侍读。"

"确实很巧，长垣的一家书楼里有孤本现世，我本是赶去誊抄，没想到书已经被人借走了，半路上又遇见大雨，幸好寻到这处破庙。"谢琢轻轻咳了几声，眼角绯色更浓，"淋雨染了风寒，引动痼疾，小侯爷见笑了。"

"一直听说谢侍读身体不好，淋了雨更是要多加注意。"陆骁换了个松快的坐姿，语气有些懊恼，"不过我跟你遭遇差不多，我原本是从雍丘回洛京，半路上听说长垣有一个老师傅做灯笼的手艺妙绝，在京畿极有名气，我便想绕路去长垣买灯笼。"

谢琢声音沙哑："雍丘到长垣路途遥远，陆公子这般上心，可是要送人？"

"没错，我想给一个世交家的妹妹买两个漂亮灯笼做礼物。谁承想半路上遇见暴雨，纸糊的灯笼沾水就没，一盏茶的工夫，我手里只剩了两根木棍。"陆骁语气无奈。

两个人各自透了底，都知道对方没说实话，心照不宣罢了。

无论是没抄到的书，还是被雨淋湿只剩两根木棍的灯笼，到底存不存在，都只有他们自己清楚。

两个人一时无话，只有火堆"噼啪"燃烧的声音，谢琢接过葛武递来的水囊喝水润喉，陆骁则在脑子里仔细将"谢琢"这个人回忆了一遍。

秋闱的解元，春闱的会元，殿试上被当今圣上称赞"珠玉之质，风仪俱佳，行至殿前，轩轩若朝霞举"，随即被钦点为探花郎，入翰林院。据说因为谢琢写了一篇锦绣文章，令圣心大悦，不过半年，便由七品编修升至从五品侍读，今上还时常宣他在文华殿询问政事。自入朝以来，谢琢跟朝中哪一派人都不远不近，似乎只想做个清流纯臣，跟陆家也不存在什么利益冲突。

就在这时，陆骁那被套在门外屋檐下的马嘶鸣一声，他侧耳仔细听了片刻，告诉谢琢："有大队人马正向此赶来。"

谢琢立刻说道："先前有个北狄人闯进了破庙。"

北狄人？陆骁眼里沾了点锋利戾气，转瞬又没了。他问："人呢？"

谢琢回答："死了。"

听见这个回答，陆骁的目光转向一旁站着的葛武，夸了一句："你这护卫身手很不错。"

北狄探子多狡猾，虽然在被追捕、极度惊恐和疲惫的状态下，防备心有所下降，但能利落地把人解决了，这个护卫的身手已很是不俗。

葛武闻言，拱了拱手。

声响更近了些，除了马蹄声外，还有猎犬的吠叫。走是来不及了，陆骁基本能断定，这位谢侍读应该跟他一样，都不想再节外生枝。况且，若被人知道天子近臣和陆家二公子雨夜私见，还商谈许久，对两个人都不是什么好事。

陆骁对上了谢琢看过来的视线。

羽林卫的马停在破庙的正堂前，为首的人翻身下马，一脚踩进了水坑里，忍不住在心里唾了声"晦气"。他见廊下站着一个持刀的护卫，便熟练地亮出了腰牌："羽林卫办事，你是何人？"

葛武先拿出一块刻着"梁"字的令牌，又按照陆骁吩咐的，一字不漏地回答道："卑下乃梁国公府上护卫，随世子出京踏青。"

踏青，这都快入秋了，踏哪门子青？

心下虽这么想，但涉及国公府，羽林卫不敢贸然闯入，仔细检查令牌后，走近了压低声音问："里面可是梁国公世子？"

葛武身形魁梧，牢牢挡着窗棂，不让人得见里面的情形，只答了声"是"。

羽林卫双眼微眯："没别人了？"

葛武顿了顿，回道："没了。"

听出点猫腻来，羽林卫趁葛武不注意，一个闪身便到了窗棂前，透过结着蛛网的木格子往里看，总算知道他们这么大阵仗，为什么里面的人没出来，又非要让护卫挡着窗不让看了。

正堂里正烧着火堆，佛像的石台前，一个年轻挺拔的男人背对着窗，怀里搂着的人身形纤瘦，墨发如瀑，虽让人看不见正脸，但松松攥着男人后背衣料的手，就如玉石琢成一般，在火光下格外惹眼。

不敢再看，羽林卫从窗边退开，心想这荒林野庙，还真是个厮混的好去处。

他朝葛武抱拳："我等奉命捉拿北狄探子，追查至此地，不想扰了世子清净，卑职在这里告罪了，还请世子勿怪。"

葛武脸色不太好看，忍着愠怒之色，勉强回礼："言重了，天黑雨大，辛苦。"

羽林卫抹了把脸上的雨水："我等也不过奉命办事，告辞。"说完，他们便打着呼哨纷纷上马，转眼便带着猎犬走了个干净。

正堂内，陆骁松开虚搂着谢琢的手，往后退了半步："我身上的衣服还湿着，莫要让谢侍读染了潮气。"

话是这么说，其实陆骁只是发现，这个谢侍读似乎不习惯与人靠得太近。两个人只是看起来靠得近了些，实际二人之间还隔有两拳的距离。可即便如此，这位谢侍读的身子依旧格外紧绷，本能地排斥与他人接触。

陆骁思绪转过，视线不经意间在谢琢垂下的衣袖上扫过。

阴影下，那里有几点暗红痕迹，看不清是血渍还是绣上去的精细花纹。

"小侯爷有心了。"谢琢咳嗽了两声，注意到陆骁的视线，又问，"不过，借梁国公世子的名头……"

"应该不用到明天晚上，沈世子的艳闻就会传遍洛京的街头巷尾了。"陆骁笑得有些不怀好意，"反正，艳闻是他沈世子的，跟我陆小侯爷有什么关系？"

谢琢想起，传闻中，梁国公世子沈愚和武宁侯陆骁关系亲近如兄弟，时常一同进出。

像是看出了谢琢的想法，陆骁翘起嘴角，笑意懒散："好兄弟不就该这么用吗？你觉得我说得有没有道理，谢侍读？"

他又说道："而且我不过一报还一报。你可知道洛京城里有个听曲的地方，叫'雅筑'？"

谢琢点了点头，随即记起一桩与陆骁相关的旧闻："我曾听说小侯爷在雅筑听曲，听完后离开，没想到一个琵琶女格外执着，在你身后追了八里路，说是要以身相许。莫非……"

陆骁没有半点不好意思的样子，只是有些感慨："没错，这件事我只告诉过沈世子一人，可第二天，洛京上下所有人都知道了。"而且所有人都只知他被一个琵琶女看上了，紧追不舍，却不知那人实际上是北狄派来的刺客，不依不饶地追了他八里路，誓要取他的性命。

这令他本就不怎么好听的名声愈加糟糕。

谢琢默然。

陆骁又说道："这次多亏了谢侍读帮忙演这出戏，替我报了一箭之仇，等回了洛京，请你喝酒。"

"谢侯爷盛情，"谢琢轻轻咳了两声，脸色在火光下显得苍白似玉，"只是大夫叮嘱万不可饮酒，翰林院积攒的事务也很繁杂，想来接下来大半个月都脱不开身。"

陆骁听明白了。

这一遭他们本就是碰巧遇见，戏也演完了，今夜过后，都当做没见过对方便是。

谢琢的话用四个字概括就是：离我远点。

陆骁回答："那真是可惜了。"

第二章 互不相欠

夏末时节，连下了几场骤雨，文华殿前的白玉石阶都被冲刷干净了。

时任内监总管的高让握着拂尘等在殿前，面白无须，后背微驼，在咸宁帝驾前伺候了近三十年，依然惯用笑脸迎人。

见远远有一人身着黑色麒麟服大步走来，高让眼尾褶皱更深几分，他迈着小快步主动迎了上去："小侯爷可算是到了，一个时辰前，城门守军来报，说小侯爷骑马进了内城，陛下就开始等着了。"

"怕一身沙尘脏了陛下的地方，我快马回府上换了身衣服，这才赶紧过来。"陆骁摸摸鼻子，有些心虚。他边走边说道："高公公，随我一起去雍丘督造行宫的人都被我甩在了后面，照他们的速度，怕是明天才到得了洛京。我自己先骑马回来，陛下会不会恼？"

"陛下早就猜到了，还说小侯爷向来不耐烦等人，肯定会自己打马回京。"高让落后陆骁小半步，态度恭敬又不生疏，安慰道，"小侯爷放心，陛下不会怪罪您的。"

陆骁故意吁了一口气："那我这心总算落回去了。"

文华殿是咸宁帝处理政事的地方，殿内燃着宁息香。咸宁帝身着龙纹常服，站在窗前，看着廊下一只鹞子正捕食麻雀。

听见陆骁问安的声音，他才转过身，重重拍了拍陆骁的右肩，笑道："我们的武宁侯总算是回来了，你不在，朕耳边都过于清净了。"

陆骁垂在身侧的手指颤了颤，随即被他藏进掌心。他神情不变，站姿有些没规矩，张嘴就开始抱怨："陛下，下次您可别再把我扔到雍丘那么偏远的地方不让回京了。"

咸宁帝指着他，恼怒地朝高让说道："你看这小子，惯会得寸进尺！怎么，放他出去跑马，他还不乐意了？"

高让笑容可掬，没答话。

陆骁自己回答："乐意倒是乐意，但总跑马也没多少意思，小半年没尝到会仙酒楼的莲花鸭签和群仙羹的滋味了，梦里都念着呢。"

说着，陆骁扬起眉梢笑了起来："当然，您要是能再赐我两道御膳，什么莲花鸭签什么群仙羹，不吃也罢！"

咸宁帝笑起来："你啊你，原来是在这儿等着朕！"他从御案上拿起一本折子，"正好今日上午你爹的折子从凌州送过来，末尾还添了两句，说劳朕盯着你点，不要让你成天东蹿西蹿，没个正形。"

"冤枉！我爹这是故意在陛下面前抹黑我！"陆骁又问，"我爹、我哥他们可还好？大半年了，我连封家书都没收到过，可见他们早把我给忘了！"

"他们都好。没顾上你，可能是因为你父亲和哥哥都忙。有你父亲领兵镇守凌北，朕省了不少心。"咸宁帝不再多提，指了指摆在御座右下方的案桌，问陆骁，"驰风，可还认得这是谁？"

陆骁像是才看见那里坐了个人，顺着咸宁帝指尖的方向看去，面露思索之色，随即笑道："自然记得！还要多谢探花郎的牡丹。对了，那朵牡丹凋谢前，我特意命画师临摹了一幅，现在，那幅牡丹图就挂在我的书房里，日夜督促我看书。"

谢琢身着绯色官服，更显得眸如寒星，面似冠玉。他身形端直，垂眸朝陆骁施礼："那朵牡丹能得小侯爷珍赏，是下官的荣幸。"

以他的角度，恰好能看见陆骁垂在身侧的手。

昨晚在破庙里，他在湿润的雨气中闻到了一股很淡的血腥味，本以为是北狄人留下的，现在看来，应该是陆骁肩上有伤才对。

这人真是能忍。

陆骁随意地客套了一句，相互都不热络。

两个人说完，咸宁帝将手里的折子放回御案上："你那脑子总是不记人、不记事，难得没把延龄忘了。"

"想忘也忘不了啊。陛下您是不知道，我刚回府，管家就追着我问要不要穿文士服进宫，我没允。文士服过于宽松，袖子又长，干什么都不方便，哪有我这御赐的麒麟服穿着舒服？"陆骁接着说道，"来的路上我才知道，原来是因为谢侍读穿文士服太好看，导致现在全洛京的文士服都快要被买空了。"

谢琢再次拱手，神情无波，只道："陆小侯爷谬赞。"

咸宁帝见陆骁张嘴就来，无奈道："你啊，油腔滑调！"又摆了摆手，"行了行了，你一来就吵得朕头疼，回你府上去吧。"

陆骁利落地行礼，走之前还不忘提醒道："陛下，您可别忘了我那两道御膳！"

咸宁帝挥袖，笑骂："行了，知道了，朕还能少你那两道菜？"

陆骁这才心满意足地走了。

大殿再次安静下来，只有香炉上轻烟袅袅。

咸宁帝再次来到窗边，见廊下那只鹞子已经把麻雀咬死了，地面上落了几滴血和一团凌乱的羽毛。他忽地开口问：“延龄，你对武宁侯印象如何？”

谢琢放下手中的墨笔，看向背对他站立的咸宁帝。

御极已有二十一年，咸宁帝蓄了髯，即使穿着常服，身上威势依然极重。

谢琢只看了一眼便垂下视线，回答：“臣听闻，陆小侯爷投壶玩得极好。”

“投壶？”咸宁帝重复了一遍，片刻后朗声笑了起来。

殿里的内侍们都低着头，只有立在御案旁的总管高让隐蔽地打量了谢琢一眼。

这位谢侍读除了有一副极好的相貌、写得一手好文章外，平日里虽不显山、不露水，但总能令圣心大悦。怪不得跟他同为一甲的状元、榜眼都已经被外放，只有他，不仅留在了翰林院，还升了品级。

十九岁的侍读，真是前途不可限量啊。

高让将双手笼在袖子里，又恢复了平时不言不动的模样。

听着咸宁帝的笑声，谢琢眼神沉静，心想：将一头未长成的狼的利爪拔去，圈养成家宠。对一个帝王来说，确实没有什么事能比这更令人得意了。

谢琢回翰林院时，恰好碰见盛浩元，便停下来拱手行礼。

盛浩元爽朗道：“你我同在翰林，虽说你是侍读，我是待诏，但真论起来，我只比你高了半品，你就不用在意这些虚礼了。”

谢琢摇头，忍着喉间的痒意道：“礼不可废，况且盛待诏年长我许多，以后我还有不少事要向您请教。”

“真是说不过你。”没停在这个问题上，盛浩元邀谢琢同行，闲聊道，“谢侍读前两日告了病假，今天刚来应卯，应该还不知道，今年又要开始修《实录》了。”

谢琢脚下一顿，又步履如常：“是当今圣上的《实录》？”

“没错，翰林院本就有修书撰史之责，《实录》更是记载了帝王之言、天下大事。本朝《实录》不太一样，从太祖皇帝起，都是皇上在位时就开始编纂。”

谢琢轻轻咳了一声，恭维道：“参与编纂的人中，肯定有盛待诏。”

盛浩元连忙说谢琢过誉了，又道：“这次是由掌院学士总领，我等手上无要事的，都要参加。不过谢侍读才入翰林不久，按照惯例，如果人数足够，则无需参与此次编纂。”他顿了顿，忧心忡忡地继续说，“前朝曾有翰林因编纂《实录》差点丢了性命。想来这份差事虽然看起来有脸面，但也藏着不少风险，不免让人担心啊。”

谢琢面色看似平静，实际心里已经转过数个念头，语气感激地说：“有劳盛待诏专门告知。谢某相信，盛待诏无论碰见何事，都能逢凶化吉。”

“那就承你吉言了！”盛浩元有意与谢琢交好，又笑道，“小事而已，不用放在心上。”

另一边，踏出宫门后，陆骁就收敛了脸上懒洋洋的笑容。他利落地翻身上马，驱马沿朱雀大街到了新昌坊的会仙酒楼。二楼包间里，梁国公世子沈愚已等候多时。

陆骁坐下后，把沈愚上下打量了一遍，总算知道面前这人是哪里看起来不对了："哟，阿蠢，你家里被抄了？"

洛京上下的人都知道，梁国公世子沈愚最喜奢华，发冠非金不戴，腰带无玉不束。不管走到哪里，都是人群中最闪耀的那一个。

"说了不要叫我阿蠢！"沈愚不知道第几次纠正陆骁，又扯了扯袖子，"你以为我想穿？我娘给我准备的，都怪那个谢延龄！我娘在街边见了他，立刻去给我买了十套素得不能再素的文士服！可我娘没想过，又不是人人都长了那么一张脸。文士服我买得起，但我配不上啊！"

沈愚自几年前见过陆骁的父亲后，就立志要成为陆将军那般顶天立地的男子。可惜他脸上带着婴儿肥，加之一双圆圆的眼睛，睫毛又长又卷，长相离他的目标越来越远。现在穿上素雅飘逸、宽带束腰、广袖垂落的文士服，就像偷穿了家里兄长的衣衫。

被他这么一说，陆骁想起了前夜里谢琢穿着月白文士服的模样。

同样的衣服，谢琢穿上，是显得有几分不同的。

两相对比，他毫不顾念兄弟情分地评价："确实不配。"

在沈愚拍桌子前，陆骁从怀里掏出刻有"梁"字的令牌，精准地扔进沈愚怀里："还你，这次谢了。"

沈愚接住令牌，思绪被引回了正事上："你这一路可还顺利？"

陆骁此次虽是奉旨出京，在雍丘督造行宫，但没人知道，半个月前，送往凌州边境的军粮半路出了问题。陆骁信不过他人，不得不布置一番，暗中独自离开雍丘，亲自护送军粮至凌州。一直到他哥陆绪的人马来接应，他才掉转马头，赶回洛京。

经过的几个州都是梁国公的封地，所以临行前，陆骁特意找沈愚借了令牌，方便通行，以免半路被地方守备军拦下。

否则，咸宁帝可不会觉得他陆骁只是"擅离职守"，而会觉得掌管凌州数十万兵马，三代为将的陆家其心不忠。

"挺顺利的，多亏了你这令牌。"

"都是小事，军粮要紧。"沈愚把令牌放好，又垮下神情，"你是顺利，我可不太好！不，是非常不好！"

陆骁饶有兴致："来，说来听听？"

沈愚终于找到一个能听他抱怨的人："你刚回京，可能还不知道，现在满洛京都是我的艳闻！说我不远百里，冒着大雨，去破庙与一殊丽女子厮混。二人柔情似蜜，情意绵绵。天可怜见，我连女子的手都还没拉过！"

"我爹气得要打断我的腿，我娘苦口婆心地劝我不要负了那个姑娘，让我赶紧把人带回家。”沈愚越说越愤慨，拍着桌子，“他们为什么都不相信我？破庙里那个男人都没戴金冠，如此穷酸，怎么可能是我？”

陆骁长年拉弓射箭的粗糙手指正灵活地转着瓷杯，听完这话后，颇为认同地点了点头：“确实，你说得没错。”

是他想得不够周全，下次得准备顶金冠戴上才行。

要不是不能暴露，他都想起身行个大礼，说一句“谢世子指点”。

被所有人误会、自己又解释不清的沈愚一时间非常感动，只差执手相看泪眼：“陆二，你果然是我的好兄弟！只有你愿意相信我，只有你！”

陆骁淡定地喝了口茶，语气甚笃：“嗯，我当然相信你，在破庙里的那个人肯定不是你。”

沈愚更感动了。

陆骁大仇得报，清了清嗓子，放下茶杯：“对了，我一走小半年，不知最近洛京有什么流行的布料或首饰？”

“啊？”沈愚冥思苦想，“首饰不知道，我娘和我姐姐最近倒是喜欢用什么妆花云锦裁衣服，连着做了好几套，前两天还穿去赴宴比美了。”

“行，妆花云锦对吧？”陆骁一边想着这些个布的名字为何非要起得这么文绉绉的，一边又努力记下这个名字，“我去买几匹。”

沈愚翻了个白眼：“别告诉我又是给你那个小青梅准备的。”

“不是‘那个小青梅’，她叫阿瓷，虽然这个称呼只有我能叫。”陆骁又说道，“她们女子都看重这些，她又不知道什么时候会来洛京找我，我最好什么都先备着，反正吃的、穿的、用的东西，自然都要最好的。”

沈愚小声嘀咕：“从三年前说到现在，也没见有哪个姑娘来找过你！”

见陆骁的眼风扫了过来，沈愚赶紧摆手：“我刚刚什么都没说！真的！”

然而已经晚了。

陆骁微笑道：“我家阿瓷虽还没来找我，但我守身如玉，断不会冒雨前去破庙里与殊丽女子夜会。”

沈愚悔了，忍不住重重拍上自己的脑门——怎么总是记不住呢？他就不该提什么小青梅，明知道提一次陆骁炸一次！他应该体谅一个无望等待数年、内心极度脆弱的男人！

在心里劝完自己，沈愚又重新变得心平气和：“陆二，要不要上一份莲花鸭签？雍丘那地方，全是大片大片的山林猎场，跟洛京比起来，肯定没吃没喝，无聊透顶。”

实际对陆骁来说，这两个地方没什么差别，他兴致缺缺：“一块鸭肉如指甲盖那般大小，吃着没滋没味。要是换作从前在凌北军营里，伙夫烤羊腿的功力顶级，那才叫有滋味。”

沈愚听着陆骁的描述，知道他肯定又想凌北了，拍了拍陆骁的肩膀，权当劝慰，没想到陆骁“咝”地抽了一口气。

沈愚震惊地看着自己的手：我难道忽获神力，一巴掌把陆二的肩膀拍碎了？

这时，门口传来脚步声，没一会儿，两下敲门声响过后，一个身形瘦削，穿深色短褐的年轻男人推门进来，先笑眯眯地朝陆骁喊了声“侯爷”，又喊了声“世子”。

等门被关严实了，沈愚才将注意力从自己的手上移开，上上下下地打量了一番张召，眼神一亮：“我肯定猜中了。陆二，你悄悄从雍丘走了，但仍有个‘陆二’留在雍丘，管着行宫督造的事。”他压着声音，语气兴奋，“是不是像话本里一样，你让张召戴上人皮面具，假扮你守在那儿了？”

“你去给我找张人皮面具来？我出高价买。”陆骁一边使了个眼色让张召过来，一边满足沈愚的好奇心，“不过也差不多，我先假意把张召派出去，又说自己被马蜂蜇了脸，耻于见人，这马蜂毒，我嗓子也跟着哑了。等我半夜走后，张召穿着我的衣服遮着脸窝在房间里，没人发现得了。今天天还没亮，他骑马从雍丘返回洛京，我从长垣赶往洛京，半路上正好换回来。”

沈愚拊掌，卖弄着自己为数不多能记得的成语：“好一出移花接木之术！”

陆骁不是很想搭理他。

等张召走近，陆骁脱下黑色麒麟服，只穿白色内衫，又径自拉开衣领，露出肩膀上还在渗血的伤口。

沈愚猛地瞧见那伤口，没个心理准备，登时倒吸了一口凉气。他自小长在洛京里，家里仆从环绕，连磕碰的情况都很少，更别说受这种深可见骨的伤了，连看上一眼晚上都要做噩梦。

作为亲随，张召从小跟着陆骁，长在边关，上过战场，对再狰狞的伤都见怪不怪，瞧了瞧说：“侯爷，你这伤口怎么又裂了？”

沈愚白着脸，心虚地凑近陆骁，还不忘捂着鼻子挡血腥气：“什么时候伤的？运粮的路上？不会是我刚刚一巴掌拍裂的吧？”

“在宫里就裂了，你那一巴掌，只是让它裂得更血肉模糊而已。”

“陛下也拍你的肩膀了？”沈愚看着陆骁的伤，觉得自己的肩都跟着疼了起来，“运粮这事，你是只去这一趟，还是后面仍需再去？”

张召见陆骁额头上出了一层虚汗，代他回答了沈愚的一连串问题：“就是路上伤的。第一批军粮已安全运到凌州，眼下第二批刚筹措好，但这一回我家大公子特意派了人来接，不用劳动我们侯爷了。”他熟练地清理好陆骁的伤口，打开药瓶替陆骁上药，“侯爷，您这伤口先是骑快马回来在路上被颠裂了，紧接着又淋了雨，刚勉强恢复一些，进了一趟宫，又被拍裂了，真够多灾多难的。”

陆骁懒得听他念叨："你怎么跟你爹一样？闭嘴，上你的药。"

沈愚也凑了过来："陆二，你的伤口看起来这么深，可你怎么一声都不叫啊，难道不疼？"

"滚，你来试试？"陆骁连声音都是绷着的，"老子只是忍着而已！"

他随意地朝窗外一瞥，正好看见一个身穿月白文士服的人走在街上，于是抬了抬下巴，"巧了，阿蠢。喏！让你不能戴金冠配玉腰带的那个谁。"

"说了不要叫我阿蠢！"沈愚透过窗户缝往楼下看去，果然被转移了注意力，"奇了怪了，明明街上的人不少，偏偏这个谢延龄就是有让人一眼先看见他的本事！不过穿着这一层又一层的文士服，他真的不热？我都快被捂出汗了！欸，他这是去哪儿？"

陆骁懒懒地靠着窗："没看见招牌上写着'千秋馆'？"

"刚散衙就去医馆，"沈愚坐回桌前，夹了块点心吃，"我爹前些日子还说呢，这个谢延龄颇得陛下看重，观陛下言行，有培养提拔之意，有点像是陛下给未来储君预备的阁臣。就是谢延龄身体太差，不知道能不能熬到入阁的年纪。这不，听说前两天他才告了病在家休息。"

告病在家？陆骁的眼神变得玩味，明明昨夜这人还跟他在破庙里住了一晚，天亮两个人才分开的。

千秋馆的里间里，一个胡须花白，精神矍铄的大夫正在给谢琢把脉。

"明明一直低热不退，公子怎么现在才来问诊？"

谢琢解释："前两日告病，翰林院里堆积了不少事务，今日又要到文华殿轮值，无论如何都是要去应卯的。"

"强撑着很好受？公子此番即便立刻服药，也要难过好些日子。"大夫瞪了谢琢一眼，提笔写起药方，语气不怎么好，"别的话宋某人说破嘴皮子，公子也不会听，干脆就不说了。"

谢琢只是笑，不敢轻易接话。

等宋大夫吩咐药童按方子去抓药，谢琢才问："最近可有翰林院的人前来馆里看诊？"

宋大夫斜着眼，没好气地说："我面前不就有一个吗？"

谢琢又笑。

宋大夫被笑得没什么脾气，还是没忍住地说："公子是想做什么？都说多少遍了，少受寒，少思虑，少操心，少费精力，少耗心血，你还想不想活命了？"

谢琢左手压着右侧衣袖，慢悠悠地往宋老大夫面前的砚台里添上清水，缓缓磨墨，睫下的眼静若深渊，让人看不到底。

"您知道，如果不做这件事，即使长命百岁，我也会夜夜惊梦。"

宋大夫沉默后，别开眼，妥协般说道："翰林院的人没来过，家眷倒是有。"

"家眷？"

“没错，翰林院有位姓杨的待诏，名叫杨严，他的妹妹多年前嫁给一户人家做续弦。前些日子杨氏的丈夫死了，杨氏回杨家投奔兄长。因为她时常垂泪，郁结于心，所以这半月里杨氏来了医馆两次。”

谢琢研墨的姿势很好看，他力道徐缓，露出的手腕似皓玉。听完，他问：“这个杨氏可有什么特别之处？”

“不知道这算不算你说的‘特别’，”宋大夫虽然年纪大了，但耳聪目明，很快就回想起来，“杨氏说她嫁过去时，她的夫君已经有一个女儿，杨氏自己没有生育。这次回来投奔兄长，杨氏把这个女儿也带上了。”

“续弦和在室女？.”

竹编卷帘挡着窗，令照进室内的阳光被拆成条条细线，落在谢琢身上，像一幅静止的工笔画。

谢琢放下墨锭：“那……之后还请宋叔多帮我留意留意，有什么消息就遣药童送来。”

“记下了，记下了，”宋大夫不耐烦地开始赶人，“赶紧把药拿回去煎上，服药下去，先把你的低热退了，否则人熬不住。”

话是这么说，见谢琢转身要走了，宋大夫又不放心地再三叮嘱：“少思少虑，少虑少思，能多活一天是一天！”

谢琢站在原地，很耐心地听完，朝从小就为自己看诊的老大夫执了晚辈礼：“延龄知道了。”

谢琢拎着药，感觉眼前有些发晕，揉了揉额角，缓缓走进新昌坊后面的小巷。已经是黄昏，夕阳斜照，有人在自家院墙上摆着盛开的百日草，狭长的影子落在地面上。

这条巷子里来往的人少，谢琢很快确定，刚刚一路上走着不是他的错觉——有视线如针，扎在他的后颈上。

他脚下未停，没往人多热闹的地方走，反而转了个弯，走进一条更静的巷子，月白的袍角轻轻扫过墙根处的青苔和杂草。

避开喧嚣的市井，他身后极轻的脚步声已经能被清晰地捕捉到，谢琢呼吸灼烫，舔了舔因为低热而干燥的下唇，有些兴奋地猜测：来的会是谁派来的人？对方又是想用什么方法杀他？

藏在袖子里的匕首暗暗出鞘，谢琢正在设想，是停在拐角处出其不意地截杀对方，还是——

这时，又有一阵脚步声由远及近地传来，速度很快。

帮手来了？

不。

因为跟在他身后的人显然也发现了来人，衣袍发出窸窣声响，随即是钩牙张弦的动静。谢琢心念急转，立刻猜出背后那人怕被来人发现，等不及了。

此刻短箭搭上了臂弩，箭尖定然直指他的后心！

然而，谢琢没有等来弩箭离弦的声音。有硬物划破空气，弩箭"嗒"的一声落在了地上，随即是利刃刺穿血肉的动静响起。

谢琢刚停下，转过身，就有宽大的手掌隔着一寸的距离横在他眼前："先别看，看了夜里容易惊梦。"

嗓音就在耳边，说话的人语气轻佻，周身气势却如渊渟。

谢琢不由得微怔。

来人是陆骁。

无人注意的地方，藏在袖中的匕首被缓缓收了回去。

谢琢轻声回答："好。"

陆骁单手将染血的长刀扔还给匆匆追上来的张召，偏头发现，谢琢的脸怎么这么小？自己的手一遮，对方的半张脸都被挡完了，只剩下琼鼻和绯色的嘴唇。

示意张召先把尸体拖走，陆骁一边警戒四周，一边问谢琢："谢侍读最近可有得罪什么人？"

谢琢缓慢地眨了一下眼睛，觉得自己热得比方才更厉害了，眼皮都是烫的，手指又揉了两下额角。他仔细想了想，摇头："没有，"答完他又想起什么，"除了那个北狄探子。"

拖拽声消失后，挡在眼前的手撤开，谢琢眨了眨眼才看清，不远处的地上留着长长的血渍，旁边还有一根从中间断裂的短箭，以及一块边缘锋利的石头。

谢琢不由得想起刚刚横在自己眼前的手，指腹和掌心都结着硬茧，指骨修长，前臂肌肉紧实，瞬时的爆发力和精准度明显都经过长期训练，否则不可能单单靠一块路边随处可见的石头就断了这根短箭。

陆骁也在看谢琢。

不知道是因为咳嗽，还是因为见了血腥场面，得知有人要杀自己，谢琢的面色更白了两分，前额覆着一层薄汗。

陆骁又漫无边际地想，都说沉疴在身的人，身上总有一股难闻的药味，这个谢侍读却不一样，靠得近了，陆骁隐隐能闻到一股很浅的落梅冷雪的香气。

"有可能是那个北狄探子的同伙前来寻仇，"陆骁挑眉，"你那个护卫呢？他怎么没跟着你？"

谢琢嗓音微哑："在家里，我只是出来抓药，就没带上他。"

"嗯，下次注意着点，最近还是把人带上为好，也不要走这种偏僻的小巷，容易出事。"

说完，陆骁顿住视线。

因为靠得近，正好能看见谢琢的耳垂，陆骁才发现，这人竟然扎了耳洞。不过，若不细看，那更像是耳垂上的一粒朱砂痣。

“好。”谢琢抬眼看向陆骁，“陆小侯爷怎会恰好在此处？”

盯着别人的耳垂看总是不好，陆骁若无其事地移开视线：“羽林卫上报，昨夜那个北狄探子的尸体已经在山林里被找到了，说是一刀割喉毙命。你那个护卫刀法很不错，干净利落。”

说到这里，陆骁的脑海中闪过在破庙时，谢琢染着几点血迹的那片衣袖。如果那个护卫是将北狄探子一刀割喉，那……血为什么会溅到谢琢身上？

没来得及深想，他又解释：“我从酒楼出来，正好看见你，想着来告诉你一声。”

谢琢垂眼道：“谢谢小侯爷特意前来告知。”

不知怎的，陆骁心里莫名其妙地有点躁，可能是……看不惯面前这人守礼生疏的模样？

眼前的人太刻意了，好像他是什么惹人厌憎的祸患。

谢琢又说道：“今日小侯爷救谢某一命，以后若有差遣，谢某一定尽力做到。”

陆骁听完这话，看着眼前这个恨不得在两个人之间划出一条深渠的人，随手在路边折了一根狗尾草咬在齿间，抬了抬下巴：“行，先欠着。”

谢琢感觉眼前眩晕一阵重过一阵，强撑着站稳，集中精神应道：“好。”

陆骁眯了眯眼，总觉得谢琢有些……奇怪，白玉似的脸上像是薄薄涂了一层胭脂，眼中含着水光，薄唇干燥，呼吸也有几分急促，和平日里的神态很不一样。

他犹豫片刻，正准备让谢琢先走，突然发现对方像是彻底脱力般朝他倒了过来。

一把将人接住了，陆骁才察觉，怀里这人额头滚烫，手臂却触之生凉，一直不住地发着抖。而且这人实在太轻了，裹着素雅的文士服，陆骁感觉像接住了一朵花。

陆骁不小心咬断了衔在齿间的草茎，心想：说是任我差遣，到底是谁差遣谁？

这回自己亏大了！

谢琢隐约听见了雨声。

宽敞的庭院里，金鱼藏在石缸中的睡莲叶下，有人拉着他的手说带他去看知了，又说“别怕，哥哥保护你”。

梦里零碎的画面浮光掠影般，在他睁眼的瞬间消散干净。

他回想不起刚刚梦见了什么，但难得的是，梦境没有令他感到彻骨的冷意，反而有种淡淡的温暖。

四肢都没有力气，谢琢侧过头，盯着窗外连绵的雨幕出了很久的神，直到门被轻轻推开，葛武的声音出现：“公子，你醒了？”

谢琢的嗓音沙哑得不成样子："我昏睡了多久？"

"一天一夜，现在已经是第二天傍晚了。"葛武熟练地倒了杯温水递给谢琢，"灶上给您温着粥，您要是饿了，我就去端过来。"

谢琢只咽下一口清水，没胃口，轻轻摆了摆手，问："翰林院可有……"

葛武好笑地打断他的话："公子，今日休沐，不用去翰林院点卯，您安心躺着吧。"

谢琢揉了揉眉心，想起昏迷前的情形，手指一滞："我是怎么回来的？"

"是……"葛武小心地观察着自家公子的神情，"陆小侯爷抱回来的。"

谢琢的记忆力向来很好，否则他也不会在未及冠的年龄就一举中了探花，即便当时发着高热已经令他思维不清。

因此他记得很清楚，在失去意识前，他确实倒进了陆骁怀里。

不过，陆骁把他抱回来的？

"怎么回事？"

"我因为担心公子，赶去了医馆，正好撞见陆小侯爷抱着您进门，说您发着高热，晕过去了。药喂不进，宋大夫就给您喂了药丸，然后让我把您带回家里休息，不过……"

葛武吞吞吐吐，不敢往下说。

谢琢觉得有什么事在他没有意识的时候，失去了掌控："不过什么？"

葛武眼一闭，语速飞快地说："不过当时您已经失去意识，但不知道为什么，手紧攥着陆小侯爷的衣服不放。

"陆小侯爷身上那件黑色麒麟服是御赐的，不能剪。最后陆小侯爷主动说，救人救到底，亲自把您抱上马车，又抱了一路，最后还抱进了卧房里。一直等到晚上，您实在没了力气，松了手，小侯爷才离开。"

谢琢微怔。

他平日里体质就偏寒，每次生病，寒意更是像从骨缝中源源不断地溢出来，但这一次不一样，仿佛冰天雪地里，身边突然燃起火堆，有了热源。

见自家公子沉默，葛武心下忐忑。他其实一直拿不准公子对陆骁到底是什么态度。

他很清楚，他家公子极难信任一个人。

他才跟在公子身边时，晚上不能进卧房，有时公子自昏睡中醒来，察觉他在旁边，眼中会有转瞬即逝的杀意。即使是现在，公子痼疾发作时，也会让他退下，且不允许任何人待在房内。

防备他人仿佛已经成了公子的本能。

昨日的情形，若是换作别的人，公子就算用匕首刺伤自己，用疼痛强撑着自己清醒，也绝不会任由自己失去意识和自保能力。

显然，公子潜意识里很信任陆小侯爷。

葛武想起以前听昌叔提起过，说谢家与陆家是旧识，曾是通家之好，公子小时候还和陆小侯爷一起玩儿过。可思及公子现在对陆小侯爷唯恐避之不及的态度，葛武又把疑惑咽了回去。

葛武笨拙地转开话题："临走时，陆小侯爷让我这几天都要跟着公子，可是出了什么事？"

谢琢回过神，无力地咳嗽两声，回答："嗯，有人跟踪我，想找机会杀了我，陆小侯爷正好经过，替我解决了那人。"

听完这话，葛武眼神一凛，随即跪在榻前，愧疚地低下头："我应该跟着公子才对。"他思绪转得很快，"公子，会不会是您这次暗中亲自去长垣的衡楼，为凌州筹措第二批军粮，这才被那些鬣狗嗅到味道了？"

"不怪你，别跪了。"谢琢没说是不是，有些精神不济，"军粮怎么样？"

"第一批半路上出了点事，陆家来人亲自护送到了凌州。第二批是陆家大公子派来了一队精兵，以确保路上万无一失。"葛武改跪为坐，"照这样来看，明明应该在雍丘督造行宫的陆小侯爷出现在破庙里，应该就是赶去护送军粮，又快马加鞭地连夜赶回洛京，我们也正好从长垣回来，他恰巧就跟我们碰上了。"

谢琢"嗯"了一声："刺杀这事，陆小侯爷沾了手，你就别往下查了。"

葛武反应过来，自己都能想到的事情，公子怎么可能想不到？说不定在破庙里看见陆小侯爷时，公子就已经猜到是怎么回事了。

从来都是自家公子说什么就是什么，葛武点头："是。"

"另外，雇两个闲汉，让他们这几日都守在翰林院待诏杨严家附近，探听探听他家里的事。"

葛武方才正觉得自己失职，没有保护好公子，现在听见有吩咐，立刻拍了拍胸口："公子放心，我这就去安排，一定办妥！"

就如宋大夫所说，这几天谢琢虽然顿顿都按时喝药，但低热一直没能彻底退下去。

听见他低低的咳嗽声，盛浩元关切道："延龄要不早点回家休息？"

两个人正抱着找来的卷宗走在翰林院里，谢琢闻言，摇了摇头："不用，老毛病了，一染风寒就很难痊愈。"

这时，杨严脚步匆匆地走过去，心里似乎挂着什么事，都没注意到谢琢和盛浩元二人。

等杨严的背影消失在转角处，盛浩元笑道："前几日，我看见杨待诏悄悄拿着份契书在看，就开玩笑说，要是添置了新宅，合该请一众同僚去会仙酒楼庆祝庆祝。你猜怎么着？接下来这几天，杨待诏一碰见我就转身走开，这是生怕我讹他那顿饭呐。"

盛浩元刚过而立之年，是咸宁十八年的进士，在翰林院快四年了，再熬熬资历，就能升去六部。他惯会与人结交，左右逢源，很少会说人不好。

谢琢笑说：“洛京城中房宅昂贵，对杨待诏来说，会仙酒楼的一顿饭，应该不过一片瓦的价格。”

盛浩元没直接回答这个问题，转而提起：“不好说，杨待诏在翰林院已经十二年了。”

盛浩元话没有说全，但谢琢听懂了他的言外之意。

翰林院虽清贵，但俸禄着实不多，也没有什么别的生财途径。杨严能在洛京这样寸土寸金的地方购置新宅，应该已经掏空了整个家底。

至于靠家中积蓄购置——若杨严家底丰足，能上下打点，也不会四十多岁，在翰林院待了十二年，仍只是个五品待诏。

察觉盛浩元与杨严似乎不睦，想知道的消息也都知道了，谢琢笑笑，轻巧地转开了话题。

等他散衙坐上马车，葛武也汇报道：“公子，听杨严嘴碎的邻居说，杨家在宣平坊买了个铺子。我让人去打听了一二，说铺子确实是杨严买的，不过契书上落的是他妹妹的名字。”

“也就是说，这个铺子是在杨氏名下？”

“没错。杨严那邻居还酸气冲天地说杨家一穷二白，没几个钱，不知道在哪里发了一笔横财。”葛武把查到的消息一五一十地说了，“公子，那我们接下来要做什么？”

谢琢倚着车厢壁，咳嗽了两声：“你再让那两个闲汉去打听打听，这个杨氏嫁进去做续弦的那户人家是做什么的。”

“是！”

葛武想到，要是现在回去，公子又会将自己关在书房里，给宋大夫知道了，肯定又要吹胡子瞪眼，说公子不听医者言，不知道多走动。他拉了拉缰绳，“公子，我们要不要去那家铺子看看？”

谢琢隔着竹帘，看着马车外影影绰绰的繁华景象，正想着事，不太在意地“嗯”了一声：“走吧。”

从宫门往东，经过太平坊和通利坊，就进入了宣平坊的地界，葛武感慨了两句：“据说杨待诏买的铺子不大，但生意很是不错，铺子的原主人家中出了变故急需银钱，不得不转手出让铺子，这才让杨待诏捡了个好。”

马车停下，葛武先一步跳下车辕，朝马车里的谢琢说道：“公子，我们到胭脂铺了！”

正在闭目养神的谢琢睁开眼，刚掀开帘子，准备下车，就听见马车外葛武的寒暄声：“陆小侯爷？真巧，你也来买胭脂？”

陆骁？

一时间，谢琢顿在原地，不知道下还是不下。

但陆骁已经看了过来。

谢琢踩着马凳下来，垂眼拱手施礼：“陆小侯爷。”

陆骁带着张召，正站在胭脂铺门口准备进去，见谢琢下来，不由得打量了一眼对方的脸色，寒暄道：“谢侍读病可大好了？”

“劳小侯爷挂念，好得差不多了，多谢小侯爷当日伸出援手。”谢琢面露愧色，“谢某又欠了小侯爷一次。”

陆骁敏锐地发觉，这人肯定又想冷冷淡淡地给他来上一句“以后若有差遣，谢某一定尽力做到”。

他曾碰巧看见谢琢和翰林院的同僚走在一起的场景，虽不是谈笑风生，但看着有说有笑，正常聊天。怎么一面对他，谢琢就一副恨不得两步退到八百里外的模样?

陆骁打断自己不想听的话，开口：“谢侍读也来买胭脂？正好，我也来买，一起？”

陆骁说出这句话，自己没觉得哪里有问题，站在他身后的张召抓了抓后脑勺。

自家侯爷买胭脂买得不少，但凡洛京流行的胭脂水粉，侯府库房里都至少有一套，全都是给小青梅准备的，他已经习惯了。但这位谢侍读一个大男人，买胭脂干什么?

谢琢不能说自己只是来看看这间铺子，只好沉默着跟陆骁一起走了进去。

店主不认识陆骁和谢琢，但认出了陆骁穿着的御赐黑色麒麟服以及谢琢那张脸，连忙笑着迎上去：“两位大人光临，小店真是蓬荜生辉！”

陆骁不耐烦听这些奉承话：“我听说你们店里最近有一款胭脂，很受欢迎，叫什么薄烟什么霞？”

店主立刻回道：“两位稍等，我这就把‘薄烟绵霞’取来！”

等待的间隙，陆骁问谢琢：“你是要买哪一款？”

谢琢沉默片刻后说道：“也是‘薄烟绵霞’。”

“那正好，我听沈世子说，梁国公夫人一贯挑剔，也买了好几盒，说这胭脂颜色淡而不艳。”陆骁想起自己送谢琢回去时，谢家除了一个护卫和一个老仆，旁的人都没有，不由得问道：“谢侍读家中可有姐妹？”

张召也正好奇，竖起了耳朵。

谢琢回答：“我是独子，没有姐妹。”

“那令慈也住在洛京？”

“父母早逝，家中只有谢某一人。”

“原来是这样，抱歉，”陆骁没忍住，“那谢侍读可有未婚妻？”

这问题问出来，连抱着胭脂盒走近的店主也竖起了耳朵。

探花郎谢琢，从打马游街那日起，就不知道迷住了洛京多少女子，不仅被冠上了“琢玉郎”这个美称，还有人形容谢琢“君若孤月悬高天，永不坠人间”。谁都想知道这位“琢玉郎”

有无婚约，但一直没人有机会询问。

谢琢摇头否认：“谢某没有婚约。”

陆骁点点头，心里却起了点风浪——谢琢没有母亲姐妹，没有未婚妻，家里没有丫鬟侍女，那这胭脂买回去，难道是……自己用？

陆骁转念一想，本朝男子虽然没有敷粉戴花的习惯，但……

可能是这谢侍读容貌太盛，如果是谢侍读涂胭脂的话，好像也不是不能接受？

店主听完想听的消息，殷勤地打开了胭脂盒：“两位大人请看，这便是‘薄烟绵霞’。”说着，他还取了一点出来均匀涂开。

陆骁看了一眼那层淡红痕迹，想起谢琢那日惯是苍白的脸上浮起的一层薄红，两颊、眼尾、耳垂都像涂了薄薄的胭脂，两相对比，这“薄烟绵霞”的色泽瞬间便被比了下去。

他不由得说道：“谢侍读，这‘薄烟绵霞’不适合你。”

不适合我？

谢琢对胭脂本来就没有什么兴趣，虽觉得陆骁措辞有些怪异，但还是点了点头：“那我便不买了。”

“嗯，”陆骁本想买上三四盒，现在却觉得这胭脂颜色不过寻常，“拿一盒，包上吧。”

店主笑眯眯地应下。

张召听自家侯爷说只买一盒，不由得欣慰地松了一口气：“只买一盒好，府中的库房里堆了上百盒胭脂，不知道多久才用得完！”

听见这句话，谢琢抬眼看了看陆骁。

原来如此。

谢琢心想，每个人都有隐秘的癖好，值得尊重。

临走时，胭脂铺的店主面露惭色，先朝谢琢深深作了一揖：“小人有个不情之请。”

谢琢停下，耐心地听他说完。

“我有一子，正在准备秋闱，苦读数年，屡试不中，能否恳请谢侍读赐一幅墨宝，以激励我儿勤勉？”

谢琢听完，没有推辞：“我随身未带纸笔，只好借店家的一用。”

店主已经做好了被拒绝的心理准备，听了这话后，怔了片刻才反应过来，谢琢这是答应了！店主喜不自胜地连忙去取来笔墨，一一放好，连桌面都擦了又擦，保证纤尘不染。

从胭脂铺出来，陆骁笑道：“方才我还以为谢侍读会拒绝。”

谢琢有几缕鸦色的长发自肩前垂落，映在绯色的官服上，他回答：“父母为子，其心拳拳，我不过举手之劳。”

陆骁明白过来，谢琢会答应，全看在这位店主一片爱子之心的分儿上。想到先前谢琢说家中父母早亡，一时间，陆骁心里有几分复杂。

张召跟在陆骁身后，很是自来熟地用手肘撞了撞葛武，好奇地低声问："谢侍读刚刚写的可是'天道酬勤'？"

葛武记得上次在医馆门口，跟着陆小侯爷的也是这个人，这应该是陆小侯爷的亲随，便回答："没错，虽然不少人说我家公子天资极高，但想要在未及弱冠之年就中探花，我家公子同样挑灯夜读，日日勤勉，用了不知道多少笔墨。"

每每说起自家公子，葛武都格外自豪，恨不得夸上八百字，奈何口齿笨拙，说不出多少华丽的句子。

张召平日里跟着陆骁，勋贵纨绔见得不少，文士是真没接触过几个，不由得感慨："我以为像谢侍读这样的人，应该是翻一遍书就会背，文章一写出来，所有人立刻拍案叫绝！原来也是需要苦读的。"

葛武想了想，说："我家公子记性确实很好，不过倒也不至于翻一遍书就会背。"

张召："那要几遍？"

葛武："怎么也要两遍吧！"

张召："……"

葛武也好奇："你家侯爷呢？"

张召理所当然地说："我家侯爷从不翻书！"

这时，前面传来喧哗声，张召仔细瞧了瞧，连忙叫葛武一起看热闹："嚯，文远侯世子那个孬种又当街欺负小姑娘，这回撞我们侯爷眼前来了。"

葛武跟着看过去，抓住重点："又？"

张召解释："没错，文远侯世子手脚不干净，每次在街上看见貌美的姑娘，总喜欢上前动手动脚。那些遭祸的姑娘不敢得罪文远侯府，往往被欺负了也只能忍气吞声。去年有一次，还有位姑娘因此投了水。反正我家侯爷是撞见一次揍一次，把人打怕了再不敢为止！"

另一边，文远侯世子罗绍已经被陆骁一脚踹翻在地上，锦袍上全是灰土，正捂着小腹哀号。

陆骁走上前，半蹲在罗绍身边，嘴角明明挂着笑，眼里却溢着两分凶气，抬了抬下巴："来，说给本侯听听，这次是用的哪只手？"

对上陆骁这个活阎王，罗绍哪里敢说，只一边痛呼一边说道："没动手，真的没动手！"

陆骁挑唇："没动手啊？那就是动的脚了，也行。"说完，他站起身，一脚重重踩在了罗绍的小腿骨上。

伴随着极轻微的骨裂声，罗绍的痛呼从一开始的装模作样，瞬间像是从逼仄的喉间挤压而出。他已然痛极，满头都是冷汗，面色发青，畏惧又恨恨地盯着陆骁："我会让我爹参你一本！你别以为没人收拾得了你……你等着！”

陆骁慢条斯理地收回脚，还拍了拍袍角，像是拂去什么脏东西：“行，你可要说话算话，本侯等着。”

第二天上午，挥笔痛斥武宁侯陆骁目无纲纪，当街行凶的折子在御案上堆了高高一摞，每一本都写得文辞激昂、力透纸背。

今天该谢琢在文华殿轮值，就见咸宁帝一本接一本地看着折子，看到后面越翻越快，面色从头到尾没有任何变化。等看完十几本折子，估计是烦了，咸宁帝才笑骂了一声：“好你个陆二！”神色喜怒不辨。

不多时，文远侯进殿，一近御前，就整个人跪伏在地，高呼：“请陛下做主啊！”声音凄惨，尾音哽咽。

御案后，咸宁帝没什么反应。

文远侯的呼声逐渐低了下来，像是在这一短暂的过程中察觉到咸宁帝的态度，他慢慢直起身，用袖口抹了抹不存在的眼泪：“陛下可一定要为老臣一家做主啊！”

咸宁帝这才说道：“做主？老侯爷可是受了什么委屈，说与朕听听？”

文远侯便隐去罗绍欺负平民女子的一段内容，只将陆骁当街打人，一脚踩断了罗绍的小腿骨的事情添油加醋地讲了一遍，然后又说道：“绍儿近半月都在家中看书，昨日才得了假，出门赴宴会友，没想到回来的路上，不知道怎么惹怒了武宁侯，竟毫无缘由地惨遭殴打！此等目无纲纪、目无王法、性情暴虐之人——”

咸宁帝嗓音徐缓地说：“朕怎么听说，是你儿子当街欺负平民女子，武宁侯看不过，不得已才出手，此举还令不少百姓夸赞武宁侯‘有乃父之风，护国护民’。”

文远侯立刻道：“没有的事！定是有人颠倒黑白！”

他心中暗恨，昨晚找了不少人上折子，全都没提罗绍的事，只说陆骁喜怒无常、性情暴虐。要是让他知道是谁从中作梗，他定要这人好看！

咸宁帝对文远侯的申辩不予置评，突然点名：“延龄，据说昨日你也在场，你最是不偏袒，说说看，当时情形如何？”

谢琢站起身，没有往暗暗朝他使眼色的文远侯看，只半垂着眼，恭谨道：“臣昨日散衙后，有事去了宣平坊，恰好遇见陆小侯爷，便寒暄了两句。宣平坊繁华，来往人多，文远侯世子是否动手欺负平民女子，臣未看见。但当时陆小侯爷准备回府，被世子挡了路，似有不悦。后来世子又踩了陆小侯爷的靴子，陆小侯爷的面色才明显变了变。”

“哦？”咸宁帝道，“照你所说，所谓的‘为平民女子出头’，只是杜撰？”

谢琢嗓音依旧平淡：“是否有这回事，臣未目睹，故不得而知。臣之所言，皆是依臣所见。”

文远侯没想到谢琢竟会帮自己，趁机道：“陛下，可见所谓的绍儿欺负平民女子，武宁侯出手相助，百姓夸赞，不过都是有人想诬蔑我儿，为武宁侯开脱！仅仅是挡了武宁侯的路，踩脏他的鞋面，绍儿就惨遭重伤，如此喜怒无常的暴戾之人，请陛下重罚！”

咸宁帝沉吟，又点了谢琢：“延龄，你觉得呢？”

谢琢回答：“臣以为，武宁侯的父亲、兄长驻守边关，守卫我大楚河山。此事该罚，却也不能重罚。”

咸宁帝盯着文远侯：“你看，这道理连延龄都明白。就算昨日武宁侯真的废了罗绍的一条腿，那又如何？”

文远侯面有怒色，又把不甘情绪咽了回去。

咸宁帝自然看见了文远侯的神情，慢慢靠着椅背，语气似乎很疲惫：“老侯爷，你也要体谅体谅朕的不易和为难之处啊。但陆骁确实伤了罗绍，此乃事实，不得不罚。就罚他在府内闭门思过三日，你看如何？”

文远侯咬紧牙，最后也只能闭眼认下：“陛下圣明！”

没过多久，内监总管高让亲自前往武宁侯府传达咸宁帝的口谕，令武宁侯陆骁闭门思过三日的消息便传开了。

沈愚在家里的花园中舒舒服服地听着说书先生说书，正听到精彩的地方，得知陆骁要被关三日，立刻就要去武宁侯府，跑得太急，鞋都落了一只。

陆骁跷着紧实的长腿，指了指桌上放着的点心：“吃吧，知道你要来，特意让厨房给你备的。”

“你怎么知道我要来？”沈愚坐下，喘着气喝了半杯茶解渴，又尝了一口雪梨煎，满足地眯了眯眼，“你家做点心的厨子手艺真是一等一的！陆二，你又不爱吃点心，厨子放在你府上实属浪费，还不如给我带回去！”

“阿蠢，不仅吃了东西，还想把厨子带走，哪有这么划算的买卖？”陆骁毫不客气地打消了沈愚的想法，“我是不爱吃，但阿瓷小时候喜欢。不过阿瓷胃口不好，吃东西不容易消化，这个厨子研究了几样细软的吃食，还挺不错。”

阿瓷，阿瓷，沈愚觉得自己要是哪天耳朵起茧了，肯定是听陆二念这个名字念了太多回。

两个人认识几年，但凡跟阿瓷沾边的事，就没的商量。沈愚利索地歇了心思，想起听见的消息，又拍着桌子骂道：“文远侯那个老匹夫，自己儿子是个什么糟烂模样，他心里没数？竟然有脸去陛下面前哭诉告状！”

骂完，沈愚转念一想，又说道：“不过，你又不是第一次揍罗绍了，怎么这次陛下突然让你闭门思过了？难道是因为这次把罗绍伤太重了？”

早就有人把当时殿内的情形传了出来，陆骁语气悠闲地道：“因为谢侍读作证，罗绍在街上挡了我的路，踩脏了我的鞋面，我便反过去踩断了罗绍的小腿骨。”

沈愚瞪圆一双眼，点心也吃不下去了，张嘴：“可……可谁不知道，罗绍喜欢干些动手动脚的腌臜事，你看见了才会动手揍他。而且那日谢侍读也在场，难道他没看见？”

陆骁语气平静，甚至带着两分笑意：“他当然看见了。”

沈愚更不解：“那他为什么还帮着文远侯那个老匹夫，在陛下面前诬蔑你？”想起之前自己还夸过谢琢，沈愚闷闷不乐地说，“原以为这个谢延龄长着这么一张脸，该是个光风霁月的君子，没想到竟是个在暗地里捅刀子的人！”

陆骁又补上了一句：“告诉陛下，要罚我，但不能罚太重的，也是谢侍读。”

沈愚彻底搞不清楚了：“这是什么意思？他诬蔑你，为什么又不让你受重罚？难道是他怕得罪文远侯，又怕得罪你？”

陆骁摇头：“他不[illegible]

“阿蠢，这次不[illegible]样。”隔了好一会儿，陆骁才接着说道，“这次有人上折子，说我教训罗绍，‘有乃父之风，护国护民’。”

沈愚一直觉得陆大将军是顶天立地的英雄，疑惑地问道：“大家夸你像你爹，不好吗？”

陆骁一派散漫的样子：“我只问你，我，陆骁，在陛下眼里，是锄强扶弱、受百姓敬仰、广结善缘的好，还是喜怒无常、任性妄为、四处得罪人的好？”

沈愚拿着点心怔住。

“我父亲陆渊，一品镇国大将军；我兄长陆绪，二品辅国将军。三年前，边关大捷，陆家封无可封，才让我陆骁年不及冠，就混了个武宁侯的头衔。”

陆骁直直地盯着沈愚，问，“你说，我父亲、我兄长都名震天下，大楚无人不知。现在，我要干什么？”

听着陆骁的描述，沈愚感觉喉口发干，下意识地咽了咽唾沫，只觉得后颈生凉，跟着反问：“你要干什么？”

“我当然只需要拖后腿啊。”陆骁扯了扯皮质护腕，垂下眼，“陆家不需要一门三将。”

说出后半句话时，他眼中飞快地闪过很多情绪，最后又散了个干净，只剩下云淡风轻的这九个字。

“可是，”沈愚不知道应该怎么形容自己的心情，连着“可是”了好几遍，最后身体不由得朝前倾，着急地脱口而出，“可是来洛京前，你十四岁就上战场，被敌方围困，你手提长枪，不眠不休地苦战两天两夜，终于斩落敌将首级，率军成功突围！你，你……”

陆骁一瞬间有些恍惚，几息后，嘴角浮起惯有的轻佻笑意：“这件事啊，你不说，我都快忘了。”

他快忘了他不是洛京城里打马游街的纨绔，而是凌北战场上见过血的狼。

洛京连下了三日的雨，傍晚时才停。

散衙后，谢琢抱着两本要带回去看的书，和盛浩元在门口作别。踩着湿漉漉的青石板走到马车前。谢琢正准备上去，余光瞥见一片黑色衣角，眨眼间又消失在转角处。

思索片刻，谢琢没急着上马车，而是吩咐葛武等等他，自己则走到了隐蔽的转角处。

那人果然是陆骁。

他还是一身黑色麒麟服，为了方便，袖口全部扎进了皮质护腕里，头发用革冠束起，整个人气势锐利，像一柄破敌的银枪。

谢琢在三步远的位置站定："陆小侯爷。"

陆骁原本背靠着墙，见谢琢来了才站直身，嘴角带着笑意："听说我投壶玩儿得很好？我自己怎么不知道？"

听他提起这一茬，谢琢垂眸："我猜的。"

陆骁没有弯弯绕绕，正色道："谢谢你帮我遮掩。"

谢琢面色平静，直视陆骁："我不知道小侯爷在说什么。"

陆骁嘴角的笑意深了两分，无所谓道："你不知道没关系，我知道就行。"

谢琢沉默不语。

雨后的空气还很潮湿，谢琢穿着绯色官服，露出一截雪白的罗织领口，衬得脖颈肤色更似羊脂白玉，很是晃眼。

知道不宜耽搁太久，陆骁将握在掌心的东西扔给谢琢："我珍藏的，当时找了很久，好不容易才买到，送你了，颜色……跟你很像。"

陆骁送完东西，转身走了，谢琢也从转角处走出来，上了马车，

将书册放到一旁，谢琢打量着手里精巧雅致的青瓷罐，片刻后，打开盖子一看——胭脂？

第三章 咸宁旧事

文华殿当日的情形，咸宁帝没有严令不得外传，洛京上下消息灵通，于是该知道的人多多少少都知道了。

有人说陆骁仗着陆家人坐镇凌北，苍狼骑所向披靡，便行事嚣张，咸宁帝又明显袒护，招惹不得；有人说文远侯世子要躺三个月下不了床，陆骁闭门三天就上了街，两家的仇是彻底结下了；又有人说谢琢与陆骁不睦，谢琢明目张胆地在咸宁帝面前给陆骁上眼药，现在陆骁也知道了，这两个人日后还有的斗。

“据说翰林院的人去问那个谢延龄，说：‘你这般，就不怕得罪武宁侯？’你们猜这个谢延龄怎么说？他回答：‘我只是在陛下面前实话实说罢了。而且，得罪了又有何惧？不过区区一个纨绔。’”说话的人同仇敌忾，拍着桌面大声撺掇陆骁，“小侯爷，我看这谢延龄是飘上天了，完全没把你放在眼里，竟敢说这种话！要不要我们去收拾收拾他？让他知道在洛京，区区五品翰林，到底该如何行事！”

陆骁正没正形地靠着软榻，跟沈愚几个人行酒令。他刚输了一局，咽下半杯“罗浮春”，眼尾飞上笑意，漫不经心地说道：“一个只会写锦绣文章、歌功颂德的五品翰林，你们还真上心了？听说这人身体奇差，你们不要刚走近，他就吐血了，到时候谋害官员的罪名，你们可一个都逃不了。”

他语气轻蔑，无甚兴趣，像是与此等人纠缠乃自降身份。

沈愚也不耐烦地摆了摆手：“你们闲不闲？要去你们自己去，有这时间，本世子宁愿多喝两杯酒！”

见跟陆骁关系最近的沈愚对此也没兴趣，起哄的人没了声响——他们虽然也都是勋贵出身，但不及陆骁、沈愚有这么高的身份做底气。

没了带头的人，众人就彻底歇了心思，又开始热热闹闹地听曲喝酒。

沈愚朝陆骁挤了挤眉头，小声邀功：“陆二，我表现得是不是很不错？哪能由着他们去找谢侍读的麻烦，是吧？”

他清楚内情，作为陆骁的兄弟，心里挺感激谢琢的。也是现在他才想明白，为什么他爹以前常悄悄跟他感慨，说陆家人在悬崖边上走了很久，一个不注意，就会死无葬身之地。

“嗯，”陆骁点了点头，语气十分敷衍，“阿蠢确实很不错。”

沈愚垮了脸：“说了不要叫我阿蠢！”

“好，我记住了，阿蠢。”

千秋馆的里间，谢琢来找宋大夫复诊。

写完这一回的药方，吩咐药童去抓药，宋大夫搁下笔：“公子今天过来，心不在焉的，可是遇见什么难事了？”

宋大夫看着谢琢长大，清楚他年纪虽轻，但从小天资机敏，长大后更是城府颇深，少有事情能让他像今天这般，明显面露难色。

谢琢自沉思中回神，迟疑道：“不是什么难事，只是……前日收到了一份特殊的谢礼。”

陆骁的亲随说府里堆了一仓库胭脂，用不完。陆骁亲自去胭脂铺买胭脂，又说是“珍藏”，是“好不容易才买到”。可是，陆骁长相俊朗英武，十四岁上战场，不伪装时，一身气势凶悍，平时穿衣打扮也不见重视，谢琢实在想象不出，陆骁会往自己脸上抹胭脂。

那……难道陆小侯爷喜欢搜罗、品鉴女子的物件？

他想到此处不由得就问了出来：“宋叔行医数年，可见过有男子喜欢搜集女子物件的？”

“哦？”宋大夫有了点兴趣，“女子物件？比如什么？罗袜？衣裙？钗环？”

谢琢摇头：“都不是，是胭脂。”

“只是胭脂啊，那不足为奇。”宋大夫将脸上那点兴趣之色收了回去，“前朝男子注重仪表，外出时，脸上的粉都要敷三层，还要熏香戴花，到了我朝，这股风气才淡了。”

这一点谢琢知道：“确是如此。”

“我行医这些年，也遇见过不少你说的这种人，有喜欢刀剑、瓷器的，有喜欢铜镜、胭脂的，还有喜欢农具、圆形石块、蜡烛的。甚至有人将养的仙鹤、种的梅花、酿的酒，视为自己的妻子，一过便是一辈子。”

宋大夫见多识广，侃侃而谈：“若只是喜欢，买几件东西把玩，那就只是私人爱好而已；若喜欢的程度超过常理，而此人时时心神紧绷如弓弦、日日处于危机四伏的境况，那应该是将此视为宣泄情绪的渠道，纾解压力，甚至有见之心安的效果。从医者的角度，我是赞同这种做法的。”

“原来是这样。”谢琢想，陆骁身处洛京，确实符合宋大夫所说的这种境况。

如此想来，陆骁只是喜欢胭脂，即便收集了整整一库房，那也不算什么——不过是为了纾解压力，调节心情而已。

而陆骁将珍藏已久的胭脂送给他——这份礼非常重。

“谢谢宋叔为延龄解惑。”

“不过小事，”宋大夫随意地摆了摆手，又提起，“公子前些日子让我留意的杨氏，最近都没有来医馆。”

“无碍，已经有眉目了。杨严前些时候似乎发了一笔横财，在宣平坊买了一个铺子，契书上落的他妹妹杨氏的名字。这事他藏着掖着，生怕旁人发现。”

宋大夫皱眉：“买了铺子？宣平坊的铺子可不是一般人家买得起的。”

“没错。”谢琢拿过墨锭，极耐心地替宋大夫研起墨来，“我便让葛武去查查杨氏嫁过去做续弦的那户人家是做什么的。不过数年来，杨严几乎没有提起过这个妹夫，周围的邻居也只知道杨氏嫁去了许州郾城。”

知道谢琢思考问题时就喜欢研墨，宋大夫瞧着自己的砚台，心里犯愁：磨这么多墨，他要写多少药方、医案才用得完？

谢琢并无所觉：“几日前，葛武派人去郾城打听了一番，查到杨氏嫁的是一个商户。杨严这人，能力平庸，靠熬资历熬到了修撰，如今能从六品修撰坐到五品待诏的位置，少不得有这位妹夫在银钱方面贴补。但他以此为耻，所以连他的邻居都不知道他的妹夫是做什么的。”

“以此为耻？呵，那他怎么又要花那些银钱？”宋大夫跟着谢琢的思路走，“公子是怀疑杨严买铺子的钱来路不正？”

谢琢没有回答，而是问：“若你是那个商户，病死前，家中财产是留给无所出的续弦，还是留给即将及笄的亲生女儿？”

宋大夫略一思考，回道：“续弦可以拿着自己的嫁妆再嫁，女儿无依无靠，我会一分为五，其中之四留给女儿做她的嫁妆，保她余生安稳。”

谢琢继续问：“若你是杨氏，你会不会带着毫无血缘关系的女儿一起投奔娘家兄长，而不是将她留在夫家，由丈夫的族人照顾？”

宋大夫沉思片刻后说：“有风险。我一个人前去投奔兄长，已经会遭受娘家人的白眼，更别说带一个没有血缘关系的女儿了。如果没有非带不可的理由，我不会带。”

“可杨氏带了，杨严也收留了。从翰林院中人的言语里可知，杨严平日在银钱方面可称吝啬。他会答应养一个无血缘关系的外甥女，说明杨氏说服了兄长。杨氏怎么说服的？多半一个‘利’字才能打动人心。”

宋大夫指出：“若这杨严吝啬银钱，怎会在铺子的契书上只落他妹妹的名字？”

“对，所以说不定还有另一份契书，落的是杨严自己的名字。”谢琢随意地挑了一支笔，开始抄写宋大夫的一份医案，继续说道，“又有个问题，那这笔钱是从哪里来的？”

宋大夫摸了摸蓄的花白胡须：“侵占在室女继承的财产，依我朝律令，轻则被贬官，重则入狱，这位杨待诏前程尽废。公子是想……”

谢琢被浓睫遮掩的眼眸若冬日覆着冰的平湖，全不见平日里的光风霁月，透着股毫不掩饰的冷漠之意，眼尾带着薄笑。

“翰林院要编纂当朝陛下的《实录》，我资历太浅，尚无资格，除非杨严被贬官。”

只有参与编纂《实录》，他才有机会名正言顺地翻看咸宁帝的《起居注》和《时政记》，才能最直接地了解当年到底发生了什么事。

临走前，谢琢将抄好的几页医案递给宋大夫，用沾湿的绢布反复擦拭手指，玩笑道：“宋叔，您十几年来，字还是没什么长进。”

等人走了，宋大夫看着满满当当一砚台的墨，越想越气：“我一个开方抓药的大夫，字写得丑怎么了？说我字丑就算了，竟然磨完了我整整一锭墨！这手是有多闲？”

另一边，谢琢刚从千秋馆出来，葛武就迎上前来，给他披上松叶纹的淡色长披风：“宋大夫吩咐的，快入秋了，天气渐凉，公子秋冬都不好过，千万不能受寒！”又低声汇报，“公子，我留在杨家附近的两个闲汉刚刚来找我要赏钱了。”

谢琢看向葛武：“有新消息了？”

“没错，说是杨氏找媒人替她带回来的那个继女说了门亲事，让继女给一个死了妻子的赌棍当续弦。那个姑娘现在还被杨家人蒙在鼓里呢。”

“嫁给赌棍？赌棍没权没势，自然找不了杨严的麻烦，甚至欠了赌债，以后卖妻卖女都不一定，杨家还真是好打算。”谢琢掀帘坐上马车，“找个机会，把这个消息告诉那个姑娘，让她最好今夜就赶紧跑出来，直接去会仙酒楼。”

葛武不明白：“去会仙酒楼做什么？”

“今夜御史中丞在会仙酒楼宴请同僚。御史有风闻奏事的权力，一旦被御史台的人缠上，杨严不死也会脱层皮。”谢琢手支着下巴，吩咐道，“这次你亲自去，务必让人找上御史。”

“是！”应下后，葛武又抓了抓后脑，“公子，可陆小侯爷说得对，我要时刻跟着公子。”

谢琢突然听见这个称呼，微顿：“陆小侯爷？他什么时候说的？”

葛武老老实实地回答：“就您高热昏迷那次，陆小侯爷说您身体不好，需要人仔细看顾，没有自保能力，也很容易受伤，所以让我一定要跟紧公子。”

马车内许久没有声音，过了好一会儿，才隔着布帘，隐约传出一句话：“他还真是操不完的心。”

又隔了一会儿，谢琢像是妥协了：“走吧，我随你一起去。”

崔玉英悄悄从后门跑了出来，心跳得极快，风吹进眼里，眼泪又不争气地流了下来。她掐着手心，胡乱用衣袖擦干眼泪，告诫自己不能哭，要是再哭，就真的要嫁给赌棍做续弦了。

她真的没想到，对她向来和善的继母心肠竟会如此歹毒。她躲着人打开自己锁着的小箱，才发现里面的银票全都不翼而飞，不免又哭了一遭。

一入夜，她便记着杨家那个面生的仆人告诉她的话：天黑后跑出杨家，去会仙酒楼找御史告状。

可她到底不过是一个十四五岁的小姑娘，又才来洛京不久，跌跌撞撞地跑在夜色下的街巷里，不一会儿就迷失了方向。

不小心被碎石绊倒，崔玉英揉着自己的膝盖，被擦破了皮的掌心也火烧般的疼。她抽了抽鼻子，又强行让自己止住泪意。

她跑出了杨家，却找不到会仙酒楼，甚至不知道自己到底在哪里。

要是爹和娘还在，必然舍不得她遭这样的罪……

这时，有一轻一重的脚步声自转角处传来。崔玉英心里一紧，不由得贴着石墙，睁大眼，担心会不会是杨家人发现她不见了追了出来。

不多时，清冷带笑的声音传进崔玉英的耳里。

“找到了，果然是迷路了。”

在那道身影映入她的眼中的刹那，她不由自主地放轻了呼吸，一眼也不敢眨。

溶溶的月光下，出现在她眼前的是个年轻男子，衣袍曳地，畏寒似的，系着薄薄的浅色披风，仿佛与圆月辉映。

他停在她身前，向她递出一把合拢的折扇：“还能站起来吗？”

听见这句问话，崔玉英猛地回过神来，讷讷地回答：“能……能站起来。”

她小心翼翼地伸出手握住折扇，借着力道忍痛站起身来。

“从这里往前，第二个路口左拐，一直直走，就能走到朱雀大街上，再往右走，远远就能看见会仙酒楼的招牌。”

崔玉英没有去想对方为什么会出现在这里，又怎么知道自己要去什么地方，只将这人说的每个字都死死记在心里，最后重重点头：“我记住了。”

“好，那就不要再迷路了。”

崔玉英准备道谢时，突然听这个人问她：“你姓崔？”

崔玉英紧张地捏着自己的衣角：“没……没错。”

“我母亲也姓崔。”

崔玉英看见，这个人在说出这句话时，脸上的表情明明没有任何变化，却让她觉得对方似乎……在哭。

眼前的人轻咳两声后，低缓的嗓音响起。

“你的父母皆已离世，从此，这世上便只剩你一人，不要轻信他人，不要轻易将自己的身家性命托付给旁人。夏少饮凉，冬要添衣，少生病，少受伤，因为即使你生病流血，也不会再有父母为你洗手熬药，哄你不要怕痛、好好睡觉。可记得了？”

在没有意识到的时候，崔玉英已经流了满脸的泪，哽咽着回答："我记得了。"

洛京城的一条巷子里，崔玉英踏着月色，用尽了全力在奔跑，跑向前方命运的一处分岔口。

她不由得回头看了看远远站在夜风中、月辉般清寒的身影。

有人在她绝望跌倒时，递给她半尺折扇，为她指明前路。

新昌坊的会仙酒楼包间里，沈愚终于脱下文士服，换上了金冠和玉腰带，一时间整个人神清气爽。

"我娘终于认识到，就像诗里说的那样，'人不如新，衣不如旧'！我不用再被迫穿文士服了，必须一起庆祝庆祝！"

虽然觉得沈愚念的这句诗不太对，但陆骁两指握着酒杯，也表示："看着总算没那么伤眼睛了。你之前的打扮，总让我觉得你第二天就会捧个乞丐碗上我府里打秋风。"

沈愚翻了个白眼，给自己倒了杯酒，又给陆骁满上酒，想起来道："不过陆二，我刚刚上楼时好巧不巧地遇上了几个御史台的人，吓了我一跳！那帮人上次还递折子说我'头戴金冠，奢靡无度'。呵呵，本世子用他家的金子了？"

梁国公不站队、不闹事，稍微有点风险的事绝不沾手。上朝时，一有争吵的情况他就闭眼站着睡觉，守着家里的金库天天数钱，有钱得理直气壮、清清白白。御史台的人参不动别的，便只能拿沈愚戴金冠的事说上一说。

"御史台的人也来这里吃饭？"陆骁手指叩了叩桌面，一副看好戏的态度，"想来今天这里身上挂着官职的人，点菜都得数着点了。"

饭吃到一半，沈愚正在跟陆骁讲自己家新买的画眉鸟，突然听见外面一阵喧嚣。他向来是看热闹不嫌事大，抓了个跑堂的人进来，扔过去一串铜钱，眼睛发亮地问："说说，外面出什么事了？"

跑堂的人拿了钱，口齿伶俐地说："有个姓崔的小姑娘一瘸一拐地跑进楼里，找到了御史台的几位大人，说她父亲病逝后，她的继母和继母的兄长一起谋夺了她的嫁妆，现在还要把她嫁给一个死了妻子的赌棍。她知道此事后很害怕，就悄悄跑了出来，听说御史台的人在这里，才来求救。"

沈愚很敏锐地抓住了重点："找御史台，她继母的兄长是当官的？"

跑堂的人点头，先奉承了一句："世子真厉害，您猜对了！"他接着说道，"说是在翰林院任职，好歹是个读圣贤书的人，竟然干出这种腌臜事，这手段是要逼死小姑娘哪，就不怕小姑娘的亲爹变成鬼找上门？"

陆骁本来有一句没一句地听着，此时才开口："在翰林院任职？"

"没错，就是翰林院，不过不知道是哪位大人。"见沈愚摆手，跑堂的人笑眯眯地退下，临走还道了句，“两位吃好喝好。”

打发走跑堂的人，沈愚关上了包间的门：“御史台的人正闲得无事可做，现在事情找上门来，估计都摩拳擦掌，想着该怎么写折子，扒那个翰林一层皮。”

陆骁对此没太大兴趣：“如果真的抢了在室女的嫁妆，他这个翰林怕是做不得了。”

“私德有损，触犯律令，估计他会被贬到地方上当个小官？”

“应该吧。”陆骁百无聊赖，将视线投向窗外。大楚不设宵禁，虽已入夜，但大街上依然人来人往。他视力极好，瞧了一会儿楼下画糖画的摊子，正将目光挪开，倏地一凝——

如果他没看错，站在暗处的，应该是谢琢和他的那个护卫。

谢琢系着素色的披风，两个人手里什么都没拿，不像是出来买东西的，也没有左顾右盼地等人，更像是单纯地站在那里。

他们是在看热闹？

莫名其妙地，陆骁觉得情况有两分奇怪。

沈愚又闲不住地出去转了一圈，回来跟陆骁说着探听到的最新消息：“这群言官，饭吃到一半全不吃了，搁下筷子，一个个都赶着回去写折子骂人，真不愧是他们！”

陆骁问：“那个告状的小姑娘呢？”

一边问，他一边再看往窗外，已经找不到谢琢的身影了。

沈愚回答：“被御史中丞领走了，御史中丞虽然骂人骂得狠，但我爹说他是个好官。想来今晚那个小姑娘应该能睡个好觉了。”

崔玉英跟随着御史中丞下楼，被蹭伤的掌心仍在火辣辣地疼。临上马车前，她不由得拎着裙角，往左右的人群里望了望。

那个人不在。

她弯腰坐进车内，伴着马蹄声和车轮声，心想：从此以后，这次相逢便是她不可与人言说的月下一梦。

若日后能再次得见梦中人，她定会告诉他：你说的事我都做到了。

第二日，弹劾翰林院五品待诏杨严的折子就堆上了御案。

不多时，宣平坊胭脂铺的买卖契书以及另一份落着杨严名姓的田产契书，一一被搜了出来，另外朝廷的人还从杨严妻子的房中找出了两根沉甸甸的金簪。银钱与证词相合，这些正是崔玉英已逝的父亲留给她的嫁妆。

此案定下，没有杨严狡辩的机会。

谢琢到翰林院点卯时，同僚几乎都在谈论这件事。

“杨待诏虽然平时吝啬，但真没想到，他竟是此等谋夺孤女财产的小人！当真知人知面不知心哪！”

“听说杨待诏给崔家姑娘相看的不仅是个赌棍，欠着一屁股债，喝酒后还喜欢动手，他的上任妻子根本就不是病死的，而是时常被打，生生被折磨死的！”

“这心肠……他就没想给崔家姑娘活路！幸好崔家姑娘跑了出来。”

盛浩元见谢琢来了，走过来打招呼：“延龄来了？”

谢琢施礼：“盛待诏。”

盛浩元知道这人向来守礼，让人挑不出错处来。寒暄了两句，他同谢琢站在一处：“杨待诏没经得住查，除了两份契书和两根金簪外，之前贿赂升迁考评的官员的事也被挖了出来，数罪并罚，被外放到偏僻小县已是定局，以后是没机会回洛京了。”

杨严苦熬数年，也没有想过离开翰林院去当地方官，就是因为翰林清贵，乃是天子近臣，又在洛京，前程怎么都比去当一辈子见不到天颜的地方官好。只不过现在看来，他这辈子大概只能守在那方小县里了。

谢琢听完这话，神情微讶，想了想说道：“嗯，希望杨待诏经过此事，以后能福泽一方百姓。”

“希望吧。不过这样一来，《实录》的编纂就缺了一人，掌院应该会再选一人补上。”盛浩元拢了拢袖口，小声说道，“提前祝贺延龄了。”

谢琢神色未见波动：“谢盛待诏看重，不过掌院尚未分派，延龄不敢接受祝贺。”

“你啊你，小小年纪就如此谨慎，怎么比我还持重？”盛浩元展了展衣袖，“反正在我眼里，同等资历的人中，论起学识和眼界，无人可出延龄之右。缺的这一席，非延龄莫属。”

散衙前，掌院学士分派事务，杨严空出来的差事果真落到了谢琢身上。一时间，不少人朝谢琢拱手道贺，谢琢一一回礼。

盛浩元取笑他：“我可有贺错？你呀，反倒比我还谨慎。”

谢琢同他一起往翰林院外走，反复犹豫后才说道：“前些日子，盛待诏提起，前朝曾有翰林因编纂《实录》差点丢了性命。”

盛浩元见谢琢脸上没有太多惊喜之色，反而忧虑更重，惊讶地说：“延龄得了个这么好的差事，不见笑颜，是在担心这件事？”

谢琢似有些难为情：“没错。”

盛浩元不由得笑道：“看来是我把延龄吓到了，我的错！延龄倒也不必太过担忧，获罪的是极少数人！”

而且他那时提这一遭，不过是让谢琢明白此事有风险，莫要忌妒他，没想到谢琢还记着那话。

“参与编写帝王《实录》，可是能写进宗祠的荣耀之事。更何况延龄年未加冠，入翰林院还不到一年，往后有编写《实录》这一项，考评升迁也会容易许多！”盛浩元说道，“这可是不少人求都求不来的青云路。”

谢琢惭愧道：“不瞒盛待诏，延龄暗自忐忑了许久。”

“哈哈哈，”盛浩元大笑，“是我说错了，延龄不管表面看起来有多谨慎镇定、成竹于胸，依然是个十九岁、容易被唬住的少年郎哪！”

谢琢不知道说什么，干脆拱手行了一礼，似是不好意思再多言：“让盛待诏见笑了。”

翰林院本在太平坊，与宫墙只有一街之隔。不过，无论是帝王的《起居注》，还是记录廷议奏对的《时政记》，都被封在史馆内，轻易不得出宫城。

因此，钦天监将日子定在八月初六，参与编纂《实录》的翰林官员纷纷迁到了大庆殿东侧的天章阁住，直到《实录》编纂完成才可返回翰林院。

宫门间行走需要核查腰牌，于是谢琢束腰的革带上除了会挂上银鱼符外，还多了块腰牌以保证顺利进出。

第二日，跟守在宫门前的禁卫军核实过身份后，谢琢重新系好腰牌，沿着笔直的宫墙走到了天章阁。

天章阁采用“明三暗四”的建筑法，一楼开放出来议事问策，二、三、四楼则存有图籍、御书等。此时，天章阁深绿廊柱，菱花窗门，周围怪石假山，绿树映水，安安静静。

他来得似乎有些早。

伴着清脆的鸟鸣声，身着绯色官服的谢琢踩上台阶，推开了天章阁的大门。

清晨的朝阳随之照了进去。

而谢琢本要往里走的脚步停在了原地。

有人正趴在案上熟睡，直到一缕阳光落在他闭合的眼睑上，他才不适地皱了皱眉，睁开眼看过来。

“谢侍读？”陆骁依旧是一身黑色麒麟服，五官俊朗锐利，漆黑描金云纹的革冠将头发高高束起，束发处还插着一支没有蘸墨的毛笔。

他坐起身，绷直长腿，打了个哈欠。

“陆小侯爷。”谢琢没有关门，打了声招呼后往里走去，随便挑了一个位置。

陆骁懒散地用手支着下颌，嗓音还带着两分睡意，笑道：“你选的那个位置太阳照不进来，最是阴凉潮湿。我建议谢侍读坐到我旁边来，这里临窗，天气晴好时，还能开窗看看园景，晒晒太阳。等逐渐冷了，屋内烧起炭火，闷得喘不过气时，也能借着窗缝透透气。”

谢琢站了片刻，没有拒绝，走到陆骁右边的位置上坐下。桌案上已经摆放笔墨纸砚，他一一按照自己的习惯重新摆放规整。

陆骁侧着脑袋，视线随着谢琢的动作移动，不由得想，谢侍读的手跟自己的很不一样，手腕纤细，手指匀称细长，掌心和手指都无常年握刀磨出的硬茧。

这实在不像是能一刀割断北狄探子喉咙的手。

不过，怪不得那些人要称他“琢玉郎”，他可不是像玉琢出来的人吗。

陆骁突然开口：“七月二十八那天，我好像在会仙酒楼附近看见了谢侍读。”

问完，他便注意着谢琢的神情。

“七月二十八？”谢琢有条不紊地收拾着墨锭，毫未停顿，闲聊般回答，“我最近只去过一次会仙酒楼附近，那天突然想吃蜜煎雕花，听闻新昌坊的一位老师傅雕花的手艺精湛。”

“那买到了吗？”

“没有，我去了才知道，老师傅每月逢二、逢八都不开摊。”像是没有察觉陆骁突如其来的试探之意，谢琢问，“小侯爷又为何会出现在此处？”

难道他的直觉出错了？陆骁又拿了一支毛笔，闲不住似的在手里抛来倒去：“啧，陛下嫌我天天给他添麻烦，说御案上参我的折子每日都有一大摞，就问我是进禁卫军松松筋骨，消消精力，还是来天章阁沾沾文气，养养性子，顺便管着《实录》的编纂事宜。”

他偏头看着谢琢，语调轻浮地说着：“我自然是选天章阁了，不用被风吹日晒雨淋，还只有我管束别人的份儿，没有别人能管束我。”

谢琢听完这话，只回了一句：“原来如此。”

陆骁不知道怎么的，觉得很有探究的兴趣。

这个谢侍读每每面对他时，不仅没有挟恩图报的意思，更是恨不得将“离我远点”四个字写在脸上，划清两个人的界限。

但不管谢琢是在咸宁帝面前不止一次地帮他遮掩也好，还是发高热昏迷后攥着他的衣服不松手也罢，都和表现出来的刻意疏离的样子毫不相干，甚至完全相反，很是矛盾。

于是陆骁顶着发冠处歪歪插着的毛笔，朝谢琢不伦不类地施了一礼，笑容恣意道：“以后劳请谢侍读多多照顾，让我沾沾文气。”

初时，来天章阁应卯的翰林院官员看见陆骁都有些不忿，不理解咸宁帝为什么要派这么个什么都不会、每天只知道玩乐的纨绔来监督《实录》的编纂事宜。但圣命已下，不会收回，他们只好捏着鼻子认了，即便心中不满，也只会在私下里嘲讽。

能进翰林院的人，才学俱佳，言语也尖刻：“不知武宁侯可会握笔，又识字多少？”

另一个人小声笑道：“可不是？不知道陆小侯爷认不认识‘天章阁’三个字？宫里的殿宇楼阁这么多，陆小侯爷可别第二天就找错了地方。”

“武宁侯将门世家，自然专注在舞枪弄棍上，你们怎么能指责武宁侯不识几个字呢？”

这时，有人清了清嗓子，凑在一处聊天的人立刻噤声——果然，陆骁正从门外进来，不知道听到了多少对话。

几个人纷纷坐回自己的位子，担心陆骁会找他们的麻烦。

可过了两天，众人发现，陆骁日日来点卯，然后就在自己的位子上坐下，搭着长腿认真翻看话本——话本自然不是从天章阁里借的，而是从宫外带进来的，整个人很是没有存在感，除了遇到不认识的字，会去找掌院学士询问。

他谦虚是谦虚，也很有礼貌，但他不认识的字太多了，扰得掌院学士烦不胜烦，又不好意思直说或者拒不回答，只好将他推给下面的承旨和待诏。

陆骁问得多了，天章阁里的人也意识到陆骁并非不识字，而是故意找麻烦，手里的事又千头万绪，便只能表示“下官也不认识”，讪讪地避开。

最后，一对一地为陆骁解惑的人，变成了这里面官位最低的谢琢。

陆骁把人都戏弄了一遍，觉得无趣，见谢琢认认真真地等着自己问问题，便把话本一卷：“我有一段内容读不明白，又怕打扰诸位做正事，谢侍读可愿与本侯一同到外面，替本侯解答一二？”

在周围同僚或庆幸或怜悯的眼神中，谢琢放下笔：“这是下官的荣幸。”

门被打开又关上，菱花窗门阻隔了众人的视线，周围没人，禁卫军远远站着，两个人说话也不怕人听见。

陆骁伸了个懒腰：“阿蠢眼光真不行，挑的话本一本比一本难看，不是狐狸兔子成精了，就是书生佳人哭哭啼啼。”说完，他疑惑地看向谢琢，“还站在那里做什么？赶紧过来两步，这里可以晒到太阳。”

谢琢微怔。他以为陆骁是在天章阁里坐烦了，才想出来透透气，没想到是带他出来晒太阳。

“你冷得指尖都发白了，虽然你平时就很白。”陆骁眼里映着日光，神色有几分嫌弃，“天章阁里阴阴冷冷的，现在才初秋就已经到了这地步，不知道多久才点炉子，你不是怕冷吗？早点让你家里给你备个手炉。”

“好。”谢琢难得地都不知道言语应该怎么成句，以应对现在的情形，只好笨拙地找话题，“阿蠢是谁？”

“哦，梁国公世子的小名，他字若拙，意为大智若愚，大巧若拙，我倒觉得不如‘阿蠢’叫着顺口。他是洛京城里各大书铺的常客，书房的架子上全是各种各样的话本。怕我来天章阁无聊，他前两天直接运了两大箱话本到我的府上。”

陆骁话锋一转，突然问：“我看起来目不识丁？”

他没等谢琢回答，自顾自地又说道：“我三岁开蒙，虽然不算学富五车，但几十册的兵书倒背如流。在这些人的眼里，我陆家竟是如此疏于家教，还是他们以为大字不识一个就能指挥千军万马，让无数人把性命交到你手上？”

谢琢发现，陆骁生气，并非气那些人看不起他是个只知道玩乐的纨绔，而是在气近天子侧、于朝廷中枢的翰林院任职的官员，竟会如此看不起陆家，看不起守在边关的兵将，以一种自上而下的角度看陆家，带着一种自以为是的优越感。

他真的不认识那些字吗？真的需要去找人询问吗？

不，他只是怒，却不能发怒。

谢琢道："庸人困于偏见，不可睹天地高远。"

陆骁笑出声来，模样有些得意："我可听出来了，谢侍读在说里面有些人是庸人，看不见天地全貌，谢侍读是站我这边的。"

陆骁说的"站哪一边"的话让谢琢觉得很幼稚，谢琢动了动唇，最终也没有否认，只道："走吧，该进去了。"

在天章阁坐了整整一天，上了马车，陆骁不由得按了按肩膀。

张召笑话他："侯爷，你去天章阁点一天卯，怎么感觉比在校场练一天长枪还累？"

"你去坐一天试试？"陆骁瞪他一眼，手撑着车壁，又吩咐，"先不回府，去一趟会仙酒楼附近。"

张召熟练地扯动缰绳："侯爷今天和沈世子有约？"

陆骁远远看着宫门口谢琢踩着马凳上车的身影，语气不明地答了一声："没有。"

马车在会仙酒楼附近停下，陆骁跃下车，吩咐张召："你去看看这附近有没有卖蜜煎雕花的摊子，如果有，看看摊主是谁，再问问是不是每日都来。"

虽然这个吩咐有些莫名其妙，但张召还是仔细记下了。

不多时，张召大步回来："酒楼附近确实有个摊位在卖蜜煎雕花，摊主是个老师傅。"

陆骁问："逢二、逢八不开摊？"

张召惊讶："没错，老师傅说他精力不济，不比年轻的时候，所以一月休息六天。侯爷，你怎么知道？"

所以……谢琢没有说谎，真的只是来买蜜煎雕花？

陆骁没有解释，转而拿起自己正在挑选的小动物竹编，问张召的意见："你说我是买竹篾编的小兔子好，还是小鸟好？巴掌大的小玩意儿，小姑娘应该会喜欢吧？"

张召见兔耳朵旁边缀着一朵绢花，语气迟疑道："小姑娘应该更喜欢这个？"

陆骁也不太确定，干脆几种动物各拿了一个，让张召好好拎着。

拎东西都拎出经验来了，张召一看就知道自家侯爷是给小青梅买的，有些发愁："侯爷，要是阿——"他把后面那个字咽了回去，只说，"要是姑娘不喜欢怎么办？"

"你以为我没想过？"陆骁不在意道，边走边看两旁的各种摊位，时不时停下来挑一挑，"买一百件不同的东西，里面总会有一件是她喜欢的。若是一件都没有，那再买便是。"

张召其实有些不明白，年幼时的情意，为什么他家侯爷会记这么久？

“你不懂。”陆骁一看就知道张召在想什么，“阿瓷家里出事时，她还很小，估计都不知道到底发生了什么事。当时陛下判处谢家女眷流刑，流放三千里。一月的天气，越往北越是滴水成冰，也不知道她一路上会有多冷、多害怕，有没有生病，现在夜里会不会惊梦，会不会睡不好。”

陆骁沉默了一瞬，说得认真：“我只是希望，等她哪天来洛京找我了，我可以把东西都送给她，让她知道，虽然她没了家人，但这些年，终归有人一直念着她。”

“公子这几日是不是又夜卧不宁？”千秋馆的里间，宋大夫收回搭脉的手，提笔蘸了蘸墨。

“嗯，最近夜里总会梦见母亲。”

“多久了？”

“从七月二十八那晚开始。”谢琢注视着香炉上袅袅升起的轻烟，咳嗽了一声，“还是同样的画面，她用身体护着我，一次次被乱箭射中，很多很多血洒在我的脸上，是温热的，但很快就变凉了。她明明很痛，却还一直轻轻拍着我的背，小声安抚我说：‘阿瓷别怕，爹和娘保护你。’她一直重复了很多遍，直到——”

“公子！”宋大夫轻喝。

谢琢话音蓦地一停，失去焦距的双眼重新变得有神。此刻，他脸色苍白如纸，额头上全是细汗。

重重喘息了两声，谢琢又捏了捏眉心，疲倦道：“抱歉。”

宋大夫见他整个人都在发抖，不忍地轻叹：“公子晚上睡不安稳，心神虚弱，不可放任自己去回忆往事，沉浸其中。”

“我知道。”谢琢静了静，才又哑声说了一句，“我只是想……见见她。”

从千秋馆出来，谢琢的脸色依然不好，葛武见了，想上前搀扶他，但知道公子极不喜人触碰，只好忧心忡忡地落后几步跟着。

谢琢知道自己现在的状态不算好。

曾经尽力去压抑的记忆铺天盖地地涌来，眼前浮现一层层血色，又像是有激流从脚边淹过来，逐渐让他胸口憋闷，再无法呼吸。

两个人都没有发现，有一个喝醉了的地痞无赖跟在他们身后，走进了小巷里。

那醉汉越过葛武，眼神混浊地扑过去拉谢琢的披风，却被葛武一脚狠狠踹翻在地，嘴里仍念叨着：“美人，让爷摸摸你的手……”

谢琢转过身，对上那人看向他的视线，仿佛有什么画面在眼前重叠，不由得撑着墙壁，用尽全力，才将胃里痉挛的恶心感压下去。

他不再看那人，只冷冷地吩咐葛武：“带到城外，挖了他的眼睛。”

葛武自责刚刚失职，立刻拱手道："是，公子。"

谢琢颤着指尖，又单手将被那醉汉碰过的披风解下来扔给葛武："一起烧了。"

葛武带着人快步离开后，谢琢没有继续往家里走。

他背靠着墙壁，失去力气般缓缓滑坐到地上，屈膝蜷缩起来。

因为用力，掌心里握着的一块尖锐的石头逐渐嵌进肉里，疼痛感越来越重——这让他觉得自己还活着。

眼前有各式各样的画面交替出现，他一时间恍惚以为自己仍在那条冰天雪地的流放路上，直到耳边传来一道熟悉的声音。

"谢侍读？"

谢琢迟钝地抬起头，才发现天已经半黑，视线缓缓聚焦，最后落到身前的人的脸上。

嗓音哑得厉害，谢琢似是不太确定："小侯爷？"他的尾音极轻，像即将化成烟散开。

"是我。"陆骁半跪在地上，跟谢琢的视线持平，自然看见了对方汗湿的头发、苍白的脸色以及发红的眼尾。

谢琢下意识地解释："突然感到眩晕，一时走不了路，不想遇见了小侯爷。"

"从这条路走，回我府里比较快。"陆骁也解释了一句，看见谢琢脚边撒了一地的药，没多问，只说，"我让张召去千秋馆，给谢侍读重新配好药，再直接送到谢侍读的家里？"

他原以为会被拒绝，再收到一句"不劳小侯爷烦心"，没想到几息后，听见谢琢回答："好。"

陆骁给张召使了个眼色，让张召赶快去，再回过头来，发现谢琢依然定定地看着自己。

谢琢像被人遗弃、淋了雨的小动物，还没有回过神。

陆骁见他唇色发白，披风也没系，便试探性地提议："谢侍读可是觉得冷？天气渐凉，如果谢侍读不嫌弃，我知道一家面摊，吃下一碗面，很快就能回暖。"

谢琢努力分辨陆骁的话，还是那个回答："好。"

这不免让陆骁觉得有些好笑。

自己说什么他就答应什么？

陆骁无意深究谢琢的异常表现是怎么回事，只是觉得，自己现在监督《实录》的编纂事宜，好歹也算是谢琢的上官，断没有直接把人扔在这里不管的道理。

谢琢跟在陆骁身后，一步紧着一步，认真地跟着。两个人在错杂的深巷间绕了不知道多久，最后停在了一家卖面的小摊前。

陆骁明显很熟悉这里，没有留意外面的桌椅，而是直接掀开青布帘进到了里间："赵叔，两碗面。"

厨房的方向传来一声回应："好嘞，这就煮上！"

引着谢琢在里间唯一的木桌旁坐下，陆骁给他倒了杯热茶，然后发现谢琢不知道是怕烫还是发呆，一直等到水变温才喝了一口。

面来得很快，赵叔长相忠厚，跛着脚端来两个大碗，仔细放下，笑眯眯地寒暄："少将军带朋友来？这么晚才吃晚饭对身体可不好，不能仗着年轻就糟蹋自己的身体！"

陆骁无奈，发现不知道为什么，自己身边的人无论是张召还是别的谁，都唠叨至极，连忙打断赵叔的话："好了好了，别念叨了，我知道了，不就是按时吃饭吗！欸，外面来客人了，赵叔你快去招呼！别让客人跑了！"

等人终于走了，陆骁舒了一口气，递了双竹筷给谢琢："尝尝，面不是很烫，你看看合不合胃口。"

"好。"谢琢接下竹筷，小心地尝了一口，确实不烫，微辣鲜香的滋味在舌尖蔓延开来。

陆骁观察着他的神情，得意道："我说得不错吧？是不是吃上两口，整个人就回暖了？我敢用我的爵位做赌，这家的面是全洛京最好吃的！"

他依然是一身黑色麒麟服，但不是在咸宁帝面前故意装出来的轻佻无赖样，也不像在破庙时那般防备试探。

此时的陆骁革冠束发，笑容肆意，眼神明亮，很真实。

谢琢捏着竹筷，定定地看着眼前的人。

门外贩夫走卒的喧嚣声、邻里的说笑声，一一入耳。

仿佛有火星自心脏处蔓延开，记忆中的寒冰退去，连指尖也回暖了。

隔了许久，谢琢才垂下被热气熏湿的眼睫，回答："很好吃。"

从面摊出来，两个人并肩走在巷子里。

谢琢问："摊主为什么叫你'少将军'？"

"是不是很奇怪？洛京城里的人都叫我小侯爷，或者陆二公子。"陆骁没瞒着，"他曾是我父亲麾下的先锋兵，在凌北打了十几年的仗，很厉害。腿是在咸宁十五年跟北狄打那场仗时断的，大腿往下都被砍没了。"

谢琢正看着青石路上两个人的影子，听完笃定地说道："史书上不会有他们的名字，但这片土地会记得他们流过的血。"

因为这句话，陆骁看了谢琢很久，目光很深，也很静。

"嗯，一定会的。"陆骁移开视线，嘴角的笑容深了许多，"赵叔一直把断了的那条腿视作荣耀，因为他用一条腿要了三个北狄人的命。以后若是有空，谢侍读可以多来吃面。"

谢琢应下："好，赵叔的面很好吃。"

天已经黑尽，灯笼渐次亮起。两个人又走到了新昌坊附近，陆骁想到什么，让谢琢在原地等他，他很快回来，说完便疾步走开。

谢琢站在巷子里，觉得夜风有点冷了，无事可做，不由得在心里默默数起数来。

一百二十一，一百二十二，一百二十三——

熟悉的脚步声靠近，是陆骁从繁华的大街上回到了安静的窄巷里。

见谢琢还在，他快走几步，将手里的东西递到谢琢面前："给你，你之前不是说特意来买，却碰上收摊吗？今天正好老师傅在。"

谢琢猝然抬眼："你……"

他走这么急，就是为了去给自己买一个……蜜煎雕花？

一时间，谢琢心中竟生出些许胆怯感，不敢伸手去接东西。

陆骁见他不动，不禁又有些好笑："来，伸手。"

谢琢依言伸出手。

陆骁把蜜煎雕花放在谢琢的掌心里，看着谢琢被光影映照的眉眼，想着，还是这样发如鸦羽、齿皓唇朱、风仪不凡的谢侍读看起来更顺眼。

第二日，不知道是念着舌尖上的微辣鲜香味道，还是因为别的什么，循着昨晚的印象，谢琢又走到了赵叔的面摊附近。

正下着小雨，他撑着一把油纸伞，远远看着，有些踌躇，不知道该不该过去。

不管是对喜欢的吃食，还是旁的爱好，谢琢总是从最初就会克制，断不曾有这般第二日就再来的情况。

"怎么站在这里？"

谢琢一时以为自己出现了幻听，等抬起伞，才发现来的确实是陆骁。他没有撑伞，毫无顾忌地站在雨里，头发上覆着一层细细密密的水珠。

陆骁大步走到通往里间的门边，掀开青布帘回头，眉目张扬，玩笑道："本侯可是亲自为谢侍读打帘。"

谢琢在原地站了片刻，收了油纸伞："小侯爷打帘辛苦。"

陆骁微挑眉，望了望谢琢的背影，总觉得谢琢今天好像……没把"离我远点"四个字写在脸上了？

他没提的是，一大早他就去了谢琢家门口等着，再一路慢慢悠悠地跟着谢琢走到了这里。他倒也不是担心什么，只是觉得昨晚谢琢的状态——就像满是裂纹的瓷器，稍不留神就会碎成片。

不过等他看见谢琢远远地站在面摊旁，犹犹豫豫不敢走近，像极了围在卖糖糕的小摊前的稚童，明明想吃，却又小心翼翼地不敢上前时，忍不住觉得好笑。

在里间的桌边坐下后，谢琢听见陆骁问："蜜煎雕花好吃吗？"

"好吃。"

其实昨晚把蜜煎雕花拿回去后，谢琢没舍得吃，而是用一个白瓷碟盛好，今早出门时还特地去看了一眼。

吃完朝食，两个人默契地没有一同离开。

谢琢到天章阁时，盛浩元正好在廊下，看见他，关切地问道："延龄，昨日陆小侯爷可有难为你？"

谢琢收起伞，甩了甩雨水："没有，陆小侯爷只让我给其中一段内容释义。"

"我还在担心，陆小侯爷知道你曾说他是纨绔，会借机为难你。"盛浩元又皱眉，替谢琢不平，"不过是民间话本竟要你今科探花郎去帮忙释义，也只有他武宁侯做得出来这种事。"

谢琢不动声色地偏移开谈话重点："无碍，文体无贵贱，民间话本也有精彩玄奥的。"

盛浩元不赞同："虽是这么说，但民间百姓不懂经史子集，受他们追捧的话本多是白话文，遣词粗鄙，多坊间俚语，遑论精妙奥义？"

谢琢本就不欲与他争辩，回答："盛待诏说得很有道理。"

"对了，今日轮到你我去史馆中借阅《起居注》，不过不能带出，只能在史馆中誊写。"盛浩元向来不吝于向谢琢卖好，接着叮嘱，"先前从史馆回来的同僚都说史馆内的墨不够润笔，最好把自己的纸墨都带上，以免不够用。"

谢琢颔首："谢过盛待诏，延龄记下了。"

这时，余光看见微雨中陆骁大步朝天章阁走来，谢琢才转身进了阁内。

史馆在宫城东侧，离天章阁不算远，为了防潮防虫，以东西向修建，一名年老的内监负责在进门处核对腰牌和文书。

老内监领着二人在一排排整齐摆放的木制书架中穿行，无数书册被分门别类地摆在书架上，若书册内墨字浮起，必浩浩如海。

到了放置本朝《起居注》的地方，老内监弓着背，叮嘱二人史馆内切不可点灯生炉，不等谢琢二人回答，就自顾自地转身走了。

谢琢和盛浩元负责编纂的部分不同，两个人便就此分开，各自翻找自己所需的内容。

此时，外面雨已经停了，天光渐明，周围安静无声，只偶尔有盛浩元翻动书册的动静。

谢琢站在书架前，先快速翻了翻其中一册《起居注》，很快又放下。

他能清晰地听见自己的心跳声，喉间干涩，呼吸也不那么顺畅。

不过，他的脸上没有泄露明显的情绪，只是在手碰上另一册书的书脊时指尖轻轻抖了一下。

他也仅仅允许自己颤这一下。

从挑灯夜读，到秋闱，春闱，殿试，再以探花的身份入翰林院，由七品编修到从五品侍读，再到编纂《实录》，他终于有了翻看《起居注》的机会。

或许是他的指尖太凉，他翻开书册时，感觉纸页都生暖。

映入眼的，是咸宁九年的旧事。

十二月，除夕前的一次朝会上，御史台及六部大臣联名弹劾内阁首辅谢衡，指其通敌叛国，有负圣恩，谋逆当诛。咸宁帝大怒，怀疑此诬告不实，命大理寺严查。很快，大理寺就发现了首辅谢衡通敌的铁证，谢衡入诏狱，大理寺卿、刑部尚书和御史中丞三司会审。

因咸宁帝迟迟不予下诏定罪，三百太学生伏阙上书，在宫门前长跪，高呼："不杀国贼，众怒难消，望陛下不徇私情，立杀谢衡，戮于市，以快天下之怒。"

两日后，咸宁帝在文华殿询问左右，是不是真的没有转圜的余地了。

下旨之后，咸宁帝当日泣而不食，伤怀许久。

诏书中写道："谢衡谋叛欺君，蠹国害民……致庙社震惊，神人共愤……其家属本当依律正法，上赦，妻女流放三千里……"

咸宁十年一月三日，正犯谢衡被处以凌迟，死于诏狱水牢中；谢氏成年男子五人皆为从犯，被斩于市；谢氏女眷被处以一等流刑。

阳光从窗户照入，浮尘清晰可见，谢琢却感觉不到温度，捏着书册的手指紧绷到青白，书页上的每一个字都如尖刺般一根一根地扎进他的眼里。

他的眼底仿佛浸出血色。

他动作迟滞地往后翻，下一页记录的是咸宁帝在文华殿召见当日的三百太学生的领袖以示安抚。而上面印着的，是一个熟悉的名字。

"延龄可是身体不适？"

几息后，谢琢才缓缓偏过头，看向问话的盛浩元，哑声道："只是史馆内憋闷，刚刚路上下雨，又受了寒气，所以头有点晕，没有大碍。"

盛浩元见谢琢脸色苍白，嘴唇也没多少血色，但精神似乎还好，便将视线落到了谢琢握着的书册上，笑问："看什么看得这么专心？"

"在《起居注》上看见了盛待诏的名字，不由得多看了两遍。"

"我的名字？"盛浩元颇为惊讶，凑过去看了两眼，"原来是这件事。说起来，当时我还在太学，这是我第一次面见陛下，还忐忑紧张了许久。"

谢琢不动声色地往下问："我看盛待诏应对得十分得体，竟是第一次面圣？"

见谢琢似乎对此很感兴趣，盛浩元便接着说道："没错，当时谢贼之事令太学震荡，陛下命我多加安抚，专注学业。"

"谢贼？"

盛浩元算了算："十一年前，延龄那时还很小，又不在洛京，不知道这件事很正常。

不过这也不是什么好事，现在朝中已经甚少有人谈及，特别是在陛下面前更是提都不能提。”

听见最后一句话，谢琢立刻警醒：“有劳盛待诏指点。”

盛浩元见左右无人，压低了声音说：“先帝还在时，陛下很受厌弃。据说当时未及弱冠的谢贼入宫参宴，碰巧遇见了陛下，后来陛下出宫建府，以及再后来逼宫夺位，都少不了谢贼的帮助，谢贼的父亲甚至为了救陛下重伤身死。因为这份从龙之功和恩情，陛下登基后，谢贼平步青云。只可惜后来，一念之差，导致全族落得如此下场。陛下至今难以接受谢贼的背叛，因此，这么多年来，无人敢在陛下面前提及谢贼，只怕又令陛下痛心。”

他劝告：“你我时时行走御前，更要谨言慎行，以免引来杀身之祸。”

谢琢轻声道：“原来如此，多谢盛待诏告知。”

“不过，”盛浩元笼着手，盯着谢琢的神色，“如果我没记错的话，延龄负责的是咸宁十七年和十八年的部分，怎么翻看起了咸宁九年的旧事？”

书架间一时落针可闻。

“咸宁十八年，边关大胜，镇国大将军陆渊回京述职，陛下于文华殿召见。相谈中，陆将军提了一句‘多亏九年前，伯平让我暗地里跟散居的柔然部落买马匹，才让我大楚的骑兵实力更进了一步’。”谢琢语速和平时一般，不快不慢，接着说道，“因为不知道陆将军话里说的‘伯平’是谁，恰好话里又提了九年前，所以我就想翻翻咸宁九年的《起居注》。不想随便翻了一页，就正好看到盛待诏的名字，一时好奇，看入了迷。”

“原来是这样。”盛浩元笑道，“‘伯平’就是谢贼的字，如今也只有陆将军毫不避讳，能在陛下面前提起这个名字。”

谢琢不解：“这是为何？”

“因为陆将军与谢贼是至交好友，陛下当初认识陆将军，还是谢贼引见的。”盛浩元点到即止，没有再多说，结束谈话时，又仿若不经意般询问，“同僚这么久，还没有问过，延龄是哪里人？”

“我出生于宣州清源。”

“家人都在清源？”盛浩元一边问，一边伸手拿过咸宁十八年的书册，翻到了谢琢提起的那一处——一字不差。

谢琢的眼神黯淡了两分：“咸宁七年清源起过时疫，家中父母在那场疫病中相继离世，不过留下了薄产，延龄又幸得忠仆照料，才不至早夭。”

盛浩元不免感慨：“是我莽撞了，不料延龄身世如此坎坷。”说着，他顺手将书册放了回去。

他心想，应该是他多心了。虽然都姓谢，但谢衡祖籍并非宣州清源。另外，如果谢琢是谢氏余孽，断不会大大方方地沿用这个姓氏，还参加科考，入朝为官。况且时间太短，他来之前，谢琢确实是在看咸宁十八年那一册书，否则无法将内容记得这么详细。

他不知道，谢琢几乎过目不忘。

两个人在史馆中一坐就是一整天。

天色渐暗，盛浩元家中有事，先一步离开。除了守在门口的老内监外，馆内只有谢琢一人。

谢琢铺开一张空白宣纸，耐心地洗干净笔，重新磨了墨。都准备好后，他才提笔蘸墨，在纸面上工工整整地写下一个个名字——杨敬尧、罗常、徐伯明，以及盛浩元。

写完，他搁下笔，用湿绢反复擦拭手指，像是只写下这些名字就脏了手一般。

第四章 延龄无疾

一连多日，谢琢都坐在史馆里誊写，直到休沐前一天，才将所需内容抄录完毕。

宫门口，葛武一见自家公子缓缓走出，立刻迎了上去。

他知道这几天谢琢精神都很差，时常出神，晚上总会惊醒好几次，几乎没睡过一个整觉。

等谢琢踩着马凳上车，他小心提议："公子，要不要去一趟千秋馆找宋大夫看看？"

谢琢摆了摆手："不必，我自己有数。"说完，他低低咳了两声。

葛武口拙，不知道该怎么劝，没办法，只好闭了嘴。他忍不住想，要是有个人能管管公子就好了。

半夜，谢琢知道自己又在做梦。

他好像发着烧，额头滚烫，但浑身发抖。很快，他听见母亲的侍女寒枝去找押解的差役求一碗热水，其中一个差役很快应下，脚底踩着雪的声音逐渐靠近。

随即，有人抓着他的头发强行撬开他的嘴，灌进了一碗滚烫的热水。

他当即挣扎着将水吐了出来，嘴里仿佛燃着一把火。

差役一把将他狠狠甩开，咒骂了一句："兔崽子不识好歹！给你水还不喝了？"

就在他蜷缩在地上，喘着气，竭力抓起地上的雪一把一把往自己嘴里塞时，远处传来寒枝尽力压抑的哭声和几个差役的污言秽语。

他睁开眼来，看见的是床帐上模糊的影子。谢琢出了一会儿神，等急促的心跳缓下去，才披衣起身，没有点灯，轻轻推开卧房的门，站到了院子里。

夜露已重，天边尚未亮起，风吹得他汗湿的脊背发冷。

他想，他的命，是靠血和人命堆起来的。

阿瓷早已死在了冰天雪地的流放路上。

现在，他只是索命的鬼。

谢琢转身回房时，看见了盛在白瓷碟里的蜜煎雕花，表面的糖已经有些化了，没有初时那么好看。

谢琢想将其扔掉。

他端起瓷碟，许久后，用指尖蘸了点糖渍，舌尖小心翼翼地尝了尝——很甜。

这是他甚少尝到的滋味。

谢琢又将白瓷碟放了回去。

第二天休沐，直到辰时都没看见自家公子从卧房里出来，葛武心里总有点不踏实。他来到卧房门前，敲了敲门："公子可醒了？"

里面的人没有回应。

葛武越想越不放心，自家公子独自昏迷在卧房里的情况，以前不是没有发生过。葛武朝里面大声说了句"公子，我开门了"，这才推开了房门。

他走到床边，就看见谢琢眼尾烧得绯红，满头都是细汗，像是被魇住了。

葛武心里一跳，当即转身朝千秋馆跑去。

半个时辰后，宋大夫喘着气走进卧房，伸手探了探谢琢的额头："怎么这么烫？"

葛武来回一趟，呼吸仍平稳。他已经被念叨了一路，很怵宋大夫，连忙将手里的药箱递过去，回答："公子这几天都睡不好，心事很重，说是要修什么《实录》，所以大半翰林院的人都搬到了宫里，我只能在宫门口候着，进不去，不过观公子的神色，事务应该很繁重。"

宋大夫将谢琢瘦削的手腕放回锦被下，眉心紧皱："从病情看，公子应该是昨夜受了凉，又没有睡好，这才病势汹汹。不是让你好好盯着公子吗？他不知道看顾好自己，你就要多上点心！"

葛武站在一边，垂手安静听训。

"别骂他了，是我自己昨夜惊醒，出了身汗，又受了风。"

葛武精神一振："公子醒了？"

"嗯，"谢琢气息很弱，嗓音也轻，"宋叔要骂就骂我吧。"

"你以为你病倒在床上我就不骂你了？"宋大夫被他这副事不关己的模样气到了，但到底还是降了音量，"葛武说你每日事务繁多，很是劳累，夜里也不怎么睡，怎么，就不能珍惜珍惜自己这破破烂烂的身体？你以为你跟寻常人一样，熬更守夜都坚持得住？还记得我说过什么吗？"

谢琢苍白的嘴角勾出笑来，他安抚道："您慢慢说，我听着。"他虚弱地咳嗽了两声，接着回答宋大夫的问题，"脉绝之象，精心调养，可活五年。"

宋大夫瞪眼，胡子也跟着抖起来："你也知道要精心调养！你的精心，就是半夜不睡觉，起来吹冷风？堂堂探花郎，翰林院侍读，还不如我一个大夫知道'精心'两个字怎么写？！"

谢琢等他骂完才道："我去史馆，看到《起居注》了。咸宁九年，腊月……"

宋大夫倏地噤声。

谢琢望着床帐，声音沙哑地说道："我看到了那段时间的奏对、审讯记录、诏书，"他顿了顿，像是笑了，眼里又无甚笑意，"和我这些年里查到的、推测的情况，相差无几。"

葛武不知道应该怎么安慰谢琢，讷讷地喊了一声："公子……"

宋大夫不忍听，别开了脸，眼睛微红。

"我没事。我只是看着书里那一行行字，想象着十一年前，我父亲从高处被推下，摔得粉身碎骨，无数秃鹫守在附近，嗅到血气后，立刻前来争相分食，像一场狂欢。"

谢琢闭了闭眼，沙哑着嗓音，缓缓说道："我父亲在位时，他们忌惮他位高权重，挡了他们的路，占了他们的利益；等我父亲进了诏狱，他们又怕他死得不够彻底，有再颠覆他们的机会，硬生生割了三千多刀才放心。"

见谢琢说完后没有再睁开眼睛，明显此时不欲见人，宋大夫收了药箱，给葛武使了个眼色，一起出了卧房。

葛武紧紧握着刀柄，骨节作响，每一步都踩得很重："我替公子去杀了那些恶人！"

宋大夫轻轻叹了声气："我倒希望这些恶人多活几年再死，苟延残喘也给我留口气。这样，说不定公子会觉得自己还有活下去的理由。"

他说完，一脸看无脑武夫的表情，斥道："收好你的刀，公子心中自有谋划。你，跟着我去馆里抓药！"

葛武被瞪得没脾气，赶紧收了刀："哦，好！"

宋大夫给谢琢看了十几年的病，用药已经十分精准，谢琢服了一剂药后热就退了下去，到下午，已经能下床走动了。

傍晚，葛武一板一眼地转达宋大夫的话："公子，宋大夫吩咐了，您吃了东西要多走动，不然不易消化，晚上也容易腹痛。趁现在天还没黑，您要不要出去走走？"

见葛武连厚披风都拿出来了，谢琢没有拂他的心意，接过披风系上："你说去哪儿？"

葛武想了想说："虽然衡楼没进洛京，但昌叔之前把千秋馆开到洛京后，又把卖首饰的琅轩也开了进来。我们要不就去琅轩？昌叔前些日子不是在信上说，您有时间可以去琅轩看看吗？而且那边夜市繁华，人多热闹。"

谢琢无所谓，用一根云纹锦带束起头发："嗯，走吧，那就去琅轩。"

琅轩是一栋两层木楼，在新昌坊和乐台坊交界处，正门朝着朱雀大街，最是热闹不过。

谢琢下了马车，在葛武说话前就自觉地紧了紧披风："热已经退了，无碍。"

只是他刚踩上地面，就听见有人叫他："前面可是谢侍读？"

谢琢循声望过去，发现说话的人前些日子才见过。

本应该躺在家里的文远侯世子罗绍坐在轿椅上，由两个人抬着，每每有路人朝他望来，或是小声议论，就会有仆从去驱赶。

他以居高临下的角度打量着谢琢，开门见山道："听我爹说，你在陛下面前替我说话了？"

谢琢施礼："下官不敢居功，下官不过是将所见所闻尽数告知陛下，不让陛下被人蒙蔽罢了。"

罗绍眯了眯眼，哼笑一声："不错，就是要这样，你我身为臣子，可不能让陛下被奸人骗了。"他将手搁在大腿上拍了拍，"我回去会跟我爹说说的。"

他没指明是说什么，只等着谢琢的回答。

谢琢没有抬眼："下官先谢过世子提携。"

"嗯，好说。"罗绍穿着宝相花纹锦袍，上半身朝谢琢的方向倾了倾，"陆家啊，可是泥菩萨过河，自身都难保。我们罗家可不一样，谢侍读，你眼光不错。"

说完，他像是觉得赢了陆骁一局，笑着挥手让轿夫将他抬走，很是得意。

等人走远，葛武小声道："这个文远侯世子，腿都被小侯爷踩断了，怎么还好意思上街来？"他又有些困惑，"不过公子，你刚刚跟文远侯世子说了什么？为何他看起来如此高兴？"

谢琢远远看着罗绍离开的方向，琅轩门口挂着的灯笼照出的光映在他的侧脸上，勾出一线暖黄的边，衬得他眼底的光越发冰冷。

"走吧。"

另一边，沈愚系着他缀满宝石的新腰带，正昂首阔步，格外自信。他一路走一路跟陆骁闲聊："文远侯也真有脸，罗绍一天到晚让人抬着满洛京溜达，他却跑到陛下面前哭诉，说他儿子天天躺在床榻上，痛得抱腿哀号。我爹当时正好在文华殿里，听见这话时，强忍着没翻白眼。"

陆骁没怎么把文远侯父子俩放在眼里，只问："梁国公今天进宫了？"

"没错，我爹进宫去请安，顺带给陛下送了只鹦鹉，那鹦鹉说'陛下万安'和'天下太平'说得可顺溜了，肯定能把陛下夸得开开心心！"沈愚夸完鹦鹉，又把话题拐了回来，"我爹回来说，罗常那个老匹夫，惯会撒谎蒙骗陛下，既然他都这么说了，下次干脆让驰风把他儿子的两条腿都踩断！"

陆骁嘴角浮起笑容："行，告诉国公，驰风记下了。"

两个人停在琅轩门口。

陆骁抬头看了看招牌："阿蠢，确定是这家？"

沈愚非常确定："没错，我娘、我姐姐都说这家的首饰漂亮，几个月前才到洛京开门做生意，到现在已经包揽了我姐的手帕交们的半个妆奁，你那个小青梅肯定会喜欢的！"

他凑近陆骁："而且，从我得到的消息来看，这琅轩和衡楼背后的东家，是同一个人。衡楼的东家不是几次为你们凌北筹措粮草，帮了不少忙吗？你反正都要花钱，不如让他赚去，我聪明吧？"

听沈愚这么一说，陆骁现在看琅轩的招牌，越看越顺眼："嗯，阿蠢确实聪明。"

沈愚慢了片刻，突然反应过来，气急："陆二，说了不要叫我阿蠢！"

进了店门，陆骁不信任自己和沈愚的审美，于是单刀直入："你们这里最近什么首饰卖得最好？"

掌柜殷勤介绍道："最近洛京城里流行白玉耳坠，款式多，也经久不衰，另外，我们琅轩还可以按照图样定做首饰，保管让公子满意！"

陆骁看了看掌柜拿出来的几副耳坠，不确定地问："这戴着好看吗？"

沈愚也发愁："要不你想象一下？"

陆骁当真想了想，这耳坠玉质不错，色泽温润，确实能与细腻的耳……

他陡然惊觉，刚刚浮现在他的脑海中的，竟是……缀在耳垂上的一粒朱砂痣！

这时，沈愚用手肘撞了他两下："陆二，看，那个是不是谢侍读？"

陆骁一时没反应过来："谁？"

沈愚奇怪："谢侍读啊，那张脸我肯定不会认错！他好像刚从二楼下来，我们要不要过去打个招呼？"

谢琢正低着头，在看一副白玉镂雕梅花耳坠——记忆里，他的母亲曾有一对相似的，她很是喜爱，常常佩戴。

"你喜欢这对？很漂亮。"

谢琢抬头："陆小侯爷？"见沈愚站在陆骁旁边，谢琢又施了一礼，"沈世子。"

"不用这么见外，"沈愚随意地摆了摆手，笑眯眯地凑过去，"这对坠子真好看，玉也是好玉，谢侍读想买？"

陆骁有意无意地瞥了一眼谢琢的耳垂。

谢琢没有直接回答："陆小侯爷似乎很喜欢。"

沈愚毫不在意："不用管他，陆二买来放家里的耳坠，金的、玉的、翡翠的、珊瑚的、宝石的，满满一大箱子！少这一副不少，你不用特意让给他。"

谢琢看了看一旁没说话的陆骁，心想：原来他不止喜欢胭脂，还喜欢女子的耳坠？

他的爱好……很广泛。

最后，两个人谦让了一番，谁也没买。

从琅轩出来，沈愚熟门熟路地进了旁边的书铺买新话本，陆骁对话本没兴趣，站在街边问谢琢："谢侍读今日可是又病了？"

他第一眼就发现谢琢面色苍白，明明才一天不见，似乎又瘦了，繁复的文士服穿在身上，都显得空空荡荡。

谢琢：“昨晚受了凉，发了阵热，现在已经好多了。”

“那就好，”陆骁忍了忍，还是问出，“谢侍读为什么会扎耳洞？”

“你看出来了？”谢琢摸了摸自己的耳垂，解释道，“我从出生起身体就不好，看过的大夫都说我易夭折，不过我父母不认同这样的诊断。父亲从不信鬼神，但为了我，去庙里点了灯，母亲给我扎了耳洞，说这样能让我在世上活久一点。”

陆骁想起，在胭脂铺时谢琢曾说，“父母为子，其心拳拳。”

“所以‘延龄’也是……”

谢琢点了点头：“嗯，是我父亲去世前就为我取好的字，希望我此生延龄长久。”

一边等一边闲聊，两个人仪貌俱佳，站在一处，即便附近游人如织，也极为夺目。对面酒楼中出来拉客的乐伎，目光先是落在了谢琢的脸上，见他相貌太过昳丽，便不自取其辱了。

于是，她衣着单薄，雪臂颈肩外露，腰肢如杨柳轻摆，朝陆骁走去，媚眼如丝：“这位公子可要同奴家去喝上一杯香泉酒？”

谢琢站在陆骁身旁，有些好奇陆骁会怎么应对，是拒绝，或者……真的去喝上一杯？

他没想到的是，陆骁猛地往后退了一大步，并捂住了眼睛：“我跟那些男人不一样！你不要过来！”

沈愚抱着一摞新话本从书铺里出来，正好目睹了全程，一路上都在嘲笑陆骁。

“谢侍读你看见没？那个乐伎被陆二惊呆了，哈哈哈！陆二，真有你的，本世子现在心情特别好，还足足可以好上一年！”

陆骁非常不想理他，不过还是忍不住瞥了谢琢一眼，想知道谢琢是什么想法。

注意到陆骁的眼神，谢琢想了想，道：“陆小侯爷的反应没什么错，那个乐伎身上的脂粉味非常重，如果靠过来了，定会把眉黛和脸上敷的粉都蹭到衣服上。”

沈愚停下笑，觉得谢琢说得好像有两分道理，不过他从小到大没自己洗过衣服，一时被引到了另一个问题上——眉黛蹭在衣服上是不是很难洗掉，所以不能让人蹭在衣服上？

陆骁这才从鼻子里发出“哼”声：“而且我这是守身如玉！守身如玉懂不懂？”

停下跑偏了的思绪，沈愚立刻翻了一个白眼：“还守身如玉？要我看，你是因为上次被北狄刺客，就是那个琵琶女，狂追了八里路，被追出心理阴影了，这才反应过激！”

陆骁毫不示弱，笑问：“那沈世子近日可有去破庙避雨？”

又被提起这桩艳闻，沈愚气得跳脚，大声反驳：“那是谣言！谣言！”

在场且知道真相的谢琢保持了沉默，更加助长了陆骁的气焰，陆骁直接嘲讽：“你说是谣言就是谣言了？人证呢？有人能证明吗？”

“你——你——”沈愚败下阵来。

默默跟在后面的葛武抬眼，心里不免有些同情沈世子——

唯三能够做证的人，都在这里了。

而且，金冠和满腰带的宝石真的好闪眼睛！

两日后，谢琢去文华殿轮值，正好在殿门前碰见梁国公，施礼时，视线不由得停了停——梁国公系的腰带和沈愚那条很像，都缀着满满的宝石。唯一不同的是，腰带正中位置，沈愚嵌的是一颗东珠，梁国公镶的是一块水头极好的翡翠，更加奢华。

梁国公对谢琢从来都礼遇有加，笑容和煦：“谢侍读来轮值了？若是疲了，可以听听我送给陛下那只鹦鹉的叫唤，松松精神！”

谢琢点头应了“是”，等跨进文华殿，就听见一只鹦鹉正在重复“天下太平”，咸宁帝喂它几粒瓜子，它就改口说“陛下万安”。

咸宁帝笑着朝高让道：“你看，这鹦鹉，还知道奉承朕！”

高让弓着背，手捧着盛瓜子的瓷碟，回答：“确实，梁国公送来的这鹦鹉聪明，知道是谁给它吃食。”

“就是啊，连这么小小一只畜牲，都知道是谁给它吃的、谁留着它的命，有些人，连这畜牲都不如。”咸宁帝脸上的笑容淡了下来，他转身看见谢琢来了，也只摆了摆手，没说什么。

谢琢照常行礼后，就坐到了自己的位子上，权当什么都没听见。

翰林正五品及以上官员才有进文华殿轮值的资格，谢琢这个从五品的侍读则是咸宁帝特许进殿的。

谢琢第一次轮值前，掌院学士便告诉他，在御前要少说少做，更要学会当聋子和哑巴。翰林专掌机要诏命，供陛下询问政事，位卑权重，很多机密他们都会先知道，必须慎之又慎。

几个时辰过得无风无浪，谢琢从文华殿出来，便沿着笔直的宫墙朝天章阁的方向走着，不想没多久就“恰好”碰见了文远侯。

他停下施礼：“侯爷可是要去文华殿？”

“嗯，”文远侯罗常眼尾下耷，不言不语时，看起来严厉。他捋了捋胡须，没说自己是专程在这里等谢琢的，只问：“前两日，我儿罗绍回家说恰好在路上碰见谢侍读了。”

谢琢点头应：“是，下官见世子精神奕奕，想来不日便能痊愈。”

听谢琢提起罗绍的伤势，文远侯不由得又在心里咒骂了陆骁一番，不过想起谢琢在咸宁帝面前跟他一起“澄清”了事实，没让陆骁讨到好，不免又心情疏朗起来，再加上谢琢表现出来的意向……

文远侯闲聊般说：“谢侍读少年英才，未及弱冠就已经绯服加身，行走御前，又文采绝伦，颇得圣心，前途不可限量哪！”

“谢侯爷夸赞，下官愧不敢当。”谢琢面露苦涩之色，“下官父母早亡，家中无亲族可依，便日日苦读，侥幸取得功名，还曾沾沾自喜。进了翰林院才发现，原来下官从前犹如井底之蛙，不见天高，而曾经对下官颇为关照的待诏杨严，不仅在翰林院中蹉跎半生，更是因为一时疏忽便被贬至偏僻小县，一生再难出头。”

文远侯似模似样地感慨道：“你说得不错，每次科考，都有无数人入这官场。可官场浮沉，能浮起来的人终归是少数。”

谢琢连忙再次施礼：“请侯爷指点！”

“想浮，并不难，只看谢侍读是不是能搭上一艘大船。”文远侯见过很多像谢琢这样的低阶官员。最初，这些人出身寒门，一股子穷酸样，怀着读书人的傲气，看不上他们这些勋贵。等这些人见过了权力的好处，被荣华富贵迷过眼后，就会骤然想往上爬，却苦于找不到门路，郁郁不得志。

这个谢侍读早早就开始为自己谋划，显然是个聪明人。

不过，倒也不用急，文远侯没承诺什么，反而问起：“今日谢侍读可有什么见闻？”

谢琢似乎经过了反复斟酌和犹豫，才隐晦地告诉文远侯：“陛下今日似不悦。”

他说得很含糊，且非常谨慎——虽是给出了消息，体现了自己的有用之处，但远达不到有“把柄”被文远侯捏在手里的程度。

文远侯很满意。

翰林官员常在御前行走，必须谨慎小心，沉得住气，否则，指不定哪日就会出事，还会殃及他。像谢琢这样，出身寻常、没有人帮衬、有向上爬的野心，同时又谨慎小心的人，才是最佳合作人选。

文远侯愈加和颜悦色：“既然陛下今日龙心不悦，那本侯就不去触这霉头了。”

谢琢垂眸拱手，语气恭恭敬敬：“侯爷慢走。”

一直等文远侯走远，谢琢才站直身，神情漠然地继续朝天章阁行去。

散衙后，谢琢让等在宫门外的葛武先驾着马车回家，自己则沿着窄巷去了赵叔的面摊。

市井街巷里总是充斥着各种声音，谢琢穿行其中，置若罔闻，直到看见站在面摊前的陆骁。

“赵叔，有客来了，再多煮一碗面！”

赵叔的声音从厨房的方向传来：“好嘞！”

陆骁今天早上去天章阁点完卯就跑了，反正没人管着他，说不定翰林院那些官员都巴不得他别在那里碍眼。

他还以为今天见不到谢琢了，没想到在这里遇上了人。

看着不远不近站着的谢琢，陆骁觉得那句“君若孤月悬高天，永不坠人间”说得一点没错——即使周围人声鼎沸，谢琢身上也像笼着一层孤冷气息，与周围隔绝开来。

陆骁笑了笑，心情莫名有些好，抬了抬下巴，问：“谢侍读，怎么不过来？别告诉我你不是来吃面的。你住永宁坊，不管是抄近路还是绕远路，都到不了这里。难道，谢侍读只是来闻闻味儿就走？那赵叔的面可白煮了。”

谢琢慢两拍回答：“不是，我是来吃面的，有点冷。”

陆骁面露得意之色，仿佛是他亲自擀的面、熬的汤：“对对对，觉得冷的时候，来这里吃碗面，就会暖和起来。”

在陆骁打起青布帘后，谢琢走了进去，错身时，没头没尾地说了一句：“不是这个‘冷’。”

陆骁在谢琢的对面坐下，黑色麒麟服的衣摆贴着他紧实的大腿，他提着茶壶倒了杯茶，先用指节碰了碰，确定是温的，不烫手，才将茶杯推到谢琢面前：“喝吧，不烫。”

谢琢将杯子捧在手里，依言咽了一口茶水。

“不管是哪种冷，没有一碗面解决不了的。我才到洛京时，也常常觉得冷，因为根本不知道谁会在暗中盯着我，谁会在背后放冷箭，谁又表面对我笑，背后巴不得我死。”

谢琢不由得问：“然后呢？”

“然后我就会来这里吃碗面，听听隔壁没了牙的王阿婆骂她那个调皮捣蛋的孙女，看看斜对面卖豆腐的穷书生一边算账一边背‘子曰’，还有，野猫三天两头把赵三叔店里的瓷瓶打碎，但第二天，还是能看见他摆在门口的一碗猫食。”陆骁说得随意，“这些人活得好，就说明边关战士的血没有白流，天下没有乱，敌军没有兵临城下，百姓也能安稳地活。而我被困在洛京这金子做的樊笼里，好像也不算什么事。”

说着说着，陆骁自己倒先笑起来：“我通常就是这么哄自己高兴的，不知道对你有没有用。”

“有用。”

谢琢想，他很喜欢听陆骁说话，无论说什么。

直到此时此刻，谢琢面对文远侯时涌起的那种恶心感以及如附骨之疽的阴冷感才终于散去，一直响在耳边的他父亲在诏狱的水牢里被凌迟时的痛吟也渐渐平息。

面来得很快，赵叔大方，汤和底料都放得很足，热气腾腾的。

谢琢用筷子搅了一会儿，等半温了才吃下第一口。

陆骁注意到谢琢小心翼翼、吃不了烫的东西的模样，不由得在心里想：真是猫舌头。

吃完面，陆骁把铜钱放到桌上，跟赵叔远远地打了声招呼就走了。

两个人朝着永宁坊的方向走去，谢琢忽地问起：“你以前在凌北，每天都做什么？”

陆骁在路边顺手折了根狗尾草，随意地衔在齿间："每天骑马、练长枪、射箭、打猎，然后一天被我爹揍两顿，再被我哥揍一顿，三顿齐了。"

不承想会得到这个答案，谢琢好奇："他们为什么揍你？"

"我也挺想知道的。我觉得他们纯粹是没事做，或者是手痒了才总想揍我，我根本就没惹什么事！"陆骁觉得束头发的锦带有点松，双手往后，很随意地重新系紧，"不过，虽然总是被揍，可我还是喜欢凌北。那里冬天严寒，夏天酷热，没有酒肆商铺，但有陆家几代人守着的城门。"

"凌北跟洛京真的很不一样，"陆骁见谢琢听得认真，似乎对此很感兴趣，便继续比画着描述，"有一天晚上我睡不着，骑着照夜明，就是我的一匹很神骏的马，悄悄出了城，沿着一条小河一直往上走。跑了不知道多久，照夜明累了，停在河边饮水。我跃下马，摸了两把它的鬃毛，不经意地抬眼，就看见天边的一轮圆月。"

阔野千里，谢琢尽力想象着这个画面："月亮是不是很美、很圆？"

"没错，月光把那条小河都照亮了。"陆骁提起凌北时，笑容总会变深，语气有些兴奋，"以后有机会，我带你去凌北看月亮，反正我来洛京之后，再没见过那样的月亮了。"

谢琢没有提自己或许活不过五年的事，顺着陆骁的邀请回道："好，如果以后有机会的话。"

陆骁笃定地说："肯定有机会。不过你这么怕冷，到时候我得给你做件白狐裘，把你裹得严严实实的，让寒风也吹不进，就不会冷了。"

说到白狐裘，陆骁突然想，没想到自己竟会交到一个这么弱不禁风的朋友。

要是早知道，来洛京时他就应该从他爹的库房里装上大半车白狐皮毛，全给谢琢做衣服。

两个人走在窄巷的灯火下，绯色的宽袖与黑色的衣摆擦过，身影斜长。

谢琢垂眸看着两个人的影子，突然意识到散衙后他为什么会来这里。

为了那碗面吗？不是。

不过是因为陆骁可能在这里，他下意识地想见见这个人，跟这个人说说话。

幸而，他真的遇见了。

第五章 天家父子

“你不去天章阁点卯真的没问题？”沈愚撑着下巴，坐在武宁侯府的花园里，手边放着新买的泥人。

他在家中被母亲拎到书案前看书写字，不过看完自己写的一页字后，发现实在太丑了，便悄悄搁了笔，跑到陆骁这里躲清闲。路上没经住诱惑，他买了一大堆吃食和小玩意儿。

“陛下知道我没常性，能在天章阁坐半个月已经很不错了。”陆骁尝了尝香糖果子，觉得太腻，好不容易才咽下去，抬眼时，眼尾沾着浅笑，“阿蠢，你以为，陛下真的想让我在天章阁坐一年半载，沾沾文气？”

“文气不文气的我不知道，反正我每次听着都很奇怪，你们陆家几代为将，成天刀枪棍棒的，陛下为什么非要让你多读书沾文气？”

沈愚平日里不喜欢动脑，说完这话，也不会往深里想，拈起一块糕点就往嘴里塞，圆眼半眯，很是享受。

陆骁也没准备跟他说这些有的没的，转而打量沈愚新买的泥人：“捏的这是……你？”

沈愚立刻得意道：“没错，没错。你看出来了？是不是很像？！我特意让老师傅给这个泥人加上了金冠和玉腰带！”

陆骁心想：不愧是你。

“对了，你听说没有？昨日大皇子被骂得好惨，高总管亲自代陛下去叱责。等高总管一走，大皇子妃就被大皇子打了一巴掌。”沈愚“啧啧”了两声，“大皇子竟然动手打正妻，这要是放在我家里，我爹不小心扯疼我娘的一根头发，我娘都能拿着玉如意，追着我爹绕国公府跑三圈，再让我爹睡三天书房。”

因为照夜明在马厩里被关得有点躁动，陆骁这两日都去京郊跑马了，消息没那么灵通，闻言问道：“大皇子出什么事了？”

“大皇子的外家不是文远侯嘛，大皇子妃是当初淑妃和文远侯一起给大皇子挑的。当初挑的时候，两个人怕遭陛下疑心，没敢在高门里挑，但又舍不得未来大皇子妃娘家能给的助力，于是选了个三品将军的女儿。”

沈愚跟说书先生一样，巴掌往桌面上一拍，抑扬顿挫地说，“问题就出在这里了，我爹说，大皇子岳家掌管着京畿的守卫，陛下已经不悦很久了。这次大皇子的岳丈估计是想献殷勤，就请了大皇子去看校场演练。一个敢请，一个敢去，这不，陛下盛怒。”

圣驾到校场观看演练，一是表明陛下重视，二是让京畿守军知道要效忠、保护的人是谁。

然而，这次去现场观看的是大皇子——所以京畿守军要效忠和舍命保护的人，到底是咸宁帝还是大皇子？更甚者，大皇子是以为自己已经可以代替咸宁帝亲临校场观看演练了？

这里面可做的文章非常多。

再加上咸宁帝自己当年就是率军逼宫，长刀直指先帝御座，手刃了自己的四个亲哥哥，血染丹陛，这才登基为帝。

陆骁心里想：不说天家无父子，咸宁帝最忌惮的八成就是自己的儿子。

沈愚总结：“大皇子这一次简直就是在陛下眼前蹦着玩儿！”

“嗯，”陆骁放下空了的酒杯，“陛下已经快五十岁了，大皇子和二皇子都及冠好几年了，陛下仍没有立储的意思……”

“大皇子这是急了，想在二皇子面前彰显一下自己身为长子的地位？”沈愚又吃了块点心，含含混混地说话，“一时间，我都不知道大皇子是聪明还是傻，这事确实压了二皇子一头，但精准地捅了陛下的命门。”

皇后无所出，大皇子和二皇子分别由淑妃和德妃生下，谁都不占一个“嫡”字，同样，谁都不服谁。再加上咸宁帝含糊的态度，两个皇子斗了数年。

不过这些都不关陆骁的事，他身后是凌北陆家，身份敏感，两个皇子都对他客客气气的，谁都不敢打拉拢他的主意。所以，他从来都是跟沈愚坐在一起，漫不经心地看戏。

文华殿里，宫人连走路都悄无声息。

内监总管高让一边挽袖研墨，一边禀道：“陛下，大皇子在殿外求见。”

“嗯。”咸宁帝慢慢悠悠地批完一本折子，才沉声道，“让他回去。”

高让放下墨锭，躬身应“是”，这才抱着拂尘，亲自去了文华殿外传达圣意。

殿内重新安静下来，只有香炉上轻烟袅袅，气氛更静了一分。

“延龄。”

谢琢停下笔，起身施礼：“陛下。”

咸宁帝笑问：“听说你和武宁侯相处得不错？”他停下来算了算，像是操心子侄交友的长辈，“也是，你和驰风正好同龄，应该很有话聊。”

谢琢好像完全没有受到殿内紧张气氛的影响，自然回答：“臣这几日都没见过武宁侯，倒是前些日子在天章阁时武宁侯找过臣。”

咸宁帝对此似乎颇有兴趣：“哦？驰风找你干什么？”

“武宁侯看话本时有几处不懂，掌院学士繁忙，便让臣代为解答。”

“看话本都看不懂？”咸宁帝笑着反问了一句，又忧心地感慨，“驰风还真是荒废学业，成天不知道跑哪里野去了。”

话是这么说，他脸上却不见半分恼怒之色。

说着，咸宁帝注视一身绯服的谢琢，清楚能入翰林院的，都是当世的青年才俊，自有傲气，现在被陆骁拉着去解释民间话本，心里必然多感屈辱。但他没提这茬，只说道：“济川将他这个小儿子交给朕，眼看着朕也要管不住了。下次驰风若再有不懂的地方，还要延龄多费心。”

谢琢滞了片刻，才回答：“能替武宁侯解惑，是臣的荣幸。”

咸宁帝很满意：“嗯，延龄受累。”

这时，高让脚步轻巧地从殿外进来，回话：“大殿下初时不肯回去，奴婢劝了又劝，好歹劝动了。”

咸宁帝脸上的笑容淡了下来，他转而问谢琢：“此事延龄怎么看？”

高让弓着背，也暗暗朝谢琢打量了一眼。

“父母为子，子孝父母，大殿下不忍陛下辛劳，是为纯孝。若有不妥之处，也是周围下臣引导失当，想来非大殿下本意。”

高让收回了视线。

陛下问得宽泛，若谢琢回答不慎，一不小心就会被贴上大皇子一派的标签，或者被划到对面二皇子那边。

这位谢侍读却将大皇子看京畿守军校场演练这件事，归入了父子亲情的范畴中，降低了整件事的政治意味，在夸赞大殿下孝顺的同时，又指责了大皇子一派的大臣“引导失当”，可谓片叶不沾身，一碗水端得平整，表明自己不亲大皇子一派，完完全全效忠陛下的立场。

同时，陛下此番发怒意在警告大皇子谨守本分，并没有想把事情扩大的意向。谢侍读这番话，正好给陛下递了台阶。

高让不禁在心里评价：论猜测圣心，这位谢侍读可真是准。

咸宁帝搁下手里的折子，动容地叹息：“延龄啊延龄，事情发生到现在，御案上折子都堆了几十本，却只有你是在体谅朕这个做父亲的用心。君父君父，他们都看见朕是君，却不想，朕也是父。朕当真生大皇子的气？朕不过是气他将近而立之年，依然识人不清，思虑不全。”

谢琢也动容道：“臣幼时失怙，一直羡慕别人有父亲教导。大殿下虽有疏漏之处，但有陛下在旁，臣艳羡不已。”

文华殿的这番对话，不多时便传到了大皇子李忱和文远侯罗常的耳里。

文远侯坐在椅子上，捋着胡须：“这个谢延龄不错，有他此番在陛下面前替你周全，你明日再去文华殿前跪上一跪，只说有负陛下期望，让陛下百忙之中还在为你这个不孝子劳心，这事应该就翻篇了。”

李忱穿着皇子常服，其长相肖母，眼睛跟文远侯有几分相似，眼尾都有些下垂，仍旧忐忑：“舅舅，这样真的能行？还有就是，婉婉的父亲可会出事？”

婉婉正是大皇子妃的闺名。

“你照我说的做，记得明日在陛下面前哭得情真意切一点。”文远侯喝了口茶，“至于你那个岳丈，此番惹了陛下不快，总要有一个人担着圣怒。谢琢已经把你摘得干干净净，而你那个岳丈当然不可能没事，但你也放心，他最多不过被贬官罚俸，出不了大事。”

见大皇子仍有些犹豫，文远侯放下茶杯，正色道：“殿下，皇子妃可以再娶，岳丈也可以再换，但最重要的是要保全你以及陛下对你的喜爱和信任。”

大皇子握了握拳，定下心来：“舅舅，我知道该怎么做了。”

翌日，大皇子在文华殿前跪了大半个时辰，终于被召进了殿内。不知道天家这对父子都说了些什么话，大家只知道大皇子出来时眼睛都哭红了，却是喜笑颜开的模样。

没多久，圣上旨意下达，大皇子的岳丈官职降了一级，罚俸三个月。

据说旨意一出，大皇子妃便将自己关在房中哭了半个时辰。

这时，谢琢正站在天章阁附近的回廊下看着陆骁喂鱼。

陆骁仍是一身黑色麒麟服，没戴冠，只用黑色织金锦带把头发高高束着，露出锐利的眉眼。他把几块点心掰碎，往水池里东扔一撮，西扔几粒，引得鱼群游来游去，没得空闲。

陆骁觉得有趣，作势要把手里的点心碎末给谢琢：“谢侍读要不要来试试？”

他是发现了，谢侍读站在一旁看这么久，表情虽然没什么变化，但眼里明明白白地透出五个字——我也想喂鱼。

谢琢笼在宽袖中的手指动了动，他有点意动，但看了一眼点心末：“不要，脏。”

这回答把陆骁听笑了。他觉得自己从前着实没遇见过像谢琢这样的男子——腰细，手腕细，多病，不喜欢与人身体接触，吃东西怕烫，长得过于漂亮，身上总有一股冷香，还十分爱洁净。

单就爱洁净这一点，不说男子，洛京不少女子都不及他。

“行行行，那这样好不好，我帮你捧着点心末，你来喂，怎么样？”

谢琢想了想，这样一来，他就只会弄脏两根手指的指尖，尚能接受，于是点了点头：“好。”

陆骁穿着乌皮靴的脚踩在横栏处，绑头发的锦带随着他的动作，落在了谢琢绯色的官服上。

他发现谢琢跟他不同，点心末总是集中扔在一处。

陆骁发表意见：“谢侍读，你这样喂的话，鱼群只聚在一处吃食，一动不动，缺乏了在水里游来游去的过程，多喂几天，这群鱼肯定会胖！”

谢琢以前没这样玩儿过，觉得陆骁说得有理，便学着他，东一撮西一撮地扔。

等喂完鱼，谢琢用绢帕沾了水，仔细擦干净自己脏了的手指。

他刚擦完，一只手伸到了他的眼下——

陆骁把手伸了过来。

“也给我擦擦？我的掌心里全是点心屑，有点黏。”

谢琢微顿，没有拒绝，也没有把沾湿的绢帕扔到陆骁手里让他自己动手，而是依言擦起了陆骁宽大且满是硬茧的掌心。

初时，陆骁散漫地站在原地，看着谢琢垂着眼睫，认认真真顺着他掌心的纹路细细擦拭。

没过一会儿，陆骁就发现，自己整条手臂都要僵住了——好痒！

若是让谢琢力气再大一点，似乎有些不太好？陆骁只好努力转开注意力，忽略这点痒。

没过两息，陆骁的视线又不由落在了谢琢白花罗中单领口处露出的一截玉色后颈上。

确定陆骁的掌心已经被擦拭干净了，谢琢收回手，嗓音淡淡地开口道：“最近在宫里少见面吧。”

陆骁被这句话说得怔了怔，随后试探性地发问：“是不是我让你给我擦手，你不高兴了？要不，我再给你擦回来？”

谢琢摇头：“昨日在文华殿，陛下问我与你是不是相处得不错。”

陆骁脸上的笑容淡了下去，很快他又翘起嘴角，脸上有两分不准备藏起的讥诮之色。阖宫上下，还真的布满了那位陛下的“眼睛”，连他跟谁多说了两句话陛下都要紧紧盯着。

“谢侍读是怎么回答的？”

“我当然是实话实说。”谢琢将用过的绢帕折叠整齐，“我说陆小侯爷确实找过我，不过，是因为陆小侯爷看话本时有几处看不明白，掌院学士又事务繁多，没有时间，便让我解答。”

听完这话，陆骁没骨头似的靠着廊柱，笑容立时加深，抱着手臂道：“今日以后，若本侯风评变差，洛京到处都流传起‘武宁侯才疏学浅，连话本都看不懂’‘武宁侯折辱翰林学士和探花郎’之类的谣言，必有谢侍读大半功劳！”

谢琢轻笑：“那还请小侯爷莫怪。”

陆骁扫过谢琢眼里的盈盈浅笑，心里的烦躁感眨眼间便去了三分。

他想，他为什么这么喜欢跟谢琢说话？不过是因为，即便只是简单两句话，谢琢也能明白他的意思，清楚他的心情。甚至就算他什么都不说，谢琢好像也什么都知道。

在这洛京城里，只有面对谢琢时，他才能想说什么就说什么，不需伪装，能自由地喘口气。

回天章阁前，谢琢问：“小侯爷明天来点卯吗？”

“不来了，照夜明在凌北撒蹄子跑惯了，现在被困在马厩里憋得慌，我明天得带它出城跑几圈才行，不然它会闹绝食。”陆骁说完自己的安排，又说道，“不过明天早上府里没饭，我准备去赵叔那里吃碗面。”

“好。”谢琢点头，指了指放在横栏边上被彻底忽略的话本，提醒道，“记得带回去。”

陆骁看过去，才发现喂鱼喂得太高兴，差点忘了他是靠解读话本这个借口，才把谢琢从天章阁里带出来的。

一连几日，陆骁都没来天章阁点卯。散衙时，几个翰林官员小声交谈：“武宁侯是不是以后都不来了？”

“他不来多好，我真是怕了他拿一本言辞粗鄙的话本，问我其中一个字念什么，或者问我话本里那个妖精为什么要说那句话。”

“想来最惨的还是谢侍读吧？堂堂探花郎……”

谢琢假装没听见这些话，将桌面上的纸笔收拾整齐，发现袖口处沾了点墨渍，不由得皱了皱眉。

他走出天章阁不远，就看见文远侯世子罗绍坐在轿椅上，被数人簇拥着远远行来。

谢琢没有转身走开，抱着两册书，垂首站在无人的拐角处。

不多时，文远侯世子发现谢琢明显是在等自己，便招手让轿夫停下，斜靠着椅背，半耷着眼皮：“真是巧，原本还想着怎么找谢侍读，这不，就碰上了。”

谢琢施礼：“世子。”

“嗯，”文远侯世子摆了摆手，“我刚从大殿下那里过来，他说你上次在文华殿里的一番应对很是不错，这枚翡翠扳指赏你了。”

说完，他抬了抬手指，他的亲随便将捧着的一个木盒递到谢琢面前。

见谢琢没动，文远侯世子不耐烦地问：“怎么，嫌少？”

谢琢飞快地瞟了一眼木盒中放着的翡翠扳指，面露惭愧之色：“臣只是做了臣分内之事，当不得殿下如此重赏。”

文远侯世子哼笑了一声：“殿下和我说你当得，你就当得，哪里来这么多废话？”他理了理自己绣着宝相花的衣摆，有些傲慢地开口，“洛京不比其他地方，人想要活得好，没钱可不行。知道你拮据，你拿着这赏，回去换点银钱花花吧。”

谢琢这才双手接过木盒：“谢殿下和世子体恤。”

文远侯世子靠回椅背：“谢侍读心里清楚该怎么做，以后自有你的好处。走吧。”

等到了千秋馆，谢琢直接将木盒放到了宋大夫面前。

“什么东西，还用木盒子装起来？”宋大夫一边问一边打开盒盖，看清里面放的东西后，皱起眉来，“水头这么好的翡翠，公子，我可要跟你说清楚，你别以为你先用这个扳指贿赂我，我一会儿搭完脉就不会骂你，我该骂还是会骂的，贿赂没用！”

谢琢无奈："您哪次骂我，我不是仔细听您骂完的？"

宋大夫把木盒盖上，瞪眼："听有什么用？左耳进，右耳出，一个字不留！"

谢琢不急不缓地岔开话题："翡翠扳指是大皇子让文远侯世子转交给我的。"

"大皇子？"宋大夫将木盒颠来倒去地看了一遍，"怎么找不到宫廷御制的印戳？"

"私下里的交易，怎会留下把柄？"谢琢顺手拿起砚台旁的墨锭，慢慢磨起墨来，"这翡翠水头极好，值不少钱。已经入秋，衡楼不是马上要准备送往凌北的草药了吗？把这翡翠换成银钱，都买草药，一起送到凌北吧。"

"行，这事我来做。"宋大夫听谢琢提起凌北，不免叹气，"听说，凌北陆家想让衡楼帮忙筹措第三批军粮，这在往年可是没有的事。"

谢琢身姿如竹，墨发垂至腰际，鼻间萦绕着墨的香气："不难想。陛下忌惮凌北陆家，担心他们拥兵自重，每每拨粮草都只少不多，不怕前线将士吃不饱，只怕粮草一旦有富余，陆家就会蓄养私兵。"

再加上中间的人层层盘剥，真正被运到凌北边境的军粮，常常不过总数的十之七八。而缺的这一部分，陆家再向洛京要粮是不可能的，只能靠凌北开垦军田，以及陆家自掏腰包。

从咸宁十六年开始，衡楼便在江南一带筹措粮食，再运往凌北，低价卖给陆家，回程前，又从凌北低价收购皮毛和珍稀药材，高价卖到江南。合作至今，衡楼倒也不曾有过大的亏损。

"但这粮草一年比一年少，总这么下去也不是办法。"宋大夫感慨两句，忽然发现谢琢不知道什么时候又磨了半砚台的墨出来，赶紧让他把手伸过来搭脉。

不到半炷香时间，宋大夫撤开手："公子，这几日你可有认真吃饭，认真睡觉？"在谢琢开口前，宋大夫眉毛一竖，"你要是敢说你认真了，我这就掀了千秋馆的招牌，这辈子再不搭脉！"

谢琢正想说什么，耳朵突然捕捉到熟悉的脚步声，转过头，就和大步走进来的陆骁撞上了视线。

谢琢像是找到了证人，朝宋大夫道："陆小侯爷可以替我作证，这几日的朝食，我都是跟他一起用的。"

宋大夫不由得看向陆骁，回味着这句话，几日的朝食……都是一起用的？

他看着谢琢长大，怎么会不清楚自家公子防备心有多重，与旁人的界线又划得有多清？

陆骁不知道是什么情况，见宋大夫看过来，立刻帮腔道："确实，谢侍读每日早上都会吃一碗面，有时还会喝两口汤。"

虽然谢琢那碗面，基本只有陆骁这碗一半的量，但也是一碗。陆骁摸了摸鼻子，这应该也不算是欺骗大夫吧！

见宋大夫要起身，陆骁又连忙说道："您继续为谢侍读看诊，不必理会我。"

宋大夫便坐着朝陆骁拱了拱手，又发愁地看着谢琢，还是忍不住嘱咐：“公子，除了朝食，另两顿也是要好好吃的，即便胃口不好，吃不下，也要尽可能地多吃一点。同样，就算晚上常常惊梦，公子也要尽量多睡觉。你知道，你的身体经不起你这般消耗。”

陆骁在旁边听着，不由得将视线落到了谢琢身上。

“还有，明明天气渐冷，就算嫌麻烦不拿手炉，公子也该把厚披风系上，以免受寒生病。”宋大夫完全不顾及谢琢的颜面，故意当着陆骁的面道，“既然知道自己怕苦，讨厌喝药，那就更该顾及自己的身体。”

谢琢没想到他会提起这件事，瞥了一眼听得认真的陆骁：“宋大夫……”

宋大夫没搭理谢琢，提笔给他写好药方，照例唤药童进来按着方子去抓药，又看向陆骁：“小侯爷可是来看病？哪里不舒服？”

陆骁从小身体就很好，连受风寒的情况都很少，只是路过千秋馆，在门口看见谢琢的护卫坐在马车上等着，就脚下一转进来看看。但见谢琢望向他，似乎有些关切，陆骁想了想，随便说了一句：“我最近夜里睡得不太好，总觉得燥热。”

宋大夫给他把了把脉，在场的没有外人，便很快给出诊断：“没什么大碍，小侯爷这是血气方刚，肾气太过充盈。没关系，等以后成婚就好了。”

陆骁初时还没听明白，为什么成婚之后就能好？等把宋大夫说的话在心里来回念叨了两遍……

难道是他想的那个意思？

陆骁耳朵都烫了。

想到陆骁是武将出身，宋大夫又添了一句：“就是以后的武宁侯夫人要多担待了。”

最后，宋大夫给陆骁开了两服降火的药，让他不必忧心，回去把药熬好服下，再注意饮食不要太过辛燥就行。

陆骁随谢琢走出里间，觉得手上提的药比他以前舞的长枪还重，正想着开口说点什么才能打破现在的气氛，就听谢琢问：“小侯爷府上可有侍妾？”

侍妾？陆骁连忙摆手：“没有！我现在还是……还是清白之身！”

清白之身？谢琢想说这个词这么用好像有点奇怪，但似乎确实没有别的词可以替代。

两个人一问一答，气氛再次安静下来。

站在马车边上，见谢琢没有拒绝的意思，陆骁毫不见外地跟着谢琢登上了他的马车。落下车帘前，陆骁朝等在附近的张召打了个手势，让他自己先回去。

马车外表普通，车厢内部也不宽敞，勉强能坐下两个人。

陆骁把药放下，左侧肩膀挨着车厢壁：“侍妾……现在没有，以后也不会有。我父亲只娶了我母亲一人，我兄长也只娶了我嫂嫂一人。”

他续上了前一个话题："我爹从小就教我，我们陆家男子提枪上战场，不知道什么时候去了就回不来了。一个女子愿意嫁过来，日日担惊受怕，若是丈夫战死，在此后的几十年里还要担起整个家的重担，所以陆家男子一定要一心一意地对待自己明媒正娶的妻子，万万不能辜负这份情谊。"

谢琢听完这话，温和道："陆将军重情重义。"

陆骁搭起长腿，综合了从沈愚那里听来的各种后宅传闻，想象了一下："我倒是觉得，一辈子只跟一个人好就可以！你看，要是家里妻妾成群，她们天天吵架，不管是吵输了还是吵赢了，都来找你哭上一哭，那多可怕？还会闹得你脑袋瓜疼！"

谢琢想了想这个场面，也心有戚戚焉："若是鼻涕、眼泪、胭脂都往你衣服上擦……很脏。"

两个人对视一眼，都觉得对方说得很有道理。

陆骁十四岁上战场，满心满眼都是怎么杀敌、怎么作战，十六岁进洛京，真正算得上朋友的，就只有沈愚。但沈愚脑子里除了吃的玩的，就是话本传奇，所以算起来，陆骁还没有和同龄男子交流过这些。

正好马车里只有两个人，很私密，陆骁轻轻咳嗽了一声，压低声音问："半夜睡不好，觉得燥热，这种感觉，谢侍读有吗？"

谢琢仔细想了想，认真回答："没有。"

他身体太差，即使是盛夏，每夜入睡也只会感觉寒冷，尚未体验过燥热睡不着是什么滋味。要是哪天他的身体真的热了起来，想来宋大夫会高呼"药王菩萨显灵"。

"原来是这样。"陆骁有些奇怪，结合他从洛京中一起喝酒的纨绔那里听来的情况，他们这个年纪的男子，应该都会……燥热？

为什么谢侍读不燥热？

不过陆骁没有深想，转念记起宋大夫说的话："谢侍读散衙后，吃晚饭了吗？"

谢琢摇头："还没来得及，先来了医馆。"

"我也没有，要不一起？"视线扫过谢琢的手腕，陆骁总觉得面前这人好像又瘦了，"大夫说了，你要好好吃饭。"

谢琢很不喜欢与人对视，对视时，总能从对方眼里看到很多令人厌恶的东西：傲慢、鄙夷、算计……

但在对上陆骁的视线时，他发现，里面只有干干净净的关切之色，不脏，一点也不脏。

不自觉地，谢琢回答："好。"

得了这声好，陆骁心满意足地笑开来，又掀起车帘，拍了拍葛武的肩膀说："按我说的路走，今天我带你家公子去吃顿好吃的。"

听见自家公子愿意吃饭，葛武也喜上眉梢，握着缰绳，心想：陆小侯爷真是个好人！

人发展障碍”的说法也时有所闻。发展障碍中有各种类型，近年来，和ADHD（注意缺陷多动障碍）同样激增的，就是阿斯伯格综合征等泛自闭症的案例。

泛自闭症是和自闭症具有共同特性的相关综合征，特征包括：①人际沟通困难及缺乏社会性；②倾向喜好重复的相同行为模式，或对狭小且特定领域的关心；③特别敏感等。泛自闭症英文是“spectrum”，意思是“光谱”，意指涵盖轻度到重度的自闭症者。

后来经过检查，这个案例中的晃久，确诊属于泛自闭症的阿斯伯格综合征。确诊后，妻子靖美远比晃久本人感受更深，“他果然是阿斯伯格综合征”，终于了解了让自己痛苦的真相。

因为了解丈夫天生就有这样的特质，所以她体悟到自己只能接受。以前她总认为那是丈夫的个性或他在不在意的问题，因为不了解丈夫为什么会做出那些事，所以才会那么痛苦。

当然，即使脑袋再怎么明白，实际上一起生活时，对于丈夫的反应或行为还是有烦躁的时候，和丈夫暴怒问题同样让靖美苦恼的，是丈夫无法体会她的心情。

即使她再怎么努力告诉丈夫发生了哪些事，丈夫仍是若无其事的样子，正常来说，丈夫应当会有些感想或同理心的言辞，但她从未由丈夫口中听到过这些话，要是丈夫能够懂她的心情，她应该会比较轻松吧。但那已经成了奢求。

众所周知，**阿斯伯格综合征患者的配偶或伴侣，常因抑郁或压力而造成身心的问题，称为“卡珊德拉障碍”。**

正确来说，不仅是阿斯伯格综合征，和有认同障碍或情绪认知障碍的伴侣共同生活的人，都会有这项风险。当伴侣是逃避型马车一路沿着南熏大街出城，在玉津园附近停下。

陆骁身手利落地跳下车，等谢琢踩着马凳也下来后，指了指面前的屋舍："就是这里。"

一回头，见谢琢只穿着一件月白绣竹枝的文士服站在风里，陆骁吩咐葛武："把你家公子的披风拿过来。"

谢琢抬眼看向他，笑问："这你也要管？"

陆骁理直气壮地说："我这是谨遵医嘱！宋大夫说了，你嫌麻烦不想抱手炉，就该把披风系上，还要厚的才行。"

谢琢妥协，朝葛武道："听他的，拿过来吧。"

等将披风系上，谢琢已经确定，宋大夫之所以事无巨细地嘱咐了这么多话，根本不是说给他听的，而是全说给陆骁听的。

两个人沿着种满花草的小径往里走，小路尽头是临湖而建的三五茅舍，以长廊相连，甚有野趣。

谢琢左右打量后，好奇地问："到这里是要吃什么？"

陆骁随手摘了朵不知名的花，拿在手里转来转去，闻言笑起来："谢侍读这是怕我把你带到荒郊野外，拿出刀剑胁迫恐吓？"

谢琢很敷衍地配合："嗯，我好害怕。"

陆骁大笑："谢侍读，演戏也要投入一点，不要敷衍得如此明显！"

"很明显？"谢琢顺着他，"那你再问一次？"

陆骁当真重复了一遍："谢侍读就不怕我把你带到荒郊野外，拿出刀剑胁迫恐吓？"

谢琢认真回答："我不会惧怕你这歹人。"

"为何？"

"因为少将军定会来救我。"

不知道怎么回事，触到谢琢笑意浅浅的眼睛，或者只是因为这声极少听见的"少将军"，陆骁有一霎那失去了言语，隔了一会儿才别开视线，说道："当然，他当然会来的。"

他轻咳了一下，不太巧妙地把话题转回了吃食上："这里住的是许三娘，她前几年在会仙酒楼做厨娘，名气很大，以'斫脍'闻名。后来得了急病，喉哑再不能说话，便自请归家，现在已经不怎么开门待客了，我能来吃上一顿饭，还是托的阿蠢的面子。"

"沈世子？"

"没错，他和许三娘有私交。"觉着这么说不对，陆骁改口，"不，应该说他和洛京所有做菜做得好吃的厨子都有私交。"

两个人正说着，屋舍的大门被打开来，一个十一二岁的小姑娘有些拘谨地迎上来，看见谢琢，似乎呆了呆，随即红着脸，背过身引他们入内，此后再没敢抬头看谢琢第二眼。

两个人在湖边的水榭里坐下，不远处便是平静的湖面，再往远处看，层林尽染，倦鸟盘旋，天边晚霞似泼彩。

不多时，许三娘过来，先朝两个人施了一礼。她衣裙讲究，束着高髻，气质干练，亲自上了一道鱼羹，又端坐在案前，准备做斫脍。

“斫脍”是将生鱼切成薄片，蘸葱丝和酱，几十年间风靡大楚，多为宴席的主菜。

许三娘挽起衣袖，一阵有节奏的刀响后，盛在盘中的鱼片薄如丝缕，轻可吹起。

陆骁见谢琢夹了一块鱼片吃，神情关切地问：“可吃得惯？”

谢琢嘴里含着一口酒，被辣得不敢往下咽，只点了点头。

陆骁见谢琢确实喜欢，嘴角不由得翘起，朝等候的许三娘道：“今日有劳您亲自下厨。”

许三娘打量坐得很近的两人，又施了一礼，笑意盈盈地离开了。

陆骁自从听了宋大夫的话，就把谢琢“吃不好睡不好还畏寒”这三个问题放在了心上：“谢侍读不是洛京人，是不是因为饮食上不习惯，所以才胃口不好吃不下东西？”

谢琢其实是从小到大，各种药吃了太多，脾胃虚弱，所以一直没什么胃口。但他不欲提起这些，只答：“有这个原因。”

“那以后若是有空，我就带谢侍读把洛京各种美食都尝上一尝，说不定胃口能好一点？”

陆骁还吃着鱼片，就已经开始思考下次带谢琢去吃什么东西了。

“好。”

谢琢放下筷子，发现这酒虽然辣，但有种淡淡的荷香，佐上鱼片，味道极好，不由得又喝了半杯。

等天色渐暗，陆骁和谢琢从屋舍里出来，之前引路的小姑娘匆匆跑来，递给陆骁一张字条，小声道：“三娘让我给小侯爷的。”

“给我的？”陆骁接下字条打开，等看清上面的墨字，不由得滞在原地，飞快地看了一眼站在一旁的谢琢。

此时暮色四合，夜风微凉，谢琢裹着披风，站在繁盛的花草间揉了揉额角。他多喝了两杯酒，眼尾和颧下都染了一层薄红，唇色更是绯艳。

察觉到陆骁撤回的视线，他追着看过去，有种不自知的靡丽，嗓音微哑地问询：“小侯爷？”

“没……没什么。”陆骁往旁边走了两步，踩到花草，又赶紧抬脚，确定这距离谢琢应该听不见了，才低声朝小姑娘道，“你回去告诉三娘，与我同来之人是我好友，不是我的心上人。而且他虽然长得很好看，但不是着男装的姑娘，而是男子。本侯最近也没有喜事要办，她误会了。”

小姑娘仔细把话记下，蹲身行了一礼，转身跑回了屋舍。

等上了马车，谢琢靠着车厢壁，随着颠簸摇晃，合眼昏昏欲睡。

陆骁的酒量是在凌北军营里练出来的，这点荷香酒就算喝完一坛，他也醉不了。他本在闭目养神，但没一会儿又睁开眼睛朝谢琢看去。

谢侍读容貌极佳，否则也不会被冠上“琢玉郎”的名号，但要是谢侍读知道有人说他长得像女子，应该会不高兴吧？

不过，确实甚少有男子会打耳洞，皮肤还这么白，骨架也细，当时他又未曾起身，不怪许三娘会误会。

想起耳洞，陆骁偏过头又看了看。

应该是因为喝了酒，谢琢的耳垂红得像桃花瓣，上面的痕迹看不太清楚。

为了看清，陆骁不由得靠得更近了点。

落梅的冷香夹杂着酒气萦绕在鼻间，陆骁嗅了嗅，觉得这气息很好闻。

就在这时，睡过去的谢琢像是察觉什么，搭在披风上面的手指动了动，唇间发出含糊的呓语：“哥哥……”

陆骁听得分明。

哥哥？难道谢侍读家中也有兄长？不对，他记得在胭脂铺里，谢侍读曾说自己是家中独子。

陆骁重新坐正，望着马车外渐深的夜色，漫无边际地想起，阿瓷小时候也总是乖乖地被他牵着，喊他哥哥。

第二天，谢琢起床时头有些昏沉，不过夜里难得没有惊梦，睡得很好，甚至罕见地醒得太晚，差点误了去天章阁的时辰，连朝食都来不及吃。

葛武送谢琢去点卯时，很高兴：“多亏了陆小侯爷，昨日公子不仅在马车里睡了一路，回家后也很快就睡着了。”

“嗯。”谢琢隐约记得自己好像做了什么梦，却忘了到底梦见了什么。

临近中午，谢琢花了点银钱，请负责天章阁茶水的宫人帮忙熬了药。顾及药气，他没有将药端进阁内，而是站在廊下，准备喝完药再进去。

熬药的宫人安静地候在一旁。

可想是这么想，看着黑而浓的满满一大碗药，谢琢朝宫人解释：“我等放凉一点再喝。”

宫人笑容满面地说：“自然，放凉一点喝好。”

陆骁走近时，看见的就是谢琢对着一碗药发愁的模样。他忍不住想笑，心道千秋馆的大夫说得确实没错，又调整了表情，走近：“谢侍读今日无事可做？”

他一开口就不是什么好听的话。

“陆小侯爷。”谢琢颔首行礼，没接他的话茬。

一旁候着的宫人一见黑色麒麟服就知道来的是武宁侯，也急忙行礼。

陆骁摆摆手说了声“免礼”，轻笑：“这是在喝药？谢侍读身体如此虚弱，不如在家躺着休养，何必辛苦来这点卯？”

谢琢神色极淡，似是不想跟陆骁起争执：“不劳陆小侯爷费心。”

陆骁听完这话，像是没了兴致，走之前还低低道了声“无趣”。

两个人擦身而过的瞬间，陆骁借着视线死角以及谢琢的官服宽袖的遮挡，极快地握了握谢琢的左手。

陆骁走远后，谢琢屏气喝完药，客气地将碗还给了等候的宫人。

等那宫人也离开，周围再无旁人时，谢琢才摊开左手，露出了被握在掌心里的一颗……糖？

陆骁的糖一送就送了好几日。

有时他是在错身时，隐蔽地将糖塞进谢琢手里；有时是将糖夹在话本里，连书带糖一起递给谢琢。

还有一日清晨，谢琢到天章阁时，发现他的桌上有两片落叶。盛浩元看见，还奇怪地说是不是前一晚窗户没关严实，树叶好巧不巧地正好被吹到了谢琢的桌上。

趁盛浩元转身，谢琢伸手，果然在树叶底下找到了一颗糖。

他握在手里，像握着一份精心准备的小惊喜。

漏钟已近午时，谢琢悬着笔，却许久都没落下一字。直到笔尖有墨滴在纸面上，他才骤然回过神。

将被墨污了的纸换下，铺上一张干净的，谢琢重新提笔，想了想，干脆又将毛笔放回笔架上，稍事休息。

距离午时还有半刻，送药的宫人应该已经在路上了，那……

就在这时，谢琢身后的窗棂上响起了极轻微的三声敲击。

他没有第一时间回头，隔了几息才站起身，借着开窗透气的动作，看见窗台上放着一颗用花鸟纹白麻纸包着的糖。

他伸手将糖捡起。

掌心的重量很轻，却让他又一次开始期待宫人把药端来了。

因为，喝了药，就可以吃糖了。

到了午间休息进食的时候，盛浩元起身伸了个懒腰，目光投向谢琢旁边的空桌：“陆小侯爷今日应该又不来了吧？”

谢琢藏在宽袖下的手握着糖：“应该是的。”

“这武宁侯还真是随心所欲，昨日有人说好像在水池旁的回廊上看见过他，但不知道什么原因，明明人都到天章阁跟前了，也没来点卯。”盛浩元邀请谢琢道，“一起出去走走？”

两个人走在天章阁外的回廊里，盛浩元说起：“前日陛下下旨，夺了杨显对京畿守卫的实权，官职也降到了四品。”

杨显正是大皇子的岳丈。

谢琢听了这话，毫不意外。

咸宁帝不满京畿守卫权握在大皇子的岳丈手中已经很久了。若某一天大皇子想要夺位，那么，京畿地区所有的守军都有可能将手中的尖锐兵器指向洛京皇城，指向皇位。

这是咸宁帝极为忌惮的事。

上次杨显邀大皇子去校场观看演练这件事，触了咸宁帝的逆鳞。而在谢琢将“引导失当”这个名头安到杨显头上后，大皇子和文远侯毫无察觉，只想着顺势将罪责全都推到杨显头上，自己全身而退。

那么，这就不能怪咸宁帝以此为由，再进一步，彻底夺了杨显手中的实权。

天家无父子，两个儿子都已经及冠，他们手中越是无权无人，咸宁帝的心才会越安定。

谢琢看着水池中成群的锦鲤，回答：“杨显行为失当在先，陛下不过是以儆效尤。”

盛浩元笑道：“延龄总是这样，滴水不漏，每句话都毫无错处。”

谢琢：“盛待诏谬赞了。延龄不过是因为无亲族可傍，只好自己谨言慎行，求得前路安稳。”

盛浩元又续上前言：“听说，向陛下进言，说‘大皇子在校场观看演练，是周围臣属引导失当’的，就是延龄？”

谢琢没有否认：“是我，我当日恰好在文华殿轮值。”

盛浩元意味不明地夸奖道：“延龄做得很好。”

散衙后，谢琢登上马车，掀开车帘，一眼就看见坐在里面的陆骁。

陆骁毫不见外，见谢琢上来，还笑问：“从天章阁到宫门口不过几百步，谢侍读怎么走了这么久？”

谢琢放下车帘，坐到陆骁旁边，问他：“你怎么来了？”

“天章阁说话不方便，我看着快到散衙的时间了，干脆上了这辆马车，跟葛武一起在宫门口等你。”陆骁直入正题，“今天中午，姓盛的那人找你做什么？”

谢琢实话实说：“他问我，大皇子那件事里，当时在文华殿中的人是不是我。”

“我猜就是这件事。”陆骁说起正事时，脸上轻佻和张扬的表情通通收敛，毫不避讳道，“大皇子的岳丈被夺权贬官，二皇子一派的人高兴得恨不能大摆流水席，请全洛京的人吃上三天。”他又评价道，“你在文华殿中的应答，可以说是面面俱到。陛下有了台阶，也有了剥掉杨显手中的京畿守卫权的理由；大皇子虽然折了京畿守卫的兵权，但不仅没有被降罪，还全身而退，担了个‘纯孝’的名头，与陛下重归于好，恩宠仍在。”

谢琢看着他的眼睛，问：“你不觉得我太工于心计？”

陆骁理所应当地说：“工于心计又如何？你在御前行走，最重要的就是保住自己的性命。若是你说一句话出来，把人全都得罪了，那不知道你已经死多少次了。”

马蹄踏在石板上，“嗒嗒嗒”，声音很有节律，谢琢刚刚绷直的脊背放松下来，一只手支着下颌问道：“盛浩元和二皇子是什么关系？”

明明这些事情他早就查得一清二楚了，但莫名其妙地，他就是想从陆骁这里再听一遍。

“你应该不知道，姓盛的那人娶了阁老徐伯明的庶女，徐伯明的嫡长女正是二皇子妃。”

听见“徐伯明”这个名字，谢琢拢在袖口处的手指紧了紧。

“徐伯明这个老匹夫，城府极深。虽然他对外说的是，作为当年科举考试的主考官，他欣赏盛浩元的才华特招其为婿，但实际上，姓盛的那人当年还在太学时，两个人便暗暗有了接触。”陆骁语气讥诮地说，“就是有了徐伯明的指点，姓盛的那人才领着三百太学生去宫门前伏阙上书，长跪不起，逼得陛下不得不下旨定了谢首辅的罪。所以什么在科考时惜才，起了招婿的心思，都是骗人的假话。”

这桩往事从陆骁口里听来，谢琢觉得喉间干哑发痛，勉强镇定地发出声音：“你怎么知道这些事？这已经是很久以前的事情了。”

陆骁不是很懂谢琢为什么会这么问，但还是回答：“我查过。”

谢琢呼吸一窒，胸口瞬间传来几阵闷痛，他蓦地将手藏进袖内，以免被陆骁发现他的手指正在止不住地痉挛。

他查过。

陆骁查过当年的事。

他称呼谢衡为“谢首辅”，而不是“谢贼”。

原来，不只是自己一个人还紧抓着当年的事不肯放。

发现谢琢脸色苍白，连呼吸都在发抖，陆骁有点担心：“谢侍读，你身体不舒服？”

过了好一会儿，谢琢才找回自己的声音：“没有，只是累了一天，头突然有点晕，现在已经好了。”

“那就好。”陆骁又不放心地叮嘱，“二皇子得了好处，可能会有拉拢你的意向。”

“所以让盛浩元来试探我？”

“没错，不过现在储君未定，不管是大皇子还是二皇子，你最好都不要站队。”

谢琢点头：“我知道轻重，你放心。”

“还有徐伯明，他道貌岸然，就不是个好人。你现在虽然只是从五品侍读，但谁都知道翰林路不好走，以后你要是跟徐伯明碰上了，一定要小心。”说到这里，陆骁自己先笑了，

“虽然我知道谢侍读聪明，但还是担心你会被欺负。”

谢琢唇色微白，嗓音很轻：“我很久以前就发过誓，绝对不会再让人欺负我了。”

陆骁听了这话，心想：从前是不是有人经常欺负他？他那时是不是很难过？

犹豫了片刻，陆骁握了握放在膝盖上的手，没有追问这事，只将在许三娘那里吃饭时，谢琢说过的那句话重复了一遍：“反正，要是你被人欺负了，少将军定会来救你。”

第六章 凤凰振翅

转眼便临近重阳节。

洛京城中，沿街的商户都摆出了各色秋菊供人观赏。路上行人的鬓发间也簪上了鲜花，甚是雅致。

挎着竹篮在街边卖花的多是头发花白的老妪，偶尔也能看见十三四岁还未长成的少女，细声细气地与买花的人讨价还价。

葛武跟在谢琢身后，眼神锐利："公子，前面那个缠着卖花女的，好像是文远侯世子。"他又愤愤道，"被陆小侯爷踩断的腿都没长好，这人还成天不安分。"

谢琢没有接话，只是走过去朝卖花女道："我要两枝木樨。"

卖花女正不知道应该怎么办，见有客人来，一边侧身避开文远侯世子打量的目光，一边红着眼睛小声说了声"好"。

罗绍听出了谢琢的声音，百无聊赖地抬起眼："谢侍读也来买花？"

"买花只是顺便，实则是有消息要告诉世子。"谢琢接下卖花女递来的两枝木樨，让葛武付钱。

罗绍有些烦躁，完全是念着他父亲叮嘱过他，谢琢这人有利用价值，要好好笼络，才勉强耐着性子回答："哦？什么消息值得你来打搅本世子的好事？"

"今日下官在文华殿中轮值。"

一听"文华殿"三个字，罗绍没了作弄卖花女的心思，直起上身："谢侍读可是听到了什么消息？"

葛武朝旁边挪了半步，挡了挡，背在背后的手朝卖花女挥了两下，让她赶紧离开。

卖花女握紧竹篮，朝葛武蹲身道谢后，飞快跑开，留下一阵香风。

"重阳将至，陛下起了在御苑中举行赏花会的心思，还要品花评级。下官回翰林院时听宫人说，二皇子不知怎么找到了一个从江南来洛京的养花人，那人培育出的菊花实非凡品，或许会在此次赏花会中拔得头筹。"谢琢垂眼，"下官以为，上次观看校场演练之事，大皇子虽然全身而退，但杨显大人被陛下接连削官夺权，令二皇子一派的人甚是得意。若此次赏花会二皇子再拔得头筹，得了圣心，那气焰必会更加嚣张。”

“谢侍读说得有理。”罗绍出身侯府，一直认定日后得登大宝的必然是他的表兄大皇子，因此最看不得二皇子嚣张，“本世子知道了，若再有什么消息，你尽管报过来。”

谢琢拱手：“下官明白。”

与此同时，大皇子李忱换上常服出了宫。

因为去校场看京畿守军演练的事，文远侯暗地里斥责他不知分寸，而大皇子妃又为了其父亲被降级夺权的事几次跟他哭闹，仪态尽失，让他烦不胜烦。今天他在宫里撞见二皇子，对方也趾高气扬，对他进行了一番明里暗里的奚落。

李忱心中烦闷不已，但宫里有个哭哭啼啼的大皇子妃，他不想回去，也不想去文远侯府找骂，出宫后，一时竟没了去处。

跟着他出宫的小太监上前出主意：“主子，要不我们去宣平坊看看？”

李忱走路慢下来：“去宣平坊干什么？”

“您今日路过天章阁附近时，不是碰见谢侍读了吗？”

李忱这才想起，他碰见谢琢时，谢琢告诉他，咸宁帝有意举行赏花会，二皇子找到了一个厉害的养花人，而那个养花人就住在宣平坊，经营着一家花铺。

小太监继续出主意：“反正主子是出来散心，闲来无事，不如去宣平坊的花铺里看看，说不定我们能先一步将那花买下。到时候，二皇子的脸色想必很是精彩！”

想象了一下二皇子李慎气急败坏的模样，李忱心里舒畅了两分，抬了抬衣袖，笑道：“走，我们去碰碰运气。”

这家花铺名气似乎很大，一进宣平坊，小太监去问了问路，很快就搞清楚该怎么走了。

拐进一条巷子后，忽然下起雨来，小太监便抱怨这巷子太窄，啰嗦起来。

李忱本就心情烦闷，又被带着在街巷里七弯八拐，耐心已经告罄，现在甚至开始下雨，他不由得发火：“走……”

一声“请问”却将他的话彻底打断。

“公子可是迷路了？天下大雨，湿了衣服不太好，奴的家就在附近，公子若不介意，可以去奴家中避避雨。”

入耳的嗓音柔润清婉，带着一点少女的羞怯之意。

李忱转过头，便看见一个少女红着脸，有几分紧张地望着自己。不过对视片刻，她马上挪开了视线，贝齿咬着下唇，连耳朵都红了。

蒙蒙雨中，她穿着一身海棠色窄袖对襟抹胸，肤白若云，双眸似鹿。

李忱喉口微干：“那就叨扰姑娘了，请问姑娘怎么称呼？”

“我叫金雀儿。”似乎因为听到李忱的回应，金雀儿连笑容都欢欣了许多，“我家中是卖花的，我出生时，金雀儿正好盛开，于是父亲便为我起了这个名字。”

李忱称赞：“金雀儿，这个名字很好听。”

金雀儿又红了脸：“谢公子夸赞。”

如她所说，她家果真就在附近，不过几十步的距离。等进了门，李忱忽地反应过来：“从江南来到洛京，极擅长培育秋菊的，可就是雀儿？”

“不是我，不是我，”金雀儿连忙摆手，不好意思道，“他们夸赞的是我父亲，只是父亲在来洛京的路上，舟车劳顿，不幸染了重病，已经去世了。”

李忱见佳人落泪，连忙轻声安慰：“怪我，不该提起你的伤心事。”

“没关系，雀儿只是想到自己命不好，母亲早亡，父亲也去了，一时间心中难过罢了，不怪公子。”金雀儿低头擦了擦眼泪，又笑着道，“让公子见笑了，公子可是想买花？”

李忱心中轻叹，嗓音更温柔了几分：“没错，听说雀儿家中有极美的秋菊？”

“如果公子指的是那盆‘凤凰振羽’，确实是雀儿的父亲耗尽心血培育出来的，而且天下间仅此一盆。”金雀儿纤细的手指拉着李忱的袖口，脸上又浮起淡淡的红晕，期待道，“公子可想随我去看看？”

李忱颔首。

金雀儿带着李忱走到后院，解开绕花盆一圈的薄纱，花瓣完整的“凤凰振羽”现了出来。

这花枝条灰绿，向外伸展的花瓣棕红，越往内则越显明黄，纤长的花瓣有如凤凰展翅，内外相映，光彩夺目。李忱不由得感慨：“果真犹如凤凰振羽！雀儿的父亲的确培育出了一盆极美的花，但依我所见，这花却不是最美的。”

金雀儿迎上李忱的视线，不相信地问：“不是最美？公子难道看见过更美的花？”

“当然。”李忱看向金雀儿，笑意满眼，“难道不是我面前这株金雀儿，才是最美的花吗？”

金雀儿手指攥着裙边，露在衣服外的皮肤都红了，讷讷说不出话：“公子……”

想起他那个好二弟也在打这盆花的主意，李忱问：“这盆花可有人想买？”

“有的，不过，”金雀儿抬眼，眼含爱慕之意地看着李忱，认真道，“但雀儿只想把这盆花给公子，望公子善待。”

一刻后，李忱亲自抱着“凤凰振羽”走出花铺。金雀儿追出来，扶着门，喘了喘气：“公子……公子今后还来吗？”

李忱觉得自己的心都要化在金雀儿期待的眼神里了，转过身，轻轻捏了捏她皮肤细腻的脸：“等我，过几日我就来找雀儿。”

金雀儿重重点头，羞涩道：“雀儿等着公子。”她又拉了拉李忱的袖口，“公子……公子可一定要来，雀儿会一直等你的。”

等李忱抱着花走远后，金雀儿关上花铺的门，提着裙摆走到拐角处，朝等在那里的人低声道："回去告诉公子，就说花顺利地卖出去了。"

此时的她，脸上不见半分羞怯与情动之色，反而有几分冷然。

等候的人抱拳，随即快步走开。

小太监跟随李忱多年，见李忱亲自抱着"凤凰振羽"，分外爱惜的模样，就知道自家主子哪儿是惜花，明明是一颗心都落在了那株金雀儿上。

没走几步，李忱就叹息着说："雀儿小小年纪就没了父母，真是让人心生怜意。"

小太监奉承道："雀儿姑娘好运气，碰见了主子。若是她跟了主子，日后有享不尽的泼天富贵，也算是否极泰来。"

李忱瞪了他一眼："我什么时候说要纳她了？"

小太监知道李忱不是真的生气，笑嘻嘻地说："雀儿姑娘如此貌美，若落于市井，不是明珠蒙尘吗？这般佳人，自当被收入主子怀中，珍爱把玩。"

听他这么说，李忱想起金雀儿送他出门时那依依不舍的样子，没有否认，只笑骂了一句："油嘴滑舌！"

收到金雀儿传来的消息时，谢琢正拿着两枝木樨花，看街边卖花的老妪灵巧地编着花环。

葛武小声道："公子，现在大皇子把花买走了，文远侯世子会不会知道大皇子买了花，就不去找雀儿姑娘了？"

谢琢花钱买了老妪竹篮中剩下的所有花，让她可以早一点回家，又把花全扔进葛武怀里，嗓音淡淡地说："不会。大皇子若有心纳雀儿入宫，就会防着文远侯世子，绝不会让文远侯世子知道'凤凰振羽'和雀儿的存在。"

"所以公子才把'凤凰振羽'的存在特意跟文远侯世子说了一遍？"葛武抱着花，又开始担心，"大皇子真的会想纳雀儿吗？"

"作为处在利益旋涡中的皇子，娶妻纳妃总是受人摆布，由不得自己的心意。如今，正妻天天跟他哭闹争吵，府中其他妾室日日钩心斗角，这时候，大皇子在雨天里邂逅了一位美貌、单纯又身世可怜的平民女子，她不知他的身份，对他的爱慕不掺杂任何利益，"谢琢问葛武，"换成是你，你会不会动心？"

葛武被混在一处的花香刺激得鼻子发痒，瓮声瓮气地回答："可我没做过皇子，不知道皇子会不会动心啊。"

谢琢"嗯"了一声："如果他不动心也没关系，到时候可以再加一把火。"

葛武又说："不过我相信雀儿姑娘，她看起来就很聪明，所以想出来的计划定会成功！"

"什么会成功？"陆骁的声音突然插进来，主仆二人的对话立刻终止。

谢琢循着声音看过去："你怎么在这里？"

陆骁发现，谢琢对他是越来越不客气了。最初谢琢还会拱手行个礼，后来呢，见面会叫声“陆小侯爷”当作打招呼，现在直接就是一句“你怎么在这里”。

不过他倒是很喜欢这种亲近感，于是笑答：“进了一趟宫，陪陛下喂了一个时辰的鹦鹉，对，就是阿蠢他爹送进去的那只。”

谢琢想了想那个情景：“那不是听了整整一个时辰的‘陛下万安’和‘天下太平’？”

“没错，梁国公也不知道多费点心，让那只鹦鹉多学几个词。来来回回就这八个字，听得我耳朵都要被磨出茧了。”陆骁抱怨完，接着说，“从宫里出来，我心里闷得慌，干脆走走散散闷气，不想远远的就看见了你。”

谢琢猜他肯定又在陛下那里憋了气，便分了一枝木樨花给他：“给你。”

“给我干什么？”问是这么问，但陆骁接花接得很快，生怕谢琢会收回去似的。

“哄你开心。”

陆骁一时没反应过来，捏着木樨花问：“什么？”

谢琢极有耐心地重复了一遍：“你不是问我给你干什么吗？我说，用来哄你开心的。”

长街灯火为背景，谢琢束发的细长锦带被风吹起，陆骁看了看人，又看了看花，有些……不习惯，或者是新奇。

他小时候摔跤了，他爹会轻轻踹他一脚：“怎么还不起来？”他拉弓射箭，掌心水泡连着水泡，他哥会摊开自己的手掌给他看——他根本比不过。

第一次有人知道他气闷、受了委屈，拿东西哄他开心。

虽然是枝木樨花，但他也不嫌弃。

陆骁跃跃欲试，还想体验一下：“要不……谢侍读你再哄哄我？”

谢琢有些无奈，把手里剩下的木樨花递给陆骁后，干脆把葛武怀里的花都接过来，全给了陆骁：“一朵花算哄你一次，这里有三十几朵。”

陆骁把花都接好，跟在谢琢身后走了两步，琢磨半晌，突然反应过来：“谢侍读，你在敷衍我！”

谢琢转过身，眼尾染着笑意：“你才发现？”

陆骁抱着满怀的花，注视着谢琢的笑容，答道：“敷衍……也不是不可以。”

陆骁抱着满怀的花回到侯府，心情很是不错。

张召撞见他，惊了惊：“侯爷，你去哪里买了这么多花回来？”说完就被浓郁的花香熏得打了个喷嚏。

“不是我买的，别人送的。”陆骁得意地补了一句，“谢侍读买来送给我的。”

“谢侍读买的？”张召有点怀疑，“可里面这些编织精巧的花环、桃花菊做的手串、金铃菊和月季做的发簪，不都是只有女子才会佩戴和喜欢的东西吗？谢侍读怎么可能买这些？”

听张召这么一说，陆骁才发现，好像花环、发簪之类的东西，确实占了半数之多。

张召一脸“我看穿你了”的神情，打趣道：“侯爷，这该不会是你想买来送给阿……”他咽下了那个字，“送给姑娘，怕我笑话你，才说是谢侍读买的吧？”

“真是谢琢买的。鲜花存不了几日，我就算买一筐堆在库房里，等阿瓷来时，也全都枯萎了。”陆骁也有点疑惑，谢琢买这些东西回去，莫不是要送人？或者……自己戴？

想起之前的胭脂和耳坠，陆骁的神情顿时有些微妙。

我是不是不该收下这些花？我是不是一不小心……抢了谢侍读的心头好？

谢侍读会不会面对我时在微笑，转过头就满脸生气和不舍的表情？

张召担忧地伸手在陆骁眼前晃了晃：“侯爷？”

陆骁张了张口：“我没事。”

他现在补救还来得及吗？

第二天中午，谢琢找了个用顺手的毛笔忘记带来的借口，出了宫门。

远远候着的葛武跳下马车，等谢琢走近便将手里拿着的两支毛笔递了过去，同时低声汇报道：“我在雀儿姑娘的花铺附近盯了一上午，果然如公子所料，两个时辰前，文远侯府的人来了，找雀儿姑娘要‘凤凰振羽’。雀儿姑娘说花只有一盆，已经卖了。文远侯府的人怕不好向世子交代，又见雀儿姑娘貌美，便将雀儿姑娘带回去交差了。我一路跟去文远侯府，直到我离开，雀儿姑娘都没出来。”

“嗯，下午继续盯着。”

“是，公子。”葛武又有点担心，“要是大皇子后面再来找雀儿姑娘，没找着人，过几天就把人忘了怎么办？”

“如果雀儿被大皇子收入宫中，皇家薄情，可能过不了一个月，大皇子就会厌倦。但他现在找不到雀儿，雀儿还有可能是被人带走了……”谢琢眼神平静地望着车帘上的纹路，没头没尾地说了一句，“该去把那把火添上了。”

重阳节当日，咸宁帝在内廷举行赏花会，谢琢与一位翰林待诏、一位承旨随侍，三个人各写了几首咏菊并歌颂盛世太平的诗，均得了赏赐。

最后评花时，不出所料，大皇子献上的“凤凰振羽”拔得头筹，咸宁帝龙心大悦，当着众人的面夸奖了大皇子的一番孝心，又将“凤凰振羽”送给了皇后。

这还是谢琢第一次见皇后。据说她与咸宁帝是少年夫妻，但两次落胎后，再不能生育，于是日渐深居简出，从不插手大皇子与二皇子的夺嫡之争。

离开御苑回天章阁的路上，谢琢故意没有与另外两个人同行。没走出多远，他就被一个小太监拦了路，对方笑容满面地说：“谢侍读，大殿下想见您。”

谢琢很客气："烦请公公带路。"

两个人绕过一处假山，大皇子李忱已经在亭子里等候多时，正静静望着假山上的水帘。

谢琢上前施礼："殿下。"

"谢侍读不必多礼，"李忱回神，笑道，"这次多亏谢侍读。"

谢琢神色冷淡："臣并没有做什么，当不得殿下的'谢'字。"见大皇子面有忧色，他客套地问询，"殿下可是遇见了难事？"

李忱负着手，叹息："前日看见了一株金雀儿，花开得曼丽，待我再去寻时，却找不到了，不免有些牵肠挂肚。"

派出去的人说，据邻里所言，金雀儿跟几个人一起走了之后，就再也没有回来过。他起初怀疑过，会不会是他弟弟李慎的人将金雀儿带走了，但几番打听试探，都没有眉目。

谢琢面露疑惑之色："据臣所知，金雀儿多在春日开花。"他又主动描述，"金雀儿虽特别，但也有花与它的外形相似，说不定殿下是误认了。"

这一次，李忱怔了许久，才捏了捏眉心，温和地笑道："那可能……是我看错了。"

谢琢走后，李忱站在原地，风灌进亭子里，将垂下的纱幔吹得不断翻飞。

小太监见李忱面沉如水，揣摩着他的心思，轻斥："这个谢延龄，可真是不识抬举！"

"你懂什么？"李忱想着刚刚谢琢的言行举止，"要的就是他的'不识抬举'。谢延龄这人行事谨慎，不露情绪，言辞、神态滴水不漏。这种人才值得我笼络。"

小太监轻轻扇了扇自己的脸，赔笑道："是奴婢蠢笨。"

李忱没再说什么，只将谢琢刚刚那句"有花与它的外形相似"重复了两遍。

小太监不明就里："殿下在说什么花相似？可是还牵挂着雀儿姑娘？"

"直到现在我才清楚，为什么只见了雀儿一面，却挂念至今。"李忱怅然若失道，"你可还记得阿瑶？"

小太监惊了一下，不知道大殿下怎么突然提起"阿瑶"这个名字，等他再一想，手里的拂尘差点落在地上："雀儿姑娘和……"

李忱道："你也发现了吧？雀儿和阿瑶的眼睛生得极为相似，特别是含着眼泪时，最是惹人心疼。"

小太监不敢说话了。

假山处传来的水声一直没有间断，李忱想起阿瑶曾羞红了脸说"阿瑶一直等你"的画面，莫名其妙地和金雀儿拉着他的袖口说"雀儿会一直等你的"的场景重合在了一起。

李忱闭了闭眼睛，吩咐："再派人去找找，特别是查一查最近文远侯世子房里有没有添什么新人。"

小太监打了个激灵，连忙应道："是。"

因是重阳节，过了晌午，翰林院就直接散了衙。

谢琢坐马车回府，刚进门，抬眼就看见陆骁一身黑色麒麟服，正坐在树下喝茶。

初来洛京时，谢琢跟众人一样，租住在民宅里。后来进了翰林院，他才在永宁坊买下了一处一进的宅院，地段略偏僻，价格不算非常高，并不打眼。

他当初买下这里，就是看中了院中的老树，春日时会开满树的白花。等住进来后，他在树下砌了石桌、石凳，又沿着墙角种了绿竹。不过他畏寒，常常没在树下坐多久，就会被葛武和老仆葛叔一起劝回房内。现在看来，这石桌、石凳倒是便宜了陆骁。

陆骁正在喝葛叔泡的茶，一副惬意模样："谢侍读的院子真是安逸。"

谢琢笼袖站着："找我有事？"

"差不多吧，"阳光从茂盛的树叶间漏下来，洒在了黑色麒麟服上，陆骁的眼里映着零星的光彩，他先问："你吃午饭了吗？"

谢琢摇头："才散衙，还没吃。"

至于上午的赏花会，虽然摆了不少精致的吃食，但他们是不敢碰的，也怕殿前失仪。

陆骁被秋日的太阳晒得懒洋洋的，语调也跟着拖长："我也还没吃。既然我们都没吃，要不要一起？阿蠢找到了一个好去处，据说食材和味道都很不错，所以本侯特来邀谢侍读同去，不知谢侍读是否赏脸。"

"容我去换身衣服。"陆骁这语调，奇异得让人无法说出拒绝的话，谢琢又看见了石桌上放着的东西，"这是什么？"

"这个？洛京的风俗，重阳节当天，大家会相互赠送蒸糕，我出门时就想着给你也带一份。蒸糕上的小彩旗可是我亲自插上去的，是不是很用心？"陆骁说得自豪，仿佛他不只是动手插了插小彩旗，而是亲手做了整盒蒸糕。

谢琢的皮肤在阳光下白得像玉石，莫名其妙地，他的眼神和语调也跟着缓了下来："那我是不是应该回礼？"

陆骁赶紧摆手："不用，不用，你之前送我的那些花就已经是回礼了。"

"那些花？"谢琢想起他为了让街边的老妪能早点回家，买的那些鲜花和各种花做成的花环、手串、发簪，语气有些微妙地问，"你喜欢？"

陆骁心想：那些什么桃花菊手串，什么月季发簪，都是谢琢喜欢才买的，忍痛割爱送给他，他要是说不喜欢，是不是显得很不识好歹？于是陆骁重重点头："我很喜欢！"

谢琢："嗯，那就好。"他没想到，原来陆骁还喜欢这些东西。

让葛武把陆骁带来的蒸糕拿去厨房放好，谢琢进了东面的卧房换衣服。

陆骁起身，院子不大，他没走多少步就已经转了两圈，见葛武从厨房里出来，就拉着人闲聊："家里只有你和葛叔，谢侍读没想再请个小厮什么的？"

葛武认定陆骁是个好人，诚实道："家里房舍小，事情也少，我和我爹完全能应付下来。再请个小厮，也没什么事情能交给他做。"

"磨墨，或者帮谢侍读束发、换衣之类的呢？"陆骁在凌北军营长大，习惯了什么事情都自己做，但洛京城里，不说勋贵富豪，就是普通的文士，也会找一两个小厮或书童帮着做些杂事。所以见谢琢身边只跟着葛武一个粗手粗脚的护卫，陆骁才会有点好奇。

葛武解释："哦，小侯爷有所不知，这些事公子从不让别人沾手。公子净面、沐浴、换衣的时候，从不让人在旁边，也不允许我进房间。"

这时，卧房的门被打开，陆骁看过去，发现谢琢换了一身月白文士服，上面绣有同色的兰草纹，跟他们在破庙初见时谢琢穿的那一件很像。至于头发，平日里为了行走方便，需要戴冠，但谢琢还未真正及冠，现在又是休沐，便只用锦带简单束着，随意又雅致。

这人一上街，不知道又会吸引多少路人注目。

谢琢走下台阶："走吧。"

葛武问："公子，要不要我去将马车赶来？"

陆骁顺手拍了拍他的肩："你家公子今天交给我了，我府里的马车就停在外面，你正好也去过过节。"

谢琢也道："下午无事，你带葛叔在城内走走，想买什么便买，不用吝惜银钱。"

从大门出来后，陆骁道："你对他们很好。"

"嗯，我父母去世后，是葛叔和昌叔在照顾我。葛武看不进书，但舞刀弄棍很有天赋，就做了我的护卫。如果没有他们，就没有站在你面前的我。"

"昌叔没一起来洛京？"

"昌叔在清源老家。"谢琢没有让陆骁再问下去，"你府上的马车呢？"

话音刚落，马蹄声混着车轮滚动的声音渐渐靠近，谢琢望过去，入眼的是两匹通体无杂色的骏马，后面拉着的马车外观极宽敞，掀开车帘看内里，也是布置豪华，不仅有软榻和靠枕，还有放着水果和茶具的矮桌。

陆骁吩咐张召可以出发后，放下车帘，重新在软榻上坐好。

见他似乎有些迟疑，谢琢问："小侯爷是有什么话想说吗？"

"不是，我有礼物要送给你。"陆骁从角落里拿出一个精致的木盒。

他之前不小心夺了谢琢心爱之物，想来想去，不免心有愧疚，于是准备了这份礼物。

礼物？

谢琢打开木盒，见里面放着一支用丝绢做成的含苞欲放的秋山茶发簪，花瓣偏绯色，脉络清晰，不说丑，但绝对称不上好看。

谢琢无言，片刻后问道："你……亲手做的？"

陆骁点头，目光明亮又期待："没错，我原本是想用真花制作，但真花凋谢得太快了，所以就用了丝绢。"

这花他来来回回做了十几朵，从里面挑了一朵最好看的放进了木盒子里。不过他很清楚自己的水平，没想过谢琢会戴上："你收下就行了，不用……"

最后两个字他的声音渐低。

谢琢在他眼前单手扯开束发的锦带，长发散开，垂落至肩前，铺在了月白的文士服上。

这一瞬，发似鸦羽，肤白如雪。

谢琢低头垂眸，握起一束长发，另一只手拿起木盒中的发簪，手指灵巧地用发簪将那束头发松松地固定住。弄妥当后，谢琢才抬起头，眼带浅笑地看向陆骁："好看吗？"

陆骁在谢琢看过来的瞬间，差点连话都不会说了。想把视线挪开，但眼睛像是有自己的意志，一眼不眨地看着面前的人，脑子里又冒出了当初在破庙，第一次看见谢琢时的念头——蛊惑人心的山野精怪。

"好看。"陆骁又很有自知之明地在心里补充：发簪很丑，人很好看。

谢琢点了点头："那我便不取下来了。"

前朝无论贵族还是平民，男子出门敷粉簪花都很是流行。到本朝后，这股风气虽然几乎没了，但男子若是当街簪花，也没有人觉得有什么不妥，特别是仪貌俱佳的人若有此举，说不定还会被人称赞一句"风雅"，比如谢琢。

于是，当沈愚看见走下马车的谢琢时，第一反应就是："我是不是该去做发簪的生意？今日谢侍读用绢花做了发簪，我敢打赌，明天洛京城里所有的绢花发簪定会售罄！"

陆骁摸了摸马的鬃毛，得意地说："那些商铺里粗制滥造的绢花发簪，能跟我做的比？"

"你做的？"沈愚的金冠在阳光下闪闪发亮，他皱眉时，脸上的嫌弃之色越发明显，"怪不得要散架似的，花瓣都没粘好，我还在想，谢侍读怎么会选一支这么丑的发簪。"

谢琢想，虽然花瓣确实没有粘好，但陆骁很用心，于是主动道："我很喜欢这个礼物。"

这句话一出，陆骁更加得意，斜睨了沈愚一眼："听见没？他喜欢我送的。"

沈愚利落地翻了个白眼："陆二，谢侍读这是客套！客套懂不懂？"

两个人一路都在吵，等到了吃饭的地方，门被关上，沈愚给三个人都倒上茶，又捶了捶自己的肩膀，抱怨道："我爹这两天天天带我在自家院子里挖坑，可把我累死了。"

陆骁用指节碰了碰茶杯外壁，确定不烫手，才递给谢琢，嘴里问："为什么要带着你挖坑？你爹觉得你每天好吃懒做不活动，所以给你找点事情做？"

"你才好吃懒做！"沈愚叹气，"我爹是觉得，陛下年纪越大疑心病越重，所以在挖出的几个坑里各埋了几锭金子。"

陆骁想了想，觉得这确实是梁国公能干出来的事情："若有一天你家被抄了，再挖出来？"

“你家才被抄了！”沈愚瞪眼，又支着脑袋发愁，“这年头，做勋贵中游手好闲的米虫竟然都不安全了。”

谢琢喝了一口陆骁递来的茶水，温度刚好，问：“梁国公为什么会觉得陛下疑心病越来越重了？”

“因为我爹和我都游手好闲嘛，又是专一的皇党，所以有时候，陛下发脾气也不会避开我爹，或者说，是故意发脾气给我爹看的。”沈愚喝完茶，开始吃点心，“就前两天吧，我爹照例去给陛下问安，陛下先把大皇子批了一通，又把二皇子批了一通，然后冷不丁地问我爹：‘你觉得老大和老二，谁更适合执掌这江山社稷？’”

沈愚拍桌：“这可把我爹吓坏了，我爹糊弄过去后，一回家就赶紧让我娘搬来一个火盆，跨来跨去，说是要去去晦气，结果差点没把衣摆给烧着。”

陆骁对此很感兴趣：“陛下问的那个问题，你爹是怎么糊弄过去的？我学学。”

“我爹说，”沈愚特意清了清嗓子，压着声音，模仿他爹十分阿谀的语气，“这天下，没有谁能比陛下更适合执掌这江山社稷！”

谢琢借着喝茶，藏起嘴角的笑意。

陆骁倒是不客气地笑了出来：“不愧是国公爷！”

“刀尖上走路罢了，”沈愚叹气，“陛下成天都在担心他那两个儿子要算计他的皇位，也挺辛苦的。”

门外隐隐有了动静，三个人都静了下来，没一会儿，几道菜接连被端了上来。

沈愚两眼放光地介绍：“中间这道五珍汤，用料上乘，火候刚好，我好久没尝过这么鲜美的汤了！你们一定要多喝两碗！”

见汤还冒着热气，陆骁拿过一个空碗，盛了满满一碗。就在桌上另外两个人都以为他是给他自己盛的时，陆骁却径直将碗放到了谢琢面前，嘱咐：“有点烫，晾一晾再喝。”

谢琢眨了眨眼：“好。”

沈愚看看谢琢，又看看陆骁，最后看向那碗汤，突然怒了：“陆二！你区别对待！本世子跟你当了这么些年兄弟,你给我盛过一碗汤吗？你没有！连最后一口菜你都总会跟我抢，最后一口汤你根本留都不会给我留！”

陆骁用公筷夹了一片蒸得软糯的肉放到谢琢的盘子里，这才抬眼回应沈愚：“阿蠢，别光顾着说话，否则菜真的只剩最后一口了。”

沈愚立刻被转移了注意力：“说了不要叫我阿蠢！”

说完，他又自给自足，愤愤地将盘子里最大的一片肉夹进了自己碗里。

吃饱喝足后，沈愚又兴致勃勃地拉着两个人在附近闲逛。他成天在勋贵圈里混，哪个侯府的小妾生了个儿子，哪个大臣与妻子吵了一架，又有哪两家相互递了婚书准备联姻，他都清楚得很，聊起这些事时跟说书一样，张口就来。

谢琢正听得仔细，突然见张召脚步匆忙地走了过来。

陆骁奇怪地问："你怎么过来了，出什么事了？"

张召语速很快地回道："侯爷，文远侯府出事了，不对，是文远侯世子出事了！"

陆骁挑眉："死了？"

"啊？没有，没有，人还没死，不过伤得有点重，以后……以后……"

陆骁打断他的话："吞吞吐吐的干什么？以后什么？"

张召做了个"咔嚓"的手势，又举了个例子："就跟高公公一样。"

沈愚反应过来，虽然不知道前因后果，但先憋不住大笑起来。陆骁倒没什么表情："知道是谁干的吗？"

张召点头："是大皇子动的手。"

一旁沈愚的笑声顿时停住，他不敢相信地问："你说谁？"

两个时辰前。

大皇子李忱正站在书案后练字静心。

小太监轻手轻脚地走进来，捏紧的掌心微微汗湿："殿下，派出去查探的人回来了。"

李忱没有抬头："说。"

"查探的人说……说文远侯世子前几日确实纳了一个平民女子做侍妾，好像那女子还一直不服管教，世子因为这件事，在府里发了几次脾气。"小太监的声音越来越低，"奴婢听那描述，那女子很像……很像雀儿姑娘。"

书房里，一时连空气都变得紧绷起来。

"是吗？"李忱面上没有什么明显的情绪，只手上握着的毛笔用力压在了纸面上，洇开了大片墨迹。

小太监后背已经汗湿了，躬得更低，小心道："殿下，那我们是……"

李忱放下笔："既然文远侯世子纳了新的侍妾，那作为表兄，理应去侯府祝贺祝贺。"

说是祝贺，但皇子车驾停在文远侯府门口时，李忱没有让人提前通报，而是跃下车，直直朝着罗绍住着的院子大步走去。侯府的人跟在后面，明眼人都看得出大皇子心情不好，但文远侯没在府内，也没人有胆子拦路。

李忱冷着脸，让人拉开守在罗绍的卧房前的人，定了定神，才一脚踹开房门。

里面浓郁的香气溢了出来。

自小长在宫中，李忱一闻便知道这香气是什么腌臜东西。抬手让身后的人好好在外面守着，他自己迈步走了进去。

卧房里窗户紧闭，明明是白日，却显得有些昏暗。李忱胸口发闷，耳边除了他自己的心跳声外，还有女子低低的哭泣声。他脚步没停，绕过了中间的屏风。

察觉到有人进来，正在兴头上的罗绍不耐烦地叱责道：“谁竟敢擅自进来？给本世子滚出去！”

李忱没有看他，目光牢牢锁在金雀儿死死攥着帷帐的手臂上，露出的皮肤满是青紫痕迹。在看清来人时，金雀儿眼中先是迸发出惊讶和欢喜之色，随即变成慌张、羞耻和惊惧，最后，一切光芒都暗淡了下去，如死水一般绝望。

眼泪如滚珠般接连流下。

金雀儿专注地看着出现在自己眼前的男人，动了动唇，又努力朝他露出笑容。

李忱看懂了。她叫的是——“公子”。

这一刻，李忱有些恍惚地想，阿瑶当时用同样绝望的眼神看着他，好像也是叫的“公子”，不是“殿下”，而是他们初见时的称呼。

一声简简单单的“公子”，一模一样。

同样是他心悦的女子，被罗绍以同样的方式带走折辱。

欺人太甚了。

罗绍闻了很久的催情香，眼神已经有些涣散，隐隐听清金雀儿的哭求声，哼了一声：“你的心上人真是大皇子那又如何？他不会来救你的……他还要仰仗我爹，仰仗我们文远侯府，就算他知道了这事又怎么样？你以为他会为了你得罪我？他不敢！所以，你乖乖跟着本世子不好吗？本世子给你荣华富贵……”

金雀儿挣扎得更加厉害，眼中的泪也更多了，隐约显露死志。

李忱看见了一切，也听见了一切。

他想，为了储位，为了日后的皇位，他什么都可以忍下。

不管是毫无好感的皇子妃，还是文远侯一切“为了他好”的管教规劝，或是罗绍时不时的冒犯和不尊重行为。毕竟，他可以在登基后，再一一处置这些人。

可是这一刻，香气缭绕的卧房中，他的心跳得越来越快，一直压抑的怒气在节节攀升。

他是当朝大皇子，是未来的太子，更是未来的大楚皇帝！他生来尊贵，日后会登临御座，执掌天下。他为什么要放任这些人践踏他的尊严？为什么要忍？为什么？

昏暗的卧房内响起了短刀出鞘的声音。

几息后，被大皇子的随从拦在门外的侯府下人都听见了痛极的惨叫声。

等文远侯从宴饮上离开，急匆匆地赶回侯府时，就看见李忱端坐在主位上，慢悠悠地喝着茶，衣服上还溅着血。

文远侯感觉一阵天旋地转，被身边的老管家扶着才将将站稳。

他在回来的路上已经知道了事情的来龙去脉，却不清楚大皇子为什么会突然发难，甚至亲自动手。

文远侯将发抖的手紧紧握住，说话还有些喘：“殿下，这其中可是有什么误会？不过一个平民女子……”

“误会？我怎么不知道这其中有什么误会？”李忱放下茶杯，注视着文远侯，语气平淡地说，“说到平民女子，雀儿是平民女子，那阿瑶呢？”

一直候在旁边的小太监悄悄屏住了呼吸。

“阿瑶”这个名字牵连一件旧事。

李忱有一次出宫，在巷中偶遇了一个迷路的女子，女子名叫阿瑶。当时天下着雨，李忱便撑着伞将人送回了家。此后，两个人又见了几次面，情投意合。面对第一次动心的女子，李忱更是许诺要娶阿瑶为侧妃。

阿瑶突然得知自己爱慕的男子竟是当朝大皇子，一番患得患失后，还是红着脸说：“无论如何，阿瑶会一直等你。”

可是没想到，这件事遭到了李忱的舅舅文远侯和母亲淑妃的强烈反对，因为阿瑶的父亲不过是一个不入流的小官，对李忱争夺储位毫无帮助。李忱抗争许久，都没能说动母妃和舅舅，心中觉得愧对阿瑶，便出宫去寻她，想与她说说话。他没想到阿瑶不在家中，有人冒用了他的名字，将阿瑶带走了。

李忱心中慌乱，用尽手段终于找到了阿瑶所在的地方，一脚踹开紧闭的木门，就看见了令他目眦欲裂的一幕场景——他的阿瑶满身青紫痕迹，惊恐地缩在床尾，而始作俑者竟是他的表弟文远侯世子罗绍。罗绍还笑着朝他道：“殿下应该感谢我，不用再摇摆不定了，这女人已经是我的人，再不配当你的侧妃。”

在他暴怒着冲过去一拳砸上罗绍的脸时，阿瑶披着外衣，悄无声息地走出了门，投水自尽了。

这件事后，李忱与舅舅文远侯依旧亲近，与表弟罗绍也言笑如常。所有人都以为李忱已经忘了这件事，毕竟，一个女人而已，哪有储位重要？

李忱面上一丝笑意也无：“罗绍先是动了阿瑶，现在又动了雀儿。是不是以后我的女人，甚至我的皇子妃，我的太子妃，我的皇后，只要他想，都要动上一动？”

他话里带着十足的讽意：“也是，我李忱要仰仗文远侯，要仰仗文远侯府，怎么敢得罪文远侯世子啊？”

文远侯心里一跳，知道这不仅仅是睡了个女人的事了，他立刻跪在地上：“殿下，这些话是谁告诉您的？此人之心可诛，我与绍儿绝无这般想法！”

“绝无这般想法？”李忱牵起嘴角，“可惜，这番话正是我亲耳从罗绍嘴里听到的，可没有人在他的脖子上架刀，威胁他开口。”

“殿下，一定有什么误会……一定是！肯定是有人在其中挑拨离间！我们不能上当啊，殿下！”

李忱低笑道：“阿瑶因罗绍而死，雀儿又被罗绍折辱，这不是假的吧？不过，既然文远侯知道有人从中挑拨离间，那可千万不能遂了那人的意，与我离了心啊。”

文远侯咬紧牙，攥着手指：“这是当然。”

李忱起身，带着一身血迹，走到文远侯身边蹲下：“舅舅，是你教我的，皇子妃可以再娶，岳丈可以再换。你看，文远侯世子虽然伤了，但我也不是只有这一个表弟，你说对吗？”

听着李忱走出门时的笑声，文远侯跪坐在地，一动不动，只缓缓闭上了眼。

“这么精彩？罗绍真被大皇子一刀废了？这可比杀了罗绍狠多了！”会仙酒楼的包间里，沈愚一边嗑瓜子，一边听着打探来的消息，感叹道，“今年的重阳节可真有意思！你们说，文远侯会不会给罗绍报仇？他可是快把这个儿子宠上天了，否则罗绍也不会变成现在这副模样！”

“不会。如果消息可靠，罗绍真的说了那番话，那就狠狠刺了大皇子一回。罗绍会这么想、这么说，难保不是文远侯这个爹教的，所以文远侯就算心里恨透了大皇子，为了整个文远侯府，也会努力挽回大皇子的信任。”谢琢浅浅地喝了一口茶，冷静分析，“不过大皇子会不会再信任他，就不好说了。”

沈愚点评：“这疑心病还真是遗传。也对，破了的镜子怎么补都补不好，更别说已经没了的信任。”他又想起，“不过，上次罗绍被陆二踩断了腿，文远侯都颠颠地跑进宫里找陛下告状，这次人都被废了，文远侯怎么不去告御状了？”

陆骁把花生米抛到半空中又接住：“要是大皇子和文远侯决裂，最乐见其成的就是陛下了。再说了，大皇子姓李，文远侯又讨得了多少好处？”

“有道理！所以文远侯只能把这口气咽下去？大皇子也正是知道文远侯只能咽下这口气，所以动手动得毫无顾忌？”

沈愚说了半天，突然发现：“怎么我看着一团乱麻的事情，到了你们两个这里，一眼就看穿了？”

陆骁见沈愚面前的瓜子壳都堆成小山了，拍了拍他的肩膀，语重心长地说：“阿蠢，少吃瓜子，多动脑子，你也可以变聪明。”

沈愚只想把整盘瓜子壳盖到陆骁的脑门上。

陆骁又剥开一颗花生，补充道：“大皇子并非毫无顾忌，而是杀鸡儆猴，警告文远侯不要妄图摆布、掌控他，要认清自己下臣的位置，不可逾矩。只能说，这怨气并非一朝一夕形成的，这次罗绍自己撞在了刀尖上，怪不得别人。”

沈愚把瓜子放到嘴边，又犹豫着拿开，思索良久，最后冒出一句：“请问……你们的脑子都是怎么长的？”

文远侯世子彻底被废了这件事，没几天就传遍了洛京上下。朝中的人都盯着大皇子和文远侯府会不会决裂，至于那名被罗绍强迫的女子，已经没有人在意了。

千秋馆里，金雀儿穿着一身男子衣衫，靠在软榻上，由宋大夫看诊。

医馆早早关了门，再无旁人进出。

宋大夫把完脉，在写药方前指挥葛武：“把药膏给雀儿姑娘，仔细擦擦颈上的刀口。”又叮嘱金雀儿：“每日擦两次，擦上两个月，一定不会留疤。”

金雀儿玩笑道：“这药膏是不是很贵？”

宋大夫：“反正公子付钱，你尽管涂，一次涂四五层都别心疼！”

葛武把药膏拿过来，正琢磨着宋大夫的意思是不是要他动手帮金雀儿涂药。谢琢看出了他的茫然：“你帮雀儿拿着铜镜。”

葛武连忙点头：“好！”

他拿着镜子，目光落在金雀儿结了痂的伤痕上，不由得问：“这里是怎么伤的？”

“我自己伤的。”金雀儿一边擦药膏一边道，“大皇子说我虽然被罗绍碰过，但清白仍在，让我以后留在他身边，他一定会好好待我。我一边落泪，一边说我已经无颜面对他了，只想离开洛京，回老家，青灯古佛，了却余生，日日为他诵经祈福。还拿出匕首抵着脖子，说‘雀儿留在殿下身边，不如一死’。他很受触动，给了我不少银钱，让我回老家。”

葛武没想到伤口是这么来的，看着面前的金雀儿云淡风轻的神情，又想象着她哭泣决绝、满眼深情的画面，有些惊住了。

金雀儿涂好药膏后，朝谢琢道：“雀儿这两日想了想，一切如公子所说，应该没有出什么纰漏。重阳节当日，公子安排的蹲守之人前来报信，说大皇子出宫，往文远侯府来了，我便去了罗绍房里。那人一贯爱用催情的香料助兴，我把宋大夫配的药粉加在了香料里，他也没闻出来。大皇子来得很及时。他进来后，我趁机在罗绍耳边哭求，引得罗绍说出了那番话，大皇子便动手了。”

金雀儿讥诮道：“大皇子要不是闻了香料里掺的药，即便听见罗绍说的那番话，应该也会像以往那样直接把这事忍下吧？”

谢琢安慰道：“有纰漏也没关系，一开始就说好了的，若是没有成功，我再想别的法子。”

金雀儿点点头，又朝谢琢作了一揖：“谢公子成全，让雀儿替姐姐报了仇。”

“不必如此。”谢琢将她扶起，“雀儿姑娘以后有什么打算？”

“因为姐姐与大皇子有情，罗绍不仅玷污了姐姐，逼得姐姐投水自尽，更是逼死了我的父母。雀儿无能，只能做到这一步了。以后，我会在家里供上佛像，日日诵经，为姐姐和父母祈福。”金雀儿笑道，“以后文远侯府败落的消息传来，我定会为公子抄上一遍《金刚经》！”

“那先提前谢谢雀儿姑娘了。”谢琢又嘱咐道，“我已经打过招呼，如果有什么难处需要帮助，雀儿可以去当地的千秋馆。”

临出门前，谢琢问她：“雀儿姑娘的本名叫什么？”

“本名？”金雀儿一瞬间有些恍惚，随后轻轻答道，“我姐姐名瑶，我名璎，吴璎。”

谢琢从里间出来，走在医馆的廊下，院中有正在晾晒的草药，弥漫过来的气味微苦。

葛武想起在胭脂铺那次，陆小侯爷的亲随提起过，说文远侯世子曾逼得一女子投水自尽，原来就是吴瑶。

“公子，吴璎姑娘为什么要给自己起名叫‘金雀儿’？”

“因为她的姐姐最爱的花就是金雀儿，还曾说金雀儿这种花，无论在南方还是北方，贫瘠还是干旱，都能生长，开出灿烂的花。”

葛武心中一时有些五味杂陈，良久才道：“那她和她姐姐的感情肯定很好。”

两个人在门口等了等，一身男装的金雀儿拿着宋大夫开的药，走出了千秋馆的大门。

金雀儿最后笑着朝谢琢拱了拱手：“就此别过，公子保重。”

谢琢回礼：“也望雀儿姑娘从此顺遂无恙。”

喧嚷的人群中，金雀儿的背影逐渐分辨不清。谢琢还未回身，就听见了陆骁的声音：“谢侍读怎么在这里？刚刚那人是谁？”

谢琢转过身，语气平常地说：“刚刚？你说刚才跟我道别的那个人？他跟我一样，在宋大夫这里看病。”

“这样，”陆骁并未看清那个人的模样，只瞧见两个人站在医馆门口，确实也没说上两句话。他没再追问，打量了两眼，又问，“你来找宋大夫看病？怎么没抓药？”

葛武有点紧张，忍不住咽了咽唾沫。

“宋大夫说是药三分毒，我这几天身体还好，正好停一停药。”见陆骁偏头望向已经关了门的医馆，谢琢又道，“宋大夫今天要提前回家，你若要去看诊，只能明日再来了。”

陆骁立刻想起上次宋大夫说他夜间燥热，以后的侯爷夫人要多担待的事，耳尖有点痒，不由得摸了摸，嘴里连忙否认：“我已经没有夜晚燥热的情形了，不用看病！”

谢琢笑盈盈地看着他：“陆小侯爷不用着急。”

他的言下之意就是：我只是说你来看诊，又没有说你是因为燥热来的。

陆骁觉得千秋馆门口不是个好地方，待不得，轻轻拽了拽谢琢的衣袖，说：“走了，走了。”

谢琢一边随着他的力道挪步，一边问：“你怎么在这里，真病了？”

陆骁摇头：“没生病，我刚去了一趟文远侯府，回程正好路过附近。”

谢琢猜测：“你是去……探望文远侯世子？”

“没错！罗绍不是受了伤吗？我去探望，多合礼数，任谁也挑不出错来。而且，我还提了礼物去的。”

听他说提了礼物，谢琢已经开始觉得好笑了：“提了什么？”

陆骁神色飞扬，一样样数下来：“鹿茸、鹿鞭和鹿血，全都是补肾的，想来罗绍见了，应该会非常开心！”

两个人走进人少的巷子里，谢琢随口问：“就不怕文远侯为难你？”

陆骁无所谓：“仇多不压身。反正陆家在凌北一日，他就不敢动我。要是哪天他真动了我，说明陆家已经没了，那我会有什么下场，我也不在意了。”

这个话题有些沉重，谢琢换了个话题：“你去的时候，文远侯府怎么样？”

“文远侯应该是被大皇子这一刀给扎清醒了。”陆骁还是用玩世不恭的语调说，“宫里淑妃没个主意，通常都让大皇子听他舅舅的，文远侯也仗着自己舅舅的身份，没少管束训斥大皇子。可大皇子再是他妹妹的儿子、他的外甥，却还是姓李的，哪是他想骂就能骂的？从罗绍对大皇子的态度就能看出来，文远侯一家都犯了大忌。皇家从不看血亲，只看利益。”

陆骁觉得，连这一点都没认清楚，文远侯这皇亲国戚也算是当到头了。

“物极必反。”谢琢思忖道，“大皇子靠着这一刀，占了绝对上风。文远侯一心想从普通勋贵变成国舅外戚，现在应该会极力弥补和大皇子间的裂痕。”

陆骁“嗯”了一声：“所以我还在想，大皇子说不定等这个机会很久了。”

“在这段利益维系的关系里，将文远侯压在下风的机会？”

陆骁觉得，每次跟谢琢聊天都毫不费劲，于是笑道：“对，谢侍读懂我。”

第二天，去天章阁的路上，葛武汇报：“公子，有消息说有人在查雀儿姑娘的身份。”

谢琢昨夜没睡好，脸色微白，恹恹地靠着车壁，哑声道：“知道了。”

确实有这么一户卖花的人家，从江南到洛京，只不过父女二人都在路上染急病去世了，金雀儿顶替的便是那个女儿的身份。

至于那盆“凤凰振羽”，乃是衡楼里一位养花的老师傅培育出来的，在此之前，没有人见过。即便大皇子出于谨慎着手查探，也找不出什么破绽。

中午，谢琢走出天章阁，在水池边散步，巧合地遇见了大皇子身边的那个小太监。

小太监笑眯眯地朝他拱了拱手：“没想到恰好在这里遇见谢侍读。”

谢琢也拱了拱手，神情不见热络。

小太监拉着他寒暄：“这秋雨连着下了几日，天气也转凉了。听闻谢侍读身体不太好，不知可还习惯洛京的气候？”

谢琢神情有些不耐烦，因为对方是大皇子的近侍，又不能转身就走，只好耐着性子回答：

“去年秋闱后，初来洛京，因此病过一次，所以今年早早就添了衣。”

小太监像是没看出谢琢的不耐烦，继续问：“谢侍读去年才来洛京？不知谢侍读家在何处，离洛京近不近？”

“家在宣州清源。”

“原来是在东边的宣州，确实和洛京相隔甚远，气候不同。”

谢琢再忍不住：“若公公无别的事，天章阁中还有要事需处理，我就先走了。”

等谢琢绯色的袍角消失在树后面，小太监才抱着拂尘，原路返回，跟等着的大皇子李忱回话：“殿下，问清楚了，那谢侍读是宣州清源人，去年秋闱之后才来洛京。当时阿瑶姑娘的事就很少有人知道，想来这谢侍读怎么也不可能有那个神仙本事，隔上好久，还能把阿瑶姑娘的事查得清清楚楚。”

李忱颔首：“那个说老二寻到了一个江南来的养花人的宫人，可找到了？”

“那人藏得极深，至今还没有眉目。”小太监小心回话，“不过倒是查到了另外一桩事。说是有宫人听见翰林院一个叫盛浩元的待诏，在天章阁外和谢侍读聊天时，曾问起，当日在文华殿里，把殿下您从校场演练那件事里摘出来的是不是谢侍读，谢侍读点头承认了。”

“盛浩元？这个名字有些耳熟。”

小太监把这些七弯八绕的关系都记得清楚：“二皇子妃的庶妹嫁的就是这个盛浩元。”

李忱一听这话便冷笑道：“这次的事情，老二还真是算计得好。先让盛浩元去确定谢延龄就是我们的人，然后放出养花人的消息给谢延龄知道。谢延龄自然会将这个消息告诉给我和文远侯，让我们有所准备。老二又很清楚，罗绍好色且无所顾忌，一旦让罗绍见了雀儿，他就不可能把持得住。”

小太监顺着李忱的心意骂道：“二皇子真是坏透了！”

“为了抢储君的位置，什么手段都不嫌脏。”不过，李忱想起文远侯跪在自己面前和罗绍那处鲜血直流的画面，又觉快意，心情很好地多问了一句，“刚刚从天章阁那边回来时，怎么苦着一张脸？”

“那个谢延龄，呸，”小太监换了个称呼，“谢侍读可看不上奴婢，奴婢拦着他说话时，他的不耐烦都要写在脸上了。”

李忱取笑他不知好歹：“你还不高兴了？翰林院的人多半不喜欢内监，他对你冷脸，再正常不过，没转身就走，已经是好的了。”

小太监轻轻打了一下自己的脸，装傻：“原来谢侍读肯停下来跟奴婢说几句话，奴婢是沾了殿下的光！”

另一边，谢琢没有回天章阁，而是绕一长段路，寻了个僻静的地方透气。

他刚在树下找到一张石凳坐好，头顶的树枝就窸窸窣窣地响，连落了好几片叶子下来。

谢琢还未来得及抬头，就有一个纸包被细细的麻绳吊着，摇摇晃晃地从树枝处垂到他的眼前。

“既然谢侍读正好坐到了这棵树下，那这肉饼和烤鸡，我只好大方地分谢侍读一小半了！”

谢琢顺着晃来晃去的细麻绳抬头，就看见陆骁一派懒散样子坐在粗壮的树枝上，正低着头，朝自己笑得灿烂。束发的黑色绣金锦带垂在他的肩前，显出几分不羁。

“怎么哪儿都能遇见小侯爷？”谢琢笑着说完，打开纸包着的肉饼和烤鸡，毫不客气地吃了起来。

“当然是因为缘分。”陆骁坐在树上，晃了晃长腿，心情不错，随手折了两片树叶叠在一处，吹起了小调。

他正吹得起劲，忽然听见树下的谢琢问：“你吹的什么曲子？”

“我也不知道叫什么。我小时候在凌北，白天上蹿下跳，到了晚上也不安生，我娘就常常哼唱给我听，说是用来安眠的，你喜欢？”

谢琢点了点头：“嗯，很喜欢。”

他小时候生病，难受得睡不着时，他的母亲也会轻轻拍着他的背，哼着这首曲子，温柔地哄道：“我们阿瓷要快点睡觉，睡着了就不会难受了。”

等谢琢吃完东西，陆骁身形矫捷地从树上跃下来，一眼就看出：“你昨晚是不是又没好好睡觉？”

谢琢知道自己脸色不好，瞒不住，点头回答：“嗯，做了个梦，惊醒后再也睡不着了。”

“现在还早，这里平时也没人会经过，我让张召放哨，你抓紧时间睡上一觉？”陆骁知道谢琢防备心重，又允诺，“你放心睡，我守着你。”

短暂犹豫后，谢琢还是闭上了眼睛。

不知道是因为前一晚睡得太少，还是因为陆骁守在旁边，谢琢背靠着粗糙的树干，明明不是什么舒服的姿势，迷糊间，竟就这么轻易地睡了过去。

陆骁说守着谢琢，就真的一步都没动。

只是有点无聊。

看了看睡着的人，陆骁拉紧有点松了的皮革护腕，余光瞥见有一片树叶飘落下来，正好落在了谢琢的头发上。

他屏住呼吸，俯身凑过去，轻轻拿开了那片树叶。

第七章 与他不同

文远侯府。

陆骁来探病时送了什么东西，原本府里上下的人都瞒着罗绍。可不知道是谁说漏了嘴，叫罗绍知道了，一时间，盛药的碗被狠狠砸出卧房，满台阶都是碎片。

以往个个都往罗绍怀里倒，妄想飞上枝头的侍女们，此刻都战战兢兢地站在门外，不敢进去触霉头。

直到文远侯大步走来，下人们才纷纷让开路，松了一口气。

文远侯罗常这几日也是焦头烂额，不仅要面对重伤的长子、哭哭啼啼的夫人以及后院里心思活络的妾室庶子们，还要忍受其他勋贵大臣表面关切实则看好戏的问候。于是他在面对正发脾气的罗绍时，也没多少好脸色："又是怎么了？"

罗绍双眼赤红，艰难地支起上半身，嘶哑着声音高喊道："爹，爹！你快派人去杀了那个陆骁！他故意羞辱我！他羞辱我！"

文远侯语气平淡地说："我杀了他，然后呢？凌北要靠陆家守着，现在陛下都不敢动陆家。到时候，陆骁死了，陆家要我们文远侯府阖府为陆骁偿命，你愿不愿意？"他重重地叹了声气，"绍儿，你也该长大了。爹会为你寻求名医，说不定还有希望。"

罗绍至今还没敢看自己的伤处，除了知道像死过去一般疼，具体伤得如何他还不清楚。他听他爹说还有希望，满是血丝的眼里不由得亮起光，倾着上身，颤抖着问："真的？真的还有希望？"

"嗯，总要试试。"文远侯看着向来宠爱的孩子这副模样，心有不忍，没有再提，而是问，"你告诉我，是谢延龄告诉你重阳节陛下会举办赏花会，也是他告诉你，二皇子找到了一个江南来的养花人？"

"对！"罗绍重重点头，语气激动道，"我记得清楚，是这样没错！爹，这次是不是那个二皇子设计，故意引我去花铺？说不定那个金雀儿就是他的人！是他故意放在那里的饵！"

文远侯摇头："比起二皇子，我反而觉得谢延龄的嫌疑更大。"

"谢延龄？"

“没错。我直觉告诉我此人在这件事里脱不了干系。如果真的是他故意引你和大皇子去花铺，再利用金雀儿使你二人反目成仇，也不是说不通。”文远侯想了一夜，脸上有明显的疲态，“我只是想不通，以他一人之力，是怎么知道当年大皇子、吴瑶和你的旧事的，又是怎么确定，大皇子就一定会对金雀儿动心，甚至不惜为了一个平民女子而伤你？他不可能有这么大的能力，也不可能算计得如此准确。”

罗绍因为疼痛已经许久没有入睡了，太阳穴正突突地疼，听完这番话，问道：“可是，爹你之前不是说，这个谢延龄是投向我们这边的吗？”

“此人城府极深，现在想来，他初时在文华殿替你说话、向我表达投效之意，都是他有意为之。他的真正目的，是博取我的信任，或者，以我为跳板，入大皇子的眼。”

文远侯不得不承认，如果事情真的如他所想，那初时他就已经看走眼了。

罗绍：“他有没有可能是二皇子的人？”

文远侯沉吟：“或许。不过尚不能确定，至少到如今，他都没有和二皇子一派的人有过明显接触，还需要再看看。”

罗绍瞪大眼，眼中的血丝尤为吓人：“那还等什么？快告诉大皇子，告诉他，这一切都是那个谢琢的手笔！都是他搞出来的事端！”

“绍儿，你怎么不明白？”文远侯不想再看罗绍疯癫的模样，背过身，盯着屏风上的图案，“经过这一遭，你还以为无论我说什么，大皇子都会相信、都会听从？”他哼笑了一声，“我那个妹妹，空有美貌，没有脑子，生下来的儿子也一样，本就庸常，还刚愎自用。现在我说谢琢有问题，他也只会认为我是在为你脱罪、为整个文远侯府脱罪。”

罗绍咬着指节，眼珠动来动去，手握成拳，情绪失控：“那就没办法了？谢琢害我成了……成了……我要他死！不，死都便宜他了！我要亲手活剐了他！”

终归是自己宠爱了二十年的嫡子，且这件事破坏了文远侯府与大皇子间的信任关系，文远侯也心有愠怒，安抚道：“你安心休养，爹知道你受了罪，若真是谢琢搞的鬼，爹定会将他绑到你面前，让你报仇。”

文远侯走后，罗绍脱力地躺在床榻上，好像全身没有一处不疼。想起他爹说的会给他寻找名医，他又艰难地坐起身，重重拍着床板，喊道：“人呢？药！把药给本世子端过来！”

不多时，有侍女惊惶地端着药碗进来。

罗绍冷笑，伸手拧了一把侍女的腰，听她痛呼出声才收手，表情阴郁道：“前几日不是还费尽心思地往本世子床上爬吗？啊？现在躲这么远干什么？”

侍女低着头，白着脸不敢接话。

喝完药后，罗绍靠回软枕上，摆手：“你滚出去，替我叫个人来。”

谢琢轮完值，走出文华殿不久，就远远看见行来的文远侯。

谢琢避让到宫墙下，低头垂眸。

文远侯停了下来，神态、语气如常，似乎完全没有被这几日发生的事影响，很是温和：“谢侍读这是要回天章阁？天气渐凉，谢侍读可要注意身体，莫要生病。”

听见这句话，谢琢敏锐地抬眼，看向文远侯，随即恭敬道：“谢侯爷关心，下官定会谨慎。”

“嗯，谨慎就好。”

等文远侯走远，谢琢立在宫墙下，整个人都似陷在了阳光照射不到的阴影里。

很明显，和大皇子不同，即使还不清楚他到底用了什么手段，但文远侯这个在洛京沉浮多年的人，已经察觉他在这件事中充当的角色了。

谢琢嘴角浮起薄笑，果然——这样才有趣。

又过了两日，葛武找到谢琢：“公子，这两日好像有人跟踪我们。”他描述道，“不只是跟踪，无论我在宫门口等公子，还是在回家路上，甚至在院中扫地，都会感觉到有人在暗处窥探，阴恻恻的。”

谢琢很清楚，葛武虽然在诗书方面一窍不通，但五感天生就比常人敏锐，思索片刻，吩咐道：“你今晚不要睡沉了。已经盯了两天，对方若是要动手，不会拖太久，拖得越久越容易被发现。”

“是，公子。”葛武不放心，“要不要我去琅轩再叫两个人过来一起守着？”

谢琢摇头：“不用，对付只有一个护卫的我，对方不会来多少人，你去琅轩，反而会节外生枝。”

葛武向来是自家公子说什么就是什么：“好，我听公子的。”

到了傍晚，淅淅沥沥的秋雨下了下来。

葛武正在扫院子，忍不住抱怨：“这棵大树又能开花又能遮阴，确实有用，就是入了秋，叶子天天掉，刮风下雨掉得更厉害，怎么扫都扫不完！”

谢琢系着披风站在檐下：“明明是你自己见不得院子里有一片落叶。”

也是。确定暗处没人盯着，葛武又问：“公子不担心？”

谢琢反问：“你担心？”

“我不担心，来一个打一个，来两个打一双，来三个也不怕！”葛武拍了拍胸口，“我会保护好公子的！”

谢琢看了看天色：“嗯，扫完院子就去洗澡睡觉，我先去书房了。”

过了二更，谢琢才放下笔，拿着烛台走出书房。他的书房和卧房相连，都在东面，关上书房门后，他不过走十几步就到了。

外面依然下着雨，雨声落在屋顶、地面上，遮盖了许多细微的动静。谢琢似乎有些疲累，捏了捏眉心，进到卧房后，很快就灭了烛火，躺在了榻上。

虽然闭着眼睛，但谢琢毫无睡意。或者说，遇上这样的雨夜，无休止的疼痛感和冷意就会从骨缝中钻出来，蔓延到全身，令他难以入眠。

他开始推测文远侯之后会有什么动作，分析朝中的形势，想着明天在天章阁要整理的卷宗……

无数思绪涌起，最后停留在脑海中的，竟是陆骁给他描绘的画面——溯流而上，阔野千里，抬头见月。

就在这时，院子里的木门被“哐”地推开，随即是葛武与人缠斗的声音。谢琢听动静判断，来的应该是两个人，葛武尚有余力。

刀刃与刀刃相撞，金属的碰击声冲击耳膜，很是刺耳。

不到一炷香时间，夹杂着雨声的打斗声稍稍慢了下来，随即是葛武的低喝：“有本事就别跑！”

话音落下后，打斗声渐远，屋外又只剩下连绵的雨声。谢琢却没有放松心神，反而手指轻动，握紧了手边冷硬的器物。

卧房的门被轻轻推开，几近无声无息。

全身被雨淋湿了的黑衣人每一步都落得很轻，在黑暗中注视着床帐的方向，从传来的呼吸声判断，那人睡得正熟。他不禁脚下迟疑，又猜测，应该是雨声太大，而谢琢体弱疲倦，睡得很沉，才没有被惊醒。

不能犹豫了，黑衣人握紧刀柄，屏着呼吸，极快地朝床榻上躺着的人刺去！

下一刻，他的动作滞在原地，整个人犹如断了线的提线木偶。几息后，整个人向后，“哐当”一声，连同手中的刀一起倒在了地上。

谢琢确定涂在箭尖上的毒已经起效，黑衣人没了呼吸，才起身下床，放下手弩，点亮了烛台。

正当他想走近去查看黑衣人时，捕捉到有脚步踏着积水靠近，谢琢目光一凛，正想拿起手弩，却突然从脚步声中听出了几分熟悉感。

陆骁推开卧房的木门，一眼便看见了躺在地上的黑衣人，此人胸口处插着一支寒光凛冽的弩箭，了无生气。

悬了一路的心重重放下，被风一吹，他才发现，后背竟然已经被冷汗湿透了，比他第一次上战场面对敌人袭来的刀尖时还要紧张，紧接着就是一阵后怕。陆骁慌张地问：“你有没有受伤？”

谢琢只穿了一身素色里衣，墨发披散，容貌在暖色的烛光下显得昳丽非常，也极为脆弱。他摇了摇头：“我没受伤。”想了想，他又猜测，“你碰见葛武了？”

陆骁单手擦去满脸的雨水，扬唇笑道："没错，吓死我了！我出城遛马，发现快下雨了就赶紧回来，路上看见你那护卫提着刀，杀气腾腾地追着两个黑衣人过去了。我见他不落下风，就赶紧先过来看看你有没有事。"

看见桌上摆着的手弩，陆骁自然地问道："葛武留下给你防身用的？"

他没有多想，以为是葛武先用弩箭解决了地上躺着的这个黑衣人，之后才去追的另外两个。

谢琢点了点头："对。"

"按照你的臂力，惊慌时你不一定有力气按动这手弩，不过手弩的杀伤力确实非常足。"陆骁跨开两步，挡在谢琢和倒地的黑衣人之间，想到在自己来之前，谢琢一个人和尸体待了这么久，关切地问道，"害怕吗？"

还没等到谢琢回答，他脸上的神情骤变，电光石火间，他猛地将谢琢扑到了一边，手掌还不忘护在谢琢的后脑上。

几乎同时，一根小臂长的弩箭穿过谢琢刚才站立的地方，深深钉进了床柱，尾部还颤抖未止。

陆骁眼里盈满杀气，唇线紧绷，手臂一撑，护在谢琢身前，另一只手快速拾起放在桌上的手弩，全凭战场上练来的直觉，朝弩箭射来的方位接连放出三支短箭。

谢琢站起身，在雨声中闭了闭眼。

文远侯世子还真是看得起他，派两个人引开葛武，派一人进卧房刺杀，竟然还放心不下，留了一个人在屋外预防生变，及时补刀。

陆骁一来，他就无意识地放下了戒备心。

少将军确实来救他了。

如果不是陆骁警觉，带他避开箭矢，此时他不是受重伤，就是失去了性命。

可能是因为重逢以来，他越是觉得冷，就越是想靠近这个人，越是陷在仇恨里，就越想抓住与曾经的美好生活唯一有关联的人。

可是，他怎么敢开始期待，开始依赖，开始指望危险时，有别人来救他？

他怎么敢将自己的命放到另一个人手里？即使这个人是陆骁。

陆骁快步走过去，仔细查看躲在屋外的黑衣人，发现刚刚射出的三支箭，一支射中了胸口，另外两支分别射中了腹部和右肩膀，心想：虽然挺长时间没摸手弩了，但我的准头依然很不错。

这时，头顶的雨停下，陆骁抬头，发现是谢琢替他撑了一把伞。谢琢的肩头都已经淋湿了。

陆骁勾起唇，没有拒绝，就这么将整个院子都检查了一遍。

西面的房间里空无一人，陆骁想起："葛叔呢？没在家？"

他对上次给他泡过一壶茶的老仆印象很好。

谢琢轻轻咳嗽了两声，回答："葛叔前两日回了清源，处理一点琐事。"他撑着伞，问面前浑身湿透的人，"要不要换身衣服？"

"不用，不用，"陆骁顺口说起旧事，"我十一二岁时，在军营的校场里扎马步，管他是烈日还是暴雨，都不能动。要是动一下，"他比画了一个长度，"我爹就用这么长的箭，用布把箭头包起来，'咻'一下射我的腿上。还有一次，冬天，我是前锋军，领着人在雪地里急行，雪厚得能到小腿。找到了狄人的军帐后，我就悄悄在外面趴着，从下午趴到半夜，起身的时候人都快被冻僵了，所以这点雨不算什么。"

回到卧房里，陆骁正好讲完，见谢琢听得认真，又打量他的脸色，笑着问："有没有好一点？"

谢琢微怔："什么？"

"我刚刚看你脸色苍白，是不是被吓到了？"

谢琢注视着一脸关切的陆骁，明白过来，这人突然说起这些旧事，不过是担心他害怕，想转移他的注意力而已。明明自己身上的雨水还在不断往下滴，却一心担忧他会不会害怕，甚至还在听见他咳嗽后，很仔细地用背挡住了风。

谢琢收起伞，转开话题："这几个黑衣人是来杀我的，我猜测，应该是文远侯府的人。"

前日在宫道上，他突然抬起眼，便看见了文远侯脸上明显的探究之意。不过，以文远侯的谨慎，他绝不会在探清敌人的虚实前贸然动手，这次的刺杀行动，多半是罗绍的手笔。

"文远侯府？"陆骁皱起眉，"他们怎么会来找你的麻烦？"

谢琢没瞒着："是我告诉大皇子和罗绍，陛下会在重阳节举行赏花会，也是我提供了'凤凰振羽'的线索。"

陆骁一贯护短："这是什么道理？没人逼着罗绍折辱那名女子，也没人抓着大皇子的手狠狠给罗绍扎上一刀。他们之间的仇怨，凭什么怪到了你身上？他们还动了杀心！"

谢琢唇色更淡，良久，他勉强牵起一丝笑容："是啊，这是什么道理？"

把不放心的陆骁支走后，谢琢打来一盆水，反复清洗自己的手，又用布巾仔细擦干。

陆骁……太干净了。

即便被困在洛京里，不得不钩心斗角和虚与委蛇，但陆骁从始至终，心里都装着凌北的月色和千里阔野，都是干净的。

可他呢？

读过无数遍"为天地立心，为生民立命"，学过无数经世济民的大道理，他谢琢依然只是个满心算计、满手鲜血的小人。

葛武回来时，就看见谢琢正在出神，双手已经被布巾擦得发红，仿佛感觉不到痛一般。

他奇怪地问道："公子，你的手怎么了？"

"没什么，只是有些脏。"谢琢回过神来，问葛武，"可受伤了？"

"一点剐蹭的小伤，不碍事。人已经解决了，死了一个，另一个受重伤，我想着公子可能有话要问，就把人带回来了。"

"嗯。我去看看。"往外走时，谢琢顺手拔下了钉在床柱上的弩箭。

檐下，黑衣人被葛武随意扔在地上，虚弱无力。谢琢蹲下身，淡淡地问："文远侯世子是怎么吩咐你们的？"

黑衣人裹着一股浓重的血腥气，喘息着，没说话。

谢琢握着拔下来的弩箭，箭尖抵着黑衣人的掌心，用力刺了进去，冷淡地说道："我不想再问第二遍。"

他说完，箭尖又深了半寸。

剧烈的疼痛感激得黑衣人颈侧暴起青筋，冷汗立刻就冒了出来，他颤抖着出声："我说……世子……世子让我们别轻易让你断气，要把你带回去，他要……要亲手活剐了你……"

谢琢轻声问："还有吗？"

"世子还说你长成这般模样，不知道多少人……多少人动过心思……还说会让你尝尽苦头……"黑衣人的手被短箭钉在了地上，额上的汗珠混着雨水流过眼睑，他盯着眼神平静的谢琢，面上浮起惧意，仿佛这人是嗜血的恶鬼，没有人性。

等黑衣人彻底没了气息，谢琢才站起身，自言自语般："活剐了我？"

文远侯罗常令他父亲被判处凌迟之刑，现在罗绍又想剐了他，还真是家学渊源。

谢琢又吩咐葛武："都处理了吧，别脏了我的院子。"

葛武颔首："是，公子。"

秋雨下了整整一夜，到第二天，不管是血迹还是别的痕迹，都被冲刷得一干二净。

文远侯府，罗绍的亲随进到卧房里，立刻就被房中浓郁的香气熏得口舌干燥，不由得暗想，明明那处都伤了，世子还熏这助兴的熏香做什么？他面上还是一派恭敬的神色，弓着身，小心道："世子，蹲守的人看见了，那个谢琢进了宫门，去天章阁了。"

罗绍躺在床上，脸色阴沉道："竟没死？"

亲随犹豫着说道："没死，也没受伤，看他的样子……昨晚似乎无事发生。"

一个茶盏被掷了过来，在他面前碎开，接着罗绍的怒斥声响起："无事发生？好一个无事发生！人呢，派去的人都死了吗？"

亲随不敢往后退，硬着头皮说："派去的人至今还没回来，世子，这事太过蹊跷，要不要报给侯爷？"

罗绍胸口起伏。他如何不知道这事蹊跷？但现在不比从前，他伤了，后院那些姨娘、庶子全都盯着他的世子之位，伺机想将他狠狠踩下去。他敢暗地里派人去杀谢琢，却不敢让他爹知道他没经同意就动了手。

他还有希望，决不能被他爹厌弃。

“敢漏出去一个字，我就杀了你。”罗绍咬着牙命令，“把尾巴抹干净，不能被任何人发现这件事！”

散衙后，谢琢坐上马车，直到车停下，他掀开布帘才发现不对：“怎么来了这里？”

葛武扯着缰绳，有些心虚：“公子昨夜受了风寒，后半夜肯定也没怎么睡着，得让宋大夫看看才行。”

“都学会自作主张了？”话是这么说，但谢琢没有拂葛武的好意，踩着马凳下车后，又念起宋大夫的脾气，把披风系上了。

宋大夫见到人，捋了捋花白的胡子：“这是怎么了，失魂落魄的？”

葛武代为回答：“昨夜文远侯府派人前来行刺，扰得公子一夜未眠，白日里也没精神。”

宋大夫虽然坐在医馆里，但人来人往，消息灵通，况且文远侯世子受伤的事本就不是什么秘密。他没有多言，示意谢琢把手腕递过来，又让葛武出去把车马安置好。

片刻后，宋大夫询问：“公子思虑过重，想来应该不只是因为昨夜的事吧？”

谢琢没有正面回答，只说道：“你配的毒药很有效，我涂在弩箭上，潜进我的卧房里的黑衣人几息就毙命了。”

宋大夫笑容得意：“好说，好说，我还能配出更厉害的药！”

“嗯，”谢琢又说道，“昨晚陆骁也来了。”

“陆小侯爷？他看见公子动手杀人了？”

“没有。他以为那人是葛武所杀，还以为我会害怕。他不知道，其实就是我动的手。”

宋大夫觉得，但凡不是亲眼看见过谢琢动手的人，都不会相信，弱不禁风的谢琢是真的能拿起杀人的刀，毕竟世人总是很容易被外表蒙蔽。

要不是这些年来他守在谢琢身边，眼见着谢琢一次又一次地练习弓弩，日复一日地去学如何既快又准地使用匕首，一击制敌，他也不会相信谢琢会杀人。

宋大夫发愁：“要不……公子把真实身份告诉陆小侯爷？”

谢琢沉默片刻后说：“陆家现在每走一步都像踩在悬崖边上，再和通敌叛国的谢家绑在一起，绝非好事。说不定陛下还要感谢我送上这个致命的把柄。到时候，陆家被冠上与谢家相同的罪名，是人祸，凌北无人能守，则是国祸。”

他倒了点清水在砚台里，缓缓磨着墨：“况且，我若以谢家遗孤的身份站到陆家人面前，以两家的情谊，以陆将军和我父亲的情谊，你说陆家人是帮我还是不帮？”

宋大夫轻轻叹了声气。他只想着，这十几年来，血海深仇都压在公子一个人身上。若是有一个人能跟他一起承担，想来要好上许多。

谢琢静静地磨了整整一砚台墨，又提起笔，一字一字地替宋大夫抄写医案，浮动的心绪再次沉静下来。

他不会让陆骁知道自己的身份，也不会再放任自己依赖、沉溺、上瘾。

陆骁……不该与他一同陷在压抑阴冷的仇恨情绪里。

陆骁应该是洛京城里打马观花、放浪不羁、眉目飞扬的陆小侯爷，是逃脱樊笼后，银鞍照白马，铁甲持长戈，率领苍狼骑横扫北狄的少将军。

而这些事，想来都不会与他相关。

秋色渐深，院子里老树落下的枯叶越来越多，常常葛武才扫完，一回头，又见一地落叶。他蹲坐在台阶上，注视着满院子的枯叶气闷。

谢琢拿了一卷书出来，故意找他说话："不是出去找宋大夫看伤了吗？有没有听见什么消息？"

葛武稍微有了点精神，聊起听见的传言："公子，我听医馆里的人说，这半个月以来，文远侯府后院闹得十分厉害！"

"多厉害？"

"谁都知道罗绍肯定废了，于是，为了争抢世子之位，庶子甲在庶子乙的饭菜里下毒，没想到那份饭菜入了庶子甲自己口中，庶子甲直接七窍流血死了。很快，庶子乙同母的弟弟跳出来指认庶子乙是凶手，说明知道那份饭菜有毒，庶子乙还劝庶子甲吃下，并且为保证庶子甲必死无疑，庶子乙还往里面加了另一种毒。庶子乙反过去指认，说他用的毒药就是这个弟弟给他的，情节比话本还精彩！"

他还评价了一句："文远侯竟然生了这么多儿子，甲乙丙丁都不够排，听说他的后院里有很多侍妾，怪不得文远侯世子是那副德行！"

谢琢顺手用书册敲了敲葛武的肩："刺杀那夜的伤怎么样了？"

"早就不痛不痒了！宋大夫说是他的药管用。"葛武想了起来，"对了，公子，我今日在宫门口等候的时候，听张召说，陆小侯爷病了。"

"病了？"谢琢停顿片刻，问，"怎么病的？"

"说是小侯爷在陛下跟前正说着话，结果陛下的玉扳指不小心掉到了太液池里，小侯爷二话没说，跳进池子里找了许久，给陛下捞上来了。不过现在风冷，小侯爷回去就患上了风寒。"葛武一直觉得陆骁是个好人，又很关照自家公子，不免忧心忡忡地说，"听张召的语气，病得似乎还有些严重。"

见谢琢没什么反应，他提议："公子，您要不要去探探病？"

谢琢沉默许久，才摇了摇头："今日天章阁里的事务多，晚上要点灯整理卷宗，先不去了。"

武宁侯府。

陆骁躺在床上，额头上盖着一块湿缎布，眼睛一个劲儿地往外看："高公公走了吗？真的走了？"

沈愚点头："走了，走了，真的走了，绝对不会又倒回来那种。"他按着陆骁的肩膀，"陆二，你再躺躺，我再给你换条湿缎布！"

陆骁疑惑地问："换湿缎布干什么？我又没真的发热，戏不是已经演完了吗？"

沈愚有点兴奋："我第一次照顾生病的人！来，是好兄弟，就让我再过过瘾！"

陆骁一时间还真就重新躺回了床榻上，任由沈愚帮他换了湿缎布，继续假扮自己是个发着高热，快要晕厥过去的病人。

沈愚好奇道："你当时真就跳下去了？玉扳指那么一丁点大，你怎么找到的？"

"靠以前百步穿杨的眼力找到的。"陆骁直挺挺地躺着，语气平淡地说，"陛下的扳指是有多松，才会正好在太液池边掉下去？他不就是想看看我的反应如何？既然他要看，我就让他看个尽兴，看个开心，看个满意。"

沈愚支着下巴叹气道："陛下可真是，折腾完你，又让高公公赏了不少药材和贵重的金玉。"

"他这是驯狗呢，想方设法地折腾你。你若是听话，就有丰厚的奖励；你要是不听话，那可就不好说了。"陆骁抬手捂着湿缎布，喃喃自语，"我要不要也像你爹一样，跨个火盆试试？"

后半句话沈愚没听明白，他想法转得快，改问道："对了，你不是说谢侍读会来探病吗？怎么还没见他过来？"

见陆骁不说话，沈愚纳闷："你跟谢侍读吵架了？"

"没吵。"陆骁把贴在额头上的湿缎布往下拉，遮住了眉毛和眼皮，"我觉得他不想跟我交朋友了，最近半个月我找他吃饭，约了八次他只应了两次。"

"是不是天章阁里事情太多了，他忙不过来？"

陆骁的嗓音有点闷："我感觉得到，他在慢慢疏远我，还不想让我发现。"

"比如？"

"比如那两次吃饭，他都不让我帮他盛汤，他也好久没去赵叔的面摊了。"

不让盛汤也算？沈愚震惊："你这是把以前在凌北时刺探敌军动向的观察力都用在谢侍读身上了吧？"

沈愚轻咳了两声，觉得作为兄弟，还是不能对此刻心情低落的男人太狠，于是劝道："挺正常的，单凭你是陆家二公子，就没多少人敢跟你亲亲近近地称兄道弟。谢侍读又是没及冠就中了探花，进了翰林院，以后肯定是要入阁的。也就只有我这样无官一身轻，立志一辈子游手好闲的人，才会放心地跟着你混。”

陆骁“嗯”了一声。

他其实想得很明白，谢琢以后跟他渐行渐远也无可厚非，但不认同沈愚的说法。

他依然觉得，能说出“这片土地会记得他们流过的血”的人，绝不会满心满眼只有仕途利益，也不会为了仕途躲着他。

越想心里越烦，还有种说不清道不明的失落感，陆骁抓起盖在脸上的湿缎布扔进沈愚怀里：“冷的都被我烘热了，我要是真的在发高热，你能把我的病照顾得更重。”

沈愚生疏地把布巾扔在盆里搅了搅：“陆二，我怀疑你是在借题发挥！明明是你自己心情不好，却来指责我！你这是祸水东引！指桑骂槐！”

陆骁听完，眼神疑惑地看着他：“阿蠢，你说实话，你爹以前真的请过先生来国公府教你念书？”

沈愚点头：“请了啊，请过三个，其中一位还是太学的大儒。”他仔细回忆着，“当时我爹还问，有没有必要把我送进太学里熏陶熏陶，那位大儒说，没必要，我现在开开心心的就挺好的。我爹也说，反正我也不考科举，勋贵太积极于政事，会遭陛下猜忌。”

陆骁心道：确实，这样就很好。

沈愚又十分积极地往陆骁的额头上盖了一块湿缎布，有点幸灾乐祸：“陆二，看来以后你要习惯习惯谢侍读不搭理你的日子了！放心，你的好兄弟阿蠢——呸，本世子还是会带你玩儿的！”

陆骁在家里躺了足足两天，就算戏没做足，他也实在是躺不动了。

一大清早，他就勤勤恳恳地坐着马车去天章阁点卯，刚进宫门没多久，一眼就看见了走在前面的谢琢。

明明官服一样，但谢琢穿起来，就是比旁人要好看。

在追上去和不追上去之间犹豫了片刻，陆骁几个快步走上前去：“谢侍读早啊。”

谢琢停下来，拱了拱手：“陆小侯爷。”他又问，“听说陆小侯爷染了风寒，现在可大好了？”

陆骁忍了忍，还是没忍住，语气莫名其妙地说了一句：“原来你知道啊。”

见了人他才发觉，他心里其实是有点不满的情绪的。

他想问谢琢为什么突然躲着他，但又问不出口，干脆闭了嘴，一句话不答，冷着脸，闷头朝天章阁走去。

一身绯服的谢琢站在原地，薄唇动了动。他原本想问陆骁，是故意演给咸宁帝看的，还是真的染了风寒，病得严不严重。

但最终，他还是忍住了。

本来，他们也没有相处多久。

如此这般，陆骁应该……很快就会忘记他吧。

他恍惚间又有些悲观地想，幼时他们相处也不过数月而已，那些岁月他没忘，不知陆骁还记不记得。

到了中午，陆骁早就坐不住，没了踪影。

盛浩元艳羡地说："我若有陆小侯爷的家世，也不想受这天天点卯的苦。天气渐凉，每日起床也变得艰难起来。"

谢琢闲聊般提起："清源的冬天没有洛京这么冷，冬天最冷的时候，下雪的情况也非常少。我去年才来洛京时颇不适应，还染了风寒。"

"那延龄可要提前找大夫抓一点防风固表的药。"盛浩元话头一转，说道，"说起大夫，前些日子文远侯替文远侯世子找了一位被称作'神医'的大夫。那位大夫来看过后，说世子伤势过重，回天乏术。据说世子当时就用手边的东西砸伤了那位大夫的额角，流了不少血。"

谢琢仔细听完后说道："文远侯世子遭受了常人难忍的疼痛，情绪激烈些也是正常的。"

"嗯，文远侯世子原本是心怀希望，现在又彻底失望了，脾气变得越发暴虐起来。听说仅仅两日，就从世子的卧房里抬出了好几个被虐打的侍女。"

谢琢的反应和旁的翰林官员差不多，他有些厌恶地皱起眉："文远侯不管吗？"

"文远侯担心被御史弹劾，对受了伤的侍女，全都拿钱财封了口。不过据说已经有御史得知这个消息，准备上折子了。"盛浩元叹息了两声，"看来这文远侯府，差不多也是废了。"

谢琢颔首："确实，无论如何，文远侯府实在不该如此轻贱人命。"

"没错。想来遇上这样的舅家，大皇子也颇为头痛。昨日我在文华殿轮值时，二皇子受了陛下的赏，大皇子却被斥责了，脸色很是不好看。"

谢琢能听出，盛浩元此番是想再次试探他的立场，或者说，是点明大皇子如今的劣势，让他即使不站到二皇子那边，也不能投靠大皇子，给他们添堵。

他拱了拱手："延龄入朝为官，官场如海，延龄这艘小船无人保驾护航，不过随波逐流罢了。"

他这已经是清楚地表明不会参与大皇子与二皇子的储位之争，更不会站到大皇子一侧了。盛浩元很满意，感叹："你我科举出身，都是万般不易才得了这官身啊。"

接下来的三天里，谢琢每天都是天章阁走得最晚的人。

第四天散衙时，他走在宫道上，再次被小太监拦了下来："谢侍读，大殿下想见你。"

李忱这几日过得很是不顺。

因为他动手伤了罗绍的事，那群每日闲得发慌的言官写了不知道多少本折子，通通堆在御案上。幸好他父皇还算顾念他，对那些折子全都没有批复。

几天前，因为他办砸了一件事，在文华殿里被咸宁帝当着老二的面斥责了一番，此后至今，咸宁帝都没有再宣召他，这让他心里不由得发慌。

他曾暗地里问过高公公，但这阉人时时都是笑着的，嘴里套不出一句准话。

思来想去，他还是找了谢琢。

谢琢一板一眼地朝他施完礼，就静静地站在原地。

李忱寒暄道：“听说谢侍读身体不太好，秋雨渐凉，可要请太医看看？”

“谢殿下厚爱，下官自幼体弱，每每入秋都要病上两回，已经习以为常，怎敢劳动太医？”

谢琢似是沉思片刻，转而提起：“说起太医，下官在文华殿轮值时常听陛下咳嗽。国事繁忙，陛下未顾及龙体安康，下官不免担忧。”

李忱眼神微亮，他正愁没有去面见父皇的理由，这不，谢琢就轻轻巧巧地将理由给他递上来了。等他准备一点清肺润燥之物呈上，想来父皇一定会因他的孝心欣悦。

敛去嘴角的笑意，李忱叹了一声气：“可惜，父皇近日似乎不太想见我，我想备一点雪梨之类的润燥之物送过去，不知道会不会弄巧成拙？”

谢琢没有直接给出答案，只宽慰道：“御史弹劾文远侯世子的折子都被陛下压下了，可见陛下心中还是念着殿下的。”

李忱敏锐地听到了重点：“折子？因何事弹劾？”

“殿下不知道？想来这些腌臜事还没有污了殿下的耳朵。那些折子……都是弹劾文远侯世子品行暴虐的。”谢琢接着道，“其实也不是什么大事，据说文远侯世子的卧房里，每日都要抬出几个受虐打的侍女。”

李忱连大皇子妃都已经娶了，但和二皇子一样，一直没能封王建府，仍被咸宁帝留在宫中，以致他的信息不够畅通。但他不能在下臣面前露怯，便点了点头：“原来是这件事。”

临走前，谢琢隐晦地提醒道：“殿下还是早做决断为好。”

等谢琢走后，李忱负手站在原地，思忖良久说道：“父皇愿意为我压下弹劾我舅家的折子，说明父皇并未厌弃我。”

小太监握着拂尘，笑着应道：“没错，殿下是陛下长子，即使陛下对殿下严苛，但爱护殿下的心绝不会少。”

“你说得没错。”李忱捻了捻皇子常服的袖口，嫌恶道，“不过罗绍这人以前就荤素不忌，行事让人生厌，拖了我不少后腿，现在又做出虐打侍女之事，竟然连善后事宜都处理不好，引得御史上折子。他罗绍的名声还有什么可污的？他糟践的都是我的名声！”

李忱这么一想，说不定上次他受父皇责骂，也跟这事脱不了关系。

小太监顺着李忱的话说：“这般品行低劣之人，又对殿下不尊不敬，也不知道文远侯为什么还不上书，请陛下去了罗绍的世子之位。”

“虽然罗绍已经是无用之人，连传承香火都做不到，但文远侯终归宠了他这么多年，想舍弃，一时也狠不下心。”

李忱倒不怎么担心。

他很清楚，现在他和文远侯之间，是他占着上风。但凡文远侯还想继续当他的好舅舅，在他登基后当位高权重的皇亲国戚，就必须挽回他的信任，按照他说的来做。他这个舅舅心里可是清楚得很。

他相信，他的好舅舅肯定知道该怎么选。

“是该决断了。”李忱现在想起那天刺的一刀，依然觉得自己刺得好。也不知道前二十几年的窝囊气，自己到底是怎么忍下来的。他吩咐小太监：“我写一封信，你让人送出宫，交到文远侯手里，让他看完好好想想。”

小太监低眉：“是，殿下。”

从宫门里出来，谢琢登上马车，驶上朱雀大街后，吩咐葛武：“去探探文远侯府有没有采买婢女，若是在采买，就送一个年纪小、长相普通的进去，不用进内院，在外院洒扫就行。”

葛武提着缰绳：“好的公子，这个简单！”

谢琢又叮嘱：“记住，罗绍现在阴晴不定，让她小心行事，别靠太近。其余的事什么都不用做，等吩咐就好。”

“行，公子放心。”

二更过半，四下俱静。

书房里，谢琢搁下毛笔，揉了揉额角，端着烛台走进卧房。

蹲在窗台下的陆骁嘴里叼着根草，正在犹豫到底要不要敲窗户。

他想当面问清楚：你是不是不想跟我当朋友了？为什么躲着我？

但他又拉不下面子。

纠结了小半个时辰，他见谢琢回了卧房，烛光亮起，又不由得在心里嘀咕：明知道自己身体差，还忙到这么晚才睡；明明畏寒，但一没人提醒，就忘记系披风。

所以，我到底要不要敲窗户？

左边腿麻了，陆骁一边在心里嘀咕，一边想换条腿继续蹲，没想到，一个不注意，头狠狠撞在了延伸出来的窗台上，痛得他登时倒抽了一口冷气。

很快，谢琢听见了他弄出的动静，脚步声一声比一声近。

他要不要敲窗户？窗户可以改天敲，但他不小心被窗台撞了头这件事，决不能让谢琢知道！

于是，等谢琢手握短刀推开窗棂时，窗外空无一人，唯有秋月高悬。

第八章 尘埃落定

天阴沉沉地下着雨，屋顶的木梁像要被水泡朽了，文远侯府负责采买的管事拍了拍衣服上沾的雨水，站到侧门边，接过递来的单子一边仔细核对，一边和前来送货的店主寒暄："生意可还好？"

中年店主作了个揖，笑容满面，语气带着明显的讨好："多亏王管事提携，这一两年来，每月能给府里供熏香料，可是我从前想都不敢想的福分！最近店里新出的几种合香卖得都还不错，我各带了一份，装在木盒里，送给您品鉴一二。"

王管事没接茬，公事公办地说道："东西都没差。另外，让你专给世子备的熏香，可都带来了？"

"带来了，带来了，都是用的上好的材料！"中年店主看看左右，压低了声音，"不过，我听坊间流传，说世子那玩意儿不是没用了吗？怎么还日日燃这助兴的香？"

王管事最近也是苦不堪言，不免抱怨了两句："这位爷越来越难伺候，助兴的香料他就算一天十二个时辰都闻着，不也没用吗？这位爷反倒天天血气躁动，压不住脾气，那院子里的侍女我都来回补两拨上去了！我昨日去回话，也被茶杯砸了胸膛，烫红了一大片！"

中年店主"咝"地吸了一口气："这么大火气？真是难为您了！"

王管事不好多说主家的不是，抱怨两句舒了舒郁气，点到即止，改问道："对了，我们世子嫌现在用的香料不够劲儿，你那里还有没有更厉害一点的？"

中年店主面露犹豫之色："更厉害的？有倒是有，就是劲儿太强，人闻多了，对那方面或许有损伤。"

"有就行，下午就赶紧给送过来，"王管事冷笑，"照我们世子那身体，废都废了，再损伤，他还能伤到哪儿？"

等中年店主走了，王管事打开木盒，里面第一层放着几个瓷罐，应该就是新出的那几种合香。他没多看，接着打开第二层，看见盒底确实放着一小块金饼，这才满意地把木盒重新盖了回去。

从文远侯府出来，中年店主招呼跟他一起来送货的伙计："你现在跑一趟千秋馆，去找宋大夫，就说我最近晚上睡不好觉，讨点上次的药粉。快去快回，别在路上耽搁了，我急着要。”

伙计虽然不明白，这大白天的为什么急着要安睡的药粉？但他依然仔细把话记下：“行，我这就去！”

十月十一，谢琢去文华殿轮值。

外面下着雨，宫人上前接过湿淋淋的油纸伞，又周到地为谢琢端来一杯热茶，谢琢礼貌地道了声“劳烦”。

高公公持着拂尘，笑眯眯地开口：“瞧着漏钟，就知道谢侍读要来了，每次轮值，谢侍读总是格外准时。不过今日谢侍读得在偏殿稍加等候，陛下与文远侯还在殿中议事呢。”

谢琢点头：“侯爷有要事，下官自当回避，谢高总管提醒。”

一来一回后，两个人都没再开口，耳边只有殿外密集的雨声。

他们都很清楚，一个是内监总管，一个是御前行走的翰林官员，咸宁帝可不愿看见他们谈笑风生。

没过多久，文远侯由宫人撑着伞，走进了雨里。

谢琢进殿，朝咸宁帝行了礼，刚坐到位子上，就听咸宁帝问道：“武宁侯在天章阁里，与诸位翰林相处得可还融洽？没惹出什么事端吧？”

谢琢找了个词来形容：“回陛下，还算相安无事。”他又详细说起，“陆小侯爷若是来得早，就会趴在书案上睡觉，近午时醒来，然后离开。”

咸宁帝好奇道：“下午呢？他就在阁里接着午睡？”

“下午陆小侯爷一般不在天章阁里，或许是有旁的事要忙。”

咸宁帝大笑：“延龄倒也不用特意给他面子，他有什么事可忙的？他不过是忙着跟梁国公世子一起喝酒玩乐。”

谢琢没有接话。

咸宁帝也不在意他接不接话，径自感慨：“像他们两个这样，成天不务正业，一心吃喝玩乐，倒也给朕省了不少心。”他长长地叹了口气，“刚刚文远侯来找朕，说文远侯世子自受伤后日益阴郁，喜怒无常。他迟疑多日，还是觉得自己不能将文远侯府托付到罗绍手里，于是来求朕下旨，废除罗绍的世子之位。这可真是给朕出了个难题啊。”

谢琢想：看来文远侯在废了的儿子和文远侯府的权势荣华之间，选择了放弃前者。

不过，咸宁帝这话他不能接。

他若是说文远侯不易，或是同情罗绍的遭遇，那就是在说皇帝的儿子的不是。毕竟雷霆雨露俱是君恩，即使大皇子亲手伤了文远侯的世子，皇帝就算表面斥责，但内心依然觉得：

我儿子伤了你儿子，你就该受着。

这从事情发生以来，咸宁帝虽然送了不少赏赐到文远侯府，但从未真正因为这件事斥责过大皇子就可以看出来。

于是谢琢惭愧道："臣才疏学浅，无法为陛下分忧。"

咸宁帝摆了摆手，表示他不用自责："朕只是想到，文远侯只有这么一个嫡子，但庶子众多，一旦世子之位空悬，必然引得众人争夺，日后文远侯还有的操心。"

话是这么说，咸宁帝却颇有乐见其成的意味。

"不过，既然文远侯都求到朕这里来了，延龄，就由你来拟旨吧。"

谢琢垂眸："臣遵命。"

罗绍被夺了文远侯世子之位这件事，在洛京并未掀起多少风浪。众人更想看的是，文远侯府的人为了争抢这个位置，到底还能争出多少花样来。

还有人明里暗里地开玩笑，说文远侯说不定早就预感到日后儿子下面保不住，才十分有先见之明地生了这么多庶子做备选。

不过，外面议论得再热闹，罗绍的院子里依然安安静静的。每个进出的侍女、小厮都被叮嘱过，称呼不改，还是喊世子，谁也不准把世子被废的消息传进罗绍的耳朵里。

还有下人嘀咕说，侯爷真是宠爱世子，怕世子知道了伤心，让所有人都瞒得严严实实的。

卧房里，罗绍行走已经没什么问题，斜靠在榻上，没有束发，也没有穿外裳，燃着前几天新送来的香料，双眼充血，脸色涨红，深吸一口气后，神情变得迷醉。

他的亲随钱五被捆着跪在地上，有些受不住香料的强烈药性，呼吸粗重，汗水一颗一颗地往下滴。

罗绍语调徐缓地说："有人看见你撞了本世子的侍妾，还故意摸了她的手背？"

钱五哆嗦了一下："世子，冤枉啊！下雨路滑，我是见她要摔倒了才伸手扶了一下，我什么都没做！"

"什么都没做？你什么德行，本世子还不知道？府里的侍女，你碰过不少吧？怎么，见我伤了，就想碰我的人了？"

罗绍睁大双眼，眼中的血丝像是要崩断一般，声音沙哑地斥道："你眼里还有没有我这个世子？你吃了熊心豹子胆了！来人，他哪只手摸的，就把他那只手砍了！"

钱五摇摇晃晃跪行两步，吓得声音都变了："世子……世子！我真的没有！我不敢！我真的不敢哪……世子！"

很快，他就被人拖了出去，没过多久，院中传来了撕心裂肺的惨叫声。

罗绍恍若未闻，又深吸了一口香气，恍惚间有了没受伤时的感觉，但下一刻，伤处传来的痛感又提醒他面对现实。

鼻翼翕动，罗绍突然暴怒，抬手将矮桌连带着茶具全都挥到了地上，发出重重的“哐当”声。

他委顿地趴在靠枕上，脖颈上青筋暴起，许久后，声音沙哑地喊道：“来人，倒茶，我要喝茶！”

门口本该在房中伺候的侍女和小厮早就退得远远的。

最近罗绍更加易怒，根本无法控制情绪，极为骇人。况且，地面上还有钱五留下的血迹，没人敢在这个时候站到罗绍眼前。但卧房中唤人的声音响了三遍，下人们害怕地推推搡搡，这时，一个在外院洒扫的婢女远远出现，有个小厮眼尖，立刻招手：“那个谁，对，就是你！你过来！”

罗绍在榻上靠了不知道多久，才听见进来的脚步声。他眼角下垂，神情病态，抬眼看了看，发现来人是一个面生的小丫鬟，身量扁平，看起来不过十二三岁，脸上还有一大块胎记。

他别开眼，不想再看，问：“你是哪儿来的？”

小丫鬟被卧房里浓郁的熏香气闷得呼吸一窒，把茶放下后，怯怯地开口：“奴婢是新来的，负责外院的洒扫事宜。”

“那怎么是你进来？我房里没人了？”

“他们……他们都不敢进来，好像很害怕。”

罗绍哼笑：“怕我？那你呢，你为什么不害怕？”

他知道自己现在是什么模样。不就是皮肤浮肿、脸色深红吗？即使他人不人，鬼不鬼，又怎么样？只要他是文远侯府的世子，那些人就得像牲畜一样跪在地上朝他磕头，任他责打！

小丫鬟小心翼翼地抬眼：“我……奴婢……奴婢也怕，但奴婢觉得您……很可怜。”

罗绍听笑了：“觉得我可怜？”他猛地倾身，钳住小丫鬟的脖子，但没有用多少力，更像是想看小丫鬟战战兢兢地朝他求饶的模样，“说说，本世子有什么地方值得你可怜的？”

“可是，”小丫鬟像是吓破了胆，抖着声音说，“可是……可是你已经不是世子了，他们都不让我说……”

罗绍的神情和动作，都在小丫鬟脱口而出的这句话里凝滞。他初初以为自己生了幻觉，是在做梦，但手指下的脉搏跳动不能作伪。他立刻怒道：“你是后院哪个贱人派来的，竟敢诅咒本世子？”

小丫鬟说话越来越结巴，眼里已经有了眼泪：“我……奴婢……奴婢不是，奴婢没骗你，陛下都下旨了，侯爷……侯爷带着全府的人去接的圣旨，我……我悄悄看见了！”

“接旨？”罗绍许久才回过神，声音绷得很紧，像是下一刻就会崩断，“说，你看见了什么？”

“有个没有胡须的圆脸太监来宣旨，衣服是红的，外面罩着一层黑的纱袍，笑眯眯的，侯爷叫他高公公，侯爷还说，”小丫鬟吓哭了，带着哭腔学舌道，“‘此番前来辛苦，进府里坐坐’。”

是了，来宣旨的人是高让。

这么个小丫鬟，如果不是亲眼见过，不会知道内监总管姓高，也不会知道内监总管穿什么衣服。

他松开手，慌乱地重新躺回榻上：“你说，他们都不让你说，谁不让你说？”

小丫鬟摸了摸自己的喉咙：“所有人，所有人都不准说这件事，世子不是世子了，可我们还是要叫你世子。我还听说，赵姨娘的儿子十五岁，书读得很好，侯爷想让他做世子。”

罗绍神情压抑，语气阴恻恻地问：“还有什么？”

“还有……还有府里的人都知道，侯爷收到了一封宫里来的信，没过两天，侯爷就去请旨废世子，当天，陛下就下旨了。”

“所有人都知道我被废了？只有我这个世子不知道？哈。”罗绍抽着嘴角笑出声来，浮肿的五官挤出一个怪异的表情。

他现在心跳极快，太阳穴处的青筋鼓起，已经没心思去追究一个洒扫的小丫鬟为什么会知道这么多事，更没办法思考。他满脑子都是他被废了，所有人都瞒着他这件事，都在骗他，都在暗地里嘲笑他，包括他的父亲！

“你们口口声声叫我世子，实际上，都在心里嘲笑我是个废人……钱五那个混账，以为我不是世子了，就可以动我的人了？狗胆包天！宫里的信……对，李忱，一定是李忱！”

他猛地抓起手边的茶杯，“砰”的一声砸在了地上，又把一切能掀的东西都掀翻在地，双眼通红如同出血，嘴里不断咒骂，仿佛一条被困在笼子里的疯狗。

小丫鬟像是被吓到了，提着裙子，满眼惊惧之色地后退着出了卧房。

宫门口，雨刚停，地面湿漉漉的。

等谢琢弯腰坐进马车后，葛武低声汇报：“公子，成了。文远侯瞒不下去了，罗绍已经知道自己被废，失了世子之位，也知道文远侯另有世子人选了。”

谢琢按了按眉心，有些疲惫：“嗯，那个小姑娘呢？”

葛武就知道公子肯定会问：“借口说在罗绍那里受了惊吓，回去就生了病，现在已经从文远侯府里被接出来了。她没有受伤，就是一直念叨罗绍像疯子。”

“就怕他不疯。”谢琢语气冷淡，说完便靠着车壁闭目养神。

不知道过了多久，马车停了下来，葛武隔着布帘，有些犹豫地说：“公子，巷口站着的好像是陆小侯爷，要停下打招呼吗？”

谢琢睁开眼，虽然什么都看不见，还是偏头看向了马车的侧方，沉默片刻后回答：“不用，直接回去。”

“好。”

陆骁算着谢琢散衙的时间，在巷口等了半晌，左脚换右脚，又换左脚，终于等来了谢琢的马车。

他清了清嗓子，把想好的说辞又在心里复习了一遍，没想到，谢琢那驾马车就这么在他面前驶了过去。

马车就这么……驶过去了？没停下？

陆骁缓慢地眨了眨眼，刹那间觉得不能就这么把人放走了，不然自己肯定会后悔！于是他临时胡诌了一个理由，提高声音说道：“谢侍读，我受了重伤，赶过来想见你一面，你都不愿见见我，跟我说句话吗？”

说完，他猛地意识到——他说话这么中气十足，还站得笔直，哪里像受了重伤的模样？

谢琢那么聪明，肯定不会被他骗到。

陆骁郁闷，转过身，手握成拳捶了捶墙——没发挥好！

他没注意到，马蹄落地和车轮滚动的声音停了下来。

直到嗅到了一丝极淡的落梅的冷香，陆骁才有些不敢相信地转过身，就看见谢琢站从两步开外，好看的眉头轻皱：“哪里受伤了？可严重？”

陆骁有点蒙。他现在拔刀给自己一下，还来得及吗？

好像有点来不及……于是陆骁抬手捂住心口的位置，理直气壮地说：“这里，我的心受了伤，重伤！”

谢琢一时有些无语，但确定陆骁没有受伤后，紧张的情绪顷刻散了。

他正想转身走开，忽地感觉到，自己的手腕被握住了。

谢琢回过头去，就对上了陆骁飞扬恣意的眉眼。

陆骁嘴角带笑，得意地说道：“抓住你了，这下你走不掉了！”

巷子的墙角生着苔藓和枯黄的杂草，旁边的青石板上还有雨水常年砸出的坑洼。

陆骁抓着人不松手，就怕一松手，人就跑了。

他理了理思绪，结果发现，之前想好的说辞此刻全忘了，干脆十分直白地问：“你为什么刻意与我疏远？”

问完，他就牢牢盯着谢琢的神情。

盯了一会儿，陆骁不满道：“你怎么一副‘竟然被你看出来了’的神情？我又不傻。”

谢琢避重就轻地说：“我知道你不傻。”

“你是不是打算慢慢地、一点一点地跟我拉开距离，是不是准备趁我不注意悄悄走开，等我发现时，早就变成我走我的路，你过你的桥？”

谢琢没有回答。

陆骁越说越生气，其实他也说不清自己是生气多一点，还是慌乱无措多一点，心里有点空落落的，又有点委屈，还有点自己都说不清的情绪。他硬着声音说：“你是不是还想着，这样一来，过不了多久，你把我忘了，我正好也就把你给忘了？”

谢琢还是没有说话。

陆骁抓在谢琢的腕上的手没敢用力，垂在自己身侧的手用力握成拳，他控诉道：“谢琢，你是不是没有心？”

谢琢声音微哑地应了一声“是”。

他知道他这样的做法和态度会伤陆骁的心，可是，他不知道还可以怎么做。

陆骁很固执地想要一个答案：“我将你视作知己，你总要给我一个理由。”

谢琢许久才正视陆骁的眼睛，回答：“因为你是陆骁。”

“什么？”

谢琢重复了一遍：“因为你是陆骁。”

陆骁胸口发闷：“因为我和我背后的陆家，会拖累你的仕途，是吗？阿蠢也是这么告诉我的，可我不信，不相信是这个原因！”

谢琢垂下视线，没有解释，仿佛默认了这个说法。

他没有反驳。

下一刻，手腕上的热度消失。

陆骁松了手，退后一步，看了谢琢很久。他依然在等，等谢琢解释，或者再说句什么话，就算谢琢说谎骗骗他也不是不可以。

但陆骁一个字都没等到。

直到陆骁气冲冲地大步走出深巷，谢琢才踉跄地后退两步，背靠到湿冷的墙壁上，脸色煞白。

葛武一直盯着这边的动静，见状飞快地跃下马车，着急地喊了声“公子”。

他总觉得，此刻的公子快要站不住了。

谢琢喘了口气，好一会儿才缓过来，低声地说了一句：“我没事，走吧。”

另一边，文远侯府里，负责采买的王管事将新到的香料送到了罗绍的卧房里：“世子，东西送到了，府里还有不少杂事，我就先退下了？”

“放着吧。”罗绍坐在椅子上，抬起眼皮，“最近新送来的香料很不错，本世子记你一功。”

王管事把背弓得更低了，讨好地说道：“谢世子！”

罗绍似笑非笑道：“谢世子？谢的是我，还是世子？”

王管事心里一突，觉得有点不对劲，但罗绍院子里的人都自觉地闭紧了嘴，没人敢胡乱开口。他安下心神，笑容不减：“当然是谢谢世子您啊！”

“是吗？”

下一秒，一个茶杯在他脚边炸开，原本还平心静气的罗绍暴怒，歇斯底里地骂道：“骗我！还在骗我！你当着我的面还敢骗我！”

王管事心里叫糟，立刻跪下，身体抖得像筛糠一样——他太清楚罗绍现在的脾气和手段了，罗绍现在就是个彻头彻尾的疯子！跟了他十几年的亲随钱五都被砍了手，要是轮上自己，不死也要被扒下一层皮！

罗绍跟着半跪到地上，用力抓起王管事的头发，迫使他面对着自己，表情阴郁地质问：“还要骗我？”

王管事以这么近的距离，直面罗绍眼里的杀意，身子抖得更加厉害，结结巴巴地开口：“世……世子，不，大公子！不关我们的事，真的，是侯爷……是侯爷下的命令！”

“说说，赵姨娘的儿子又是怎么回事？”

王管事顾不上去想到底是哪个天杀的家伙走漏了消息，罗绍还连赵姨娘和六公子的事都知道了。王管事不确定罗绍到底知道多少内情，为了保命，干脆把知道的事全抖了出来：“府里都在传，侯爷属意六公子，说六公子性子沉稳，书也读得好。但我听管事说，其实不是侯爷属意，而是大皇子在信中特意提了六公子。”

罗绍连自己后院的莺莺燕燕都记不清楚，更记不得他爹有没有什么赵姨娘，至于那些庶子、庶女，他更是从未放在眼里，往常将他们都视作奴仆随意鞭打责骂。

现在，被他踩在地上踱进土里的人，一跃抢了他的世子之位，甚至他以后还要对这人卑躬屈膝，罗绍额角的青筋鼓胀起来。

“李忱为什么要提他？”

王管事愣了一会儿，才反应过来，李忱是大皇子的名讳，咽了咽唾沫：“据说大皇子的母亲尚未出嫁时，身边有个器重的侍女，长得极为漂亮，侯爷看上了这个侍女，就把人讨了过去，后来侍女生了儿子，成了姨娘，也就是赵姨娘和六公子。”

又是李忱，又是李忱！

呵，李忱废了他还不算，还特意挑了个奴婢之子来羞辱他！他要是真的坐以待毙，以后还不知道会被折磨成什么样！

“还有什么？”

王管事不敢说。

怎知罗绍猛地拉起他的头发，痛得他脸色发青。

“说！”

“还有……还有！侯爷准备把六公子放到夫人的名下，得个嫡出的身份，另……另外，侯爷还在准备，将原先定给您的婚约换给六公子，让六公子娶伯府的嫡长女！不少人说大公子不中用了，好姻缘当然要让给中用的弟弟！”

王管事痛得只觉头皮都要被扯裂了，自己都不清楚说了些什么话，又苦苦央求道：“真的没有了……大公子，我已经把知道的事情都说了！没有什么事瞒着您了！”

“我的婚约换给那个贱种了？我不中用了？”罗绍自言自语一阵后，将王管事甩到了地上，警告道，“滚吧，今天的事，一个字也不准说出去。”

“是是是，这就滚，这就滚……”王管事捂着头顶，连滚带爬地出了门，生怕慢了一步，罗绍就又对他动了杀心，把他的命留下。

看他跌跌撞撞地跑出去，避得远远的下人都以为他跟其他人一样惹怒了罗绍，受了罚，没将此事放在心上。

十月二十一，再过几日就是淑妃的生辰。

上次为咸宁帝进清肺润燥的吃食受了夸奖，李忱尝到了甜头。前几天，又与谢侍读闲聊一回后，李忱自己想出了一个主意——他特意出宫，将自己亲手抄的经文供到了佛前，为淑妃祈福，以表孝心。

回宫前，他还特意去了一趟会仙酒楼，宴请几位品级不算高的官员。

推杯换盏一番后，几位官员纷纷告辞，待人走后，李忱面上浮现喜色。

现今，六部中偏向他的人数胜过二皇子，文远侯府六公子的母亲是淑妃从前的贴身侍女，一旦六公子得到世子之位，文远侯府便稳稳地被他握在手中了，若联姻的事情成了，又能替他拉来一个伯府做助力。

李忱志得意满，兴致上来，招了招手，让随他出宫的小太监再为他斟上酒。

小太监一边倒酒一边劝道：“殿下喝得可不少了，再喝下去，明早定要闹头疼。”

这时，守在门口的人来通报：“文远侯府大公子正好也在酒楼里，得知殿下在此处，特地前来拜见。”

小太监故作疑惑地问：“文远侯府大公子？谁啊？”他拍了拍自己的脑门，“哟，看奴婢这记性，不就是以前的文远侯世子吗？！奴婢刚才还没反应过来。”

李忱笑意加深，故意隔了一会儿才开口：“让人进来吧，好歹也是我舅家的人。”

不过他第一眼看见罗绍时，差点没认出来。走路倒是不瘸，但罗绍面目晦暗浮肿，眼中满是血丝，脖子和额角的青筋鼓胀，皮肤透出一种奇怪的深红色，很是骇人。

李忱皱眉：“你找我做什么？”

罗绍穿着半新不旧的衣袍，规规矩矩地朝李忱行了个礼：“许久不见殿下，甚为惦念。”

在此之前，李忱难得见罗绍朝他行礼，通常是随便拱拱手敷衍过去。

以往李忱顾忌许多，心中即便不满，却也没有说什么。现在看见罗绍这副卑躬屈膝的模样，李忱才觉得，不过一个侯府世子，面对自己时，就该是这副唯唯诺诺的模样！

他搁下酒杯，睨了罗绍一眼，语气更加轻蔑："这段时日，倒是长进了不少。"

罗绍低着头，没人能看清他的神色："从前是我不识礼数、不知尊卑，现在没了世子之位……"

他话没有说完，李忱已经懂了。

罗绍这人，从前无法无天惯了，手段狠厉又下作，一朝跌落云端，要是以前被他欺负、折辱过的人都来踩他一脚，那给他十条命都不够踩的。

想来他没了世子之位，日子很不好过吧？

有些人哪，果然得吃点教训，才知道规矩。

至于自己伤了罗绍这事，连文远侯都不敢说什么，更何况现在的罗绍？

李忱都未叫这个表弟落座，便开口询问道："有什么事？我该回宫了。"话里已经带了不耐烦之意。

罗绍知趣："是一件很重要的事，"他看了看左右，停下话，示意李忱让包间里的人都出去。见李忱不说话，他又添了一句："是关于二皇子的。"

这一句话果然戳到李忱的痒处，他抬了抬手吩咐下人："都先出去，把门关上。"

小太监有点犹豫，李忱给了个眼神。

他现在根本不怕罗绍会做什么。在他眼里，罗绍已经是个废人了。刚刚进门时，罗绍走路脚下虚浮，行礼时手臂都在发抖，被关了那么久，又没了世子之位，心气早被消磨掉了。

如果说罗绍是想奉承他，用关于二皇子的消息来讨好他、巴结他，让自己以后的日子好过一点，那还差不多。

等包间里的人都退了个干净，李忱开口："现在你可以说了吧，老二那边有什么消息？"

罗绍先恭敬地询问："殿下可容我站近一步？此事于储位来说至关重要，怕隔墙有耳。"

李忱皱眉，实在不想离面容骇人的罗绍太近，但又想知道到底是什么重要消息，于是应允："赶紧说。"

罗绍迈了一步。

这一步间，他脑子里一片空白，什么都没有想，只在距离够近后，骤然抽出藏在袖中的匕首，用尽全力朝李忱刺去！

李忱没敢全然相信罗绍，事先就有防备，稍稍躲了躲，但还是没能完全躲开——原本往他下身刺去的刀，最后刺在了侧腰上。

他根本就没想过罗绍竟敢朝他动手！

罗绍一刀未刺中，利索地拔出沾满血的匕首，眼球外凸，额上青筋上冒着汗，嘴里一直恶狠狠地重复着："我要让你也尝尝这滋味……让你也尝尝……"

直到第二刀划伤了自己的大腿，李忱才从剧痛中回过神，高声喊道："来人！快来人！"

与此同时，桌上的酒壶、菜盘也在两个人的对峙躲闪中被掀翻在地。

包间门被踹开来，最先冲进门的护卫前去制住了发疯乱刺的罗绍。直到被死死地压在地上，匕首也落在了一边，罗绍依然失去理智般胡乱挥着手臂，眼神狠毒地盯着李忱，口中咒骂不停。

李忱背靠桌脚，跌坐在地，大口吸着气，颤着手摸了摸自己剧痛的脖子，发现一手血——颈上不知道什么时候被罗绍划了一刀。

小太监一走进来就看见了这一幕，当即抖着嗓子高喊："行刺！有人行刺！殿下受伤了！快叫太医！"

文远侯府大公子罗绍行刺大皇子这件事，洛京上下一片哗然。

当日，大皇子迅速被送入宫中诊治，咸宁帝去看望时，李忱的脖子上裹着细布，大腿和腰腹上的伤刚止了血，脸色惨白，凄惶道："父皇，他要杀了儿臣！"

咸宁帝安抚道："放心，谋杀皇子，罪同谋逆，父皇定会护着你的。"

很快，羽林卫就围了文远侯府，府内所有人都不得进出。

此时，身在诏狱中的罗绍一口咬定，自己刺杀大皇子是受父亲文远侯指使。明眼人都能看出，罗绍这是父子相戕，不足以为证。何况罗绍精神状态似乎出了问题，一直在狱中喃喃自语，说些如"我的东西，谁也别想抢""是你骗我……是你们逼我的"之类的话。

但在主审官把口供报上去后，皇帝却下令，将文远侯罗常一同关入诏狱。

下面的官员都明白了，现在，此事到底是不是文远侯指使的已经不重要了，重要的是陛下想让文远侯一起死。

与此同时，文远侯府里，文远侯大发雷霆："我只问你们，到底是谁把大皇子的行踪告诉罗绍的？你们一个个的都给本侯装哑巴？"

管家跪在地上，额头都磕破了："侯爷，真的全都问过了，只有一个侍女说，好像看见一个小厮进了大公子的院子，但那小厮面目太过普通，就算侍女见过，也根本记不住、指认不出来啊！"

文远侯闭上了眼睛。

面目普通的小厮？

呵呵，普通的小厮又怎会知道大皇子的行踪？怎会知道大皇子在什么地方，让罗绍一去就能找到？

他们罗家这是遭人算计！

背后那人不知道盯了他们罗家多久。几个月？几年？否则不可能桩桩件件事情看似巧合偶发，实则剑剑都刺在文远侯府的命门上！他甚至不知道，这种被针对的局面到底是从什么时候开始的。

这时，一群人走了进来，为首的是内监总管高让的徒弟，一张笑脸，握着拂尘，躬身抬手，声音尖细："侯爷，奴婢谨奉皇命，来请您入诏狱。"

接连的秋雨后，总算晴了一日，谢琢带着的油纸伞没能派上用场。

宫里宫外都在讨论文远侯父子刺杀皇子一事，说咸宁帝震怒，下令严办此事。毕竟，罗绍今天敢拿着刀行刺皇子，明天是不是就敢拿着刀对准皇上?

这个当口，御史台的言官也不敢为文远侯开脱。刀尖都伸到御座前了，还不让皇上发怒严办此事? 没这个道理。

墙倒众人推，一时间，斥责文远侯父子、恳请咸宁帝严查严办的折子在御案上堆出了高高一摞。

谢琢离开天章阁，照例在宫门口核对进出的腰牌，等他走出一段路后，忽然听见身后传来熟悉的脚步声，随即是陆骁和侍卫说笑的声音。

谢琢不由自主地慢了下来。

不过些许时候，依旧一身黑色麒麟服的陆骁大步从他身旁走过，仿佛没有注意到他。

张召早就牵着马等在宫门外，陆骁吹了声呼哨，那匹马就极通人性地踱了过来，打了个响鼻。

陆骁伸手摸了两把马的鬃毛，笑着说了句什么话，随即身形矫捷地翻身上马，扬起的衣摆间，金线绣成的麒麟图案在夕阳下熠熠生光。

他端坐在马背上，革冠高束，身形如刃，眉眼锋锐，执着缰绳掉转马头，轻快地朝远处疾驰而去。

从始至终，他没有看谢琢一眼。

谢琢一身绯服，站在原地，身影被夕照拉得斜长。

风已微寒，他轻轻咳嗽了一声，注视着陆骁远去的背影，想：这样就……很好。

愿君白马银枪，骁勇驰风不彷徨。

"公子，我让人在诏狱附近只蹲守了一天，就发现不止五拨人去给狱卒和刑师塞银钱，让他们下手重一点。"葛武感慨，"文远侯父子两个不知道是做了多少腌臜事，才让这么多人恨得牙痒痒。"

谢琢靠着车厢壁，脸上没什么血色，神情恹恹地问："还有吗？"

"据说文远侯咬死不承认自己指使罗绍去刺杀大皇子。"

"上刑了？"谢琢很清楚，"谋逆"这个罪名和别的罪名性质不同，轻重裁断全看帝王心意。

在咸宁帝已经"相信"罗常谋逆的情况下，若罗常在诏狱中拒不认罪，那么只会是主理诏狱官员的失职。

到了这一步，没有人会关心过程，也没人在意罗常在狱中会遭遇什么刑罚，所有人都在等他的供状与画押而已。

“上了，说是诏狱十八种酷刑，已经轮番在罗常身上试了一半。起初罗常哀声震壁，很快便没了力气，每每都要泼冷盐水才能醒过来。不过还挺奇怪，每次行刑时，罗绍都会在旁边看着，见他爹痛得抽搐了，还会大声叫好，让刑师再狠一点，反正不太正常。”葛武汇报完，马车正好到了宫门前，他回头看向马车内，见谢琢合着眼，脸色苍白，担忧地问，“公子可还好？要不今日告个病假？”

“不用，只是昨夜没睡好，无碍。”谢琢坐直身，整了整身上的绯色官服，轻声吩咐，“你先回去，找人假装苦主，多给刑师塞点银钱，让他注意着，千万别让罗常轻易死了。另外，告诉刑师，多剐下罗常的一块肉，就给他十贯钱，能拿多少钱，全看他的本事了。”

葛武仔细记下：“是，公子。”

每月逢五、逢十召开朝会，昨日大朝上，不少大臣满腔义愤，历数罗常父子的罪名，咸宁帝开始还耐心听着，后面就烦了，让他们都回去写了折子递上来。

于是谢琢进文华殿时，就发现今日的折子比往日多了许多。

高公公的徒弟迎上来，温声和气地开口：“陛下去探望大殿下了，不在殿中，要劳谢侍读将这些折子都理上一理。”

说完，他又让人上了一杯热茶。

谢琢接下茶后，放到桌边，道了声“劳烦”。

折子虽多，有的还洋洋洒洒几千字，文辞极为烦冗，但给罗常父子列出的罪名不外乎欺男霸女、侵占田宅、收受贿赂、谋害人命、结党营私，俱证据确凿。还有些惯会逢迎圣心的人，见咸宁帝态度明确，罗常不可能再翻身，便列了些通奸乱伦、帏薄不修之类的罪名，说得有鼻子有眼。而不同的折子语气和立场也不同，各自的心思昭然若揭。

谢琢不偏不倚，只管仔细罗列批注。

咸宁帝回文华殿后，先看了看谢琢整理的批注，又大致翻了翻折子，感叹：“此案发生以来，朕之所见所闻，无不是在痛斥责骂罗家父子，恨曾与之为伍，恨不得将所有脏水都泼在这两个人身上。只有延龄，中正公立，无偏无党。”

谢琢搁下笔起身，拱手道：“无论事情如何，陛下心中自有明断，无须臣之拙见，臣只是做好分内之事而已。臣亦时时警醒自己，肩负圣恩，有幸于御前，掌机要奏牍，万不可有私心。”

“延龄很好，”咸宁帝将手里的折子扔到案上，“要是上折子这些人都有延龄这份心，就不会让朕这么头痛了。”他指了指折子上的墨迹，“看看，落井下石的、凭空杜撰的、义愤填膺的、趁机构陷的，当真是人间百态！”

殿中极静，只有咸宁帝的声音。

“特别是老二那一派的人，恨不得把罗家父子往死里骂，最好再让朕一怒之下多斩几个人，让老大元气大伤最好。”

沉吟片刻，咸宁帝突然厉声道：“他有没有想过，他亲哥哥受了重伤，此刻正躺在病榻上？”

咸宁帝这怒气来得突然，高让和谢琢最先跪下，随即殿内所有的内监、宫女齐齐跪伏在地，不敢抬头，殿中气氛骤然紧绷。

“延龄。”

“臣在。”

咸宁帝沉声道：“你替朕拟两道旨意。一是，除谋逆外，罗常和罗绍旁的罪名，通通详查、细查，查完后，让刑部和大理寺给朕上份折子，朕要知道，这些年罗常和罗绍仗着朕的信赖，到底干了多少好事！二是，二皇子李慎，不孝不悌，不敬兄长，让他好好反省五日，哪里也别去！”

咸宁帝这是彻底让二皇子禁足了。

“是。”谢琢听完，没有多少惊讶情绪。

咸宁帝最是多疑，也最善制衡之术。

如今，大皇子李忱岳家被削官夺权，舅家又即将崩塌，自己受伤卧床，可谓元气大伤，甚至一不小心再不能复起。此时，咸宁帝绝不会允许二皇子这般占尽优势、扬扬得意，反而会一改手段，扶持李忱，打压二皇子。

这个“不孝不悌”可以说是咸宁帝的一次警告，就看二皇子能不能体会其中之意了。

咸宁帝又叹息，语气似有不忍：“老大这次着实吃了些苦头，刚刚朕去看他，他都红了眼。高让，朕记得凌北曾进献过一支千年参，你再挑些旁的东西，一并给老大送去。”

高让躬身应诺：“陛下放心。”

一前一后两道旨意，二皇子李慎吓得一天连上三道请罪的折子，咸宁帝一道都没批，全都留在御案上。

二皇子被禁足，他那一党的人也不复昨日那般得意，全都消停了，低调得再不敢冒头出声。

大皇子在接了咸宁帝的赏赐后，据说想拖着重伤病体亲自到文华殿谢恩，高公公好说歹说才把人劝住。

而翰林院里，前两天才喜形于色的盛浩元，今日神情有些沉郁，以往对谁都笑脸相迎的他，一天里，就因为茶水过凉之类的小事斥责了三个小宫女。

最后是陆骁搭着长腿，指骨在桌面上叩了叩，打了个哈欠，吊儿郎当地开口：“这位盛待诏，你是脾胃虚寒还是全身发冷啊，碰不得温水？要不要把火堆给你搬过来？本侯都没你这么难伺候！”

见盛浩元敢怒不敢言，陆骁面露无趣之色，朝小宫女抬了抬下巴：“别哭了，去找之前那两个小姐妹，一起踢踢毽子，压压惊。”

小宫女连忙蹲身行礼，小声说了句“谢侯爷”，便拎着裙子走了。

盛浩元自觉在众人面前被落了面子，讽刺道：“陆小侯爷怎么突然有这闲心？”

“本侯也心情不好。”说着，陆骁有意无意地朝谢琢的方向瞥了瞥，但谢琢是什么表情完全看不清，语气不免更加烦躁，“怎么，就准你到处撒气，不准本侯发发脾气？”

盛浩元到底不敢真的得罪陆骁，不得不拱手：“下官不敢。”

“知道不敢就好。”陆骁站起身，也不管到没到散衙的时间，大步流星地朝外走去。

路过谢琢的桌前时，他克制着没看过去，可出了天章阁，还是没忍住，转身往阁内看了一眼，发现谢琢正专心致志地低头提笔写着什么，唇线不由得绷得更紧了几分。

宫门口，张召正靠着马车打瞌睡，见陆骁跨上车，连忙坐起身来：“侯爷出来了？今天去哪里打发时间？找沈世子？或者回府里练练刀剑？”

“我看起来很闲？”

张召想说，您现在不就是很闲吗？但一听他这语气，就知道侯爷是心里压着火呢。他想了想，还是往这火堆里添了一把柴：“侯爷，今天谢侍读又没理你？”

这人哪壶不开提哪壶？陆骁瞪眼：“闭嘴！”

“行，我闭嘴。”张召闭嘴片刻，又絮叨道，“侯爷，我觉得沈世子说得没什么错，谢侍读发现跟您一起吧，于仕途有碍，谨慎避开，人之常情。而且洛京上下人这么多，知己可以再找，您何必盯着这一个不放？”

“你不懂，他不一样。”陆骁答完，其实自己也不清楚谢琢到底有什么地方不一样。

但谢琢就是不一样。

“而且，我不信他是为了仕途疏远我，不管你们怎么说，我就是不信！”陆骁一把放下车帘，不想再听张召的劝说，烦躁地说道，“到街上随便转转，认真赶你的马。”

既然说是转转，张召赶马车就赶得随意，没个目的地，基本全凭感觉。

可架不住陆骁在后面指挥。

“左转。”

“往右。”

“往前走。”

等按照自家侯爷的吩咐，停下马车时，张召执着马鞭转身：“侯爷，不是说随便转转吗？”

“到底是听你的还是听我的？”陆骁不再管他，径自跃下马车，进了一家糖铺。

张召跟上去，见陆骁熟练地挑选称重，又找店主要了一张纹饰素雅的纸把糖都包好，探头过去："侯爷，谢侍读又开始喝药了？"

"嗯。"陆骁掂了掂被包好的糖，心想，他中午就看见谢琢对着一碗药皱眉，脸色也不好，不知道是不是前一夜又惊梦了。

想到这里，他突然反应过来——谢琢都不搭理他了，他还给谢琢买糖做什么？谢琢不喜欢喝药怕苦又怎么样，轮得到他在意？

陆骁绷着脸，将糖包扔了回去："不买了。"

等陆骁大步出了店门，店主正想把糖包拆开，张召赶紧阻止："别拆，别拆，可千万别拆了，这糖我们要买！"

店主疑惑道："不是说不买了吗？"

"要买，要买。"张召扶额，心想：要是他没把这包糖带回去，今晚他一定会被侯爷从卧房中拖出来，在夜里摸黑练习拉弓射靶八百次！

当日，谢琢散衙后，刚坐上马车，就见葛武递过来一个巴掌大的纸包，纸上的花纹有些眼熟，他又立刻告诉自己，花纹……或许只是碰巧而已。

"这是什么？"

"公子，东西是张召送来的。"

张召？谢琢怔了怔，拆开纸包，发现里面装着的是……糖。

过了许久，谢琢才哑着嗓音，问得迟疑："他……有没有说什么？"

"说了。"葛武一字不差地复述道，"他说，我家侯爷听说糖吃多了会牙疼，特意给谢侍读买了一大包，让谢侍读一定要一颗一颗全部吃完，然后牙疼得半夜睡不着觉！"

圣旨一下来，大理寺和刑部的官员忙得是焦头烂额。有人说，你往街边的茶肆一坐，盯着街上的人看，走得最快、脚不沾地的，不是刑部和大理寺的官员，就是这两处的差役。

在大理寺和刑部上上下下的人熬了几个昼夜后，一份极为详细的折子被递到了咸宁帝的手里，删繁就简，毫无修辞，只陈述事实、结论和罪名，整整两万字。折子末尾，则是经手此次案件调查和审理的所有官员的押字。

文远侯罗常父子一案，发生、收押、审理都极为迅速，主要是因为他们依附的大皇子，恰好就是这次事件中的受害者，因此，从头到尾都无朋党敢伸手捞上一捞，或者故意拖延时间，阻碍审讯，甚至在咸宁帝面前说上几句好话。

整个折子对罗常父子的罪名条分缕析，包括各个事件牵扯哪些人，也都罗列得清晰明了。

咸宁帝将这份折子拿在手里看了很久才放下，沉吟道："文远侯一案，罗常父子罪大恶极，但不宜牵连太广，以免朝廷震荡。"

候在殿中的刑部尚书、大理寺卿以及轮值的谢琢都听得很明白，咸宁帝这是为此次判决划定了范围——主犯之罪，罪无可赦，但其他情节不严重的从犯，罚俸、贬官就足矣。

“朕与老大，竟都被罗常父子蒙蔽了这么多年！”

咸宁帝这是完全将大皇子摘了出来。一切恶事，都是罗常父子擅自所为，与大皇子李忱毫无关系。

在折子上详细勾画批注后，咸宁帝又温和地说道：“诸卿都辛苦了。此番整肃风气，还朝廷上下清明，是诸位之功！”

刑部尚书和大理寺卿赶紧俯身：“谢陛下，这些都是我等职责所在。”

“嗯，回去好好睡个整觉吧，歇息歇息。”咸宁帝又点名道，“延龄。”

谢琢起身：“臣在。”

咸宁帝示意候在一旁的高公公将折子拿给谢琢：“罗常父子的最后这道诏书，就由你来草拟。”

“臣遵命。”

刑部尚书和大理寺卿不由得暗暗对视一眼。看来传言不假，这谢侍读确实深得陛下信任。文远侯无论如何都是仅次于国公的二等爵位，诏书交由从五品翰林侍读草拟，怎么看这人都是颇受青睐。

谢琢逐字逐句地认真将折子内容看完，确定将所有字句都已经记清楚了，才把折子交还给高让。

净了手后，他用湿布巾仔细将手上的水渍擦拭干净，才开始缓缓磨墨。

砚中浓墨深黑，映在谢琢眼中，静如渊流。

提起笔的刹那，他隐约又听见他的父亲在诏狱水牢里的痛呼声，看见了母亲得知父亲的死讯时落下的眼泪。

不知咸宁九年的冬日，文远侯罗常在文华殿义愤填膺，声称“如谢衡这般通敌叛国、犯上谋逆的罪人，只剐九百多刀怎么够？必须剐足三千刀，才能以儆效尤，震慑天下不忠之人”时，有没有想过，他也会有今日？

罗常父子最终被判处腰斩于市。

行刑当天，谢琢戴着兜帽、系着斗篷，遮掩面目身形，站在人群中等待行刑。

罗常被行刑官拖出来时，身上被鲜血浸湿的囚服显得空荡，双腿无法直立，几乎不成人形，完全看不出从前贵为文远侯时的威风模样。

葛武也换了身粗布衣服，站在谢琢身旁，帮他挡着拥挤的人群，低声说道：“公子，刑师一共在我这里领了几百贯钱，剐了不到一千刀，说是得保着罗常的人样，好行刑。虽然被腰斩后人马上死不了，但还是便宜这个罗常了！”

谢琢没有说话，只静静地看着罗常被押上行刑台，随即，监斩的官员开始宣读诏书。

此刻的情景，仿佛与咸宁九年的冬日重合，谢琢的脊背蹿起一股冷意，让他有种正在冰天雪地中踽踽独行的错觉。

直到他将一粒糖含进嘴里，甜味在舌尖散开，才勉强压下了那股彻骨的寒意。

罗常在监斩官员的声音里，缓缓睁开了眼睛。他在昏暗的诏狱中被关了太久，骤然见到日光，视线有些发花，但仍仔细地在人群中寻找，几乎是一寸一寸地看过去。

他猜测，背后算计他的那个人，应该不会错过他行刑的场面。

即使是死，他也要知道，他们罗家到底是遭了何人的算计！

直到他对上了一双眼睛。那眼神平静至极，不见得意，也不见愉悦。

对方像是知道自己在看他，拉了拉兜帽，露出了被阴影挡住的五官。

罗常看清那人的相貌的刹那，像是难以置信，又仿佛在意料之中。

过了许久，他笑了起来。

他早就应该猜到，早就应该猜到！

谢家，谢琢。

谢家！谢琢！

死去的鬼，来找他寻仇了！

没有人知道罗常为什么突然大笑起来，状若疯癫，双眼浸血。

而此时，谢琢没有再看他，转身离开了人群，无人注意到他曾来过。

直到离开很远，走进一条窄街的转角，谢琢才靠在墙边生生呕出一口血来。

葛武大惊失色："公子！"

"别怕。"谢琢唇上沾着血迹，与煞白的脸色对比强烈，本就昳丽的五官因此被衬托出一种近乎妖冶的美感。他缓了缓呼吸，像是安抚葛武，又像是在跟自己说："放心，仇没报完，我是不会让自己死的。"

葛武红了眼："公子……"

谢琢手里捏着刚刚剥下来的糖纸，嘴里满是血腥气，轻笑着问："刚刚我已经把他送给我的最后一颗糖吃完了，明明看起来很大一个纸包，可糖好少。我全都吃完了，也没牙疼，你说，他还会给我买吗？"

葛武心里一酸。他从小跟在谢琢身边，一直很清楚，谢琢即使再厌恶汤药的苦味，强迫自己咽下去后，也绝不会允许自己吃糖。

仿佛他多尝一点甜味，少受一点苦，就会愧疚，对那些因他死去的人愧疚。

葛武不知道第几次嫌弃自己言辞笨拙，不知道应该怎么说，也不知道该怎么做，只好重复道："公子，我们去找宋大夫。走，我们去找宋大夫看看吧，找宋大夫看看，抓点药，公子就不会难受了……"

“好，”谢琢笑容很浅，甚至因为脸色太过苍白而显得不真切，手撑着墙面站稳，“好，去找宋大夫，吃了药，就不会难受了。”

夜里，谢琢喝完今日的最后一碗药，端着烛台去了书房。

他拿出一张被夹在书册中的纸铺平，就着烛火，以笔蘸墨，将纸上的“罗常”两个字画去。

直到将新墨晾干，谢琢才重新将这张纸放回原处。

此后，谢琢手里捻着糖纸，在书房里枯坐了不知道多久，直到蜡烛燃了大半才回过神来。

这时，敲窗的声音传来。

谢琢一下子就认定了来人的身份。

窗外的人也没有再敲，安安静静，像是在等他做决定。

最后，谢琢打开了门。

檐上，秋月正明，枯叶零落的老树下，谢琢摆了几盏烛台，又斟了一壶茶，一人一杯。

陆骁鼻子灵，闻到了晚上熬药后残留的淡淡药味：“又病了？”

谢琢点头：“嗯，天气冷了，身体难挨，被葛武催着去宋大夫那里抓了药。”

“那还不知道照顾自己？”陆骁一边说着，一边顺手解下自己的外衫递给谢琢。见谢琢没马上伸手，干脆起身，直接将外衫披到了谢琢的肩上。

几乎是瞬间，谢琢就被暖意包裹住了，他还闻到衣衫上残留的一股皂角清香。

陆骁坐回石凳上，问：“糖吃完了吗？”

谢琢回答：“吃完了，不过没有牙疼。”

陆骁过了这么几天，生的气已经全消了，故意问道：“一颗糖换一个答案怎么样？你可以只回答‘是’或者‘不是’。”

在他几乎屏息的等待过程里，谢琢颔首应允：“好。”

沉默片刻，陆骁省去前因后果，只问：“你是不是有说不出口的苦衷？”

“是。”

陆骁又问：“这苦衷，是不是可能影响到我，或者影响到陆家？”

“是。”

“好，我知道了。”陆骁端起茶盏喝了一口茶，觉得这茶太浓，苦味太重，转而叮嘱，“那你以后……别让自己过得那么苦，糖又不贵，药苦了，让自己吃点甜的东西，没什么不好的。”

他想，人都有各自的苦衷，虽然心里难受，空落落的，但又有什么办法？

他相信，这必然是谢琢百般斟酌后做的选择。

拂开石桌上的落叶，将茶盏放回原位，陆骁继续问：“你是不是也如我一般珍视这段情谊？”

“是。”

“做下决定前，你是不是也曾犹豫过？”

“是。”这一次，谢琢在不算明亮的烛火下，认真说道，“我曾辗转千回，动摇百遍。”

陆骁继续问：“若我真的把你忘了，你会不会难过？”

“会。”

“我不会忘记你的。”陆骁喉间发涩，但仍笑道，“即使日后我离开洛京，回了凌北，关山千里相隔，我也不会忘记你。”

谢琢眼里映着烛光，也笑道：“好。”

陆骁想，他要的哪里是道歉或者理由？

他要的不过是谢琢如他一般，与他相同。

第九章 阿瓷妹妹

入冬后，白昼渐短，虽然朝廷讲究“冬藏”，往后延了点卯时间，但谢琢踏进宫门时，天还将亮未亮。

天章阁里生了炉子，热茶也时时供着，但葛武依旧不放心，手炉、棉衾、斗篷样样备齐不说，恨不得时时刻刻守在天章阁门口，以防谢琢有哪里不舒服找不到人。

“你又不是不清楚我这寒疾，而且，我早已经习惯了，没什么好担心的。”

“公子习惯了，不代表我们就不会担心。”葛武声音有些闷，“这毒从胎中带出来，宋大夫研究了这么多年，药也试过数不清多少种，不知道什么药才有成效，让公子冬日好过一点。”

熟练地把马车停在了宫门口，葛武先跳下车放好马凳，又问：“公子，天章阁里烧着炭，您会不会觉得气闷，加重咳嗽？”

从马车上下来，骤然迎上冷风，谢琢咳嗽了两声：“陛下体恤，阁里用的是无烟的银炭，放心。”

他想起去天章阁的第一天，陆骁让他坐到自己旁边，说等天气渐渐冷了，阁内烧起炭火，会闷得喘不过气时，窗户缝正好可以透透气。

现在，他每次打开窗户缝透气，都会想起当日的情景。

只不过，陆骁那张书案已经空置好几天了。

文远侯一案后，见咸宁帝没有往深里追究的意思，朝廷上下原本惶惶的人心又都安稳下来。二皇子李慎被解除禁足后，沉静了许多，连带着盛浩元也恢复了从前八面玲珑的模样。

谢琢踏进天章阁，刚解下斗篷放好，盛浩元就笑着迎上来：“延龄前日又告病了，身体可还好？”

“劳盛待诏关心，已经好多了。”谢琢见他像是有话要说，便主动询问，“盛待诏可是有事？”

“嗯，天已寒，玉津园里的绿萼梅起了花苞，正是观赏的好时候。明日恰好休沐，我和几位友人准备在园中设宴，也算风雅。前几日延龄在病中，我不便相邀，一直到今日才开口。”

谢琢没有一口应下，而是先问："不知参宴的都有哪些人？"

盛浩元说得详细："翰林院以及六部的几位同僚，延龄都熟悉，还有几个太学的学生以及洛京略有声望、尚未入仕的文士。这种小聚会我办过几次，以文会友，大家不称官职或身份，年岁又相差不多，通常不会拘束。"

短暂考虑后，谢琢欣然应允："既是如此，那延龄就却之不恭了。"

第二天，谢琢带着葛武，乘马车去了城外的玉津园。

他到得不早也不晚，在座的人见他身穿月白文士服，外面披着厚厚的斗篷，唇色发白，和传闻中一样体弱畏寒，纷纷要将避开风口的座位让给他。

众人对"琢玉郎"好奇已久。在此之前，谢琢惯常独来独往，气质清寒，无论是文士间的小聚还是文会，都没人敢贸然邀请他，怕遭到拒绝，失了颜面。

因此，一直到现在，他们才第一次跟谢琢坐到一处谈论诗文。

有个圆脸的文士豪爽笑道："我等这次还是托了盛兄的情面，才如此近距离地见识了'琢玉郎'的风采！"

谢琢神情歉然地说："延龄自小沉迷看书，不通世务，家里也没有长辈教导，以往或是日后有得罪之处，还请诸位海涵。"

他这番话态度很谦逊，在场的人又都知道他深受咸宁帝信任，年纪轻轻已在御前，没人想跟他交恶，于是很快都笑开来，一时气氛极为融洽。

绿萼梅花苞紧实，坠在枝上，如翡翠凝珠。几盏温酒清茶后，盛浩元先作了一首诗，在场有诗才的人纷纷咏和，又有擅书法的人将这些诗全都记录下来，等宴后集成诗集，用来传阅收藏。

等聊起文章经义后，众人很快发现，谢琢不爱出头，但似乎不管什么问题到他那里，他都能作答，答案还会令人眼前一亮。

吴祯是礼部尚书的儿子，在洛京颇有才名。他不信邪，故意出了一个极刁钻的题目，谢琢依然对答如流，仿佛不需要思考。

吴祯不由得拱手道："延龄高才，当真是珠玉在侧，觉我形秽！"他又半是玩笑半是认真地问起，"不知延龄如今可有婚配？如若没有，我家正巧有个适龄的妹妹，秀外慧中，诗画都能勉强一看，延龄要不要考虑考虑？"

一边的圆脸文士大笑："就你家里有妹妹？我家妹妹年方十五，古琴弹得极妙，若与延龄成亲，以后必然琴瑟和鸣！"

又有人说道："我也有妹妹，长得很是可爱，延龄要不要考虑考虑？"

"你妹妹不是才七岁吗？"

众人不由得哄然大笑。

就在这时，从旁边传来一个散漫的声音："这么热闹，你们是要让谢侍读考虑什么？也说给本侯听听？"

谢琢正低着眼眸，从刚才察觉到那熟悉的脚步声起，他端着茶杯的手指就已经悄然收紧了。

现在，陆骁出声，他才抬起头，随众人一起看了过去。

木柱边，陆骁穿着黑色麒麟服，头发用红色的锦带高高束起，身形挺拔，随意地抱臂站着。他似乎很感兴趣，嘴角挂着笑，又问了一遍："怎么，难道是什么秘密，不能说给我听？"

站在他旁边的沈愚金冠玉腰带，也跟着说道："有什么好玩儿的，本世子也听听？"

在场的人都知道，沈愚还好，但陆骁性子散漫，没规没矩，好像对什么都不在意，更知道他有御赐麒麟服，身后站着的是当今圣上。大家私下里说他游手好闲没什么，但明面上不能轻易得罪。

于是吴祯起身，笑道："起因是吴某钦佩延龄的才学，便问起延龄是否已有婚配。"

婚配？陆骁不漏情绪地问："然后呢？"

吴祯以为，他回答到这里就算完了，不明白陆骁为什么还要追问。但莫名其妙地，明明陆骁的年纪比他还要小上几岁，他却被对方的气势狠狠压着一头，不禁开口："是吴某言辞无状，玩笑着询问延龄对舍妹是否有意。"

此时，气氛已经凝住了，任谁都能看出，陆骁不是无意路过，而是专程来找碴的。

"言辞无状？你自己还挺清楚。"陆骁将视线从吴祯身上移开，落到了谢琢那里，"谢侍读还没有回答呢。"

坐在盛浩元旁边的圆脸文士不忿，想站起来，被盛浩元一把拉住了。盛浩元又打量了一眼陆骁的神情，觉得他颐指气使，很是不客气——看来谢琢和武宁侯不和这件事，不似作伪。

谢琢放下手里的茶杯，似乎完全没有被周遭紧绷的氛围影响，语气自然地说："我正好要回答，延龄身有痼疾，实在配不上诸位捧在掌心的珠玉，近几年应当都不会想成婚的事。"

陆骁点了点头，一个字没留下，转身走了。

等人走远后，才有人小声嘀咕了一句："得意个什么……"

聚会重新热闹起来，众人都刻意地遗忘刚刚那个插曲，更是绝口不提陆骁，开始谈论失传的琴谱。

盛浩元见谢琢神色有些不对，面露担忧之色："延龄可是身体不适？"

在天章阁内共事这么久，他是亲眼看着谢琢一碗汤药接着一碗汤药地喝，似乎比传闻中还要体弱。

谢琢回过神来，答道："让盛兄担心了，没什么，只是突然发现，听大家谈论诗文很有裨益，遗憾以前错过了许多。”

“原来是这样！”听见“盛兄”这个称呼，盛浩元心知自己此次邀请谢琢的目的已经达到了，又笑着宽慰道，“以前是以前，以后若再有文会小聚，我一定叫上延龄一起！”

谢琢感激道：“延龄先谢过盛兄了。”

“这有什么可谢的？”盛浩元轻叹，“洛京就像一座大山，我等想要从山脚向上攀爬，一个人总是势单力薄。若有三五好友，群策群力，则要顺遂很多。”

谢琢赞同：“盛兄说得对。”

另一边，陆骁离开梅林后，胡乱挑了个方向走着，最后停在一座枯了水的假山旁，一边想事情，一边无意识地用靴子踢着泥。

周围的树藤花枝叶子全都落了个干净，沈愚吃完新买的梅花糕，忍不住打了个哈欠——完全没有景可赏，太无聊了，还不如躺在府里听说书先生讲话本。

见陆骁盯着假山上的一束枯草已经出了半晌神，沈愚凑过去，好奇地问：“陆二，你到底在看什么？那株枯草难道是什么仙草，还能被你瞪开花？”

发现陆骁半天没回应，沈愚又念叨道：“话说，你火急火燎地把我拉出城，到底是来干什么？说赏梅吧，也没见你赏上两眼梅花。不过也对，那些绿萼还都是些花骨朵，不知道有什么好赏的。那群人真是厉害，竟然能用花骨朵作出几首酸诗来！”

“嗯。”陆骁原本是听说谢琢前两日告了病假，又得知他今天要来参加什么聚会，干脆亲自来看看。依刚才他所见，谢琢脸色确实有些白，但没怎么咳嗽，病应该是好些了。

陆骁脑子里想着事，回答就很敷衍：“在洛京待久了，想出城走动走动，不行？”

沈愚翻了个白眼：“行，行，行，你心情不好，你说什么都行。”

他刚说完，就听陆骁说道：“那些人自己都长得歪瓜裂枣、尖嘴猴腮，其貌不扬，文采平庸，他们的妹妹肯定也没好到哪去！”

沈愚附和：“没错，我见过那个吴祯的妹妹，性格泼辣尖酸，还时常跟我姐姐攀比首饰、衣裳、胭脂水粉，很是招人烦。”

“他现在已经是从五品翰林侍读，前途不可限量，洛京内外想招他为婿的人家肯定能从宫门口排到这里。”

沈愚脑子转得慢：“啊？”

“他竟然还夸她们是‘掌中珠玉’！”

沈愚到现在才反应过来：“敢情你一直在说谢侍读？”

陆骁奇怪：“不然你以为？他们是在给谢侍读说亲事，我不是在说谢侍读，那是在说谁？”

梅林小聚后，谢琢又应盛浩元的邀请，去会仙酒楼参加过一次文会。到场的人里，除了两三个是上次见过的以外，旁的此前他都不认识。但谢琢记性好，只要听过一次，就能将名字、相貌、家乡何处甚至饮食忌讳等信息和人对上，让对方觉得自己很受谢琢重视，是被认真记着的。

仅两次聚会，众人对谢琢的印象，就从独来独往、清高难接近，变成了文采惊艳、谦和有礼、寡言心细。这种转变最明显的就是，中午在阁外休息时，会有人主动过来和他闲谈。

檐下，树枝上零星坠着的几片枯叶被风卷下来，盛浩元笼着衣袖，感慨："天气是越发冷了，不知道何时会下雪。"听见谢琢的轻咳声，他担心地说道，"以前唯恐冒昧，一直没问过延龄这痼疾到底是怎么回事，我认识几个医术高明的大夫，延龄可要去试试？"

谢琢唇色微白，哑声道："这痼疾是从小就有的，极难治。我最近一直在千秋馆的宋大夫那里看诊抓药，大夫说，没什么好的办法，只能看开春了会不会好一点。"

"千秋馆的宋大夫？"与他们两个人站在一处的是待诏寇谦，他惊讶地说道，"可是被称作岐黄圣手的那位？"见谢琢点头，他叹息，"宋大夫医术极为高明，我家中父母也曾去找他求过药，几乎是药到病除。"

盛浩元遗憾地说："连宋大夫都无计可施，那我认识的那几位大夫估计也没什么把握，可惜帮不上什么忙。"

等盛浩元被掌院学士叫走后，谢琢不动声色地说道："盛待诏为人良善，很是热心。"

寇谦身量不高，为了让自己看起来稳重，早早蓄了须，点头说道："没错，我与他同年参加科考。那年秋闱结束后，各地的举子陆续到了洛京，但洛京房宅不管是买还是租，都非常昂贵，不少人只能寄居在洛京周围的寺庙。据说当时盛待诏不忍，邀请了好几个家境穷苦的举子到他家里住，只收取极少的银钱，还慷慨解囊，资助了十几个举子。所以不管以前在太学，还是现在在文士中，盛待诏名望都非常高。"

"太学？几乎没有听盛待诏提起过。"

见谢琢面露疑惑之色，寇谦解释："盛待诏为人谦逊，肯定很少提起。不过当年盛待诏在太学时，可以说是一呼百应的风云人物。"他促狭道，"祭酒和好几个夫子助教都想把女儿许给他，招他当女婿。"

谢琢惊讶地问："好几个？"他又故意往外站了两步，"我们小声一点，别被盛待诏听见了。"

寇谦笑出声来，配合地压低声音说："没错，当时祭酒的女儿还拦了盛待诏的路，问他对自己是否有意，盛待诏说大丈夫未立业，何以成家，婉拒了，最后那姑娘红着眼睛跑开了。在我的印象里，这类事情不止一两件。"

谢琢像是被这些消息惊住了："真没想到……"

"就像我也没想到，我竟然会和延龄在天章阁外聊这些旧闻。"聊些旧闻可以增进关系，但说多了也不太好，寇谦自然地转开了话题，"不光是我，大多数人觉得延龄风仪不凡，十分孤傲，不敢轻易接近。不过接近了才知道，原来延龄只是不太擅长与人结交。”

谢琢脸皮薄，有些不好意思地说道：“以后还要靠寇待诏为我洗脱冤屈！”

寇谦一口应下：“哈哈哈，这是一定的！”

这时，看见陆骁远远行来，谢琢和寇谦纷纷停下话，抬手施礼。

乌皮靴踏上石阶，陆骁从两个人面前经过，随意地摆了摆手：“不用多礼。”

走了两步，他又停下来，毫不客气地将谢琢上下打量了一遍，语气不善地说道：“谢侍读身体不是很差吗？怎么，穿这么点站在外面吹冷风，是想得风寒，好有个理由告病在家，不用早起来阁里点卯？”

谢琢反应过来——他从阁里出来时，忘记披上斗篷了。他拱了拱手：“下官会不会生病，就不劳陆小侯爷费心了。”

陆骁哼了一声，大步走进阁内。

整个下午，陆骁先是趴在桌案上睡了小半个时辰，醒后又翻了几页话本，后来估计是看得不耐烦，找谢琢拿了笔墨和纸，胡乱涂画，一涂就涂了一下午。

等陆骁走了，寇谦语气嫌恶地说：“真不知道是哪阵风又把他吹来了，那厚厚的一沓鬼画符，真是浪费纸墨！之前在阁外还拎出些小事指责延龄，故意找碴。”

谢琢“嗯”了一声。

他坐得近，只瞥了几眼就能看出来，陆骁画的根本就不是什么鬼画符。如果他没有看错的话，陆骁在纸上几笔勾勒出的线条正好与凌北的山川河流相契合，行军险要的地点还有专门的标注。

只不过陆骁怕别人发现，又添了不少墨迹上去，不是非常熟悉舆图的人绝对看不出来。谢琢则是靠着记忆力，能将二者一一对应上。

盛浩元接话：“听说陆小侯爷是被陛下赶过来的，陛下说他成天不知在哪里混日子，不做正事。没办法，陆小侯爷才不得不来阁里坐了半天值，还真是难为他了。”

自从上次陆骁为了个宫女，当着众人下了他的面子后，盛浩元私下里说起陆骁时总是讥讽之意居多。

谢琢顺手收了陆骁桌上的废纸，一起扔了，没有接腔。

谢琢踏出宫门时，天色已经黑透，葛武摆好马凳，又提着一个灯笼帮谢琢照亮。

马车行在永宁坊附近的街上，谢琢问起：“葛叔可有传信回来？”

葛武的声音混着清脆的马蹄声：“有信，潦草几笔，说他明日傍晚入城。不过几日前，我爹才说他刚进青州的地界，正常的话，应该后天到京畿才对。”他想起什么，又说，“幸好罗绍指使人来刺杀公子的那天夜里，我爹不在，不然我真怕他会去厨房里拎出两把菜刀冲上去。”

谢琢也想到了这个画面，轻笑："没错，是葛叔会做出来的事。"

葛叔常年忧心谢琢的胃口，干脆自己练了一手好厨艺。后来葛武练武，葛叔闲时也跟着学了学，他拿着最称手的武器就是菜刀。

看了看天色，谢琢说道："明日正好休沐，也不会下雨，我到城门口接一接葛叔。"

第二日果然没有下雨，不过天还是黑得很早，不到戌时就已经暗了下来。

会仙酒楼里，陆骁坐在临街的包间里，正在看一本诗集，是谢琢参加的那场梅林小聚的作品集。

对面的沈愚撑着下巴，正拨弄发带上穿着的十颗金珠子，百无聊赖地说："诗集有什么好看的？都是些酸诗，看着梅花，就羡慕它们高洁的品行，嘴上说羡慕，自己乌七八糟的事情没少做。一会儿又感慨自己就像梅花瓣，不与污泥同流合污，实际上，趋炎附势跑得比谁都快！"

陆骁抬了抬眼："阿蠢，你口齿越发伶俐了，话本听多了的缘故？"

沈愚为自己申辩："谁是阿蠢，这里没人叫阿蠢。而且关话本什么事？我是厌恶不齿，义愤填膺，才噼里啪啦，口齿伶俐！"

陆骁从诗集里看见了两次"琢玉郎"，一次"遇谢郎"，还有一次"探花郎"，觉得这群文人写的诗确实是些酸诗，毫无内容和风骨可言。不过诗怎么样不重要，谢琢在里面被恭维着，没被欺负就好。

见陆骁将诗集随手扔到桌面上，沈愚笑得不怀好意："陆二，你觉得里面的诗写得怎么样？"

陆骁实话实说："不怎么样。"

"那要不你作两句诗来听听？"

"在这儿等着我？"陆骁靠着椅背，手臂随意地搭在桌面上，眼前蓦地出现了一幅画面。

那时还是秋日，天下着雨，他路过新昌坊，恰好看见谢琢从千秋馆里出来，浅色的文士服和玉白的发带被风吹得轻荡。地面湿漉，谢琢刚撑起油纸伞，原本淅淅沥沥下着的雨突然停了，谢琢望了望天色，似乎有些惊讶，还伸手出去探了探。

"秋雨入洛京，为君一人停。"

"什么？"沈愚愣了愣，"为君？为谁？而且怎么就因为一个人停了，我们不是人？"

陆骁这时才反应过来："你不用知道是为谁，反正不是为你就行了。"

沈愚没想到跟自己一起立志当文盲的兄弟竟然还真能作诗，追问："只有一句？我也不太懂平平仄仄，但看起来是有点像一句诗，那下一句呢，有没有下一句？"

陆骁哼笑："你让我作我就作，我这个小侯爷岂不是很没面子？"

说着，他视线往窗外一扫，忽地定住。

一辆马车正好从会仙酒楼前驶过。

沈愚奇怪："你看见什么了？"

"是谢侍读的马车。"

"谢侍读？"沈愚也跟着探头往下看，更奇怪了，"你怎么知道那是谢侍读的马车？"

谢琢的马车不是特制的，无论是拉车的马，还是车的型制、用料、布帘，都格外普通，在洛京城里，低品级的官员和稍富裕的平民几乎都会选这样的马车来代步，辨识度极低。

"他的马车右边檐上有补料的痕迹，颜色不同；车轮坏过，钉了三颗钉子上去，呈'一'字形；拉车的马右耳朵是黑的，马脖子上还秃了一块；缰绳上则挂着两个不会响的铜铃。"说到这里，陆骁见沈愚目瞪口呆地看着自己，停下话，不免奇怪，"你这是什么表情？"

沈愚放下手里的果子："我只问你，给我拉车的马是白的黑的还是棕色的？"

"……"陆骁迟疑片刻后说，"你拉车的马经常在换，谁记得住？"

"那今天呢，今天给我拉车的马是什么颜色？"

陆骁仔细回忆后，选择闭嘴。

沈愚捂着心口，表情夸张地说："连给谢侍读拉车的马脖子上秃了一块你都记得清清楚楚，却不知道给我拉车的马是什么颜色！陆二，你太让我寒心了！"

陆骁理直气壮地说："那你说说，今天给你拉车的马是什么颜色？"

沈愚："……"

糟了，今天的马是什么颜色来着？

陆骁得意地说："看，连你自己都不知道，还怪我？"

沈愚也理直气壮，一拍桌子说："我家那么多马，我又不是赶车的马夫，怎么知道今天的马是什么颜色？"

"那不就对了？难道我是赶车的车夫？"

"好像……有道理？"

沈愚想了想，怀疑陆骁是故意在转移他的注意力！

马车经过州桥和朱雀门，就到了洛京的外城。

葛武赶着马，熟练地拉紧缰绳，将马车停在了南熏门附近。这里是入城的必经之路，他倒不怕错过。

葛武转过身，隔着布帘说道："公子，不知道老头子什么时候才到，你要不先养养神？这天气冷，公子容易犯寒疾，手炉还暖和吗？千万别冷着了，否则老头子看见，肯定又要敲我的脑门。"

谢琢掀开车帘，见城门附近有不少提着茶瓶的小贩，旁边还放着烧汤烹茶的炭炉，许多城门的守军和做公私差事晚归的人都在炭炉前驻足。

他吩咐葛武："夜里冷，你去买碗热茶汤喝吧，暖暖身。"

葛武身强体壮，但还是接下了自家公子的这份关心，笑着"欸"了一声，跳下马车，过去买了一碗茶汤喝下。

两个人没等多久，背着两个包袱牵着马的葛叔就进了城，谢琢温和地说道："葛叔一路辛苦，让马跟着车，您上这来和我一起坐？"

葛武也说道："老头子，一路上你这身子骨可还好？马放着我来照管，你去歇歇。"

葛叔身形精瘦，眼角的笑纹很深，慈眉善目的，他听了葛武的话，一眼瞪过去："你爹我精神着！不会说话可以不说！"

"哦。"葛武摸了摸脑门，觉得自己还是不说话为妙。

对上谢琢，葛叔声音温和许多："我这身上还裹着寒气，一会儿进了车里，过给公子就不好了。我先跟葛武一起坐在外面，缓缓再进去跟公子汇报。"

谢琢没有勉强，应允了。

马车沿着来时的路往回走，葛武想起来："老头子，你不是从青州走的吗，怎么这么快就到洛京了？才看到信的时候，我还以为你老眼昏花，写错了字。"

"你才老眼昏花！让你好好读书你不读，现在连话都不会说！"葛叔骂完人，跟着解释，"我从凌北回来后，走了新辟的那条官道，顺路回了一趟清源，替公子拿了个东西。"

葛武奇怪："公子的什么东西？"

当初他们从清源搬到洛京，不欲将动静闹大，只带了些必备的东西，大部分物什还留在清源的宅子里。也是因为没带来的东西太多了，葛武一时想不出什么东西需要他爹亲自回清源取。

葛叔打开包袱，将一个木盒拿出来，隔着布帘递给了谢琢。

葛武见了盒子，一眼就认了出来："原来是替公子拿玉佩去了！也对，洛京这地方不太对，自从搬来这里，公子夜里就经常睡不好！"

车内，谢琢打开木盒，将玉佩拿了出来。

光线很暗，但指下的雕刻纹路熟悉，谢琢握在掌中，触手温凉。

他幼时体弱，晚上也容易受惊啼哭，后来他的父亲谢衡就带回了这枚玉佩，让他握在手里，或者放在枕下，说是这枚玉佩沾过兵戈杀戮之气，又被拿到寺庙的佛前念过半年的经文，贴身放置，夜里可以为稚子安魂。

谢衡才入内阁时，就谨慎地为一家人布置了后路，准备了另一份户帖和房宅，并让昌叔和葛叔离开洛京。中间陆续转移财物，这枚玉佩也被好好放在盒子里，一起搬到了清源。

没想到葛叔有心，特意将它取来了。

葛叔回忆着说："公子几个月大的时候，只有这么大点，眉眼就跟画儿似的。公子夜里总喜欢哭，但因为身体不好，哭声很细弱。夫人心疼，总会整夜整夜地守在小床边，一边垂泪，一边唱着安眠的小调哄公子入睡。后来主子找来这玉给公子握着，公子夜里就安稳许多，很是奇异。”

想起往事，葛叔不由得轻叹，又叮嘱：“公子，等回去了，你就把这玉佩放到枕下，肯定不会再惊梦了。”

玉已经沾染了暖意，谢琢点头：“好。”

外城不比内城繁华热闹，街面不平整，马车要颠簸一些，两边的店铺也都早早打烊，行人更是寥落。偶尔有夜鸦飞过，人能清晰地听见振翅的动静。

走了一段路，葛武往左右看了看，压低声音说：“公子，好像有人跟着我们。”

谢琢询问：“来的时候有吗？”

葛武仔细想了想，回道：“没有，应该是刚刚在城门口时跟上来的。”他用手肘撞了撞旁边的葛叔，“老头子，是不是你引来的人？”

葛叔这次离开洛京前往凌北，是因为凌北入冬，气候严寒，但朝廷下发的军袄不够，士兵不足以保暖御寒。衡楼受陆家所托，在岭南一带大批量地购入棉花，送往凌北。

谢琢不能亲自去，昌叔又忙得抽不开身，便遣了葛叔跑一趟。

葛叔皱着眉：“是我疏忽了，应该是北狄那帮龟孙子，不知道是在凌北就沾上的，还是在清源被盯上的。”

衡楼常年与凌北陆家做生意，粮草、药材还有越冬的物资，甚至是铁器和马匹，都不知道运了多少到凌北了，自然也早就入了北狄人的眼。

传言里，衡楼的真正主事人一直隐在幕后，北狄人便派了一拨接一拨的杀手，千方百计地想找到并除掉这个主事人，哪怕只是疑似对象，他们都会极快地动手，宁可错杀，不愿放过。

“应该是三个人。”葛武听力很是敏锐，眼神坚毅不惧，“老头子，我负责两个，另一个你先拖着，我解决完那两个就来帮你。”

葛叔也没有废话：“行，听你的。”

马车保持着最开始的速度，缓缓驶入窄街中，葛叔和葛武两个人已经从马车的夹层里抽出了开刃的长刀。

葛叔看了看周围地形：“我们一改道，他们定然会明白自己已经暴露了，马车就停在这里吧。”他又告诉谢琢，“公子，我和葛武拦下这几个人应该没问题，公子安心在车上等待就行。若是势头不对，请公子骑上马立刻离开。”

谢琢觉得身上有些发冷，连抱着的手炉都压不下这股冷意，但脸上没有表现出异常和不适，只点头说道：“我知道，你们放心，不用分心顾及我。”

如葛叔所料，追上来的三个人发现他们改道后，不再隐藏，很快就跟着转进了这条窄街。黑色的布巾蒙着头面，只露出了一双眼睛，但细看依然能辨别出他们北狄人的相貌特征。

葛叔跃下车，刀尖戳地，开口就很不客气：“跟了你爷爷我这么多天，累了吧？真是上赶着来送死！”

葛武下意识地问：“老头子，你是爷爷，那按照辈分，我是不是他们几个人的亲爹？”

三个北狄人显然都能听懂大楚的官话，他们出身游牧民族，很是看重父辈的荣耀，听完葛叔和葛武的话后，他们觉得受到了侮辱，齐齐拿着刀冲了上来。

葛武身手了得，拦了两个离自己近的人，二对一也毫不落下风。葛叔更是使双刀的好手，两把刀斩断了北狄人的所有退路。

陆骁就是这时候到的。

他原本在会仙酒楼里坐着，然而许久都没看见谢琢返程，夜色又深，不免有些担心，就让张召先送沈愚回去，自己一边走一边向路人打听，竟一路出了内城。

又走了一段路，他便于昏暗中听见了打斗声。没多犹豫，陆骁加快步伐，直觉是谢琢遇见了麻烦事。

等他从南熏大街转进狭窄的街巷时，恰好看见有个蒙着脸的黑衣人举着长刀准备朝葛武砍去！

几乎只是一眼，陆骁就辨认出这些把自己包裹得格外严实的人全是北狄的鬣狗。他顺手掷出从地上捡起来的石块，正中黑衣人的手腕。只听一声闷哼，那黑衣人拿刀的手一酸，生生砍空了。

葛武也发现有人从旁帮助，回头一看，惊讶地喊道：“陆小侯爷？”

“别忙着惊讶，借把刀给我！”

葛武愣了愣：“可我没多余的刀啊！”

“我这里有！”葛叔远远扔过来一把刀，十分大方，“拿着用！”

陆骁笑了笑：“好！”说完他还夸了一句，“葛叔，上次您给我泡茶时，竟没看出您的双刀使得如此顺畅，深藏不露啊！”

葛叔听得满意：“不错，小侯爷很会说话！”

三对三，北狄刺客没多少胜算，想孤注一掷地朝着马车的位置冲去，但立刻被拦了下来。

过招的空当里，陆骁突然想起那一次，他在巷子里撞见有黑衣人袭击谢琢，也是个北狄人。当时，他以为那个北狄刺客是来为破庙里死去的同伴复仇的，现在看来却不尽然。

谢琢只是当朝一个普通的从五品侍读，为什么两次三番会有北狄刺客拦他的路，想要取他的性命？

同样，不止葛武，谢琢身边，连管家的老仆都有这般利落的身手。

他甚至想到，当初他和谢琢在破庙里相遇——明明不在洛京，谢琢为什么要对外宣称告病在家？

就在这时，陆骁捕捉到了一丝极易忽略的动静，眉头一皱，朝马车的位置喊了一声“谢侍读”。

没有人回应。

将还剩半条命的北狄刺客一脚踹给葛武，陆骁大步奔向马车，兔起鹘落般跃到了马车前板上，伸手掀开车帘，随即心下一沉。

车内，谢琢斜斜靠着内壁，冷得浑身发抖，面上、唇上毫无血色，仿佛雪塑成的人一般，双眼也闭着，气若游丝。而一个木盒落在马车底板上，他刚刚在打斗中听见的，应该就是这个声音。

这一刻，陆骁感到了一种恐惧和心悸，仿佛在下一刻，这个人就会消失在他面前。

面对北狄刺客时，他尚有心思玩笑，可此时，他压抑不住心里的慌乱，小心翼翼地伸手触了触谢琢的鼻息。

鼻息尚在。

他的手掌又碰上谢琢的侧脸，立刻被掌下的冷意惊了惊。

这时，葛武已经将陆骁推过去的刺客解决了，又接过葛叔的刀：“我能应付，你去看看公子！”

葛叔转身，到了马车前，就见陆骁冷着脸，焦急地说道：“叫不醒，应该是昏迷了，气息很弱，全身冰寒，必须赶紧去找大夫！以前可有这样的情况？我不敢擅自动他。”

葛叔把人拦下：“找宋大夫没用，一到冬天，公子就容易犯这寒疾，每次发病，药石无用，只能等公子自己苏醒过来。”

陆骁一拳砸到了车前柱上，声音极沉：“什么叫药石无用？”他眼前又浮现谢琢毫无意识的模样，“只要是病，就一定可以治！”

知道陆骁是在关心自家公子，葛叔沉默片刻，还是说道：“病可以治，但如果是毒呢？公子这毒，自胎中带出，至今还没有找到解毒的办法。”

陆骁沉默下来，隐隐觉得，“自胎中带出的毒”似乎在哪里听过，但没有多想。他追问道：“那此前你们都是怎么做的？”

“我们能做的，只是为公子准备好厚的棉衾和几个暖炉。”

到这时，刀刃相撞的声音渐缓，最后一个北狄刺客也被葛武斩于刀下，这场截杀彻底平息。

等葛武也急匆匆地过来，葛叔暗暗朝他使了个眼色，同时在心里想好了说辞，怎么将被北狄刺客追杀这件事妥善圆好。

他却没想到，陆骁一句话都没问，重新跃上马车："走，回去！"

车内，陆骁重新在谢琢旁边坐下。他伸手小心地碰了碰谢琢的指尖，只觉得像是碰到了一片冰雪。

他听葛叔话里的意思，从小到大，谢琢这样发病已经不是一次两次，而且每次发病他只能靠自己苏醒过来，没有别的办法。

放在谢琢的指尖处的手往上挪了几寸，陆骁用自己满是硬茧的掌心轻轻盖住了谢琢的手背。

他想，若是此刻，谢琢被冰雪包裹，那自己的温度能不能令冰雪融化些许？或者，透过冰雪，谢琢是否能感知到这一丝暖意？

想到这里，陆骁低声道了句："冒犯了。"陆骁松开谢琢的手，将他整个人都抱到了怀里，像是抱了一个雪人。

掌心扶在谢琢清瘦的后背上，陆骁想起以前在凌北时，他常常被他爹扔到雪地里练箭练枪，后来习惯后，就算只穿薄衣他也不会得风寒，母亲还总说他体热不怕冷。

现在想来，体热没什么不好。

陆骁垂下眼，将谢琢冰凉的手握进了自己热烫的掌中。

每一息都过得很慢，但又好像过得太快了，没过多久，葛武的声音就穿过车帘传了进来："陆小侯爷，到了，可要搭把手？"

"不用。"

很快，陆骁拦腰抱着昏迷的谢琢，稳稳地下了马车。

接着，葛武先去点了灯，又去安置马车和马匹。葛叔则去了厨房，烧取暖的炉子。

陆骁熟门熟路地抱着谢琢走进卧房，将人小心地放到床榻上，顺手将从马车上带下来的木盒也放到了床边。

陆骁脱去谢琢的外袍，将棉衾展开，仔细盖到谢琢身上，还掖了被角。

没过多久，葛武端着一个暖炉进来，放到了离床边几步远的地方。

见谢琢的额头上覆盖着一层细细的冷汗，像是在睡梦中也感到不安，发出极轻的呓语，葛武想了想，有些不好意思地说："我手上都是炉灰，不方便，劳烦陆小侯爷把那个木盒里的玉佩拿出来，放到公子的枕下或者手里。"

"玉佩？"

葛武没好说他觉得洛京这地方邪门，只解释道："公子从小就容易惊梦，听我爹说，公子的父亲在公子很小的时候就让他握着这枚玉佩睡觉，说这枚玉佩带有杀伐之气，可以安魂镇惊，很有用。"

陆骁记下了，道："好。"

等葛武离开后，陆骁拿起放在床边的木盒，准备将里面的玉佩拿出来。

他一边又想，看起来，谢琢幼时虽然体弱，但他父母极珍爱他，明明不信鬼神，却去庙里点了灯，还找来了这枚玉佩，一切不过是为了幼子能安全成长。玉佩不一定真的能安眠，但想来谢琢伴着这枚玉佩入睡，应该就像有父母陪伴一般吧？

只是一打开木盒，看清盒中的玉佩，陆骁就蓦地怔在了原地。

咸宁二年，陆渊率军攻入柔然王庭，从可汗的宝库中找到了一对玉佩，见其玉质极佳，雕工简约流畅，颇为喜爱，便将玉佩带回，一枚给了陆骁，另一枚给了谢衡刚出生的孩子。

陆骁那一枚，现在正好好地在他的房中放着。

另一枚，当年谢家被灭门时，可能在混乱中遗失了，也有可能——在阿瓷那里。

他注视着玉佩上熟悉的纹路，又不由得将视线移到了谢琢身上。

怪不得……

怪不得谢琢是男子，却扎了耳洞，会喜欢胭脂和耳坠，身上会有冷香，不喜与人肢体接触，会买花环手串和发簪，净面、沐浴、换衣时，从不会让他人进卧房，曾说自己没有父母也没有家人，也不会考虑娶亲……

原来，吃完斫脍回程的路上，谢琢在马车内睡着，呓语般叫的那声“哥哥”，是在叫他。

原来……

阿瓷是怀着怎样的心情，故意疏远他，在他追问理由时，回答“因为你是陆骁”的？

阿瓷又是怀着怎样的心情，只身踏入洛京，踏入朝堂，面对那些生生将她父亲折磨至死，逼得她满门皆亡的人的？

陆骁喉口涩痛。

不知道阿瓷这些年里，有多害怕、多痛、多恨、多孤独。

不知道让阿瓷夜夜惊醒的梦里，是不是仍有那条冰雪千里的流放路？

不知道她冷了、热了、苦了、疼了，有没有人安慰照顾？

心绪震荡，陆骁将玉佩小心地放进了谢琢的手中。

原来，他的阿瓷妹妹，已经来找他了。

第十章 制科取士

张召觉得实在太奇怪了。

他家侯爷一直到半夜才匆匆地回府，先是在住了好几年的侯府里走错了路，差点掉进水池里。被他拉着转了方向后，侯爷走进庭院，又突然停下步子，站着发起呆来。

不知道过了多久,张召都等得打哈欠了,发现他家侯爷终于动了动。就在他以为这下能回卧房睡觉时，没想到陆骁又命他掌灯，火急火燎地拿着一串钥匙去开了库房。

这些年御赐的东西都被堆在一个空置的院子里，府中库房里唯一存放的就是陆骁买给小青梅的各种物什：泥人、风筝、胭脂、屏风、珠钗、蔷薇水、耳坠、布料、花瓶、各种宝石珍珠……

张召不知道自家侯爷突然发什么疯，竟然大半夜地开始清点库里的东西。但东西实在太多了，两个人还没清点到一半，脑子先晕了。

张召累得直接往地上一坐，把烛台随便放下，揉了揉额头，想起什么来，说道：“侯爷，你不是去找谢侍读了吗，没找着？”

“找到了。”陆骁倏地停下了话。

阿瓷妹妹肯定不希望有人知道她的真实身份。

张召不解：“然后呢？”

“没什么。”陆骁又出了一会儿神，突然问，“有没有能伪装喉结的东西？”

张召不知道话题为什么变得这么快,但还是认真想了想,回答:“有的，侯爷你忘了，以前在凌北时，北狄不是派死士乔装成女子窃密行刺吗？既然有东西能隐藏喉结,肯定就有东西能伪装喉结。那些话本里，不也常常提到易容术？”他比了比动作，“就跟那些话本一样，把什么东西往脖子这里一贴，喉结就出现了，神仙也看不出来是假的。”

陆骁点了点头：“那女子的嗓音能变得……”觉得“沙哑”这个词不准确，谢琢的嗓音很是清越，于是他换了个形容，“像男子？”

“这个我知道，有种药，连续喝上一段时间，就能完全改变人的嗓音，再熟悉的人都听不出来。”张召以为自家侯爷是对奇门异术感兴趣，忙出主意，“凌北那边有师傅专门研究这些东西，什么改变体形、男子伪装成女子或者女子伪装成男子、年轻的人伪装成须发斑白的老丈，侯爷要是感兴趣，可以写信去探讨探讨？”

“不用。”陆骁只是在想，弄出喉结和改变声音，肯定都很难受。

他忽地忆起他第一次见到阿瓷时，阿瓷穿一身鹅黄色的衣裙，上面绣着的蜻蜓栩栩如生，头发梳作双丫髻，坠着两个铃铛，玉雪精致，香香软软的，又爱喊哥哥撒娇，常让他不知道怎么办才好。

后来刚进初秋，阿瓷身体弱，怕冷，就穿上了白狐裘。狐裘很重，小小的人像裹在毛茸茸的雪团里，在庭院里走路都要他牵着手，一小步一小步地慢慢迈才行。

张召觉得自家侯爷今天实在是太奇怪了，说不了两句话就开始出神，转回了之前的话题：“你找到谢侍读了，然后呢？”

“他病了，葛武说谢侍读犯寒疾时，不允许任何人守在卧房中，就把我赶回来了，我明天天亮了再过去看看。”陆骁一边回答一边想：昏迷时毫无意识，确实很容易暴露自己的秘密，阿瓷很聪明。

至于从重逢到现在，阿瓷明明还记得他，却没有与他相认，他虽然是觉着有点委屈，但完全能理解其中的缘由。

当初，他的父亲陆渊和阿瓷的父亲谢衡是挚友，他父亲接手凌北后，两家人也时常书信往来，从未断过联系。

咸宁九年年末，内阁首辅谢衡被指谋逆，有人故意封锁了消息。直到行刑，凌北这边的人都一无所知。直到次年二月，谢衡谋逆、谢家被灭门的消息才传入凌北。

当夜，他父亲陆渊冒着“无诏不得入京，否则等同谋逆”的风险，顶着及膝的大雪，星夜快马前往洛京。

陆渊其实不知道去往洛京还能做什么，能挽回什么，只是想，不能就这么让谢衡背着满身的污名死去，甚至就这么被记在史书上，背上万年的骂名。

他在半路上遇见了等着的谢家老仆。

那老仆只说夫人殒命，但小主人已经被平安救出。小主人与夫人半路身死已传回洛京，请陆将军安心；又说主人生前曾反复吩咐，通敌谋反的罪名太过敏感，恐陆家被诬陷成同谋，无论如何，不能连累陆家、连累凌北，甚至危及天下安危。他们不会告知陆将军小主人现在何处，不到万不得已，日后也不会再与陆家联系。

陆渊悲痛难忍，终是含泪认可了谢衡临终的安排，随即牵着马，面朝洛京的方向，在雪中站了整整一夜。

谢衡叔父对他父亲的嘱咐，何尝不是阿瓷的想法和顾忌？

阿瓷不过是怕其谢家遗孤的身份有朝一日暴露，到时连累了与她亲近的自己和陆家人。

他只埋怨自己，为什么没能更早认出阿瓷，即便只早一个月、一天、一个时辰也好。

陆骁一晚上没睡。

第二天天刚亮，他就到了谢琢的院门外，轻轻叩了叩门。

葛武来开的门，看见陆骁，惊讶道："陆小侯爷可是有什么东西落在这里了？"

不然他怎么天还没大亮就来了？

陆骁轻轻咳了两声，掩饰自己的急切，问："阿——谢侍读醒了吗？"

"公子还没醒。"葛武让开路，忧虑道，"我刚刚已经替公子向翰林院告了三日的病假，也不知道公子什么时候会醒。"

院中安静，陆骁连说话都低了声音："你守了一夜，先去睡吧，我在卧房门口等着，谢侍读醒了我再叫你。"

葛武急道："这怎么能行！"

"怎么就不行了？我和你家公子关系好，你家公子病了，我在门外守几个时辰，不应该吗？"陆骁跟沈愚待久了，惯会讲道理，"这病来得吓人，我昨夜担心得睡不着，今日早早就来了，若不尽一份力，我心中也不安。而且若是你也累病了，谁照顾你家公子？要是你精力不足，再来几个刺客，你怎么保护你家公子？"

葛武思考半晌，没有再拒绝，但也没有完全应下："那小侯爷你守在门口，我在树下的石桌上趴着睡会儿，有什么事你就叫我，可好？"

陆骁点了点头。

等葛武走向石桌，陆骁又把人叫住："你跟着谢侍读多久了？"

葛武说起这个来，十分自豪："从咸宁十年至今，已经十一年了。"

那就是阿瓷在流放途中被救出后，葛武就作为亲随跟在左右了。

"我再问个问题，假如说，你发现了你家公子的一个秘密，你会如何做？"

"我家公子的秘密？"葛武不假思索道，"公子不让我知道，肯定有公子的道理。我如果知道了，也会假装不知道。"他又有些赧然，"不过我不太会假装，公子通常一眼就会看出来。"

等葛武趴在老树下的石桌上睡着，陆骁站在卧房前的檐下，先想到，他是不是应该站得英武一点，或者练套拳法？这样，阿瓷一醒过来就能看见他的英姿！

他又反复思忖，只是两人交好，阿瓷便因为怕连累他、想保护他，故意疏远他。如果阿瓷得知自己已经知道她的身份，会不会更加疏远他？

所以，既然这是阿瓷妹妹小心翼翼保守的秘密，他这个做哥哥的，还是假装没发现为好，等哪天阿瓷想告诉他了再说。

打定主意后，陆骁如银枪利剑般笔直又锋利地站在谢琢的卧房外，认认真真地守着门。

谢琢醒来时，耳边传来炭火燃烧的细微声音，身上盖着的棉衾很重，但依旧没有多少暖意。

他尽全力操纵手指，才感觉指尖上抬了几寸。和以前一样，全身每个关节都像被冻住了，恍惚间他以为自己被埋在了雪地里。

这种濒临死亡、毫无自保能力的感觉，令他恐惧。

他害怕，害怕自己在全身无力不能动弹时任人宰割，却无力反抗，所以他犯寒疾时，从不允许任何人近身。

许久，他才睁开了眼，模糊的视线逐渐聚焦，入目的是熟悉的床帐。他极慢地偏过头，通红的炭火“噼啪”一声炸开火星。

他不知道自己昏迷了多久，也不知道现在是什么时辰，当他想去看天色时，视线透过门上的木格和棂纱，一眼就看见了背对着他，于门外灯笼下站着的人。

竟是……陆骁。

门外天色已黑，灯笼的光偏暖黄，陆骁的身影在其中，与夜色彻底区分开来。

谢琢忽地记得，因为身体太差，他去不了凌北，昌叔第一次押送粮草去边境回来后，谢琢没忍住问：可看见陆骁了？

昌叔笑道，看见少将军了，少将军十五岁就已经长得很高，体格肌肉匀称，穿盔甲骑在马背上时，很是神采飞扬。他身手极为厉害，一杆长枪，立在校场中。与人较量几轮后，就少有人敢上去跟他单打独斗了。

谢琢想象过这个画面。

此刻，他猜想，那时校场中陆骁昂然站立的背影，是不是就和现在一样？

又过了大半个时辰，谢琢手脚基本能活动了，才弄出声响。

几乎是立刻，房门就被敲响，随即是陆骁的问询声：“我可以进去吗？”

谢琢声音沙哑道：“可以进来。”

陆骁推开门，立刻就被卧房内的热气熏得背上出了层薄汗。他在心里默念，这是阿瓷妹妹的闺房，是闺房，不能乱看。

陆骁非常守礼地走到床榻边，眼巴巴地问：“你还冷不冷？有没有哪里不舒服？想不想吃点东西？”他又解释当时的情况，“我跟阿蠢在会仙酒楼，正好看见你的马车经过，后来看你好久没回来，天又黑了，我有点担心，就一路找了过去，正好撞见葛武他们。打斗时，我听见马车里隐隐有动静，叫你你又不答应，然后掀开车帘，就发现你晕过去了。”

谢琢听完，轻轻应了一声，问起：“你怎么在外面？”

陆骁自然道：“你病了，我给你守门，这样你就不用害怕了。”

他是想隐晦地表达：我守着门，你就不用害怕有人突然闯进来，识破你女扮男装的秘密了，可以安心休息。

但这话听在谢琢耳里，却令他怔然：“你守了多久？”

“没多久，现在差不多二更，你昏睡了一天一夜，我昨晚被葛武赶回去了，今天早上才来的。”陆骁见他脸色苍白，衬得一双眼如墨染，想到这是阿瓷，有些手足无措，只好干巴巴地又问，“你要喝水吗？我给你倒，或者要不要吃点东西？”

谢琢毫无胃口，摇了摇头：“这么晚了，你要不要回去休息？”

“我不用休息。”陆骁听着心里难受，话里就不自觉地带着一丝委屈，“你也要赶我走吗？”

谢琢顿了顿，垂下眼：“随你。”

既然是随他，那就是愿意让他守着了，陆骁心里安定下来，嘴角也重新染上了笑意。

不过看了谢琢一眼，陆骁至今还有一点不敢相信，谢琢竟然就是阿瓷。他曾设想过很多种与阿瓷相遇的场景，当然也曾想过，会不会一辈子都等不到阿瓷来找他。

“陆小侯爷？”

“什么？”陆骁回过神来，“要我帮什么忙吗？”

“没有，我只是想下床走动走动。”

陆骁这才发现，他挡着谢琢了，赶紧退开两步，又把谢琢的外袍递了过去。

等谢琢站起身，穿上外袍，随意用锦带束着披散的墨发，在卧房内缓慢走动。陆骁突然发现一个之前不曾注意过的问题——他的阿瓷妹妹，身量似乎有点高，目测来看，大约有七尺六寸。

不过也是，在他的印象中，阿瓷的父亲和母亲身量都很高，谢衡叔父看起来就与他父亲差不了多少。

转念，陆骁又想，身量高一点就高一点，反正，他比阿瓷妹妹高就行！

谢琢走动后，坐下来喝了半碗温热的白粥。他因为常年喝药，肠胃败坏，平时就吃不了冷硬荤腥的食物，醒来更是沾不得。

葛叔便照着以前，在灶上温着白粥，无论谢琢何时醒来，都能吃上一点粥暖暖胃。

陆骁在谢琢身后转来转去：想帮忙倒水，葛武连同他那杯一起倒好了；想帮忙开窗稍微透透气，葛武已经开了道缝；想帮忙往暖炉里加炭，葛叔根本没给他机会。

于是转了几圈，无事可做，陆骁只好坐回原位，看着谢琢喝粥。

谢琢墨发束得松散，几缕长发自然垂落，弱不胜衣，灯影下，本就精致的轮廓和五官更添了两分雌雄莫辨的意味。

她吃东西很秀气，这是陆骁早就发现了的，每一口量都很小，细嚼慢咽，食量也不大，半碗白粥都没喝完，就放下瓷勺不吃了。

陆骁以前还曾想，自己从来没见过哪个男子食量跟谢侍读一样。现在想来，阿瓷妹妹虽然伪装得很好，可只要仔细观察，还是有很多细小破绽的。而且，阿瓷现在入朝为官，朝中水深，若被人发现端倪，必会成为被要挟的把柄……

“在想什么？”

“啊？”陆骁回过神来，自然不能说实话，随便胡诌道，“你的粥……看起来很好喝。”

谢琢不知道信还是没信，只是叫来葛武，让他再盛一碗粥给陆骁。

卧房与厨房在小院两侧，粥被端过来时是温的，刚好能入口。陆骁没用勺子，端着碗，几口就喝了个干净。

喝完，他看了看谢琢面前剩下的小半碗粥，想起小时候，阿瓷跟现在一个样，食量很小，一块巴掌大的云酥糕，通常只会咬一小口，剩下的都会进他的嘴里，这同样适用于樱桃煎、奶酥或者西京雪梨等吃食。而且，阿瓷嘴边不小心沾上了糕点屑，还会凑过来，仰着小脸，拉拉他的衣服撒娇：“哥哥擦擦。”

从洛京到凌北，陆骁再没有见过比阿瓷妹妹更可爱的小姑娘！

谢琢觉得有些奇怪。自打他醒来后，陆骁的眼神似乎总绕在他身上，让他有些不太自在，但又不好再说让他回去的话。

“还要粥吗？”

“不用了，晚上葛叔做饭时，也准备了我那一份。”陆骁本来就不饿，见外面吹着风，便说道，“卧房里走动不开，你要不要披上斗篷去院子里走走，活动活动？我可以给你提灯笼。”

谢琢沉默片刻后问：“小侯爷府中无事？”

陆骁想说，当然没事！就算有事，那也必须没事。但在谢琢投来的眼神下，话到了嘴边，他突然反应过来——他太反常了，以阿瓷的聪慧和敏锐，很快就会发现端倪。

即将说出口的话一转，陆骁笑道：“也对，既然谢侍读醒了，我也确实该回去了。”

陆骁走后，谢琢垂眼看着烛光投下的暗影，深思良久，招来葛叔：“我昏迷后，可有什么事发生？”

葛叔有些不明就里：“公子指的是？”

“与陆小侯爷相关的事。”

葛叔思来想去，能提出来说上一说的，好像只有：“当时在外城被北狄刺客截杀，打斗中，是陆小侯爷最先发现您犯了寒疾。不过，见公子昏迷，气息微弱，全身冰寒，陆小侯爷吓得脸色都变了，慌慌张张地想带您去找大夫，又不敢轻易动您，颇为手足无措。后来将您带回家中，陆小侯爷一直待到半夜才走。今天一大清早又来了，也不做别的，就安安静静地守在您的卧房门前，想来是被您的模样吓到了。"

谢琢"嗯"了一声。他很清楚，自己犯寒疾时，状若濒死，陆骁陡然看见了，确实可能会紧张担忧。

他又问起："翰林院如何？"

葛叔回答："葛武去告的假，他说盛浩元和寇谦都很忧心，留着他多问了几句您的病情。盛浩元还说，有什么是他帮得上忙的，尽管开口，千万不要见外，很是热心。"

谢琢听完，神情无半分波动，甚至在烛光的映衬下，眼底有冷意浮现。

"还有呢？"

"葛武还带回了一张请帖，盛浩元给的，说是过段时间有个品画的文会，原本想当面给公子，但公子告病，便先让葛武带回来了。"葛叔压低声音继续说，"文会就在后日夜里，公子让我们盯着的那个温鸣也收到了请帖。且他已经去车马行租赁了一架马车，应该会赴宴。"

谢琢颔首："嗯，先不用给盛浩元回话，后日下午再让葛武跑一趟。"

另一边，陆骁回到府中，跟早上出门时比，显得没什么精神。

张召一天没见着人，跟到陆骁身后："侯爷今日出门好早，我早起练刀时，就听说侯爷已经出门了。"

陆骁斜睨他："你那也叫早起？"

"……"张召顿了顿，换了个话题，"侯爷明天还出门吗？要不要我跟上？"

陆骁怏怏地说："不能去了，再去谢侍读要怀疑了。"

"不能去？"张召迷惑地重复，又猛地反应过来，"谢侍读？侯爷您今天一整天都在谢侍读那里？"

"不行？"

张召赶紧摇头："不是，不是，我是想问，谢侍读病可好些了？"

陆骁想起临走时，回头看的那一眼，灯下，谢琢背影清瘦，大袖宽袍，衬得腰不及一握："好些了，但还是很虚弱，要多休养。"

"好些了就行。"张召不敢再多说什么——他是发现了，他家侯爷心里不太高兴，跟吃了炮仗似的，说话都带着一股子火药味儿。是因为明天不能去谢侍读那里，所以心情不好？可这有什么心情不好的？

陆骁见张召等到现在，已经在打哈欠了，便催他："赶紧去睡你的觉。"

张召确实犯困："那侯爷您呢？"

陆骁摆了摆手："我有点睡不着，你先去睡，我有事再叫你。"

张召以为，现在又不是在凌北，不会有敌袭，"有事再叫你"只是一句虚话。可他没想到，才睡下没多久，自己卧房门就被敲响了。

等他穿好衣服，走到院子里，就发现陆骁身上的衣服整整齐齐的，跟才回来时没什么区别。他吸了口冷气，勉强打起精神："侯爷，您叫我什么事？"

"徐伯明那个老贼和盛浩元那个小贼，我们的人不是一直在查他们吗？这两天，你把查出来的东西全都整理整理给我。"

听完陆骁的吩咐，张召应了声"是"，又提醒道："不过，侯爷你知道的，我们的势力基本都在凌北，洛京人手少。避免陛下发现生疑，不少暗桩还不能动，所以能查到的消息肯定不多。"

陆骁眉目紧皱，像是沾了夜里的霜："我知道。"

张召以为吩咐完事情，他就能回去继续睡了，没想到刚想转身，又被陆骁叫住："先别走，站着。"

陆骁换了一双黑色蜥皮护腕，袖口尽数扎进去，收紧系带，将头发梳作高马尾，任由两根发带垂在肩头。他从武器架上抽出一杆银枪，顺手挽了个枪花，凌厉的枪尖划破冷风，威势惊人。

觉得还算称手，陆骁当下从《陆家枪法》中挑了一招名叫"冷月寒星"的，熟练使出，此枪法进则锐不可当，退则虚实相生，动如雷霆，枪尖点点如寒星，枪头薄刃银光闪耀，很是绚烂。

一招收势，陆骁问旁边的张召："可好看？"

张召没想到，他家侯爷竟深更半夜发起疯来，不掌着烛台清点库房的东西了，改练枪。他困得眼泪都要出来了，十分敷衍地喝彩："好看！"

枪柄一转，陆骁使出了第五招"长河落日"，枪法大开大合，气势极强，劲力饱满爆裂，枪路纵横捭阖，以枪之势，便能横扫千军。

收枪回手，陆骁又问："可好看？"

张召忍着哈欠，继续敷衍："好看！好看！侯爷又有精进！"

陆骁没应，另挑了一招"大漠孤烟"，这枪法招式灵活，身形弯直间，攻击的角度极为刁钻，每每都往人的空门刺去。一杆长枪犹如孤烟，变幻莫测，格外飘逸。

这次，陆骁还没问，张召见人停下，立刻抢先答道："这招也好看！侯爷枪法更胜从前！"

三招收势，陆骁不说出汗，连身都没热。

这三招都是《陆家枪法》中最是华丽、最具有观赏性的招式，他将银枪戳在地上，眉目飞扬，抬了抬下巴，问张召："你觉得哪一招最好看？"

"啊？"

陆骁挺有耐心："我问，这三招里，你觉得哪一招最好看？主要是要好看。"

张召的瞌睡瞬间就醒了——我看都没看，眼睛全程都快闭上了，我怎么知道您哪一招比划得最好看？

陆骁立刻意识到，问："你刚刚都没看？"

张召心虚，眼睛往地上瞧，心想：真不怪我，四更天了，鸡都要打鸣了！

陆骁顺手一枪往张召脚下刺去："你信不信我扣光你的月俸！"

张召赶紧往后跳开，避开枪尖，脸皮也厚："侯爷，我的月俸挂在凌北将军府的账上的，不走侯府，您想扣也扣不着！"

他觉得良心有点不安，决定关心两句："不过侯爷，天都要亮了，您不睡觉，怎么突然想起练枪来了？"

陆骁确实是心血来潮。

他回了房间，念着阿瓷的事，思绪太杂，一时半会儿睡不着觉，突然念及，在阿瓷的卧房前打拳，虽然可以表现出他英武的样子，但表演几招利落的枪法，拦、刺、缠、圈，是不是更好看、更招人眼一点？

说不定哪天他就有机会让阿瓷看看他的枪法，自然要抓紧时间温习温习。

但这话他是不能跟张召说的，陆骁理直气壮地说道："在洛京这么久，你就不怕你的一身枪法、箭法都生疏了？你枪法不如我，也不如我刻苦，没关系，勤能补拙，明天早些起来练练，巩固巩固。"

张召惊了——您半夜起来练枪，关我什么事？

自从谢琢开口让陆骁回府休息后，一连两日，陆骁都没再来。

葛武在扫院子，扫着扫着，停下来跟谢琢说话："公子，不知道怎么的，没有陆小侯爷站在您的卧房门口，我看着竟然有些不习惯了。"

谢琢正披着大氅，坐在老树下看书，听葛武提起陆骁，嗓音淡淡地说了句"多话"。

葛武虽然对人的情绪察觉不敏锐，但判断谢琢是否开心非常准确，于是直接忽略了谢琢的回答，接着说道："昨日老头子还以为陆小侯爷会再上门，饭菜都多做了不少。说起来，陆小侯爷正在长身体，又在军中行走过，胃口真是不错！"

谢琢没说话。

葛武觉得自家公子应该是想听的："他站在公子的门口时，下盘也极稳，不挪位置，也不晃，站上一整天，两条腿都不见打颤，当真好耐力！"

“嗯。”

“不愧是凌北陆家的人。之前在外城时，小侯爷一出手，几乎每招都克制着北狄刺客，打得那些北狄人完全无法翻身！”

“嗯。”

葛武思考了一会儿，直接问道：“公子，您还想听什么？我说给您听！”

谢琢翻了一页书：“我什么时候说我想听了？”

葛武疑惑了。他明明觉得公子想听，但公子又说自己没说想听，那他到底要不要继续说下去？

到天色渐暗，谢琢换上了外出的衣服，又披上厚厚的大氅，掀帘登上马车，去往琴台参加品画的小宴。

琴台和雅筑的名气与会仙酒楼不相上下，不过琴台和雅筑都以舞伎和乐伎闻名，焚香配花，布置清雅，吃食上要欠缺一些，主要以环境雅致为主。所以临行前，谢琢还被葛叔拽着喝完一碗鲫鱼粥才出发。

虽已入冬，但洛京夜市依然热闹繁华，沿途小贩叫卖不绝，马车停在琴台门口，谢琢刚下来，就听见葛武小声提醒：“公子，左边那个就是温鸣！”

谢琢不经意般看过去。

温鸣尚未到而立之年，也没有蓄须，穿一身半新不旧的文士服，下车时，还很爱惜地小心将袍角抚平。

望了一眼琴台前亮着的红纱灯，温鸣似乎有些局促，又将自己的襟口和腰带整理了一番，这才迈步进了门。

谢琢没有急着进去，而是吩咐葛武结束后，晚些把马车赶过来，又站了片刻才往里走。

他到时，人基本都到齐了，众人纷纷说道：“还以为这一回小聚，延龄不会来了，我等好一阵遗憾！”

室内温暖，谢琢解下大氅，笑着回答：“盛兄相邀，延龄必会赴约。”

众人对盛浩元又是一番恭维。

盛浩元笑着，语气很是亲厚：“延龄才生了一场病，该在家中好好休养才对，下次不可再这般了！”

“延龄知道了。”谢琢坐下后，捧着一盏热茶没有喝，只漫不经心地暖着手，又将在场的人打量了一番，开口问旁边的吴祯：“吴兄可知坐在对面的人是谁？”

盛浩元举办的文会小聚，吴祯次次都在，几回下来，跟谢琢也算相熟。虽然谢琢说过自己无心成婚之事，但他猜测，谢琢可能只是暂时不想站队，所以才推辞。

仍想着让这探花郎当自己的妹婿，做自己和父亲的助力，吴祯便耐心地回答道：“延龄才来洛京没多久，不认识很正常。那人叫温鸣，京畿人，咸宁十五年那场科考，他在秋闱和春闱中的成绩都很不错，没想到最后却落了榜。三年后，他再入考场，据说文章写得很不错，就是犯了忌讳，又落了榜。”

谢琢指腹抚着茶盏边缘的花纹，听完后说：“如此命途多舛？”

“没错，温兄本身有才名，此番两次落榜，不知道还有没有心力能再入考场。不过，以前温兄从来不屑于参加我们的文会，觉得专心读书更重要。两次落榜后，他可能也发现与志同道合之人结交能有所增益吧。”

谢琢赞同道：“没错，吴兄说得很对。”

另一边，武宁侯府里，陆骁正听张召汇报。

“温鸣也是惨，家里穷，父亲早几年病逝后，更穷了。他从小就是十里八乡的神童，所以家里盼着他能高中。他母亲白日里忙农活，晚上还会跟儿媳一起点着油灯做绣活换钱，为了节省灯油，眼睛都半瞎了。他自己也努力，借住在城外的寺庙里，天天帮寺里抄经，换的钱用来买笔墨，每日只吃馒头、咸菜和稀粥。”

陆骁跷着长腿，问：“他第二次没考上，是谁把他筛下去的？徐伯明？”

“不是徐伯明，是礼部尚书，他儿子吴祯跟盛浩元关系很近，一丘之貉。”张召回道，“六年前，温鸣得过一场风寒，没钱买药，是盛浩元给他请的大夫，他对盛浩元也很感激。但不知后来二人因何事起了争执，盛浩元说温鸣不识好歹，温鸣回答说‘不屑与你等为伍’。”

“有点意思，你再仔细查查，看能不能查到当初温鸣和盛浩元为什么决裂。”陆骁又叮嘱，“千万小心，别露出马脚惊动了盛浩元他们。”

陆骁不傻，反而很敏锐，知道谢琢就是阿瓷后，就猜到文远侯罗常父子能这么快被一锅端了，大皇子也冷眼旁观不曾施救，其中肯定有阿瓷的手笔。而现在，阿瓷几次出现在盛浩元组织的文会和小聚中，目的定然不会单纯。

指节叩了叩桌面，陆骁思忖良久，又改了吩咐：“先都停手，别继续查了。”

张召疑惑：“怎么突然又不查了？”

陆骁想，要是他擅自动作，打草惊蛇，或者乱了阿瓷的安排怎么办？这种蠢事他可不干。

琴台。

几幅古画被人小心翼翼地展开，吴祯于书画上颇有见地，最先惊叹出声：“这几幅竟然都是孟肇的真迹！”他又明知故问道，“盛兄，这些宝贝你是从哪里找来的？”

盛浩元很是谦逊：“我可不敢居功，这几幅画都是徐阁老的珍藏，特意借给我们开开眼界的。”

徐伯明翰林出身，现已经入了内阁，又连续几次担任科举主考官，不说在场这些才入仕或者尚未入仕的人，就是朝内大部分官员，提起徐伯明时，也无人不尊称一声“徐阁老”。

盛浩元娶了徐伯明的庶女，是徐家的女婿，在座的人都很清楚。不少人先赞叹徐伯明的胸怀与品位，又说此次托盛浩元的福，他们才有荣幸见到孟肇的真迹。

谢琢没有开口，只隔着花纹清雅的杯盏，看了眼对面的温鸣。

温鸣很是清瘦，手指握笔的位置有很厚的茧，看起来像是长期没休息好，面露倦色。从头到尾，他只喝了一口茶，似乎对这样的场合很不适应，整个人都很拘谨局促。

起身去看了看画，他坐回来后，却不知道应该怎么吹捧，也不知道应该表露怎样的神情。

在听见有人说徐伯明清正廉洁、克己奉公时，温鸣眼中还有一瞬的不忿之色，但很快又掩饰过去了。

盛浩元在这时点了温鸣的名字：“将请帖送出时，我还以为温兄又会拒绝，不会来参加。”

在座的人大多知道两个人曾生过嫌隙，有不解的，旁边人也会小声解释。

在众人打量的目光中，温鸣沉默几息，站起身，往后退了一步，拱手深深地俯下身：“以前是温某不识好歹，辜负了盛兄的好意，如今醒悟，悔不当初，还请盛兄大人大量。”

他鞠这一躬，姿态极为谦卑，每个字都说得很沉。

盛浩元没有马上开口。

他不开口，雅间中人声一静。

还是吴祯看着温鸣低着头，保持着躬身的动作，腿都开始打颤了，又看了看盛浩元的表情，出言打圆场：“温兄何必行如此大礼？你又不是不知道，盛兄最是好说话！你道了歉，盛兄又怎么会不原谅你？快坐下，坐下！”

周围的人见吴祯开了口，才接连开口：

“没错，谁都有脑子犯糊涂的时候，你给盛兄好好认个错就行了！”

“盛兄既然肯给你递请帖，就说明他没有厌恶你，一切都好说！”

但温鸣一直躬着身，没有动。

眼见温鸣要站不稳往旁边倒了，盛浩元才慢吞吞地开口：“我不曾怪你，你行这么大的礼，反倒是折煞我了，快坐下吧。”

听见这句话，温鸣才缓缓直起身。他为了凑足来琴台的车马费，这几日都只吃了一个馒头充饥，弯腰低头这么久，早已经头昏眼花，站立不稳。

温鸣狠狠咬了咬舌尖，痛意刺人，朝着盛浩元说道：“盛兄宽宏大量。”

坐下后，众人的话题又很快转到了洛京最近流行的洒金纸笺上，没人再注意温鸣。他坐在角落里，像是终于完成了什么大事，肩膀松下来，拿起筷子小心夹了一块鱼肉。

这场聚会过了亥时才结束，人陆续都散了，谢琢才等到葛武赶过来的马车。只不过，马车还没有驶出多远，葛武就停了下来，隔着帘子说道：“公子，路边的人好像是温鸣，他看起来身体不大舒服。”

温鸣自然也听见了马蹄和车轮声，但他此刻肠胃绞痛，脸色煞白，眼前一阵阵发黑，撑着树干才堪堪站稳，完全无暇顾及路过的是谁。

他来时乘坐的马车已经结了银钱，让那车夫直接回去了。至于回程，他实在无余钱可支付，便打算走回城外借宿的寺庙。

心口又传来一阵绞痛，温鸣不由得在心里自嘲，只是多吃了几块肥肉和一个炸肉丸子，他就受不住了，真是没福分，只有吃糠咽菜的命。

“温兄可还能坚持？”

初时，温鸣没反应过来是在叫他。他初到洛京时，文采斐然，不少人觉得他高中有望，所以客客气气地叫他一声“温兄”。

可是，这已经是几年前的事了。

等他缓过一阵绞痛，满额冷汗地抬起头，就看见了站在他两步外的谢琢。

他自是认识谢琢的。咸宁二十一年的探花郎，入了翰林院，年纪轻轻就已经在御前制诰，才华、风仪俱佳，在洛京名气极大。

他哑声说道：“原来是谢侍读。”他不敢以兄弟相称。

“我的马车虽然狭窄，但尚能再坐下一个人，温兄如果不介意，可与我同乘。”谢琢见他要拒绝，又说道，“身体不适，夜里风冷，明日恐怕会生一场重病。”

温鸣拒绝的话到了嘴边，又被他收了回去。

他已经没有银钱请大夫、抓药了。

马车再次行驶，车内，温鸣贴着车壁，撑直背，尽量让自己不要显得太狼狈，也不要太占地方。

谢琢先说道：“我看过温兄的文章，对温兄在水利方面的观点印象很是深刻。”

温鸣很惊讶，又恍惚忆起，初入洛京时，他曾怀着满腔热忱与经世济民的雄心，想要实现自己的抱负——让每条江、每条河都不会再淹没农田，让每个农人都不会再面对水患后颗粒无收的惨境。

可现实给了他痛击。

眼神黯淡下来，温鸣缓缓说道：“谢侍读过誉了，不过几点拙见，当时轻狂，不知山高水深。”

马车一路出了城，最后停在一处寺庙前。

谢琢从一个木盒中取出几粒药丸：“我肠胃不好，时常不适，大夫便为我调配了药丸备用，服下后会好受许多。不值什么钱，温兄不必推辞。”

下了马车，夜风将周围的枯草吹得“簌簌”作响。温鸣捏紧手中的药丸，犹豫许久还是抬头，目光坚定地朝车内的谢琢说道：“不管是盛浩元还是徐伯明，还有吴祯等人，通通不是什么好人！他们……他们玩弄权术，视朝廷法度如无物，日后一定会遭天谴！谢侍读若爱惜自身，请一定不要与他们走得太近。”

深深压抑的怒意短暂迸出，像几粒火星，很快又被重新压到了心底。

温鸣知道自己说得很没有根据，苦笑道：“谢侍读可以不信我，但请一定警惕他人。”

谢琢没有驳斥，也没有追问缘由，只点了点头：“你放心，我记住了。”

次日，谢琢早早出了门，准备去天章阁点卯。他抱着手炉，想起昨夜温鸣说的那句“他们一定会遭天谴”。

谢琢嘴角微微露出讽刺的笑容——若真的有天谴，那些人为什么还会睥睨高坐，权势加身？

他不信天，只信自己。

谢琢踩上马凳时，余光忽然瞥见了什么。但等他偏头细看，那里安安静静，什么都没有。

正当谢琢收回视线，抬手准备掀开车帘时，转角处突然传来马的响鼻声，紧接着是陆骁努力压低的声音：“嘘——嘘——照夜明，别出声！你还吃了我给的一桶马豆子，不是说好了不出声的吗？”

照夜明前腿“嗒嗒”连踏了两下。

陆骁急了：“让你别动！会被发现的！”

“已经发现了。”

等陆骁回头，就看见谢琢披着斗篷站在他身后，话里似乎藏着点……笑意？

他清了清嗓子，说出自己准备好的说辞：“谢侍读可是要去天章阁点卯？正好，我也要去，不如一起？”他又补充道：“放心，虽是同路，但我只会跟在谢侍读的马车后面。”

谢琢没有直接回答，先问道：“等多久了？”

“没多久！”陆骁顺手捋了捋照夜明的鬃毛，沾了满手的夜露，怔了片刻，连忙把手藏到了身后。

他不知道谢琢具体是什么时刻出门，于是没过四更就来守着了。

“手伸出来。”

陆骁假装没明白："什么？"

谢琢拿出随身带着的素白绢帕，又说了一遍："手伸出来。"

意识到谢琢是要做什么，陆骁有些迟钝地将湿漉漉的手掌在谢琢面前摊开，嘴里胡乱说道："没什么的，风吹吹很快就干了……或者我在麒麟服上擦两下……"

话是这么说，却没见他有把手收回去的打算。

直到绢帕压在了掌纹上，陆骁才停下话，一声不吭。

把陆骁的手掌上冰凉的水迹擦干后，谢琢说道："早晨太冷了，不用特意来等我。"

陆骁没多加思考便开口道："那天见你在马车里没了声息，后来这两日总是梦见同样的场景。我过来看看你，确定你真的没事，才能安心一点。"

他清楚谢琢顾忌的事："你放心，我知道分寸。"

谢琢收好素白绢帕，看向旁边踢踢踏踏的照夜明："你准备骑马入宫？"

"对。"想到谢琢刚刚让他不用来等着，是因为怕他早晨受冷吹风，陆骁又说道，"我挺习惯的，凌北的风比洛京的不知道冷多少，那时候，我每天都要早起晨练跑马。"

说着说着，他突然瞥见旁边停着的马车，话锋一转："不过……昨天半夜张召非要拉我起来练枪，出汗后吹了风，好像有点风寒。"

谢琢皱眉："严重吗？"

陆骁这话说得他自己都不信，见谢琢神情有几分担忧，硬着头皮点头，努力回忆着风寒都有哪些症状："喉咙有点疼……还觉得有点冷，不过不严重，过了中午应该能好了。"

"嗯，"谢琢又不解，"张召为什么要半夜拉着你练枪？"

陆骁绷住表情："谁知道呢？他可能半夜睡不着吧。"

谢琢沉默片刻后开口："那你要不要与我同……"

"好！"陆骁没等谢琢说完，立刻先答应了，"我一会儿提前下车，肯定不会有人看见！"

怕谢琢改主意似的，陆骁几个快步走到马车前，根本不看马凳，右手一撑就跃上了车。

谢琢站在原地，吩咐葛武把陆骁的马牵去马厩，然后才登了车。

陆骁将马车内的陈设打量了一遍。

之前他没注意看过，现在观察下来，估计阿瓷买了这辆马车后，就没上过心，买来时是什么模样，现在就是什么模样。除了光秃秃的木座和矮桌外，竟然连个软垫都没有。而且永宁坊的路很久没翻新，路面坑坑洼洼不平整，马车不免有些颠簸。他自己倒不觉得有什么不舒服的，只是担心阿瓷难受。

在离宫门还有一段距离时，陆骁就让葛武停了马车，他随即矫捷地跃下了车，闪身进了街边的窄巷，准备先去吃点什么东西当朝食，正好能跟谢琢进宫门的时间错开。

上午，谢琢去了文华殿轮值。

文华殿中生着地龙，即使在严冬也温暖如春。

咸宁帝见了谢琢，还关切地问了两句："听说延龄前两日都告病在家，现在可大好了？"

谢琢垂眼："劳陛下挂念，已经大好了。"

"嗯，今年冬天较往年更为寒冷，延龄体弱，定要注意御寒。"咸宁帝放下手里的折子，揉了揉眉心，心烦地让宫人把燃着的熏香灭了，又忧心道，"今年无定河一些河段，河面开始结冰了，等来年一开春，冰层融化，再加上春雨不绝，河水又将泛滥，淹没周边万顷农田，春耕必会大受影响。"他长长地叹了口气，"农人都难哪，看天吃饭。"

谢琢劝慰道："陛下心怀天下，哀民生之多艰。臣相信，人定胜天，只要治理得当，一定可以将影响控制在最小范围内。"

"嗯，你跟朕的想法总是相同。"咸宁帝闭上眼，手指搭在铸金的扶手上，敲了两下，"朕日前宣工部尚书议事，延龄也在。"

谢琢回答："臣当时正好在殿中。"

那日，咸宁帝看完折子后，宣来工部尚书，让他拟出章程，应对水患。没想到工部尚书当场就开始跟咸宁帝哭诉，说工部无人可用，治理河水也没有良策，才导致无定河的水患屡治屡泛，次次都淹没良田无数。

"你当时进言，说是否可以临时开设制科，选拔特别之士入工部任职。这几天朕仔细想了想，工部这些年也确实没见什么有才干的人，你的想法很是可取，所以朕两天前拟了一道增开制科的旨意。"

咸宁帝闲话般，苦恼地说道："希望此次能选出可用的人来，朕不奢求，一两个足矣。"

制科与普通的科考不同。制科通常由皇帝因朝中所需临时下诏安排，用来发掘有特殊才华的人，只要登科的人就会被授予官职，立即上任。

"当今河清海晏，人才济济，陛下定能如愿。"谢琢眸色微凝，原来如此——两天前，他因寒疾昏迷，告病在家，那天在文华殿中轮值拟旨的正是盛浩元。

普宁寺中，古刹寂静。

温鸣将抄好的经文供到了佛堂。

很多稍有钱财的人家想抄经供佛，求得庇佑，但常常受不了抄经的烦琐枯燥，或者根本不识字，便会购买手抄的经卷，只在末尾落下自己的名字。而抄经的事，方丈都会委托给借住在寺中的文人，交付银钱给他们，让他们用来维持日常的笔墨开销。

也是因此，温鸣一直很感激普宁寺的方丈。

他将经卷摆好，不敢直视佛像的眼睛，急匆匆地从佛堂里出来，见方丈缓缓行来，连忙双手合十。

方丈须发皆白，神情和蔼：“听弟子说，温施主昨夜腹痛难忍，还抄经到天亮？”

“有人给了我舒缓腹痛的药丸，吃了两次，已经好多了。”温鸣昨晚睡不着，又舍不得点油灯，干脆拿着纸笔坐到佛堂里，就着长明的灯烛，抄经抄到鸡鸣时分才停笔，此时眼下的青黑痕迹很是明显。

他盯着青砖缝隙间长起来的杂草，涩声道：“方丈，我昨日所做之事，有违本心，更有违做人之根本，甚至我之后的一辈子，都会因此陷在泥潭中。”

方丈温和地问：“既然已经知道会陷入泥潭，又为什么去做？”

温鸣想：是啊，他为什么会去做，为什么会在得知陛下要开制科后，接下盛浩元的帖子？

这或许是他唯一的、最容易抓住的机会——治理河道、兴修水利，是他最擅长精通的事，也是他曾经的梦想。

可是，就算他确定全洛京的举子中，找不出在水利方面比他更厉害的举子，依然不觉得自己一定能考上，能被授予官职。

他回想起第一次进洛京，雄心壮志，自以为苦读数年，才学在胸，就算不能在洛京闯出一片天地，也能有一席之地可以栖身、施展才华。盛浩元言辞友善、帮他请大夫时，他也以为对方是出于善心，或者看中了他以后的前程，想着日后一定要好好报答。

可是，他没想到在会试的前几天，盛浩元隐晦地问他，想不想知道本次会试的题目。甚至，盛浩元说可以保证他一定榜上有名，进入殿试，亲面陛下。

他那时是怎么回答的？

他说，这是欺骗世人，蒙蔽圣听，是将天下举子数年甚至一生的勤勉学习视作无物的肮脏手段！是玩弄权术，盛浩元甚至因为能左右无数人的命运而沾沾自喜、扬扬得意，是无耻！

他厉声呵斥：“我温鸣绝不会与尔等为伍！”

可是，在随后的会试中，他落榜了。

他心中愤懑，却没有任何证据证明是盛浩元从中作梗。

他无颜面对为他操劳一生的母亲和憔悴的妻子，只能借住在寺庙里，更加努力地读书，妄想能够以绝对的才华破除小人的谋算。

可是，他再次落榜了。

在放榜的当日，盛浩元还特意找到他，满面笑容地恭喜他，说他策论写得非常不错，得到了考官的赞赏，其实已经有了入殿试的资格，又遗憾地告知他，礼部尚书以“犯了忌讳”这样含糊的缘由，将他剔除了。

他连着几宿没睡。

他有错吗？

他无力撼动盛浩元和其背后的徐伯明以及二皇子，不想因为自己祸及家人，所以不敢吭声。但他想坚持自己心中的正义，所以严词拒绝了盛浩元的“帮助”和“指点”。

可现实告诉他，他错了。

几日前，盛浩元又找到了他，并且明明白白地告诉他，本次制科，主要是为工部选拔治理河道的人才，主考官依然是徐伯明。

他仿佛在数九寒天，跌入了满是冰块的深潭。

他曾想，落榜了一次、两次没关系，他可以不断精进自己的学问，在第三次科考时，不给人任何挑刺和作梗的机会。

可是，如果第三次科考的主考官依然是徐伯明，他怎么办？

第四次、第五次呢？

他意识到，自己被一座无法撼动的大山死死压着，挣扎不得。

他无比憎恶盛浩元高高在上，随意摆弄他人命运的面目。他也清楚，一旦他与他们同流合污，那么科举舞弊将会成为他的把柄，一辈子都会被盛浩元和徐伯明抓在手里，他只能为他们所驱使。

可是，他还有年迈的母亲，还有一心为他的妻子，他曾经答应过她们，要用毕生所学给她们争取诰命，让她们顿顿都能吃肉，年年都能裁新衣，不用再熬夜缝补，省吃俭用，能活得体体面面、安安稳稳。

于是他去了琴台，在宴中主动折腰，郑重地向盛浩元致歉，承认自己当年不识好歹，不知山高水深。

“温施主？”

温鸣身形立不住似的晃了晃，他避开方丈的搀扶，惨白着脸色说道：“没什么，我还站得住。”

散衙前，谢琢整理好今日用过的笔墨，闲谈般开口：“想来此次制科的主考官，应该仍是由徐阁老担任。”

盛浩元点了点头：“没错，阁老接到旨意后，还曾叹息，怕自己有负陛下重托，心中不胜惶恐。”

谢琢话里俱是推崇之意：“徐阁老饱谙经史，博物通达，主考官之人选，除徐阁老外，朝中再无人能够胜任。”

寇谦也站过来："延龄说得没错，除了徐阁老，谁敢担此重担？"他又想起，"对了，听说昨晚的品画宴，你还请了那个叫温鸣的人？"

盛浩元："没错，虽然以往和温兄有点过节，但并非死仇。"

反倒是寇谦为盛浩元不值，愤愤道："他以前病得快死时，可是你自掏腰包帮他请的大夫，没想到救了个白眼狼！"

盛浩元无奈地说道："虽然……但我们这般背后议论人，非君子所为。"

"我说的实话，他这么做了，还不能说了？而且，盛兄你帮助过的举子，半数都进了殿试，或是留在京中，或是去了地方上，仍与盛兄保持着君子之交，不像那个温鸣，忘恩负义，活该他两次都考不上！"

盛浩元拍了拍寇谦的肩膀："温兄已经给我道过歉了，而且说不定这次制科，温兄厚积薄发考上了。"又连忙朝谢琢摆手，"延龄，你可别听他的！"

谢琢说道："我听寇待诏说起过，盛兄以前慷慨帮助过不少举子，实在高义，令人钦佩！"

"延龄过誉了，"盛浩元面露回忆之色，叹息道，"不过是因为我也是贫苦出身，深知在这样的处境里，想要勤勉读书、有所作为多不容易。我只是于心不忍而已，谈不上高义不高义的。"

谢琢又评价道："不过，再怎么说，这个温鸣都很不知好歹。"

寇谦连连点头："没错！"

散衙后，谢琢抱着两册书走出宫门，站到马车前，看见葛武握着马鞭，一副欲言又止的模样。

谢琢没怎么思考就猜到："陆小侯爷在车内？"

葛武老实回答："没错，小侯爷的马还在家里的马厩里系着，没办法骑马回去。"

车里的陆骁听见这句话，不由得心虚地摸了摸鼻子——这理由是他糊弄葛武的。他就早上去天章阁点了个卯，等谢琢去文华殿轮值后，他就出了宫，一个白天，已经在洛京转了好几圈，断然没有没马就回不去的问题。

他只是想找个理由，来蹭谢琢的马车而已。

"嗯。"谢琢没说什么，伸手掀开车帘，抬眼便先怔住了。

马车里不仅多了个人，里面的布置和今天早上相比还有了许多变化。

比如，车内光秃冷硬的坐凳和矮桌都被撤了，换成了黄花梨雕纹木桌椅，坐榻上铺了厚厚的皮毛毡子，摆着软枕，矮桌上也铺了一层薄绢，窗户则从不透气的布帘换成了天青色的软烟罗，底板上还垫着软绵的地毯。

陆骁从车帘被掀开起，就一直盯着谢琢的神情。

他这是在试探。

知道阿瓷并不是真的想和他疏远，而是出于避免牵连他、想要保护他的目的，他就想着，既然明面上不行，那暗处呢？他悄悄对阿瓷好，不让别人知道可以吗？

不管是从以前还是今天早晨来看，阿瓷都是关心他、在意他的，所以他想知道，自己到底可以做到哪种程度。

见谢琢没说话，陆骁忍不住先开口："今天早上，我坐你的马车，被颠得有点难受，我想着，反正还要蹭你的马车回去，干脆把内里都换上一换，这样一路上也能舒服点。谢侍读，你说对吧？"

谢琢拎起绯色袍角，坐到了陆骁旁边的座位上："很暖和，确实比之前舒服许多。"

陆骁听见这话，面上一喜。他就知道，先斩后奏肯定能行，阿瓷不会拒绝他的！

陆骁弯下腰，又从车厢一角拿出一个木盒，里面绫罗为底，放着茶壶和茶杯。他演示给谢琢看："这是青瓷双层壶，里层和外层之间中空，壶里若装着热水，从你家里到宫门口都能保证水一直是温的。你要是在马车上觉得喉间干痒，就能喝水润喉了，免得你咳嗽难受。"

他又得意地问："我想得可周到？"

谢琢认真点头："很周到。"

谢琢不喜欢别人对他好，因为总会下意识地怀疑对方是想从他这里得到什么好处。但陆骁不一样，他直白，一双眼里不见半点脏污算计之意，可以堂堂正正摆在明面上。

同样，每每陆骁注视着他，期待着他的回应时，谢琢就说不出任何拒绝的话。

陆骁将茶具放回去，问："那你都喜欢吗？"

谢琢认真点头："喜欢。"

"对了，我还带了一件东西！"

陆骁最擅长的就是得寸进尺，拿出一个巴掌大的小木盒，打开后，将里面的一对耳坠给谢琢看："这是我以前自己慢慢雕的，白玉做的小兔子。"

他在库房里挑选皮毛毡子时，想起上次在琅轩，谢琢正好在看一副白玉耳坠。可能是因为他在场，谢琢不想露出破绽，所以什么也没买就走了。

陆骁觉得自己一定要给阿瓷补上才行。

于是在成堆的耳坠中，陆骁挑来挑去，想到阿瓷小时候最喜欢小兔子，最后挑中了这副白玉兔形耳坠。

想来阿瓷戴上，必定灵动又好看。

谢琢看着陆骁拿在手里的耳坠，雕工虽不算好，但简约精巧，只有指甲盖大小。他不确定地开口："送给我的？你不自己留着吗？"

"府里的库房中还有很多别的东西，"陆骁怕谢琢不收，赶紧说道，"我在那一大箱子东西里挑了很久，虽然这耳坠雕得不够精细，可总体还是能看出来是一对小兔子，我觉得你应该……会喜欢。"

他有几分紧张地看着谢琢，又问："你喜欢吗？"

谢琢迟疑片刻，还是伸手接下耳坠："我很喜欢。"

陆骁松了一口气——果然，阿瓷妹妹还是和小时候一样喜欢小兔子。

"你喜欢就好！"

等陆骁从马厩里牵走了照夜明，葛武看见谢琢手里拿着的木盒，奇怪地问："公子，陆小侯爷为什么要送你耳坠啊？你又不能戴。"

谢琢眼前浮现陆骁问他喜不喜欢时，满是期待的神情，回答葛武："不管是耳坠还是别的东西，都是心意。"

况且，陆骁喜欢收集这些物什，从他话中透露的信息来看，他府中的库房里有一大箱此类物什，数量很多，他还会亲手制作，所以不管是之前用丝绢做的发簪，还是这对用玉雕刻的兔耳坠，陆骁都非常用心。

陆骁将自己喜欢的东西作为礼物送给他，如果他拒绝了，陆骁会不会难过？

"也对，"葛武点了点头，"公子说得很有道理！"

而且多亏有陆小侯爷在。

葛武清楚自家公子毫不在乎物质上的享受，对自己几乎到了"苛待"的程度，他和老头子不忍，但都劝不动。所以私心里，他很希望小侯爷能多在公子身边转悠转悠——似乎小侯爷做什么事，公子都难以拒绝。

"对了，你去信问问衡楼的商队有没有蜥皮。"谢琢交代得很仔细，"是凌北沙漠里一种名叫'蜥'的动物的皮革，皮质很硬，透气，水火不侵，若有，就找师傅照着陆小侯爷的尺寸做几副护腕。"

陆骁上车时谢琢就注意到，他的护腕边缘有磨损和刀尖的划痕，已经旧了。

一听是给陆骁做的，葛武连忙积极地应了下来："我这就去问！商队常年在凌北出入，八成有这种蜥皮的存货，公子放心，我一定将这事办得妥妥当当的！"

"等等。"谢琢走进书房，铺开宣纸，想了一会儿，用笔尖最细的圭笔蘸了墨，细致地描画出夔纹，等墨迹干了后，递给葛武，"用这个花纹做护腕。"

夔，上古异兽，其声如雷，用它的皮做成鼓，能震慑敌军。

葛武将宣纸仔细对折放好："是！"

等葛武走后，谢琢坐在书房中，忍不住打开木盒，拿出了那副耳坠。

白玉的质地细腻温润，从留下的刻纹上能看出雕刻者小心翼翼的动作，指腹轻轻抹过兔子的长耳，谢琢忽地想起幼时，陆骁用竹篮提来了两只白兔。

他在那之前从来没有见过兔子到底是什么模样。即便母亲告诉他，白兔十分温驯，他依然不敢伸手去碰，只是紧紧抓着陆骁的衣服，藏在陆骁身后，忐忑地探出脑袋去看。

后来是陆骁握着他的手，引着他去摸了摸兔子的耳朵，又摸了摸兔子背上软软的兔毛，哄他说“阿瓷不用害怕，你看，兔子不凶的”，他才没那么怕了。

一直到现在，他都还记得当时指下的触感。

不单是兔子，后来的小猫、金鱼、鸣蝉、蝴蝶……都是陆骁带着他一一辨认接触的。

他的母亲忧心他的身体，唯恐一阵凉风就会将他从她身边带走。而陆骁那时还是稚子心性，虽然从大人那里得知他身体不好，却没有那么多顾忌，会带着他满院子找蟋蟀，会爬上树帮他抓知了，还会悄悄从外面给他带糖画、风车和泥人。

他天天在院子里，满怀期待地等着，听见陆骁“阿瓷，阿瓷——”的喊声时，总会分外雀跃。

年纪小时他还不懂，现在方才明白，那时年纪还不大的陆骁每天都努力将他不能见到和从未接触过的热闹生动的事物，尽数带到他眼前。

陆骁还会告诉他：阿瓷不用害怕，我陪着你的。

后来快要入冬时，因为下了雪，路会不好走，加之陆骁又即将随陆渊一起启程回凌北，陆骁来寻他的次数越来越少。

他记得他当时很是伤心，眼尾鼻尖都哭红了，陆骁一直握着他的手哄他，说回了凌北后一定会好好习字，这样就能常常给他写信了，又说“等阿瓷以后身体好些了，可以来凌北找我”。

他哭得声音发哑，说：“那你要等我，我会好好吃药的，你还要记得给我写信。”

只是陆家返回凌北没多久，他的父亲谢衡就被指谋逆叛国。

没想到，时隔数年，他又从陆骁这里得到了两只白兔。

第十一章 玉碗盛雪

三日后，谢琢散衙回家，换下官服，重新用锦带束了头发，乘马车去了琴台。

琴台的雅间里，吴祯确定门是关上的后，压低声音问盛浩元：“你对谢延龄到底是什么意向？”

“并非我有什么意向，而是阁老和二殿下。”盛浩元呷了口热茶，“阁老说，翰林院在御前行走的人不少，但陛下独独看重这个谢延龄，想来再过两年谢延龄入六部是顺理成章的事。所以，阁老让我确保谢延龄不会站到大皇子那边去，若能拉拢则是最好。”

吴祯嗤笑：“大皇子？大皇子岳家已经破落成这样了，官职不高职权不大，外家更是彻底没了，除了污名，什么都没留下。”他话里满是轻蔑之意，“除非哪日大皇子妃在宫中暴毙，淑妃能给大皇子重新挑个更好的岳家，否则，大皇子哪有东山再起的资本？更别说和二殿下争了。”

“明眼人都知道的事，”盛浩元端着茶杯，话语徐缓，“你看，谢延龄就是个聪明人。以前，大皇子与二殿下旗鼓相当时，我去试探过，他谁都不站。后来文远侯府出事，他就接受了我的示好，有了投靠二皇子的意向。”

吴祯从鼻子里“哼”了一声：“我以前还以为他是清流，只想做效忠陛下的纯臣。”

“但凡想往上爬的人，谁不想结识人脉，有人帮衬？他以前不结识，说不定只是没有门路，或者初入朝堂尚未看清局势，不敢轻易站队。”盛浩元嘴角微扯，“现在我把路都铺到他面前了，他哪有不踏上来的理由？”

“还是盛兄厉害！”吴祯恭维了一句，又想起什么，“那个温鸣呢？一身硬骨头，都折了没？”

盛浩元的笑容扩大，随即悠悠地说道：“温鸣？腰是弯了，但硬骨头还在，得一一折断了、碾碎了，以后他才会乖乖听话。”

吴祯大笑：“盛兄啊盛兄，你这和驯养牲畜有什么区别？不过要我说，温鸣这种人就该好好管教，以后可别这么不识好歹了！”

谢琢进门时，盛浩元和吴祯正在聊哪家的嫡女又在相看人家了，他解下斗篷："今次只有我们三人？"

吴祯自诩风流倜傥，冬日还折扇不离手，笑眯眯地回答："还有温鸣温兄，不过他还没到，延龄可要先喝杯热茶暖暖身？"

他们正说着话，雅间的门被打开来，温鸣穿着上次那身文士服，似乎更消瘦了，半旧的外裳空荡荡的。

他低着头一一见礼，谢琢拱手回了礼。

四人坐下，不多时，有侍从送上精巧的吃食和茶点。

看了看满桌的菜色，吴祯拍了拍自己的前额："怪我，怪我，听说温兄囊中羞涩，无力支付住宿的费用，一直借住在城外的寺庙中，想必日日吃的都是素斋吧？我该为温兄准备一份荤食才对！"他又看向盛浩元，"盛兄，你与温兄相熟，知道他的口味，你来挑吧。"

盛浩元没说让温鸣想吃什么自己挑，而是直接定下了给温鸣的吃食："就要一份蒸糖肉吧，想来很合温兄的口味。"

温鸣从头到尾没说话，被挑破穷困处境时也没有面露窘迫之色，只在这时开口道了声谢。

吴祯出门前，已经在尚书府里吃过饭了，夹了一块点心，提起："听说温兄要参加下个月的制科？"

温鸣谨慎地点头："没错。"

谢琢手指碰了碰茶杯外壁，问："制科开考的时间已经定下了？"

"再过不了多久就要开春了，陛下心急，将此次制科的时间定在了下月末，时间很紧。"盛浩元回答完，又问，"听说，开制科选拔治河人才的主意，还是延龄在陛下面前提议的？"

听见这句话，温鸣也抬头朝谢琢看去。

谢琢颔首："制科由来已久，当时陛下正愁工部无人可用，我便提了一句。"他偏过头，对上温鸣的目光，语气诚恳地说："温兄经纶满腹，此次制科定能被录用。"

温鸣端着茶杯的手颤了颤，差点将茶水洒了出来，他避开谢琢的视线："承谢侍读的吉言。"

吴祯见这情景，笑着插话："我也觉得温兄此次定能被录用，说不定进了工部，来年去治理泛滥的洪水，按照温兄之才，必能立下功劳，日后考评升迁都顺顺利利的，还能将家人接入洛京。"

温鸣听懂了，这是吴祯在给他描画日后的美好图景，只要他听话，上述的这一切前景都触手可及。

他没有接话，只默默地喝了口茶。

吴祯的脸色沉了一瞬。

这时，门被敲开，侍从将蒸糖肉端了进来。

蒸糖肉顾名思义，就是将一块大半为肥白的猪肉刷满红糖等佐料，横三刀竖三刀，切成九块，再一起放入蒸笼中，蒸熟后，色泽红亮，只不过不管是看起来还是吃起来，都格外肥腻。

吴祯一看，便指点琴台的侍从将菜盘摆放到温鸣面前："还是盛兄体贴温兄，知道温兄很少能尝到荤食，这次就让温兄吃个够。"他热情地说道，"温兄可一定要把这盘肉吃完哪，千万不能辜负了盛兄的一番心意！"

温鸣拿起了筷子。

最初三块，温鸣尚能吃下去。但蒸糖肉肉厚且大块，这三块，几乎已经是温鸣整整一年荤食的分量。

盛浩元和吴祯都看着他，他不敢停筷，只能一口接一口地继续往下咽着肉。

同时，盛浩元的余光里，也在注意着谢琢的反应，看谢琢有没有表露不忍或者愤怒之类的神情。

谢琢神情淡然，无所觉般喝了一口温茶后问起："盛兄不是说琴台新来了一位琴师，琴艺卓绝吗？"

"怪我，怪我，差点忘了琴师还候在外面！"盛浩元不再管温鸣，笑着让人去把琴师叫进来。

温鸣本就不懂琴曲。虽然古琴是雅乐，但他家里为供他读书，已经再无余力负担学琴的费用，他也专注于诗书文章，心无旁骛。此刻，他不觉得让盛浩元和吴祯都如痴如醉的琴曲有多悦耳，正在极力地将肥肉往下咽，同时用尽全力，不让痉挛的胃把好不容易咽下去的肉再吐出来。

等几曲后，琴声彻底停下，温鸣也将盘中的蒸糖肉吃得一干二净。

吴祯像是没看见他发白的脸色，拊掌大笑："看来盛兄点的菜果然合温兄的口味，你看，一点肉渣都没剩下，饿成这样，也不知道温兄多少日不食肉味了。"他又故作疑惑地问，"温兄不向盛兄道声谢？"

温鸣缓了缓，吸了一口气，才站起身，低声说道："谢盛待诏体恤。"

盛浩元笑意温和："小事而已，如果温兄真要谢我，可否替盛某敬这位琴师一杯酒？刚刚弹奏的几曲，萧瑟处，让人差点潸然泪下。"

"应当的。"温鸣倒了两杯酒，又端着酒杯站到琴师面前。

琴师虽常被人夸赞技艺高超，说到底不过是一个伶人，起身慌忙说道："我怎当得起？"

他再看面前端着酒杯之人的神情，竟隐约有几分恳求之意。

琴师见惯了名利场，看出了温鸣的处境，没有再客套推托，接下酒杯一饮而尽。

这之后，温鸣都没有再说话，只是听着盛浩元聊二皇子喜欢书画，热衷与有才之士结交，以及许多朝内朝外的消息。

他忍着腹内的绞痛和几次涌上喉头的恶心感，如木偶泥塑般坐在位子上，冷汗布满前额。

他不由得开始想，现在这个时间，他的母亲和妻子应该已经点起油灯，开始绣花或者缝补衣服了。不知道他上次托人寄回去的银钱和信她们收到没有，那点银钱是他抄书攒下的，若收到了，她们就可以去买点布来做过冬的衣裳，或者换点米面……

怎么和盛浩元他们告的别，又是怎么走出琴台的，温鸣几乎没什么印象。他只记得无人注意他后，终于压抑不住，将刚刚吃下去的肉和喝下去的酒全吐了出来，腹痛却依然没有缓解。

他喘着粗气，缓缓从暗处走出来，看见站在街边的人，不由得苦笑道："好像每次温某无比狼狈时，都会被谢侍读撞见。"

谢琢像是没注意到温鸣的狼狈样子："我只是想来告诉温兄，此次陛下是因为忧心今年冬日比往年严寒，无定河已经结冰，来年开春会发洪水，才开的制科。我相信，这是良机，温兄的才华定不会被埋没。"

温鸣此时全身虚软无力，仍拱了拱手："劳谢侍读特意前来告知。"

谢琢沉默地回礼，准备离开。

温鸣放下手，觉得自己有些站不住了，上半身靠着粗糙的墙面，注视着谢琢的背影，突然声音沙哑地开口："谢侍读。"

谢琢停住脚步。

"若世道污浊，你会如何？"温鸣问完，失神地注视着地面，不等谢琢回答，他再压不住情绪般突兀地笑出声来，笑声沙哑如哭声，"我就像……蝼蚁，根本不用洪水滔天，只要一场雨，或者一瓢水，就能将我彻底掀翻、淹没，四面八方都没有我的去路……我曾经以为，我只要好好读书，只要问心无愧就行，可是……可是……"

他仍不敢说出盛浩元科举舞弊的事情。

他可以不顾自己的性命，但绝不能让母亲和妻子因他丧命。况且，他没有证据，更害怕即使报了官，此案也会如石沉大海，毫不起波澜。

他知道自己懦弱，瞻前顾后，没有勇气。可是，他又能如何？他又可以做什么？

他只能双眼通红，一拳一拳捶着墙，惨笑着重复："他们会遭天谴的……他们一定会遭天谴……"

谢琢看着温鸣脱力般滑到了地上，左手无意识地在墙面上蹭过，已经被磨出不少细碎的口子和鲜血。他没有在意地上的泥尘，半蹲下身，对上温鸣发红的眼睛，字句清晰地说道："天谴？你想错了，这世上不会有天谴，只有人的恨意。"

等谢琢走后，温鸣坐在地上，被冷风吹得全身发抖。他抬头望着墙头上方的弯月，满脸都是茫然之色，自言自语般反复低语：“怎么会没有天谴？怎么可以没有天谴……”

第二天清晨，谢琢出门时，陆骁已经到了。

像是出于某种默契，陆骁每天一大早来蹭谢琢的马车，到了宫门附近提前下车离开，再迟上半个时辰才去天章阁点卯，不过往往在天章阁待不了多久，就又往宫外跑了。

见葛武把马车赶了过来，陆骁拍了拍照夜明的马脖子：“自己去马厩里待着，晚上我来带你回去。”

照夜明打了声响鼻，也不需要人牵缰绳，就踢踢踏踏地朝马厩的方向去了，熟门熟路。

安排好坐骑的去处，陆骁跃上车，等谢琢也坐上来后，陆骁便拿出一个素色香囊：“我去找宋大夫要的方子，冬日车内容易气闷，这是提神醒脑的，我试过，味道不浓不熏人，清清淡淡的，很不错！”

谢琢接下香囊，挂到了车壁上，很快，鼻间就闻到了一股极淡的药香。

“我也有东西要给你。”

车轮的滚动声中，陆骁正打量谢琢的脸色，猜测他昨夜睡得好不好，闻言双眼一亮：“阿——谢侍读要给我什么？”

谢琢拿出一个锦盒，打开递给陆骁：“我见你的护腕已经旧了，就找人做了三对给你替换。”

陆骁看清谢琢所说的护腕时，没有藏住眼里的惊讶之色。

凌北的蜥皮因为坚硬轻巧，是做腕甲的上佳材料，极难买到，会鞣制蜥皮的工匠更是难寻。但现在，锦盒中，三对蜥皮护腕整齐摆放，上面还印着花纹，比他自己的护腕精致许多。

陆骁小心地碰了碰，好奇地问：“这是什么纹饰？”

“古书中描述的夔纹。”

描述？心里掠过一个猜测，陆骁立时抓住，陡然抬起眼注视着谢琢：“是谢侍读亲手画的吗？”

谢琢原本想否认。

曾主动和陆骁疏远的人是他，已经决定和陆骁保持距离的也是他，可一旦面对陆骁，一切做好的决定都会如楼宇坍塌。

“是。”

陆骁追问：“只我一个人有？”

“是。”

陆骁小心地拿起一个护腕，熟练地得寸进尺地要求道：“谢侍读可以帮我戴上吗？”

谢琢接过护腕套在了陆骁的腕上，又将黑色麒麟服的袖口仔细地扎进去，动作很是耐心。

当天散衙时，谢琢掀开车帘，发现车内空荡荡的，不见陆骁。

坐到软榻上，腰后垫着软枕，闻着香囊淡淡的香气，谢琢按了按眉心，忽地发觉，原来不知不觉间，他已经被陆骁养出了习惯。

陆骁不在，谢琢没有直接回永宁坊，让葛武先驾车去了一趟千秋馆。

宋大夫刚送走病人，正在里间整理医案，见谢琢进来，只抬了抬眼："你白日里让葛武来知会我，让我往普宁寺送药，我已经亲自送过去了。那个温鸣应该猜到是你的吩咐，问我让我去的人是不是姓谢，我保持住了神秘，没把你供出来。"

"那您是怎么答的？"

宋大夫捋了捋花白的胡须，面露得意之色："我只说以前他来找我看过诊，听说他病了，我就顺便又去了一趟。义诊过一次，怎么就不能有第二次？反正都是随便糊弄，管他信不信。"

谢琢在宋大夫对面的椅子上坐下："劳您特意跑一趟。"

他之所以会让人盯着温鸣，就是因为千秋馆曾办过一次义诊，温鸣病重，拖着病体前来求药，宋大夫见温鸣心头郁郁，便多聊了几句，得知温鸣才学俱佳，但考了两次都没上榜，很是感慨。后来闲谈时，宋大夫就把这件事跟谢琢提了提，谢琢得知后，派人着手详查了一番。

宋大夫闻言瞪眼："你还好意思说，就你最喜欢支使我做事！"

谢琢反而笑起来："宋大夫这段时间筋骨不太好？"

"我筋骨好得很！"宋大夫又气得瞪了谢琢一眼，絮絮叨叨起来，"不就跑趟城外吗？跑十趟我都行！替人看病这种事，我哪会嫌路远？况且，如果真如你所说，这个温鸣是个会治理河道、疏浚洪水的人，让他好好活着，多活几十年，以后不知道要造福多少百姓，给他看病，我一千个愿意。"

谢琢知道宋大夫脾气急躁，人又爱念叨，但向来嘴硬心软，问回正题："温鸣病得可重？"

"不重，就是人实在太瘦了，长期食不果腹，吃不着什么东西。这次突然过食肥膏厚腻之物，还饮了烈酒，肠胃受不住才痛得厉害。他吃了我的药，肯定药到病除。"

"嗯，"谢琢又问起："你去时，他还有没有说什么？"

宋大夫不由得嗟叹："上次义诊时，他就跟我描述过他妻子的病症，病不是大病，虚劳成疾，很多穷人家的人会生这样的病，我便写了个药方给他，让他妻子对照着自己的症状加减药材。这次也一样，明明自己都穷得啃冷馒头了，还顾及家里，说他老家找不到好的大夫，想再向我求个药方，他凑钱把药买好，托人给他妻子带回去。不过，公子你为何非要让我嘱咐他初一下午来抓药？"

谢琢解释："徐伯明腿有寒疾，这几天我在文华殿前见到他，他走路时微跛，说明腿痛得厉害。于是我告诉盛浩元，千秋馆有专治腿上寒疾的药膏，效果极好。"

宋大夫明白了，公子这是设计想让温鸣和盛浩元碰面。

见谢琢又往砚台里添了水，开始折腾，宋大夫忍了忍，决定假装没看见。

公子也就这点小爱好了，自己要宽容，要宽容，而且当朝翰林亲自帮自己整理、抄录医案，肯定是自己赚了。默念了好几遍，宋大夫为了避免自己越看越觉得糟心，索性问起别的事：“陆小侯爷前两日来找我要了个香囊的方子，可是送给公子？”

谢琢回道：“是。”

“我就说，太医都能寻到，做什么特意来找我一个民间大夫，不过是因为我是最了解公子病情的人。由此可见，在公子的事情上，陆小侯爷可真是细心，想得周全！”宋大夫笑眯眯地说道，“看来，公子是收下香囊了，稀奇，稀奇。”

谢琢决定不说话。

宋大夫还没完：“那蜥皮护腕，可是公子还的礼？”

谢琢反问道：“您从葛武那里问出来的？”

“葛武闷头闷脑的，你吩咐他办的事，不管大大小小，他从不往外说，会告诉我才怪了！”宋大夫解释，“陆小侯爷今天下午突然来了我这里，把护腕转来转去地给我看了十几遍，问我看清楚了吗？好看吗？护腕是不是很适合他，花纹是不是非常特别？等我都答了，他就又跟一阵风似的跑了，看起来十分高兴。”

宋大夫下了定论：“护腕肯定是公子送给陆小侯爷的！”

“……”

宋大夫打趣：“不过凌北的蜥皮极难得，公子大方啊，夔纹也复杂又难画，公子确实有心了。”

谢琢平淡地说道：“不算什么，衡楼的商队正好有蜥皮的存货。”

听谢琢提起衡楼，宋大夫想起来：“商队上次给我送来了几种珍稀药草，出自凌北边境，不知道对解公子的毒有没有用，我正在翻药书研究。”

谢琢听闻，笔落下的那一竖有些歪斜，他又自然地接上一横：“若没用也不打紧。”

早在十一年前，他就再没有想过“以后”。

十二月初一，离制科开考还有二十四天。

温鸣背着一箱书，从城外的普宁寺进了洛京内城，先去找书铺交了这几日抄好的书，得了“字体工整，抄书抄得又快错误又少”的夸赞。拿到交付的银钱后，温鸣去了千秋馆。

他计划把手里的经卷抄完，制科开考前，就再不接别的抄书的活计了，专心看书备考。

寺里方丈得知他要参加制科，还特意告诉他，冬日里凉水就冷馒头吃了容易腹痛，寺中清贫，但厨房里一直有热水，他可以随时取用，好歹能将冷馒头泡软了再吃。

温鸣想，虽然世间污浊，但终归还是能寻到些许善意。

他到了千秋馆，药童领他去了百子柜前，按照方子开始抓药。没一会儿，药童挠了挠头，歉意道：“这位公子，有味药柜子里的用完了，我先把别的药抓好，最后那一味我去库房里取，劳烦稍等。”

温鸣点头，客气地回答：“没关系，我不急的。”

在等待的间隙里，温鸣将无定河的走势以及沿途两岸的环境、水文状况、土质等全都在脑子里默了一遍，甚至手指随便在空气中勾画出的，都是无定河在舆图上的线条，每一个细小的曲折、河流的每一处拐弯，他都烂熟于心。

他想，他不需要别的，只需要一个机会，一个能展示他这么多年所学所思的机会。

这时，门外传来了耳熟的声音。

“盛兄，千秋馆的那个什么药膏真这么管用？”

台阶前，盛浩元点头：“阁老为国事操劳，常常不注意自己的身体，我们做小辈的更要上心些才行。”

徐伯明没有儿子，正妻生了一个嫡女，另外还有四个庶出的女儿，全都记在正妻的名下。嫡女嫁给了二皇子，另两个女婿和盛浩元经历相似，不过都已经从翰林院升迁，一个去了吏部，一个去了刑部。最小的女儿尚未及笄，还在相看人家。

盛浩元很清楚，他与这两个连襟都是竞争的关系。在徐伯明眼中，谁更有用，谁就能得到徐家更多的支持，谁就能爬得更高、走得更远。

吴祯不解：“那你派个小厮来买不就行了，还非要亲自来一趟？”

盛浩元只笑不语。

若他不亲自来买，怎么能表现出他的孝心？

两个人踏进千秋馆，抬眼便看见了坐着等候的温鸣。对视一眼后，吴祯摆出笑容，主动招呼道：“这不是温兄吗？真巧！”

温鸣躲避不及，只好站起来施礼：“盛兄、吴兄。”

盛浩元拱了拱手，关切地问道：“温兄可是身体不适？”

温鸣自然不敢说出真实原因，也绝口不提妻子的病，只说道：“昨夜误饮了生水，有些腹痛，所以来找大夫看看。”

“原来是这样，吴某还以为温兄身体不适，是我俩照顾不周。”吴祯看了看摆在药台上的药材，只用纸垫着，还没有拿细麻绳绑紧包好，便伸手抓了一小撮，“不是说温兄家贫吗？竟然还看得起大夫买得起药。”

温鸣谨慎地没有接话。

吴祯站直身时，宽袖一拂一碰，将纸上摆着的药材通通掀到了地上。他惊讶后，又懊恼道：“怪我，怪我，不小心把温兄的药撒了一地，要不我花钱替温兄再买一服药？”

温鸣垂着眼，低声拒绝：“不用吴兄破费。药撒了，捡起来还可以再用，不影响药效。”

说着，他半跪在地上，将地上的药材一点一点地往回捡。

从上往下看，他的背弓得极厉害，姿态很是谦卑。

但这种谦卑姿态是不够的。

吴祯穿着绣金线的硬底履，重重地踩在温鸣捡药的手背上，笑着重复道：“温兄是没听明白吗？我说，我要替温兄再买一服药。温兄像条狗一样趴在地上，难道真的就跟狗一样听不懂人话了？”

里间，宋大夫听了全程，气冲冲地低声说道：“这礼部尚书的儿子莫非脑子不太好？别人都说不用了，他非要强迫人！”

今日休沐，谢琢一身文士服，倚着木柱，放低声音说道：“抓不抓药无所谓，吴祯和盛浩元要的是温鸣对他们唯命是从，任他们折辱打压，由他们随意摆布，所以，怎容得下温鸣拒绝他们？”

同样，在右手背被吴祯的脚踱得青紫、连骨头都在作痛时，温鸣也意识到了这一点。

还有二十几天就是制科考试，他的右手不能受伤。

想到这里，温鸣忍着痛，哑声说道：“好。”

吴祯冷笑：“你说什么？”

温鸣闭了闭眼睛：“我说……谢吴兄替我买药，日后温某必定报答。”

“原来说的是这个，”吴祯慢条斯理地收回脚，像是什么事都没发生过一样，还拍了拍靴面，仿佛上面沾染了什么脏东西，又故作惊讶地说，“温兄的额头上怎么全是汗？快起来，地上可不暖和。”

温鸣的手背被踱没了一层皮，火燎般的疼，他站起身，一言未发。

谢琢重新坐回桌边，接着抄录医案，宋大夫摇头叹气：“那个盛浩元明明也是贫苦出身，应该更清楚温鸣能走到洛京有多不容易，坚持了六七年没放弃科考，又是多艰难。”

“他当然清楚。他就是因为清楚，才更加确定贫苦出身的温鸣绝对能折了骨气、散了信念，被他牢牢把控在手里。日后，温鸣若真的能因治理河道、疏浚洪水得陛下的重用，那么，温鸣就是盛浩元手里最好用的人。”谢琢每个字都写得规整，继续说道，“不只是温鸣，那些被盛浩元接济、帮助过的贫穷举子，盛浩元都知道他们的弱点，清楚一场科考对他们来说有多重要，了解他们困窘的家境绝对无法负担一次、两次、三次的科考失败。”

谢琢搁笔，将写满字的纸放到旁边晾干，忍不住咳嗽了两声，接着说道：“就是因为他曾身在其中，所以才最能捏住贫穷举子的死穴。”

徐伯明能选中盛浩元做自己的女婿，当真眼光毒辣。

宋大夫一听谢琢咳嗽，马上紧张起来：“怎么咳起来了？是不是路上受了寒气？让你冬日里少出门，就在家里窝着，你偏偏不听，非要出来晃悠！”

谢琢等宋大夫念叨完才解释：“昨日卧房里烧着炭，气闷，就开了一点窗，没想到今早起来就有点着凉了。”

宋大夫瞪他：“知道自己身体有多差，还不上心！手伸过来，我搭搭脉。”

等谢琢离开千秋馆时，手里又拎了几包药，照着宋大夫的嘱咐，回去就熬了喝下了。

不过到第二天，风寒不仅没有被压下去，谢琢反而发起热来，不得不让葛武去翰林院帮他告了两日的病假。

陆骁也没去天章阁点卯，在谢琢的卧房里陪了半日，后来被谢琢以“你在旁边，我没办法静心看书”为由，赶回了自己府上。

天色渐暗，葛叔将灯烛都点上，笑着问：“公子明明喜欢和陆小侯爷相处，为什么又把人赶走了？”

谢琢不语。

葛叔没再多问，只说道：“看这天色，说不定这两天就会下雪，今年天干，都腊月了才等来初雪。今晚公子可不能再开窗了，若吹了雪风，病肯定会更重。”

谢琢颔首：“我记得了，您放心。”

葛叔出去后许久，谢琢看着书页上微晃的灯影，想：十一年来，他习惯了孤冷，因为知道人一旦有了挂念，就会畏惧，会退缩。

可是，他不能惧，不能怕，更不能退。

第二天天刚亮，谢琢从梦中惊醒，他记不清梦境的具体景象，后背却布满了冷汗。

此时四下安静，睡了一夜的棉衾依旧冰凉，谢琢披着外衫起身，点亮烛台，喝了一口冷茶，压了压喉间的痒意。

他想开窗看看外面是否下雪，但想起葛叔昨晚的念叨和叮嘱，念及自己汗湿的寝衣，若是吹了雪风，病情说不定会加重。

谢琢思索片刻，还是作罢，收回了已经触在窗棂上的手指，只听了听外面的风声。

这时，门外传来了院门被打开的动静，紧接着是一阵熟悉的脚步声。

陆骁?

不多时，叩门声响起：“谢侍读可醒了？我能进去吗？”

谢琢不知道自己在期待什么。或者说，这一瞬间，忽然与幼时的某一个场景重合了，令他莫名地紧张起来。

谢琢听见自己哑声回答：“可以。”

卧房的门被推开了。

陆骁没有贸然往里走，而是先说了一句“我进来了”，然后脱下沾满冷风寒气的披风，避免把外面的寒气过给谢琢。

见他怀里抱着一个布包，谢琢好奇问：“你带了什么？”

陆骁几步走近，拆开裹着的几层布，露出里面的白玉盖碗，语气兴奋地说道：“我把洛京的初雪带来给你看！”

谢琢伸手揭开白玉碗盖，就看见里面盛着一抔细细的雪，上面缀着一朵梅花，花瓣尚且凝有薄霜。

谢琢看着陆骁胡乱束着的头发：“你刚起来？”

“嗯，醒来时发现外面下雪了，想到你生病不能受冷风，肯定不能开窗或者出门。”陆骁捧着玉碗，“这朵花是我走遍院子，找到的唯一一朵梅花，怕雪化了，我还是骑快马过来的。”

谢琢嗓音涩哑，问：“那为什么……不到了我的院中再盛雪？”

被这么一提醒，陆骁才反应过来，对啊，来阿瓷的院中取雪，就不用担心雪会融化了！

不过陆骁还是老实回答：“当时刚醒，又太着急了，没想这么多。”

玉碗盛初雪。

我只想将冬日捧到你眼前。

谢琢的卧房中生着暖炉，没过多久，白玉碗中的雪就化成了水，梅花的花瓣舒展，静静地漂浮在雪水上。

裹着素色外衫，谢琢的长发尽数散下来，黑如鸦羽，衬得肤色极白，眉间萦绕着的病气让他显出几分脆弱感。他问陆骁：“今天去天章阁吗？”

陆骁回道：“你都不去，我自己去也没什么意思。不过我该去给陛下问安了，到时候顺路去天章阁点个卯。”

“你就这么去？”

谢琢让陆骁背对着自己坐下，在陆骁想回头看他时，不轻不重地说了一句：“别动。”

陆骁不动了，尽量将背挺直，专注地听着身后的动静。

谢琢将他出门时草草绑上的头发拆了，重新给他束发。

小时候，其实他也给阿瓷梳过头发。

那次是午后，他悄悄带着阿瓷在庭院里探险，一不小心，阿瓷的双髻被枝条钩到，系着的铃铛也掉了。

在此之前，他从来没帮小姑娘梳过头发，但他格外自信地觉得自己绝对没问题，于是就动了手。

等他牵着阿瓷回屋里时，阿瓷的母亲崔萤回和他的母亲宋语归正在喝茶聊天，一见阿瓷，先是惊愣，接着齐齐笑出了眼泪，连侍女们都笑作了一团。

这时他才发现，他梳的发髻似乎……不太好看。

不过在照过镜子后，阿瓷却不准侍女将发髻解开了重新梳，说这是哥哥梳的，她觉得很好看，很喜欢，连晚上睡觉时都舍不得解开。

现在，他也在想，如果晚上就这么睡一觉，明早起来时头发会不会乱。

男子的发髻很简单，因为手边没有陆骁的革冠，谢琢便用锦带给陆骁绑了个高马尾。

确定梳得齐整后，谢琢不禁在心里想，十几年过去了，陆骁束发的水平竟然还跟小时候一样，几乎没什么长进。

休养了两日，谢琢的热退了下来，宋大夫才批准他可以出门。

谢琢刚进天章阁，就碰见了掌院学士，虽然谢琢时不时地会告病在家，但并未耽搁《实录》的编纂，相反，进度还比同僚快上许多。掌院学士也知道他身体不好，见人来了，并未责难，只提醒了句："今日去文华殿轮值，须谨言慎行。"

到文华殿门口时，谢琢碰见高让的徒弟，低声问了一句："陛下可是圣心不悦？"

小太监很有分寸，愿意卖谢琢一个好，但嘴巴也严，只提了一句不是秘密的话："昨日盛待诏被陛下训斥了。"

进了文华殿，谢琢就看见咸宁帝穿着龙纹常服，闭着眼，正由高让按摩着两额角和头部的穴位。高让朝他使了个眼色，谢琢便没有出声，只恭恭敬敬地朝咸宁帝行了一个礼。

不过他虽然将脚步、动作都放得轻，咸宁帝还是注意到了，仍闭着眼睛，问："可是延龄来了？"

谢琢止住步子，这才开口回答："回陛下，是臣。"

咸宁帝慢慢悠悠地提起："前天朕偶感不适，老二消息灵通，给朕送了一幅松鹤延年的画来，说是前朝大家蒋省的真迹，刚找到，就赶紧给朕送了过来。"

谢琢一听这话就明白了。

前朝画家蒋省擅画山水，一生只画过一幅松鹤延年图，献给了当时的皇帝。但收到画没多久，皇帝就薨了。有人说，是因为那幅画里的松枝犹如利刃，而鹤的眼睛发红似泣血，翅膀上的羽毛也像羽箭，都是断人命数的。

皇帝自然不会为此在明面上责骂二皇子，但昨日斥了轮值的盛浩元，也算是变相敲打了二皇子。

且最重要的是，二皇子对外塑造的形象一直是礼贤下士、精通书画、兴趣高雅。这样一个对书画颇有研究的人，怎么可能不清楚这幅松鹤延年图的背景？

替二皇子寻来这幅画，又让他送给皇上的人，应当很清楚二皇子所谓的"精通书画"都是假象。

"正好，就在老二送来松鹤延年图后，老大也送了一个青玉松鹤摆件给朕赏玩，说是玉雕大师崇柏的得意之作。"

两个人一前一后，过于巧合了些。

咸宁帝再往深里想，那么多松鹤延年图，二皇子却偏偏送出这幅画，背后定有大皇子的手笔。

无论如何，那幅松鹤延年图摆到咸宁帝的御案上，就是触了他的逆鳞。

咸宁帝抬了抬手，让高让停下退到一边，缓缓坐直身：“这次朕不过微恙，却让不少人紧张了。”

谢琢像是没听出咸宁帝话中隐晦的意思，只说道：“陛下龙体是否安泰，牵动社稷乾坤。”

“嗯，此次病重，朕思虑良多啊。杨首辅和徐阁老很久之前都提过，说储位未明，朝中不平。”咸宁帝将手搭在御座的扶手上，用翡翠扳指敲了敲扶手，问得极突然，“朕知道，延龄向来不偏不倚，由你看来，朕这两个儿子，哪个更适合坐上储位？”

话音未落，殿中便一阵寂静，所有人都暗暗望向谢琢，听他怎么答。

谢琢似乎也有点惊讶，随即跪在了地上。

咸宁帝面上没有明显的喜怒之色：“延龄为何突然跪下？”

“因为臣的想法与杨首辅、徐阁老都不同。臣接下来说的话，会得罪两位殿下，还有可能冒犯陛下，所以臣先行请罪。”

咸宁帝有了点兴趣：“你尽管说，朕赦你无罪。”

“是。”谢琢这才开口道，“臣以为，两位殿下皆是龙章凤姿。大殿下心性温和，但容易偏听偏信，如上次的校场演练事件，以及之后的文远侯府一案，都暴露了大殿下的这一弱点。而二殿下礼贤下士，心胸广博，但做事不够严谨，思虑也不够周全，易心急冲动。因此，现今两位殿下都还需要陛下的鞭策和教导，尚缺乏担当储君的贤能。”

站在御座旁的高让小心地看了咸宁帝一眼，更深地弓下背，心道：这谢延龄真是胆大敢说，富贵险中求啊。

周遭安静得令人发怵，片刻后咸宁帝开了口，斥道：“好你个谢延龄，谁给你的胆子，连朕的儿子都敢骂？你就不怕老大和老二知道你今日说的话，记你一笔？”

殿中的内侍和宫女立刻跪了一地，大气都不敢出。

谢琢却无畏地抬起头，直面咸宁帝的视线：“臣只是实话实说，臣也不怕被两位殿下记上一笔。”

咸宁帝凝视谢琢半晌，突然笑道：“起来吧。今日殿中之事，所有人不得外传。”又叹道，“朕这两个儿子，明明都已经加冠娶亲，却还是不让朕省心。”

谢琢站起身：“陛下为人君父，该注意龙体，两位殿下都还需要陛下教导。”

咸宁帝朝高让笑说：“你看看，这个谢延龄年纪不大，性子轻狂，先说朕没把两个儿子教好，现在又明里暗里地说朕不注意身体！”

高让笑得眼尾都是褶皱：“谢侍读是直臣，陛下前些日子不是还在感慨，现在听不见真话了吗？”

咸宁帝故作不悦：“你竟也向着他说话？”

高让还是笑眯眯地说：“陛下冤枉奴婢了，谁为陛下好，奴婢自然就向着谁。”

咸宁帝点了点手指：“你们一个两个的，朕可说不过你们！”

从文华殿出来，谢琢将咸宁帝的神情和语气一一回忆了一遍，这时，徐伯明也到了殿前的台阶下。谢琢停下脚步，恭敬地站到一侧。

他常在文华殿行走，不止一次两次遇到徐伯明，但通常是他在侧旁作揖，徐伯明冷淡地颔首，算是全了礼节，连寒暄都几乎没有。但这次，徐伯明停了下来：“听说那治疗腿上寒疾的药膏是谢侍读所荐？效果极佳。”

谢琢语气恭敬地回道：“谢某不敢居功，只是经常在千秋馆看诊，恰好知道这种膏药效果很好，又常听盛待诏提起阁老腿寒成疾，言语间很是挂念，才推荐给了盛待诏。”

“嗯，他向来很有孝心。”

不过短短一次碰面，四天后，葛武就找到谢琢：“公子，清源那边来了消息，说有人在查公子的户帖和生平，但没找到疑点，邻里也能做证，就罢手了。”

咸宁七年那场疫病，有些村镇十室九空，谢琢顶的那家户帖，亲友都已经病死了，而这之后，邻里认识的谢琢都是谢琢本人，对方自然找不出任何疑点。

“应该是徐伯明。”谢琢不太意外，徐伯明如果不是格外谨慎，也坐不上这个位置，活不到现在。

“阁老是担心这个谢琢与谢贼有关？”书房里，盛浩元听完徐伯明的话，说道，“小婿以前也怀疑过，在编纂《实录》的过程中特别关注了他一段时日，发现在看到涉及谢贼的记录时，谢延龄并没有什么情绪波动。闲聊时发现，他对清源的气候风俗很是熟悉。而且当年谢家的男丁通通被处死了，谢贼唯一的女儿也死在了流放路上，整个谢家都没人了。”

“嗯，无论何时，谨慎为上。”徐伯明眉心的褶皱很深，不笑时，看起来端正严肃，“那个温鸣如何了？”

盛浩元回答：“在城外的寺庙里专心准备制科，现在看起来比以前听话了不少，不过还要再训导两次才行。阁老几年前看他的文章，就说他有真才实学，我看着，他终日苦读，才学应该又有精进，明年治河有功，应该不在话下。”

“嗯，既然他已经听话，那就不用再放太多心思在他身上，等制科结束后，他的把柄被我们握在手里，只要不想死，他就不会再挣扎了。”徐伯明吩咐道，“太学中又进了新人，不少京畿的举子明年春天也会入京，你都上心些，好好挑挑人选。”

盛浩元连忙应下：“小婿省得。”

“你心里清楚该怎么做就好。已经是年末，明年年初即将考评。你在翰林院几年了，也该动上一动。吏部会空出一个位置来，到时候你去。”

吏部主管官员之事，掌天下文官的任免、考评、调动，油水最重，在六部中权力也最大，盛浩元压着喜悦之情，拱手施礼：“谢阁老栽培！”

散衙后，谢琢掀开马车帘，又撞进了陆骁的一双笑眼里。

陆骁穿着黑色常服，腕上戴着蜥皮护腕，问：“谢侍读今晚有安排吗？”

谢琢迟疑片刻，还是说了实话：“没有安排。”

陆骁眼里是明明白白的期待之色：“阿蠢在雅筑发现了一个做菜滋味很是不错的厨娘，谢侍读可以一起去尝尝吗？”

“好。”

雅筑内都是单独的院子，院中以花树和曲水做装饰，很是清幽，也不会和旁人撞上。两个人进入内里，沈愚已经到了。

一见陆骁把谢琢带来了，沈愚便吩咐：“快上菜，上菜，为了这顿饭，我连午饭都没吃，吓得我娘以为我心情郁郁，要闹绝食，使唤我爹赶紧开库房让我挑点什么东西，开心开心！”

陆骁帮谢琢倒了一杯温茶，问：“那你有没有解释？”

沈愚眉飞色舞地说：“那必须没有解释！我去我爹的库里挑了三块玉，其中两块正好可以嵌在我的新腰带上，剩下那块送你！我是不是很聪明？”

陆骁摆了摆手：“是挺聪明，不过送我就算了，我拿着没什么用，全都嵌在你的腰带上吧，我看看就行。”

“怎么就没用了？你可以攒着，送给你那个小——”“青梅”两个字还没来得及说出口，沈愚就被陆骁杀过来的眼风给吓到了，硬生生地把话憋了回去，改口，“那个小侄女当见面礼。不过你真不要？那我自己留着了。”

陆骁的哥哥有个女儿，才两岁大，叫陆催雪，沈愚这么说倒也没什么问题。

正好，菜上来了，沈愚立刻忘了刚刚差点说漏嘴的事情，拿起筷子，陶醉道：“好香，我不跟你们客气了，先吃为敬！”

菜肴的味道确实很不错，不过谢琢胃口不好，吃得也少，没多久就停了筷。

陆骁担心谢琢坐在席上看他们吃饭会很无聊，就建议：“谢侍读可以去院中走走，梅花应该都开了，正好可以赏赏花消消食。”

沈愚也接话：“对，对，对，这里栽种的梅花品种都比较少见，值得一看！”

见谢琢起身，陆骁叮嘱：“记得要披上斗篷，还有手炉也要拿好，不要冷着了。”想了想，又补充，“才下过雪，院子里路滑，走路需小心些，不要摔着了。”

谢琢没有不耐烦，一一应下：“好，我会注意的。”

等谢琢去了院子里，见陆骁吃两口菜就要往外面看一眼，满脸担心的样子，沈愚不明白：

“陆二，谢侍读披着斗篷，手炉也拿好了，走路很小心，你还担心什么？”

陆骁回答：“不知道外面风大不大，阿——谢侍读吹久了会冷的。”

“……”沈愚觉得，几日不见，更看不懂陆骁了，“陆二，你怎么跟养女儿、养妹妹似的照顾谢侍读？真是操不完的心。”

陆骁不准备解释，深沉地说道：“你不懂。”

他现在看着谢琢，总觉得和小时候没什么不一样。他很想照顾谢琢，想把中间缺的这十一年的时间全都补回来，还想问谢琢这些年里被谁欺负了，毒又是怎么回事，为了考科举，读书是不是很辛苦……

但同样也是因为中间缺失的这十一年，让他不知道应该从什么地方着手，又怕他心急了，露了痕迹，阿瓷会看出端倪。

他只好从小处着手，让谢琢慢慢接受、习惯他的照顾。

说起妹妹，沈愚转念想起自己的姐姐，思索了一会儿说道：“说起来，听我姐姐说，她们未出嫁的女子中间流传着一个什么榜，好像是按照男子的仪容、才学来排的，如今的榜首就是‘洛京琢玉郎’。我姐还感慨，不知道多少女子欣羡谢侍读的姿仪。要我说，以谢侍读的风仪和容貌，无论哪个女子站在他身边都会被比下去。单论容貌，谢侍读就比洛京大多数女子要好看！”

“那当然。”

阿瓷是最好看的！

刚这么一想，陆骁突然心中警觉，放下了筷子：“不能这么说。”

沈愚疑惑：“什么不能这么说？”

陆骁严肃地说道：“你看谢侍读是个男子，怎么能和女子作比？在外人面前，你千万不能这么说！”

“哦，我不说就是了。”沈愚又觉得奇怪，他好像也没说什么啊，陆二的反应怎么这么大？

第十二章 恨意如炬

每月逢一便休沐，十二月十一，过了午后，葛武套了马等在门口，不由得抱怨："公子日日去天章阁点卯，现好不容易有个休息的日子，那个姓盛的人又要开什么文会，梅花赏了又赏，想来梅花都已经把人看厌了！公子，你要不要像上次一样，找个借口推托过去？"

因为寒疾，冬日里谢琢要比别人难过许多，葛武恨不得让谢琢待在卧房中，点上十个炉子，半点寒气都不受才好，哪里忍心让他这么奔波？

盛浩元的小聚和文会办得频繁，谢琢不是次次都去，盛浩元请五次，谢琢才会应一次，外人看来，也只会觉得他这是不好总拂同僚的颜面，勉强应酬，不会将他划进二皇子一派。

"别的可以拒了，这次不行。"谢琢知道葛武是担心自己的身体，解释道，"这次不仅温鸣会去，方彦也会去。"

这一次赏梅，除了几个和盛浩元关系极近的人外，来的都是太学的学生，年龄不同，但都是满腹文章之人，雄心勃勃地准备参加下一次的科举，而这些人又隐隐以方彦为首。

方彦神情轻松，在这样的文会中谈笑自若。他喝了杯温酒，往外张望两眼，嘴里念叨着："谢侍读应该快到了吧？"

盛浩元也饮下一杯酒，笑话他："墨亭这都是第几次问了？"

"主要是我们想见谢侍读一次太难了！若谢侍读在翰林院处理公务，我等还能去门口候着。但现在谢侍读在宫中进出，我们没办法去宫门口蹲守啊。谢侍读又不爱交际，深居简出，我们也就能在盛兄您的文会上才能一睹谢侍读的风采。"说完，方彦又倒了半杯酒，朝盛浩元举杯，"就为此，我等也该敬盛兄一杯！"

他说话很有技巧，明着夸了谢琢，暗里又吹捧了盛浩元交游甚广、面子大。

不过，话是这么说，但方彦心里其实不太看得上盛浩元。

同是太学出身，盛浩元家境穷困，学识也不见得有多高明，即使科举能考进末流，最多也只能做一个被外放的地方小官。所以当年才进太学时，盛浩元没少去勾搭祭酒和夫子们的女儿，颇有手段。后来不知道怎么的，被阁老徐伯明看入了眼，盛浩元才把暗地里的小心思全都断了，转头去娶了徐伯明的庶女。

这种依着裙带关系往上爬的人，方彦很是轻蔑，但他即将入仕。现今储位之争里，只有三股势力，大皇子现在身处弱势；五皇子还未加冠，母妃也不得宠，母子俩都没有什么存在感；只有二皇子明显占着优势，他少不得要跟这种人虚与委蛇一番。

盛浩元见方彦话说得好听，但眼底难掩鄙夷之色，倒是不怎么在意——方彦再是看不起他，又能怎么样？对着他时，方彦还不是要恭恭敬敬地拱手施礼，不敢轻易把他得罪了？

这便是当人上人的好处。

眼光一转，盛浩元笑道："念着念着，人这不就来了吗？"

方彦等人纷纷看过去，就见一人披着月白色斗篷，沿着青石板路缓缓行来，一时间，整片纷扬的梅林都沦作了背景。

那人容貌极出众，目光璀璨，神清气朗，宽袖飘逸，意态如云鹤般潇洒。

不知是谁感慨："我从前还觉得世人言过其实，今日一看，'琢玉郎'当真如孤月悬天！"

谢琢走进水榭，方彦几人纷纷回过神来，起身见礼，谢琢也一一回了礼。站在方彦身后一个年纪不大的人取出纸笔，腼腆地说道："在下有个不情之请……"

盛浩元笑道："延龄，他们几个可是一直念叨着你。"

谢琢温和地询问："请问是有何事？"

"我……我……"那人鼓起勇气递出纸笔，小心翼翼地问，"可否请谢侍读在纸上写上'金榜题名'四个字？"又赶紧说道，"要是不行也没关系！"

这不是什么过分的要求，谢琢接过纸笔，就近找了个地方写了起来。

那人接过未干的墨迹后，双眼发亮："我要把谢侍读的笔墨贴身存放，不，要供在我的床头！文曲星保佑，下次考试，我一定下笔如神！"

众人哄笑。

从坐下来开始就没什么存在感的温鸣也配合地笑了笑，不经意间对上谢琢的视线，他轻轻颔首，算是见礼，没敢有多余的表示——想来，若是被别人知道谢侍读给过他药丸，还替他请过大夫，可能会给谢侍读添麻烦。

方彦端起一杯酒敬向谢琢："祭酒曾特意去要来了谢侍读在殿试中的策论文章，还说谢侍读的文章，切入点格外独到，又言之有序，璧坐玑驰，徜徉恣肆，让我等认真传阅研读，若能学得三分，此次的科举便不在话下！"

十九岁高中探花，无论放在哪朝哪代，这样的人都是不世出的才俊。

谢琢神情不见自傲，以茶代酒："祭酒谬赞了。"

寒暄一番后，谢琢入座，方彦则坐到他右边，与他聊起经学文章。

盛浩元此次的目标本就不是方彦，见方彦找上了谢琢，正好省心，便端着酒杯去跟同方彦一起来的人聊了起来。

温鸣坐在角落里，很少和人交谈，更没有去结交谁的心思。

温鸣心里明白，盛浩元把自己叫过来不过是想让自己看看，连太学中极有声名的方彦都对他恭敬有加，而自己不过是一个两次科考都榜上无名的穷书生，有什么资格驳他的面子？

不过当温鸣看见盛浩元同人相谈甚欢的场景时，他突然像是坠入冰窖，浑身发冷。

盛浩元仿佛一个烂了心肠的猎人，不断搜寻猎物，让猎物落进自己的陷阱后，就在一旁笑看猎物垂死挣扎，直到再也挣扎不动，不得不放下一切坚守的东西，匍匐在地，向他乞食。

他看得出，正在和盛浩元聊天的那个人，身上的衣服已经洗得发白，隐蔽处还有针线的痕迹，手掌上除开握笔的地方，也布着硬茧，但说起科考，眼中熠熠发光。

这一刹那，他隐约看见了曾经的自己。

不知此人家中是否也有头发花白的父母整日为生计奔忙，节衣缩食；是否也有妻子省吃俭用，病了都舍不得买药，只为替他筹措笔墨，相信他一定能高中。

温鸣袖口下的手缓缓握成了拳，连指甲陷进了掌心中也不自知。

天色渐晚，众人在玉津园门口作别，盛浩元将人都送走后，对今日文会的收获还算满意。见谢琢还在，他关切地问道："怎么不见延龄的马车？"

谢琢手笼在文士服的宽袖中，不急不躁地说："不碍事，我在这里等等，盛兄事务繁忙，不要耽搁了，先走吧。"

"既然如此，那我就先走了。"盛浩元往马车所在的位置走去，朝车夫使了个眼色。

很快，车夫深深弓着背，慌张地说道："小的该死，忘记带马凳了，是小的疏忽了……"

盛浩元皱眉，斥了一句："怎么做事的？"

车夫抬起头，犯愁道："是小的的错，车架太高，主子想踏上去不方便，若主子不嫌弃，可以踩着小的的背上去。"

盛浩元没有立刻答应，反而站在原地，像是等着什么。

站在几步外的温鸣将这情形看得清楚，将对话也听得清楚，甚至能看出车夫拙劣的演技。

可他看出来了又如何？盛浩元要的，就是他的表态。

脚下仿佛有千斤重，垂在身侧的手颤了颤，这一刹，温鸣没有想别的，只是认真算了算，今天是十二月十一，制科开考是十二月二十六，还有十四天，只有十四天了。

就算这会让他一脚踏入另一个泥沼。

怔神一瞬后，温鸣朝马车的位置走了几步，嗓音干涩地说道："若盛兄不介意，"虽然心里已经做了决定，但真正说出这句话时，温鸣的嗓音还是颤个不停，他顿了片刻，才把话说完，"可以将温某当作登车的脚踏。"

当膝盖砸到地上的那一刻，温鸣甚至觉得，能够参加制科，能够展现自己的真才实学，能够以多年所学为百姓谋福祉，都不是他本该得的前途，而是盛浩元赏赐的、松开指缝漏下来的机会，需要他折去傲骨、剥下尊严才触得到。

可是，这明明如此荒谬！如此……荒谬。

盛浩元没有真的踩上去，反而表情震惊，作势要去扶温鸣："温兄，你这是做什么？温兄这般是陷我于不义啊，若今日之事传了出去，说我盛某以人力为畜，我该如何自处？"

他踩着人的肩膀上车，怎么会有看着一个傲骨铮铮的人跪在地上，自请当他的马前奴有意思？

温鸣隔了几息才抬起头，视线有些涣散："是温某擅作主张，让盛兄难做了。"

他起身时，人有些晃，退后了半步才站稳，还不忘再次向盛浩元道歉。

等盛浩元的马车驶离后，温鸣站在原地没有动，玉津园门口空荡荡的，无人经过。

葛武恰好将马车驶过来，车轮停下，他跃下车，朝温鸣的方向看了一眼，不确定地请示道："公子，可要叫他一起？"

谢琢想了想说："我去问问。"

"温兄。"

温鸣半晌才回过神来，对上谢琢的目光，声音沙哑地喊了声："谢侍读。"

谢琢语气如常："天要黑了，温兄可需要与谢某同乘？"

"不……不用，"温鸣很快拒绝，"玉津园离普宁寺不远，我可以走回去。"

"好，那温兄一路小心。"谢琢没有立即走开，反而很有耐心，"温兄可是想跟我说什么？"

他将语气放得缓慢，像是在引导。

"谢侍读……"温鸣愣怔许久，终究还是开了口，看着谢琢，艰难地说道，"我不是……这样的人。"还未说完，他便狼狈地别开了脸。

他不是什么样的人？不是趋炎附势，为了攀附他人而主动跪在地上做人的脚踏、阿谀奉承之人吗？可他所做的，不正是趋炎附势、阿谀奉承之事？

没有等谢琢回答，温鸣神思恍惚地转过脸朝前走去，背影单薄，摇摇欲坠。

谢琢没有叫住温鸣，只在原地站了一会儿就上了马车。

"给温鸣妻子送药的人可回来了？"

"回来了。温鸣原本想托同乡带回去，但那个同乡要过几天才启程，宋大夫就按照公子交代的，告诉他说，馆里有人要去那附近收药材，可以顺便带过去，温鸣还反复感谢了一番。"葛武心里也有些不是滋味，"送药的人说，温鸣的妻子已经有点起不来床了，他特意把了把脉，已经有了脉绝之兆，就算宋大夫亲自治疗，也续不了几日命。温鸣的妻子还叮嘱，说温鸣马上要考试了，一切等考完再说，千万不要把她病重的事告诉温鸣。"

谢琢"嗯"了一声："我知道了。"没过多久，他又吩咐，"让那人再去一趟，就守在那里，有什么消息立刻报过来。”

葛武应下：“是，公子。”

马车从南熏门入了外城，谢琢正靠着车壁闭目养神，就听见一阵马蹄声由远及近，没一会儿，车帘外响起葛武惊讶的声音：“陆小侯爷？”

谢琢睁开眼，眼中毫无睡意。

照夜明应该是与马车并排着在往前走，陆骁的声音从窗纱处传进来：“谢侍读？”

谢琢打开窗纱：“你怎么来了？”

陆骁骑在马上，宽肩窄腰，身姿挺拔。他一见谢琢，嘴角就染上笑意，语气轻快地说道：“听说谢侍读去了城外，天快黑了，我怕路上出事，干脆来接你，比较放心。”

他没说是路过，也没找别的借口，而是直说“来接你”。答完，陆骁就悄悄注意着谢琢的神情。

此时，夜风袭人，谢琢问他：“冷不冷？”

陆骁微怔，随即笑意加深：“不冷！”

来接阿瓷，他怎么会冷？

一人在车外，一人在车内，谢琢重新靠回车壁，耳边是连续的马蹄声。或许是因为知道陆骁就在外面，向来警惕的谢琢竟在马车内睡了过去。

微晃的马车、鼻间的清香、绵软的坐垫和靠枕，令谢琢在睡梦中迷迷蒙蒙地以为自己回到了幼时第一次乘马车出府的时候。

马车停在宅子门口，葛武先下了车，刚准备开口，就被陆骁制止了。

陆骁翻身下马，挥开葛武，自己轻轻踏上马车，掀开车帘，就发现和他想的一样，谢琢已经趴在矮桌上睡着了，呼吸平缓。

门口灯笼的光透过窗纱照进来，落在谢琢的侧脸上，瓷白的皮肤上贴着一缕墨发。

陆骁抬手轻轻将那缕头发拂开。可能是脸上微痒，谢琢的睫毛颤了颤，他却没有醒来，只梦呓般说道：“哥哥，让我再睡一会儿……”

陆骁的手立时停住了。

谢琢这一睡，就睡到了月上中天。

他自十一年前从流放途中被救回来开始，夜里就常常会惊梦，到了洛京后，更是比在清源时难眠许多。宋大夫也想了很多办法，但无论是针灸还是汤药，甚至一些民间偏方也尝试过，都没有什么效果，他依然整晚整晚地睡不安稳。

以至当谢琢醒来，发现自己趴在马车的矮桌上，不知道睡了有多久时，他都有些惊讶。

左手臂已经麻了，谢琢坐直身，右手掀开车帘，正好和偏头看过来的陆骁对上视线。

陆骁嘴里叼着一根草茎，见谢琢呆呆的，脸上还有明显的压痕，不由得笑起来：“睡了三个时辰，阿——谢侍读这是睡傻了？”

因为刚醒，谢琢的嗓音发哑：“你……你一直守在外面？”

觉得谢琢此时才睡醒的模样，和小时候也别无二致，陆骁心里头发软，点了点头：“嗯，你睡觉，我看月亮，今晚月色不错。”

谢琢下意识地抬头往天上看了看，就发现天幕漆黑，不说月亮，连一颗星星都没有。

陆骁：“……”

其实这三个时辰里，他哪有什么心思看月亮。他静静地倚着车柱，只觉得心疼，阿瓷夜里睡不好，白日又忙，是有多疲倦，才会在马车里睡过去？

陆骁确定阿瓷接近盛浩元，与那些人周旋，肯定是有所谋划，而这些仇，他不能自大地揽过来——想来，不管再累、再艰难，阿瓷肯定都想亲手除掉那些仇人。

这导致他想帮忙也帮不上，还担心自己插手会影响谢琢的计划，只能在旁边看着干着急。

谢琢没有拆穿陆骁的话，不过眼里多了点笑意，自然地换了个话题：“葛武呢？”

“我让他去睡了，他开始还不放心，后来禁不住我劝，才一步三回头地回了房间里。”陆骁扬唇，故意问，“谢侍读，你觉得呢，我看起来这么让人不放心？”

谢琢摇头。

或许是潜意识中知道陆骁守在外面，他才纵容自己一闭眼就睡了如此之久。

陆骁随手扔开草茎，长腿一屈一直，背靠着车柱，探究地问：“谢侍读睡得可好？”

“很好，”谢琢停了片刻，才又说，“还做了一段很长的梦。”

陆骁追问：“什么梦？”

谢琢想说睁开眼时就已经忘了，但最终放弃了这个答案，回答：“梦到了一些小时候的事情，我有一次出门，也是这样在马车上睡着了，到家都没醒过来。”

陆骁嘴角带上了笑意。

原来，阿瓷跟他一样，都还记得这件事。

那是阿瓷第一次出门。

他瞒着两家的长辈，悄悄带阿瓷出府玩儿。阿瓷乘马车，他则骑着小马行在马车旁边，沿途告诉阿瓷街边的商贩卖的都有些什么东西，穿不同衣服的人都是做什么的。

或许是因为一路上过于好奇，消耗了太多精力，没过多久，阿瓷就趴在马车里睡着了。在街上转了一圈回到谢府的后门，见阿瓷还没醒，陆骁就上了马车，用手指戳了戳阿瓷的脸。

阿瓷也和刚才一样，闭着眼睛叫了声“哥哥”，说还想再睡会儿。

不过后来，陆骁就被他爹拎着衣领揍了一顿，又扔到院子里罚站了一晚上。但到现在，他都觉得，一顿打换一次出门，非常值。

这一瞬间，陆骁想说点什么，但又立刻将这股冲动压了回去，只说道：“好像是很开心的回忆。”

谢琢点了点头：“对。”

是很开心，他记性很好，只要经历过的事他几乎都能记下来。

只是，他十几年的回忆，以咸宁九年的腊月作为分割线，此前的回忆有多么明丽，此后的回忆就有多晦暗。

这时，谢琢发现陆骁黑色的常服上沾了白色东西，抬起头，就看见纷纷扬扬的雪花自天际落下。

谢琢轻声说道：“快到腊月底了。”

正月初一要举行国宴，而国宴中的歌舞百戏则需要教坊词来介绍串连。通常，教坊词的编写人，都会由咸宁帝从翰林官员中指定。今年，这份殊荣落到了谢琢身上。

天章阁里，聊起闲话，盛浩元说道：“延龄竟被陛下钦点写教坊词，我等果然不如延龄得陛下看重，真是让人羡慕！”

“对，对，对，我还记着那句‘法天地四时之韵，民日用而不知；传祖宗六圣之心，我无为而自化’，延龄高才，让我写，我可写不出这样的话。”寇谦卷着书册敲了敲手掌，在旁边说道，“你们两个都是翰林院留不住的人，盛兄开年就要往吏部升迁了，延龄再过两年肯定也差不离！”

寇谦话里没什么忌妒之意，他生在小富之家，没多少往上爬的心思，知道跟他同期的盛浩元要升迁了，也只是真心祝贺。

谢琢听见这话，连忙说道：“吏部是个极好的去处，延龄在这里提前祝贺盛兄了。”

盛浩元忍不住露出得意和喜色，但尽力压住了，把话题往谢琢身上引：“延龄呢，若离开翰林院，延龄想去哪里？”

“当然是看陛下安排，不过……如果从本心的话，我想去大理寺。”

寇谦奇怪：“延龄为什么想去大理寺？那种地方吃力不讨好，还容易得罪人！”

听见这个回答，盛浩元眼神微动。

谢琢有些不好意思：“我前几日看了两本话本，一本叫《洗冤录》，一本叫《昭明司》，看完后，就很想如书中人物一般，昭天下之清明，洗万民之冤屈。”

他这么明明白白地说出来，反而不会让人多想，寇谦大笑：“也是，也是，延龄虽然平时看起来稳重，但实际才十九岁，正是年轻气盛的时候，有这样的想法和志向是正常的！”

寇谦偶尔会觉得谢琢有些不真实，年纪不大却已经处事得体、滴水不漏。可这时，他会觉得，谢琢也不过是比普通人聪明一点的少年郎而已。

谢琢耳根发红，像是发现自己刚刚的发言太不稳重，有轻狂之嫌。

盛浩元也随口鼓励道：“延龄聪慧，说不定真的能查清不少冤假错案，还罪人清白。”

又故作叹息，“要是朝廷官员都心怀正气，不知会有多好。”

“说得对，”寇谦摸了摸自己的胡须，突然想起，“说起来，那个温鸣是不是也要参加这次的制科考试？”

盛浩元点头：“没错，温鸣在河道水文方面的才学很是不错，定然不会错过这次的制科。”

寇谦的神色有些鄙夷。

谢琢好奇地问道：“寇待诏似乎对这个温鸣……”

“还有几天就要考试了，那个温鸣不闭门看书，反而来参加文会。”寇谦语气不太好，“来参加也没什么大不了的，毕竟谁都知道，入朝为官，有三五好友不是坏事，但那人……太谄媚了。”

谢琢不解：“谄媚？”

“此次文会我恰好也在，礼部尚书的儿子不小心踩脏了盛待诏的鞋面，手里的茶水也洒到了自己的袍角上，正想让侍人进来清理清理，没想到那个温鸣竟然当着众人的面，直接跪在了地上，用自己的袖口把盛待诏的鞋面和吴祯的袍角都擦干净了。你说谄媚不谄媚？我当时都被惊住了。”

盛浩元没有阻止寇谦的话，等他说完才说道：“我当时也很惊讶，毕竟只是鞋面脏了，没什么关系，他突然跪在地上……让我有些不知如何是好，一时没来得及拒绝。”

说完，他就在等谢琢的反应。

“确实，”谢琢想了想，猜测道，“或许这个温鸣知道了此次制科的主考官是徐阁老，副考官是礼部尚书吧。”

“有道理！”寇谦又用卷着的书册敲了敲手掌，“吴祯是礼部尚书的儿子，盛待诏是徐阁老的女婿，不过他巴结得太过明显，反倒惹人生厌。”

谢琢不动声色地附和：“如此行事，确实惹人生厌。”

晚上回了家，谢琢换下绯色官服，就见葛武急急忙忙地走进来：“何事？”

葛武手里拿着信，眼睛微红：“公子不是叮嘱，让人盯着温鸣家里吗？刚刚收到信说，温鸣的妻子今天白日里就无法进食，今日傍晚已经去了。临死前，她叫人千万不要把自己的死讯告诉温鸣，让他好好考试。”

他想起温鸣自己都穷成那样了，依然要给妻子买药寄回去，可见两个人十分恩爱，不由得迟疑地说：“我们可要把这个消息告诉温鸣？虽然……他已赶不及见妻子最后一面了。”

谢琢看着灯烛的微光，片刻后才吩咐：“先不要告诉他。”

葛武应了声“好”，又问：“公子，若是这个温鸣没有血性、胆小懦弱，不按照公子的设计行事怎么办？”

烛光下，谢琢的眼神无波无痕：“不碍事。就如同下棋，棋路不是只有一条，若这枚棋子废了，再换一枚棋子就是。”

葛武不再忧心，只在心里想，希望温鸣不要辜负公子的期望。

腊月二十四傍晚，温鸣收到了家里托人带来的回信，说他送回去的药效果很不错，家中一切安好，让他一定要专心考试，不要担心家里。

此时，普宁寺客舍的房檐下挂着透明的冰凌，水缸里的水早已结成了冰，温鸣烧不起炭，屋里屋外一样冷，人呼吸可见白气。没有东西能取暖，他便将所有的衣服、被衾都裹到了身上。

满是薄茧和冻疮的手指捏着信，温鸣又将信从头到尾仔细看了一遍，才小心地将信纸折叠整齐。

药有效就好，温鸣往快要冻僵的手里哈了一口气，想着，后日就是制科的考试了，等他考完，先去千秋馆找宋大夫抓两服药，然后买两匹适合给妻子和母亲做衣服的花布，正好能赶在除夕那日回家过个好年。等以后有了俸禄，他再多接点抄书的活计，攒点银钱，就能把母亲和妻子接来洛京，一家团聚。

他甚至已经想好了，一脚踏入泥沼也没关系，只要这次有机会能参加考试，盛浩元他们不会从中作梗，他就一定可以考上，能被授官，被陛下派去治河。

往后，若是徐伯明抓着他的把柄不放，强迫他做违心的事情，他再尽力与他们周旋，或者，说不定会有别的解决办法和转机。

反正盛浩元和吴祯不过是想作弄他、折辱他，看他摇尾乞怜、放下尊严而已，他不是做不到。至于别人会不会看不起他，会不会觉得他是趋炎附势的小人，他已经没有那么在乎了。

温鸣咬了一口冷硬的馒头，混着凉水尽力咽下去，缓和了腹中的饥饿感，继续看起书来。

日子总是能越过越好的，他终归还有希望。

武宁侯府，陆骁正站在库房前，为送什么东西给谢琢作年礼发愁。

上次他送的白兔耳坠，是借着亲手雕刻的理由送出去的，阿瓷应该不会起疑。但胭脂、步摇这些东西，他现在还不敢送去，说不定一送去，阿瓷马上就能发现他已经什么都知道了。

思来想去，陆骁把库房里这几年各宫赏赐给他的东珠和南珠全翻了出来，又另找了一个精致的锦盒装好。

他想着，阿瓷现在扮作男子，珍珠首饰之类的东西还用不上，但他可以先把珍珠送过去，以后阿瓷就可以用这些珍珠做首饰，可以做一套完整的珍珠头面。

心里了了一件大事，陆骁去院子里练了大半个时辰的枪法，却越练越心烦——虽然事先已经想好，除夕当日才把礼物送出去，但陆骁发现，此刻自己已经有点忍不住了。

于是张召刚过来，就被自家侯爷迎头掷来一把长枪：“拿好。”

“是！”见人大步流星地往外走，张召连忙出声，“侯爷，您要去哪儿？”

陆骁脚步一滞，又闷头往外走：“去送礼物。”

书房里，谢琢正在回想今日碰见二皇子李慎的情形。

今日他去文华殿面圣，正好在殿外遇上二皇子前来问安。他原本准备恭敬避让，没想到二皇子主动跟他闲聊了几句。

二皇子李慎继承了其母亲德妃的长相，容貌偏俊秀，性情温和，便是对宫女、内监都颇为客气，平日里喜欢文人志趣，身上不见金玉，曾说自己若非生在帝王家，一定寄情山水，做个闲人。不管是洛京的文士，还是朝中的文臣，都很吃他这一套。

不过，依照入殿后父子间的对答来看，咸宁帝信不信李慎这一套说辞就不好说了。

谢琢正想着，屋外突然传来了明显的脚步声，像是来人故意弄出的动静。谢琢侧耳倾听，立刻辨认出了来人是谁。

陆骁站在窗外，刚准备抬手敲窗户，就发现面前的窗户被人从里面打开了。

谢琢应该才沐浴过，散着头发，灯烛为他的侧颜镀上了一层薄光："陆小侯爷？"

陆骁清了清嗓子："除夕快到了。"

"嗯。"谢琢耐心地等着他后面的话。

"我家中库房里存的东西太多，快过年了，下午时我大致清了一清，清出一盒珍珠。"陆骁一说完，立刻把锦盒打开，往谢琢面前递去，"给你，就当是……过年的礼物。"

盒中的珍珠粒粒饱满、圆润晶莹，在烛光下，彩色的光晕如虹。

谢琢没有马上接下盒子："都送给我？陆小侯爷，这份年礼太过贵重，我不能要。"

陆骁有点懊恼，是不是送得太多了？他尽量学着沈愚的口气："这很多吗？哪里贵重了？用来给你打弹珠玩儿的话，数量也才刚刚够吧？"

打弹珠？谢琢眼里浮起笑意："那陆小侯爷会和我一起打弹珠吗？"

陆骁怔了怔："也不是不可以。"

答完，他将整个锦盒塞到了谢琢手里，问起："谢侍读除夕准备怎么过？"

谢琢在除夕那天向来过得清净，回答道："会和葛叔还有葛武一起吃顿年夜饭。"

听了这话，陆骁突然发现，连他都会因为和沈愚关系好，要在正月初一去梁国公府拜年，谢琢在洛京这么久，竟然没一个朋友。

不，应该说除了千秋馆的宋大夫以及葛家父子外，他身边再无旁人。

他不像别的人，会在官场中结交友人，为自己铺路。不管是与他同时参加科考的同年举子、进士，还是一样在翰林院中就职的官员，他从未深交过。

他好像只考虑一时，从未考虑一世。或者，他是担心一旦深交，容易暴露自己的女子身份，所以才独来独往？

不，陆骁很快否认了这个想法，谢琢在这方面甚少有破绽，如果不是那块玉佩，他也很难将谢琢和阿瓷联系到一起去，所以应该不会是这个缘由。

不知道为什么，这一刻，陆骁突然感到心慌。

腊月二十五下午，窗外下着连绵小雨，温鸣正坐在书案前，不知道第多少遍，在草纸上描画大楚境内所有的河流。

几天前，他已经将自己平日的策论作品上呈，获得了“次优”的评级，有了明日入秘阁参加阁试的资格。在阁试中，他一日内需要完成六篇试论，这也是制科中最难的一项。阁试合格的人，才能进入殿试，殿试则要求考生在当日内完成一篇数千字的策论。

讽刺的是，明日才开考，可他不仅已经知道了六篇试论的题目，甚至以陛下的名义出的策论题目他都已经知道了。

勾画河流的墨笔颤了颤，温鸣想，无论他自己想不想知道，无论他在心中如何为自己辩解，他知道了题目，就已经是在舞弊了。

笔尖悬空，颤动许久，才重新落到了纸面上。

这时，一个小沙弥轻轻敲了敲门，在门外说道：“温施主，寺外有个药童找你，说是城中千秋馆的人。”

千秋馆?

“我这就来，劳烦了。”温鸣放下笔，起身去了普宁寺的门口。

小沙弥传了话后，就趁着大雨还没下起来，拿着扫帚继续扫地。不过他还没扫干净多大块地方，就看见温鸣去而复返，手中紧紧捏着一封信，失了魂似的，身形踉跄。

他立着扫帚，犹豫着要不要上前搀扶温鸣，就在他犹豫的几息里，雨突然越下越大，温鸣也已经走远了。

不知道什么地方传来了敲击木鱼的声音，温鸣耳边一直反复回响着那个药童的话：

“馆中去收药材的人路过温公子的家，就顺路去看了看，得知温公子的妻子已在几日前病逝……今天早晨邻居没看见人，便前去探望，才发现温公子的母亲已经没了气息。”

那个药童还说了些什么话，他已经完全听不清。

有风裹着冷雨重重地扑在他的脸上，裹着他的眼泪往下流。

此刻，温鸣全身都在颤抖，却察觉不到丝毫冷意。

妻子走了……母亲也走了……

临走前，她们是不是仍盼着他榜上有名，衣锦还乡?

他还记得上次离家时，年迈操劳的母亲倚在门口叮嘱他：“出门在外，要好好吃饭，娘昨晚给你多纳了两双鞋，不要舍不得穿，你好好的啊，一定好好的……”

他没想到，那竟然会是他见母亲的最后一面。

被一个蒲团绊倒在地，膝盖处的剧痛迟钝地传来，温鸣才发现自己进了佛堂，正中供奉的佛像身上已经有脱漆龟裂的痕迹，座下烟火缭绕。

温鸣在佛前出神许久，仰着头，模糊间看见明烛高燃，忽地想起，成亲那日也是这样，明亮的喜烛下，四娘羞红了脸，不敢看他的眼睛。

四娘花了好几天才替他做好一件衣裳，他觉得极好，四娘却生气自己的针脚还不够细密，悄悄躲在房间里哭。直到他去折了一枝杏花插到她的发间，她才破涕为笑。

后来，他读书闲暇时，会手把手地教她写字，她十分聪颖，毛笔写过一遍后，再用树枝在地上反复描画，就再不会忘。

而如今，他的四娘也去了，他教她那么多字，凝成了纸面上的绝笔——只望来生，再与君同。

“只望来生……只望来生……”温鸣双眼通红，如泣血般，定定地看着纸面上被洇开的墨迹，字音仿佛从剧痛的胸腔中挤出，“来生，来生为什么还要遇到我？明明你该想着，来生不要再遇见我才对！

“不要再遇见我了，四娘，千万不要再遇到我了……即使遇见了，也不要再做我的妻子了……”

接连的呜咽声在佛堂中响起，又被淹没在雨声中，温鸣突然抬起头，直视佛祖垂下的双眼，踉跄起身，将面前的蒲团重重地砸在地上，声音沙哑地怒斥：“为什么没有报应？为什么那些人不会遭天谴？为什么不遭天谴？为什么……”

若不是盛浩元那些人伸了手，他早在三年前甚至六年前就已考中，会好好做官，会努力抄书，会把母亲和妻子都接到洛京同住，会在冬日给她们买炭，会带她们去看大夫……

就算艰难，就算清贫，但她们不会死，不会饥无食，不会病无医，不会在他完全不知道的时候，安安静静地独自死去！

可是，他的妻子病重，连药都咽不下去时，他在做什么？

他跪在地上，用四娘熬更守夜亲手为他缝制的衣服，去擦盛浩元脏污的鞋面和吴祯的袍角。

他的母亲无声无息地离世时，他又在做什么？

他知道了试论和策论的题目，正在不断告诉自己，他可以和那两个人周旋，以后肯定能等来转机。

转机，转机……

真有了转机，又有什么用？

又有什么用？

……

这一刻，温鸣在佛前生生呕出一口血来。

烛光摇晃，他卧倒在冰冷的地上，一手抓着衣襟，单薄的布衣下，嶙峋的脊背不住颤抖，声音嘶哑如哭："我温鸣，枉为人夫……枉为人子……"

腊月二十六，谢琢在文华殿轮值。因为天寒，他有些咳嗽，咸宁帝还特意让高让端来药茶给他润喉止咳。

见谢琢难得有些心不在焉，咸宁帝取笑道："延龄可是因为快过年了，想着回家？"

谢琢回过神来，立刻羞愧地说道："臣御前失仪。"

"怎么就失仪了？延龄年纪不大，心思浮动是正常的。"要到年关了，御案上的事情少了许多，咸宁帝有了关心近臣的闲心，"过年可会将家里人接到洛京？"

谢琢回答："臣父母早逝，只有一个老仆在清源老家守着老宅。不过老仆年纪大了，冬日严寒，不适合舟车劳顿，所以臣应该不会接他入京过年。"

"这样，"咸宁帝很欣赏谢琢，无父母照拂却能高中探花，说明心志坚定，不会轻易动摇，没有家族所累，也少了朋党之争，他更放心将事务交到谢琢手里，想着，语气也愈加温和，"那你独自在京中过年，可以多走走看看，京中繁华，非其他地方可比，如此一来，你这年过得也不会冷清。"

吩咐完，咸宁帝又问回："延龄还没告诉朕，刚刚为何心不在焉？"

谢琢惭愧道："臣念着冬日严寒，明年开春冰雪融化，无定河洪水湍急，不知道会淹没多少农田民舍。又想到今日制科开考，希望参加考试的举子中能有一二可用之才，解无定河春洪之危，所以一不留神思绪便远了。"

"你不提这桩事，朕差点忘了今日是腊月二十六。"咸宁帝问高让："这次制科，可是在秘阁中进行？"

高让手握拂尘："是的，现在应该刚刚开始。"

"考官是徐伯明和吴真义？他们两个倒没什么让朕不放心的，"咸宁帝心忧无定河已久，被谢琢的话挑起兴致，思忖片刻后说，"延龄可有兴趣随朕一起去看看？"

谢琢起身施礼："臣遵命。"

咸宁帝只是临时起意，没有带上仪仗队，只领了谢琢、高让和几个内侍缓缓行去。

文华殿离秘阁不远，一行人不过一盏茶的工夫就到了。

得知咸宁帝来了，徐伯明和吴真义对视一眼，然后徐伯明让吴真义继续守着，自己连忙起身去迎。

咸宁帝摆了摆手："不要惊扰了里面正在考试的举子，朕在殿中闲来无事，想起今日制科开考，特来看看。"他又问徐伯明，"初试的策论都看完了，可有看见好的？"

徐伯明走在咸宁帝左后方，落后半步，恭敬地回道："是有几个好的，其中一个姓温的考生，在呈上来的文章中谈了几条治河理念，我和杨首辅以及几位阁老都觉得这人对山川水文详悉，提出的治河之法也很务实。"

“嗯，谈治理河道，务实最是难得。”咸宁帝颔首，“能挑出一个来也不错，眼见着就要过年了，无定河洪涝无常，朕心里挂着，总是不安。”

徐伯明垂首道：“陛下心系百姓，是天下之幸。”

咸宁帝进到秘阁的考场中，副主考礼部尚书吴真义已经起身退到一侧，将主位让给咸宁帝。

谢琢一直跟在咸宁帝身后，不经意地抬起头，很快便看见了温鸣。

温鸣身上穿的仍是那件半新不旧的文士服，似乎一夜没睡，脸色惨白，双眼浮肿。不过在制科前睡不着的不止他一个，许多人都熬红了眼，倒不显得他特殊。

只是开考已经过了一个时辰，温鸣却端正地坐着，纸面上一个字没写，无人清楚他在想什么。

不知是谁抬头先发现了身着龙纹常服的咸宁帝，没过多久，考场中的举子齐齐俯身，高呼“陛下万安”。

咸宁帝免了礼，温和嘱咐：“朕不过信步而来，诸位认真作答即可，莫要分心。”

话是这么说，但普通举子此前根本没机会得见天颜，重新在位子上坐好后，一连几个人都因为手抖，拿不稳手中的毛笔。

咸宁帝也确实如他所说，没有准备久留，在主位上坐了坐，表明了对此次制科的看重后，就起身准备离开。

谢琢朝徐伯明和吴真义拱了拱手，跟在咸宁帝身后，一步一步朝着秘阁的大门走去，没有再回头看场中众人，也没有看温鸣。

就在他踏出第七步时，身后有一个声音在寂静的考场中响起：“臣有事要奏明陛下！”

温鸣已经通过秋闱，功名在身，自称“臣”不算逾矩。

谢琢随咸宁帝一同转身。

只见气氛紧绷的考场中，温鸣独自站起。他极瘦，像是撑不住身上的文士服，似乎有什么事已经耗尽了他的精神，身形都在轻晃，但又像立在风雨中的松竹，不会轻易断裂。

所有人都看向了他。

徐伯明原本低着头，循声一看，发现是温鸣，心下不禁跳了一下，厉声呵斥：“制科考场，不容放肆！来人……”

就在守在秘阁外的禁军亮出刀刃，快步入内，盔甲窸窣碰撞时，温鸣哑声高喊：“臣已经知晓殿试的策论题目！臣，科考舞弊，请陛下详查！”

此刻，温鸣目中恨意如炬。

第十三章 舞弊案发

所有门窗紧闭，禁军奉皇命围守秘阁，任何人无诏不得出入。

在温鸣一字不差地说出殿试的策论题目后，咸宁帝盯着考场中央跪着的消瘦青年，在一片极致的安静气氛中开口，神色不见喜怒："题目是谁告诉你的？"

温鸣语气平静地回答道："翰林院五品待诏盛浩元。"

徐伯明额角急跳，立刻双膝跪地，大声疾呼："陛下，他这是诬陷！请陛下明察！"

温鸣神情毫无波动，没有看徐伯明，也没有看其他人，只定定地盯着空中的某一点，像是丢失了三魂七魄，只剩残躯还在此处等待一个结果。

咸宁帝仿若没有听见徐伯明的辩驳，一双眼锐利地注视着温鸣，接着问："可有证据？"

"证据？"温鸣摇了摇头，"臣没有证据。盛浩元很谨慎，从来不会留下任何物证。他亲口将所有题目告诉了我，让我一定要记清楚。还说，我要是觉得自己才学不足，可以先把文章写出来交给他，他那边会有人帮我润色，我只需要把修改后的策论背下来就行。当然，他也说过，如果嫌麻烦，我可以直接背下他提供的策论文章。"

"陛下，他毫无证据便血口喷人，妄图将科考舞弊的重罪扣在盛浩元身上，心思歹毒！"徐伯明还算稳得住，立刻疾声争辩道，"想来除了盛浩元，他立刻会攀咬老臣，说题目泄露的根源在老臣，以此牵连二皇子！"

谢琢站在咸宁帝身侧，将所有人的神情都收入眼底。

徐伯明很聪明，立刻将科考舞弊一事引到了大皇子与二皇子储位之争上。一旦咸宁帝开始怀疑或顾忌，不全然相信温鸣的话，而是暂时将温鸣及涉案之人收押，就算只有一个时辰的空隙，也足够徐伯明安排相关事宜，然后全身而退。

"哦？牵连二皇子？"咸宁帝的视线终于转到了徐伯明身上，"阁老是认为，老大想夺下储位，所以利用这个温鸣和这场制科布了一个杀局，故意陷害他的弟弟，是吗？"

徐伯明还没说话，就听温鸣说道："并非只有这场制科。据臣所知，咸宁十五年和咸宁十八年的科考，皆有舞弊情况发生，同样都与盛浩元有关。”

他没有指名道姓地说出徐伯明的名字，只提盛浩元。但包括咸宁帝在内，谁不知道盛浩元是徐伯明的女婿？谁不明白，区区一个翰林院五品待诏，如何能拿到殿试的策论题目？

温鸣此话一出，可以说是落下了一片惊雷，场中已经有考生因为太过恐惧昏厥在地，却无人敢动上一动。

若接连三次科考都有舞弊情况存在，岂不是幕后之人已经成功且彻底蒙蔽了圣听？或者说，仅仅有三场，还是此前有过更多这种事？

咸宁帝靠着椅背，吩咐：“你继续说。”

“咸宁十五年，臣于秋闱后来到洛京，因家贫，受到了盛浩元的接济，心中甚是感念。但没想到，春闱开考前，盛浩元问我是否想知道考试题目，且向我保证，我一定会入殿试。”

本朝定制，考生入殿试后，再不被淘汰，只会根据殿试的成绩，给所有参试的考生进行排名和授官。

温鸣嗓音干哑，不管是表情还是语气都没了多余的情绪，只平铺直叙道：“臣拒绝了，因为臣那时相信，以臣之所学，臣必然能上榜，不屑作弊。可是，臣落榜了。咸宁十八年，臣再次参加春闱，倾尽所学，认为即使奸人作梗，亦不可能做到撕掉臣的文章，抹掉臣的笔迹，但臣此次依然落榜，盛浩元特意前来告诉臣，臣之所以落榜，不是我的策论文章写得不好，而是因为礼部尚书以‘犯了忌讳’为由，让臣落榜。”

一直默不作声的礼部尚书吴真义双腿一软，差点没能跪住，刚想张口，就被咸宁帝的一个眼神压了回去。

咸宁帝吩咐：“高让，你亲自去将温鸣的策论找来。”

春闱与殿试后，所有考生的策论答卷都会统一被存放在一处，用以调阅追溯。

高让弓着背，立刻回道：“奴婢这就去。”

离开秘阁后，高让点了几个信任的内侍，匆匆去往博文阁。他的徒弟也在其中，小声跟在他旁边低声问：“师傅，可是出了什么大事？禁军都出动了。”

“放机灵点，想保命就闭紧嘴，最好连耳朵也堵上。”

高让想起秘阁中那个叫温鸣的举子所说的话，后心处一阵发凉。

现在，不管是真的有人在背后弄权泄题，还是泄题为假、意图构陷是真，这件事都已经将阁老、尚书、皇子和无数考生拖入其中。并且，科举舞弊，无论在哪朝哪代，都触犯帝王的逆鳞。

这朝廷，想来又一次要翻天覆地了。

他不由得感慨，或许咸宁帝自己也没想到，一次临时起意，信步查看，竟牵引出一个惊天大案。

临时起意……

想到这里，高让脚下一顿，又马上打消了浮出的念头——谢琢没有动机。科举舞弊之事一出，他这个新科探花也会惹得一身腥，且这其中变数极大，不好把控，此事应当跟谢琢没多大干系。

高让摇了摇头，心想：果然是在宫里待久了，什么事都忍不住往阴谋里想。

秘阁中。

高让进门时，天光透过窗棂照进来，微尘浮动。考场中气氛凝滞，像是有水漫过鼻尖，呼吸都费劲。他小心翼翼地将找出的策论试卷呈给正在闭目养神的咸宁帝，轻声说道："陛下，奴婢将试卷找来了。"

"嗯。"咸宁帝接下试卷后，将泛黄的纸张展开看起来。不过几千字的策论，他看得很仔细，看完后，随手将试卷递给站在他右后方的谢琢："延龄也看看。"

谢琢双手接下试卷："是。"

等谢琢看完，咸宁帝抬了抬手指："递给吴尚书，让他也看看，过去了这么长一段时日，说不定他已经忘了这篇策论的内容。"

谢琢依言将试卷递了过去。

吴真义伸手来接试卷时，指尖发青，颤抖不止，额角的头发已经被冷汗湿了个透彻。

谢琢视若无睹，什么话都没说，重新站回了自己的位置。

一炷香的工夫后，咸宁帝的声音响起："吴卿可看完了？"

吴真义跪在地上，点头，颤着嗓音回道："臣……看完了。"

"看完就好。"咸宁帝转动着翡翠扳指，问，"那朕就仔细听吴卿说说这篇策论有何处不妥，又犯了什么忌讳？你说，朕听着。"

吴真义身子抖得如筛糠一般，冷汗更是一滴接一滴地往下流。

当初评卷时，他实在找不到这篇策论的错处，就给了个"犯了忌讳"的理由，将温鸣的名字剔掉了。事情本该在当时就彻底了结，谁能想到，这篇策论竟然还有重见天日的时候！

他垂着头，不断地朝徐伯明瞥去，却没有得到任何回应，牙齿不由得上下打架，捏在指间的试卷都被攥出了褶皱。

咸宁帝见吴真义久久不说话，没了耐心："还是说，吴卿尚未将策论内容看完，需要再看一遍？"

这句话，仿佛将吴真义濒临崩溃的心理防线一刀戳破，他全身一软，伏趴在地，涕泗横流："陛下恕罪，陛下恕罪啊，臣什么都不知道，臣只是听命行事而已！臣什么都不知道啊！"

温鸣跪得笔直。他今早临行前，只用冰碴混着雪水，咽下了半个冷馒头，现在腹中绞痛，但听着耳边尖厉的求饶声却很想笑。

荒谬啊。

曾在他的试卷上写下“犯忌”批语的人，此时此刻竟完全说不出他温鸣洋洋洒洒数千字的文章，到底哪一个字犯了忌讳，又是因为哪一个字，让他榜上无名，无缘殿试，让他穷困潦倒，让他的母亲和妻子在他不知道的时候默默死去。

荒谬，真是荒谬。

咸宁帝没有理会哭喊的吴真义，问温鸣：“为什么特意等到这次制科？”

温鸣深深地伏下身：“臣有私心。臣生于世，不可不顾及年迈操劳的母亲和一心为臣的妻子。臣于幕后之人犹如蜉蝣撼树，不自量力。臣不敢因为所谓的正气和傲骨连累家人殒命。”

他以前不敢，为什么现在就敢了？

他话中的意思再明显不过，咸宁帝没有追问，转而问徐伯明：“徐卿还有没有什么话想说的？”

徐伯明似乎已经冷静下来，叹息道：“臣自入朝以来，敬终慎始。入阁后，更是心知自己手握无数人不可及的权力，每日战战兢兢，如履薄冰，不敢行差踏错。臣知道，现在无论臣说什么都如同狡辩，但臣相信，陛下圣明，必不会被奸人蒙蔽，一定会还臣清白！”

他这番话说得甚是动情，但他心里却不如面上表现得这般平静，反而已经在怒骂盛浩元，口口声声说着已经将温鸣彻底掌控住，绝无错漏之处，实际上却出了这样的事！

现在，他要赌的就是咸宁帝的多疑性子。如果咸宁帝有一丝怀疑这是大皇子在背后设的陷阱，那么他就还有挣扎的余地！

咸宁帝没有立刻开口，转着翡翠扳指，忽地问谢琢：“延龄，你也看了温鸣的策论，你觉得如何？”

谢琢垂眸：“依臣之拙见，这份策论可被评为一甲。”

“嗯。”咸宁帝颔首，“朕以科考网罗天下之英才，义以观其通经，赋以观其博古，论以观其识，策以观其才。朕曾以为，朕开科取士，明公正道，开言纳谏，这天下间应当野无遗贤。”

如平湖骤起波澜，他突然怒斥：“可事实上，你们谁能解释给朕听听，为何一个能写出此等策论的人，会接连两次落榜？你们好啊，手段真是了得，能逼得一个可为朕所用之才，没了母亲和妻子，才敢参加制科，只为跪到朕面前，告诉朕他这些年所受之屈辱！”

秘阁中寂静无声，天子一怒，谢琢、高让与所有禁军皆惊惧跪下。

“战战兢兢？如履薄冰？”咸宁帝冷笑，盯着徐伯明斥道，“依朕所见，你是胆大妄为，无法无天！你眼中，可还有朕这个皇帝？”

不知过了多久，咸宁帝点名：“延龄。”

“臣在。”

“替朕拟旨，温鸣所述中一切相关人等，以及今次参考制科之人，全部打入诏狱，命御史中丞、刑部尚书、大理寺卿三司会审。”咸宁帝负手而立，“朕，要一个真相。”

谢琢施礼领命：“是。”

这一刻，所有脱罪的算计成空，徐伯明面上再无血色，委顿在地。

尚未过午，在天章阁中编纂《实录》的盛浩元便被禁军押走，与此同时，徐伯明与吴真义府外被禁军包围，任何人不得出入，在琴台与人饮酒的吴祯也被关入狱中。

刑部、大理寺、御史台的人接到旨意，立刻忙得焦头烂额，洛京街上，随处可见禁军来往。

很快，制科舞弊，咸宁帝震怒下令彻查的消息传出，洛京上下一片哗然。

诏狱中，吴祯外裳散乱地被绑在刑架上。他在琴台喝了不少酒，有些醉了，但一盆冰水泼过去，他早已经彻底清醒过来。

他尚且不知道发生了什么事，手脚不住地挣扎，看了看周围黑漆漆的环境以及面色不善的刑官狱卒，不由得抖着嗓音喊道：“你们可知道我是谁？我父亲是礼部尚书！你们大胆，竟敢抓我！”

一个刑部官员站出来，没多少耐心地说：“就是因为你爹是礼部尚书，不然本官也站不到你面前。”

圣旨下得急，咸宁帝的怒气更是可想而知。

朝中许久没有出过大案了，上面的人已经漏了口风，说是对此事严查严办，天王老子来了都不能买账。

于是，这个刑部官员没有理会吴祯的叫嚣，吩咐：“把长针取来，先刺十指，让他感受感受。”

一阵凄厉的痛叫声后，刑部官员上前拨了拨插入吴祯指尖的长针尾端，朝痛得面色发青、全身痉挛的吴祯说道：“现在，我来问，你来回答。”

文华殿中。

高让弓着背，手握拂尘，如泥塑般一动不动。

不过两三个时辰，诏狱就已经送来了第一批供状。

前几份主要出自参加此次制科的考生，有八个人交代，他们曾参加过盛浩元组织的文会，其中又有一个人交代，他和温鸣一样，提前从盛浩元那里得知了考题，盛浩元还曾保证他一定能入殿试，被授官职。

最下面的一份供状，来自吴真义的独子吴祯。他不堪忍受刑罚，将盛浩元如何施恩于寒门举子，怎么挑拣拉拢人选，又是用了哪些手段让那些人听话就范的，通通说了出来。

鎏金的香炉上浮着轻烟，咸宁帝将这两份供状一字一字看得极为仔细，面色愠怒，山雨欲来。

这时，殿外有人通报，二皇子李慎求见。

咸宁帝隔了几息才开口："让他进来。"

李慎进殿后先行了大礼，没有贸然开口，而是先抬头看了看咸宁帝的神情，才谨慎地说道："儿臣请父皇安。"

咸宁帝问得直接："你来文华殿见朕，所为何事？"

犹豫良久，李慎才跪在了地上："儿臣听说此次制科竟有人舞弊，提前知道了策论的题目。"

咸宁帝意味不明地反问："听说？"

李慎一瞬间有些慌乱，片刻后，他找回自己的声音："儿臣……儿臣听说徐阁老也入了诏狱。"

"怎么，你想替你的岳父求情？或者你是想告诉朕，这件事与你那个好岳父毫无关系，他是被冤枉的，朕应该放了他？"

李慎咽了咽唾沫，想起来之前，二皇子妃跟他说的"一荣俱荣，一损俱损"，他自己也很清楚，他在朝中的助力基本都来自徐伯明以及徐伯明手里握着的那些人。

他不关心也不在意那些人是不是自愿受他指使，只知道一旦徐伯明被定了罪，手里握的人被一一清查夺官，他将无人可用，甚至很快就会彻底垮台，再也无法与李忱争夺储位。

明明现在李忱势弱，已经被他极力打压，几乎只有几步远，他就能将太子之位握进自己的手里。

于是，李慎双眼微红地答道："父皇英明，徐阁老鞠躬尽瘁，最是坦荡无私，怎会沾手科举舞弊之事？想来一定是有奸人谋算，想要一举除掉阁老！"

他没注意到咸宁帝眼中溢出的失望之色。

而以谢琢的角度，他正好看见这丝情绪。

他猜想，咸宁帝或许是在期待自己的儿子能给出精彩绝伦的辩驳，没想到竟是这几句陈词滥调？

咸宁帝开口："你是说，徐伯明什么都不知道，一切都是盛浩元借着徐伯明的名声，擅自在私下里进行的此事？或者，干脆盛浩元也不知情，是个替罪羊，吴祯同样是屈打成招？"

吴祯已经招了？他招了些什么？

李慎掐着自己的掌心，强自冷静下来："对，极有可能！或者……或者礼部尚书吴真义才是科考舞弊的幕后主使，吴祯是他的儿子，故意与盛浩元交好，现在事情败露，立刻将脏水通通泼到了盛浩元身上，还想拉徐阁老下水！"

咸宁帝紧紧盯着李慎："你既然说得有几分道理，那你再给朕解释解释，吴真义一个礼部尚书，为何要控制贫寒举子，通过科考舞弊的手段将他们放到六部、翰林院、地方州县甚至钦天监？”

李慎被问住了：“他……他……”

破风声起，一个砚台重重地砸到了李慎面前，“哐”的一声沉响，墨汁迸溅，洒了李慎满身，他不由得面色青白——只要再远两寸，这方砚台就会砸破他的前额！

空旷的文华殿中，咸宁帝上身前倾，厉声逼问：“那你再告诉朕，这朝廷，到底是你李慎的，还是朕的！”

天将入夜，马车在家门前停下，谢琢踩着马凳下了车。他刚系上斗篷，就见不远处站着一个颇为面熟的人。

老树下，谢琢替方彦倒了一杯热茶：“屋舍简陋，茶也不是好茶，姑且给墨亭做暖身用。”

方彦双手接过茶，眼中是掩不住的慌乱之色，一时间不知道该如何开口。

还是谢琢先问道：“墨亭此次特意来找我，可是因为盛浩元的事？”

听谢琢直呼名字，方彦立刻敏锐地皱眉：“科举舞弊……全是真的？”

见谢琢颔首，他心中不由得泛起阵阵凉意。

若他听说的那些消息，譬如盛浩元常年借文会、小聚、宴饮等名目拉拢举子，告知策论题目，科考舞弊，欺瞒圣上，蒙蔽圣听……这些消息如果都是真的，那……

谢琢试了试杯壁的温度，缓缓喝了口茶润喉，才说道：“都是真的。陛下因此震怒，连发三道旨意，下令三司彻查科考舞弊一案。涉案主犯，一律刑罚从重。从犯，例如与盛浩元关系紧密者，不管罪行轻重，终生不得再入考场，三代以内的血脉也没有了参加科考的资格。”

方彦再如何长袖善舞，也只是太学中的一个学生罢了。今日从太学到谢琢所住的永宁坊，他看见了无数在街巷中穿行、抓捕疑犯的禁军，这样的场景已经令他骇然。现在更是得知，此案的从犯无论轻罪重罪，三代内都没有了科考资格，心中愈加慌乱。方彦端着茶杯的手颤抖起来——他曾受邀参与过三次盛浩元的文会。

现在盛浩元已经被关入诏狱，徐伯明和礼部尚书府上仍被围得严严实实，可见科考舞弊一事几乎已经是板上钉钉的事实。

不光是他，太学中但凡与盛浩元有过交集的人，全都如热锅上的蚂蚁。但渠道有限，这件事又触了圣怒，很多人对此讳莫如深，让人不清楚现在的局面到底是什么模样。

也是这时，方彦想起了与他有一面之缘、相谈甚欢的谢琢。

谢琢身在翰林院，又在御前行走，肯定比大多数人清楚这件事的内情，他这才急急忙忙地找了过来。

方彦越想越恐惧，表情看起来像哭又像笑，手指抓着袍服的衣料：“那……那……”

谢琢轻轻咳嗽了一声，嗓音平缓，让人不由得信服："墨亭不用慌张，盛浩元一案虽然牵连甚广，但陛下圣明，绝不会冤枉无罪之人。"

"我知道，我明白，陛下肯定不会。"方彦勉强扯起嘴角，口中干渴，一口喝了大半杯茶水。

但话是这么说，方彦在洛京多年，很清楚什么是帝王一怒，伏尸百万。

呼吸变得急促起来，方彦突然站起身，朝谢琢深深作揖："求谢侍读指点，救救我等！"

"墨亭这是干什么？"谢琢跟着起身，先让方彦坐回石凳上，自己跟着坐下，思忖许久才说道，"倒也算不上什么指点。依我在御前所见所闻，陛下心胸宽广，求贤若渴。不过，陛下心胸宽广是一回事，我等也该主动表明自己的忠君之心，不是吗？"

方彦是个聪明人，立刻明白过来。是啊，不管是他，还是太学中的众人，在如此紧要关头，必须尽快表明立场，与徐伯明、盛浩元之流彻底划清界限，洗清科考舞弊的嫌疑才行！

他们又该如何表明忠心？

思绪急转，方彦双眼微亮，猛地站起身，匆忙间再次作揖，激动地说道："我这就赶回太学！明日立即前往宫门，伏阙上书，向陛下奏明我等的忠君之心！"

谢琢起身送他出门，在门口的灯笼下叮嘱："冬日风冷，墨亭路上小心。"

武宁侯府。

沈愚脚步飞快地去到校场，远远就听见了兵械破风的声音。他定睛一看，发现陆骁正提着一把长刀舞得虎虎生风，连忙站定，不敢轻易靠近。

等了一会儿，沈愚心里着急，提高声音喊道："陆二你有完没完？该歇歇了！"

"唰"的一声，陆骁似乎只是随手一掷，长刀隔着好几步的距离，精准入鞘。他回过身，抬手随意地紧了紧束发的锦带，眉目间笑意飞扬："你怎么突然过来了？不是才请了一个说书先生吗？话本听腻了？"

"谁还有心思听话本，话本能有现实的事情精彩？"沈愚觉得刚刚拎着长刀的陆骁太过危险，现在刀没了，危险性也降低了，这才快步走过去，"我这不是听见了一箩筐真真假假的消息吗？我弄不明白，心里又不踏实，别的人我不放心，只能来找你絮叨了。"

两个人就近在校场旁的石阶上坐下。

陆骁不太明白："科考舞弊这案子，再怎么都牵连不到梁国公府上，你爹都不慌，你慌什么？"

沈愚撑着下巴，束发的金冠熠熠生辉，发愁道："我就是觉得，是不是要变天了？我爹是真的不慌，我出府的时候，他正带着我娘在水榭看皮影戏！"

"变天倒不至于，只不过徐伯明和二皇子这些年的算计，正好戳到了我们这位陛下的命门而已。"陆骁爱惜地擦了擦手臂上的蜥皮护腕，又吹了吹根本不存在的灰尘，解释给沈愚听，“徐伯明很知道分寸，这么些年都没出过事。像状元、一甲之类的人，他不会碰，风险太大了，也太容易暴露。他瞄准的，大部分是中末流名次的考生，好操作。”

以梁国公世子沈愚的眼界，他不明白徐伯明怎么只盯着中末流名次的考生，皱眉问：“科考中末流名次的考生，不是多数只能被授些六七品的小官吗，能有什么用？”

“怎么就没用了？只要吏部有他的人，他就可以在每年考评的时候动点手脚。这样一来，他掌控在手里的那些小官会升迁得非常快。要不了几年，这些人的官职不就都上去了？”陆骁拧开皮质水囊喝了几口水解渴，“而且，你不要看小官品级低，例如工部，往上报材料账目、真正经手银钱的不是小官？再看刑部，真正去牢里审犯人、亲自上刑的，不也是小官？还有钦天监，若是钦天监的人说大皇子于陛下命格有碍，大皇子在宫里，陛下就会生病，你说陛下是信还是不信？”

越是能接触实务的人，往往越能在看不见的地方动手脚。

沈愚连连点头，豁然开朗，激动地站了起来：“对，对，对，我懂了！是不是再等十年，重要的位置就都是徐伯明一手提上来的人，而末流小官，也都是他新塞进去的人！这样一来，朝廷上上下下不都是他的人了吗？他自己又是阁老，想干什么干不成？”

陆骁拍了拍沈愚的肩，笑道：“阿蠢说得不错啊。

“最重要的是，这些人的把柄通通握在徐伯明手里，他们都得听徐伯明的话，也就是说，他们都听二皇子的话。朝中百官，这么多人不听皇命，只听某个人的命令，”陆骁指了指皇宫的方向，“你要是坐在那把椅子上，你能安心？”

沈愚不由得倒吸了口冷气：“怪不得，怪不得陛下会问二皇子，这个朝廷到底是谁的。”他拍了拍心口，“我要是李慎，能直接在文华殿上厥过去！”

陆骁重新在石阶上坐下，伸直长腿，随便捡了块小石头在手里抛来抛去：“所以，无论徐伯明怎么辩驳，陛下都已经对他起了杀心。”

望着地面上刀剑砍出来的痕迹，沈愚发散了一会儿思维，突然问：“陆二，你说这次的事情会不会是大皇子在背后操纵啊？还是只是那个叫温鸣的人忍无可忍，一朝爆发？”

陆骁半点没掩饰自己的不屑之色：“就李忱那脑子，他能做成这事才有鬼了！”

他心里其实很激动，所以才会大半夜地在校场上舞大刀。

要不是因为必须保密，陆骁巴不得告诉所有人，知道是谁在幕后动手吗？知道是谁一根手指就把徐伯明这个老贼扳倒了吗？知道是谁这么聪明吗？

是阿瓷！

但这话他只能憋着，悄悄地在心里喊两回。

反正没人知道他是在说谁，陆骁开始放心地使劲儿夸：“如果幕后真的有人在操纵此事，那此人必然十分善于洞察人心！无论是盛浩元、吴祯、徐伯明，还是温鸣，此人都把他们看得十分透彻，把握得格外精准！”

陆骁越夸越起劲：“而且，他还需要非比寻常的耐心，不能随随便便动手，以免打草惊蛇，让他们心生警惕，必须攻其不备，让徐伯明他们没办法及时找出脱罪的方法！”

禁军围了秘阁不久，陆骁就得到了消息。

这段时间里他仔细推敲过，要是换作他，他会怎么做？

然后他发现，他几乎没有更好的做法。

如果是安排某个人去敲登闻鼓鸣冤，那么从那人敲登闻鼓开始，到咸宁帝知道这件事，中间一长段时间里，任何变数都有可能出现。或者，敲了登闻鼓，事情还没能传到咸宁帝的耳朵里，人就已经先被徐伯明一党灭口了的情况，也不是没有可能发生。

让御史台风闻奏事也是一样的。

只有在制科考场这样极为封闭的场所里，咸宁帝、温鸣、徐伯明、礼部尚书都在，才能将事情的变数控制在最小范围内。

想到这里，陆骁眼中又露出几分得意之色——阿瓷真是不出手则已，一出手，徐伯明那老贼根本就无法翻身！

沈愚听完分析，却觉得：“真有人能布置出这杀局？我不信，我觉得是温鸣忍无可忍的结果，谁让盛浩元他们这么猖狂，逼得温鸣连命都不要了。这就叫自作孽不可活！”

朝中许多人和沈愚意见相同。

只因咸宁帝会亲临制科考场这件事，谁都无法预先安排，而这是其中极为重要的一环。

夜色下，徐、吴两家府外火把明亮，今晚洛京城内不知道多少人将彻夜不敢安眠。

葛武脚步匆匆地进到谢琢的书房里，汇报道：“公子，徐伯明的二女婿趁着天黑，亲自去了内阁首辅杨敬尧的府上，应该是去求救的。另外，御史台几个官员家中也接连被人拜访，上门的都是徐伯明的朋党。还有公子让盯着的几个大皇子一派的官员，也悄悄聚在一处商议。”

“杨敬尧？他很聪明，从来都是按着陛下的心意办事，这次肯定也是明哲保身，不会轻易蹚这浑水，徐伯明的二女婿不一定能开出足够的价码。”烛火下，谢琢正一笔一笔耐心地临帖，已经写了厚厚一沓宣纸，语速不快地说，“不过，大皇子应该也会找人去拜访杨敬尧，这是彻底解决二皇子的好机会，他不会放过。”

葛武忧心忡忡，有些不安：“公子，徐伯明虽然已经被关进了诏狱，但有没有可能还会被放出来？”他越想越是忐忑，“他在朝中这么多年，手里又捏着那么多人的把柄，那些人如果不想死，应该只有救出徐伯明这一条路可以走。那……那这样一来，会不会让徐伯明平安无事？”

“你要知道，这天下是陛下的，朝廷，也是陛下的。”谢琢每一笔依旧沉稳，语气不慌不忙，

“如果徐伯明没有直接被投入诏狱，那他捏在手中的人就还有用。但只要徐伯明被关入诏狱，那他就会面临一个困境。”

收了尾，谢琢搁笔，用湿布巾擦了擦手上的墨迹，说道：“若没有人为他求情脱罪，那么陛下会很快下旨定罪。如果有人为他求情脱罪，那么，求情的人越多，陛下只会越想他死。”

无论何时、何种境况，都不能高估一个皇帝的心胸和气量，这是他们谢家用数条人命换来的教训。

将湿布巾放下，谢琢吩咐：“你也熬了大半夜了，去睡吧。就算此次不成，日后也还有杀徐伯明的机会。”

葛武虽然心里还是不安，但向来对自家公子格外信服，闻言点了点头：“那我去睡了，公子也莫要太晚。”

大楚是每月逢五、逢十才召开朝会，可第二天上午，文华殿中的热闹程度与朝会相差无几。

今日本该盛浩元前来轮值，但盛浩元现在身在诏狱，咸宁帝又在盛怒中，不少人担心触了霉头，于是顶替盛浩元来文华殿的，就是翰林院中资历最浅的谢琢。

他安静地坐在自己的位子上，仿若隐形人。

“徐阁老虽是主考官，但从出题到将题目展示，其间可不会经一人之手，谁敢保证，不是有人故意看了题目，再对外泄露，只为陷害徐阁老？若徐阁老就这般被定了罪，那此案真正的主谋则会逍遥法外，谁能负责？”

“没错！徐阁老鞠躬尽瘁这么多年，我们所有人都看在眼里，绝不能容忍有人以如此低劣的手段诬蔑和残害忠臣！”

“无论你们再如何狡辩，事实到底如何已经明明白白！徐伯明妄想瞒‘天’过海，实乃胆大妄为！”

“已经有不少疑犯被接连供出来，又有这么多证据，你们竟然还口口声声说徐伯明是被陷害的，你们又安的是什么心？莫非你们的科考也都是靠徐贼帮忙舞弊才通过的？”

“你血口喷人！”

一群穿着官服的人起初还能保有文人风范，但很快，语气变得愈加激烈，双方甚至差点大打出手。

直到咸宁帝将茶盏放到案上，抬手示意高让撤下去，不过是茶盏轻轻磕动的声响，却令所有人都屏气凝神。

毕竟他们这场戏，也只为演给御座上的人看。

“此案到底如何，自有三司会审，你们在朕面前争来争去，是想争出个什么结果？”

刚刚还吵得面红耳赤的人现在都没了声音，没人敢接话。

咸宁帝捏了捏眉心，似有些疲倦和烦躁："都散了吧，吵得朕头疼。"

最后是内阁首辅杨敬尧代众人出列："陛下定要保重龙体，臣等告退。"

"嗯。"咸宁帝挥了挥手，所有人才陆续散去，文华殿又重新恢复了往常的安谧状态。

咸宁帝转着翡翠扳指，站起身："你说，朕给了他们信任、权力、财富，他们为何仍不知道满足？还是说，朕的眼光出了差错？"

高让小心说道："奴婢认为，是他们太过贪得无厌。"

"贪得无厌？"咸宁帝负手而立，常服上绣着的龙纹五爪锐利，片刻后，他叹道，"是啊，还真是贪婪，莫不是要让朕把御座、把玉玺龙袍、把天下全给他了，他才会满足？"

高让立刻跪下，不敢再接话。

这句话咸宁帝像是在说徐伯明，但更像是针对二皇子李慎。

安静许久后，咸宁帝盯着殿外的天色出神，忽地问起："老大如何？"

高让这才应道："按陛下的吩咐，奴婢让人去看了看大殿下的情况，昨日下午到现在，大殿下没有出宫，但写了近二十封信让人送到宫外。"

"二十封？"咸宁帝冷笑了一声，"想来，若不是顾忌着朕，他恨不得立即将罪状贴在徐伯明的额上，当场将人杀了最好吧？他还真是急不可耐，老二就这么碍他的眼？"

谢琢一直没有出声，仔细听着咸宁帝的每一句话。

他意识到，咸宁帝犹豫了。

至今将两位成年的皇子拘在宫中，不封王，不建府，而是将储位当作饵，引得两位皇子轮番争夺——这正是咸宁帝想看见的局面。

争夺的过程中，双方都会极力削弱对方的力量，而两个儿子都势弱的局面，才会令咸宁帝安心。

同样，储位未定，李忱和李慎的心思都只会落在太子之位上，便无人会盯着帝座。

咸宁帝自己当年为了登基，手刃生父，诛杀兄长，对这个皇位到底有多大的吸引力再清楚不过。

可如今，他在两位皇子间一手建立起的"平衡"局面，即将随着徐伯明被定罪处死被打破。

等李忱没了对手，视太子之位为自己的囊中之物，下一步，他会如何做？

他自然会盯上这世间至高的位置。

没有哪个储君甘心受制于人，甘心十年、二十年一直当储君。

就在这时，禁军统领来报。

咸宁帝皱眉询问："可是出了什么事？"

禁军统领身着甲胄，跪在殿前："禀陛下，三百太学生伏阙上书，正在宣德门前长跪，高呼‘考场清明，岂可藏污，徐贼当诛！’不肯离去。”

“三百太学生？”咸宁帝沉吟，随后转身道：“延龄，你随朕一同去看看。”

谢琢站起身，神情沉静：“是。”

十一年前，盛浩元也是这般领着太学生，在宫门前高呼“不杀国贼，众怒难消”，上书恳求咸宁帝“立杀谢衡，以平天下之怒”。

不知道徐伯明和盛浩元在狱中得知这个消息，会作何表情？

内阁首辅杨敬尧刚到家没多久，宫里又来人，将他请去了文华殿。

咸宁帝正令高让帮他按揉额角，等人进来了，才睁开眼睛望过去：“杨卿可看见了？”

杨敬尧年过六十，已显出老态。他自十一年前坐上内阁首辅的位置后，一直颇受咸宁帝信任，被朝中众人赞誉为君臣相得的典范。

“陛下说的可是在宫门口伏跪的那些太学生？”

“嗯，”咸宁帝又闭上了眼，“朕刚从宣德门回来。那些太学生个个都一脸正气，但朕不用猜都能确定，里面不少人与徐、盛两个人有过交集。昨日徐伯明才进诏狱，今日他们就迫不及待地来了，以为旁人不知道他们打的什么主意？”

“陛下天威，他们自然惧怕不已。况且，他们并不清楚陛下仁慈和求贤若渴，所以才害怕陛下会追究下去。”杨敬尧说话不疾不徐，“他们用上这些粗浅伎俩，也只是为了昭示他们对陛下的忠心罢了。”

咸宁帝对杨敬尧这番话没有给出什么回应，隔了半炷香的工夫才开口：“科考舞弊这案子，杨卿怎么看？”

杨敬尧很清楚，李忱此前背靠文远侯府这个外家，于是淑妃揣摩着咸宁帝的意思，给李忱挑了一个官职不高的岳父。和大皇子李忱不同，二皇子李慎外家不显，能娶阁老的嫡女，则是咸宁帝首肯的，所以这些年来，李慎多倚仗岳家的帮扶。

如果徐伯明彻底垮台，那二皇子也就再立不起来了。

他思忖片刻，委婉地说道：“若太学不动，则中间还有可运作的余地。但现在三百太学生已经跪在了宫门口，陛下万不可寒了天下学子的心。”

咸宁帝皱了皱眉，挥手让高让停下，坐直身：“温鸣此人，虽有实才，但到底年轻气盛，受不得委屈。”

如果温鸣告发盛浩元的地点不是在秘阁，而是换成别的方式、别的地点，那如何处理这件事，怎么处理徐伯明，是重判还是轻放，是急还是缓——分寸和主动权都握在咸宁帝手中。

可如今，不仅制科考场中有上百个考生，太学也掺和了进来，这无疑是把咸宁帝高高架起来了。

又因当年登上帝位的方式并不光彩，咸宁帝一直很在意自己在士林中的评价，以及他这个皇帝是否民心所归。

“朕知道了。”咸宁帝不再提这件事，和杨敬尧商量起别的事务来，一谈就是两个时辰。

杨敬尧起身告退后，走到文华殿门口，突然被咸宁帝叫住。

“科考舞弊一案，杨卿可曾牵涉其中？”

这话问得极为突然，高让正引着杨敬尧往殿外走去，不由得停下脚步，随即低下头去。

杨敬尧转过身，仍是一脸恭敬的表情：“臣从未牵涉其中。”

他不过是睁一只眼闭一只眼罢了。

咸宁帝没说信还是不信：“嗯，你去吧。”

傍晚，谢琢离开天章阁，在宫门口对了出入的腰牌，发现那些太学生仍朝着内廷的方向跪着，最前面的就是方彦。

等马车行远了，葛武才说道：“公子，跪在最前面的是不是就是那个方彦？怪不得那次玉津园看梅花，天气寒冷，公子也要去见他。”他又往后望了一眼，“不过我在门口等公子的时候，已经看见好几个身体不太扛得住的学子，跪得脸色发白，被拖到旁边休息。眼看着快要入夜了，半夜风大，会不会有人跪出个好歹来？”

“陛下心里不舒服，自然会折腾折腾，但下手不会太重。”谢琢不准备喝茶，却将陆骁替他准备的茶盏拿了出来，握在手里摆弄，“想来今天半夜，太学生应该就会被送回去了。”

二更刚至，夜里就已经冷得人四肢寒重。

跪在方彦右后方的人往手里哈了哈气，抖着嗓音小声说道：“墨亭，若陛下无动于衷，你我会不会今夜就被冻死在这里了？”

方彦也冷得双腿都失了知觉，咬了咬牙，依然跪得笔直，回答：“现在，你我还有机会能跪在这里，若陛下真的追究下来，不光是你剩下的大半辈子，你的后人也没机会跪在这里了！”

他们当中，有的是和盛浩元关系亲近或者有过接触的，有的则是忧心社稷，主动跟来请命的，但他们大多闭门读书，体质不好，包括方彦自己。

感觉全身血脉冷凝，头有些昏沉，方彦看了看紧闭的宫门和禁军反射着寒光的盔甲，咬了一下舌尖，用痛感让自己再次清醒。

不知道过了多久，一声缓慢的沉响后，已经落锁的宫门再次被打开来。

高让手持拂尘出现在宫门前，快步走近后，笑着说道：“诸位学子忧天下、安社稷之诚心，陛下已经知晓了，定不会辜负。现在，诸位请回吧，安心等候消息便可。”

说着，他亲自伸手去扶方彦。

“陛下真的已经知道了？”方彦神情激动，艰难地站起身，尽管双腿麻痛，站立不稳，仍拱手道，“谢陛下宽宥，我等从前不识奸人面目，心中羞愧难当！”

高让还是笑眯眯的模样:“诸位胸怀报国之心,正是社稷之福。社稷之福,便是陛下之福。”

方彦明白,这是咸宁帝不会再追究了的意思,不由得与身边被其他内侍扶起来的人对视,悬了不知道多久的心终于都落了下去。

腊月二十八，谢琢进朝食的时候，葛武来报最新的消息：“比公子预估的要早一点，昨晚还没到子时，那些太学生就都回去了，陛下还派了禁军一路护送。不过他们一回去，好像就直接病倒了近百个，太学里的大夫忙不过来，城中好几家医馆的大夫都连夜被请去了。”

谢琢胃口不好，只吃了半碗粥和几口小菜就出了门，冷风吹过来，尽管系着斗篷，他还是忍不住咳嗽了好几声。

葛武拉着缰绳，担心地问：“公子，要不要去找宋大夫瞧瞧？”

谢琢摆了摆手，哑声说道：“不碍事。”

等他到了天章阁，寇谦站过来，脸上没有了往日的笑容，寒暄道：“延龄也来了？”

按照本朝定制，以元正也就是正月初一为基准，前后三日都给假，也就是从腊月二十八到正月初四，这七日都不用应卯。

不过在腊月底，突然出了科考舞弊的大案，大理寺和刑部的人忙得昏天黑地，相关人等审了一批又一批，供状堆得比山都高。

这般情形，除了要离开洛京、归家省亲的人已经提前启程外，没人敢真的坐在家中等消息。

“在家里安不下心，”谢琢看了看阁内，“我还以为阁中来的人会很少，没想到几乎都来了。”

寇谦在翰林院待的时间比谢琢长，解释道：“我们负责书敕制诰，只要陛下没有封御笔，仍在看折子写朱批，我们就必须随传随到。不然陛下要下诏书、圣旨的时候，我们不在，那不就是失职了吗？”

像是想起了什么场景，寇谦打了个寒战：“而且现在不管哪里都人心惶惶，就怕禁军突然冲进来抓人，还不如在这天章阁里安心。”

谢琢赞同：“我和寇待诏一样，在家还不如在天章阁安心。”

寇谦又出了一会儿神：“也不知道接下来的哪份诏书里会定盛浩元的罪，亏我从前还以为他是个好人，不承想，他暗地里使的手段竟如此龌龊！”

谢琢似有同感，感慨：“我也不曾想到，大约这就是知人知面不知心吧。”

天章阁内，没人有心思去编修《实录》，大家都三三两两地聚在一处闲聊，难得掌院学士没有呵斥管束。

谢琢颇为耐心地听寇谦说完他当年科考时的策论题目，又听完他在太学时与盛浩元的交集，说着说着，寇谦突然住了口，问谢琢：“延龄，你看门口那个内侍，是不是高公公的徒弟？他叫什么来着，高和？”

谢琢回过头，就看见一个眼熟的内侍正在和掌院学士说着什么，遂点了点头：“没错，是他。”

寇谦奇怪：“高公公的徒弟为什么突然过来了？”

他正疑惑，就见掌院学士转过身喊道：“延龄，你过来。”

笔直的宫道上，谢琢跟在高和身后，询问：“可是出了什么事？听掌院学士说，今日殿中已有人轮值。”

高和听他师父的话，对谢琢一直好声好气的，这次也不例外：“回谢侍读的话，是有人轮值，不过那人身为正四品承旨，竟拐弯抹角地替徐伯明求情。陛下大怒，将那人斥责一番后，立即令禁军将人收押。但殿中不能无人，师父就吩咐奴婢来找您了。”

谢琢明白了，温言道：“替我谢过高公公。”

高和连忙说道：“使不得，使不得，哪里当得您的谢字！现在陛下正在气头上，谢侍读不怪师父自作主张才好。”

文华殿里，咸宁帝正将一本折子狠狠地扔到地上，怒道：“给朕滚出去！”

被斥责的官员惊慌地捡起折子，脚步踉跄地退出文华殿时，谢琢看了一眼，如果没记错，这应该是大皇子一党的人。

那他就好猜了，折子的内容，不是求严惩徐伯明，就是求严查科举舞弊一案与二皇子有没有关联。

谁都知道徐伯明是二皇子的岳家，做这些事，自然是为二皇子谋算。但现在咸宁帝明摆着要把这个儿子保下来，连善谏的言官们，也没有人明确地在递上来的折子里提过二皇子。

敢在这时去触霉头的人，也只有大皇子了。

见谢琢进来，咸宁帝只看了高让一眼，没说什么，喝了口茶，皱了皱眉：“太烫。”

奉茶的宫女白了脸，立刻跪下，又被高让用眼神示意赶紧去换杯茶来。

刑部和大理寺接连不断地递来折子，谢琢连拟了几份诏书，内容都是免官流放的。

临近中午，高让出言劝道：“陛下，该休息了，前两日太医才嘱咐过，陛下不宜操劳过甚，以免龙体不安哪。”

咸宁帝这才搁下了手中的御笔，转了转翡翠扳指，开口：“那个温鸣，现在还被关在诏狱里？”

“对，据说提审他时，刑部官员问什么他就答什么，其余的一句都不说。”高让像是想起了什么有趣的事，接着说道，“这个温鸣好像找狱卒要了一块不值钱的黑炭，不提审时，就蹲在牢房的墙边认认真真地画画，画完就盯着墙壁发呆，没声没息的，好几回，狱卒都怕他想不开自尽了。”

咸宁帝随口问："画画？他画的什么？"

高让面露惭愧之色："奴婢这就不知道了。"

"也是，你一直在宫里。"咸宁帝转向谢琢："延龄可知道这件事？"

谢琢起身回禀："臣在天章阁时，同僚间正好在议论此事。据说起初狱卒也不知道温鸣画的是什么，长长短短的几根线，弯弯绕绕。后来是御史中丞去时，才辨认出温鸣画的是大楚的山川河流，特别是无定河，据说每个弯折的位置都画得格外精准。"

"无定河？这温鸣倒是个好的。"咸宁帝起身，站在窗前随手逗了逗挂着的鹦鹉，"如何处理温鸣，延龄怎么看？"

咸宁帝话音刚落，谢琢就掀起绯色袍角，跪在了冷硬的地砖上。

咸宁帝看了谢琢一眼："延龄想说什么？"

"臣昨日回家后，特意去找了温鸣几年前写的文章，看完后，不得不承认，此人在治理洪水和疏浚河道方面极是擅长。现已近年关，再过不了多久，春洪将至，臣认为，此人可以解陛下之忧。"

咸宁帝不置可否："延龄对他的评价如此之高？"

谢琢语气坚定地说："是。温鸣此人，受了几年的磋磨也不肯屈服，可见其心性坚韧，正气凛然。现在陛下恩重，让他得出囹圄，日后他必然可以成为陛下朝中的一位能臣。"

喂鹦鹉吃了两颗果仁，咸宁帝回身看着跪在地上的谢琢："延龄的意思是，让他再考一次？"

"这正是臣的想法。现今因科举舞弊一案，士林震荡，又有太学生伏阙上书，人心惶惶，众人皆在观望。重开制科，能让人心安稳，更能展示陛下的浩荡皇恩与广博胸襟。"

咸宁帝沉默许久才开口："人确实不能因噎废食，若这温鸣当真得力，能解无定河之急，也值得为他再开一次制科。延龄，你回去拟个折子递上来给朕看看。"

"臣已经拟好了。"说着，谢琢从袖袋中拿出一份折子递给了高让。

打开折子看了两眼，连咸宁帝都不由得笑了："昨夜又是看文章，又是写折子，怪不得延龄的眼下微青！"

谢琢像是有些不好意思，微赧地移开视线，难得争辩："臣并未熬多晚。"

"延龄啊延龄，说你傻吧，你又是朕钦点的探花郎；说你聪明吧，在别人都熬夜算计着怎么才能在这次的科举舞弊案里捞到更多好处、取得更多利益，怎么才能把看不顺眼的人踩下去、让同党之人站上来时，你倒好，熬夜写了这么个折子！"咸宁帝重新在御座上坐下，用手中的折子隔空点了点谢琢，面上多了点笑意，又说道，"况且，朕都说你为写这份折子熬得眼下发青了，你现在就应该邀功才对。"

谢琢回答道："陛下所忧，便是臣之所想，臣不敢居功。"

“还真是个傻的，”咸宁帝大致看了看折子的内容，心情更愉悦了两分，“傻是傻，折子倒写得不错，重开制科的事，就按照你写的办吧。至于那个温鸣，再关个两天，让他稳稳性子。”

散衙后，谢琢乘坐马车回家的路上，街巷两边已经多了不少过年的气息。

不过自十一年前开始，谢琢再没有过过年，葛武知道这一点，也假装没看见那些摊贩正在卖的年货。

此时，谢琢靠着车壁，有些冷地拢了拢深青色的斗篷，突然想起什么来，吩咐葛武道：“明后天温鸣就会被放出来，你让宋大夫那边派个药童去狱门外等着，人出来了，就带去宋大夫那里抓几服药。否则别说治水，人能不能撑到无定河边，都还是个问题。”

葛武应道：“记下了公子，我也觉得那个温鸣看起来瘦骨嶙峋，身体实在太差了。”

晚上，谢琢出了书房，没走几步，一颗石子“啪”的一声砸在了他旁边的木柱上。

循着石子来的方向，谢琢就看见陆骁一身黑色常服，袍角、袖口绣着与护腕相同的夔纹，头发用一根深蓝色的锦带随意绑着，正稳稳地蹲在墙上，朝着他笑，手里还捧着好几颗石子，一副一颗没引起注意，就再多砸几颗的模样。

谢琢踏着碎石路走过去，仰头看着陆骁问：“怎么不下来？”

陆骁回道：“我这不是在征得主人家的允许吗？你同意我再进来。”

说得好像他以前没翻过谢琢家的墙一样。

谢琢没拆穿他，端着烛台往后退了两步：“进来吧。”

陆骁这才敏捷地跃下来，落地都没弄出什么声音。他凑近看了看，肯定地说道：“眼下泛青，脸色也苍白，你这几天夜里都没好好睡觉吧，是睡不着还是容易惊梦？或者都有？”

谢琢没有否认。

他确实没有睡好。

他一闭上眼睛，眼前不是和母亲一起身处牢狱或者在流放路上，就是无数人高喊“立杀谢衡”的景象，呼喊声一遍又一遍地在他的耳边重复，难以退去。

他知道葛叔悄悄把那枚玉佩放到了他的枕下，给他泡的茶也是安神的，但依然每夜自梦中惊醒，满身冷汗。

只是夜里睡不安稳而已，没有什么好提的，谢琢转身一边朝卧房走去，一边问：“陆小侯爷来找我干什么？”

陆骁张口就说道：“我白天睡太久了，晚上精神还很足，想去练练枪，但我才把校场的地砖砍碎好几块，府里管家让我这两天别去校场添乱。我无处可去，只能来投奔谢侍读了。”

这番话可以说毫无可信度，但陆骁就是笃定，谢琢肯定不会赶他走。

谢琢确实没信“夜里睡不着”和“不能去校场练枪”两个理由，但担心陆骁是遇见了什么难事，一时不方便露面，才躲到了自己这里，便没有拒绝：“随你。书房里有兵书，你如果想看，自己去取。”

他便没再管陆骁。

等收拾妥当，谢琢吹熄灯烛躺上床后，就听见有脚步声停在了他的门口。

很快，门外传来陆骁刻意压低的声音：“你睡你的觉，我在门口坐着看会儿月亮。”

陆骁的想法很简单，马上就要到年关了，十一年前的这个时候，谢琢的父亲被指通敌谋逆，随后谢家满门倾覆。

他的经验不多，只有上次去城外接谢琢时，谢琢在马车里睡了几个时辰，似乎睡得很沉。

他不知道他守在外面，能不能令谢琢睡得稍微安稳一点，但总要试上一试。

和夏、秋不同，冬日屋外没有虫鸣，安安静静的，只有一阵接一阵的风吹来，远处的建筑在夜幕下只看得见轮廓，让他不由得想起凌北，那里作为关隘的山岭连绵不绝，也是这般有如墨笔勾画。

小半个时辰后，卧房中传来了平缓的呼吸声。

谢琢睡着了。

陆骁挑唇笑了笑，有些得意——看来他守在门口，确实有用。

陆骁坐在横栏上，背靠着木柱，长腿一直一屈，手臂懒散地搭在膝上，绣着夔纹的衣摆随着风轻轻晃荡。他又听了一会儿谢琢的呼吸声，便拿出随身带来的酒囊，轻轻拧开，仰头喝了一口酒暖身。

单手拎着酒囊，望了望无星无月的夜空，陆骁散漫地想，之前说看月亮……倒也不算撒谎。

他常常做梦，梦里有凌北，有血染的千里沙场，有可以肆意跑马的旷野，有连绵壮阔的烽火台……

而梦里关山，他是月。

第十四章 元日灯会

谢琢睡了一个整觉，没有做梦，也没有惊醒。他睁开眼，本能地先朝门口看去——那里已经没了陆骁的身影，仿佛昨夜陆骁突然出现只是一场幻觉。

不过，陆骁又说看月亮，但夜空明明无星又无月，让人都不忍戳破他胡编的理由。

葛叔将朝食端上桌，欣慰道："公子眼下的青色痕迹终于淡了一点。"

谢琢捏着瓷勺，闻言偏过头："很明显？"

葛叔笑道："想来公子束发时肯定没有仔细照铜镜，您这几天面色看起来都很差，所以陆小侯爷才只远远见了公子一次，就过来问我，公子这几日是不是晚上都睡不好。"

谢琢问道："他来过？"

"嗯，昨日下午陆小侯爷来过一次。我找了个借口，说每到腊月底，天气最是严寒，过节又热闹，夜里也不清静，所以公子这几日几乎都睡不好。"

葛叔打量着谢琢的神情，发现他并没有因被刺探隐私而不悦，心里便有数了，多说了几句："陆小侯爷当时很担心，没多留就走了，说是要去找找能让公子安眠的法子。"

谢琢没提陆骁昨夜来过一趟的事，不过他不提这个名字，却有人提起。

葛武驾着马车驶出巷子，有些迟疑地开口道："公子，我刚刚看见陆小侯爷了。"

谢琢掀开车帘："人呢？"他很快又意识到陆骁应该已经走了，"怎么现在才告诉我？"

"公子您出院门时，我看见陆小侯爷朝我做了个噤声的手势，还以为他要藏起来，趁公子不注意时突然出现，就没提醒公子。"

葛武也很懊恼，没想到陆骁藏着藏着，人就走了："对了，陆小侯爷的手指还在眼睛下面画了一道，不过我没看明白。"

谢琢却懂了。

陆骁来这一趟，只是想看看他眼下的青黑痕迹有没有变淡，昨夜是否睡好了。

握着车帘的手轻轻收紧，心底数种滋味同时泛起。即使谢琢从小被人称赞聪慧，但在面对陆骁对他的这种好时，仍有些无措。

陆骁确实藏起来了，在看了一眼，确定昨晚谢琢睡好后，就又远远跟在马车后面，一路把人送到了宫门口。

等看见一身绯色官服的谢琢核对腰牌进了宫门后，陆骁不由得在心里抱怨了一句，明日就是除夕了，竟还不让人休息！

陆骁没在原地多站，敛去情绪，脚步一转，改道去了诏狱。

天还没有大亮，街上无人往来，很是清静。诏狱门口有个矮瘦的狱吏裹着半旧的破袄，冷得跺脚。远远看见一身黑色绣夔纹服的陆骁走过来，他连忙迎上去："小侯爷安！"

陆骁随手拍了拍他的肩膀："你女儿最近可好？"

矮瘦狱吏听他提起家中的女儿，微黑的脸上笑容真切许多："前几天受了点风寒，吃了两服药下去就好了。她娘现在还害怕，成日将她拘在屋里不让她胡乱跑。"

早些时候，他的女儿走失，是陆骁和张召帮他找到，送回了家。

"一直将人拘在家里也不是长久之计，小姑娘嘛，好动是正常的，心情好了，身体也会好，不容易生病。"

狱吏回想一番，奇怪地问："小侯爷不是还没成家吗？怎么说起这些事来头头是道的？"

陆骁毫不心虚地想，他小时候照顾过阿瓷——照顾小青梅和照顾女儿，应该差不多吧？

诏狱的守卫都已经被打过招呼，陆骁一路往里走，那些人多半视而不见。

天气冷，诏狱内更是昏暗阴湿，冷意像是附在骨头上，还有一股让人说不太出来的潮湿臭味。

狱吏在前面引路，见陆骁面不改色，不禁说道："小侯爷半点不嫌狱里闷潮，不像刑部、大理寺的人过来提审，一进来，眉头皱得都能夹死苍蝇，却不想，我们一年到头都在这狱里。"

陆骁虽然觉得气味不好闻，但还能忍受。他以前在凌北时，从来都是在尸山血海里搏命，有时从战场上下来，身上的血腥气一两天都散不掉。

"本侯可没这么娇气。"陆骁没管两边牢狱深处传来的痛吟或打量的目光，等狱吏停下来，他往里看了看，"就是这里？"

狱吏站到一边："没错，小侯爷要探看的两个人被关在相邻的隔间里，这里面关的就是姓徐的。此处偏僻，没有旁的人，卑下在外面那扇铁门处替小侯爷望风。"

"嗯，我耽搁不了多久，劳烦了。"

打开的铁门再次被关上，狱中一丝风也感觉不到，空气都显得凝滞。陆骁适应了牢内的昏暗情况，才辨认出身着囚服、披头散发的人的五官。

他看好戏似的，很是直白地将徐伯明仔仔细细地打量了一遍。

徐伯明背靠着湿冷的石壁，再耐不住，怒道：“你来做什么？”吼完，他便重重地咳嗽了好几声，看起来病得不轻。

陆骁一脸桀骜不驯的表情，抬了抬下巴：“还能来做什么？当然是抓紧时间来看看落水狗啊。”他还故意讥诮道，“原来，这就是阶下囚的模样。”

短短三日，徐伯明被夺去紫服，取了鱼袋，削去“内阁大学士”的头衔后，就如普通的老人，面色疲惫，双眼下耷，透出一股色厉内荏之感。

徐伯明冷哼：“我看小侯爷莫要太得意，徐某的今日，说不定就是你陆家的明日！”

陆骁跟听耳旁风似的听着，浑不在意：“我陆家一不科举舞弊，二不擅自揽权，三不曾做亏心事，想来阁老如今的境遇，也不是人人都有这个机会得到的。”

不清楚陆骁特意前来的目的，徐伯明缓缓闭上眼，不再说话。

“今天已经是腊月二十九，腊月三十肯定是要封御笔的，阁老不如猜猜，给你定罪的诏书什么时候会下来？”陆骁不管徐伯明的冷淡态度，自顾自地往下说，“阁老给不少人定过罪，自是非常熟悉大楚律法。反正如今阁老在这诏狱中无事可做，不如推测推测自己的罪名都有哪些，或者，诏书中，定罪时又会用上哪些词句？”

“哦，对了，想来阁老还不知道，阁老的另外两个女婿，之前还曾跑去找杨首辅求救，后来也被收押了，将会跟你一起被定罪行刑。至于杨首辅？杨首辅可是一个字都没提到你，打定主意见死不救。”

“另外，二皇子、德妃和你的嫡长女都被禁足了，陛下没说什么时候放他们出来，阁老的夫人也生了重病，只吊着一口气，起不来床。不知道他们赶不赶得上替阁老烧头七。”

徐伯明再次睁开了眼睛，双目混浊，直直盯着陆骁：“你到底想说什么？”

陆骁收敛了脸上不正经的玩笑之色，蹲下身，隔着木栅，牢牢直视着徐伯明，放轻声音说：“我是想说，三百太学生在宣德门伏阙上书，高喊‘徐贼当诛’，这场面，阁老有没有两分熟悉感？”

徐伯明眼皮一跳，扣在手腕上的铁链有了动静，他却谨慎地没有说话。

陆骁很是有耐心，接着问：“那，十一年前阁老可曾想过，十一年后，自己也会和女婿住进这诏狱之中，血流三尺，家破人亡？”

陆骁的话音落下，徐伯明身上挂着的铁链发出一阵响动，他瞳孔微缩，像是重新将面前的人认识了一番，声音仿佛从喉间挤出来的：“你什么意思？”

“我什么意思？”陆骁像是听见了什么笑话，短促地冷笑了一声，眼神如刀锋般锋锐，嘲讽道，“看来是阁老手上的人命太多，阁老早已把旧事给忘了个干净。

“你能忘，我却忘不了。”

他来诏狱是瞒着谢琢的。

虽然人已经被关进了牢里，但说不准徐伯明会不会怀疑到谢琢身上，稳妥起见，陆骁特意来了一趟。

他说这些话时，总是忍不住想起阿瓷，想着阿瓷年幼便没了家，被关在牢狱之中，外面爆竹喧天，到处都喜庆热闹，父亲却正遭受着非人的折磨。阿瓷什么都知道，可什么都做不了，只能一日日愈加无望。

葛叔说，每到年关，阿瓷就尤为睡不好。

陆骁想来，这些噩梦般的旧事，又让人怎敢轻易闭上眼？

“你是在说谢贼？当年之事，谢贼重罪当诛，天下尽人皆知！与徐某何干？陆小侯爷还是不要诬蔑的好。”徐伯明突然听到旧事被提起，内心远不如表现出的那么镇静。

十一年前，他官至礼部尚书，吩咐还在太学的盛浩元物色了两个家贫且性子怯懦的太学生。那年的春闱，这两个学生都被他顺利地送进了二甲。后来，科考都过了半年了，不知道是哪里出了纰漏，被谢衡发现了异常。

那时，谢衡刚担任内阁首辅，因有从龙之功和潜邸的情谊在，一直是咸宁帝最为信任之人。

他拒不承认，谢衡虽然怀疑，但暂时拿不出证据来，只严厉警告他，若以后再敢动手，必会揭穿他拙劣的伎俩。

他暂时脱困了，但他如何确定谢衡之后不会找到他泄题的证据？他更不敢肯定下一次泄题时，会不会被盯上他的谢衡抓住把柄。

他绝不会将自己的命放进别人的手中。

咸宁九年年末，他敏锐地察觉到朝中要出大事。

果然，没过两天，当时的文远侯罗常找到了他，说有些人就像石头，挡了不少人的路，现在，是时候把这块石头踹开了。

那时储位之争还未浮出水面，他不吝于和文远侯短暂合作一次。于是他回答，只是将石头踹开还不够，务必让其跌落悬崖粉身碎骨，才没有后顾之忧。

咸宁九年的腊月底，时任内阁大学士的杨敬尧一举揭露了谢衡“叛国谋逆”的真面目，朝堂震动。他原本以为，谢衡虽年轻，但深受陛下信赖，想要将其扳倒不是一件容易的事。

可时也命也，或者说，谢衡这个三十七岁的首辅实在太过年轻，也挡了太多人的路，没人会希望他霸占首辅的位置三十年。

在三百太学生伏阙上书后，咸宁帝再不愿，终是下了定罪诏书。杨敬尧接替谢衡，坐上了内阁首辅之位，他也在咸宁十年入了内阁。

此前事发时，他也曾怀疑过，会不会是谢家余孽回来报仇了。但当他看清陆骁眼中的煞气和杀意时，才惊觉，这个他从未放进眼里的“困兽”，竟然悄悄布出了一个杀局！

“徐某知道当年谢、陆两家是通家之好。但陆小侯爷，你我实际上无冤无仇，且十一年前的旧事旧人都已灰飞烟灭，你何必再拘泥于旧事不放？况且，若陛下得知此事，对你们陆家来说很是不利。”

陆骁不屑道：“泄题的是你，到处安插布置傀儡的是你，结党营私的是你，被应考举子当着陛下的面揭穿的还是你。”

他浅笑，眼中的锋芒隐去，又恢复了平时玩世不恭的模样：“我陆骁不过是洛京一个游手好闲的纨绔，你有什么证据说这是我布的局？”

陆骁站起身，俯视徐伯明，注意到徐伯明表现得镇定非常，实际枯瘦如鹰爪的手已经紧握着铁链，不住颤抖。

“十一年前的债，早该还了，阁老好好等死吧。”

不知道是不是被这个“死”字刺激了，就在陆骁转身准备离开时，徐伯明突然起身，整个人扑到了木栅上，沉重的锁链“哐啷”作响，在牢中激起回声。

他双手死死抓着木柱，木刺扎进手心都顾不上，双眼外凸，放低语气求道：“陆小侯爷、陆二公子，你动的手，你找的温鸣……那你肯定能救我！只要你让温鸣改口供，说他是被大皇子一派收买的，你有什么要求我都答应！我都答应你！”

陆骁停下脚步，重新面对徐伯明。

喉结急促地动了动，徐伯明眼底都有了血色，他焦急地说道：“陆家现在头顶悬着巨剑，但你只要肯帮我，我就有办法解陆家之危！你看，这是不是很划算？反正谢衡已经死了……他死了！他被剐了三千多刀，连鬼都做不成！”

他的嗓子像是漏风的风箱，一阵咳嗽后，他接着喊道：“为一个死人，做再多事有什么用？难道死了的人还能活过来？只要你肯帮我，帮我……”

陆骁微怔：“你说得对，人死了，再也不会回来了。”

所以他才更加心疼阿瓷。

也幸亏阿瓷没来，没再被戳一次伤处。

就在徐伯明以为陆骁有所动摇，心中生出希望时，陆骁紧实的长臂穿过木栅，狠狠攥紧徐伯明的襟口，单手用力将人朝自己猛地拽过来。

“砰”的一声重响，徐伯明整个人都撞到了木栅上，痛得面色发青，颧骨处立时就溢出了血。

陆骁没有松手，目光如雪刃，再不掩饰自己的凶煞样子，就这么看着徐伯明双手挣扎不止，铁链一阵乱响，因为窒息，徐伯明的脸色从涨红到青紫，青筋暴起。

直到人快没了，陆骁才慢吞吞地松开手指，冷眼看着徐伯明跪倒在潮湿脏污的地上，双手捂着喉咙，满脸恐惧之色。

腊月三十上午，咸宁帝下诏重开制科，随即封了御笔。科举舞弊案中的主犯具体被如何处置，则会延到开年后再议。

同时，温鸣从诏狱中被放了出来，在外面等候多时的药童立即迎上去，将形销骨立、踉跄欲倒的人扶住，回了千秋馆。

皇帝封笔停玺，天章阁没到午时便散了衙。与同僚相互道了吉祥话后，谢琢登车回了住处。

谢琢踏下马车，拢着青色斗篷低头咳嗽了几声，似有所觉般抬起头，就看见无人的巷子尽头处，不知道温鸣已经在那里站了多久。

他面色苍白，穿着有些宽松的文士服，消瘦得有些脱形。

见谢琢望过来，温鸣后退半步，双手与眉目齐平，合手躬身，深深施了一礼。

谢琢站定，同样抬起手，遥遥俯身回礼。

站直后，温鸣转身，背影似不折之竹，一步步走远。

温鸣一生，再未娶亲，无妻无子，夙兴夜寐，疏浚河道，保万顷民田不为洪水所侵。

陆骁离开诏狱后，先回侯府洗了澡，换上黑色麒麟服，又重新用革冠束起头发，径自骑马入了宫。

除夕之日，宫中会举行驱鬼逐疫的大傩仪，数百人穿着绣画色衣，执金枪龙旗，很是喧闹。通常，咸宁帝会让三品以上官员和勋贵入宫观礼，以示恩宠。

陆骁到时，沈愚正一边嗑瓜子一边看门神和钟馗的表演。

“陆二你怎么来这么晚？可无聊死我了！”沈愚大方地把捧着瓜子的手伸到陆骁面前，又肉痛地叮嘱，“你少拿几颗啊，尝尝味儿就行，我没剩多少了。”

陆骁故意抓了一半，见沈愚抽了口凉气，一副心痛得要立刻厥过去的模样，又好心地把瓜子还了回去：“有事，忙完就过来了。而且年年都有大傩仪，流程我都能背下来了。”

沈愚嗑着瓜子，神情怏怏：“谁说不是呢？想想看，你才看了没几次吧，我可是从小时候起，每年的这日都要跟着我爹进宫来看大傩仪，太难为人了！而且还得期盼每年都能进宫来看，洛京这些人，势利得很，你今天没被陛下叫来看傩仪，明日的正旦国宴上找你喝酒寒暄的人就能少一半，后日来国公府递拜帖的人就更少了。”

沈愚忍不住又抱怨了几句，说着说着，瞄见陆骁衣服上绣的花纹，忽地想起：“你最近做的新衣服挺好看的。”

陆骁克制住要翘起的嘴角，压了压音量，正经地说道：“嗯，是谢侍读给我画的夔纹，我让绣娘绣到了衣服上。”

“谢侍读画的？真是好看，不知道能不能……”

陆骁毫不客气地打断他的话："想都别想，这是我的特别待遇，你以为谁都能有？"

沈愚不服："你怎么就特别了？"

陆骁反问："我有谢侍读亲手画的夔纹，你有吗？我有夔纹，你没有，我不特别？"

沈愚突然卡壳，想了想，好像挺对的，于是只好歇了心思："好吧，那我不去求谢侍读给我画纹样了。"

在内廷驱完疫病后，大傩仪的队伍自宣德门出宫，沿着朱雀大街和南熏大街一路往城外走去，最后在城外的转龙湾埋祟。

仪式结束，众人各自回家，沈愚叫住陆骁："你先别急着走！我爹让我问你，今天晚上要不要来我家过除夕守岁？"

陆骁摇头："晚上我有约了，帮我谢谢国公爷。"

虽然陆骁从没去过，但梁国公依然每年除夕都会邀请他一次，单是这份心意，就很是厚重了。

沈愚对他"有约"两个字表示怀疑，但没有多问："行吧，那你要是无聊了就来找我玩儿，我把我的压岁钱分你一半。"

陆骁就喜欢看沈愚又大方又肉痛的模样："谢阿蠢慷慨，"又问起，"国公府是不是有工匠？借我几天，我过几日想把侯府后边的花园修整修整。"

他当初选府邸时，离皇城近的景明坊、太平坊基本被各家勋贵占尽了，他就往外，在永宁坊挑了一处。住进去时，他懒得大动，只先修整了常用的地方。

沈愚拍了拍胸口："好，我回去就让府里的管家带人到你那里。"

永宁坊。

虽不过年，但葛叔和葛武两个人还是将院子里里外外都清扫干净了，门口挂着的灯笼也被点亮了，最后还很有巧思地在院中的老树上也挂了一盏灯笼，亮光融融。

入夜后，宫中爆竹声越过宫墙，离宫城不太远的人家，都能听见。

此时，几声叩门的动静夹在爆竹声中隐隐传来，葛叔擦了擦手，亲自去开了门。

陆骁一见葛叔就说了句吉祥话，等关了门往里走时，像是随口般问起："谢侍读是不是收到了很多拜帖？这几日是在家休息还是要出去赴宴？"

葛叔回道："是收到了不少拜帖，翰林院的同僚、与公子一起参考的学子都递来了帖子，不过公子提前吩咐了的，只回帖子，别的宴会，都以公子身体不好、畏寒为理由，全部婉拒。"

压下心底不安的情绪，陆骁笑意飞扬："那要谢谢葛叔给我开门。"

葛叔温和地说道："陆小侯爷终归是不同的。"又指了指亮着烛火的房间，"公子正在书房里，小侯爷还没吃吧，正好叫上公子一起吃夜饭。"

见除了老树枝上挂着的灯笼，院中和往常一样冷清，葛叔说的是"夜饭"，并未多个"年"

字，陆骁就明白谢琢是不过年的，面色无异地点了点头："我这就去叫他。"

谢琢不在意物质享受，没有仕途上的追求，也没有非常喜欢的物什，对学问没有钻研的心思，更没有家人。

他清楚谢琢现在所做的事都是为了报仇，但如果撑着他到今日的只有仇和恨，没有抱负，没有目标，没有对未来的期望——

那报完仇后，谢琢心中就空了。

一个内心空洞的人，会怎么样?

陆骁已经走到了书房前，抬手正准备叩门，门在同一时间从里面被打开了。

谢琢在陆骁进门时就已经听见了动静，他披着素色斗篷，头发散在背后，只用一根锦带绑着，轻轻咳嗽了两声："你怎么来了我这里？"

陆骁毫不心虚："我父母兄嫂都在凌北边境，管家他们有各自的家人要陪伴。除夕夜里，府中只有我一个人，冷冷清清的。"

经过之前的一番试探，陆骁现在已经很确定，阿瓷还和小时候一样，关心他，从来不会拒绝他。

比如现在，阿瓷肯定不会忍心让他走。

用晚饭时，陆骁顺利地坐到了谢琢手边的位置。

葛叔殷勤地替陆骁盛了一碗汤，关切地问道："往年陆小侯爷过年也是自己一个人过的？"

"对，反正府里也不怎么需要人伺候，所以到了年关，我都会发下赏钱，让他们自己回家。陛下倒是年年都让我进宫里守岁，可在宫里怎么都不自在，我就没去。"陆骁端着汤碗，转向谢琢，笑道，"幸好今年有谢侍读好心收留我，否则我连饭都没地方吃。"

明知道这人又在胡编，但谢琢还是将陆骁夹过最多次的那道菜往他面前推了推："刚刚不是说早就饿了？"

陆骁看着被推过来的瓷盘，心想：果然还是阿瓷对我最好!

按照大楚风俗，今夜是要达旦不寐守岁的，谢琢和往年一样，准备在书房里看一夜书。

不过格外不同的是，今年他的书房里多了个叫陆骁的人。虽然还是同样的房间，同样的布置，但就是有什么不一样了。

"这书读着读着，好像没多少趣味，"陆骁提议，"长夜难熬，我们要不要试试打双陆？"

双陆这种棋类游戏，在大楚很是风行，无论是勋贵文士还是平民百姓，几乎都会。

谢琢合上书册，找出棋盘和棋子，用榻上的矮桌当了棋桌。

陆骁将棋子摆好后，想了想："银钱输赢没什么意思，要不这样？若你输了，就答应我一件事，同样，如果我输了，就答应你一件事，如何？"

谢琢同意了。

外面不知道什么时候下起了雪，从窗缝里可以看见，雪花纷扬，簌簌落在老树和竹枝上，挂在枝上的灯笼烛光依旧暖融融的。

烛影微晃，陆骁掷下的色子点数好，把谢琢的棋子打下去好几个。他嘴角一勾，将色子扔给谢琢："到谢侍读了。"

谢琢看完棋盘上黑白棋的形势，犹豫片刻，投出了一个较小的点数。

陆骁拊掌，笑容加深："谢侍读，这就怪不得我了，只能怪谢侍读的手气不太好！"

谢琢将色子递给他："嗯，不怪你。"

在陆骁再一次投出大点数，将谢琢的白棋全都打下去之后，棋局结束。

谢琢抬眼看过去："陆小侯爷想让我答应什么？"

陆骁左右来回抛着手里的色子，直接开口："驰风。"

"什么？"

陆骁将色子抓在手里，认真地说道："私下只有我们两个人的时候，可不可以不叫我陆小侯爷？这就是我想让谢侍读答应我的事。"

谢琢捏着白棋顶端的手指微微收紧。

他没有立即答应。

称"陆小侯爷"，他与陆骁间，无论如何尚有界线。

可"驰风"两个字，令一切界线都彻底模糊，似乎他可以无底线地对这个人信赖。同样，在默认这种关系后，相当于他主动后退，默许了对方的入侵。

可这个人又早已像温水一般，一点一点地渗进冰层，令他连拒绝都做不到。

陆骁已经料想到了他的这个反应，垂下眼，有些落寞地问："你又想与我疏远吗？"

谢琢蓦地收紧手指："我没有……"

"我不想和谢侍读疏远，我也知道谢侍读在顾忌什么，但我不在意。而且，我今日在宫中看傩仪时，才跟别人说了谢侍读的坏话。谢侍读，我们私下里，只是私下里，为何不能更亲近？而且刚刚已经说好要答应我一件事，答应了的事情就该做到，不是吗？"

"陆——"

"驰风，"陆骁纠正，"延龄应该叫我驰风才对。"

薄唇动了动，心里无措，又像是有冷硬的砖石在顷刻间彻底塌陷。在陆骁的注视下，谢琢终是喊出："驰风。"

暗暗松了口气，陆骁笑容明亮："嗯，我在。"

两个人打双陆打到五更，外面雪停了，偶尔会传来坠在枝头的雪落到地上的细微声响。

守岁守到现在也差不多了，陆骁整理好棋子："差不多收拾好了，放哪里？"

谢琢起身，将双陆棋接过来："我来放吧。"

因为书房里炭火充足，谢琢没有系斗篷，四指宽的腰带将他的腰身束得纤细，或许是因为五官本就秾艳映丽，谢琢很少穿深色的衣服，通常只挑霜色、月白、深青之类的颜色，不过陆骁倒觉得，绯色的官服就很衬谢琢。

他又猜测，常常穿素色，或许是因为谢琢不想让自己的容貌被衬得太过秾丽，被人看穿女子身份？

放好双陆棋，谢琢心里已经转了好几个念头，终是转过身："陆——"

"什么？"

"驰风，"谢琢停顿片刻后改了口，"外面风冷，雪也很厚，若无要事，要不就在这里休息吧？"

怕谢琢反悔似的，陆骁立刻答应："好！书房里有火炉，应该不会冷，我就睡在这张榻上可以吗？"

谢琢应下了，又亲自去帮陆骁抱来棉衾。

等在榻上躺下，明明一夜没有合眼，陆骁却有些兴奋，毫无睡意。

他忍不住想，谢琢曾在这间书房里挑灯夜读，也曾在某一个暖风和煦的下午，斜倚在榻上翻看闲书，在有鸟雀停在窗台上时抬眸去看……

灯烛已经被吹灭，隔壁的卧房里传来很轻的动静，没过多久，这点动静也没有了，想来谢琢已经躺到了床上。

陆骁又开始胡思乱想，想若以后跟阿瓷坦白了，就能把库房里存下的布匹都送过来，还有这几年洛京时兴的首饰、衣裙，阿瓷应该能从中挑出自己喜欢的。

另外，他发现阿瓷家里似乎只有男子衣裳，旁的胭脂水粉更是一样都没准备，或者是藏在什么地方，不让人发现？反正不管如何，他准备了很多，阿瓷可以一样一样挨着试，直到找出合适的为止，如果都不适合，那就再买好了。

也不知道明年过年前能不能坦白，要是能行，他就可以将库房里备下的东西当作年礼，尽数送给阿瓷，断不会像今年一样寒碜……

棉衾上隐约有一股极淡的梅香，让陆骁昏昏欲睡间，以为自己骑着马，行在凌北的雪原上，寻找一株不知在何处的梅树。

第二天，正旦国宴在紫宸殿中举行。

虽然徐伯明还被关在诏狱里未定罪，二皇子也仍被禁足，朝中不少人惶惶不安，各方心思算计各不相同，但在正旦这样的大节上，每个人不管心里如何想，至少面上都表现得和乐融融，不见半分隔阂。

谢琢穿着绯色官服，腰间的银鱼袋晃了晃，他侧身问寇谦："那位是不是五皇子？"

寇谦正笼手坐着，身在翰林院，天子近旁，现在情势难测，不少人借着敬酒的名义来打听消息，寇谦干脆谁都不理会，几次冷脸后，他面前终于冷清下来。

听谢琢询问，寇谦顺着谢琢的视线看过去：“没错，确实是五皇子。那位才十七岁，外家不显赫，他母亲贤妃对他的婚事也不着急，皇子妃都还没定下来，往日也没有武艺或才学不错的风声传出，所以一直没什么存在感，除了在宫宴上能见着，平时根本碰不上。”

三皇子、四皇子都上玉牒序了齿，只是不到十岁就夭折了，五皇子的两个弟弟同样没能平安长大，所以在长成的三个皇子中，五皇子李恪年纪最小。他身着皇子服，应该是继承了母亲的相貌，眉目清朗，就算没多少人同他寒暄，神态也不显局促。

正当谢琢想收回视线时，发现沈愚去了五皇子面前，笑容满面地说了几句话，身边还跟着陆骁。

寇谦也看见了，登时皱起了眉：“听说在昨日的大傩仪上，有人夸赞延龄的教坊词写得好，被陆小侯爷听见了，开口就是什么堂堂探花郎，正经文章不会，总爱写些辞藻华丽的官样文章。延龄，我总觉得陆小侯爷对你有不小的成见，或许还记恨你以前说他是纨绔子弟。”

谢琢神思一晃，不由想到昨夜书房中，陆骁那一声“延龄”。

“无碍，”收回心思，谢琢面上没有不忿之色，“陆小侯爷许久没来天章阁，想来平时也少有能碰见的机会，我能避则避就是了。”

寇谦点了点头：“延龄不把这种话放在心上就好！不过梁国公世子还真是和谁都能聊上几句，虽然他行事铺张奢侈，性子却很不错，就是不知道怎么跟陆小侯爷交好的。”

国宴时间不短，临近结束时，天已经全黑。咸宁帝携皇后提前离席，大皇子则以带着幼弟认人为由，几乎在席间走了一整圈，很是长袖善舞的模样。

如今徐伯明近乎必死，二皇子失去唯一的倚仗，过年也在禁足，没机会露面，大皇子一改此前的颓势，重新春风得意起来，恭维的人也只多不少。

谢琢没有趁机交游，在位子上坐到宴席结束，才跟着翰林院的人一同出宫。

马车转入永宁坊的巷中，谢琢因为在宴上喝了几杯酒，头有些发晕，发现马车停下后，慢了两拍才问葛武：“怎么了？”

话音刚落，眼前的车帘被掀开，寒风送入，陆骁探进身：“是我。”

他换上绣了夔纹的深蓝色常服，去了革冠，普通的衣饰亦被他穿出了英武俊朗的姿态。

陆骁打了声招呼，便毫不客气地进到车内，在谢琢旁边坐了下来。

谢琢揉了揉额角：“连衣服都换了？你什么时候离席的？”

“陛下走了我就跟着走了，宴上的东西不好吃，歌舞也不好看，没什么意思。”陆骁隔得近，敏锐地嗅了嗅，“你喝了多少酒？”

谢琢回忆：“五六杯？在殿中没什么感觉，现在有点难受。”

陆骁席上也在暗暗关注，谢琢面无表情时，很有距离感，不少人想去跟这位圣眷正浓的天子近臣套近乎，犹豫一番，都没敢上前。

不过咸宁帝领众臣敬天地、众臣敬圣上时，酒是没办法不喝的，陆骁总觉得谢琢的语气有点委屈，于是安抚道："蔷薇露酒这种酒后劲比旁的酒要大，不过五六杯应该没什么，缓一缓，散了酒气就不会难受了。"

谢琢又慢了半拍才应道："嗯，好。"

马车在这时停了下来，葛武在外面说道："公子、小侯爷，到了。"

两个人一前一后地走进院子里，看见老树枝上挂着的灯笼，陆骁才想起自己来的目的："晚上有灯会，很热闹，延龄想不想同我一起去看看？"

寒气扑面，酒气被吹散许多，谢琢点了点头："好。"

在等谢琢换衣服的间隙里，陆骁找到安置好车马的葛武："一会儿我带延龄去看灯，你就不用跟着一起了，否则过年的热闹日子，葛叔却独自在家，太过孤单了。"

见葛武还想说什么，陆骁紧接着说道："难道我还保护不好你家公子吗？"

"我不是这个意思，"葛武有些不好意思，想了想，将公子交给陆骁，确实没有什么不放心的，于是点了头，"好，那就劳烦小侯爷了。"

正月观灯是洛京传统，灯会则要一直到元宵节才会结束。此时，街上人头攒动，朱雀大街两边，到处都有人搭着棚子，表演歌舞百戏和奇能异术，围观者众多。

不过实在太过拥挤了，陆骁在人群中护着谢琢："延龄，我知道信陵坊附近的灯笼多还漂亮，人也少，我们要不去那边？"

见谢琢点头，陆骁便改了方向，不过每走出两三步，就会不放心地回过头，看看谢琢还在不在自己身后，担心两个人不小心走散了，难以找到对方。

信陵坊位于朱雀大街东面，离主街有一段距离，住着不少手艺人。一到正月灯会，这里的人便发挥奇思妙想，挂出来的花灯都格外精巧有趣。又因为大部分人去了朱雀大街，信陵坊的窄街小巷中，反而偏冷清寥落。

谢琢停在一个灯架前，仔细看了看上面挂着的一个个花灯："这是我第一次在正旦出来看灯。"

陆骁有些心疼地问："那以前过年时，延龄会做些什么？"

谢琢将视线从灯上画着的喜鹊上收回，想了想说："会看书和练字，有时外面会有孩童点燃爆竹，或者嬉闹到后半夜，我睡不着，就干脆看一夜的书。"

陆骁曾听不少人夸过谢琢殿试时写策论的字体悦目，华美秀润，圆融雅正，很受咸宁帝称赞。而无论是一手好字，还是信手拈来的经义，都非一日可成。

阿瓷以前曾吃过许多苦，耗费了很多心力。

似是从神情中看懂了陆骁心中所想，谢琢说道：“我并未觉得辛苦，反而因为有可以做的事感到踏实。”

他可以通过读书、写文章、考科举进入翰林院，可以亲身处在这个旋涡中，可以做许多事。而不是只能远远龟缩在一隅，心中充满恨意，却无能为力。

这时，有几个稚童提着花灯从旁边跑过，嬉闹声很远都能听见，注意到谢琢似乎在那几个稚童跑过时连看了好几眼，陆骁放下一句：“在这里等等我，我很快就回来。”

说完他就快步走开了。

谢琢站在原地，拢了拢斗篷，想起上一次，陆骁去买蜜煎雕花时，也是说的差不多的话，心头不由得生出几分期待。

他很少体验到这样的心情。

在谢琢以往的经历中，获得的大多数“结果”，来自于他的精心设计、千般斟酌，都是他意料之中的回报，无论科考还是人心，俱是如此。

而结果是好是坏，在棋局开始之初，就已经或多或少地显露痕迹。

但陆骁是不确定的。

是谢琢完全无法预测、无法提前判断的。

会让他心生期待和忐忑，会让他觉得，即使期待落空，也同样是一种惊喜。

而这一次，陆骁同样回应了他的期待。

当谢琢转过身，看见陆骁手里提着的两个兔子灯时，有些愣怔。

陆骁将手里的东西递到谢琢面前：“有个老师傅专做动物花灯，我挑来挑去，还是挑了兔子灯。”说完又连忙解释，“上次送你的白兔耳坠，你似乎没有不喜欢。”

所以觉得他应该不讨厌兔子？

谢琢伸手，将灯笼接到了手里，提起来凑近去看，暖黄的光透过白绢，兔子的红色眼睛是用朱砂点的，很是传神。

陆骁忍了忍，还是没忍住：“延龄……笑起来很好看。”

听陆骁这么说，谢琢才发现自己笑了，他下意识地想收敛笑意，又反应过来——在陆骁面前，似乎不需要遮掩真实的情绪。

于是，谢琢难得没有掩饰自己的喜欢，一直提着灯，边走还会边注意着灯里的蜡烛有没有熄灭，就像年纪尚小的稚童骤然间收到了一个礼物，万分喜爱又珍惜。

明明只是两个极为常见的兔子灯而已。

朱雀大街上的喧闹声不断传来，陆骁问：“延龄想不想过去看看？”

“不想去，那边人太多了。”谢琢早已过了喜欢看热闹的年纪，也觉得除夕、正旦这样的喜庆节日可有可无，不过说道，“驰风在洛京住了好几年，可以讲给我听吗？”

陆骁就真的描述起来。

“朱雀大街两边都搭了彩棚，像会仙酒楼之类的，会请乐伎、舞伎在彩棚里面表演，吸引行人，旁边则会摆上卖珠玉首饰、帽子梳子和各种小玩意儿的摊子，东西都卖得很快。除了歌舞，还有表演蹴鞠、上竿踏索、口吞铁剑的，另外，还有些卖药、算卦、看手相……”

这声音逐渐和记忆的画面重叠。

谢琢还记得，那一年的中秋，他不能出门，陆骁便匆匆出去了一趟，很快又回来，把所见所闻一一描述给他听。他听完后，就觉得自己也跟着去玩儿过看过了。

拎着兔子灯，谢琢恍然发觉，他极力地用理智高筑城墙，回首时却发现，身后已经烧成了一片火海。

第十五章 从严处置

等陆骁将谢琢送到家门口，正在犹豫要不要说点什么再回侯府时，就听谢琢开口：“走了这么久的路，要不要进来喝盏茶？”

陆骁答道：“好，我正好有点渴了！”

将兔子灯放好后，谢琢刚踏出卧房门就被等在门口的葛武拦住了。

“公子，宋大夫叫药童来了一趟，传话说，您有大半个月没去千秋馆复诊了。宋大夫还说，要是您再不去，他就带着药箱上门来找您。”

被冷风呛得咳嗽了两声，谢琢缓了缓气息：“我知道了。”

葛武也担忧：“公子，您这咳嗽断断续续一直不见好，我们这两天就去趟千秋馆吧，若您寒疾又犯了怎么办？”

谢琢望向亮着灯的书房：“过两日就去，你去睡吧。”

他推开书房的门时，陆骁正坐在榻上摆弄着双陆棋，见谢琢进来，锋锐的眉眼间立时带上了笑：“你终于来了！”

这一刻，谢琢突然就明白，从前寒疾发作，他失去意识，无保全自身之力，所以一向厌恶寒疾，但现在，他竟然会有些期待。

直面内心，谢琢才发现，原来自己是如此贪婪。

他一步步地走近，然后坐到了陆骁对面的位子上。

陆骁没有发觉谢琢刚刚的出神，将一杯茶递了过去，细致叮嘱：“不烫，是温的，刚好可以喝。”

“好。”

两个人又开始打双陆棋，一局、两局……直到三更。

陆骁装模作样地打了个哈欠，套着护腕的手支着下巴，语气如常：“突然困了，延龄介不介意再把这张榻借给我睡一晚？”

“当然……”故意将陆骁的心提起，谢琢才说出后半句话，“怎么会介意？”

第二天，陆骁醒来时，发现屋内炭火半熄，院里有人走动，听脚步声，应该是葛叔。

陆骁起身，坐在榻上，一时间不太敢推开门走出去。

昨晚就这么在阿瓷的房里睡下了。要是他就这么大摇大摆地出去，葛叔会不会用烧火钳把他打出去，或者以后再也不给他开门了？

于是陆骁起身将棉衾折叠整齐，耐心等着，直到葛叔的脚步声往厨房去了，他才连忙打开门，准备闪身进到隔壁的书房，假装自己昨晚是在书房睡了一觉。

然而没想到，他刚刚收拾妥当关上房门，就听葛叔笑吟吟地招呼："小侯爷起床了？朝食已经准备好了，可要用一点？"

陆骁脑子蒙了一瞬，脚步僵硬地坐到桌边："对，起床了，好。"

葛叔笑容慈和地说："公子临行前让我告诉小侯爷，他常年睡不好，房中点着安眠的香，所以小侯爷可能会比往日睡得要沉，不用担心。"说着，将碗筷摆好，"小侯爷快多吃点。"

陆骁提起筷子，决定自行坦白："我昨晚在延龄房中的榻上睡了一晚，但真的，我只在榻上躺着，没有乱走，也没有乱看。"

"公子难得与人这般亲近，是好事，今早看公子的脸色，昨晚定然睡得很好，多亏了小侯爷。"葛叔叹道，"公子自小就没有朋友，若小侯爷愿意，能不能多来找找公子？小侯爷在时，公子总是开心许多。"

陆骁立刻应允："我肯定会经常来找延龄的。"

陆骁又左右看了看："不过延龄去哪里了？可是带着葛武出门了？"

葛叔回答："没错，杨首辅递了帖子来，公子不能不去，所以起床收拾了一番，就乘马车去了杨首辅府上，现在想必已经到了。"

陆骁皱眉："杨敬尧？"

另一边，正堂里，墙上挂着几幅画轴，杨敬尧正领着谢琢一幅一幅仔细观看。

"这两幅画都是老夫的珍藏，轻易不拿出来示人，特别是天寒时，就怕有所冻损。"

谢琢跟在杨敬尧后面半步，赞叹道："延龄荣幸，想来也只有在首辅这里，才能看见濮阳琼的真迹。"

"老夫为收集这几幅画，颇费了一番心力。这四幅画，分别画于濮阳的少年、青年、中年和老年，是他不同时期画技的代表作。"杨敬尧指了指，"特别是这一幅，濮阳中年时父母接连病逝，极是伤怀，他含泪画下了这幅《雪夜归家图》。"

谢琢仔细看着画中场景，似有动容："不瞒首辅，濮阳琼的画作中，我最爱的便是这一幅。谢某此生最遗憾的事便是父母早逝，不能尽孝。"

"听说延龄是清源人？"

"正是，咸宁七年清源有时疫，彼时我已经能记事。那时每家每户都挂着白幡，举办丧事，不管是城里还是镇上，药都已经被抢空了。我父亲是读书人，照着药典上的描述，拖着病体去山中挖草药，回家途中被人拦下，为了保住草药，腿都折了。"谢琢双眼微红，又强迫自己将涌起的情绪压下，"但把草药带回家后，他自己没舍得喝，母亲也舍不得，小心翼翼地将药煎好放凉，都喂给了我。”

杨敬尧叹息：“父母之心哪。”

仰头看着《雪夜归家图》左上角的题字，谢琢面露回忆之色：“所以我能理解濮阳的心情，那里是再也无法回去的家。”

注视着谢琢的侧脸，杨敬尧劝慰道：“若你的父母在泉下知道你高中探花，入朝为官，绯服加身，想来也会很开心。你年纪不大，但纯孝又勤勉上进，是个好孩子。”

谢琢不知道杨敬尧此次找他是为试探还是为了别的，只顺着他的话往下说道：“我的命是他们用自己的命换来的，无论如何，我也不能辜负他们。”

杨敬尧转身朝着茶桌走去，两个人相对坐下后，他才问道：“听说延龄是由家仆照料长大，家中没有长辈，想来终身大事也还没定下来吧？”

谢琢主动执壶给杨敬尧倒茶，颔首时视线移了移，有些回避这个问题：“确是如此。”

“延龄也快及冠了，如今年少有为，合该考虑考虑终身大事才是，都说成家立业，立业成家。”杨敬尧喝了口茶，话锋一转，“我有一个孙女，年纪与延龄差不多大，年方十六，相貌虽算不得顶尖，但知书达理，性格温淑，延龄可有意？”

这话问得极突然，谢琢立刻放下茶壶，惶恐般站起身，脸上却不见半点喜悦之色。

杨敬尧薄怒，“咚”的一声将茶杯放下，语气尚算平静：“怎么，谢侍读是觉得我杨某人的嫡亲孙女配不上你？”

“并非如此，”谢琢诚恳地说道，“我只怕……只怕会委屈了她。”

杨敬尧等着他的下文。

像是有些屈辱，谢琢搭在一处的手指蜷缩了好几次，他才低声说道：“我身体不好，常给我看诊的大夫说，我这辈子恐难有子息，还有……短命之相。如今的世道对女子严苛，若成婚后女子无所出，丈夫还早逝，世人多会指责女子。”

双手与眉眼持平，谢琢俯下身去：“我实在不想哪位姑娘因为我，无辜被耽误一生。”

杨敬尧没有立刻回答，反而研判地看着谢琢，像是在看他是否撒谎。

谢琢则一动不动，保持着恭敬的姿势，任他打量。

不知道过了多久，杨敬尧才开口：“站着做什么？坐下吧。”

谢琢有些拘谨地重新坐好。

“延龄说的短命之相是怎么回事？”

“不瞒首辅，我从小体质不足，后来感染时疫，不知道是因为那几碗草药汤还是别的，活了下来。可虽没有病死，身体也总不见好，甚至越来越差。”谢琢苦笑道，“其实不用大夫说，我自己也能感觉到，哪有同我一样年纪的人，入秋便要披上披风，吹一阵凉风就有可能高热不退，活得像个废人一般？”

杨敬尧宽慰道："延龄不用如此自弃，世间医术高明者不知凡几，延龄的困境说不定日后都能够解决。"

似乎听过许多这样的话，谢琢眼中苦涩意味更重："谢首辅开解，我也这么期待着。"

谢琢离开时，杨敬尧让管家亲自送的客。等管家回到正堂里，杨敬尧盘着手中的紫檀木珠，微闭双眼养气："人送出去了？"

管家回答："送出去了，看着上了马车我才回来的。"他思忖着道，"按照大人的吩咐，我在路上提了两句徐伯明的事，他神色不显，只说盛浩元在翰林院时对他还不错，说完又发觉不该提起，连忙找补，说盛浩元手段低劣，是罪有应得。

"从言行举止来看，谢琢此人行事严谨，但仍会犯一些初入官场之人会犯的错。"

"嗯，"杨敬尧问，"你觉得像吗？"

管家从十几岁时就跟在杨敬尧身边，宰相门前七品官，他这么多年，来来往往，见过的洛京中的大小官员不知多少。

仔细回忆对比了一番后，管家确定道："虽然谢贼当年极具风采，谢贼的夫人崔氏容貌也极美，但这位谢侍读和那两个人的五官并没有什么相似之处。"

杨敬尧和谢琢在正堂聊天时，管家就守在门口，自然听见了对话的内容，斟酌着说道："且他在说起疫病中死去的父母时，声音隐约有些哽咽，可见真情。如果这都是装的，那只能说此人城府极深，擅长伪装。"

杨敬尧坐在木椅上，入定了一般，神色深沉，让人看不清他在想些什么。

管家试探着问道："可要去查查他的医案？"

"不用，若他真的城府极深，那查医案是查不出什么端倪的。"杨敬尧睁开眼，将木珠放下，撑着桌沿起身，"来，你陪我去院中走走。"

另一边，上了马车后，谢琢就让葛武去千秋馆。

葛武还有些惊讶："公子，真去找宋大夫？"

谢琢在杨敬尧面前露出的所有情绪已经散了个干净，他伸手扯弄着挂在车壁上的香囊，闻了闻，回答："你不是说，要是再不去一趟，宋大夫都要提着药箱找上门来了吗？"

等谢琢进了千秋馆的里间，宋大夫抬眼瞧见人，故意拿捏着语气说："哟，今天吹的什么风，竟吹来了一位稀客，值得我把仅有的二两玉叶长春茶泡好了端出来。"

谢琢坐下后，自觉地拿过笔墨，开始替宋大夫抄写医案。

在他伸手去取墨锭时，宋大夫怒了："又想祸害我的墨？每次一来，就要浪费我一块墨锭，怎么，墨锭不要钱啊？"

谢琢无奈地说道："可墨也是我花钱买的。"

千秋馆属于衡楼，而衡楼又属于谢琢，说墨锭是他花钱买的，倒也没什么错。

即使理亏，宋大夫也瞪眼：“抄什么医案，手伸出来，大半个月不把脉，真以为自己神清气爽健步如飞了？”

谢琢乖乖地把手腕伸了过去，同时问起：“温鸣可还好？”

“此前悲伤过度，又在诏狱里被关了两天，但问题不大，我给他开完药后就送回了普宁寺。”宋大夫手指搭上谢琢细瘦的手腕，几息后，觉得稀奇，“这两天晚上睡得不错？”

谢琢点头：“没有惊醒。”停顿了好一会儿，他又迟疑地开口，“您上次提起，说商队从凌北边境带回了几种珍稀药草？”

宋大夫抬起眼皮：“怎么了？”

他其实大约知道谢琢想问什么，但就是想要让谢琢亲口问出来。

想起去给他买兔子灯的陆骁，谢琢垂下眼睑，接着问：“那些药草对我的毒可有效用？”

宋大夫差点想去把葛武叫过来，问问清楚到底发生了什么事让他家公子突然转了性。

宋大夫清了清嗓子，说道：“其中有一种叫‘凌雪草’的药，似有些用处，我已经让商队再多找点送过来了。”又小声嘀咕，“还真是难得，这可是你第一次主动问起此事，值得在我编纂的医案中大书特书。”

“为何？”

宋大夫懒得理他，捋了捋花白的胡须，自顾自地说道：“嗯，怎么写呢？就写，我曾有个病人，身体还没断气，心先死了。没想到，咸宁二十二年，正月初二，未时，他的心突然又活了，实乃奇观也，当与后世传看。”

一直到拎着宋大夫开的药回到住处时，谢琢都还在想，什么叫……他的心突然又活了？

不过他还没想出个所以然来，陆骁就快步走出书房，在他面前停下，担忧地问：“杨敬尧怎么突然找上你了？可有出事？”

谢琢回过神：“没事，杨首辅只是问我可有婚配，想将他的嫡亲孙女许给我。”

“他竟敢这么想？就算是首辅的嫡亲孙女也配不上你！”陆骁有点紧张，“那……那你是怎么答的？”

谢琢实话说道：“我说我身体不好，大夫断言这辈子难有子息，不愿误了姑娘终身，所以不会成婚。”

陆骁这才松了口气。

正月初五，众臣收了假，正式颁布了重开制科的诏书。不过因为除夕前的科举舞弊一案，人心惶惶，不少人担心考试评卷会受影响，这导致最终报名的只有四个人，其中便有温鸣。

大家都不是蠢人，既然揭举徐伯明和盛浩元科考泄题舞弊、暗中掌控官员的温鸣还能重新参加制科考试，那咸宁帝真正的态度如何就不难猜了。

于是很快，无数折子飞上了咸宁帝的御案，请求处死徐伯明。

“也不知道陛下什么时候会下旨。”琴台的隔间里，沈愚把玩着一块新得的羊脂玉，猜测，“难道陛下是觉得正月里见血不太好？都拖了这么久了。”

陆骁穿着黑色夔纹常服，靠着椅背，无聊地转着杯子：“或许大臣们上折子让他杀的，不是他想杀的人。”

“不想杀？陛下不想杀二皇子倒可以理解，毕竟二皇子是陛下的亲儿子。可徐伯明做的这些事情，往大了说，不是打的操纵朝臣架空陛下的主意吗？为什么陛下还不想杀他？”

沈愚觉得自己上次明明已经听陆骁把事情掰扯清楚了，现在怎么又有点不明白了？

“不是不杀，而是不想现在杀。”

咸宁帝对徐伯明必然动了杀心，哪个皇帝能容下这样的臣子？不过，如果不是太学生伏阙上书，咸宁帝应该想再拖上几年，等储位明朗后，再彻底清算。所以现在被太学生和朝中众臣逼迫催促，咸宁帝心中不悦，才在证据确凿的情况下一拖再拖，迟迟不下旨定罪。

陆骁没有往下解释，只说道：“反正是迟早的事，说不定陛下就是不想在正月里见血。”

沈愚也不是刨根问底的性子，注意力转得极快：“对了，听我爹说，他去给陛下问安，在文华殿门外的宫道边上恰巧看见杨首辅主动和谢侍读说话，杨首辅和颜悦色的，还聊了很久，对谢侍读非常欣赏的模样。”他喜滋滋地说，“果然不管是谁，都不会讨厌谢侍读，杨首辅说不定也折服于谢侍读的才华和风仪了！”

陆骁却心下一沉。晾了许久的茶水吞进喉口，在舌根处留下苦涩。陆骁不由得担心，杨敬尧会不会已经对谢琢生疑，在故意试探？

沈愚将五指张开在陆骁眼前晃了晃，奇怪地问：“陆二，你在出什么神？忧心忡忡的。”

“没什么，”陆骁随便找了个理由，“我刚刚突然想到，今年冬天格外冷，说不定北狄人会南下掠夺边境。”

沈愚一拳砸在木桌上，义愤填膺地说：“可恶的北狄人！”刚说完，他又龇牙咧嘴地搓了搓自己的拳头，“这桌子太硬了吧！好痛！好痛！”

陆骁毫不掩饰地嘲笑了一番，又不知道第几次看时辰，站起身来：“我得先走了。”

沈愚停住动作：“还有两道菜没上，你突然急着走做什么？”

“有要紧事，你要是一个人吃饭无聊，我把张召叫来陪你！”

谢琢散衙时，一掀开车帘，就看见了坐在里面的陆骁。

他还没来得及开口，就见陆骁皱起眉来：“可是身体不适？”

“嗯，有点发热，可能是天气冷了，不碍事。”

陆骁满脸担忧之色。

见状，谢琢嗓音微哑地说道：“才去过医馆，家里还有药，回去煎一服喝下就会好。”

说着，他放下车帘，坐到了软榻上。

陆骁听了这话，还是不放心："若是药喝了没能退热，就找宋大夫来看看好不好？"

"好。"

马车动了起来，见谢琢半垂着眼皮，两颧绯红，浅蹙着眉靠在软枕上，似在养神，陆骁不想打扰他，便不再说话了。

确实如谢琢所言，他喝下药不久，额头的热度就降了下去。

谢琢倚在书房的榻上，精神好了些许，问："驰风可要一起用晚饭？"

陆骁还没从马车上那一幕里缓过来，听见询问，慢两拍摇头："不用不用，我一会儿回府里吃。"

说完，他一抬眼，才注意到谢琢穿着一身深青色常服，衣裳下摆顺着木榻的边沿垂下，没有戴冠，只用锦带随意绑了墨发，正一手支在鬓侧，另一只手握着一卷书看。

和白日里一身绯色官服、神色清冷的谢侍读完全不同。让他不禁想起雨夜里，他推开门走进破庙，抬眼看见谢琢，恍然以为自己碰见了蛊惑人心的山野精怪。

等陆骁脚步匆匆地离开，葛武进门禀道："宋大夫遣了药童来，提醒公子最近要小心些，说千秋馆中去了个病人，拐弯抹角地打探公子是否在馆里看诊、病况如何，宋大夫便把能说的情况添油加醋地说了说。"

谢琢坐起身来，颔首："嗯，不用担心，应该是杨敬尧的人。"

葛武立刻皱起了眉："他怀疑公子？"

"差不多，文远侯和徐伯明在几个月的时间里接连出事，徐伯明还正好赶在腊月底，又有太学生上书，以他的敏锐程度，他不会联想不到咸宁九年的案子上。"

谢琢捏了捏摆在矮桌上的兔子灯，眼尾因发热染上的绯色已经消散，露出原本的苍白颜色来。他神色微沉："他先说为孙女招婿，又说欣赏我的才学和孝心，想来接下来的时日里，这样的试探行为还有不少。"

杨敬尧在等，等他在某次接触中露出些许端倪，或者等确定这两个案子与他绝无干系。

想来，十几年前，杨敬尧就是这般等到了一个彻底将谢衡扳倒的机会。

科考舞弊一案一直拖到了元宵节后。

大朝上，百官肃立，咸宁帝端坐于御座上，主动询问刑部尚书此案进展如何。

众人立刻明了，这是陛下终于准备处置主犯了。在此之前，不少徐伯明手下的小兵小卒已经被定了罪，该流放的流放，该革职入狱的入狱，只有罪责极大的人还被关在诏狱里，等着和徐伯明几个主犯一起发落。

刑部尚书低下头，重重松了一口气。就因为诏狱里关着个徐伯明，这段时日，明里暗里不知道多少人找他。有的想让徐伯明赶紧死在牢里，以免夜长梦多；有的拿着一箱金子，让他一定要保好徐伯明的命，以后若徐伯明东山再起，定少不了他的好处。

而咸宁帝又迟迟不下旨意，让人实在摸不透帝王心意。

如今，刑部尚书好歹是能将这个烫手山芋扔开了。

天章阁里，寇谦脚步匆匆地回来时，正好撞见谢琢出来透气，立刻苦着一张脸："延龄，延龄，来说说，你上次写处死文远侯的诏书时，怎么写的？"

"自然是陛下怎么说，我就怎么写，只在字句、格式上进行润色。"谢琢做出关切的表情，"寇待诏怎么了？"

寇谦擦了擦额头上不存在的冷汗："今天是我在文华殿轮值，大朝后，陛下宣御史中丞、刑部尚书和大理寺卿议事，商量来商量去，竟然当场就把徐伯明几个人的罪名定下了，命我草拟诏书。"

他停顿了许久，叹道，"太多人了……我写了很多名字，手都在抖。有些人是罪有应得，但有些人……明显是被连累。有的直接是死罪，有的……这辈子估计都会生不如死。"

谢琢压低声音提醒道："寇待诏慎言，小心隔墙有耳。"

寇谦立刻闭紧了嘴，身为臣子，自然不可在背后议论天子。他左右看了看，确定没人后，又立刻找补道："陛下这次从严处置众人，意在警醒天下人。就是不知道这一次会空出多少官位来，想来陛下应该会再开制科。"

谢琢颔首："除尘涤垢，广纳贤才，对朝野内外，都是好事。"

寇谦赶紧笑呵呵地附和："对，确实是好事！"

徐伯明、盛浩元和礼部尚书吴真义都被判了斩立决。行刑当天，正是休沐，谢琢没有去刑场，只磨了不少墨，坐在书房里一页接着一页地练字。

葛叔从外面回来，关好门，哑声说道："公子，都死了，和罗常那奸人一样，都死了！"

说着说着，他竟跪倒在地，老泪纵横。

谢琢搁下笔，亲自将葛叔扶起来："地上凉，您腿脚不好，若受了寒，晚上又要痛了。"他又劝道，"该死的人死了，不是应该高兴吗？"

"让公子见笑了，"葛叔又哭又笑，"只是当初，我等将公子救出来，只想遵从大人遗愿，尽力将照顾长大。即使心中满是仇怨，也不曾妄想真的可以找这些奸人报仇。"

说着说着，他又红了眼眶，心疼道："这些年，公子最是受累。"

谢琢摇了摇头："谈不上受累，您才是，一早就起来了，快去休息吧。"

等将葛叔劝走后，谢琢从木架上拿出书册，又打开夹在其中的纸页，用墨笔将徐伯明、盛浩元和吴真义等人的名字一一划去。

他其实很清楚，即使杀了罗常，杀了徐伯明、盛浩元，杀了杨敬尧，又有什么用？他的母亲、父亲、寒枝……所有死去的人都不会再回来了。他为他们报仇，不过是为他的苦、他的痛找一个宣泄的出口，为他活着的日日夜夜，找一个不算蹩脚的理由。

第十六章 帝心难测

春分过后，天气逐渐转暖，一夜之间，院中那株百年老树繁花满枝，花瓣白中透出晕红颜色，如薄胭万点，占尽春色。

谢琢散衙回来，从树下经过，一根花枝突然落到了他的面前。

他俯身将花枝捡起，仰起头，就看见粗壮的树枝上，有一个人背靠树干坐着，革冠高束，垂落的袍角被风吹得一摇一晃，意态疏懒，朝自己笑得明朗。

“怎么坐得这么高？”

陆骁一跃而下：“我算着差不多到散衙的时间了，坐高点，就能在延龄的马车拐进永宁坊的巷子时立刻看见。”他又跟变戏法似的，从身后拿出一根花枝，“我特意去树顶摘的，每一朵花的花瓣都完完整整。”

谢琢接过花。

他身上穿的绯色官服如天边红云，映得他眉眼生光，面如细瓷，执着花枝的模样，像一幅画师精细勾勒的美人图。

陆骁跟着人往书房里走，边走边说道：“我今天去了一趟文华殿，出来后特意去天章阁点了卯，没想到延龄不在阁里，早知道就不去了。”

“我那时应该在史馆查阅资料，若是知道你要来，定然会拖延过去的时间。”谢琢很快反应过来，“陛下召见你，可是因为凌北的战事？”

昨夜，有来自凌北的军情奏报被八百里加急地送入宫中。

才过去的这个冬天比往年严寒，冬季没有草料，北狄人的牛羊饿死了很多，帐中无食，便多次南下劫掠，不过与大楚发生的冲突都零散且规模较小。

这种小规模的冲突年年都会发生数次，凌北陆家人早已熟悉，所以应对自如。

但据陆渊在奏折中所言，北狄老汗王于一个月前病逝，太后与汗王的弟弟耶律真秘不发丧，直到半个月前，耶律真成功杀了汗王死前指定的继承人，自己当了新的汗王，才将此事昭告天下。

陆渊写这份奏折时，北狄各部已经纷纷前去王庭祝贺。

“没错，我们陆家守在凌北边关，赢了战事，所有人都看着，陛下自然要表现得亲厚倚重。”陆骁低声嘀咕，“又送了一车打着内廷标记的瓷器珍玩，不能卖，也不能换成粮草，只能堆在库房里占地方，真是生怕边关兵强马壮，掉头直攻洛京。”

这是咸宁帝的一贯做法。不管是给陆骁的赏赐，还是送往凌北的赏，全无例外，都是看似珍贵，却无法折成金银的东西。

陆骁又有些忧心：“王庭换人，总有变化。自老汗王生病以来，陆家也在暗地里运作过，希望原定的储君登位。那个储君性子软弱，若他登位，边境百姓的日子说不定能好过不少。”

衡楼的商队常年进出凌北，因此谢琢对北狄的情况也较为熟悉，听陆骁提起“耶律真”这个名字，也想到了这一点：“传闻中，耶律真脾性暴躁易怒。”

“没错，这个耶律真是太后的小儿子，自小孔武有力，据说能拉开十石以上的弓箭，还没成年就被封为了北院大王，掌着北狄半数军队。我爹和我哥哥都跟他对上过，说这人狡猾，很是难缠。

“且他野心极大，曾公开指责过那个被他杀了的储君，说其畏首畏尾，就和草原上的老鼠一样，马蹄都能踩死，何谈入主中原？”

陆骁冷嘲：“入主中原？他想得倒是挺好。”

但两个人都很清楚，若要拦住北狄南下的铁蹄，必要以血肉筑起城墙堡垒。到时，凌北黄沙之下，又要遍添白骨。

将两枝杏花插进淡青的瓷瓶中，谢琢将瓷瓶放在了书案上。

文华殿中，高让见咸宁帝神情不悦，连忙轻手轻脚地将香炉灭了，又指挥内侍开了几扇窗户透透气。

咸宁帝手抚着龙头上凸起的角，语气沉缓地说：“听说陆渊打了胜仗回来，万人空巷，凌北百姓自发去城门口迎接，还说陆渊是天上神将，专程前来护佑百姓的。”

高让后背的冷汗立时就下来了，他弓着背，小心回道：“什么神将不神将的，都是百姓愚昧，听了几个说书先生讲的传奇故事，或者被人稍做引导，就胡乱喊出这些名号来。”

觑了觑咸宁帝的神色，高让又笑道：“而且这天下，万疆万民都是陛下的，陆将军奉皇命护佑百姓，百姓心里肯定都清楚，他们都是身沐皇恩。”

咸宁帝捏了捏眉心，喜怒不显：“身沐皇恩，还是身沐陆恩，这可说不定。”

高让膝盖一软，头垂得更低了，知道自己这时说什么错什么，半个字不敢再说。

“凌北距离洛京，千里之遥，有失教化也是正常。况且，陆家三代驻扎在那里，也不怪那些百姓只知道陆家。”

百姓只知陆家不知皇家，咸宁帝说完这句话，殿内噤若寒蝉。

这时有人禀报：“陛下，杨首辅来了。”

高让勉强松了半口气，咸宁帝也坐直身，吩咐：“让他进来吧。”

杨敬尧进殿后，咸宁帝先关切了一番：“杨卿的风寒可好了？春寒料峭，岁数上去了，要格外注意身体才行。朕近知天命的岁数，杨卿更比朕年长，都比不得年轻人。”

他又笑道：“才见了驰风那小子，来文华殿时，只穿了件麒麟服，年轻人真是不怕冷哪。”

杨敬尧笑起来时，眼尾的纹路加深，让他看起来和煦很多：“臣可比不得陛下春秋鼎盛，太医诊了脉，还叮嘱臣饮食要清淡，夜里不能多食。”

“这些个太医，说辞都差不多，也说朕的脾胃运化不比从前，吃食要注意。还是陆渊厉害，比朕还要年长五岁，照样骑马打仗。”咸宁帝指了指御案上的一本折子，“这不，又替朕打了一场胜仗。”

这话说得像是夸赞，但听着又不像，似乎别有意味。

咸宁帝没有继续说下去，另提了制科的事：“那个温鸣虽然行事不稳重，莽撞了些，才干倒是很不错，人才过去没多久，真的就把无定河的春洪给治住了。”

杨敬尧拱手：“恭贺陛下觅得良才。”

“嗯，”咸宁帝展了展宽袖，叹道，“要是这个温鸣早几年进工部任职，工部尚书也不会急得满嘴燎泡，三天两头地来朕这里哭诉了。这般人才，竟然被埋没数年之久，徐伯明虽然已经死了，但他的所作所为亏欠天下多矣，也给朕留了不少窟窿啊。”

杨敬尧说话向来谨慎，没接徐伯明一案的话茬，只提起：“现今陛下准备再开制科选士，不仅补上了这些窟窿，更是给了天下士子一个机会，他们定会感念皇恩。”

“嗯。”咸宁帝像是征询，又像是提醒什么，“徐伯明没了，前礼部尚书也没了，此次制科尚未定下考官人选，杨卿可愿去做主考？”

杨敬尧连忙回道：“陛下折煞臣了。”

内阁无人不知，杨敬尧虽然官至首辅，且一坐就是十几年，但他的才学实在不算好，出身低微，也没有什么家学渊源或者天赋可以称道。

所以内阁众人偶尔在背后议论，说杨敬尧没有一手好文章和满肚子的经纶，资质平庸，却还是把位置坐得这么稳，不过是得陛下信任罢了。

咸宁帝似乎也只是这么说上一说：“嗯，那朕另点两个人去。”

永宁坊。

半夜，谢琢的书房里又响起了敲窗的声音。他起身把窗户打开，让陆骁进来，无奈地说道：“可要我给你一把院门的钥匙？”

“不用，不用！”陆骁连忙摆手，“我很喜欢这样，我来或者离开，都只有延龄知道，这是我们两个人共同的秘密。而且此刻的延龄，格外真实。”

谢琢疑惑：“真实？”

“对。延龄在翰林院里，是一个才学颇高，但于官场交际上还不太熟悉的新人，会犯新人常犯的错误，有些孤冷，但总体来说，同僚不会觉得难接近。

“在杨敬尧面前，延龄像大部分年轻官员一样，很恭敬，会表现得忐忑，还会因受到杨敬尧赏识而高兴。

“在陛下面前，延龄是纯臣，是直臣，所思所想皆为陛下。

“在葛叔和葛武面前，延龄是主心骨，是不慌不乱、发布命令、成竹在胸的人。”

陆骁笑道：“可无论延龄不得已戴上了多少面具，此刻，在我面前，延龄就是延龄。”

谢琢以为，被人刺探内心，会觉得被冒犯或者本能地警惕。可实际上，在听陆骁说完后，他竟双眼微微发涩。

他听见自己问：“你怎么知道我在你面前就是我，没有戴上别的面具？”

“直觉，我的直觉很敏锐的，在战场上，好几次靠着这份直觉才死里逃生。”陆骁说得很是笃定，“或许我看见的不是延龄所有的侧面，但肯定都是真实的，我就是知道。”

谢琢有些难为情，转开话题：“今天准备什么时候走？莫要像昨夜似的，凌晨出院门，回到侯府还要花小半个时辰，会睡不够的。”

提起这事，陆骁立刻神采飞扬：“延龄可记得，我前段时间在修整侯府后面的花园？”

“对。”谢琢记得清楚，种什么花、买哪些盆景，甚至石壁上刻什么纹饰，假山用哪种石材，陆骁都会特意来询问他的意见。

以至谢琢虽然没去侯府看过，但那里修整后是什么模样，他心中一清二楚。

陆骁目光熠熠：“我这才发现，从那里翻围墙出来，再经过一条废弃的窄巷，就是延龄家的围墙，所以如今只要一刻不到，我就能从府里到延龄家中！”

不用在路途上花费太多时间，陆骁一直在书房里陪谢琢看书到二更。

文华殿里，因这几日咸宁帝的脾气都不太好，内侍进出时恨不得离地两寸，不发出半点声音。

高公公的徒弟高和来接谢琢时，小声卖好道：“这春雨扰人，陛下心中烦闷，谢侍读可要谨慎些。”

谢琢颔首，温和地回道：“我省得。”

高和又小声告知：“杨首辅和大皇子都在殿内，”这才往殿门的方向抬了抬手，“谢侍读请。”

大皇子李忱于去年十月底被前文远侯世子刺伤，之后一直卧床休养，趁机暂避二皇子的锋芒。如今徐伯明被腰斩，二皇子仍未解禁，一切尘埃落定，再无人能与他争夺储位，他才施施然地让太医对外说他伤情已经痊愈。

谢琢在视线不经意间与大皇子对上时，立刻恭谨地垂眸致礼，随后坐到了自己的位子上，开始帮咸宁帝整理奏折。

大皇子正与杨敬尧争执，谢琢听了没多久，就明白到底是什么事了。

制科开考在即，但主考官的人选还未定下来。杨敬尧谨慎，自己不愿去，也不准备举荐，只旁观。但大皇子不同。如今，二皇子虽然被咸宁帝保着命和名声，但外家有如此污名，他自己也不干不净，无法完全将自己从科举舞弊一案中摘出，若是立他为储君，不免引得天下文人激愤。因此，储君之位，看起来已经是大皇子的囊中之物了。

朝中多的是风吹两面倒的人，此般情势下，明里暗里站大皇子这边的官员不知道有多少。而相应地，想要让大家投效，大皇子就必须拿出一定的利益进行反馈。

此次制科的主考之位，便是极重要的一份利益反馈。

杨敬尧拢着手，闭目养神，等大皇子说完后才慢吞吞地开口："此次制科，取士颇多，读书人都很是重视。殿下所推举之人才学尚可，年资不足，想来担不起这重任吧？"

李忱每每看见杨敬尧这副拿腔拿调的模样，就觉得不耐烦，但在咸宁帝面前，必须按捺住脾性："杨首辅说得有道理，可我认为，现在沉疴尽去，更应当焕然一新才对。且我所荐之人，在士林中亦很有声望。"

杨首辅语速依然不急不缓："殿下久居宫中，怎能确定谁真的有声望？另外，殿下年纪尚轻，不知这沉疴尽去之时，更不应该革新过快，否则，容易人心不稳。"

这句话就差指着大皇子的脑门，骂他没见识还没经验，看法、判断都是错的，尽添乱。

大皇子还要说话时，一直听着他们争论的咸宁帝出声："好了，都别争了，杨卿说得不错，老大你选的这个人稳不住此次制科考试，让他再熬几年吧。"

咸宁帝都开了口，大皇子自然不能再说什么，只好俯身："儿臣受教，谢父皇。"

从文华殿出来后，李忱便不再掩饰自己的神情。

他原以为，李慎这辈子最多只能当个闲散王爷，储位已经注定是他的了，对未来的储君，父皇必然会准了他的推举，全了他的脸面，没想到竟会是这么个结果！

"这个杨敬尧，装腔作势！他不过是父皇脚边一条听话的狗，让咬谁就咬谁，还真以为自己高瞻远瞩、明察秋毫了？"

小太监紧紧跟着大皇子，之前没进殿，不知道里面发生了什么事，但不阻碍他附和着骂道："没错，老不死的，竟敢给殿下脸色看！"

李忱目光狠戾，一甩宽袖："等我哪天登上那个位置，第一个要杀的就是他杨敬尧！"

这番话由高让复述，传到咸宁帝耳里时，咸宁帝搁下用以勾画批注的墨笔，盯着镏金柱上的龙纹，一阵沉默后，倏地冷笑："第一个要杀的就是杨敬尧？"

高让静得如一尊雕塑。

几息后，咸宁帝突然放缓了声调说道："高让，你说啊，打狗还要看主人，现在他已经设想着杀朕的狗了，若真让他当了太子，他是不是就要设计着杀朕了？"

咸宁帝猛地将手中书册砸在地上，怒声喝道："反了！真是反了！"

高让连忙匍匐在地："陛下息怒！"

文华殿中发生的事无第三人知晓。

谢琢提前离开天章阁，出现在千秋馆时，宋大夫十分刻意地揉了揉眼睛："我竟然没有看花眼，真的是公子来了？"

说完，他动作飞快地将笔架旁的墨锭全部收好，只将剩了半砚台的墨汁留在桌面上。想了想，他又于心不忍，还是抽了两锭墨，重新放回原处，满脸都是"算了，算了，你随意摆弄"的嫌弃表情。

谢琢看得好笑，坐下后，将手腕搁到了迎枕上。

"公子开年以来，倒是跟往年很不一样，来我这里来得勤快许多。"宋大夫将手指搭上脉，嘴上还闲不住。

谢琢没有答话。

"从脉象来看，公子胸中的郁气散了不少。"宋大夫收回手，又说道，"来往凌北的商队又送来了一批凌雪草，我与别的几味药配伍，加加减减，写出了几个方子，要劳公子亲自试药，最好是将每次喝药的时间、服药后的反应和感受都详细地记录下来。"

谢琢颔首应下。

宋大夫蓦地笑了起来，目光温和，指了指自己心口的位置："公子真的变了不少。"

以前的谢琢，十分平静地接受了自己只能活几年的事实，不曾挣扎，也不曾有求生的念头，明明是还未及冠的少年人，眼中却死寂得不见半丝波澜。

他虽医术高明，却救不了求死之人。不过他也并非不能理解，对这世上的一切，公子都不眷念，甚至想来，活着的每一天对公子来说都是一种折磨吧？

听见这个评价，谢琢并不笃定。

或许是的？

至少以前，他从不会想以后的事，现在却忍不住会去期待。

提笔写好药方，宋大夫捋了捋胡须，笑得轻松宽慰："我的医术，说不上能让人起死回生，但真论起来，肯定能排进大楚前列，公子好好吃药，只要公子不想死，就算哪一天阎王敲门，我也会尽全力留下公子的命！"

二月二十四，谢琢随驾前往太液池赏柳，烟波画船，有教坊司的乐伎在船上奏曲轻唱，渺渺如仙乐。

咸宁帝心情好了不少，命高让给乐伎分发赏钱，又找来宫廷画师，令其趁着春日晴好，杨柳垂岸，画一幅《太液柳风图》，并让谢琢题诗。

谢琢连忙低头，惭愧道："臣诗才着实不佳，担心一不小心污了画师的画作。"

咸宁帝扬扬宽袖："无碍，延龄之才，不在诗作，朕心里清楚。"他又笑道，"况且，朕说你写得好，这天下间，又有谁敢说延龄写得不好？"

谢琢听懂了言外之意。

只要他全心依附，忠心耿耿，不生二心，那么，无论他有没有才华，皇权都会慷慨地赠予他名望、地位、权力、财富……就像首辅杨敬尧。

谢琢没再推辞："那臣只好献丑了。"

宫人都等在十步开外，咸宁帝站在水榭中，四面当风，他半眯着眼，慨叹："朕许久不曾这般悠闲了。"他顺手拍了两下朱红圆柱，"太医还劝朕注意歇息，可上午泽州报春洪泛滥，中午应州又上折子说起了疫病，下午池州的铜矿又塌了。等朕终于把这些事处理完，八百里加急，凌州的军情奏报又送了过来，朕如何歇得？"

与先帝连月不上朝、沉迷丹药不同，咸宁帝很是勤政，同样很忌惮分权，万事皆要过目，所以才安排了翰林官员每日去文华殿轮值，从旁帮着整理奏折。

转过身，咸宁帝边走边说道："说起凌州，陆将军强调北狄新任汗王耶律真狼子野心，但依朕看来，北狄皆是蛮族，到现在，有些部落还在生吃牛羊肉。除骑兵强悍外，无论粮草、军械还是战略战术，都远不及我大楚。

"不过朕也明白，陆将军镇守凌北边境，肩上责任极大，怕出了什么事不好向朕交代。"

谢琢垂下眼，掩去情绪，没有开口。

就在这时，谢琢余光中有白影闪过，他望过去，发现是一只毛发蓬松的拂菻狗。这种狗很是名贵，从西域传入大楚后，极受宫妃贵妇的喜爱。

小狗身边没有跟着照管的宫人，或许是迷路到了太液池边，见了人，没有躲，反而小跑着靠近，却不想高让脸色大变，紧捏着拂尘，一改往日的细声细气，声音很是尖厉："来人，快去把那畜生赶出去！快！"

咸宁帝抬了抬手，示意众人不得擅自动作。

高让后颈浮出一层冷汗，被风一吹，冷得身子一缩。他不敢猜测咸宁帝的心思，发现那小狗一路跑到龙靴前，还闻了闻时，更是心惊胆战。

一声哀鸣响起，拂菻狗被咸宁帝狠狠踹了出去。

谁也没看清到底发生了什么事，高让急智，连忙喝道："这小畜生竟然惊扰圣驾！哪个宫里养的，就赶紧送回哪宫去！"

一众宫人静默不敢言，片刻后一个小内监回道："好像……好像是大皇子妃的爱宠……"

大皇子妃？瞥了眼咸宁帝的神情，高让眉心狠跳，心里不免嘀咕。这宫里多少年没出现过狗了？大皇子妃养了不说，还任由拂菻狗跑到了陛下面前，这不是直触逆鳞吗？

咸宁帝的生母地位低微又早早离世，他还是皇子时，很受先帝厌弃，不说皇子尊荣，连御膳房的小太监都敢随意克扣他的饮食。

先帝沉迷丹药，不理朝政，还格外宠爱陈贵妃。

那时，陈贵妃有一条很是珍爱的拂菻狗，吃穿用度比照公主，身边时时跟着数名宫人照料。时不时地，陈贵妃会将还是皇子的咸宁帝召去她的椒房殿，命他在地上爬行，与自己的爱犬抢食，且不准用手。

若赢了，还是皇子的咸宁帝就能吃到一块半生的肉；若输了，则一整天都会挨饿。

往往这时，陈贵妃还会让宫人们下注，赌皇子和狗到底谁会赢，观看时也会笑得花枝乱颤。

没有人敢忤逆陈贵妃，同样，也没有人可怜一个与狗抢食的皇子。

逼宫夺位的当晚，咸宁帝一把火焚尽了陈贵妃华丽奢侈的椒房殿，至此，拂菻狗在内廷绝迹。而咸宁帝登基后，从未册封"贵妃"一位。

只是，清楚当年这一切内情的宫人早已陆续死去，宫里的人隐约知道不能养拂菻狗，却不知道具体的原因。

如今，大皇子妃犯了这个忌讳。

回到文华殿，咸宁帝先看了宫廷画师画的画，夸了两句谢琢的诗，接着就吩咐内侍将画拿去装裱。

批了几本折子后，咸宁帝突然开口询问："延龄，朕记得老大来求过朕，说他贵为皇子，岳丈的官职却低微，大皇子妃见命妇时也没有颜面，所以想求朕给他的岳父杨显升升官职，是不是有这回事？"

谢琢思索片刻，恭敬回禀："是，诏书为臣草拟，擢升杨显为从二品卫将军。"

这虽是虚职，不握实权，但足以在洛京中撑起皇子岳丈的颜面。

"嗯，老大如今还是浮躁了些，"咸宁帝握着朱笔，批复的同时下令，"扣下，留中吧。"

留中待发意味着诏令下达的时间不定，甚至可能无限延期，石沉大海。

谢琢应下："是。"

过了几日，发现擢升岳丈官位的诏令迟迟未下，大皇子李忱有点坐不住了。

会仙酒楼二楼的包间中，李忱烦躁地叩了叩木桌："父皇到底是什么意思？制科主考的推举被驳了，吏部侍郎的推举他也没有应允，现在，我不过是想给我的岳丈求个颜面上过得去的官职，竟然杳无音信！我这皇子当着还有什么用？"

这不仅是官位的问题。

朝中谁不是人精？咸宁帝如此做派，一两次还好，若次数多了，必定流言四起，说他李忱不得咸宁帝喜爱！

坐在他对面的是一个穿灰色文士服的中年谋士，劝道："殿下别急，事出必有因，勿要莽撞！”

李忱表情烦乱，正想发火，忽地朝灰衣谋士做了个手势，视线则落在了楼下。

千秋馆里间，谢琢取了药，问宋大夫：“人可送走了？”

宋大夫压低声音回道：“公子放心，将那拂菻狗卖给杨夫人后，就以回乡奔丧守孝的理由关了店铺大门，辗转两地，人现在已经回了清源。”

“杨夫人”便是大皇子李忱的岳母。

自去年杨显邀请大皇子去观看校场演练，咸宁帝大怒后，杨显被降职，身为大皇子妃的杨婉当众挨了李忱一巴掌，几番哭求也无任何作用，大皇子府内侧妃侍妾见势，纷纷使手段争起宠来，越加不把她放在眼里。

杨婉本就因家世不足很是自卑，再遭李忱厌弃，更是终日郁郁。杨夫人怕女儿在宫中无人开解，生出好歹来，想了不少主意。

后来偶然间，杨夫人从一个专卖珍禽猫犬的商人手中买到了一只性格温顺、品相上佳的拂菻狗，杨夫人便趁着进宫，将其送给了杨婉。杨婉颇为喜爱，晚上都令它睡在红丝毯上，如此，才慢慢有了笑颜。

听完这话，谢琢颔首，没有多话，只说道：“回去了就好。”

拎着麻绳系紧的药包离开千秋馆，谢琢还没走出多远，便被人叫住了。

“谢侍读！”

谢琢回头，看见一身常服的大皇子李忱快步走来，正要施礼，就被李忱制止了。

李忱语气温和地说：“现在在宫外，人多眼杂，谢侍读不必多礼。”

谢琢依言放下手：“臣失礼了。”

看见谢琢手中提着的药，李忱关切地问道：“谢侍读可是病了？”

谢琢摇头：“我自小体弱，容易生病，这些药都是平日里调理身体用。”他主动接下话，“殿下因何会在此处？”

“心中烦闷，出来散散心罢了。”李忱若有所指，说完便观察着谢琢的神色。

果然，他发现，谢琢还不算愚笨，知道现在老二已经倒台，纠结站队再无意义，在犹豫一番后，迟疑地问道：“殿下可是因为擢升卫将军之事发愁？”

李忱负手长叹：“君父君父，先是君才是父，”又苦笑，“我不知道是哪里惹怒了父皇，心中甚是不安。”

谢琢犹豫片刻，还是安慰：“殿下不用太过担忧，当日臣陪陛下游太液池，一只拂菻狗突然出现，扰了陛下的兴致，还朝陛下吠叫，陛下因而生怒。后来得知拂菻狗是大皇子妃的爱宠，陛下便叫人送回去了。”

李忱立时皱起了眉。

杨婉养了只拂菻狗解闷的事他知道，前几日狗突然走失，受了伤被送回来这件事，他也零星听见过两句，据说将狗送回来的内侍一问三不知，杨婉心疼地流了几滴泪，这事也就过去了。

他整日繁忙，哪有时间关心一个妇人养的狗如何？没想到竟有这样的内情。

他倒是能明白消息之所以未传出，一定是高让令在场所有宫人噤声了。若不是谢琢当日在场，估计根本不会知道当时到底发生了什么事。

但紧接着，李忱心中压抑多年的愠怒情绪又冒了出来。

只是一条微不足道的拂菻狗，竟会是他的父皇压着擢升诏令不发的原因，这话说出去，谁人敢相信？理由太过荒谬，李忱反而觉得是咸宁帝以此为借口再次打压他，让他颜面尽失。

那些朝臣，甚至被禁足的老二，指不定在背后如何嘲笑他！这次是拂菻狗，以后呢？是不是他养条鱼、种棵树，都会成为咸宁帝斥责他、夺他的颜面的理由？

储君之位就在眼前，李忱绝不允许这样的事发生。

眼中薄怒与怨恨之色转瞬即逝，李忱又笑道："此番有劳谢侍读解惑。"

谢琢垂首："小事罢了，殿下言重。若无别的事，臣就先走了。"

李忱清楚，想要收服谢琢这样的人，绝非一天两天的事，便在寒暄两句后，利落放人。

与大街上的繁华喧闹景象不同，永宁坊的窄巷安静许多，前后都没有行人。

谢琢极为敏锐地发现了附近第二个人的存在，但并未生出戒备心。他抬起头，就看见不知道在墙头蹲了多久的陆骁。

见自己被发现了，陆骁笑容飞扬地跃下，顺手接过谢琢手里拎着的药："糖罐子里的糖没了，我刚刚去宣平坊的糖铺买了两包糖，这不，正好赶上你抓药。"

谢琢目光微动："从东面那条路回来的？"

手指无意识地捻了捻袖口的衣料，他不希望陆骁撞见他和李忱交谈的画面。

陆骁察觉到了，于是到嘴边的话变了："对，就是走的那条路。"

捏着袖口衣料的手指倏地松开，谢琢笑着打趣："又买了糖？不怕我牙疼，半夜睡不着？"

陆骁立刻心虚地摸了摸鼻子。

这还是之前谢琢刻意疏远他时，他赌气说的话。

"我问过宋大夫，只要早晚漱口洁牙，不会牙疼的。"

谢琢目视前方："你那次送给我的糖，我每一颗都吃了，很甜，药都没有那么苦了。"

第十七章 忌惮之意

入三月后，洛京城内画旗风展，杨柳依依。花卉渐次盛开，城郊游人如织，平民勋贵争相出城踏春，笑和饮酒。

凌北陆家却连递四道折子入京，汇报与北狄的战事，同时请求朝廷调拨粮草军械，以补损耗。

“诸卿怎么看？”咸宁帝命高让将最新一道折子送与在座的大臣传阅，“陆大将军在奏折中说，因冬天太过严寒，凌北的军田收成也少，所以需要填补的军粮比往年多了两成。另外，因与北狄的战事频发，军械耗损也比往年多了三成。”

户部管天下钱粮，听咸宁帝说完，户部尚书就先坐不住了，忍不住说道：“怎一下就多了两成？就算军田减产，也不该出现如此大的缺漏。”

兵部尚书没个好气：“耶律真当了汗王后，频繁挥兵边境，凌北将士杀敌，难道不需要吃粮？另外，交战时，军粮被烧被抢，有一定的消耗也是正常的，再加上军田减产，怎么就不能多两成的缺漏了？”

当众被驳，户部尚书怒道：“我只是心中存疑，又未曾说陆大将军虚报，你为何如此夹枪带棍？”

兵部尚书丝毫不让：“既然你不会好好说话，我自然也说不出好话！”

“够了，”咸宁帝将茶杯重重放下，“朕把你们召来，不是为了听你们吵架的。”

在座之人纷纷噤声。

杨敬尧缓缓说道：“户部尚书有所疑虑也是正常的，毕竟前几年，凌北未曾有如此大的辎重缺口。”

“首辅所言极是。”户部尚书当了几十年的官，心里的账清清楚楚，当即开始哭穷，“为防无定河春洪泛滥，户部已经支取了大笔银钱，征召民夫疏浚河道、修建堤坝，依工部移来的账目，后续还有开销。另外，怀州春旱，要出钱赈济，修建后陵、修建雍丘的行宫，样样都需银钱。现在陆大将军既要粮又要军械，户部哪里拿得出这么多钱哪！”

他隐下没说的是，开春以来，咸宁帝想要一批织金云霞龙纹、龙纹纻丝纱罗和五爪龙暗花做常服，再加上皇后和各妃嫔的春衫，两三千匹布和金线红花等原料加起来，亦是一大笔开销。

户部尚书心里明明白白，若是此次慷慨地把银钱给了出去，那下次咸宁帝再找他要钱时，他给不出，就是他的失职，同样的情况多来两次，咸宁帝就会认定他无能，那他的仕途也就到头了。

工部尚书也说道："凌北所需军械数量庞大，军械所锻造也需一定时间。"

"数量庞大？"兵部尚书愤愤出声，"你就没算算，凌北多少年不曾往洛京要军械了？想来此次也是武器实在不能用了，才会要点矛戟枪头之类的铁器，你军械所的库中不可能没有存货！"

工部尚书怒目道："我不过实话实说，又没有说不给，怎么，就你忧心战事？你不在我们的位置上，自然站着说话不腰疼！"

眼看着又要吵起来了，咸宁帝冷淡地摆了摆手："别说了，都回去给朕好好理一理，下次再议。杨卿，你留下。"

等殿内重新清静下来，咸宁帝捏了捏眉心："杨卿，你怎么说？"

杨敬尧知道咸宁帝想听的到底是什么话。

他还是一贯慢声慢气，言语间很是为咸宁帝忧心。

"凌北短短一两个月里，接连递了七八道折子入京，这本就不寻常。陛下除了看折子以外，没有别的途径能够了解凌北的真实情况，只能是陆大将军说什么，便是什么。"

咸宁帝停下手，对着杨敬尧，未隐藏自己的忧虑："是啊，朕坐洛京才可安天下，凌北被陆家把持，犹如铁桶，即便是派监军过去，也只能看见陆家想让朕看见的。此举还会引人上书说，陆家满门忠烈，朕不该如此多疑，伤了陆家人的心。"

杨敬尧附和："那些人满口大仁大义，却不曾为陛下考虑过分毫，不知陛下所忧所虑。"

咸宁帝起身，负手踱步，感喟："军粮多了两成，军械多了三成，若陆家用多出来的这些辎重养兵，那就如猛兽装上了獠牙，到时谁能拦得住？陆家的兵，各个都在战场上搏杀，见过血。而朕的禁军，只会杀鸡赶兔，真对上，禁军不堪一击。"

杨敬尧点头："确实如此。况且，近年来，不单是凌北，连洛京中都有不少百姓称赞陆大将军护国护民，若无陆大将军镇守边境，用兵如神，北狄早已兵临洛京。"

"荒谬！"咸宁帝顿住脚步，登时拂袖，"真当我大楚缺了区区一个陆渊，就国将不国了？这么多年来，北狄那群马上蛮族从未越过凌州！兵临洛京？当真可笑！"

杨敬尧连忙躬身拱手："陛下息怒，实乃百姓愚昧，易受煽动。"

"不用再议了，军粮和军械各多给一成，足够了。"咸宁帝站在御案旁，将凌北来的折子扔到一处，"铁器不腐不碎，朕就不信，他陆渊真的就有如此大的损耗！"

书房里，葛武将煎好的药端进来："公子，还得稍稍放一放，有点烫。"

“好。”药汁黏稠，还散发着一股酸苦气，谢琢已经很习惯，继续练字。

放下药碗后，葛武没有走开，汇报道：“进出凌北的商队带回了消息，最近北狄上下戒严，过去的商队不仅要被搜身、清查货物车马，还会被征重税，甚至已经死了好几个人。陆将军的意思是，安全为上。”

“嗯，让昌叔就按照陆将军说的办。”衡楼的商队通常是将大楚的茶叶、漆器和瓷器等卖往北狄，再从北狄运回药材、皮毛甚至矿，而衡楼产业广布，只是短时间内少派商队来往北狄和大楚，不会有什么影响。

“另外，户部计划调往凌北的粮草肯定不够，你告诉昌叔，让他继续收购粮食。现在正是春耕，若不好收粮，粮商富贾仓库中去年、前年的粮食也可以给出高一点的价格。”

谢琢写完十页纸，搁下笔，取湿布巾擦了擦手，又叮嘱：“粮收上一部分后，就可以开始陆陆续续地运往凌北，边境断不得粮。”

葛武把谢琢说的话都一一记下，生气又想不明白：“我是真不明白，边境将士用命垒城墙，为什么安闲度日的人却如此吝啬，连饭都不给将士们吃饱？”

“人便是如此，每个人都有自己的利益，都有私心。”谢琢手指触了触药碗，觉得不烫了才端起来。

宋大夫的几个药方用的都不是寻常的药物，有的辛辣，有的发凉，有的喝下去后，舌头都发麻。难得这一次的新方子除了有点酸以外，没有别的怪味。

喝完后，葛武将药碗端走，谢琢含了一块糖，压下舌尖上的苦味。

糖还没吃完，陆骁便来了。

见他革冠高束，一身麒麟服穿得规整，谢琢疑惑：“今日进宫了？”

陆骁漫不经心地说道：“没有进宫，去了一趟户部，我好歹顶着侯爵的身份，虽然勋贵和朝官的品级各算各的，但勉强也能用上一用。”

“是去盯着户部给粮了？”

“延龄好聪明！”陆骁抱怨，“户部的人都滑得很，要是我不盯着，他们能想出一万种法子盘剥。还有，存了三四年甚至发霉了的粮食，他们也敢充作军需送往边境。以前我还在凌北时，不是没见过，纸上写着一百石，实际上一百石中能给人吃的不足三分之二。”

朝中之人，最会揣摩上意，观望风向。在确定了咸宁帝对凌北陆家的态度后，就知道这件事的尺度和下限在哪里，且料定就算粮食发霉不能吃，陆家人也不敢再上折子向咸宁帝讨粮。

“我既然在京中，也该发挥发挥作用，不然他们还真以为陆家无人了！”

“嗯，”谢琢给陆骁出主意，“七天前，户部尚书范逢的夫人打死了一个良籍婢女，不过又有人说，是范逢亲手鞭笞，致其暴毙。后来范家赔了些银钱给那个婢女的家人，这事就不了了之了。若这件事被御史知道，少不得被弹劾。”

陆骁眼睛一亮：“这就是能用作要挟的把柄！”

“对，若御史弹劾，范逢失大臣之体，违朝廷之法，立私门之威，按本朝惯例，他必须自请置于狱中，等候调查。”

谢琢记性极好，无论是琅轩还是千秋馆，都是消息来源处，他稍加思索，就将户部某个小吏瞒着家里养了个外室、某个仓部主事曾悄悄污了一笔银钱等事，全都写在纸上，给了陆骁。

陆骁有种两个人一起谋划着干坏事的感觉，眉目飞扬，得意地说道：“本侯明日就去‘仗势欺人’！”

“仗势欺人？”

“没错，仗延龄的势！”陆骁没有问他这些消息是怎么得来的，心里只想，肯将这些消息告诉他，阿瓷应该更信他两分了吧？

阿瓷心里装着的东西太多了，他只能一点点地挤进去，将那些又冷又硬的仇恨逐渐替换，不能急，不能躁，否则一不小心，阿瓷就垮了。

如往常一般，两个人下了会儿围棋，我不想赢你也不想赢，最后好好一局棋，变成了如何让自己尽快输掉的比拼。谢琢想起在天章阁遇到的一个问题，又去书架前翻找古籍，陆骁也拿起自己之前还没看完的兵书，继续看了起来。

陆骁听觉敏锐，又一直都分了几分心思，注意着谢琢的动静。没过多久，他就发现谢琢的呼吸声不对——和平时比起来，粗重又急促。

几步走到书案前，陆骁伸手去探谢琢的额头，皱眉：“延龄可是发热了？”

谢琢摇头：“没有发热，是试药的原因。”

陆骁这才看见，谢琢面前放着一张宣纸，上面刚写好时辰。接着，谢琢在“味道”后面写上了“酸苦”，“服药后的感觉”那一行下写了“呼吸急促，心悸，眩晕，脸颊发烫，后颈有薄汗，四肢冰寒”等字句。

提着笔，见陆骁眉头紧皱的模样，谢琢扬起笑：“宋大夫得了几种新药，对我的寒疾或许有好处，便都让我试试。”

陆骁虽翻过几本医书，但实在不懂医术，便在一边守着，等谢琢写完，才将他带到榻边：“眩晕又心悸，延龄应当好好休息才行。”

谢琢没有拒绝，他脸色苍白，两颧酡红，眼尾像浸着花汁，眉眼却如墨染，唇色亦是殷红，只觉前胸后背都涌起一股往日未感受过的灼热，指尖却如握着冰雪，寒热交杂，很是难受，便依言半倚在榻上，枕着软枕。

谢琢极少会将希望和期待寄托在旁人身上，可记不清多久以前，他某一次重病时，独自躺在卧房，也曾在连绵的无望和尖锐的病痛中想过，若有人在榻前，予他心安，会是一种怎样的感觉？

此时此刻，他像是在逼仄冰冷的仇恨深渊中，抓住了一缕烈阳。又好像有混着冰渣的水流漫过他的口鼻，在即将溺水时，寻到了唯一的浮木。

接连几日，陆骁上午在户部盯着粮草筹备，下午则去工部的军械所，看着矛戟枪头之类的铁器装箱。

他话不多，跟大小官员都一副笑模样。若有人给他上茶，他就夸一句“茶不错”，若不上茶，他自己带了水囊，随便找处石阶，坐下就是大半天。

虽然“武宁侯”这个头衔底下没有实权，但好歹是皇帝钦封，户部和工部的官吏也不敢做得太过。

最重要的是，不知道陆骁从哪里翻找出了一箩筐把柄，直让这两部的官员以为陆骁派了人成日蹲在他们家房梁上探听，很是疑神疑鬼了一段时间。

沈愚听说陆骁的做法后，晚上特意跑了一趟武宁侯府，送来了一张软垫。

“漂亮吧？织锦金线绣团花，嵌玉石和珊瑚珠，四角还各有一块琥珀，是不是很好看？”沈愚扬扬自得地说，“要是工部和户部的官员故意给你一把硌屁股的椅子，或者石阶上坑坑洼洼的，你就拿出来垫着！”

陆骁盯着眼前软垫上晃眼的玉石圆珠，不太确定：“椅子会比这张软垫硌人吗？”

一阵沉默后，沈愚盯着陆骁手中的垫子，迟疑地说：“你说得好像……有点道理。”

他很快又思忖：“陆二，你的水囊太过寒碜，要不要我再送一套越州窑烧的全套青瓷茶具给你？杯盖上镶东珠那种！”

陆骁：“……”

心意领了，你自己用吧。

都进了门，沈愚没打算这么快回去，拉着陆骁聊起洛京的各类小道消息。

“前几日陛下下旨，又给杨首辅的父亲追谥了一个‘文忠’，族祠都加盖了，要多风光有多风光。要我说，杨首辅的爹一辈子种地，大字不识一个，肯定想不到，自己死后竟然还能冠上一个‘文’字！朝中不知道多少文臣努力了一辈子都得不到这个字，现在肯定羡慕得在心里骂人！”

沈愚讲起这些消息来，语气跟讲话本差不多：“而且杨首辅家里真没几个人，上个月又认了一门远亲，终于把家族渊源再往前抬了三百年，不过族谱还是没几页。”

陆骁一直很疑惑：“你怎么什么消息都知道？”

沈愚理所当然地说：“我爹告诉我的啊！”

他拍了拍陆骁的肩：“你要知道，如果勋贵不沾政事，也不去折腾人，那能做什么？

只能吃喝玩乐。像我爹这个岁数的人，吃喝玩乐的事早已看尽，已经心如止水，几个老头子坐在一起，只能聊聊闲话了。”

陆骁想起自己前几次去国公府找沈愚，碰见梁国公，确实每次梁国公都在和老友聊天，于是点了点头：“明白了，阿蠢，原来你现在玩儿的，都是你爹当年玩儿剩下的。”

沈愚不服气，立刻反驳：“我听的话本可都是最时兴的！我爹绝对没听过！”反驳完，又拉回正题，“我爹还说，这个杨老汉突然被追谥，可不是陛下觉得他忠心，而是觉得他儿子忠心。”

他用手肘捅了捅陆骁，满眼兴味之色：“陆二，我爹不告诉我，让我来问你。欸，你跟我说说，杨首辅最近又干了什么事让陛下觉得他忠心了？”

陆骁听得明白，梁国公是借沈愚的口来提醒他。

面上笑容不变，只是添了两分讥讽之意，陆骁捶了两下沈愚的肩膀，散漫地说道：“反正不是什么好事，告诉你了，反而是糟蹋你的耳朵。”

沈愚不爱刨根问底，见陆骁也不说，只嘟囔了一句，“不是好事怎么陛下还觉得他忠心。”又想起自己一直想问的事：“对了，对了，我怎么觉得好久没听见你提起你的小青梅了？”

陆骁抠坐垫上的珊瑚珠的手顿住：“什么？”

“小青梅！你的小青梅！”沈愚揉了揉自己的耳朵，“我就说我的耳朵边缺了点什么，昨夜睡前突然反应过来的。”

陆骁把坐垫塞回沈愚怀里：“不提就不提了，能有什么原因？”

人都找着了，他还提什么？

沈愚怀疑地盯着陆骁的表情，突然说道：“陆二，你有问题！”

“我能有什么问题？”陆骁一脸坦荡的表情，“你说来我听听？”

“你是不是没有守身如玉了？”沈愚抓着陆骁的衣领凑过去闻了闻，又感到奇怪，“怎么没有脂粉味儿？”

陆骁心想：阿瓷又不搽脂涂粉，他身上当然不会有什么奇怪的味道了。

沈愚倒没觉得陆骁对他那个小青梅有多喜欢，毕竟十几年了，面都没见过，更像是一种……责任？或者放不下的牵挂和惦念？

见陆骁淡了，沈愚便期待地问道：“那打个商量，你给你的小青梅找来的那个点心厨子，可不可以让我带回府里？”

陆骁很是冷漠地回：“想都别想！”

第二天清晨，陆骁翻墙时，攀上跃下都仔细护着手里的食盒，等在谢琢面前打开盒盖，里面的几碟点心不仅没碎开，还连丝裂纹也没有。

陆骁得意地说：“虽然久不上战场，但我的下盘和手臂依然极稳！”

将点心做了今日的朝食，谢琢去卧房换上官服，跟陆骁一起上了马车。

等谢琢在文华殿整理奏折时，他就听高让禀道："陛下，陆小侯爷来问安了。"

御案后，咸宁帝搁下朱笔："怎么，他今日没去户部和工部守着了？让他进来吧。"

陆骁进殿后，隐蔽地朝一旁穿绯色官服的人瞥了一眼，同时朝咸宁帝施礼："陛下万安。"

"起来吧。"咸宁帝笑容温煦，"驰风也好一阵没来朕这里了。"又点名，"延龄是不是也许久没见过驰风了？"

谢琢正大光明地看向陆骁，隐下在看见陆骁袖口处的手指朝自己弯了弯时的笑意，回禀道："正如陛下所言，臣在天章阁中也许久未见陆小侯爷了。"

咸宁帝点了点手指："听听，朕这里可是有证人的。"

陆骁为自己叫屈："我明明才去过天章阁，只是恰巧谢侍读不在而已！怎能是他没看见我，我就没去点卯？"

说着，他不轻不重地看了谢琢一眼。

咸宁帝很感兴趣的模样："哦？那说说看，你什么时候去的？"

"我——"陆骁卡壳了，像是记不清了，干脆随口胡诌道，"小半个月前？"

咸宁帝轻斥："整天都过得稀里糊涂的，倒是把会仙酒楼售卖春饼的时辰记得清楚！"

春饼一事，是沈愚与会仙酒楼做这春饼的大厨相熟，开卖首日，特意叫上陆骁同去捧场，一到时辰，便一口气买了九十九个。

以前不是没有过这样的情形，偶尔，这种小事会"传进"咸宁帝耳里。

陆骁心底发冷，话里却毫不犹豫地推卸道："臣可冤枉，春饼都是沈世子买的，也都是他吃完的，跟臣可没什么关系！"

咸宁帝指着陆骁，朝高让笑道："你看这小子，敢做还不敢认了？没个担当，这样可不好。"话里的语气很是纵容。

小半个时辰后，陆骁与谢琢一前一后地走出文华殿。

谢琢先客气地开口询问："陆小侯爷可要去天章阁？"

陆骁穿着黑色常服，摸了摸护腕上的夔纹，扬了扬下巴，拿捏着语气，故意说道："谢侍读不是曾说本侯是个只知玩乐的纨绔？那我还是别去污了天章阁那地界才好，是也不是？"

谢琢垂下眼，似不愿多周旋："下官并无此意。"

陆骁却不罢休，逼近半步："那你是什么意思？"

余光瞧见正走过来的杨敬尧，陆骁加重了语气："本侯奉劝谢侍读，别以为会写些歌功颂德的锦绣文章，就不可一世。等你哪日入了阁，估摸着才有资格冲本侯摆脸色！"

说完他便大步流星地走开了，脸色发沉，连与杨敬尧擦肩而过时，都像没看见人一般，脚步未停。

谢琢站在原地，朝杨敬尧俯身施礼。

进殿后，杨敬尧状似无意地提起："臣在殿外遇见陆小侯爷和谢侍读，两个人似有不快。"

咸宁帝不甚在意道："他们两个有点宿怨，不过不是什么大事，驰风那小子，心里估计在埋怨延龄没有帮他遮掩，在朕面前暴露了他许久未去天章阁点卯的事。"

"原来是这样。"

十几年前，满洛京的人都知道，谢衡与陆渊是至交好友，两家亦是通家之好。

现在杨敬尧回想，刚刚不仅陆骁怒气冲冲地走了，观谢琢的神情，似乎也有隐而未发的怒气。

掩下心中所想，杨敬尧恭敬地询问："陛下唤臣前来，可是有什么要事？"

咸宁帝并未直接回答，而是示意高让将殿中宫人都清了出去。

等殿门闭合，殿中变得清静，咸宁帝才说道："又有人上折子，说陆家此番抵御北狄有功，建议朕再给陆家封赏，以显示朕对陆家的重视。"

杨敬尧沉吟："这……"

"封赏？好一个封赏啊，陆家一门有一品镇国大将军、二品辅国将军和年尚不及弱冠的武宁侯还不够，还想要什么？还能要什么？"咸宁帝虽无动作，眼中却戾气横生，"封赏，封赏，要朕如何再封再赏？"

杨敬尧连忙劝道："陛下息怒。"

深深地叹了一口气，咸宁帝拍了拍扶手上的镏金龙头："那些人都不理解朕的难处，陆家在凌北经营数十载，哪个皇帝敢置之不顾？"

他徐徐看着御案上展开的舆图，目光最后落在凌州北面上："此乃朕之天下，却需要朕去赌陆家的忠心，实乃荒谬！"

杨敬尧低下了头。

空旷冷寂的大殿中，藻井中央金龙盘桓，五爪散发出寒芒。

咸宁帝低沉的嗓音缓缓响起："陆家可能现在不想反，但不是不能。你明白吗，杨卿？"

杨敬尧像此前的许多次一样，恭谨地俯下身去："臣明白。"

御座上的帝王彻底起了杀心。

散衙后，谢琢登上马车不久，葛武便扯动马鞭，沿着朱雀大街前往会仙酒楼。

今日是翰林院一位承旨的生辰，特在会仙酒楼宴请同僚。已是暮色四合，虽不如正旦元宵热闹，但高烛照洛京，朱雀大街上依然摩肩接踵，小摊贩的叫卖声不绝于耳。

马车内，谢琢一边将解下的披风折叠整齐，一边说道："你离开后，我往天章阁走了一段路，又借了物品遗落的理由返回了文华殿外，随即被高让的徒弟拦了下来，说陛下正在殿内与杨首辅议事，不能进去。我扫了一眼殿外，除高让外，所有在文华殿侍候的宫人都被赶了出来。”

他垂着眼睫，继续说道：“另外，我在殿中时，发现陛下看某一份折子时，似是动了怒。”

咸宁帝虽然极善掩饰自己的情绪，但在文华殿，偶尔会流露些许喜怒的痕迹。

陆骁接话：“延龄可是特意看了那份折子？”

“没错，”谢琢点了点头，“折子是新递上来的，里面是一个姓孙的新晋御史进言，希望陛下再次封赏陆家。”

陆骁目光转沉。

“另外，值得一提的是，这个姓孙的御史与杨敬尧的儿媳的外家有不浅的关系。”

杨迈被管家领着，穿行在府里的长廊上，暗暗震惊于随处可见的雕梁画栋和亭台楼阁，又怕自己没见识的模样被人看轻，连忙掩住歆羡的神色。

他虽也姓杨，但出身不显，家里连做个不入流的小官，都已经是三代以前的事了。直到前两年攀上了杨首辅这门亲戚，他才得了个机会入禁军。

杨迈不傻，相反，他心思灵活，在发现杨敬尧不爱见他们这些“亲戚”后，便只在年节送礼上下工夫。在宫里轮值巡逻站岗，也总挑杨敬尧常经过的地方，总能有机会上前问候。

他才入禁军一年就升了职，他就明白，自己的做法是对的。

等进了书房，杨迈不敢再乱看，身姿板正，一丝不苟地行了个大礼，直到杨敬尧发话了，才抬起头来。

杨敬尧将人打量了一遍：“你很有野心，也很有分寸。”

杨迈心头一跳，正要跪下告罪，又听杨敬尧缓缓说道：“调令很快就会下来，过几天你就能再升一级。”

杨迈顿时大喜，还不忘自谦：“小侄何德何能……”

“我说你能，你便能。”杨敬尧把玩着一串木珠，松弛的眼皮半垂着，表情平静，像禅房中无喜无悲的老和尚，“你还年轻，有用，就有价值，那些权势、财物，伸手就能得到。”

杨迈听出这是杨敬尧要重用他的意思，眼里迸发出光彩来，又是一番激昂的效忠之言。

杨敬尧只是静静听着，忽地想起不知道多久以前，类似的话，咸宁帝在文华殿中也跟他说过。

那一天，咸宁帝将一个“箱子”放到了他的面前，里面放着无数他渴望而不可求的东西。

只要他忠心耿耿、唯命是从，就能打开这个箱子，得到里面的珍宝。

他为什么不？

站在他对面的人是皇帝，他本就应该听皇帝的命令。

他现在只是当一条听话的、绝无二心的狗而已。

况且，父母早逝，他曾在无数个雪夜里，坐在城外的破庙中点着油灯读书，不仅没有谢衡良好的家世，而且资质庸常，纵然读万卷书，也写不出谢衡那样精彩绝伦的文章。

他没有往上爬的路。

可咸宁帝将登云的天梯摆在了他的面前。

于是，他只稍稍用了点力，就将那个天之骄子拉了下来，自己登了上去。

如今，他成了内阁首辅，他的父亲被追谥“文忠”，母亲被追封一品诰命，他从当初的家徒四壁，到如今坐拥千顷，无数人迎合他，说尽好话，只为从他这里讨得一丝的好处……

所以，他必须有用才行。他有用了，陛下才会需要他。

否则，他就会被轻易取代。

而他已经得到的一切东西，也会眨眼间失去。

见杨迈停了声音，忐忑地站在原地，杨敬尧觉得有些意兴阑珊，直截了当地吩咐：“你这一个月里都不得出洛京，好好待在禁军，等候吩咐。”

眼中的光再次亮了起来，杨迈压下激动情绪，抱拳行礼：“是！”

武宁侯府。

将陆骁写好的信用蜡封口后，管家十一叔亲自交给了手下的轻骑，快马送往凌北。

十一叔曾是陆骁的父亲陆渊的亲兵，后来在战场上伤了腿，再不能上阵杀敌，就被陆渊派去管理将军府的内务。可以说他是看着陆骁长大的。陆骁封侯建府后，陆渊不放心，便把十一叔送了过来，专门处理侯府的一应事务。

在原地站了一会儿，转身时，十一叔面上神情略显萧瑟：“虽清楚这就是帝王寡义，但心里头终归不是滋味。”

因战场留下的伤，十一叔走路时微跛，他就近坐在廊下的栏杆上：“将军曾说，自古以来，帝王将相总不相和。陆家谨小慎微到了这个地步，陛下依然起了杀心，这都是什么事儿啊？”

“十一叔，你去翻翻史书，哪朝哪代没这样的事？要想当个好将军，就得有这个觉悟。这还是我第一次翻兵书时，我哥教我的，估计这话也是爹告诉他的。”

陆骁跟着坐到栏杆上，长腿支着地，头顶的灯笼被风吹得一摇一晃。

十一叔想起千里之外的凌北，担忧地说道：“话是这么说，可要是陛下真的下狠手，陆家……”

“陆家还能反了不成？”大逆不道的话，陆骁十分直白地说出了口。

他又闲不住似的，踹了两下脚边的野草：“陆家不能出兵。如今耶律真登位，这人野心大得很，想把大楚万里河山都用来放牧饮马。所以，一旦陆家起兵，大楚内乱，北狄必定会挥师南下，中原只会民不聊生。”

他仰头望着被框得狭窄的天空：“到时候，山河破碎，烽烟四起，谁也不知道这烽烟究竟会燃几年、几十年还是几百年。”

十一叔出身贫困，十几岁时家里吃不上饭，他赤脚走了几百里路才终于到了陆家军扎营的地方，用最后的力气说他想投军。

因此，他很清楚饥饿和贫穷的滋味，不知道该说什么好。

“乱世对当权者来说，不过是舆图上排兵布阵的快意和逐鹿天下的野心，但对底层的百姓来说，是食不果腹、衣不蔽体，是疾病，是流亡，是易子而食。”

当掩去打马观花的散漫姿态后，此刻陆骁身上流露的，是凌北那片土地赋予他的锋锐和坚韧气息，让人记起，他也曾是铁甲寒光，单枪匹马杀入敌阵的少年将军。

“而且，十一叔，你又怎么能确定，若是陆家或者别的人拿了皇位，就能做个名留青史、受万人称颂的好皇帝？”

见十一叔被问住了，陆骁笑道：“反正如果是我当了皇帝，我不能确定我能行。毕竟，那可是皇位。”

那是高高在上、睥睨众生的皇位，坐在上面的是江河所至、日月所照，皆是吾土的人君。

满是褶皱的手拍了拍栏杆，十一叔不想再说这般沉重的话题，聊了几句府中的琐事，突然又想起：“前几日太过忙碌，忘记问了，上巳节小侯爷可有什么安排？”

“上巳节？”陆骁回忆了一番，“就是您让张召端来了一盆河水，非要在大清早拦住我的去路，往我身上泼那天？”

十一叔气道：“什么叫非要往你身上泼？那是祓禊！上巳节要在河边洗濯去垢，才能消除灾气、晦气，保你一整年不生病！”

“所以泼我水？”

“我容易吗？”十一叔瞪眼，大声说道，“你这一天天的，不知道整日在哪里厮混，人影都见不到，有心思去河边？我不让张召给你泼盆河水，还能一脚把你踹进河里去？”

陆骁有些心虚：“没有整日厮混。”

“……”

十一叔有几分无言——这么长一句话，自家侯爷怎么独独抓着了这个词？

摸摸鼻子，怕真把十一叔气出毛病来，陆骁格外配合：“那这什么上巳节，还有什么风俗讲究？”

十一叔拍了拍自己的额头，自言自语：“我果然不该太指望他能懂这些！”

见陆骁仍旧一脸疑惑地望着自己，十一叔虽觉得自家小侯爷现在不一定用得上，但提前知道也不是什么坏事，便耐心解释道：“洛京的风俗，上巳节里，青年男女相会于水滨，洗濯去垢。男子要为未婚妻准备一套崭新精致的衣裙，寓意祛除旧衣上的病气，着新裳。若家境贫寒，也可以只准备手帕之类的小物件，表达心意即可。”

忽然想到什么，陆骁小心翼翼地询问：“如果，我是说如果，我什么都没送呢？”

十一叔差点把栏杆拍断了，声如洪钟：“当然是赶紧把礼物补上啊！否则等人家姑娘跑了，你就等着孤苦伶仃一辈子吧！”

晚上，谢琢看见陆骁递到他面前的木盒时，不由得好奇：“里面是什么？”

木盒上雕刻的是白鹭照水，雕工精致。

陆骁握在木盒边沿的手指紧了紧，心底还有些犹豫。

此前，阿瓷就因为不想连累他和陆家，故意与他疏远。

陆骁心绪翻转，还是决定稍稍试探一下，打开木盒的盖子，露出里面折叠整齐的月白衣裙：“我……我今日去买的。”

谢琢自是一眼就认出木盒中装的是什么，想起陆骁买的胭脂、做的耳坠发簪，不由得想到——难道陆骁买的女子物什，已经多到连库房都放不下了？

是这样吗？

他没有说话，一时间，风声俱静。

没过一会儿，他就听到陆骁问道：“可以放在这里，延龄先替我保管吗？”

谢琢应下：“当然可以。”

谢琢去沐浴时，陆骁站到了院中的老树下，看葛武练了一套拳法。

练完后，陆骁与葛武一同坐在石桌边：你……”可只说出一个字，原本想问的关于谢琢的问题又重新压了回去，陆骁转而夸赞道：“你的拳法很好。”

葛武没想到会突然被夸奖，愣了片刻，连忙摆手：“教我拳法的师傅总是说我愚笨，后来还是公子看两遍，先把拳法学会了，回头来指点我，我才终于把师傅送出了门。”

“延龄确实十分聪慧，”陆骁想起他递出木盒时谢琢的神情，眸光略深，嘴上又问，“这几日怎么不见葛叔？”

“清源那边有事，跟上次一样，忙不开，昌叔就带信来，让老头子赶紧回去帮忙。”

其实是因为衡楼在筹集送往凌北的粮草，这事不能太过明目张胆，得暗着来，昌叔交给别的人不放心，就又把老头子叫回去了。

虽然葛武不明白，为什么不能向陆骁透露他们给陆家运粮的事情，但公子不让说，他就将嘴闭得紧紧的。

陆骁记得昌叔，是照顾谢琢长大的两个老仆之一，一直留在清源。

他追问：“昌叔可是留在清源打理田产？”

“田产虽然也有，但主要是家里做着小生意，事情多，人手不太够。”

看得出葛武有些紧张了，陆骁笑了笑，没有再问下去。

第十八章 发现真相

三月二十九，梁国公生辰，国公府发了不少请帖，谢琢也得了一张，是沈愚让陆骁帮忙递过来的，还带话说他这次找了一个极厉害的厨子，做的菜都很好吃，让谢琢一定要去尝尝。

当日下午，谢琢提前回了住处。

葛武将刚刚路上特意去琅轩拿的信看完："公子，老头子在信里说，这次北狄人下血本了。北狄人应该是猜到衡楼又在帮凌北筹措粮草，连老头子都遇见了两次刺杀，昌叔让老头子带话说，我这段时间一定要跟紧公子，免得出什么事。"

昨夜和陆骁在树下下围棋，现在棋盘都还摆在石桌上，谢琢将上面的花瓣和落叶拂开，听见葛武的话，抬起头问："葛叔可有事？"

"公子放心，老头子没受伤。"葛武毫不犹豫地把信里写的内容都抖搂了出来，"他一回清源，昌叔就派了几个人跟着他，一开始他还不愿意，犯倔，吹胡子瞪眼的，非说自己有手有脚双刀也使得好，用不着人保护，昌叔这是看不起他。不过在被五六个北狄杀手围了一次之后，老头子就彻底清醒了。"

谢琢也笑道："昌叔最治得了葛叔。"

"没错！"葛武想起之前和陆骁的闲聊，"对了，公子，陆小侯爷之前问过我，老头子这几天怎么不在，是去哪儿了，我就按照公子以前嘱咐的回了话。"

他依然没想明白："不过公子，衡楼的事真的不用告诉小侯爷吗？小侯爷是陆家人，若知道了，许多事我们就能与他商量了，这样不是更好吗？"

谢琢坐在石凳上，手指抚过棋子。

他如何不明白这个道理？

只是，他在害怕。

他害怕一旦陆骁得知了衡楼的事，那其余的事，可能也就都瞒不下去了。

他宁愿陆骁认识的是那个无父无母、挑灯夜读、高中探花、入翰林为官的谢琢，而不是满心仇恨、满手鲜血、苍白枯败的谢琢。

谢琢刚换下官服，陆骁就来了。陆骁穿了身黑色麒麟服，没有戴冠，只用绣了银色夔纹的黑色锦带束了个高马尾，嘴里还衔着根不知道从哪里折的草茎，像个纵马如飞的少年郎，极具英气。

谢琢看了看他束发的锦带，笑问："早就想问你了，怎么将这夔纹绣得到处都是？"

陆骁得意地说道："这可是延龄特意为我画的！"

他没好意思说的是，不止护腕、衣服、鞋袜和锦带，他还让府里针线房的绣娘在他的床帐、被衾上都绣了同样的纹饰。

陆骁又拿出一个淡青色绣兰草纹的锦囊："我跟延龄一人一个可好？里面放了祛病的香草。十一叔说，洛京的风俗是端午前后半个月都要戴这样的锦囊，能让人少生病。现在延龄提前大半个月就戴上了，效果肯定更好！"

他自己腰上则挂了一个竹石纹的，绣工相似，气味也相同。

谢琢听他说着歪理，接下香囊，仔仔细细地系在自己的腰带上，还细心地将短穗抚平，很是珍视。

见谢琢戴上了香囊，陆骁心满意足地说："那我先回去了，一会儿国公府见？"

话是这么说，但他脑子里开始想，如果让张召把贺礼带上，自己直接搭谢琢的马车去阿蠢那里不知道行不行？

他正想着，就听谢琢提议："驰风要不要搭我的马车去国公府？"

陆骁立刻答应："延龄跟我想的一样！"

不过两个人不敢太明目张胆，谢琢先在国公府门前下了车，葛武又将马车往前赶了一段，见周围没什么人了，陆骁才跃下马车，大步流星地往国公府的大门走去。

另一边，将备好的贺礼送出后，谢琢随引路的侍从往里走着，不过还没走出几步，就碰见了沈愚。

沈愚头上的金珠冠在阳光下熠熠生辉，十分晃眼，他笑眯眯地跟谢琢打了招呼，又往后瞧了瞧："陆二没跟你一起来？"

"是一起来的，不过故意错了错，他现在应该快进门了。"

沈愚明白，两个人私底下关系再好，也不能在明面上表现出来，否则谁都料不定御座上那位心里会怎么想。

他还记得好久以前，他问过陆骁，说："陆二，你怎么知道谢琢接近你不是有所图？"当时陆骁回答，无论是谁，跟陆家绑在一起都不是什么好事，图什么？图一起摔下悬崖、一起死吗？

想到这里，沈愚心中骤然生出了些使命感——谢琢可是陆二在洛京城中除自己以外，唯一的好兄弟，他一定要帮忙笼络好！

于是沈愚很是热情地和谢琢聊起天来。

梁国公不沾政事，又得咸宁帝信任，在洛京中人缘向来不错，因此来参加寿宴的人里，世家勋贵和朝中大臣不少。

如今朝中不少大臣被大皇子拉拢，而少数曾与徐伯明和盛浩元稍微走得近的，即便被当众奚落也只会忍下来，避着风头，谢琢一路走过来，已经撞见了好几次这样的场面。

陆骁和谢琢的座位挨着，同席的另外几个人家世或官职也都相当，两个人坐下后，引来了不少明里暗里打量的视线。

武宁侯陆骁和翰林院侍读谢琢不太对付这件事，在座的人都知道，而这次梁国公世子竟将两个人的座位安排在一处，难道是想让陆小侯爷借此机会把仇报了？

不过陆小侯爷与梁国公府关系不错，定然不会在国公爷的寿辰上做出这般不得体之事。

一时间，众人对这座位的安排都有些看不明白，各自揣测。

实际上，这座位是陆骁要求沈愚这么安排的。

他倒不觉得有人能看出什么，毕竟洛京这些人，心肠弯弯曲曲得有十八道弯，见了什么情况都会多想。

谢琢一开始也没明白陆骁的意思，直到看见面前不好消化的干果盘被移走，装着乳梨和大蒸枣的盘子被换到了自己面前，酸咸小吃中，偏寒偏燥的椒梅和砌香果子也被放远了，留在他面前的，皆是他能入口的东西才反应过来。

谢琢怔了怔，拿起筷子夹了一块蜜笋花。

他脾胃弱，冷的、硬的东西都不能吃，吃多了荤食也会吐，所以在外赴宴时，往往很少动筷。

但这一次不一样，甚至趁人不注意时，陆骁还将他的茶盏移走，换成了温茶。

这时，门口传来了一阵人声，有人说道："陛下还真是看重梁国公，竟亲自命教坊司的百戏班子前来为梁国公贺寿！"

没过多久，国公府的管家亲自前来，说梁国公有请陆小侯爷，陆骁才起身离席。

见陆骁走了，有人在和旁人闲聊时，趁机将话题引到了谢琢身上："家父上次在文华殿中见到谢侍读，回来后一番夸奖，我当时还有些不满，今日得见谢侍读，才知道所言非虚。"

说话的人是康平侯世子。

谢琢温和地回道："侯爷谬赞了。"

见谢琢搭腔，另外两个人也跟着聊了起来，谢琢态度不热络，也不疏远，时不时地接两句话。

陆骁大步往宴席的方向走去时，半路被沈愚叫住，沈愚有些兴奋地问陆骁："陆二，我问你啊，刚刚关尚书的儿子来还我银钱了，据说昨晚被人揍了一顿，现在全身都还在痛，这事是不是你干的？”

陆骁想了想才记起沈愚说的是什么事：“他终于知道还你钱了？”

“还了，还了，”沈愚双眼微亮，又问，“那那个姓林的呢？还有叫方什么诲的，是不是也是你动的手？”

“我让张召把那两个人都套了麻袋，打了一顿。”

沈愚心肠软，见不得别人跟他卖惨，但凡有人来扮可怜，沈愚多半会红着眼眶把银钱借给他们。陆骁见不得沈愚被骗，借钱可以，谁敢不还就揍谁，这才没让沈愚钱袋子的洞越漏越大。

知道是陆骁动的手，沈愚拍了拍陆骁的肩：“好兄弟！”又忍不住跟陆骁说道，“别看陛下今日派了教坊司的人过来，好像对我们梁国公府不错。谁能想到，昨日我爹去文华殿问安，还莫名其妙地受了陛下的冷脸，回来差点又跨了一次火盆。”

他压低声音继续说：“我爹说陛下最近越来越喜怒无常了，总是疑神疑鬼的，你在宫里进出时可要小心一点。”

陆骁神色微动：“你爹有没有说，是怎么个疑神疑鬼法？”

“我爹还真跟我说了！”沈愚见左右没人，才继续往下说道，“前些日子，尚服局不是做衣服吗？他们存着讨好的心思，递上去给大皇子挑的纹样里，就有一样和太子常服用的纹样类似。这事不知道怎么的，被陛下知道了，陛下大发雷霆，大皇子又被骂了个狗血淋头。”

沈愚不明白：“我就不懂了，他们都在说大皇子就是未来的储君，可陛下怎么好像越来越不喜欢大皇子了？”

大皇子李忱也在琢磨同样的问题。

在让随侍的小太监拦了谢琢的路，将他请至一处凉亭后，李忱便询问：“我就不拐弯抹角了，此番请谢侍读前来是想解惑。依谢侍读所见，父皇可是看中了我那五弟？”

他与李慎争来斗去，局势已经很是明朗，但咸宁帝不仅没有栽培他，为他铺路造势，反而从各方面不断打压他。

这令他不得不怀疑，是不是他那个一直没多少存在感的五弟用了什么手段，入了父皇的眼，所以父皇才通过不断打压他来给五弟铺路。

思来想去，李忱急躁得上了火，但最近文华殿被高让把持得连蚊子都飞不进一只，更别说探听消息了。如今他手里那么多人，能用上的竟只有一个谢琢。

谢琢摇头：“臣从未在文华殿中见过五皇子，也从未听陛下提起过五皇子。”

李忱紧紧皱起了眉。

虽然那是他的父皇，但李忱觉得自己越来越不明白咸宁帝的行事动机了。

最重要的是，若父皇真看上了五弟，想让五弟来坐这个储君之位，他还能有个谋划的方向。现在这般时常承受咸宁帝的无端责骂，他还偏偏反抗不得，心里格外窝火。

谢琢看见李忱的神色，又主动说道：“臣定会多加留心。”

李忱心底烦躁，但不会推开谢琢的示好，勉强维持着温和的语气：“嗯，那我就等谢侍读的消息了。”

等李忱带着人离开后，谢琢在凉亭中站了一会儿，才重新撑开油纸伞走进了雨里。

这场雨势不小，乌云密布，天光也暗沉，平日繁华的街上冷清许多，行人很少。

葛武套着蓑衣，雨水沿着斗笠珠帘似的往下滴，他不由得说道：“今年雨水真多，不用担心京畿会干旱了，就是这天黑得太早了，跟腊月似的。”

听到身后传来轻轻的咳嗽声，葛武又担忧地说：“公子，可要改道去千秋馆找宋大夫看看？天气一变化，您又连着咳了两日了。”

马车内，雨水接连打在车顶上，“啪啪”的声音有几分扰人，谢琢握着兰草纹的香囊，放到鼻前闻了闻，压下上涌的咳意，摇了摇头：“不用，还有药没喝完，若严重了再去吧。”

马车轮卷起水花，慢悠悠地转进窄街里，葛武听见马不安地低低嘶鸣了一声，骤然握紧缰绳：“公子，有些不对劲！”

他警惕地朝两边看了看，但除了被雨水浸湿的巷墙和因风摇晃的树外，没有看出什么不妥之处。

但他并未松弛下来，只因大雨会掩藏行踪，降低人的耳力和警觉性。

谢琢掀开车帘：“这些人隔了这么久，竟然还没放弃，不过这次的时间倒是挑得不错。”

夹着雨丝的风吹过来，谢琢又忍不住咳嗽了两声。

葛武没有停下马车，直到经过一个易守难攻的位置，才拉了拉缰绳，随后长短长地打了三声呼哨，弯身从车板下抽出长刀来。

自收到葛叔寄来的信后，葛武不放心，连夜去琅轩借了三个人，专在散衙路上一路护送公子。只是为了不打眼，人跟得不紧。

在长刀出鞘的瞬间，多名北狄刺客踏着雨水奔来，密集的脚步声再不遮掩，一步步犹如踩在人的心弦上。

与上次不同，这次只他一人，而对面多了数十人，接下来定是一场恶战。

葛武厚底靴踩在石砖上，将来人一一打量了一遍，双手握着刀柄，沉着目光，被激起了战意。

而马车中，谢琢将短箭卡在弩牙之间的弦上，扯开天青色软烟罗窗帘的一角，把手弩从车窗中探出。他手稳，且准头极好，扳动悬刀后，弩箭立时射出，正中一人的腹部。

与此同时，葛武大步往前冲去，雪刃划碎了雨珠，不多时，便有血流到了地上，很快被雨水冲淡，只留下淡淡一层红色痕迹。

谢琢依然如一个沉静的猎人，尽管有刀砍到了马车下沿上，他依然不疾不徐地朝着既定目标射出弩箭，未射空一支。

葛武一刀将接近马车的黑衣刺客砍翻在地，转身又将刀柄砸进了一人的眼窝，急道：“公子，我不一定挡得住，您要不要先走？接应的人应该很快就会赶来！”

谢琢没有答应：“不用。”

斗笠已经被砍烂了，葛武抹了一把脸上的雨水，不断挥刀，刀刃划过的雨珠全染成了红色，半边衣服都已经被血染透了。

就在他胳膊被刀尖划过时，赶来支援的三个人终于到达，葛武压力骤减。

陆骁独自在谢琢书房里等，听着屋外的雨声，总觉得心神不宁。

在房里来来回回走了两圈后，看时辰已经比平时晚了许久，又望了望天色，陆骁再也坐不住，撑起油纸伞出了院门。

他先是沿着谢琢回来的路找了一遍，没见到人，正想着谢琢有可能去哪儿时，乍然间记起那次谢琢在城外被刺客截杀，顿时有了点不太妙的预感。

他一直知道谢琢藏着秘密，也从未深究，此刻却后悔自己没有多问两句，好歹要知道那群刺客会不会再来！

左右查看一番后，陆骁干脆直接攀上了一处废弃屋宅的房顶，随即在一片密集雨幕中发现了谢琢的所在。

在陆骁沿着巷墙朝马车停放的位置赶去的同时，三个黑衣人对视一眼，竟主动撞上了袭来的刀刃！这极短的混乱战局里，另外两个黑衣刺客陡然突破葛武几个人的封锁，快速靠近了马车，一人一侧，用长刀狠狠扎破软烟罗做成的窗纱，快速抽刺，逼得谢琢不得不离开狭窄的马车，暴露在刀光之下。

谢琢站在车前板上，倒数第二支短箭以极近的距离刺透了黑衣刺客的胸口，他又顺势提着这人的衣领，将这人当作盾牌，敏捷地挡住了从侧方袭来的一刀，紧接着，放出了手弩上的最后一支短箭。

被雨水打湿了的官服呈现出一种极深的红色，将谢琢的面孔衬得苍白如冷玉，而平时被认为是风雅的宽袖在此刻彻底成为累赘，令谢琢双臂如负重一般。

陆骁看出了谢琢动作迟滞，不由得心急如焚，就在这时，已经倒地的黑衣刺客竟攀着车轴颤巍巍地站了起来，拔出别在小腿上的匕首，用尽最后的力气朝谢琢的后心刺去！

见到这一幕场景的陆骁目眦欲裂：“阿瓷，小心！”

谢琢在听见陆骁的声音时，已经本能地转过身，拔出黑衣刺客心口那支短箭的同时，以这人为盾，堪堪挡住了向他刺来的那一刀，随后将手中的短箭精准而狠戾地扎进了偷袭者的眼眶中！

“刺”的一声，谢琢神色凛然，手上溅满了鲜血。

直到确定偷袭的人再不会对他造成威胁，谢琢才转过头，与急急赶来的陆骁对上了视线。

借着残存的天光，谢琢将逐渐靠近的陆骁看得清楚。

陆骁眼中有担忧，有后怕，也有……惊讶，还有别的谢琢看不清的情绪。

陆骁惊讶他杀了人是吗？

黑衣人被扎穿眼睛后的哀号声渐渐消隐，想来此刻，他的脚下应该满是鲜血，谢琢又有些茫然。

他不知道此时此刻，自己应该做出什么表情，也不知道应该说什么，如何解释。

陆骁迟疑后，又喊了一声“阿瓷”，继续朝他走近。

谢琢下意识地往后退了一步，后背直直撞到了马车上，却没令他感觉到疼痛。

手中握着的短箭砸落在地上，上面的血很快就被雨水冲刷干净了，可他的手指上的鲜血依然黏腻恶心。

陆骁看见他杀人了。

谢琢很迟钝地在回忆和思考。

然后呢？

刚刚陆骁叫他什么？

阿瓷？

这一刻，无数记忆画面纷纷涌现，所有他无意识地死死压在心底的怀疑和猜测倾泻而出。

白兔的耳坠、满盒的珍珠、精致的裙裳，还有白玉碗中的初雪、守在卧房门前的背影……原来陆骁早就已经知道他的身份了。

陆骁单脚挑起落在地上的一把长刀，闪电般掷了过去，长刀擦着葛武的肩膀，命中了他身后那个黑衣刺客的喉口，鲜血随之迸溅而出。

陆骁再次看向谢琢，心底的不安感比来时更重，觉得此时的谢琢摇摇欲坠。

“阿瓷？”谢琢缓慢地重复着这个称呼，嗓音极沙哑，被雨声冲刷得几乎让人听不清。

谢琢似乎是笑着的，但嘴角被冻住了一般，无法做出笑的表情，只又重复了一声。

可是，那个阿瓷已经死了，我要去哪里给你找一个阿瓷？

黑衣刺客被尽数杀死，谢琢却陷入昏迷之中，陆骁一刀砍断套着马的缰绳，将浑身湿透的谢琢抱起，立刻朝千秋馆的方向快马奔去。

里间，所有炭盆和炉子都被点上了，陆骁脱下外裳后，单薄的里衣已经被烘得半干。

宋大夫仔细搭完脉，松了一口气：“幸好，并非寒疾发作，乃是公子淋了大雨，又遇截杀，再加情绪起伏过大，才导致突然昏迷。不过，现在仍需要立即将经络中的寒气阻隔在心脉之外，以免真的引发寒疾。”

说着，宋大夫打开布包，将长短不一的银针取出，指使陆骁去脱谢琢身上的绯色官服。

陆骁小心地去了谢琢的绯服，正准备回避，却不料宋大夫叫住了他：“公子本能中很是信任小侯爷，甚至可以说只认小侯爷。银针刺穴对公子来说极痛，所以我需要小侯爷在我施针时，尽量安抚公子，以免公子反应过大，影响施针。”

闻言，陆骁没再想着回避，坐到了床边。他不知道宋大夫所说的安抚是要如何做，便握住了谢琢冰凉的手，拇指轻轻抚着谢琢的手背。

就在他准备闭眼不看时，谢琢白花罗单衣的领口已经被宋大夫两下松开，白皙的皮肤露了出来，镀上一层淡淡的烛光，正随呼吸缓慢起伏。

陆骁彻底怔住了。

与他想象中的情况大不相同，谢琢的胸膛上没有一层层紧绑的布条，也没有束胸的硬质马甲。

我的阿瓷……妹妹呢？

周围是乱石枯树，雪积得很厚，谢琢穿着单衣站在雪地里，冷得已经没有了知觉。

这时，已经被冻得麻木了的手上突然传来一阵温热的黏腻感，谢琢低头，就发现他的手上满是鲜血，鲜血正一滴一滴地不断落在雪地上，红得刺目。

“好脏……好脏……”谢琢开始慌张地不断用衣袖擦手上的血，可即使他将掌心的皮肉蹭破，手上的鲜血依然擦不干净。

淅淅沥沥的雨没有停下的迹象，千秋馆的大门已经被关上了，宋大夫坐在矮凳上，亲自盯着炉子熬药，走廊最里面的房间则亮着烛光。

陆骁坐在床边，见谢琢的指尖一直颤抖，便将他的手握在自己的掌心里暖着，视线又不由自主地停在了谢琢的眉眼上。

其实……一切都是有迹可循的。

比如葛叔和葛武的观念里似乎不存在所谓的“男女大防”，对他进出谢琢的房间从来不会觉得有什么不妥。

他去成衣铺买衣裙时，老板娘感慨说整个洛京城中，难得碰见身量这么高的姑娘。

且谢琢不会腹痛，也没有月信，却有非常逼真的喉结，嗓音也丝毫不显女气。

只是，面对这些疑惑时，他通通替谢琢找好了恰当的理由。

陆骁不由得再次看向谢琢微微敞开的前襟，确定得不能再确定——他的“阿瓷妹妹”确实不是个妹妹。

可是，为什么他的阿瓷妹妹会变成男子？

明明小时候他还抱着身穿一身鹅黄襦裙的阿瓷去够花枝，亲手将摘下的花别在阿瓷的发髻上，和铃铛挨在一处。

一眨眼，不过十二年未见，阿瓷妹妹怎么就变成男子了？

心绪全混在了一处，此刻，陆骁的心情前所未有的复杂。

这时，宋大夫轻轻敲了两下门，端着一碗药走了进来。

“我会以银针刺两处穴位，大约半盏茶时间，公子就会醒过来，不过意识依然混沌，只是能将药喝下去而已，到时要劳烦小侯爷将药喂给公子喝下。”

“好。”陆骁伸手接过药碗，碰了碰碗壁，发现药汁是温的，并不烫手，才将其放到一旁的矮桌上。

想了想他又问：“不知医馆中可备有糖块？这药闻着很苦，如果有糖的话，可以压一压舌尖上的苦味。”

“自然是有的，”宋大夫笑道，“只是以前无论药有多苦，公子都克制着，从不放任自己沾甜的东西，自律得近乎苛刻。现在有了小侯爷，果然不一样了！”

说完，他先出门去拿了糖块来，才拿出银针刺了两处穴位。

陆骁将人送至门口：“宋大夫也累了，这里有我守着，宋大夫尽可以放心歇息。”

“好，”宋大夫指了指对面自己卧房的方向，“若公子病情有变，陆小侯爷立即来找我便可。”

如宋大夫所说，差不多半盏茶的工夫后，谢琢的眼睛慢慢睁开来，但没什么焦距。

陆骁将人扶起来，确定这么坐着不会不舒服，才将药碗边沿轻轻抵到谢琢的唇边：“来，喝药了，喝完药马上就能吃糖，只苦一会儿，不怕。”

不知道是不是这话起了作用，谢琢本能地开始吞咽药汁，不过也有些不一样。

平日里，他见谢琢喝药，总是几口喝完，但这一次，谢琢因为药苦，耍性子般几次皱着眉别开头，不愿往下咽。陆骁只好像哄稚童一般，劝他再喝一点，喝了药病才会好，身体才不会难受。

终于把药喂完，陆骁后颈热出了一层薄汗，又觉得怕苦不愿喝药的谢琢更加真实。

等他取了糖过来，喂谢琢吃下后，重新坐回床边，陆骁有些无所事事，开始想，若自己写一封信寄往凌北，告诉爹娘和哥哥他找到阿瓷妹妹了，不过阿瓷妹妹不再是妹妹，他们会有何反应？

他又想，侯府那一库房的布料、衣裙、首饰和胭脂水粉，幸好还没来得及送到阿瓷面前！

不过，在他把装在木盒里的衣裙、白兔耳坠、收藏许久的胭脂以及满盒子的珍珠当作礼物送给阿瓷时，阿瓷心里又是怎么想的？

陆骁忍不住捂了捂自己的脸。

这可……如何是好？

谢琢醒来时，下意识地抬起右手看了看，手上无一丝脏污的痕迹，连掌纹和指缝中的血迹都已经被洗干净了，被雨水淋湿了的衣服也已经换成了干爽的白色中衣，和梦中的情形完全不一样。

又过了不知道多久，他才意识到，自己正躺在千秋馆里。窗外雨声淅沥，屋内的寒气被炭火驱散，而属于陆骁的呼吸就在旁边。

陆骁枕着自己的手臂睡着了，不过睡得不沉，睁开眼，便发现谢琢已经醒了。

而在他看过去时，谢琢避开了他的视线。

“阿瓷可觉得有哪里不舒服？”陆骁低声说道，“你突然晕倒后，我留了葛武收拾痕迹，立刻骑马带你来了这里。宋大夫说你只是淋了大雨，受了寒，运气很好，没有犯寒疾，所以只施了针，喝了一碗药。”

“嗯，”谢琢枕在软枕上，整个人如躺在雪地里，浑身冰寒，不过他已经习惯了这样的感觉，只哑声问，“驰风是什么时候知道我就是阿瓷的？”他将自己的推测说了出来，“可是我犯寒疾的那一次？”

陆骁老实答道：“没错，我看见了那枚玉佩，就是葛叔放在你的枕下用于助眠的那枚，我也有一枚，所以立刻就认出来了。”

“原来如此。”谢琢掩在棉衾下的手指颤了颤，缓缓收拢在掌心，他想问，你此前一直以为我是女子，现在应该已经知道我其实是男子了吧？

这个问题的答案显而易见。

隔了一会儿，谢琢没头没尾地讲述道，“咸宁二年，先太子余孽在陛下的汤中下了毒，当日陛下正好召我父亲和母亲入宫，因母亲那时怀有身孕，陛下便将汤赐给了母亲。母亲喝下汤后，回家不久便毒发，随即腹痛难忍。只不过不知道下毒的宫人是疏忽还是恐惧，只放了一半的药量，且母亲正好怀着我，之后毒素流入胎中，我因此早产，母亲也活了下来。”

谢琢轻轻咳嗽了几声，接着说道：“因为出生时便带了毒，我在几天内就已经数次濒死，父亲和母亲衣不解带，日夜照料，诸天神佛都求过了，还去庙里点了灯。当时，寺中方丈恰好云游归来，说，若在九岁前都将我完全当作女儿抚养，则能令我渡过死劫，父亲和母亲便照做了。所以除了父亲、母亲和母亲的侍女寒枝外，府中之人都只知道我是谢家三姑娘，父亲也并未给我正式起名。”

陆骁明白过来。

他幼时在谢府玩耍，曾嚷着长大了要娶阿瓷做妻子，那时阿瓷的母亲听完后大笑，笑完又很认真地告诉他：“等以后阿瓷长大了，你可能就不会想娶阿瓷了。”

他一直以为崔姨是担心人心易变，幼时的情谊作不得数，现在想来，崔姨话中指的是阿瓷的性别。

只是谁都没想到，谢家会在一夜之间坍塌。

陆骁又想，当年那位方丈或许真的有几分本领。就是因为阿瓷自小被当作女儿抚养，所以在咸宁九年的腊月才没有被斩首，而是作为谢家女眷被判流放三千里，有了一线生机。

他不由得想问当年都发生了些什么事，但显然，此刻并不是一个恰当的时机，陆骁强行压住了心里细细密密的疼痛。

谢琢脸色苍白，嗓音愈加沙哑："所以，我实为男子之事，并非故意瞒着你。"

真的不是故意的吗？谢琢做不到坦然。

明明在陆骁送来衣裙、送来整盒的珍珠时，他已经有所察觉。但就像是贪图现今的安稳，潜意识里，他没有让自己继续往下深想。就仿佛，此前的所有美好，都不是他有资格能得到的幸福，而是一个虚假的"阿瓷"才能得到的虚假梦境。

梦境若碎了，也就失去了。

这一刹那，谢琢只觉得心口沉得厉害。

短暂沉默后，他提议："驰风可要先回侯府？"

陆骁下意识地拒绝了："我守着你才安心，若那些刺客又来了怎么办？"

"葛武想来已经回来了，正带着人守在门外，不会有事。"

陆骁明白了谢琢的意思。

确定门外葛武已经提着长刀，领着几个人守在廊下，陆骁沉默了一会儿，颔首："好，那我先回去，明日再来，你先好好睡一觉。"

"好。"

门被打开又关上，随风灌进来的水汽立时被炭火蒸干。

谢琢泄了力，只觉得全身冷痛，连呼吸都如有细小的冰凌扎入肺中。

他悲观地想，被陆骁挂念多年的，是那个眉眼干净的阿瓷妹妹，可他……并不是阿瓷妹妹。

他为了复仇，杀过人，掠夺过无数人的利益，做过不少跟"善良"全不沾边的事，被不知道多少人咒骂不得好死。

谢琢侧过身，拢着冰凉的棉衾，想：如果以后陆骁不愿再亲近他了，他该怎么办？

身体深处透出的寒意极为刺骨，谢琢压下咳意，将自己蜷缩在了一处。

陆骁回到侯府中，先洗去了一身泥水，换上寝衣后，又开始担心谢琢的病会不会加重。

但他清楚，谢琢是希望他能好好想一想。

陆骁仰躺在床上，没什么睡意，不由得在心里将今天发生的事都梳理了一遍。

倏然间，眼前浮现出连续不断的大雨中，谢琢站在马车前的画面。

那时，谢琢浑身湿透，以人作盾挡住袭击的同时，将弩箭狠狠扎进了偷袭者的眼中，手指匀长，动作干净利落。鲜血溅到了他的手背上，但他侧脸神情凌厉，无半丝情绪，眼尾下沾着一点血珠，美得近乎妖异。

阿瓷……

谢琢一直到天亮都再未睡着。

葛武将几样简单的朝食端进来，一一摆放在桌上，见谢琢盯着炉上燃着的炭火出神，开口提醒："公子，该吃朝食了，宋大夫守着药炉子，说正熬的药易伤脾胃，一定要吃过朝食后才能服药。"

谢琢揉了揉眉心，勉强提起点精神，应了声"好"。起身后，他稳了稳微晃的视线，才到桌边坐下。

葛武说起昨夜的情况："昨夜陆小侯爷将您带走后，我们留下处理了北狄刺客的尸体，因为雨下得大，地面的血迹很快就被冲干净了，我又给马车套了新的缰绳，现在就停在千秋馆的马厩里。另外，因着这次给凌北筹粮，北狄那帮杀手越来越疯狂，我往清源去了信，让昌叔多派两个人过来保护公子。"

"好，我知道了。"谢琢没胃口，用瓷勺在碗中搅了几下，好一会儿才咽下半勺粥。

葛武想起昨夜的情景，犹豫后还是问道："公子，陆小侯爷是不是知道公子的身份了？当时雨下得大，我隐约听到他喊了公子的小名，不知道是不是听错了？"

谢琢垂着眼睑，令人看不清情绪："嗯，四五个月前他就已经知道了。只是，他以为我是女子。"

葛武呆了呆。

"那现在……"他本就口拙，心里一着急，更不知道应该说什么才好。

谢琢想起此前陆骁的言语："他已经知道我是男子了，并未太过介意。"

葛武不解，又问："既然如此，那公子是在担心什么？"

谢琢想：是啊，他到底是在担心什么？

他不过是曾经以为能将"阿瓷"这个身份藏得很好，一直一直地藏起来。

他厌恶幼时无能为力的阿瓷，只能眼看着父亲惨死，看着母亲被乱箭射杀，看着寒枝一次又一次地遭受折磨。他们都在极力保护他，可他除了眼睁睁地看着他们死去外，什么事都做不了。

但他不能否认，他又是无比羡慕阿瓷的。他羡慕阿瓷有疼爱他的父母，有陪他玩闹的哥哥，除了药太苦、生病太痛外，无一不美好，无一不干净。

可也是因为这样，他再清楚不过，他现在能为已经死去的人报仇了，但再也做不回"阿瓷"了。

宋大夫将药碗端来，等谢琢喝下后，问："可要块儿糖来压压苦味？"

谢琢摇头：“不用。”

他正说着，门外传来一阵脚步声，很快，张召出现在门口，朝谢琢抱了抱拳。

谢琢手指一松，瓷勺柄搭在碗沿上，发出清脆的撞击声。

张召来得急，斗笠和蓑衣上的雨水珠串般不断往下滴，很快就在地上洇开了一小块水迹：“谢侍读，我奉我家侯爷之命特来传话。”

压下心里骤然浮起的慌乱情绪，谢琢语气镇定地问道，“你家侯爷有什么话要带给我？”

张召回答道：“我家侯爷原本天刚亮就牵了照夜明，准备来千秋馆探望谢侍读，不过刚骑上马，宫里就来了消息，说是前两日雨下得太大，竟然将雍丘的行宫冲塌了，那行宫我家侯爷担着督造的名头，侯爷不得不跟着进宫面圣。”

葛武惊讶：“行宫被雨冲塌了？雨都能冲塌，那能住人吗？”

张召也觉得难以置信：“确实塌了，此前负责行宫材料的，是徐伯明的人，本身才学就堪忧，估计是想从里面捞些油水，所以最后建出来的行宫质量堪忧。据说雍丘行宫那边的人连夜来报，陛下得知消息后大怒，命我家侯爷和工部侍郎还有御史台的人一起去雍丘查看。”

张召说回正题：“陛下的命令太急，我家侯爷本想亲自过来跟谢侍读打完招呼再出发，但周围的人都跟着，侯爷脱不开身，所以才不得不派我来传话，说谢侍读要好好吃药，他两日内定能将事情处理完，回洛京了就马上来看您。”

他回洛京了就来看我？

“好，下雨路不好走，你让他一路注意安全，我会好好吃药的。”

谢琢此时都有些分不清，他是因多了两日的喘息时间而松了口气，还是因迟了两日才能得到的结果而更加忐忑。

张召在城外好几里的地方才追上陆骁。

陆骁正因为突然落到他头上的事而心情烦躁，见张召骑着马到了自己旁边，问：“话带到了？”

“带到了，一个字没漏！”张召没想明白，“侯爷，谢侍读都这么大人了，你怎么还要专程去叮嘱人家要好好吃药？谢侍读又不是几岁稚童，你有什么不放心的？”

“你不懂。”陆骁用简单的三个字就把人打发了，又问，“你去的时候，谢侍读精神可还好？睡得好吗？吃了药没有？”

张召努力回忆：“看不出来睡得好不好，谢侍读的肤色一直都挺白的，精神……还行。不过药肯定喝了，我看见药碗空了。”

什么叫看不出来？什么叫还行？陆骁只恨不得是自己亲自去的。

陆骁昨晚回了侯府，整宿没睡，原想着天一亮就去千秋馆找谢琢，哪承想突然出了这事。他又有点后悔，昨晚不该听谢琢的话回侯府的，就该赖在医馆里。

“对了侯爷，我回来的路上看见了禁军，已经把工部负责材料采买的官员给抓了。”张召不由得摸了摸自己的脖子，“陛下这段时间脾气是真的不好，不是骂人就是杀人，你说这次行宫塌了，陛下会不会借题发挥？”

知道张召指的是什么，陆骁摇头：“不会。洛京上下的人都知道，此事的根源在徐伯明和二皇子，我一个奉旨出京跑马的闲散侯爷，只担了个督造的名头，再怎么追责，也追不到我身上，更追不到陆家身上，陛下不会轻易拿站不住脚的理由处置陆家。”

张召放下心来，但又总觉得心里有根丝悬着，要断不断的：“侯爷，你说陛下到底会如何动手？”

“谁知道他到底会如何？”陆骁坐在马上，望向凌北的方向，“到时候只能见招拆招了。”

天章阁中，众人也在聊这件事。

“那个工部的官吏刚被抓进诏狱里，立刻就招了，说自己是被徐伯明塞进工部的，进去后不久，就负责材料采买。此前二皇子要银钱，自己拿不出来，就找徐伯明要，徐伯明挪了赈灾的银钱给他，但补不上这个窟窿了。”

谢琢喝着润喉的药茶：“所以徐伯明就令这个人以次充好，捞了笔钱去填窟窿？”

寇谦连连点头：“没错，中间都被蛀空了的烂木头自然不值什么钱，这里面就能捞出一大笔钱。”

他说着声音小了些：“二皇子本来一直被禁足，大家都快把他给忘了。这下，徐伯明死了，但二皇子还活着啊，陛下的怒气就都冲着二皇子去了。据说陛下在文华殿中把最喜欢的砚台都砸地上了，怒斥二皇子故意想害他性命，想要他死。”

谢琢算了算时间：“二皇子的禁足期快结束了。”

“对，可陛下说了，人要继续被关着，谁也不准放二皇子出来。”寇谦摇头感慨，“这次陛下只说关着，连时限都没说，我看二皇子是真的悬了。”

谢琢颔首：“确实。”

如今咸宁帝对他的两个儿子的戒备心越来越重，一点风吹草动，也会拨动他心里那根紧绷的弦。

寇谦想了想，又说：“他们都说延龄你很能揣摩陛下的心思，你说陛下如今把二皇子关着不放出来，又成天对大皇子不是骂就是罚，到底属意哪个皇子？难不成陛下还真属意五皇子？大皇子和二皇子都是陛下为了保护五皇子而竖起来的靶子？”

手指轻轻敲在杯壁上，谢琢反问：“寇待诏也觉得陛下属意五皇子？”

寇谦点头：“是挺像的，不只是我，大家好像都这么猜，主要是陛下行事叫人太看不明白了。”

谢琢没有正面回答寇谦的问题，只说道：“圣心难测，我哪里能揣摩清楚陛下的心意？

只是身在御前，那御座上坐的是谁，我便效忠谁罢了。”

寇谦想想也是，反正他没往上爬的心思，也不站队。他一个五品待诏，为储位的归属操什么心？他便换了话头，改说起翻阅典籍时遇见的艰涩词句。

一连两日，谢琢都如往常般去天章阁点卯，绯色官服穿得一丝不苟，看起来与平日没什么两样。

只有葛武发现，自家公子常常心不在焉，在书房练字时，笔尖悬在纸面上许久都未落笔，直到墨汁将宣纸浸透才回神。

来宫门前接谢琢散衙回家时，葛武忍不住说道：“算着时间，陆小侯爷应该已经回来了，正好明日休沐，您也可以安心休息。”

谢琢怔了片刻：“我知道。”

不过，当天近半夜了，陆骁都还没回来。

谢琢反复在纸面上勾画着从雍丘行宫到洛京的官道，计算着骑马或者乘马车需要多长时间，算来算去，陆骁都不该还没入城才对。

可是咸宁帝动手了？

不可能，谢琢很快否定了这个猜测。

咸宁帝在洛京除掉一个陆骁，除了会激怒凌北陆家人以外，没有任何好处。除非咸宁帝已经有十二万分的把握，有实力对上陆家铁骑，由此决定先动手，以逼得陆家起兵谋反，否则绝不会在此时动手。

况且，以咸宁帝以往的行事风格来看，他断不会贸然掀翻这平静的局面。

烛光下，谢琢神色凝重，带着藏得极深的戾气。

穿着蓑衣的葛武“噔噔噔”地行至书房，快声说道：“公子，问清楚了，因为雨下得太大，雍丘到洛京的官道被埋了一段，陆小侯爷应该已经原路返回，另换一条路入洛京！”

“消息可属实？”

“属实，武宁侯府的管家不放心，午后就派人前去雍丘接应陆小侯爷，半路过不去，不得不掉头回来。”

“嗯，”谢琢眼中的郁色散开，他按了按紧绷的额角，吩咐，“派个人守在城门口，若陆小侯爷回来了，就来告诉我一声。”

说完，他仍觉得不放心，又补了一句：“武宁侯府也派个人守着。”

葛武点头：“是，公子。”

第二天，谢琢晨起后喝了药，又坐在书房里看了半日杂书，到了下午，葛武急匆匆地跑进了院门。

谢琢放下手里的书册：“可是回来了？”

葛武吞吞吐吐，最后还是说道："回来了，与陆小侯爷同去的工部官员和监察御史都回来了，已经入宫。张召也回侯府了，进门时还跟等在门口的管家笑着聊了几句，看起来没出事。"

"确定所有人都回来了？"谢琢思绪一乱，听见自己问，"陆骁呢？"

葛武回答："陆小侯爷……好像还没回来，几处守着的人都说没看见人。"

这一刻，空气仿佛都凝住了。

不知道过了多久，谢琢才垂着眼睑，盯着不知道哪一处，出声道："好，我知道了，你去休息吧。"

葛武不太拿得准："那城门口的人还要守着吗？"

谢琢重新拿起书册，却不知道自己应该将视线定在哪个字上才对，嘴里回答："既然确定他没有出事，那可以把人撤回来了。"

葛武什么时候关门走的，谢琢发觉自己竟没有多少印象。

捏着书册边缘的手指太过用力，显出了青白色，直至发颤。

明知道不该胡乱猜测，但谢琢仍旧无法自控地想：陆骁是没有回来，还是……不想见他？

此前两天时间里艰难维持的平静，就像掷入了石块的水面，登时碎了个干净。

他坐在榻上，觉得心里像是塞着一块湿透了的棉絮，又沉又凉，连呼吸都觉得闷痛。

不过，这也算是他意料之中的情况。

他写的策论文章，满纸经世济民的大道理，但实际上，他不过是一个杀过人作过恶、为了达到目的不择手段的小人。

想来，这样的他，和陆骁心中的阿瓷妹妹、和陆骁挂念的那个谢琢，该是完全不同。

所以陆骁不想再见他，他也没什么不可接受的。

冷意从四面八方蔓延过来，心脏的位置好像空了一块，空荡荡地透着风，谢琢却懒得去取斗篷或者手炉。

仿佛忽然之间，疲倦感便涌了上来，自卑与自厌的情绪破笼而出。

谢琢五指紧紧抓着自己的衣领，这一刹那觉得有种溺水的窒息感。失神间，他的手肘将矮桌上的香炉打翻在地。定定地看了许久，谢琢才迟钝地起身收拾起撒落一地的烟灰。

就着铜盆里的清水洗着手，谢琢看着香料燃尽的细灰混到水中，满盆清水越来越混浊，慢慢红着眼笑了起来。

他便如这污泥浊水，世人都夸他、赞他，说他是高天明月，是玉石生光，可在得知他伪装的皮囊下不见天日的肮脏模样后，无论是谁，都会被他吓跑吧。

天光渐渐暗了下来，葛武端来烛台，说了些什么，又合上门出去了。

雨落在瓦片上、树上，像是永远不会停歇，谢琢倚着墙静静听着雨声，仿佛失了人气儿，孤冷之意再次在他周围蔓延开去，直到窗外接连传来熟悉的脚步声。

雨不知道什么时候已经变小了，谢琢茫然地朝窗边看过去，又不敢动上一动，唯恐这一刻是错觉，是梦境。

“咚咚”的敲窗声响了起来。

谢琢起身，打开了窗。

窗外，陆骁将湿淋淋的雨披扔在一旁，叫了声“阿瓷”。

谢琢往前伸了伸手，想试探这是不是他的幻觉，但陆骁却恰好往旁边侧了小半步，就在谢琢的指尖因落空而往回缩时，他就看见陆骁十分熟练地翻窗进了书房，取了厚披风仔细替谢琢披上。

不多时，一个手炉又被陆骁放进了谢琢的怀里，骤起的暖意令他渐渐有了知觉。

“手指都冻得发青了，怎么不知道暖一暖？”

谢琢张了张嘴，发不出一个音，耳边又听陆骁说道：“对不起，我回来晚了，从雍丘回来的路上，有一段路被埋了，越不过去，我们就改道，准备从长垣入京。到了长垣附近，我想起来一件事，便又耽搁了。”

谢琢抱紧手中的暖炉，因许久没有说话，哑着嗓音问：“想起了什么事？”

“你可还记得在破庙相遇时，你说你出现在破庙里，是因为书楼中有孤本现世，你去誊抄，我则说，我是去找一个老师傅买灯笼？”

谢琢怎么可能不记得？他甚至记得：“你说你想给世交家的妹妹送两个灯笼做礼物，但路遇暴雨，灯笼沾水就没了，只剩两根木棍。”

陆骁的眉梢带着明晃晃的笑意，他将放在旁边的一个小箱子打开，露出里面存放完好的两个小灯笼，每个都只有巴掌大小，精致玲珑。

“路上也遇见了暴雨，但我没让灯笼沾着水。”

谢琢意识到：“世交家的妹妹，是我？”

陆骁笑起来：“自然是你。”

“可是，我不是你的阿瓷妹妹。”说完，谢琢没有再看陆骁，也没有伸手去碰那两个灯笼。

“我明白，阿瓷不是阿瓷妹妹，不对，阿瓷是曾经的阿瓷妹妹，也不对，”陆骁有点不知道该怎么说清楚自己的意思，“阿瓷妹妹变成了男子这件事，我确实是有些惊讶的，但好像也不是很惊讶。我知道你是个男子，但阿瓷对我来说，现在和以往没有什么不同。”

“嗯，我知道。”谢琢的指尖陷进掌心，他提醒道，“但我与你心中的阿瓷妹妹，并非只有男女之别，你真的不介意吗？”

陆骁笃定地回道：“反正，叫我哥哥的阿瓷妹妹我很喜欢，光风霁月的‘琢玉郎’我很喜欢，手沾污血、取人性命的谢琢，我也喜欢！”

第十九章 念他若此

雨打在竹叶上，沙沙作响，烛火下，谢琢看着陆骁，反复确定，这一切都是真实的，并非出自自己的幻想。

原来污泥浊水，也可以入杯盏。

不知过了多久，见谢琢沉默着没有说话，陆骁开口："我很挂念你，阿瓷是不是也挂念我了？"

谢琢轻轻点头："嗯，还担心你会不会出事。"

"陛下即使要动手，也不会挑这个时机，我也已经回来了。"

陆骁很敏锐地察觉到，谢琢在他面前似乎松弛了许多，像是小心翼翼地袒露了一点柔软而真实的内里，然后试探性地给他看。

谢琢想到若陆骁此次离京真的出了什么事，甚至再回不来，眼中便生出了些戾气，忽地开口道："换个人当皇帝如何？"

陆骁没料到他说得这么直白，无奈地提醒："在外面可不能这么说。"

"嗯，谢侍读可是忠于陛下的纯臣。"谢琢像是在谈论洛京多雨的天气般，语气平常地又问了一遍，"驰风有没有想过换个人当皇帝？"

陆骁没有隐瞒，给了肯定的答复："想过。"

不只是他想过，陆家其他人也想过。

依如今的情势，陆家不到万不得已，绝不可能起兵谋反。但咸宁帝步步紧逼，如果想要保全陆家，甚至保全凌北，换个人当皇帝是最好的选择。

只不过，咸宁帝盯陆家盯得极紧，陆家势力又多在凌北，近二十年没有回京，在洛京少有经营，即便有想法，也很难施展，能做的事很有限。

双方都不觉得对方说了什么大逆不道的话，谢琢淡淡地应了声："好，我知道了。"

这几日谢琢受了寒，情绪又大起大落，如今平定下来，终于感觉到了困倦："我有点困了。"

听谢琢说困，陆骁没再思考别的事："可要去睡了？"

谢琢没答，只问陆骁："驰风累吗？"

陆骁给出答案："累了。"

顺理成章地，陆骁在谢琢这里住下了。

夜色微凉，竹枝探至窗边，有蓄积的雨水从叶尖坠下。

谢琢睡在床上，陆骁则躺在榻上，中间隔着一段距离。

隔了一会儿，谢琢先出了声："你睡了吗？"

陆骁立刻回答："还没睡。"

一问一答后，卧房中再度安静下来。

陆骁想了想，问："那两个袖珍灯笼，阿瓷可喜欢？"

黑暗中，谢琢的声音响起来："喜欢的。"

"我还有很多礼物想送给阿瓷，阿瓷若有什么喜欢的，也都可以告诉我。"

陆骁一边说，忍不住一边在心里算起账来。

他还在凌北时，与北狄打仗，若抢得银钱，向来是一分充公，八分平分到士卒手里，剩下的一分为主将所得。他这些年也没什么大的花销，那些钱都放着的。这几年也在洛京置办了几间铺子，城外还有几处田产和两个庄子。

要是把这些账册契书当作礼物送给阿瓷，不知道阿瓷会不会喜欢。

第二天清晨，葛武敲门进来，看见房里多了个人，停在门口一时没敢往里走。

谢琢出声询问："可是有什么消息？"

这就是不用避着陆小侯爷的意思了，于是葛武禀报道："昌叔派来保护公子的人已经到了。另外，昌叔还带了消息说，第一批运往凌北的粮草已经上路，其余的还在筹措，请公子放心。"

陆骁原本只是漫不经心地听着，等听完，还有什么不明白的？

衡楼、阿瓷、北狄杀手……这几年，若没有衡楼帮忙筹措粮草辎重，陆家和凌北在咸宁帝的多番猜疑下，坚持不了这么久。而陆骁在凌北时见过衡楼的大管事齐昌，对方对谁都是笑眯眯的，办事手腕很是厉害。

不过他的父亲陆渊曾怀疑过，齐昌站在台前，幕后有真正做主的人。

原来，阿瓷竟然就是这个"幕后之人"。

葛武已经退了出去，谢琢没有再隐瞒："咸宁十年二月，陆将军连夜赶回洛京，半路上被昌叔截停，分别前，陆将军给了昌叔一沓银票。我被救回清源时，身体很差，全凭宋大夫用名贵药材吊着命，银钱更是如流水一般花了出去。于是昌叔便用这沓银票再加上谢家的一些旧产，开始做生意。过了两年，眼看着生意常有亏损，昌叔和葛叔都着急，我身体有所好转，便在读书之余接手了一些生意。

"所以算起来，如今的衡楼也有陆家的一份，筹集粮草不过是分内之事。只是当初有许多顾忌，昌叔在与陆将军商谈时，并未提及谢家。"

无论是千秋馆、琅轩，还是旁的酒楼、茶庄、布庄、当铺，谢琢最初不过是想着若他报仇不成，或早早死去，也能尽量给昌叔和葛叔他们留一条不算差的后路。

他们为谢家、为他付出良多，后半辈子不应再过得担惊受怕。

心中骄傲的同时，陆骁又觉得酸涩。他想问，那时谢琢生病是不是很痛，繁杂的事务处理起来会不会很累，遇到难事有没有人能商量……

可是，这些事对谢琢来说，都已经过去了。

陆骁想，要是他能早早去到谢琢身边，该有多好。

过了五十岁后，杨敬尧夜里的觉越来越少了，天还没亮，他就起了身，先按习惯喝了半杯养生茶，才慢吞吞地数起了木珠串。

管家拿着火折子进门，杨敬尧闭着眼问道："工部运往凌北的军械现在到哪里了？"

"报回来的消息说，昨日已经到青州的平晋了。"管家一边回答，一边熟练地往刻着鹤鸣图的香炉里添上养气的合香。

沉思片刻，杨敬尧缓缓睁开满是褶皱的眼皮，吩咐："嗯，你去把人带过来。"

范纯仁被人用黑布蒙着眼睛从地牢中拖出来时，腿根本使不上力，全身都在止不住地哆嗦，以为自己马上就要见阎王了。

他几日前从官署回家，路上被人从后面砸晕过去，等再醒来时，就发现自己身在牢里，地上还有不少干涸的陈年血迹，立刻吓破了胆。

起初他以为是他收北狄人的银钱，出卖消息的事情败露了，被抓进了诏狱，便胆战心惊地等着有人来审自己，或者直接被送进法场斩首。

但他一直等，等了不知道多久，好像抓他的人都已经把他忘了，迟迟不见人来。

一直到今天，隐约是被人拖进了一个房间里，周围暖和了许多，范纯仁闻到了一股香气，不由得猜测之前自己进的不是诏狱，可能是谁的家里。

心里念头转得极快，范纯仁贪生怕死，直接腿抖如筛糠地跪在地上，随便朝着一个方向开始磕头："我不想死！你让我做什么事都可以！我不想死，真的不想死啊！"

杨敬尧看着脚下满身脏污、涕泗横流的人，继续转着木珠。

范纯仁与北狄人勾结之事，杨敬尧早在正月里查徐伯明的案子时就已经发现了。不过他没动手抓人，还亲自帮忙遮掩了一番，让人安安稳稳地待在兵部，甚至有时会故意把关键的消息递到范纯仁面前，让他传给北狄。

因为范纯仁递过去的消息次次属实，北狄人对他也越来越看重，杨敬尧这才命人将范纯仁带过来，同时编了一个有要务派他临时出京的理由，应付了兵部的人和他的家人。

这人被养了这么久，该派上用场了。

直到耳朵被吵得烦了，杨敬尧才朝管家使了个眼色。

管家心领神会，往前站了一步，冷哼道："不想死？若是不想死，你怎么敢给北狄人送消息？”

心想自己的猜测竟然对了，将他抓来的人确实知道他和北狄人的勾当，范纯仁不由得身体一僵，又立刻哭求道：“是我鬼迷心窍，是我贪财，都是我的错！”

他暂时确定不了对方是什么身份，抓他过来又有什么意图，便慌忙多替自己辩解了几句：“是我太贪心，但我一直只用些不轻不重的消息找北狄人换取财物，于大局没什么影响的！你看，凌北陆家军不是还在连着打胜仗吗？陛下都下旨夸了！”

管家注意着杨敬尧的神情，继续说道：“你说得倒有几分道理，确实罪不至死。”

“对，对，对，”范纯仁觉得听起来，这话是要饶他一命的意思，面上一喜，连忙磕头，嘴里说着“以后再也不敢了”的求饶话。

觉得差不多了，管家才开口制止：“行了，行了，别脏了这块地。把你带来不是要杀你，而是要找你帮个忙，帮吗？”

“帮！当然帮！要我帮什么忙都行！”范纯仁一口应了下来。只要对方不杀他就好，反正什么事都没有他的小命重要！

谢琢进天章阁时，寇谦正好跨出门，看见他便往里指了指：“延龄来得正好，掌院学士在里面，刚刚正在问你来了没有。”

说着寇谦又仔细看了看，笑起来：“延龄似乎恢复了许多，心情也很不错！前两日延龄总有点魂不守舍的样子，脸色看起来也不太好，我还担心延龄家中是不是出了什么事，但又不好多问。”

谢琢温和地说道：“可能是前几日受了寒，又没有睡好，所以精神差，劳寇待诏担心了。”

寇谦很会把握分寸，听他这么说，没有过多追问，又寒暄了两句，便笑眯眯地让谢琢赶紧进去。

掌院学士已过知天命之年，为人谨慎少言，着瑞兽纹紫袍，自有威势。

谢琢站定后恭敬地行礼：“下官见过掌院。”

放下正在翻看的几页《实录》，掌院让谢琢坐下，问：“延龄手上的事务完成多少了？”

谢琢想了想，说了个大概情况：“约已完成了八成。”

掌院学士颔首，神情看起来很满意：“嗯，阁内这么多人，你资历最浅，但进度是最快的。我看过你编写的那部分，遣词用句精巧准确，很是不错。”

他又提起：“去年腊月底，我偶然在阁内听见你与寇待诏闲聊，说你喜欢看《洗冤录》和《昭明司》？”

“确有此事。”谢琢自然记得这件事。那天，为正旦国宴写教坊词的事落到了他身上，盛浩元和寇谦都在祝贺他，盛浩元又问他若离开翰林院想去哪里任职，他当时瞥见掌院学士从不远处经过，便说因为看了这两本书，日后想去大理寺。

掌院学士打量着面前的年轻人："现在可还是这个想法？"

谢琢似乎有些疑惑掌院学士为何问起这事，但依然肯定地回道："下官依然是这样的想法，未曾改变。"

"心志坚定，不错。"掌院学士这才说道，"徐伯明一案牵连甚广，陛下查处了不少官员，也导致朝廷各处都出现了人少事多的状况。"

谢琢自然清楚，徐伯明一案从除夕至今，小半年过去了，仍然还陆陆续续有人被削官夺职，再不可入官场。

虽然咸宁帝在温鸣参加的那场制科后，再开了一场制科取士授官，多少缓解了朝廷无人可用的窘境，但也没能填满徐伯明挖出来的窟窿。

现在除了本就清闲的衙门勉强能照常运转外，六部夜里点灯处理公务已经是常事，根本没人能顶上缺。

"如今，大理寺案件卷宗积压，人实在忙不开，很是艰难，大理寺卿来寻我，想借调个人去大理寺应应急，陛下已经应允了。我思来想去，最终选定了延龄。"

说起这件事，翰林掌院也头痛。大理寺不比其他衙门，大楚的律令是一笔一画写清楚了的，就算只是处理卷宗的人，也得清楚大楚律令才行。

可即使是他，对律令也只是有所涉猎而已，谈不上熟知，大理寺卿突然来要人，倒是把难题扔给了他。

好一番斟酌后，他才想起谢琢有意去大理寺，且谢琢记性好，临时翻翻大楚律令，粗略记下，也好过别的人一窍不通。

谢琢面上似有惊喜之色，又连忙抬手施礼："谢掌院大人！"

掌院对谢琢的态度很满意，心里也打着卖谢琢一个好的主意，毕竟谁都能看出，这个年轻人日后入阁只是时间问题，在他翰林院中留不了多久。

不过场面话还是要说的，掌院表情严肃地叮嘱道："既然手上的事务快完成了，延龄就多抽点时间熟悉熟悉大楚律令。希望延龄能如那日所说，昭天下之清明，洗万民之冤屈。"

谢琢再次俯身行礼："下官谨记。"

散衙回住处的路上，车帘一起一落，陆骁便身形敏捷地钻了进来："阿瓷要去大理寺了？"

谢琢倚着车壁，看着陆骁："消息传这么快？"

"大理寺卿愁眉苦脸不知道多久了，特别是徐伯明一案后，大理寺里堆着的公文卷宗比人都高，翻都翻不完。得知翰林掌院肯把你借调过去后，大理寺卿直接在会仙酒楼开了一桌宴席，逢人便说自己要好好酬谢翰林掌院。"陆骁趁机捏了捏谢琢的指尖，心里知道此番借调去大理寺，其中肯定有谢琢的手笔，仍故作苦恼，"阿瓷怎如此抢手？"

他又想起白日里捋清楚的时间线，提起："阿瓷，我们在破庙相遇的那次，你是不是去长垣处理运往凌北的粮草？所以你后来才会在巷子里遇见找过来的北狄刺客，我猜得对不对？”

谢琢“嗯”了一声：“昌叔和葛叔正好都不在洛京，我就告病，悄悄出京去了一趟长垣，没想到回来的路上正好遇见你。”陆骁一脸委屈的表情：“那时阿瓷根本不想理我，也不想跟我有交集，巴不得让我离你远点。”

谢琢无奈：“我可没这么说。”

陆骁立刻指出：“但你是这么想的！”

谢琢不说话了，因为当时确实是这么想的。片刻后，他还是解释道：“那时我不想将谢家和陆家绑在一起。棋局已然开始，我亦不能确定最后赢的人一定是我。我也不能确定你记不记得阿瓷，就想着，若‘阿瓷’一直不出现，那说不定他会在你心里活一辈子，永远是小时候最美好的模样。若你已经把‘阿瓷’忘了，那忘了便忘了吧，没有再记起的必要。”

陆骁认真说道：“有必要的。若我真的忘了，阿瓷就该让我再想起来。”

谢琢笑着应下：“好。”

四月十七，谢琢拿着调任书去了大理寺。

大理寺卿亲自来迎，寒暄了两句后，就将谢琢引进了一个房间里。

看着桌上堆着的卷宗，大理寺卿自己也有些汗颜，想着，谢琢本就年纪不大，看着身体也不怎么好，自己将人借过来，这头一天就推了这么多事务过去，似乎有点欺负人。

谢琢看出大理寺卿面上的惭色，主动说道：“现在非常时，下官此番过来便是为了历练，自然应该从整理文书卷宗开始，若遇到问题，还少不得要找大人讨教一二。”

大理寺卿心想，不愧是在御前行走的，说话就是中听，又让小吏赶紧上杯茶来，这才赶去忙自己手上的公务了。

没过几天，大理寺上下的人就发现，这次借调过来的人不仅没有添乱，整理刑狱文书效率极高，竟然还能帮忙复核洛京和各州递上来的案件，极少出错。

兼之谢琢与他们暂时没有利益纠葛，一时间，大理寺中谁见了谢琢都笑容可掬。

侯英在一份复审完的案件卷宗上画押时，忍不住夸奖道：“谢侍读是怎么做到的？当初我入大理寺时，以为复核案件不会很难，结果律令条文浩如烟海，对着这些文书少不得一番手忙脚乱，大楚律令都要被我翻烂了。你才来半个月，竟然就已经有条不紊！”

“我不过是走了捷径罢了，律令二十几年都没有修改过，很多需要复核的案件判决都有前例可循，就像这个案子，与咸宁六年的魏季半夜被斫伤致死的案子很像，检法官都引了《刑统·贼盗律》谋杀条及《户婚律》，两相对照，就基本知道此案判决是否有疏漏。真论起对律令条文的熟悉程度，我远远不及你们。”

侯英知道大理寺卿寄予厚望，就盼着谢琢过来能帮上忙，因此给了谢琢不少已经核定的旧案卷宗用作参考，不过仍不免咋舌——怪不得谢琢还未及冠就能高中探花，这记忆力可真是常人难以企及！

他感激地说道："无论如何，有了谢侍读，我等终于可以松口气了，"又抱怨道，"前几个月天天在官署里忙到半夜，以至我妻子都怀疑我是不是养了外室，真是有苦说不出啊！"

"我既来了大理寺，这些就都是分内之事，自当竭尽所能。"谢琢说完，又提到，"不过有一事要劳烦侯大人。"他拿出一份卷宗，"这个案子乃因抢夺家产而起的毒杀案，因此案有前情，我想去查阅旧档以核定。"

侯英翻了翻谢琢递来的卷宗，见上面确实提到了十五年前的旧案，爽快地应允道："存放旧档的地方除了大理寺官员外，外人无事不得进入。不过谢侍读如今算不得外人，我这就带你过去认认脸，下次你再要查旧档，做个登记就能进去了。"

谢琢感激地说道："劳烦侯大人了。"

侯英笑着摆了摆手："这怎是劳烦？要是没有谢侍读，这么多卷宗文书，我们可不知道要忙到什么时候！"

而且，他已经听说谢琢有意来大理寺积攒资历，若此次借调中谢琢表现颇佳，说不定日后谢琢真的会成为他的上官。反正不管怎么看，他现在和谢琢打好关系总是没错的。

不只侯英这么想，大理寺下层的官员小吏都是这么想的，于是谢琢再去查阅旧档时，不仅只需画个押登记，门口的小吏还会上杯粗茶给他，谢琢推拒了两三次后，就受了这份好意。

又一日，谢琢到存放旧档的地方时，门口的小吏殷勤地寒暄道："快到休沐了，天气不错，谢侍读可要出城踏春？"

在纸上写下事由后，谢琢回答："应该会在家中翻翻律令条文，再熟悉熟悉。"

小吏双手接下墨笔，面上盛满了笑容："谢侍读还真是勤学克己，令我等钦佩！"

谢琢踏进门后，熟门熟路地走在书架间，空气中有一股陈旧的气味，引得人胸口发闷。

门被小吏关上，耳边变得更加安静，谢琢先是找出了咸宁十年刑案的卷宗，许久才轻轻翻开。

大理寺掌天下刑狱案件审理，但凡经大理寺的案件，都会有旧档，其中供词、审问记录等每一个环节，都会有主理人的签字画押，用以调阅追责。官吏的画押通常规整，而狱卒、差役识字不多，画押多半潦草。

谢琢翻看完，将卷宗一一放回了原位。

傍晚，陆骁熟练地翻过围墙，见谢琢正坐在石桌边喝茶，便凑过去问："大理寺可有人欺负你？"

"没人欺负我。大理寺不少官员已经在私底下猜测，我离开翰林院后会不会不进六部，而是升任大理寺少卿，所以他们都不敢得罪我，反而给我行了不少方便。"谢琢脸上的笑容变淡，他垂下眼睑，“驰风，你帮我抓个人。”

“好，抓谁？”

“一个叫张大临的人，以前住在外城宣泰桥附近，明德四十七年到咸宁十年在大理寺做差役，现在应该四十几岁了。”

在听见“咸宁十年”这四个字时，陆骁便明白谢琢要找的人是谁了：“阿瓷是想让这个人死，还是想让这个人活着？”

谢琢嗓音微凉：“自然是要他死，不过只能死在我手里。”

休沐这日，陆骁接谢琢去了城外的别庄。

“人是在京畿的一个镇上找到的，咸宁十年，张大临回洛京后，在大理寺继续干了两个月，之后就以重病为由辞了差事。他不敢继续住在原本的住处，总疑神疑鬼地宣称有人要杀他，所以一直辗转在各个亲戚家里，住半年就换个地方。前几天被舅家赶出来后，张大临去酒肆喝醉了酒，付不起酒钱，被酒肆伙计扔了出来。”

谢琢走在陆骁身边，想集中精神去听陆骁说的话，眼前却总是浮现结冰的路面和只剩枝丫的枯树，等他定神再去看时，又总会被阳光刺得眼睛微闭。

陆骁担忧地唤道：“阿瓷？”

谢琢慢了片刻才摇了摇头：“我还好，没事，走吧，我想去看看张大临。”

陆骁打开上锁的门，带着谢琢走进了一方不太宽敞的屋舍，一个四十几岁的中年壮汉正倒在地上，嘴里塞着布团，扭曲的双臂明显已经折了，全身被粗麻绳捆着，动弹不得。

听见开门的动静，他挣扎着看过来，瞪大双眼，“咿咿唔唔”地不知道是在说些什么。

陆骁蹲下身，单手扯着张大临的头发，将他的脸朝向谢琢：“阿瓷，可是这个人？”

谢琢只一眼，便将眼前这个人认了出来，勉强维持着镇定，点头：“是他。”

像是从谢琢眼中看出了杀意，张大临突然变得惊恐起来，开始剧烈挣扎，脖子上的青筋鼓起，脸色涨得通红，想要往后退、往外逃，却根本挣不脱陆骁的手。

谢琢在原地站了一会儿，一步步走到张大临面前，问陆骁：“有刀吗？”

陆骁什么都没问，只解下身上带着的匕首，刀刃朝外，放到谢琢的手里。

谢琢握匕首的姿势并不生疏，他看了看锋利的匕首，先弯腰挑断了捆着张大临双手的绳子。

就在张大临茫然着，不知道眼前这人要干什么时，撕心裂肺的疼痛突然传来——他的手掌贴在地面上，被匕首穿透，鲜血立时就溅了一地。偏偏他手臂脱臼，即使剧痛也动不了、躲不开。

谢琢眼底映着浓郁的血色，表情淡漠道：“我记得十二年前，你就是用这双手扯着寒枝的头发往石头上撞的。”

“刺”的一声将匕首拔出，谢琢挪了一寸，再次扎下：“也是用这只手，扯烂了她的衣服。”

第三刀落下时，张大临的手已经满是鲜血，谢琢在他的惨叫声中，表情认真地询问：“仍是这只手，如果不是寒枝护着我，你当时是不是也想撕烂我的衣服？”

见张大临满头都是冷汗，摇头想要否认，谢琢干脆用匕首挑开了他嘴里的布团。

张大临大口吸着气，急促地说道：“我没有……我没干过这些事！抓错了，你真的抓错人了！”

“抓错人了？”谢琢握着匕首，刀尖在张大临的手臂内侧的疤痕上划了一下，“可这里就是我用石头划伤的。”

疤……石头……

张大临瞳孔猛地收缩，立刻意识到面前的人是谁，如同发现噩梦成真一般，一边嘴里碎声念着“真的来杀我了……真的来杀我了！鬼……鬼真的来杀我了！”一边想挪动着往后退。

陆骁冷着一张脸，周身满是杀气，死死将人定在了原地。

他在心里猜了千万次，依然不敢问谢琢当年流放的路上发生了什么事，为何只有谢琢一个人活了下来。这些都是谢琢心上结不了疤的伤口，他哪里忍心再去戳破？

如今，他单是听见谢琢短短的几句话，就已经痛彻心扉。

“鬼？”谢琢漫不经心地答了一句，“是啊，鬼来杀你了。”

他又问张大临：“你们几个中最高的那个人，当时把我压在地上，我趁他不注意，将尖头的树枝插进了他的脖子里，血喷得我满脸都是，他一脚把我踹开，然后倒在地上，很快就死了。那个脸上有道疤的人，总是喜欢盯着我看，我就用树枝将他的眼睛挖了出来。另一个又矮又瘦的人，总是喜欢打寒枝，我就双手握着刀，砍了他好几下，才把他的手砍断，然后他们两个人也很快死了。所以，我给了你十二年的时间，你想好死法了吗？”

张大临或许是发现求饶没有用，又可能是因为恐惧了十二年的事终于发生，突然崩溃，胡乱谩骂起来：“你个小杂种！当年老子就该弄死你……在弄死那个婆娘的时候就弄死你！”

一直没有得到问题的答案，谢琢仿佛失去了耐心，将沾着血的刀再次刺了下去。因为疼痛，张大临的咒骂停了，变成了尖锐的痛呼声。

可很快，痛呼声低了下去。

门窗紧闭的房间里，血腥气逐渐变得浓重，谢琢近乎无意识般往下刺着，手上、身上都溅上了鲜血，整个人却在止不住地发抖。

不知道过了多久，陆骁轻轻握住了谢琢冰凉的手，哄道：“别怕，阿瓷，别怕，松手……”

明明是谢琢握着匕首，躺在地上的人满身是血，已经没了呼吸，陆骁却发现，谢琢恐惧得连指尖都在痉挛。

像是密闭的角落中打开了一道缝隙，从中听见了陆骁的声音，谢琢握着匕首的手缓缓停下，随后“哐当”一声，满是黏腻鲜血的匕首落到了地面上。

谢琢卸下力气，觉得自己像是浸在血水中，四肢沉重，即将被无边的冷意吞没。

直到感觉有人抱住他，谢琢才缓缓回过头，红着眼喊了声“哥哥”。

不知不觉间，眼泪不断地往下流，谢琢惨笑道：“哥哥……我好疼，手好脏，好多血，好多人死了……哥哥，我叫我娘，可她不理我，我叫寒枝姐姐，她也不理我，我好害怕……”

陆骁抱紧了谢琢。

阿瓷一直在害怕有人为他死去，害怕所有重要的人都离他而去，他将自己年复一年地困在那条天寒地冻的流放路上，从未试图走出来，因为太痛，因为愧疚，因为太沉重，迈出一步，便是对不起那些为他死去的人。所以他任由自己夜夜惊梦，再不沾热水，再不求安眠。

陆骁轻拍着谢琢清瘦的背，喉间涩痛：“没事了，阿瓷，我在你身边了，没事了……”

谢琢告了一日的病假，没有去大理寺。

喝过宋大夫开的药后，谢琢系着薄披风，被陆骁带着翻过院墙，进了武宁侯府。

陆骁指给他看：“看，这是阿瓷喜欢的盆栽，假山石也依阿瓷说的，在底下铺了一层苔藓，还有双色睡莲也种上了，再过不久就会开花。”

担心谢琢在书房里憋闷，院子也不大，陆骁干脆把人带进了自己府里，想着换个地方，好歹能让谢琢散散心。

他兴致勃勃地介绍了一通，忽然听到谢琢问：“驰风，我可以去库房看看吗？”

陆骁试图装作没听懂：“那个……府里库房乱七八糟的，没什么好看的。”

“我想看那间堆着上百盒胭脂的库房，”谢琢看着陆骁，眼里笑意明显，“难道那些东西不是送给我的吗？”

陆骁还是当着谢琢的面打开了库房的大门。

里面很干净，摆放也很整齐，无数木架和木箱排开，装得满满当当的。

谢琢看见了无数色泽如新的布料，成排的泥人和木雕，满墙壁的风筝、花灯和竹帘，还有放满了木箱的胭脂、眉黛、香粉，以及各式各样的钗环耳坠。

忽然注意到放在角落的一个小木盒，谢琢拿了起来：“这里面的是什么？”

陆骁没像之前一样仔细介绍，而是别开视线，却没有阻止谢琢打开。

木盒已经有些陈旧，里面是一沓泛黄的宣纸，上面的墨迹未褪，只是笔画歪斜又稚嫩。

谢琢几乎立刻就意识到这些东西是什么，小心翼翼地将信纸展开。

每张纸上写的字不多，都是些鸡毛蒜皮的小事，今天在校场上弓箭射出了多远，昨天赶在下雨前掏了大雁的窝，前两天养的野兔跑了……

像是因为知道谢琢被困在家中，看不见外面的景象，写信的人便借自己的眼睛帮他看，再一个字一个字地认真写在纸上。

都说幼时健忘，但陆骁临别前答应谢琢会常常给他写信，从洛京回到凌北后，就真的以此作为习字的目标。但因为嫌弃自己的字不够好看，写的信都未寄出，陆骁只想着，等哪天阿瓷来了凌北，再一字一句地念给他听。

而如今，这些信尘封数年，终是到了谢琢眼前。

小心翼翼地将信放回木盒中收好，谢琢顺手打开旁边的一个大木箱，就看见了满满一箱子的女子衣裙。

陆骁轻咳了一声，不自在地开始介绍："这一件是咸宁十七年洛京流行的云纹纱裙、金丝绣花长裙和百褶如意裙，这是冬天勋贵家的女儿人手一件的翠纹羽缎斗篷……这件是咸宁十八年夏天时兴的撒花罗裙、百蝶曳地裙，这件织锦镶狐毛斗篷在冬日也很盛行……这件是咸宁十九年秋天时兴的牡丹纹联珠广袖罗裙。"

越说声音越小，陆骁还不忘补充道："这些裙子的名字真的太难记了，每一件我都背了好久。"

谢琢碰了碰牡丹纹上缀着的珠子："这些都是你去成衣铺子买的？"

"对，我那时不知道阿瓷的身量如何，所以各种尺寸都买了些，还被成衣铺的人说了闲话。"

谢琢好奇："什么闲话？"

"她们说我还没成婚，可不知道在私下里养了多少美妾和外室，环肥燕瘦，各不相同。"陆骁语气委屈地说完，又指了指另一件，"这是咸宁十年的冬天，我随我爹还有我哥外出狩猎，第一次拉弓猎到白狐。我回去就让府里的人把狐皮取下来做了一件狐裘围脖，还做了两个袖筒，这样天冷时，你就可以把手插在里面。"

谢琢拿起手感光滑的袖筒，抚了抚，不由得想，咸宁十年的冬天他在做什么？

葛叔带人来救他时，他亲手杀了除张大临外的几个差役，随后在回清源的路上一直发着高热，神志不清，好几次葛叔都以为他熬不过去了。

那时他夜夜做噩梦，闭上眼脑子里就是各种各样的画面，甚至常常以为母亲和寒枝都还活着，自己也还在流放路上。这般一直拖到年底，他的身体都不见好转。

此时他才知道，原来那时在千里之外的凌北，有人猎了白狐，将皮毛做成了袖筒，想送给他御寒。

原来这十二年来，有人曾念他若此。

离开库房时，陆骁帮忙拿着一个风筝、几个憨态可掬的泥人以及一个并蒂莲花的烛台。

谢琢手里则抱着装信纸的木盒，口中提起："我刚接到消息，前两批粮草已经到了，你兄长亲自来接的。"

"嗯，幸好有这批粮草缓解凌北的窘境。"陆骁的话里带了点轻讽之意，"若是等户部运粮，边境的兄弟说不定连粥都要喝不上了。"

"不过我听传回的消息说，这次耶律真颁了明令，我大楚将士的头颅，有一个是一个，都能拿去换银钱、牲畜甚至放牧养马的草场。因此，北狄人改了战术，常以小队出击，来去极快，能杀一人是一人。"

陆骁目光一凛，藏起来的锐气泄出不少："北狄人人都是轻骑兵，若长此以往，白天夜里都时不时地来劫掠一番，频繁应战，只会令边境人倦马疲，终有一天会不堪重负。"

"所以耶律真登位，意味着三十年内大楚与北狄必会有一战。"

两个人都很清楚，现阶段北狄来势汹汹，野心昭著，凌北暂时还能抵挡。

可帝王将相不和，若这一仗真的打起来，战场并非关键所在，洛京反而会变成最大的变数。

与此同时，凌州境内。

运送军械的车队头尾不见，行在官道上，车轮在沙石路上印下深深的辙痕。

凌北地广人稀，前后数里都看不到屋舍村镇，很是荒凉。

中途扎营休息时，钱林打开水囊，节省地喝了一口水："这凌北可真不是人待的地儿，幸好我们这一趟只要把东西送到，就能马上回洛京了。"

"没错。"杨迈坐在地上，捡了两颗石子，回答得有些心不在焉。

钱林与他相熟，用手肘撞了撞他："你这几天似乎有点不对劲，出什么事了？"

杨迈强笑道："没什么，只是总想着什么时候能回洛京。"

钱林年长他几岁，宽慰他："想家正常，就快送到了，要不是前两天这些牲口闹病，我们现在估计都能看见凌云关了。等回了洛京，一起去喝酒？"

"好啊。"杨迈不敢跟钱林对视，只草草应了一声。

从杨首辅的府上回去后，杨迈就安安生生地待在禁军里，暗暗等着杨首辅的安排。没过多久，他就接到了杨首辅安排下来的任务——负责押送军械到凌北。

这是趟苦差事，不少人想方设法地找关系塞银钱，想把自己换出来，杨迈却什么都没做。

回家一夜没睡，杨迈也想了一夜，结合收到的第一条命令，大概明白杨首辅要让他做的是什么事了。

他也在心里纠结过，把运送军械的路线告诉北狄人，让北狄人来抢，那不就是卖国吗？可他转念又想，杨敬尧是首辅，吩咐他这么做，肯定是从大局考量的，自有道理。他不过是一个小小的禁军，成天忧国忧民干什么？

这些家国天下的大事，轮不上他去操心。

他只需要知道，等他回了洛京，就能再升两级。

说服自己后，杨迈在押运路上，每隔两日便往洛京报一次位置，又在三天前，按照吩咐在马料里下了点药，拖慢了整个队伍的进程。

反正杨敬尧的想法是什么，杨敬尧到底要做什么，杨迈都不知道，只是按照吩咐，办了几件无关紧要的小事而已。

心绪再次安稳下来，注意到远处有一群鸦雀飞起，杨迈咽了咽唾沫，拍了两下钱林的肩膀："我突然尿急，去解决一下，一会儿就回来。"

钱林没注意到他颤抖的尾音，取笑了两句："可别脱了裤子被蛇咬了啊，快去快回，你那份干粮我一会儿帮你拿！"

杨迈一路往外走，沿途还自然地跟几个相熟的人打了招呼，慢慢地，到了驻地的最外围。

脸上的笑容尽数消失，杨迈加快脚步，踩着乱石杂草，飞快地跑了起来。

不知道跑了多久，他突然听见身后隐约传来惊呼声："敌袭……有敌袭……"

端午之后，天气转暖，文华殿两面的窗户都开着，清风徐徐吹进来，很是怡人。金架上的鹦鹉反复叫唤着"陛下万安"和"天下太平"，却没人敢给它喂食。

御座上，咸宁帝面色发沉，高让小心地往杯盏中添了茶，隐蔽地瞥了一眼咸宁帝手里的折子，发现又有官员上疏，催促陛下立大皇子为储君。

"一个小小的殿中侍御史，也敢上折子管起朕的家事来了。"咸宁帝放下折子，端起茶盏喝了一口，眉头紧紧皱着。

今日由谢琢在殿内轮值，替咸宁帝整理奏折，听到这句话，没有贸然接话。

现今咸宁帝与朝臣之间的拉锯战越来越严重，大臣觉得国不可一日无储君，不立太子，则国将不稳。且大皇子和二皇子间的储位争夺结果已然明晰，咸宁帝没什么可犹豫的，便从一开始的劝说，到现在轮番上奏讲理催促，常常一本折子能洋洋洒洒写几千上万言。

"延龄，你怎么说？"

被点到名字，谢琢才起身回道："臣以为，殿中侍御史的说法有失偏颇。依臣之所见，此前二十年，大楚并无储君，并未生乱。且储位至重，陛下慎之又慎，自是应当。"

"是啊，"咸宁帝悠悠地叹了一口气，"这些人总是道貌岸然，表面说着为大楚、为朕，实际上全是为了自己的私心！朕还没死，他们就已经开始贪图从龙之功！"

殿中一阵沉默后，咸宁帝闭上眼，靠着椅背，吩咐："延龄，你替朕拟诏，殿中侍御史邱广迁，官降半级，罚俸三月。"

"是。"谢琢垂下眼，已经能想到这份诏书将在大皇子一派中掀起多大的波浪。

咸宁帝双手撑着膝盖站起身，高让正提议要不要备辇去太液池走动走动，突然传来八百里加急的军报。

谢琢心下一沉，高悬已久的巨石摇晃着坠下。

第二十章 边关失守

传信兵满身沙尘，跪倒在文华殿前，声嘶力竭地禀道：“五月初二，军械在凌州境内被北狄人劫走，禁军全数折损，无一人存活！五月初四，北狄大举入侵凌云关，大将军陆渊率军守关，然我方将士缺少军械，只能以木棍、木矛相抗，甚至赤手肉搏，而北狄骑兵所持正是我大楚军械！”

“死守一日后，凌云关失守，不得不退守苍烟台！”抹了一把脸上混着尘土的眼泪，传信兵重重将头叩在地面上，“如今，镇国大将军陆渊身中敌方重箭，已经昏迷，性命垂危，辅国将军陆绪领轻骑兵迂回作战，失去音信，恐凶多吉少！”

传信兵沙哑的声音在文华殿中回荡，谢琢缓缓抬起头看向御座。

咸宁帝闭着眼，手指抚着御座扶手上的龙头，面上无波无澜，仿佛天下之事皆在他的掌控之中。

不知道过了多久，咸宁帝才下令：“高让，令诸大臣速速入宫议事。”

半个时辰后，文华殿中响起兵部尚书吕义怒极的叱骂声：“五月初一就该到凌云关的军械，为何五月初二还在数百里外？北狄人又是如何得知我方押运路线的？军械落入北狄人的手里，砍下的是我大楚将士的头！何等荒谬！”

户部尚书笼着袖开口：“如今凌云关已失，你纠缠这些问题有何用？”

工部尚书也说道：“现在最要紧的是，陆大将军受重伤昏迷，凌北群龙无首，若北狄人趁机再度进攻，苍烟台是否能守住还是个问题。”

吕义脸色铁青，指着工部尚书的鼻子骂道：“你现在装什么忧心边关战事的样子？当初不想给武器，你让边境将士拿什么去挡北狄铁骑？现在开始忧心了啊？你忧心的是什么你自己清楚！”

工部尚书看了他一眼，不再说话。

“够了，”咸宁帝出声，“朕把你们叫来，不是听你们吵架的。吵了一刻钟，你们可吵出什么结果来了？”

吕义将要出口的话被硬生生地憋了回去。

咸宁帝这才点名：“杨卿，你来说说，如今敌军环伺，该如何解凌北之危？”

杨敬尧躬身："臣以为，应让定州守备军统领赵鼎立刻前往凌北。"

"赵鼎？他能干什么？"吕义立刻反对，"定州虽与凌州相隔不远，但仍需要不少时间才能赶至凌北，更何况，赵鼎对凌州军务完全不熟，此乃战时，战事紧急，他又如何担下此等重任？"

有人反驳："与凌州隔得近的只有定州、宁州和沧州，除了定州，其他两州守备军的将军也要防着北狄人，脱不开身。"

"反正轮不上他赵鼎！凌北地形、气候极为复杂，耶律真用兵狡诈，让赵鼎去？他去干什么？带着我大楚将士去送死吗？"吕义毫不客气地说，"怎么，这赵鼎是你们当中谁的亲戚？"

户部尚书范逢怒道："你个吕义……"

吕义眼睛看着范逢，但话里话外朝着的都是杨敬尧："我说得有错？想让赵鼎去凌北，也不看他兜不兜得住！"

谢琢官职低，没有他说话的份，他只在无人注意的位置安静地坐着。

杨敬尧，或者说咸宁帝，打的是以一关一城换取兵权的主意。或许在咸宁帝心里，以一座凌云关，换陆家两将身死，兵权旁落，此后二十年的安心，是极为划算的。

谢琢垂着眼，眼中满是嘲讽之色。

先不说死去的将士、百姓都是一条条人命，咸宁帝如何就笃定地认为，耶律真领着北狄骑兵撕开了凌云关这个口子后，不会趁机挥兵再进？

而北狄骑兵突进时，他派去的一个赵鼎，或者王鼎、李鼎，就一定拦得住？

凌北无粮无械无良将，赵鼎怎么拦北狄骑兵？

他冷眼看着这些人在争论此时应该派谁去凌北才能撑起局势，能看出来，兵部尚书吕义几次都差点将那个名字说出口，但最终有所顾忌，不敢言明。

没过多久，高让的徒弟脚步匆忙地进了文华殿。

谢琢似有所觉，望向殿门之外。

咸宁帝抬手，制止了殿中的争论声，询问："什么事？"

高和低下头禀道："禀告陛下，武宁侯跪在殿外，求陛下施恩，让他回凌北送陆大将军最后一程，以全孝道。"

高和的话音落下后，殿内没有人敢出声，都在等着咸宁帝的反应。

无人注意处，谢琢紧捏着笔杆的手指蓦地松了下来。

陆骁没有请战，也没有说自己能挽救凌北之危，甚至根本没有提一个"战"字，而是跪在文华殿外，恳请咸宁帝让他去送父亲最后一程。

咸宁帝若不应允，那他提倡的"以孝治天下"便成了笑话。

殿中人都知道，陆骁生在凌北长在凌北，十四岁上战场，短短两年便立战功无数，无论是从对凌北的地形、军务的熟悉程度，还是在凌北军中的威望来看，都是挽救凌北危局最为稳妥的人选。但同样，每个人也都知道，咸宁帝忌惮陆家已久，几乎成了心病，当初用尽心思，陆渊也配合，才顺利地将陆骁留在了洛京。

如今凌北战败，若追究罪责，陆渊和陆绪父子两个都逃不了，凌北陆家就此被抹去也不是没可能。此刻放未长成的老虎归山，绝不是咸宁帝想看见的结果。可陆骁给出的理由，又让人挑不出任何错来，令咸宁帝无法直接拒绝。

谢琢朝外望去，隐约能看见陆骁一身黑色麒麟服，发冠未束，跪在文华殿外的玉阶前，脊背挺直。

只看了一眼，他就收回视线，再未多看。

一个时辰后，众大臣仍在殿中商讨此事，谢琢则离开了文华殿，准备回大理寺。

他一步步走下玉阶，仿佛没有看见跪在那里的人，但在经过陆骁身边时，脚步不太明显地停了停。

绯色官服的袍角自余光里消失，陆骁寒潭般的眸子里泛起波澜。

他听见刚刚经过的人小声告诉他："不会让你跪太久的。"

谢琢还没走到宫门口，便被人拦了下来，小太监朝他作了个揖，他什么都没问，随小太监去了偏僻处。

大皇子李忱正来回踱步，见谢琢行来，急忙问道："谢侍读，情况如何？"

他在听说凌北战败后，就知道这天可能要变了。

凌北被陆家把控，是帝王的心头大患。而凌北一旦脱离陆家辖制，立刻就变成了一块无主的肥肉，任谁都想咬上一口。

这可是兵权。

他若掌握了兵权，受益无穷，谁敢再与他相争？

因此，大皇子早早便让小太监在谢琢必经的宫道上等着，毕竟现在除了谢琢，没人知道殿中是什么情形。

谢琢施礼后，简要地回答道："杨首辅推举了宁州守备军将领赵鼎，汤阁老推荐了陇州的赵挺，另外户部尚书认为归德将军丁统是极佳人选。"

李忱冷哼了一声："父皇怎么说？"

"几位大人吵得厉害，陛下有些心烦，还没定下人选。"

在脑子里将谢琢提到的人名都过了一遍后，李忱又问："听说武宁侯跪在殿外？"

谢琢颔首："没错，武宁侯恳请陛下让他回凌北见陆大将军最后一面，陛下还未说准还是不准。"

李忱不由得笑了笑，心想：不知道是谁给陆骁出的主意，这可是把父皇架在火上，父皇答应不是，不答应也不是。

李忱又有些埋怨咸宁帝，这事情发生得突然，可他不信咸宁帝此前一点消息都不知道，或者说，他不信凌北战败一事里没有他父皇的手笔。

他明明是亲儿子，是长子，咸宁帝却半点消息都没漏给他，让他毫无准备。

如今，他虽然笼络了不少文臣，但手下没什么能干的武将，时间这么紧，他去哪里找个将军？难道他只能眼睁睁地看着凌北这块肥肉摆在那里，没办法去争上一争？

正当李忱思忖着谁去凌北对自己最有益处时，谢琢开了口："殿下，臣有一言。"

最近这段时间，因着有谢琢，文华殿中不少消息对他而言都不再是秘密，也是因此，在咸宁帝愈加易怒、对他打压得越来越厉害的情况下，李忱才能安生不少。

随着时间的推移，他对谢琢的提议也愈加重视。

李忱正色道："你说来听听。"

谢琢这才说道："今日上午，殿中侍御史邱广迁上书，建议陛下立殿下为储君。陛下给出的批示是，官降半级，罚俸三月，诏书为臣亲手所拟。"

李忱的脸色立刻沉了下去："父皇这又是什么意思？"

父皇不立他为储君就罢了，还不断惩处他手下的人，到现在，已经连个粉饰的理由都不给了！

谢琢继续说道："三日前，臣在文华殿的御案上不经意间看见了一份策论文章，署名里有个'恪'字。陛下还用朱批圈出了两个句子，注了几个字。"

李忱这下是彻底惊了，上身前倾，着急地追问："你确定是'恪'？没看错？"

谢琢肯定地说道："臣确定没有看错，只是当时陛下就在旁边，臣只看了一眼就不敢再看。"

"也是，除了老五，除了亲儿子，父皇还会亲自给谁批策论文章？"李忱先是惊讶，随即笑出声来，喃喃自语道，"父皇啊父皇，你若厌我至此，直说便是，何必戏耍我如此之久？看我与老二明争暗斗、忐忑不安，日日在你面前讨好，是不是很有意思？"

他说到后面，颇有几分咬牙切齿。

谢琢只装没听见，接着说道："依臣所见，朝内朝外这么多人知道陛下看重五皇子，有立五皇子为储之心，同时将殿下立在明处当靶子的传言，并非空穴来风。"

李忱闭了闭眼，急促呼吸几下后再次平静下来。许久，他才说道："延龄有什么想法？"

"陛下如今只有三个儿子，二皇子已与储位无缘。"

李忱立刻懂了谢琢的意思，沉吟道："可我那五弟成日待在宫里，哪里也不去。他在朝中也无职务，除了宫宴以外，根本不露面。我想要抓住他的错处，完全没有机会。"

他又讥诮道："现在想来，父皇可真是跟护宝贝似的护着五弟，这是生怕我和老二把五弟吃了不成？"

谢琢说道："现在就有一个机会摆在我们面前。"

李忱抬眼："延龄是说……"

谢琢给出答案："监军。"

李忱明白过来。

若李恪为监军，出洛京到了凌北，就彻底脱离了咸宁帝的保护范围。战场上刀剑无眼，战局更是瞬息万变，北狄人的箭矢可不会因为李恪是大楚的皇子就偏离。

到时候，李恪死在战场上，谁都救不了，也根本不会有人知道他到底是怎么死的。

那时，储君除他以外，再无第二个人选。

李忱面上浮起笑容，又马上想到问题所在："可老五身为皇子，即使作为监军去凌北，也只会在后方被重兵层层保护。况且，若真的是那赵鼎去收拾残局，赵鼎是杨敬尧的人，我与杨敬尧不对付，想来赵鼎更会确保老五的安全。如此一来，想让老五出意外不太容易。"

谢琢："所以，我们可以和武宁侯做一个交易。"

李忱双眼微眯："延龄是说，我让陆骁去给陆渊奔丧，陆骁替我除掉老五？"他又想到关键处，"不妥，放虎归山，终是后患。"

"虎？"谢琢话里带了点讽意，"陆小侯爷也能称得上是虎？"

李忱看了谢琢一眼，大声笑起来："我倒是差点忘了，延龄与陆骁不对付。"

谢琢掩下眼中的不屑之色："臣没有跟他不对付，只是看不惯区区一个打马游街的纨绔子弟，被传成十四岁上战场、战功赫赫的少年将军。他除了当街打人跑马，谁见他提过长枪短剑？"

李忱笑着宽慰道："延龄莫要在意，你看我那二弟，字都写不好，青绿都分不清楚，不还是被传成文画俱佳的才子，被那些士子夸上天了吗？这些不过是虚言罢了，延龄听听就行。"

谢琢应了声"是"。

李忱朝文华殿的方向望了望，又收回视线："我会好好考虑，延龄先回去吧。"

谢琢不再多说，施礼告退。

陆骁在文华殿外跪了一天一夜。

第二天大朝上，陆骁恳请咸宁帝允许他回凌北送父亲最后一程这件事，被人提了出来。

古稀之年的老太傅颤巍巍地下拜："陛下，礼法不可黜，孝道不可不全，否则，天下将乱哪！"

有老太傅开头，立即有人附和道："老太傅所言极是，不守孝道，礼教何在？臣以为，武宁侯一片孝心，陛下体恤下臣，当全了这父子人伦之情。陛下为天下之主，自当做万民表率。”

“臣附议。”

“……”

梁国公站在勋贵那一列的最前面，眼观鼻鼻观心。等殿里该站出来的人都站出来了，能说的话也都说了，他才抬头看了一眼御座上的咸宁帝。

啧，咸宁帝这表情可真是阴沉得厉害。

梁国公揣着手，心想：这次朝会站出来的人，大半是大皇子一派的，无论是人数还是官阶，都不容小觑。

想来，历经两朝的老太傅不管是不是为边境、为天下才站出来主张陆骁回凌北，在咸宁帝眼中，都已经被划入了大皇子麾下。

如今，他们这位陛下的心头之患不仅是凌北陆家，更是自己这个羽翼丰满的长子吧？

下午临近散衙时，朝上的消息传到了大理寺。咸宁帝命赵鼎立刻前往凌北，负责所有军务，势必将北狄铁骑拦在苍烟台外；又命五皇子李恪为监军，以振士气；同时，恩准了武宁侯陆骁的请求，允许他赶去凌北。

陆骁回侯府时，便看见了等着他的谢琢。

陆骁站在垂花门前，许久没有迈出一步。

从得知消息开始，他的心便乱了，但他又很清楚，此时此刻，他绝不能乱。

他扮了那么久的纨绔，绝不能在这个紧要关头挑起咸宁帝对他从未放下的戒心。同样，他也必须离开洛京，回凌北去。

他的父亲伤重垂死，他的哥哥杳无音信，而整个边境伤亡惨重，耶律真仍虎视眈眈。他还有一双才学会走路说话的侄儿侄女，还有边境后方满城的妇孺需要保护。

只是，他感到茫然和心凉。

他的父亲，他的哥哥，乃至整个陆家，整个凌北，怎就到了这般境地？

他又压下了一切心绪。因为从现在开始，他就是陆家乃至整个凌北的主心骨。

谢琢上前，将陆骁握成拳的手松开：“跪了这么久，膝盖疼不疼？”

陆骁跪了十几个时辰，滴水未进，嘴唇发干，摇头：“不疼，就是有点饿。”

“给你凉了一碗粥，你先喝了，然后再吃菜，否则容易伤脾胃。”

陆骁想说自己哪有这么娇气，在凌北行军时，饿一顿饱一顿都是常事，但还是依言端着粥碗几口喝完。

“阿瓷是怎么让李忱来跟我谈条件的？”

谢琢帮他夹着菜：“我只是告诉他，我在陛下的御案上看见了五皇子的策论文章。显然，他在担心放虎归山和储位之间，最终选择了储位。”

陆骁了然。

李忱现在对储位是志在必得，决不允许有任何变数出现。这一次，他选择先解决五皇子李恪这个变数，至于凌北和陆家，在他眼中此番已经元气大伤，陆骁回去能不能力挽狂澜还说不准，就算真的撑起了凌北的战局，那日后也还有别的法子能解决陆家人，不急于一时。

目前最为紧迫的事，是争夺储位。

等陆骁吃得差不多了，谢琢问：“什么时候启程？”

“一个时辰后。”

“好。”谢琢将一枚令牌递给陆骁，“若有任何需要，你可以让凌北衡楼帮忙。另外，千秋馆有位大夫极擅长处理外伤，他恰好在凌州附近，我已经传信过去，让他去看看陆大将军的伤势。衡楼的商队对偏僻的地方也很熟悉，或许能帮着一起找陆绪将军的踪迹。”

陆骁接下令牌握紧：“好。”

谢琢想了想，觉得没什么事好叮嘱的了。洛京是樊笼，凌北才是陆骁跑马的地方。于是他说道：“我会挂念你，所以记得保护好自己。”

陆骁没有说话，许久才涩声道：“我不在时，阿瓷要好好吃药，不要受凉。”

他没有让谢琢等他回来。

因为他一定会回来。

一个时辰后，已是傍晚。城外，陆骁握着照夜明的缰绳，被五皇子李恪叫到了旁边。

李恪到现在都还是蒙的。

他原本在母妃的殿里看书，从未想起过他的咸宁帝突然来了一道旨意，让他去凌北当什么监军，甚至只给了他两个时辰的准备时间。

他的母妃立即命令身边的侍女帮他简单地收拾了行囊，又简短地嘱咐他：“凌北边关寒苦，此时又逢战乱，你莫要给人添麻烦，去了之后，陆家人让你做什么你就做什么，他们会保护你。你多听，多看，多学，知道吗？”

李恪点了点头：“我知道轻重。”

他记得母妃曾告诉过他，她从小生长在凌北，后来父母过世，才不得不来洛京投奔多年没有联系的外祖父母。但外祖家的亲戚都不好相与，她干脆参加选秀入宫，原本只是为了找个地方度过余生，没想到被宠幸两次后便生下了皇子，这才被封了妃位。

于是李恪又说道：“我会好好替母妃看看凌北的，到时候，再给母妃带一抔凌北的土回来。”

“哪用得着这么麻烦？凌北就在母妃心里。”贤妃又摸了摸他的头发，“这一回，多半是大皇子对你动了杀心，让他手下的大臣在陛下面前将你推了出去。你心里要有数，万事小心。

“不过，你自小长在宫中，不知道天地之大，也不知道民生之艰，我跟你讲再多，都不如你亲眼见到来得深刻，这次也算是个好机会。”

“什么好机会？”

贤妃笑道：“你生来是皇子，如今该用你的眼睛去看看面朝黄土供养你的子民，以及刀向敌寇浴血保护你的将士。”

李恪跟陆骁不算太熟，但也说过几次话，深吸了一口气，开诚布公地说：“我母妃告诉我说，父皇这次命我为监军，是有人想趁机杀我。”

陆骁身上穿着一件黑色的夔纹常服，衣袖全都扎在蜥皮护腕里，他没有瞒着：“没错，李忱想让你去，但不想让你回来。他以帮我拿到回凌北的机会为条件，让我帮他杀了你。”

李恪虽然天性豁达，在宫里过得与世无争，但并不愚笨，反而很聪慧。他心想，如果陆骁真的要动手，是不可能直接告诉他的，于是他接着说道：“我母妃还说，陆家人让我做什么我就做什么，你们会保护我。”

陆骁不知道贤妃说这句话的意义，只隐约记得他爹好像提过，贤妃似乎与凌北有旧？他没有再多想，颔首：“我和陆家都会保护你，不过同样，你也要学会保护自己。”

李恪总觉得此时站在他面前的陆骁，和之前在宫宴上见到的陆骁很不一样。以前他见过的陆骁，和洛京城里的勋贵子弟一样，现在的陆骁，就像一把锋利的长剑，锐气逼人，让人觉得再走近一点，就会被划伤。

他又斟酌了一下，才说：“凌北情势危急，你应该会骑马赶路，我骑不了这么快，会拖累你，所以你可以先走。不过，你可不可以留个人给我？我想沿路多看看，也多了解一下凌北的情况。”

陆骁看了看李恪，喊了一声：“张召！”

在十步开外等着的张召赶紧跑了过来：“来了！什么事？”

“从现在开始，你跟着五殿下，保护他的安全，他问什么你答什么。若五皇子有什么闪失，你就提头来见。”

张召抱拳：“是！”

说完，张召又朝李恪笑道：“殿下放心，您问我的问题我要是不知道，我就写在纸上，等到了凌北，我就让我家侯爷回答您！”

陆骁毫不客气地踹了他一脚。

摸了两把照夜明的鬃毛，陆骁利落地翻身上马，回头望向泼彩云霞映照下的洛京，长腿轻夹马腹，朝凌北疾行而去。

第二十一章 各方角力

葛武将药端进书房时，屋外又淅淅沥沥地下起了雨，他看了一眼院子里积的水："公子，今年雨水有点多了，家里的衣服都泛着潮气，摸上去像没被晒干似的。不过宋大夫说，因为天气阴湿，千秋馆里的风湿膏药都好卖很多。"

发现谢琢正盯着摆在桌案上的一排泥人出神，葛武已经见怪不怪，又喊了声"公子"，等谢琢回神，才将药递过去，面露担忧之色："这药可是上次的方子？"

自从上次谢琢喝完药后昏迷了足足半日，出了一身汗才清醒过来，葛武现在看见药碗就都有点心惊胆战的。

"不碍事，宋大夫又换了方子，说是找到了一种叫炎心草的药，与凌雪草药性相佐，可以一试。"谢琢接下药碗，眉头都没皱地几口喝完，又提笔在试药的记录上写上服药的时间和药量。

葛武不放心，一直在书房门口守到二更，确定自家公子没事，才起身去睡了。

翌日，谢琢到大理寺时，侯英也正在抱怨连日的雨水。

"一到下雨，地牢里的气味就更难闻了，我前两日去牢中待了半天出来，胸口闷得到现在还没缓过来，今天又要去一趟。"

谢琢收了纸伞，拂去官服上沾着的雨水，笑道："侯寺丞是要进狱里审问谁？"

"还不是那个范纯仁！"侯英一阵发愁，没把谢琢当外人，抱怨道，"上了几次刑，但他一直坚持说自己不想背叛大楚，而是有人在背后逼着他这么做，可一问指使他的人是谁，他又说不出来，说每次见主使之人都被蒙着眼睛，什么都看不见。"

陆骁离开洛京没几天，御史中丞就率先上书，恳请咸宁帝立即彻查军械失窃一事，否则边关之心难安，天下之心亦难安。

咸宁帝允了。

刑部与大理寺办案毫不拖泥带水，一通查下来，最后查到了范纯仁头上。

范纯仁这几年向北狄卖消息，没有处理好的痕迹不少，此前是有杨敬尧帮着遮掩，如今杨敬尧撒手了，范纯仁自己根本藏不住。

一开始，范纯仁还争辩着大喊冤枉，但很快大理寺就从他床下的地洞中挖出了不少金银，他本人解释不清这些金银的来源，受了刑后，便一五一十地将自己卖消息给北狄的事都说了。

可他一口咬定，他做这些事，都不是出自他的本心，而是被人胁迫的。至于胁迫他的人是谁，他说不出来。

一时间，这案子便悬在了大理寺头上。

谢琢坐下，给自己倒了一杯温茶："上面好像催得很急？"

"没办法的事，这案子真是个苦差事。陛下催促不说，杨首辅也时不时地过问，还有大皇子也天天盯着进展。"侯英唉声叹气一番后，又有些急躁，"不知道范纯仁说的背后有人逼迫到底是真是假。不过就算是真的，也很难把这个人抓出来。敢逼迫一个品级不低的朝廷官员为其做事，背后之人的身份说不定更高。"

"确实如此。"谢琢看着杯壁上画的兰草，心想：咸宁帝与杨敬尧定然希望此事早一点结案。

运往凌北的军械被劫，牵涉广大，影响深远，咸宁帝不查不足以平朝廷之议，所以必须得查，并且这一查，就一定要找出那个隐在暗处，向北狄传递消息导致凌云关失守的罪人。

范纯仁，就是杨敬尧推出来的罪魁祸首。

经范纯仁之手传到北狄的消息只多不少，他的罪名没有争议。如今范纯仁口口声声咬定他是受人指使，但又无法指认幕后之人，大理寺受到了多方重压。

重压之下，大理寺不可能拖太久，一两个月后，必须给出一个明确交代，否则就是办事不力。

所以到时，若未找出幕后之人，无论是通敌还是致凌云关失守、陆家一人重伤一人失踪，这些罪都会被算到范纯仁的头上。

至于所谓的在背后指使的人，只会被判定为范纯仁为了攀咬脱罪编出的假话。

一旦范纯仁被定罪身死，那么凌北军械被劫一案也就到此结束了。或许百年后，史书会写，凌北陆家的覆灭，只因一人贪慕钱财之私心。

谢琢学陆骁转着茶杯，思忖片刻，提议道："要不一会儿我与侯寺丞一同前往狱中？"

侯英眼前一亮："不会妨碍谢侍读处理卷宗吗？"

"不会的。"谢琢有些不好意思地说，"不瞒侯寺丞，我来大理寺这么久了，整日面对的都是各种卷宗文书，还没亲眼见过刑狱是什么模样。"

侯英大笑："我初来大理寺时，也跟谢侍读一样好奇！不过跟上官去了一次后，走出牢狱大门我就忍不住吐了。"他站起身，"走，走，走，谢侍读向来机敏，说不定能发现什么我没发现的线索。”

刑狱阴森，因为下雨，空气沉闷，有种形容不出来的难闻气味，两个人一路往里走，都能听见有人在咒骂或喊冤，很是瘆人。

侯英小声说道：“谢侍读一会儿若是身体不适，就跟我说一声，我让人带你出去透透气，反正谁在这里面待久了，都有点受不住。”

说完，他还用手在鼻前扇了扇，皱着的眉头就没松开过。

谢琢点头：“好，我一定告诉侯寺丞。”

狱吏在前面恭敬地引路，将谢琢和侯英带到了审问堂，没过多久，锁链碰撞的声音响起，范纯仁被两个狱吏架了过来。

他头发脏乱，囚服上俱是血污，面目肿胀，双腿已经站不起来了，神志似乎不太清明，狱吏毫不客气地把人按到了刑椅上。

像是触及什么不好的回忆，范纯仁脸上肌肉抽动，突然挣扎着想要离开刑椅，大喊：“我真的没看见那个人的脸……我真的没看见哪！不要用刑，不要用刑……”

侯英抬了抬手，就有狱吏过来，往范纯仁身上泼了盆水，范纯仁这才恍恍惚惚地清醒过来。

谢琢坐在旁边没有说话，只安静地听侯英审问。

不过过了一个时辰，范纯仁依然没说出什么有用的信息，只不断地重复，自己某一天被蒙着眼睛带到了一个人面前，不知道那个人是谁，但他怕死，就都按照那个人的吩咐办事，什么凌云关失守，什么军械被劫，他全都不知道，都跟他没关系！

侯英已经失去耐心，喝了一口苦茶，勉强压下烦躁情绪：“你被带到那人面前的路上，有没有听见什么特别的动静？”

这个问题侯英已经问过几次了。

眼睛被蒙着，他们只能通过周围环境中出现的声音寻找线索，就算是一声杂货叫卖，说不定也会成为这个案子的关键所在。

“架着我的人没有跟我说过话，走路‘咚咚咚’的，脚下应该是铺了木板！我还听见了水声！应该是假山，对，”范纯仁又激动地说道，“其他的我真的不知道了……真的不知道啊！”

侯英按了按眉心。

洛京城中多富庶人家，家中有假山流水、回廊铺设木板的人不在少数。

他觉得范纯仁不是在撒谎，应该确实是有这么一个人存在的，可是没有线索，抓不到人，一切都是空谈。

余光瞥见坐在一旁的谢琢面露沉思之色，侯英询问：“谢侍读可有什么想法？”

谢琢打量着范纯仁："你说你那日双眼被遮，什么都看不见？"

范纯仁被两个狱吏押着，颤声回答："是……是，我什么都没看见！"

"只听见了脚踏木板和假山流水的声音，"谢琢问，"那你有没有觉得冷或者热，或者闻到了什么味道？"

范纯仁当时满心慌乱，以为自己就要去见阎王爷了，哪能注意到这些？他努力回想着："有点……冷，风有点冷！"

"风有点冷？"谢琢与侯英对视了一眼，"你觉得你被拖出来时是早上还是晚上？"

范纯仁也不是很确定："可能是早上。进了房间后，又暖和了。"

"你再仔细想想，"谢琢嗓音平缓地描述道，"你被人蒙上眼睛，架着往外走，踩过了木板铺成的回廊，听见了假山流水的声音，很快，你被带进了一间屋子里，周围没了风，还有点暖和，这时……"

"香气！香气！我闻到了一股香气！"范纯仁再次激动起来，两边的狱吏上前，死死地将他按在了刑椅上。

侯英叩着桌面的手指顿了顿，他连忙问："什么香气？花香？木头的味道？还是熏香？药香？"

范纯仁确定道："是熏香，没错，很特别的气味！"

谢琢想了想问："熏香？特殊吗？你有没有在别处闻到过？"

侯英也问："若再让你闻，你能不能闻出来？"

范纯仁迟疑起来。

侯英沉了声音："想好了再说。"

范纯仁一咬牙，说道："很特殊，我能！"

从刑狱里出来，侯英被日光照得眯了眯眼睛，长长地呼了一口气："幸亏今天叫上了谢侍读，否则这条线索一不注意就被遗漏了。"

谢琢随着他往外走："但范纯仁不一定真的能闻出香气。"

"我骗他说，只要能抓出背后指使他的人，说不定他就能保住一条命。范纯仁贪财又怕死，这一招很好用，他到时肯定会绞尽脑汁地去回想那天闻到的香气。"侯英拍了拍官服，像是想把上面沾着的秽气都拍掉，接着说道，"不过有了这条线索也难办，洛京有点家底的人家都喜欢熏香。"

"范纯仁作为兵部的官吏，见识不少，但他很确定自己没在别处闻过同样的气味，说不定这熏香是某些人家定制的合香。"

洛京城中喜好熏香之人不少，但大多数是去买香铺调制好的成香，只有少数人才会花大价钱按照喜好定制合香。

想到这里，侯英便说道："接下来我准备去一趟宣和香铺，看能不能取几种合香给范纯仁闻上一闻，谢侍读可要一起去？"

宣和香铺是洛京城中生意最好的香铺。

谢琢想立刻应下，又神色犹豫地说道："虽然很想和侯寺丞一同前往，但有几份卷宗今日就要往上交。"

"如此确实不敢再费时间了。"侯英笑道，"我带几个人过去看看，若有了结果，我立刻告知谢侍读。"

"好，那就等侯寺丞的好消息了。"

散衙时，葛武一见到谢琢，就将手里拿着的一封信递了过去，又说道："公子，宣和香铺的老板说了，已经按照公子的吩咐，拿了十几种合香给侯寺丞。"

"知道了。"谢琢接过信，"谁寄来的？"

"有商队从凌北回洛京，陆小侯爷让他们给您带回来的。"

谢琢手上的动作立时滞住了。

从陆骁离开洛京至今，边境的消息接连落入谢琢的耳里。

虽然还没找到陆绪，但谢琢安排的那个伤科大夫医术确实精湛，大将军陆渊已经从昏迷中清醒，不过伤势太重，至今无法下地。赵鼎到凌北不久，干了几件破烂事，立刻就被陆渊找理由架空了。

陆骁虽然几年没有回凌北，但凌北是陆家地盘，没过两天，陆骁就领着人与北狄大大小小地打了几场仗，胜负皆有。

谢琢惯常会克制自己的心绪，不让这些情绪影响自己的理智，但他有时会害怕听见凌北的消息，害怕隔着千里远的距离，得知陆骁生了病、受了伤。但同时又会在灯烛下，将消息里的每个字都仔仔细细拆解清楚，以想象陆骁如今面临的情势。

马车行了半程，谢琢才打开一直拿在手里的信。

信纸很薄，上面的墨迹深，字迹潦草。他仿佛能看见百里连营中，陆骁披着银甲，满身金戈血气，执着墨笔匆忙写下了一行行字。

"凌北局势尚能应付，无须挂念，你独自在洛京更要小心……"

陆骁絮絮叨叨地写着让他不要受凉、好好吃饭、喝完药记得吃糖之类的琐碎小事，又意气风发地写下："耶律真确实难对付，我好几次都差点中了他的诡计，不过最终都被我识破了。此番我要前往秦望山，不少人说耶律真是狼王，我这便带人去掏了他的狼窝。"

一连几日，侯英身上都透着一股浓郁的香气，远远就能闻到，大理寺中不少人都避着他走。

谢琢正坐在案桌后低头复核堆积的案件卷宗，见侯英走过来，先起身将窗户推开来通风。

侯英无奈地说：“谢侍读，倒也不必如此紧张！”

谢琢站在好几步开外，没有靠近的意思：“侯寺丞身上少说有十几二十种香料的气味，闻着太熏人了。”

侯英捞起衣袖左右闻了闻，疑惑地问：“真的有这么多气味吗？我自己怎么半点都闻不出来？”

他一说起这事就开始心疼了：“你是不知道，我每次燃香的时候，都感觉自己燃的全是银钱！那些定做的合香，指甲盖那么大一点都贵得我肉疼！若不是香铺的店主深明大义，没让我给钱，不然，把大理寺整个衙门卖了都付不起钱。”

谢琢抬头看了看大理寺有些老旧的房顶：“侯寺丞所言不虚。”

侯英笑出声来，又揉了揉鼻子：“我这几天每天都被熏得头晕脑涨，你是不知道，狱里气味本来就驳杂难闻，我现在又天天在里面点熏香料，味道更加奇异，连狱吏都跟我说鼻子有点受不住了。”

香料闻多了燥火，谢琢给侯英倒了杯茶：“有眉目了吗？”

侯英道了声谢，端着杯子喝了半杯茶：“我找香铺的店主要了好几种合香，全给燃了一遍，范纯仁都说不是。”

谢琢蹙眉：“他真分辨得出来？”

“我也不确定。”侯英也有点说不准，“不过还能怎么办？现今陛下催得紧，又只有这一条线索，我除了往下追查，没别的办法了。我一会儿再去一趟香铺，换另一批合香来给他闻，我就不信了！”

一天过得很快，临近散衙的时间，谢琢将面前的卷宗收拾了一番，正准备离开，就见侯英大步走了过来，神情绷得很紧。

谢琢停下手里的事，猜测道：“这是……有眉目了？”

侯英看了看谢琢，嘴角紧抿，犹豫一番后才说道：“有眉目了。”

他身上沾着的浓郁香气像是天边的阴云，神情也被笼罩在这片阴云下。

“你这几天忙里忙外，都是在忙这一桩案子，又辛苦燃了这么多香料，好不容易事情有了眉目，不是应该高兴？”谢琢从他脸上看出了不对，几步去将大门关上，才转过身问，“是谁？”

侯英有些不明白自己从店主口中得到答案后，为什么第一反应是来找谢琢。

谢琢在侯英旁边坐下：“从你的神色来看，这是一个极不可能的人？”

“对。”侯英将手撑在大腿上，深吸了几口气，才低声说道，“范纯仁辨认出了他那天被蒙着眼时闻到的香气，气味确实很特殊。我拿着那份合香去找了宣和香铺的店主，他取了账册指给我看了。”

谢琢适当接话："然后呢？"

顿了顿，侯英手握成拳才继续说道，"是杨家，用这种滋体养气的合香的，是杨家！宣和香铺给杨家供这种合香已经供了三年多，作不得假。"

谢琢似也有些惊讶，过了好一会儿才问道："哪个杨家？"

"就是你想的那个杨家！我还专门去了一趟狱里，问范纯仁以前有没有去过杨首辅府上，他说他品级不高，根本没有进门的资格，所以不可能是以前闻过，记混淆了。"

"是不是很难以置信？"侯英扯了扯嘴角，焦躁地用手拍着大腿，接着干脆站起身，来回走动，"我开始也难以置信，不，应该说，我到现在都觉得难以置信！"

他猛地停在原地，脸绷得很紧，垂在身侧的手指收拢，话中全是不解和愠怒之意："他作为当朝首辅，怎么会这么做？他怎么敢？他没有任何理由做这件事！"

确实，没有任何理由会让一朝首辅将运送军械的消息递到北狄人手里。

"他不可能不知道军械被北狄人劫走的后果！凌云关失守，死了多少人？没有军械，边关将士赤手空拳地对上北狄人，会是多惨烈？"侯英哑着嗓音说着，"他不可能不知道！"

谢琢垂下眼，没有说话。杨敬尧就是因为清楚军械被劫的后果，才会这么做。

不知道是不是走累了，侯英重新坐下，有种受到冲击的茫然感："这该怎么办？"

谢琢眉眼沉静地说："侯寺丞，这件事查到这里，后续已经不是你我能插手的了。"

侯英过了许久才点了点头，抹了把脸，苦笑道："我只是不明白，我真的不明白……"

离开大理寺后，谢琢没有直接回家，而是在宫门落钥前，找借口去了一趟天章阁。

寇谦还在奋笔疾书，看见谢琢还有些惊讶："延龄怎么来了？你不是在大理寺吗？"

谢琢坐到自己的位置上，语气露出三分着急之意："刚刚在大理寺整理卷宗时，正好翻到一桩旧案，情况与我负责编写的那部分《实录》的内容好像有点出入。我心里念着事，回去也安不下心，干脆过来一趟。"

"果然是延龄会做出来的事，不过换成是我，我晚上肯定一样睡不着。"寇谦正在研墨，"正巧我手上的事也还没做完，要多留一会儿。"

"那先多谢寇待诏相陪。"谢琢左右看了看，起身，"来得太急，我去茶水房要杯茶喝。"

茶水房中只有一个小太监守着，谢琢要了杯茶，在接过茶盏的同时低声说道："我有要事必须马上告诉大殿下。"

小太监是大皇子特意安排在这里的人，听谢琢说得严重，连忙站起身："奴婢这就去。"说完，转身快步朝内廷的方向走去。

谢琢这一等就是半个多时辰。

茶水房的小太监回来时，故意从天章阁门口经过，谢琢看见后，收起笔墨，和寇谦告别。

出了天章阁后，谢琢转过两个弯，就看见了站在那里的李忱。

等谢琢施完礼，李忱询问："谢侍读如此着急，是为何事？而且你现在不是应该在大理寺里吗？"

在李忱看来，谢琢虽然年纪尚轻，却极沉稳，行事断不会如此仓促。所以小太监赶来禀报说谢琢急着见他时，他第一反应是不是有人给他下套。不过，如今看谢琢的神情，他对谢琢将要说的事更好奇了。

"臣是特意进宫来找殿下的，"谢琢没有多言，直接说道，"范纯仁指认了幕后指使之人。"

李忱神情一凛："是谁？"

谢琢吐出三个字："杨首辅。"

这个答案既在李忱的意料之中，又在意料之外。

幕后指使之人是杨敬尧这件事，李忱并不觉得有多难相信，毕竟在此之前，他已经猜到，凌云关失守和陆家如今的境况，其中定然有他父皇和杨敬尧的手笔。

让他觉得出乎意料的是，杨敬尧竟然会被抓住把柄。

"此事非同小可，可有什么证据？"

谢琢将侯英以合香为线索，让范纯仁辨认的事大致说了一遍。

见李忱面露沉思之色，谢琢进言："此事无论是杨首辅还是陛下都还不知道，即使大理寺卿要上折子，这份折子也会在明日才出现在陛下的御案上。"他抬头直视李忱，"所以，如今主动权握在殿下手中。"

李忱定定地看向谢琢。

谢琢的视线不闪不避，眼中俱是赤诚忠心，他嗓音微哑地劝道："君父不慈，殿下应当多为自己考虑。"

这话说得隐晦，但真的深究起来，极大逆不道，可听在李忱耳中，代表着谢琢已经彻底倒向了他。

而且，"君父不慈"四个字，说中了李忱的内心所想。

咸宁帝此前的做派，不就是不慈吗？

无论为君为父，他皆是不慈！

李忱的语气温和了许多："延龄不用着急，另外，你在大理寺可听到了别的消息？"

谢琢沉思一番后回答："在审范纯仁时，臣听过一个说法，说杨首辅之所以对此案如此关注，有一个原因是在此次押解军械的禁军中，有杨首辅的侄子，禁军全数覆灭，此人也未能逃生，杨首辅才会伤心迁怒。"

李忱面露讥诮之色："伤心？死没死还不一定呢。"他理了理自己的袍袖，"延龄在宫中太久可能会惹人言，今日就先回去吧，我心中已经有数。"

谢琢点到即止，依言拱手行礼后，走出了宫门。

李忱笼着袖，望向文华殿的方向，许久后方说道：“确实是一个送上门来的好机会。”

第二天的大朝上，百官肃立，咸宁帝坐上御座，让诸位大臣有本上奏。

他的话音刚落，御史便出列，明确弹劾首辅杨敬尧通敌叛国。

满朝文武顿时鸦雀无声，殿中一片死寂。

梁国公原本站着在打瞌睡，听见弹劾内容后，立刻睁开了眼。

咝——他隐蔽地抽了一口气，觉得这天家父子相残的戏码突然上演，还真是令人不太敢看。

御史本就有风闻奏事之权，这一次手里还握着明确证据，更是理直气壮，慷慨陈词。

朝堂上的众臣立刻议论纷纷，吵闹如街市，梁国公跟旁边站着的另一个勋贵对视一眼，都决定闭紧嘴不发一言。

现在可不单单是凌北军械被劫的事了，而是羽翼丰满的大皇子抓着了把柄，想要一举除掉父皇脚边最得用的狗，顺便把自己走向储位的道路上立着的巨石清理干净。

一旦杨敬尧没了，整个朝局都会往大皇子那边倾斜。

至于这次宣战，到底是儿子赢还是老子赢，谁都还说不准。

凌北，落日西沉，余晖缀在草尖上。

凌北的风吹得烈，陆骁骑着照夜明疾行至营帐前，银甲后的黑色披风被大风扬起，他翻身下马，摸了两把马鬃，将手中的缰绳顺手抛给了张召。

“这次耶律真派三千人断了马道，想切断前锋部队的粮草补给，区区三千人，一会儿我让陆将军点几队人马给我，今晚就去削了他们。你到时候跟我走，我在前，你绕后。”

陆骁在洛京惯是带笑的眉目此时显得冷厉，他五官线条本就硬朗，如今经了风刀、踏过烽火，更显沉稳，像以鞘藏锋的利刃。

张召拍了拍拳头，应下：“好，这两天兄弟们都正闲得发慌！”他又问，“对了少将军，那个阿术列招了吗？”

前些时候，陆骁紧盯着阿术列所在的毒狼部，终于寻了个好时机，带着六千人马突袭。他一人单枪匹马地冲进阵中，在后心差点被箭射中的情况下，硬是生擒了阿术列，让张召在后面看得差点肝胆俱裂。

人被抓回来后，陆骁直接叫来了凌北最厉害的刑师，命他必须从阿术列嘴里掏出点东西来。

后来张召才知道，这个阿术列在接手毒狼部以前，一直跟在上一任汗王身边，管着埋在大楚的细作。耶律真登位后，阿术列因为支持前储君，才被放逐到了毒狼部。

他猜测，自家少将军拼了命地要把这个阿术列抓回来，说不定是因着谢家的旧事。

陆骁颔首，眸中有寒光：“招了，问出了不少有用的东西。”

在军营里，陆骁从不称陆渊为父亲，都是“陆将军”“陆将军”地叫，思索片刻后说：“陆将军可还好？醒着吗？我准备找他商量件事情。”

张召被留在军营中，才跟着五皇子一起去探望了陆渊，开口回答：“醒了两个时辰，我出来时，又精力不济地睡下了，少将军你最好晚些时候再去。”

陆骁闻言点了点头：“知道了。”

“对了，少将军，洛京来信了。”

陆骁立时转过头，一把扯过张召手里薄薄的信：“怎么不早说？”

说完没再搭理张召，大步走开了。

站在原地，张召拍了拍照夜明，嘀咕：“你也没问我啊……”

陆骁一直大步流星地朝外走，直到周围只有旌旗猎猎作响，无人能打扰时，他才停下来。他转身背对着天际吹来的风，展开信纸，纸上的字雅正秀润，映进了他的眼帘。

有时在绵延的关山下跑马时，挽着弓射箭时，在战场上将刀刃砍向敌人时，陆骁都会有些恍惚，仿佛他从未离开过凌北，此前洛京的四年，鲜衣怒马，只是一场浮华掠影的梦。

可这“梦”里有谢琢，有阿瓷，一切就又在瞬间变得真实起来。

六月十五的大朝结束时，蓄积已久的雷雨落了下来。

按照惯例，杨敬尧遭到御史弹劾后，自请置狱以待罪，不再赴内阁处理事务。咸宁帝下令大理寺彻查，并命大理寺卿陈直中主理此案。

散衙后，寇谦邀了谢琢在会仙酒楼见面。

“延龄现在在大理寺，可有什么消息？”寇谦扯了扯领子透气，因为是在单独的包间里，说话也没有什么顾忌，“消息传到天章阁时，可把我吓了一大跳，通敌叛国，这可是谋逆的重罪，而且一朝首辅通敌，着实让人意想不到！”

他给谢琢倒了杯茶，压低声音说：“延龄，这事到底是真的，还是大皇子一派设的局？”

谢琢接了茶：“如果只从找到的证据来看，八成是真的。”

寇谦倒吸了一口凉气：“我还以为……”

谢琢直接说出了寇谦还没说出口的话：“以为是大皇子故意栽赃陷害？”

“对！”寇谦喝了口茶压惊，“我想着，陛下登基二十几年了，至今不立储君，大皇子虽有储君之实，但无储君之名，名不正言不顺的，肯定着急，毕竟没握到手里的东西，终归不稳。这种情况下，大皇子很有可能做点什么事情。”

想了想，寇谦又说道：“不过真是巧了，上一任首辅的罪名是通敌叛国，没想到这一任首辅也是通敌叛国。”

他口中的“上一任首辅”指的是谢衡。

谢琢没有应声，只往茶杯中添了半杯茶。

寇谦又问：“如今案子交给了大理寺卿，可出了什么章程？”

“章程还没有，不过大理寺卿已经愁得食不下咽，连水都没心思喝一口了。”

“这案子落在谁手里，谁都愁得睡不着觉。”寇谦想象若自己是大理寺卿，立刻打了个寒战，“他往这边偏吧，得罪陛下；往那边偏吧，又得罪未来的新君，真够难的。这大概就是神仙打架，凡人遭殃吧，幸好我们身在翰林院！”

谢琢附和：“没错。”

“那杨首辅真的住进牢里了？”

谢琢点头：“住进去了，不过事前狱吏将那间囚室打扫了好几遍，焚了香，确定没有异味，还取了崭新的被褥放在里面，怕杨首辅无事可做，书册和笔墨也都备得齐全。”

寇谦咋舌，又说道：“不过合该如此，毕竟现在谁都说不准罪名到底会不会落在杨首辅身上。”

随着杨敬尧入狱，咸宁帝就像一头被激怒了的狮子，开始毫无理由地频频打压大皇子一派的人，所有进言立储的折子全都留中待发，将父子两个人的不睦局面彻底摆在了明面上。

文华殿里，又有一沓折子被狠狠地掷到了地上，咸宁帝怒极痛骂：“朕还没死，这些人就想着拥立新君！李忱能给他们什么？能给他们权势还是荣华富贵？”

谢琢和众人跪在地上。

年迈的狮王已经笼络不住人心，年轻的皇子未来坐在龙椅上的时日还长，聪明的人都会往前看、往远处看，知道该依附、讨好的人是谁。

“延龄。”

谢琢回答：“臣在。”

咸宁帝的声音里是遮掩不住的疲倦之意，他看着恭恭敬敬地跪在地上的谢琢，突然问：“你如今被借调到了大理寺，前几日怎么突然回了天章阁？”

他说完，一双锐目不显混浊，盯着谢琢的神情似是有所怀疑。

谢琢回想片刻，答道：“回禀陛下，臣在大理寺负责整理旧案卷宗，其中有一个案子记录与臣印象里的《时政记》中的记录有出入，臣担心负责编修的《实录》内容出现差错，才急忙入宫核准。”

咸宁帝不动声色地继续问：“哦？是哪个案子？”

“十七年夏，前吏部侍郎祝明之被弹劾与嫂之婢女私通，并生下私生子，因此，祝明之被贬抚州。旧案卷宗上画押的是大理寺少卿董槐，但我的印象中，《时政记》记录此事乃是侍御史田公亮主审。”

“原来是这件事。”咸宁帝审视着谢琢，吩咐道，“高让，你跟延龄说说。”

高让笑眯眯地接话：“这事大理寺卷宗和《时政记》都没有错，事情也简单，最初确实由侍御史主审，不过临到最后，他突发心风之疾，告病了，此案便由大理寺少卿接手，所以在末尾画押的也是这位董少卿。那时谢侍读尚未入仕，所以可能不清楚。”

谢琢拱了拱手：“劳高公公解惑。”

咸宁帝的表情看不出是否相信了谢琢的说辞，他夸了一句：“延龄年纪不大，做事很严谨，不错。”

接下来的几天里，杨敬尧通敌一案好似陷入了某种僵局，没有任何新的进展。反倒是因为咸宁帝与大皇子的矛盾，官员变动很是频繁，令不少人提心吊胆，害怕被殃及。

谢琢回到住处，一边铺开宣纸练字静心，一边思索如何才能打破现在这种僵局。

听见葛武的敲门声，谢琢没有抬头：“把药放下吧。”

“公子，还不到服药的时候。”葛武禀道，“门外有个人自称陆小侯爷的下属，叫丁全，前来送信。”

他刚说完，就见自家公子放下笔，疾步跨出了门。

送信的人很年轻，穿着一身短褐，正拉着马的缰绳，风尘仆仆的样子。

见谢琢走近，丁全立刻拿出两个信封：“这是我们少将军给您的信，特意命我以最快的速度送来洛京。”他笑着露出一口白牙，“少将军说得果然没错！”

谢琢接下信，好奇地问：“你们少将军说什么了？”

丁全不好意思地摸了摸后脑勺：“我临走前问少将军说，要是我把信送错了怎么办，我又没见过人。少将军说不会的，长得最好看的那个就是收信人。”

谢琢扬了扬唇角，问：“他还好吗？”

“您说少将军？”丁全立刻说道，“少将军好得很！带我们去偷袭了那帮北狄人好几回，次次都赢！据说耶律真大怒，悬赏少将军的人头，说谁要是取了少将军的脑袋，谁就能拿黄金百两！”

想起上次陆骁在信里说的，要去掏北狄人的狼窝，谢琢不由得追问：“那他可有受伤？”

丁全张口就把陆骁给卖了：“少将军吩咐了的，要是谢侍读问他有没有受伤，就回答没受伤，要是问有没有生病，就说没生病。”

谢琢没有追问受伤生病的事，陆骁想让他安心，他就安心。

看了看手里拿着的两封信，一封薄一封厚，谢琢问：“他可有说什么？”

丁全收起笑容，神色变得严肃：“这里面是一份供词。前些时候，少将军带人突袭，抓了一个叫阿术列的人，一顿严刑拷打后，这人供出了不少东西，然后少将军和陆大将军商量后，准备将他押回洛京，又让我一定要赶在阿术列进洛京前，将信送到您手里。”

谢琢心里有了猜测，捏着信的手指收紧，嗓音晦涩：“可否稍做休息，容我写封回信？”

丁全立刻答应：“少将军说了，让我一定要带上您的回信，否则我就可以不用回凌北了！

另外，让我听您的吩咐，您让我做什么我就做什么。”

等葛武将人带去喝茶后，谢琢回到书房里，才小心地拆开了信的封口。

六月二十五的朝会上，咸宁帝又点了大理寺卿，询问凌北军械被劫一案的进展。

大理寺卿眼下发青，据实回答，案件如今尚无进展。

紧接着，工部尚书进言：“迄今为止，能够指认杨首辅的，只有范纯仁被蒙眼时闻到的熏香味道，这条线索立不立得住脚，诸位心里都清楚。如今，杨首辅已经在狱中被关了十天，仍没有找到别的线索能够指认杨首辅，臣以为，这分明就是那范纯仁死到临头胡乱攀咬！应当尽快还杨首辅一个清白！”

马上又有人出列说道：“臣以为，通敌叛国乃大罪，怎能以不知所谓的熏香气味为定罪依据？臣亦主张，还杨首辅一个清白！”

这时，刑部尚书江万里站了出来：“两位口口声声说要还杨首辅一个清白，谁还谁一个清白还说不得准！”

工部尚书看了一眼御座上的咸宁帝，怒道：“你这话是什么意思？”

一直没有开口的咸宁帝询问：“江尚书可是有了什么新的线索？”

江万里朝向御座：“禀陛下，日前凌北抓到了一个名叫阿术列的北狄人，此人如今正在被押运回京的路上。不过在此人入京前，已先有一份供状被送到了刑部。”

咸宁帝听见“凌北”两个字，上半身缓缓坐直，眼神有些冷厉。

江万里继续说道：“依供状中所言，这个叫阿术列的人在北狄一直负责军机情报事务，而其中有一条供述，臣认为非常重要。”

工部尚书打断他的话：“嗬，难不成，这人说与他接洽传递情报的人是杨首辅？”

“并非如此。”江万里看了工部尚书一眼，不紧不慢地继续说道，“十二年前，前内阁首辅谢衡被指通敌叛国，但根据阿术列所言，谢衡与北狄从未有过任何联系，此事实乃子虚乌有，实为我大楚内斗，罗织构陷！”

他在所有人都还未反应过来时，立即朝咸宁帝深深拜下，高呼：“陛下，若谢衡真是被奸臣所害，那此乃千古奇冤哪陛下！”

很多人知道，谢衡有从龙之功，是咸宁帝最为信任之人。谢衡通敌一案后，再没人敢在咸宁帝面前提起谢衡。

可如今，谢衡的名字在殿中响起，让人不禁有了猜测。

十二年前，一举揭露谢衡通敌叛国的“真面目”的人，正是杨敬尧。

现在，担着通敌罪名的人，也是杨敬尧。

既然阿术列已经亲口确认当年谢衡之事为大楚内斗奸人构陷，那有没有可能，当年行通敌叛国之事者，另有其人？

就在不少官员还在观望时，接连有几个大臣跪在了江万里身后，高呼此案应当彻查，还谢衡一个清白。

梁国公看完这出戏，暗暗在心里夸了声“好”，觉得陆骁送阿术列进京的时机挑得正好——此时正是咸宁帝与大皇子博弈的关键时间点。

咸宁帝不会轻易遂了大皇子的意，任杨敬尧被定罪处死。同样，大皇子好不容易抓到了这样一个能置杨敬尧于死地的把柄，不会轻易放手。

这便是矛盾所在。

因此，大皇子急需一个新的筹码，能将杨敬尧死死钉在“通敌叛国”的罪名下，再无法翻身。

于是，谢衡的案子就被推了出来。

十二年前的旧案，通敌叛国的罪名，谢家已经被灭门，估计连卷宗都泛黄了。

这样一个案子，若是翻案，那中间可人为操控的环节太多，既能用来彻底压垮杨敬尧，也不用担心有谢家后人能因此得益，所以大皇子才如此毫无顾忌地将这桩旧案摆到了所有人面前。

朝会没有商讨出个明确的结果，但没过两天，洛京上下的人全都在议论这桩旧案。不少人还记得，当年三百太学生在宫门前长跪，谢衡被凌迟处死，若他真的是被冤枉的，那因此被灭门的谢家实在太惨烈。

文华殿里，咸宁帝将所有宫人都清了出去，只留高让在一旁候着。

他在缭绕的安神香中闭上眼，许久才低声说道：“老大心大了，胆子也大了，拉拢了一班大臣公然与朕相抗，一心想让杨敬尧死。看看，刻意放出消息，刻意引起民沸，他还真是打得一手好算盘。”

高让弓着腰，轻轻替咸宁帝按着额角。

“那个阿术列还说什么若谢衡仍在，大楚定比现在兴盛。”咸宁帝冷笑，“朕的大楚是否兴盛，什么时候要倚仗他谢衡了？”

高让缓缓说道：“陛下说得极是，陛下才是这天下之主、四海之君，陛下御极以来，勤政爱民，才有了如今大楚河清海晏的景象。”

他说完后，殿中安静下来。

咸宁帝不知道想到些什么事，隔了一会儿问起：“芳嫔落胎了？”

这几年来，咸宁帝并未疏于后宫，仍未再有出世的皇子，高让知道这一直是咸宁帝的一桩心病，仔细回禀道：“是，不小心摔了一跤，据说见红后，芳嫔伏在枕头上哭了许久，很是自责，皇后娘娘也一直陪着芳嫔。”

“嗯。”咸宁帝吩咐，“你看着送点什么补品过去吧。”

“奴婢记下了。”

咸宁帝缓缓睁开眼，突然问：“我与谢衡相识，是在哪一年来着？”

高让回道：“明德三十八年。”

咸宁帝望着文华殿屋顶雕刻着龙纹彩画的藻井，声音沉沉地说道：“明德三十八年，朕才十四岁，谢衡也未及冠。”

他话中透出怀念之意：“若他还在，肯定懂得朕早已经尝够了无权无势、任人欺负的滋味，怎会再将生死交由他人之手？无论是谁，都别想夺走朕的皇位。”

旧案被翻出，大理寺的人再次忙得脚不沾地。

谢琢同侯英一道将所有相关的卷宗都找了出来，还趁着天气好，摊开来晾了晾，散散潮气。

一边整理这些泛黄发潮的卷宗，谢琢一边问道：“侯寺丞心情不好？”

侯英抿着唇，恰好看见纸上写着的“谋叛欺君，蠹国祸民”几个字，沉默许久才低着头回答：“我应该没有跟谢侍读提起过，我是明法科出身，读书的目标就是进大理寺。我一直以为这里是天下至清至公之地，现在才发现，原来现实跟我想的不一样。”

他提了提嘴角，讽刺多于笑意：“至清至公？这里应该是天底下至污至垢之地才对。”

谢琢安静地站直，影子映在脚边，手中的纸页被风吹得飒飒作响。

“十二年前，我还在读书准备科考，那时听说谢衡被处以凌迟，还拍手称快，觉得无论是大理寺、御史台还是刑部，都不惧他的首辅之位，不惧陛下的信重偏袒，而是法理昭昭，让恶人得到了恶报。”

侯英眼中出现了短暂的茫然之色：“可是，如果他真的是被冤枉的，是有冤不可诉、被人构陷害死的呢？”

白日之下，侯英紧紧咬着牙关，紧捏着卷宗，一拳砸在了旁边的石栏上。

或许是阳光刺眼，谢琢突然觉得双眼有些涩痛。

他垂眸掩下眼底的情绪：“侯寺丞仍有满腔热血，以后定会是个好官。”

晚上，大理寺的官衙灯火通明，大理寺卿陈直中干脆住在了衙门里，还从家里带了被褥和换洗的衣物。凌北军械被劫一案尚无进展，十二年前的旧案更是找不到头绪，偏偏各方视线全都汇聚在了大理寺这边，陈直中不免焦头烂额。

谢琢也放下了手里没核查完的卷宗，到了议事房，跟侯英坐在一处。

有书吏犯愁：“案子已过十二年，当年做证的人没几个还活着，就算活着的，短时间内也找不到人。”

侯英接话：“当年定罪的铁证是那封写给北狄的书信，里面涉及我朝的机要信息，字迹与谢衡的完全相符。若要重新调查，这封信仍是一个重要切入口，但如今想从伪造谢衡的笔迹方面入手，难度很大。”

陈直中清瘦了不少，手指敲在桌面上，认同了侯英的观点：“已经过了十二年，模仿谢衡笔迹的那个人是否活着还两说。”

侯英已经将卷宗翻了好几遍，忍不住指出：“当年定罪定得极快，被抓来审问的几个人证明显是在重刑之下屈打成招，但三司使都用了这些供词。”

陈直中没有否认侯英的话：“当年形势复杂，没人敢拖延半分。”

谢琢安静地听着。

谢衡这个年轻的内阁首辅，自身才华卓绝，又深受咸宁帝信任，若此后二三十年都稳坐其位，那他会挡太多人的路，占太多人的利益。

朝中无人容得下他。

咸宁帝将谢衡捧得有多高，朝中之人就想他摔得多重。

谢琢忽地觉得有些冷，下意识地伸手，将挂在腰带上的兰草纹香囊握在了手里。

众人又商讨了一番，陈直中听罢，摆了摆手，面容疲惫：“算了，明日再议吧，各自都回去再想想。”

谢琢与侯英一同离开官衙。

“我只不过草草翻看了一遍，都能发现谢衡一案有不少疑点，若是细究，会有更多站不住脚的内容。但这十二年来，看过这份卷宗的人不知道有多少，却没有任何一个人指出这些疑点！”

谢琢听出侯英话中的怒意，劝道：“因为杨敬尧是当今首辅，这个案子又是陛下亲自下旨定罪的，这或许就是人之常情——没人敢随随便便说话，更没人敢说陛下错了。”

侯英握了握拳头，望着地上的影子，语气忽地有些萧瑟：“谢侍读，你知道我觉得最为失望的是什么吗？”

“是什么？”

“是没有谁真正想着为被构陷之人沉冤昭雪，他们只想榨干这个案子最后的价值，用来彻底扳倒杨敬尧。”侯英话中满是压抑和不忿之意，“我不懂，人心为什么能低劣到此等地步！”

长街灯火在风中闪烁，谢琢想：哪有什么理由？

众人构陷、内讧、争夺，不过都是因为他们的利己天性、恶意和私欲。

平民百姓总是热衷于话本故事般未得昭雪的冤情，短短一段时间，洛京城中，连说书先生都讲起了十二年前谢衡被陷害，满门覆灭的旧事，茶坊酒肆里议论声更是不绝。举子们纷纷开始写文章针砭时弊，太学中亦是为此讨论起刑律漏洞。

甚至借由衡楼的商队，消息很快传至京畿。

但没有切实有用的证据和线索，杨敬尧依旧稳坐囚室，偶尔还会让狱卒去他家中取几本书，再添些纸墨，气定神闲。

休沐这日下午，谢琢带着葛武去会仙酒楼，要了一个临街的包间，打开窗户，正好能看见朱雀大街上的景象。

此时，洛京城外，杨迈衣衫脏污，面上满是尘垢，正一步步朝着城门走去，每一步都重若千钧。他双股战战，无数次生出转身逃跑的念头，但又想到暗处有对准他心口的弓箭，只要他一有异动，对方立刻就会将他射穿。

他怕死，所以不敢跑。

杨迈原本打算得很好，杨首辅交给他的事他都已经做完了，只需要从凌北赶回洛京交差即可。

可是他没想到，军械被劫走后没几天，陆家竟然派出了人马开始寻人，他不确定陆家是不是在找他，但不敢赌，于是刻意伪装成了流民，想着只要离开凌州地界，那他就安全了。

可是最后，他还是落进了陆家手里。

他本以为自己肯定会没命，但陆骁没有杀他，只是告诉他，杨敬尧通敌叛国之事已经败露，现在人已经被关在大理寺里，又告诉他，按照《刑统·名例律》规定，若他自首，可减罪二等，或许能免于一死。

在陆骁问他要不要回洛京自首时，杨迈点了头。

他选无可选。

望着巍峨城门，想到一旦暴露身份他将面对什么结果，杨迈陡然生出无边的愤恨来——若不是杨敬尧，他如今还好好地待在禁军中，断不会和什么通敌叛国的罪名扯上干系！

双眼赤红，杨迈全身发着抖，终于在城门守军前跪下，声嘶力竭地喊道："罪人杨迈，前来自首！"

会仙酒楼里，谢琢隔着窗，看着杨迈被城门守军押着送往大理寺，引得沿路无数百姓议论。

葛武有些激动，手拍在窗棂上："公子，陆小侯爷当真送了公子两份大礼！"

谢琢冰冷的眸中泛出零星的笑意，单是听见这个称呼，他骨缝间涌出的寒意就少了许多。

丁全送来的那封信里，陆骁送了他三样东西，一是阿术列的供词，一是杨迈将会自首的消息，最后一件，是陆骁外出跑马时，在溪水边摘的一朵蓝紫色野花。

陆骁还特意在信里写了，这种花不管是在清源还是洛京都找不到，为凌北独有，便让丁全送来给他看看。

"该走了。"

见谢琢起身，葛武不解："公子，我们要去哪里？"

“大理寺。”

杨迈在城门口自首一事很快就传遍了全城，大皇子正在琴台约见倚重的中年谋士，听见这个消息后，拊掌连说了三声“好”。

灰衣谋士起身拱手祝贺：“如此一来，杨敬尧通敌叛国的罪名是彻底摘不掉了，恭喜殿下，距离储位又近了一步！”

李忱志得意满，又在听见“储位”两个字时，陡然生出了几分不满足感，不过面上神色不变，笑言：“陆骁识趣，不仅送来了阿术列的供状，还把杨迈找着了！这次他做得不错，确实应该记他一功！”

谢琢的马车在大理寺门前停下时，正巧遇见匆匆赶来的侯英。

两个人一起往官衙走去，侯英说话有些急：“谢侍读也听见消息了？”他面露激动之色，“原以为杨迈不是死在了北狄人的刀下，就是已经被杨敬尧处理干净了，没想到他竟然还活着！”

谢琢似乎有些不解：“可是以杨敬尧的谨慎性子，他应该不会让人手握他的把柄。”

“我也想过这个问题。”侯英解释道，“我猜测，没处理杨迈，一方面是因为杨敬尧根本没想过自己的所作所为会暴露，另一方面则是，杨敬尧虽为首辅，但实际没什么人可用。他家中贫寒，亲族凋零，连这个杨迈都是同姓攀附的，并不是什么正经亲戚。想来，应该是好不容易遇上个用着称手的，杨敬尧暂时舍不得杀。”

两个人边走边聊，到了官衙的议事房，发现所有人都到了。侯英与谢琢对视了一眼，知道今晚的大理寺肯定又要灯火通明了。

这次大理寺办事很快，不到两天，杨迈的供状就被放到了咸宁帝的御案上。

关于杨敬尧如何将他安排入禁军，如何让他在押送军械的途中往外传递消息，他又是如何在马料中下药，如何告知北狄人押运队伍的所在地等，杨迈全都供认不讳。

他还多次表示自己是无辜的，根本不知道杨敬尧到底想做什么，只是按照杨敬尧的吩咐行事而已，希望推勘官看在他自首的分儿上，能酌情减罪。

这份供状立刻就在朝廷上下引起了轩然大波。

杨敬尧的亲族亲自指认，无论是时间还是别的信息全都对上了，几乎没有可狡辩的地方。极短的时间内，无数大臣纷纷上书，痛斥杨敬尧祸国殃民之心、残害忠良之恶，请求咸宁帝下旨处决杨敬尧。

将画押的供状以及大理寺卿呈上的折子看完，咸宁帝又翻了翻御史台呈上来的折子，低斥了一句：“没用的东西。”

知晓这话骂的是杨敬尧，高让研着墨，笑道：“陛下，太液池里的荷花开得正漂亮，陛下可要去走走，散散心？”

咸宁帝捏了捏眉心，起身："走吧。"

御辇行至太液池附近，咸宁帝带着高让缓缓行去。

"你说朕当年到底有没有做错？"

高让敛目，恭敬地回道："陛下所做，无不为江山社稷，何错之有？"

在咸宁帝身边伺候了三十年，高让深知，这句话并非咸宁帝认为自己在谢衡的事情上做错了什么。

就像那句"没用的东西"，不过是咸宁帝觉得杨敬尧没有把痕迹抹干净，徒增事端，给他添了麻烦而已。

高让跟在咸宁帝身后，在经过一片荷花时，听见两个负责清理淤泥的内侍正隐在荷叶之间闲聊。

"这次是你跟着罗公公出宫采买，快跟我说说，那些刁民真的整日在茶坊酒肆里说闲话，声称杨首辅犯下的恶事是陛下指使的？"

高让打了一个激灵，立刻就想出声呵斥，咸宁帝看他一眼，扬手阻止了。

荷叶丛里，水波一圈圈荡了过来，另一个小太监的声音随之传来："没错，那些刁民还写了话本，说就跟那些戏文里演的一样，陛下容不下陆家，也容不下谢家，所以才暗地里让杨首辅动手的。"

"还写了话本？"

小太监嗓音尖细地说："对啊，书铺的店主说这话本买的人很多。我原本想翻开看两眼，结果被罗公公打了手，现在手都还红着。"

"……"

带着高让走远后，咸宁帝问："你说那个话本里会如何编排朕？"

高让持着拂尘，低头不敢言。

"他们会说朕重用通敌的奸臣，说朕是非不分，说朕薄情寡义，说朕视人命如草芥，将凌云关拱手相让，不把边境守军的人命当命看，还会说朕没有容人之量，生性多疑，处心积虑地暗害陆谢两家，不配为天下之君。"

高让听得心惊肉跳，恨不得自己没有耳朵。

咸宁帝眉间萦绕着一缕杀意，语气仍如往常般缓慢："杨敬尧诗作、策论，没一样拿得出手，这些年来，朕提拔他，重用他，让他坐稳首辅这个位置，可这么多年过去了，他仍无半分长进！"

当初咸宁帝之所以选中杨敬尧，不过是想要一条足够听话、没有能力反咬主人的狗。

这十二年来，杨敬尧的所有权势荣华尽数握在咸宁帝的手里，也如他所想，杨敬尧确实足够听话，让他用着很是顺手。

可他现今看来，庸常之人，果然不堪大用，连一桩小事都办不好。

洛京城中暗潮汹涌，七月初五的朝会上，御史中丞将万言书递上御案，恳请咸宁帝即刻处死国贼，还谢衡清白，以平边境将士之怒，息百姓之愤，昭谢家满门之冤屈。

紧接着，太学生方彦呈上太学数百学子的请愿书，同样请求咸宁帝处死杨敬尧，更称谢衡为“社稷之臣”，而杨敬尧为“社稷之贼”，贼不死，则天下不宁。

同时登闻鼓的鼓面竟被百姓捶破，无数平民聚在登闻鼓前，请求立杀杨敬尧，还谢家一个清白。

第二天夜里，高让亲自去了一趟大理寺的刑狱。

狱内昏暗沉闷，高让用绢帕掩着鼻子，走到了最深处的一间囚室前。

隔着木栅，杨敬尧穿着粗布囚服坐在被褥上，闭着双眼。没了兽纹紫袍和绶带相衬，他周身的威势弱了许多，现在看起来，他更像一个普通的严肃老者。

高让开口：“许久不见首辅大人，别来无恙？”

无论说什么话，高让都自带三分笑，此时也不例外。

杨敬尧这才睁开眼睛，没接高让的话茬：“高公公特意前来，可是陛下有什么吩咐？”

周围早已清得干净，没有第三个人在场。高让面白无须，眼尾细纹耷拉，他收了脸上的笑意：“杨首辅这回可给陛下添了不少烦心事，如今大皇子步步紧逼，刚愁没有由头挑起事端，你就巴巴地将把柄递了过去，还不止一桩两桩。这不，大皇子立刻抓好了这机会。”

杨敬尧清楚，自己的生死全在咸宁帝的一念之间：“这次是我思虑不全，但……”

高让打断他的话：“你可知如今士林和民间都是如何谈论陛下的？”

杨敬尧搭在膝上的手挛缩了几下。他向来知晓，咸宁帝最是看重士林的评价，以及他这个皇帝是否为民心所向。

“陛下起初确实想保下你，可现在，想保也保不住了。”

杨敬尧听出了高让话里的意思，此前维持的一切镇定样子都消失不见了，他不禁朝高让疾声道：“你转告陛下，臣还有用！这次只是意外，臣……”

高让双手笼进袖中，平时在咸宁帝面前弓得极深的背如今挺得很直，他从上往下注视着惊慌的人，笑着问杨敬尧：“你觉得，陛下还会想听你说话吗？”

杨敬尧住了口。他好似在一瞬之间彻底委顿下来。

到现在他才发现，他满手人命，踩着无数人的尸骨坐上首辅之位后，高楼起，宴宾客，无数人巴结他、依附他。可所有人都知道，他才能平庸，毫无建树，除得陛下信重外，一无所长。

如今，楼塌了，树倒猢狲散，昔时繁荣皆如流沙，他已握不住。

他听见自己涩声问：“陛下可是选好了人？”

高让倒也没故意瞒着："奴婢可不敢妄测圣心。不过陛下似乎对谢琢颇为欣赏，想来谢琢离开翰林院后，就会被放进六部。"

杨敬尧想起谢琢，心中竟生出些愉悦之情——并非他一个人被咸宁帝捏在掌中，被挑选，被利用，被放弃。

谢琢终究也会走上他的老路!

"陛下可有什么话？"

高让看着眼前失了筋骨般的人，觉得这做首辅的，跟他这个做阉人的，似乎也没多大区别。

"陛下说了，一条狗，是不会给他的主人添麻烦的。"高让往后退了一步，留下最后一句话，"你造成的麻烦，好好清理干净，莫要连累了陛下。"

第二天，谢琢到大理寺没多久，就听闻杨敬尧认罪画押了。

侯英连喊了两遍，才让谢琢回过神来，他关切地问道："谢侍读可是身体不适？最近是忙了些，觉睡得太少，我都有点受不住了。"

"不碍事，只是昨夜没睡好罢了。"谢琢问回刚刚的话题，"前几日，杨敬尧不是才矢口否认与这两个案子有关系吗？"

"谁知道呢？"侯英确定左右无人，才稍稍倾身，低声告诉谢琢，"昨夜高公公亲自出宫，去狱里见了杨敬尧。想来，陛下的意思再明白不过。"

坐直后，侯英继续说道："反正杨敬尧什么都招了。联络北狄、传递消息，引北狄人去劫军械的事，都是他做的。十二年前，他因谢衡挡了他的路，他便揭发谢衡通敌叛国，实际上，那封信是他找人伪造的。"

"他都招了？"

"都招了。"侯英却没有多少激动和高兴的情绪，"迟了十二年，谢首辅终于洗清了冤屈。"

谢琢眼里没什么笑意，手上整理旧案卷宗的动作微滞，他哑声说道："迟来的清白，迟了就是迟了。"

侯英想起谢氏一门无一人生还，心情也沉了下去："你说得没错，人已经不在了，洗清了冤屈又有什么用？"

临到散衙时，见侯英手中拿着几张纸，似有些迟疑，谢琢主动开口询问："侯寺丞可是忙不过来了？若有什么是谢某能帮上忙的，尽管吩咐。"

侯英笑道："什么吩咐不吩咐的，不过确实有件事想让谢侍读帮帮忙!"

天色渐暗，狱中更是昏暗，引路的狱吏寒暄："今日怎是谢侍读过来了？"

谢琢拿着纸页跟在他后面，解释道："侯寺丞家中有急事，便托我来一趟，只是签字画押，不是什么要紧事。"

正说着，两个人站到了囚室前，狱吏招呼了两句，便离开继续去做手上的事。

谢琢公事公办："这里有份供状需要杨首辅过目画押。"

"杨首辅？"杨敬尧淡笑，"谢侍读莫要折煞老夫。"

谢琢没有接话的意思，等杨敬尧看完杨府管家的供状，在末尾签字画押后，便转身准备离开。

"罗常、徐伯明、我，接下来该轮到谁了？"

杨敬尧的声音在身后响起，谢琢停了下来。

"我曾怀疑过你，但又在一次次试探中打消了怀疑。"杨敬尧盯着身穿绯色官服的背影，"没想到当年谢衡瞒天过海，竟留下了一条血脉。"

听见"谢衡"两个字，谢琢才转过身，悬在墙壁上的灯火的光映入他的眼中，却未能将他眼底的坚冰消融半分。

"你不配提这个名字。"

杨敬尧突然笑了起来，笑声还越来越大，在空荡的囚室中激起回音。真是可笑啊，咸宁帝一心想让谢琢当一条温驯的狗，听他的话，替他办事，当他杀人的刀，却不知道，当谢琢取下嵌进肉里的面具，就是彻彻底底以仇恨为食的疯犬！

对上谢琢的视线，杨敬尧仿佛回到了十几年前第一次见到谢衡时的情景。

父子两人面容不大相似，眼神却一模一样，目光清明，仿佛能一眼望穿他心底所有藏不住的脏污贪欲。

他不嫉恨谢衡吗？他当然嫉恨。

以至在将谢衡从首辅之位上拉下来后，终他一生，他再没有过如那一刹的澎湃快慰！

眼中逐渐染上疯狂的恶意，杨敬尧出声："你是不是沾沾自喜，以为大仇得报？"不等谢琢回答，他又嘶声说道，"可你杀了罗常，杀了徐伯明，甚至杀了我，又怎么样？害死谢衡的罪魁祸首，从来就不是我们！我们不过是马前卒，是棋子，是受驱使的秃鹫！"

他整个人扑至近前，枯瘦如爪的五指握着木栅，双眼深红，目眦欲裂："谢琢，你这一辈子都报不了仇！这就是命！你谢家被灭了门，所有人都死不瞑目，可你注定一辈子都报不了仇！"

谢琢没有如他所想，反而往前迈了半步，站在了木栅前。

"命？我不信命，也不信天。"谢琢嗓音低，尾音因疑问而轻轻扬起，"你以为我会同你一样，卑微地匍匐在他脚下，摇尾讨好，一辈子战战兢兢，小心翼翼，不敢忤逆分毫？"

杨敬尧慢慢变了脸色，呼吸不稳，肩背剧颤。

谢琢目光如雪："杀人偿命，是皇帝又如何？"

第二十二章 孤家寡人

七月初九，陆骁的加冠礼在凌北的中军帐里举行。

长风卷着薄云，旷野将天际线延伸得极远，写着“陆”字的旌旗立在帐前，映着千里夕照。

没有普通勋贵世家在冠礼上的复杂流程，陆骁身披银甲，跪在父母面前，先谢父母生养之恩，再由母亲宋语归将他的头发束起，父亲陆渊为他戴上革冠。

从洛京回凌北不过两个月，他身上铅尘尽洗，目光浸着血与风沙，桀骜而俊朗，如一把韬光养晦多时，终于出鞘的名刀。

陆渊鬓发染霜，身材魁梧，周身的威势从数十年的刀山血海生涯而来，即使不久前身受重伤，性命垂危，也不曾减损分毫。

他大掌拍了拍陆骁的肩：“你算是真正长大成人了。”

陆骁站起来，摸了摸自己头上的革冠，又恢复了一贯懒散的模样，先夸赞了一句宋语归束发束得好，又朝陆渊说道：“知道了，以后一定会孝顺你的！”

陆渊笑骂：“你个兔崽子！”

这时，张召在帐外比了个手势，陆骁便十分敷衍地找了个借口：“我去营里巡巡逻！”

陆骁掀开帘，快步走出中军帐，把张召拉到一边：“洛京来信了？”

“来了，来了，不过不只是信。”张召学机灵了，没等陆骁催，就赶紧把东西都拿了出来，“一个小布包、一封信，谢侍读让商队送来的。”

陆骁先认认真真地看完信，在确定布包里装的是谢琢送给他的加冠礼后，笑容更是粲然。

张召不知道信上写了些什么：“少将军，你怎么笑得这般开心？”

“有吗？我有笑吗？”陆骁说着，打开布包，将里面的一条深色皮编手绳拿出来系在了左手腕上，直接打了个死结。

手绳长短刚好合适，明显阿瓷还记得他手腕的尺寸。

张召看不明白了：“这是什么？谢侍读送您的？”

陆骁得意道：“他亲手编的，专门用的佛家的结绳法，能挡煞气，保平安！”他又摆摆手：“算了，跟你说这些做什么，你又不懂。”

张召：“……”

七月初十，天子罢朝。

几个阁老、尚书前去探看后，太医说咸宁帝突然病倒，主要是因被前首辅杨敬尧蒙蔽多年，又念起十二年前的谢衡旧案，太过劳心伤神。太医叮嘱一定要卧床静养，莫要劳倦。

众臣走出大殿，口中都道咸宁帝难以接受自己信重之人竟是此等奸佞之臣，还因此痛失凌云关，心情郁结也是正常的。

但任谁心中都清楚，若无咸宁帝授意，杨敬尧如何敢在十二年前构陷谢衡，又如何敢在十二年后，串通北狄，将凌云关拱手相让？

谁借给他的胆子？

杨敬尧确实是奸佞国贼，但他们这位陛下也没有干净到哪里去。

一时间，众臣各有思量。

寝殿里，高让扶着咸宁帝坐起身，背靠着寿纹软枕，又将药碗递了过去：“陛下，该服药了。”

咸宁帝端着药碗，忽然说道：“你可知昨夜朕做了什么梦？”

高让小心说道：“奴婢不知。”

见咸宁帝将药喝完，他又赶紧将蜜饯呈了上去。

含着蜜饯，咸宁帝放松地靠在软枕上，缓缓闭上眼睛，声音沙哑地说道：“昨夜啊，朕梦见无数百姓和文人举子站在朱雀大街上，吵吵嚷嚷，高声怒骂朕杀父弑兄，皇位来得名不正言不顺，又骂朕昏庸无道，陷害忠良。”

高让连忙劝慰：“陛下，梦都是反的。如今四海升平，百姓感激您还来不及呢，怎会骂您？而且，就在几个月前，您不是还说那些文人写的歌功颂德的文章不切实际，将您夸得天花乱坠吗？”

咸宁帝像是睡着了一般，许久没有说话。

就在高让准备放下床帐时，他突然听到咸宁帝缓缓开口：“朕还看见，老大站在宫门的城楼上，身着龙袍，正要接受百姓朝拜。那些人都称赞他是明君，仁爱宽厚。”

高让一惊，飞快地看了一眼咸宁帝，见他仍未睁眼，硬着头皮谨慎回答：“陛下定是看错了，说不定陛下看见的是年轻时的自己正受万民朝拜。”

“老大现在在什么地方？”

听咸宁帝将这个话题揭了过去，高让暗暗松了一口气，回答：“太医刚离开，大殿下就来求见陛下，奴婢按照陛下的吩咐，让大殿下先回去。据说，半个时辰前，大殿下有事出宫了，现在还没回来。”

“又出宫了？”咸宁帝冷笑了一声，“这是有多少大臣等着他去结交，还是有多少宴席等着他去参加？他真是忙得很哪！翅膀硬了，这道宫墙也拦不住他了。”

确实如咸宁帝所说，自杨敬尧画押认罪后，大皇子突然就变得更加忙碌……

这天下是姓李的，天子不仁，大臣自然就将希望转到了储君身上。

即使咸宁帝再打压，再不承认，如今的三位皇子中，一个无缘储位，一个远在凌北，排除下来，李忱都是稳稳当当的储君人选。

至十五的大朝，咸宁帝面色不佳，病气明显，坐在御座上，似乎清瘦了不少。

大理寺卿、刑部尚书和御史中丞上禀，杨敬尧之罪已勘定，按大楚刑律，当处凌迟，诛三族。

咸宁帝没有多言，抬手准了：“诸卿依律即可。”

此案终于尘埃落定，三个人躬身领命。

咸宁帝俯视群臣，拍了拍手边的龙头：“诸卿还有什么要说的吗？”

礼部尚书与程阁老对视一眼，出列站至殿中，再一次提起立储之事。

咸宁帝冷笑，尚未答话，就又有数十位大臣陆续出列，高声附议。

朝堂猝然静了下来。

殿中众臣虽然低头垂眼，但这明显是一次提前计划好的施压，而被施压的对象，便是当今天子。

咸宁帝嘴角的冷笑寸寸收敛，双眼微眯，面色逐渐阴鸷，他看着眼前这二十几个向他施压的大臣，眼底浮起杀意，又很快掩下。

“阁老程浩乾，礼部尚书史远，户部尚书范逢，”咸宁帝将这些名字一一念出，停顿几息后，陡然怒极，“怎么，你们都想逼朕至此？”

天子盛怒。

礼部尚书咽了咽唾沫，握紧笏板：“臣等并非想逼迫陛下，只是不立储君，于礼法，于宗法，于江山社稷，都不相合！”

然而此次朝议，咸宁帝最后仍未松口，拂袖而去。

大理寺。

“这大概就是圣心难测？我到现在都不明白，陛下为何至今仍不立太子？”侯英与谢琢一起整理着杨敬尧一案的供状，单单是杨迈、杨家管家、家仆、亲眷等人的口供，叠起来就有三尺高。

谢琢拿过杨家管家的供状理好：“你也说圣心难测，陛下如何想的，自然不是我等能猜测的。”

“也是。不过陛下子息不丰，幸好有大皇子，谈不上惊才绝艳，但守成没有问题，也不知道陛下对他是不是有哪里不满。”侯英随后闲聊了几句，又叮嘱，“对了，谢侍读最近可不要去诏狱附近。”

谢琢不解：“为何？”

“杨敬尧被关在里面，刑师已经行刑了。”侯英解释，“本朝少有罪名能至凌迟之刑，之前罗常与徐伯明两个重犯，都只判了腰斩而已，有个小吏不信邪，非要去瞧瞧凌迟是什么样，回来时脸都吓白了。”

他叮嘱：“据说杨敬尧的痛呼声一里外都能听见，很是瘆人，谢侍读还是避远些为好，以免夜里做噩梦。”

谢琢颔首：“谢侯寺丞提醒。”

虽然如此作答，但谢琢还是一连几天，天天都去了诏狱附近。

他没有进去，只是坐在马车里，花上半个时辰，静静听着杨敬尧的痛号哀呼声，直到某天再无声音传出。

谢琢踏进诏狱，狱吏在前面引路，还奉承道：“大人怎来了我们这血腥腌臜之地？莫要污了你的袍角！”

谢琢行在灯火的暗影下，简短地说道：“陛下对此案颇为看重。”

狱吏连忙说道：“可要教大人知道，刑师动刀，可没有一刀偷工减料！”

到了刑室，血腥气扑面而来，谢琢不顾地面潮湿，走了进去，在刑架前站定。

杨敬尧此时已经没了人样，全身俱是血污，一直有血珠沿着他的脚跟往下滴，人却还醒着。

盯着来人看了许久，杨敬尧才认出，嗓音几不可闻：“谢琢……”

谢琢眼中无半分动容与怜悯之色，将杨敬尧打量一遍后，谢琢说道：“看来，杨首辅已经知道被千刀万剐是什么滋味了。”

杨敬尧喉中响起呼哧声，没有人知道他到底是想说什么。

至杨敬尧死，谢琢再未去过诏狱。

而被夹在书册中的那张纸上，“杨敬尧”三个字被他用墨笔画去。

七月末，大皇子李忱在会仙酒楼约见谢琢。

如今，李忱出宫与人见面已经不再遮遮掩掩，反而某个官员因得李忱会面，还可以向同僚夸耀。

会仙酒楼中，谢琢面前只放了一杯清茶。

李忱身上所穿的常服，纹样已与太子常服相差无几，他一扫眉间沉郁之色，神采飞扬。

“谢侍读这回让人转告我有急事相商，可是得了什么消息？”李忱喝了口茶，“若消息与立储相关，谢侍读下次就不用再这么急着找我了。”

毕竟，无论咸宁帝如何不甘不愿，即使现在自己仍无储君之名，也已经有了储君之实，那些消息也就不那么重要了，犯不着他特地来这一趟。

谢琢摇头，示意李忱让随侍的小太监出去后，才说出：“臣在文华殿轮值后，因为落了东西，返回去取，偶然在殿门外听见陛下在与高公公闲谈，提到了前朝戾太子之死。”

如浮冰兜头而下，李忱脸上的笑容迅速冻结，他肃着神情紧盯着谢琢，手指紧捏着茶杯：“你确定没有听错？”

谢琢确定道：“臣确定。”

所有镇定尽数化为乌有，李忱站起身，踱了几步：“戾太子，好一个戾太子！父皇何苦如此逼我！”

前朝戾太子起兵谋反，兵败后想要逃跑，被皇帝亲自挽弓射杀。如今他的好父皇突然提及戾太子，显然是动了同样的心思！

李忱重新坐下，眼中神色狠厉，握拳捶在桌面上，令满桌的杯盏都震了震：“没想到，父皇竟对我动了杀心！”

谢琢转着手里的茶杯，文士服的宽袖垂落，露出一截玉色的纤瘦手腕。

他垂下眼眸，心想：咸宁帝到底有没有提起戾太子并不重要，现在，李忱缺的只是一个理由，一个乘胜追击、更进一步，一个倾泻怨怒情绪、打破父子君臣关系的理由。

而他，只需要将这个理由递到李忱手里。

十二天后，凌州境内出现地动，山崩水出，日月暗淡。

消息传至洛京后，群臣上书，称此乃帝王失德，上天谴责，陛下为万民之君，当发罪己诏于天下。

罪己诏乃天子向上天告求，余一人有罪，无及万夫。咸宁帝在位二十几年，不是没有下过罪己诏，但因时因势而写，和被群臣逼着下诏，全然不同。

香炉、砚台全被咸宁帝挥到了地上，接连发出“哐当”的沉响。咸宁帝站在御座前，胸口起伏不止，面色阴沉：“罪己诏，罪己诏，他们这是在逼朕！他们敢！”

高让身上被溅了不少墨汁，他顾不得，膝行两步后，慌张劝道：“陛下息怒，陛下息怒啊！”

“你要朕如何息怒？”咸宁帝搭在御案上的手握成拳，青筋暴起，他犹如被惹怒的年迈狮王，露出了曾经沾满血肉的利爪，“此次地动不过出现在荒僻之地，民宅都未塌几间，却被那些人用作抨击朕无仁无德的利器！何其荒谬！他们简直胆大包天！”

没一会儿，高和出现在殿门外，看了看高让的眼神，才屏息敛气地禀报道：“陛下，凌北有军报送来。”

咸宁帝盯着高和，许久才说道：“递上来。”

见咸宁帝压下了暴怒情绪，高让连忙去泡了一杯安神茶，又站在咸宁帝身后，熟练地帮他揉按着额角，好歹是把人的气顺了下来。

一盏茶的工夫后，咸宁帝冷哼一声，把军报扔在了案上。

高让见他面色不悦，问道："陛下，可是凌北出什么事了？"

"凌北好得很！"咸宁帝话说得重，又闭上眼，嗓音发沉，"陆绪回来了。"

高让惊讶地问："陆大公子被找到了？人可还活着？"

咸宁帝的嗓音越发深沉："当然活着，受没受伤不知道，但陆绪不仅回来了，还带回来不少战利品和俘虏。他在失踪这段时间里，直接荡平了沙蝎部，将凌北东南地域清扫得干干净净！"

听出他话中并无喜意，高让自然不敢出声祝贺，迟疑道："这……"

"朕怀疑，凌云关兵败是真，陆渊受重伤也是真，但陆绪失踪、凶多吉少这件事，从头到尾就是假的。"

高让浑身一凛："那岂不是……"

"陆渊一生，行事、说话都很莽撞，许多人说他有勇无谋。可他每每用计，北狄人必中。这一回他是下了狠手，用自己受重伤和长子失踪、凌北群龙无首，来换陆骁回到凌北的机会。"

咸宁帝早就有所怀疑，如今的事实不过是佐证了自己的猜测，因此语气不疾不徐："陆骁以父亲濒死、临终尽孝为由，再联合老大在朝中施压，得到回凌北的机会。凌北是他陆家的天下，陆骁回去如鱼得水，哼，好一个武宁侯！"

"不知道老大是从陆家手里拿了什么好处，才这么帮着陆家，处处与朕作对！"话说到后面，咸宁帝还是有了火气。

高让避重就轻地问道："大殿下怎的与陆家搅和在一起了？"

"你这话，该去问问朕那个好儿子，他到底是怎么想的？"咸宁帝冷笑，"说不定他被利用了个彻底，还沾沾自喜，以为自己得了好处。"

陆绪荡平沙蝎部、回到凌北的消息，谢琢知道得比咸宁帝还早一点。

在陆骁写信告知凌北，咸宁帝可能很快就会对陆家动手之后，陆家就已尽量做了准备。

不过凌云关一役，陆渊亦没有想到，咸宁帝竟然真的肯拿一关一城、无数条人命，来换他陆家被灭门。

被重箭射中后，陆渊不顾伤重，让军医运针保持他最后的清醒，先让陆绪带轻骑趁乱离开，长途奔袭，绕到北狄后方——凌云关的仇，不能不报，他们总要拿北狄人的血来祭奠亡魂——又于混乱中安排好军务，令手下将领打起万分精神，避免北狄骑兵趁势南下。

随后，陆渊命大军退守苍烟台，对外宣称陆绪失踪，凶多吉少。至于陆骁，陆渊并未忧心太多，他相信他的儿子不傻，反而很是聪慧，陆骁定能安全回到凌北。

现在，赵鼎被架空，摸不到实权。陆骁领兵将北狄南下的铁蹄死死拦住，半步不退。

凌北东南一面已被荡平，耶律真腹背受敌，不得不缓下了进攻的势头。朝中咸宁帝与大皇子的争斗已经到了一触即发的地步，暂时无暇顾及陆家。

如此，陆渊才将陆绪召回，上报洛京。

咸宁帝确实无暇顾及凌北。

在与朝臣经过长达五天的拉锯战后，咸宁帝终于不得不退让。

文华殿中，所有进出的宫人都屏气凝神，谢琢铺开纸张，提笔蘸墨，咸宁帝则负手站在殿中，背对着谢琢，一字一顿念着。

《罪己诏》中，咸宁帝自陈“群僚所言，皆朕之过，沉冤不能雪，奸吏不能禁，而轻用人力，修缮宫宇，出入无节，喜怒过差……当永览前戒，悚然兢惧。”

他这相当于向天下人承认了自己失德。

当日，谢琢特意去了一趟城外，找到了正在许三娘处吃斫脍的沈愚。

这个地方陆骁曾带他来过，前来开门的小姑娘还认得他，看见他，脸颊微红，又朝他后面看了一眼，似乎疑惑另一个人怎么没有一起来。

谢琢也望了望自己身后，沉默片刻后说道：“他去边境打仗了，不过再过不久，我就能见到他了。”

沈愚看见掀帘进来的谢琢，惊讶地问：“谢侍读怎来了此处？”他一拍脑门，想到，“你是不是也喜欢吃斫脍？正好，三娘这次做了不少，谢侍读可以坐下与我同食！”

许三娘已经出去了，谢琢在上次陆骁坐过的位子坐下，回答：“我这次是特意来找沈世子的。”

见谢琢说得正经，沈愚后知后觉地放下了筷子，猜测：“是出了什么事？”

他打量着谢琢的神情，紧张起来，语速也跟着加快：“难道是陆二在凌北出事了？他受伤了？腿断了？残了？”

越想越觉得可能性极大，沈愚立刻红了眼睛，着急地问：“他还站得起来吗？不对，陆二还活着吗？”

谢琢有些无奈：“他没死，也没残，这次是我想拜托世子一件事。”

沈愚松了一口气，重新坐回去，咽下一块鱼片压了压惊才问：“和陆二有关？”

谢琢点头：“没错，和他有关。”

沈愚拍了拍胸膛：“只要能帮上陆二，你尽管说！”他又忍不住抱怨，“你是不知道最近我爹管我管得有多严，说最近情势紧张，朝中斗得厉害，到处都乱糟糟的，不准我在外面晃荡，生怕我惹了麻烦！”

陆骁信任谢琢，沈愚便也不曾怀疑，话多得有些絮叨。

想着想着，沈愚眼神发亮：“既然是帮陆二，那我是不是可以趁机出门玩儿两趟？”

“应该是可以的？”谢琢又笃定地说道，“反正这件事，梁国公肯定会同意你去做的。”

两天后，沈愚以外出游山玩水的名目离开洛京时，没有引起任何人注意。

即使有人听说了，也只以为是咸宁帝和大皇子斗得太厉害，风波骇人，梁国公谨慎，把宝贝独子送出京去避一避。

骑马行在前往凌北的路上，沈愚被颠得快散架了，全身都在痛。他换下了金冠玉腰带，轻装简从，皮肤被晒得发红，哭丧着脸：“本世子长这么大，哪里走过这么远的路？我就没吃过这样的苦！”

“呸”了一声，将吹进嘴里的沙子吐出来，沈愚红着眼睛，紧闭着嘴不敢说话了。

小心摸了摸马鬃，沈愚忍着难受，只敢在心里想：陆二，这一回你欠我十顿饭！看我不吃穷你！

山雨欲来，这是朝中所有人的感觉。

咸宁帝在下发《罪己诏》后，喜怒无常不算，还疑神疑鬼，多个官员因御前失仪或奏对失当，就被罚俸贬官。

不光如此，两日前，咸宁帝将驻扎在雍丘的禁军调回，不知道是想做什么，又或者是想防着什么人。

洛京城外的别庄里，正堂门外有人把守，连窗户都关得严实。

“现今洛京城中一片太平，陛下却突然将雍丘驻军急急召回，不得不防啊！”

又有一人说道：“陛下是打定了主意不立储，谁提立储之事，陛下立刻就变脸色。现在陛下召回禁军，不知道是不是……”

众人都听懂了他的言下之意，陛下此时召回禁军，不外乎对付李忱，或者对付他们这些反对的朝臣。

李忱坐在主位上，身后挂着一幅《江山图》，听完客客气气地说了两句，又问礼部尚书史远：“史尚书怎么看？”

史远摸了摸胡子，叹息：“无论怎么劝，陛下都不听谏言，不依法度，刚愎自用。现在朝堂上下人人自危，苦不堪言。”

他站起身，朝李忱拱手，言语恳切：“殿下，如今为江山社稷，为天下黎民和祖宗基业，非常之时，只能用非常之法了！”

户部尚书范逢心里骂了句“老狐狸”，没想到这些话被史远先说了，连忙也起身，赶在其他人之前开口：“史尚书说得极是，天子不仁，我等与万民都只能仰仗殿下了！”

李忱掩下嘴角的笑意和得色，故作愁容，起身负手：“可父皇终究是我的父皇，为君为父，我又如何能起这种大逆不道的心思？”

范逢赶紧再次说道：“请殿下早做决断！”

史远也附和："请殿下早做决断！"

等范逢和史远等人都走了之后，门再次被关上，李忱朝木屏风所在的方向问道："谢侍读以为如何？"

谢琢从屏风后走了出来。

因天气闷热，房中放着冰盆。前些时候，陆骁从凌北送了不少药草到洛京，药书古籍上有记载的，没记载的，偏门的，罕见的，杂七杂八的都不少。宋大夫挑来拣去，取了其中三味，配了一服药，谢琢服药半月，畏寒的症状好了不少，但仍谨慎地避开了冰盆。

坐下后，谢琢回答李忱的问题："臣赞同范尚书与史尚书的提议。如今陛下已经将殿下视作眼中钉肉中刺。如此境况，或许一念之中，陛下就会下决心彻底除掉殿下。"

李忱神情严峻："谢侍读说得对，父皇如今对我可以说是欲除之而后快。无论多少朝臣认为父皇失德，不堪为天下之君，但只要父皇坐在龙椅上，皇权在手，每多拖一天，我就多一分身首异处的可能。"

他冷冷地说道："说不定父皇将禁军调回，打的就是哪天将我围杀、让我万箭穿心的主意。"

他越想越觉得后怕，天家本就寡情，他与咸宁帝之间哪里有什么父子亲情？

现在想起谢琢说的话，李忱认为对极——君父不慈，自己根本就不该抱有什么期望，不过是你杀我或是我杀你罢了。

谢琢看着李忱眼底涌出的戾气，不再多言，低头恭敬地说道："想来殿下已有决断。"

大理寺里，侯英和谢琢闲聊着。

"说起来，谢侍读几日就要在文华殿轮值一次，可觉得心惊胆战？"

谢琢一听就明白了："侯寺丞今日去了文华殿？"

"对，这案子之前不是我主理吗？我就随上官去了一趟文华殿，向陛下禀报杨敬尧一案的处理情况。"侯英想起进殿时的感觉，慨叹，"谢侍读是怎么做到在陛下面前行事如常的？不说陛下龙威，就是文华殿外三步一个禁军，气势就已经格外骇人了！"

"三步一个禁军？"谢琢记得清楚，他前两日去文华殿轮值时，殿外还没有安排这么多人值守。

"没错，我去时，陛下恰好在殿内召见一个挺年轻的禁军，那人背着箭筒，看起来挺沉稳的。我隐约听见陛下夸赞说，此人是禁军中有名的弓箭手，百步穿杨，箭无虚发。当时我等候在殿外，总觉得那些禁军全都盯着我，我冷汗都快出来了。"

侯英顺口说道："也不知道陛下这是防着……"他话音一顿，背后蹿起一阵凉意。

侯英突然意识到，三步一个禁军，能让陛下如此提防的，除了大皇子，还会有谁？

这是……有什么事要发生了？

八月二十七，大皇子李忱出了宫，以母妃抱恙，要替母妃在佛前祈福为由，住到了外城宝相寺附近的皇家别院里。就在前一日，大皇子妃也出宫省亲，不在宫内。

谢琢穿着一身月白文士服，头发只用一根锦带束着，正坐在院中老树下，掌着灯，自己与自己下棋。

葛武候在一旁，频频往门外张望，又喝了好几次茶水，不安地问道："公子，大皇子真的准备在今晚……"他做了个手势，又摸了摸心口，"不知道怎么回事，我心里慌，总觉得……总觉得——那可是陛下，是当今圣上！"

谢琢轻轻放下一枚黑子，将几个月前，自己与陆骁在这里下过的一盘棋一一复原，回答了葛武的话："他确实是当今圣上，但很快龙椅就要换人坐了。"

他抬头看向葛武："所以你看，当圣上不再是圣上，你还怕他吗？"

葛武顺着谢琢的话想了想，突然觉得，要是圣上失去了"圣上"这个身份，那不就只是一个……普通人？

奇异地，葛武的心绪平定下来，他不再觉得惧怕了，安安静静地站在石桌边，跟谢琢一起等着外面的动静。

天清月明，皇家别院里，李忱结束晚宴后，送了几步，才让内侍引着虎贲营和虎骧营的将军去休息。

回到自己的卧房里，李忱虽然在宴上只喝了两三杯酒，但还是谨慎地服了一碗醒酒汤，确保自己神志清醒。

睡前，他没有换上寝衣，而是让贴身伺候的太监为他穿上一身便于行动的常服，这才躺到了床上。

揉了揉眉心，李忱心中既激动，又有些不安和急躁，询问："可办妥了？"

小太监压着嗓音低声回道："回殿下的话，已经让人去羽林卫传御诏了。"

"嗯，"李忱颔首，"那就安心等着吧。"

子时三刻，四下俱静，密集的人踏马嘶声突然在长街上响起，火把接连晃过，光在墙壁上投下漆黑的人影。不少人从睡梦中惊醒，在发现是羽林卫疾行而过后，立刻关好了门窗，不敢多看。

羽林卫一路出了天波门，到了外城。副使骑在马上，想起先前内监宣读诏书时的情景，总觉得有什么地方不太对。他一夹马腹，行至羽林卫指挥使旁边，落后半个马身，探身问道："大人，您有没有觉得这御诏有些蹊跷？"

指挥使单手握着缰绳，瞥了说话的人一眼："我等效忠陛下，自然是陛下说什么，我们就做什么。"

怕对方起疑心，指挥使又换了口气，声音低了点儿："最近陛下与大皇子闹成这样，朝廷上下谁不知道？连茶肆酒楼里说书的人，都能拐着弯儿地说天家父子不和。你想想，今晚这出难道不是早晚的事吗？”

“确是如此。”副使还是觉得哪里不太对劲。

大皇子至今仍住在宫中，未出宫建府。若陛下真的对大皇子动了杀心，何必要等大皇子去了宫外的别院，才命他们前去捉拿？这不是更费事吗？

而且陛下在宫里动手，人怎么都跑不了，在宫外可就不好说了。

但他又想，御诏谁敢作假？确实如指挥使所说，他们这些办事的人，听陛下的吩咐就行，说不定此番安排，陛下自有深意在其中。

于是他扯着缰绳，定下心，随众人一同朝皇家别院疾行而去。

外面逐渐响起嘈杂之声时，李忱就起身了。他刚在卧房门前站定，就有内侍连滚带爬地跑了过来，还没到他面前，已经跌在了地上，慌乱地禀报：“殿下！门外来了一群羽林卫，说是奉皇命前来捉拿您！”

他话音刚落，满院的人都慌了神，立刻跪了一地。

李忱似乎有些不敢相信刚刚听见的话，往后退了半步，被身边的小太监扶住才没有跌倒。他神色张皇，又厉声斥道：“胡说！你莫要挑拨我与父皇的关系，定是有人假传圣意，父皇绝不会如此对我！”

跪在地上的内侍连磕了好几个头，抖着嗓音说道：“奴婢没有说谎，是真的，来的是羽林卫指挥使，他要求殿下立刻束手就擒，否则……否则……”

这时，长廊处有几个人大步行来，走在最前面的就是虎贲将军朱充。他高大魁梧，身披甲胄，手提长刀，走近后，利落地跪在李忱面前：“臣来迟！殿下放心，有臣在，绝不会让人有机会冒犯殿下！”

李忱连忙上前搀扶人：“几位将军快请起，有将军在，我就安心了。”

叩门的响声再次传来，接着是羽林卫的喊话声，称羽林卫乃奉诏前来，大皇子莫要负隅顽抗，否则别怪他们不顾及大皇子的颜面。

“他们这是要硬闯？”李忱神情颓败，“我与父皇虽有矛盾，但骨肉亲情，绝不会落到如此地步！”

虎骧将军仇良长刀撑地，跪在地上：“臣以为，殿下为陛下长子，陛下颇为爱重，虎毒尚不食子，陛下怎会突然起弑子之心？定是有人进谗言，蛊惑陛下，或者，这根本就是矫诏，意在借陛下之名义，取殿下之性命！”

李忱慌神一般问道：“若真是如此，那我应当如何是好？”又道，“将军说得不错，父皇不可能要我的性命！”

朱充立刻高声说道：“臣以为，殿下为父之子，为君之臣，当诛奸佞，清君侧！”

虎贲将军的副将也立刻在旁边跪下，与仇良一同高声附和：“请殿下诛奸佞，以清君侧！”

李忱红着眼眶，于火光中闭上眼，忍痛下了决心。

紫宸殿。

咸宁帝最近夜里总是睡得不安宁，反复梦见明德三十八年，前朝正在设宴，笙箫之声越过无数宫墙，乐音靡靡。

他本是要去参宴的，却被陈贵妃身边的宠宦拦住了去路，对方扔了一块给狗吃的生肉在地上，让他趴下去，将肉吃干净才能去赴宴。

他咬牙不从，那阉人便一脚踢在了他的心口处，那时他十四岁，痛得眼前一黑，无法站稳。

就在这时，有人从暗处站出来，呵斥那阉人住手。

他倚着宫墙，听了那阉人的话，才知道原来出声呵斥的人是谢家嫡子、名满洛京的谢衡，今日他随父亲入宫参宴，因殿中气闷，才出来透气。

等那阉人走了之后，谢衡过来小心扶起他，问他可还能站起来。他满口血腥气，但仍回答：“我不疼。”

谢衡笑说：“明明年纪不大，怎么如此逞强？”

他当时没答话，心想：这人定然是个父母看重、仆从簇拥的公子。不是他逞强，而是因为整个宫里没有人会帮他一把。若他不逞强，早就不知道死在哪个角落了，给他收尸的人还会啐一声“晦气”。

或许就是从那时起，谢衡尽心辅佐他、帮助他，但从不了解他到底是什么样的人。

被急促的脚步声吵醒，咸宁帝缓了两秒，才意识到自己是在寝殿里。他坐起身来，按了按额角，不悦地问道：“慌慌张张地干什么？”

高让跪在地上：“陛下！大殿下带兵攻进来了！”

按在额角的手指顿住，咸宁帝抬眼，目光寒凉：“你说什么？”

高让疾声道：“大殿下声称有人假传圣意，让羽林卫围了他的别院，要将他置于死地！将羽林卫打退后，大殿下领着虎贲营的人到了宫门外，宣称陛下身边有奸佞传矫诏，他作为陛下长子，当诛奸佞，以清君侧。”

“假传圣意？依朕看，假传圣意的人分明就是他。”咸宁帝立刻平静下来，神情未见慌乱，“人到哪里了？”

“宣德门的守将叛变，宫门大开，无一人阻拦，如今大殿下与虎贲军已经入宫，禁军正在抵抗。不过虎贲军人数众多，想来过不了多久，就会到紫宸殿外。”

咸宁帝“嗯”了一声，吩咐：“起来，替朕更衣。”

汉白玉的栏杆溅上了鲜血，鲜血渗进地面的缝隙里，凝固成深红的痕迹。夜空被火把照亮，恍若白昼，往常寂静无声的内廷中，喊杀声震天，兵械的清脆碰撞声很远都能听见，惊飞了无数夜鸦。

正阳宫里，胆小的宫女和太监们已经被吓作了一团，掌事女官顾不上呵斥他们没有规矩，疾步走进正殿，才发现皇后已经醒了。

“外面在吵什么？”隔着一扇织纱屏风，皇后的纤细身形显得影影绰绰。

女官虽然努力克制，但仍掩不住话里的恐惧和紧张，规矩极好，敛眉低头回答：“大皇子逼宫，现已经领着虎贲军过了文华殿。”

皇后从织纱屏风后面走了出来。她穿着轻薄的寝衣，长发披散，虽年过四十，但未曾生育，眉目素淡，看起来很是年轻，只是眼中的光亮暗淡，有郁郁之色。

看了女官一眼，皇后缓缓说道：“你慌什么？本朝又没有殉葬的惯例，若陛下死了，大皇子登基称帝，我就是嫡母皇太后，不过是从正阳宫搬到别的宫里去罢了。”

女官听了这句话，吓得不敢应。

皇后在陛下还在潜邸时，就已经是皇子正妻，后来陛下登基，皇后入主中宫，两个人依旧很是恩爱。只是后来，皇后一连两次怀孕都落了胎，御医说这辈子都再不能生育。可能是伤了心，或者累了，皇后再无意争宠，主动将陛下往外推，帝后两个人才貌合神离。

此刻听见皇后口中说出这样大逆不道的话，女官依然忍不住心惊。

皇后在镜前坐下，像是没有听见远远传来的喊杀声。她仔细给自己点上口脂，又让掌事女官替她将常服穿上。

看着铜镜中的自己，皇后想起自己与皇帝在梨花树下初见的场景，想起自己成婚时的忐忑与激动心情，想起知道腹中有了两个月身孕时的期待……最后，这一切都沉入死水。

她淡淡地吩咐：“我现在要你帮我做一件事。”

阵前搏杀正激烈，血一路从宫门口漫延到文华殿，李忱被卫队护在中间，往紫宸殿的方向行去。

朱充盔甲上全是鲜血，手中长刀刀尖上也有血正往下滴，他喘了一口气，抱拳朝李忱说道：“殿下，禁军顽抗，且数量比我们预计的要多。”

他打得起火，骂了句：“真不知道这么多禁军是从哪里钻出来的，之前来查看时一个都没见着！真够邪门的！”

李忱望着紫宸殿的方向，闻言冷笑：“我那好父皇听信身边奸佞的谗言，不知道在宫里埋伏了多少人，就等哪天取我的首级！”

他问朱充：“现在情势如何？”

朱充自然毫无畏惧，战意十足：“现在两方人数基本持平，可我们虎贲营的兄弟们都是见过血的，禁军那帮残弱想挡也挡不住！”

李忱笑言：“那就全靠将军与众位了！”

御座只有咫尺之遥，朱充仿佛看见了未来手握权柄的自己，面露激动之色，嗓音洪亮地回道：“殿下放心，我等定不负殿下所托！”

禁军步步拦截，但虎贲军依然杀出了一条血路，到了紫宸殿前，血气冲天。

就在这时，紫宸殿的大门被人从里面缓缓打开，咸宁帝身着朝服，戴着冕旒，正坐在殿中的御座上，远远与他对视。

李忱眯了眯眼，吩咐朱充：“你在外面控着局势。”

朱充着急：“殿下，可会有危险？”

殿中除了咸宁帝外，只有高让和高和守在里面，其余宫人早没了影子。李忱思忖片刻，抬手制止了朱充的劝说：“我心中自有分寸。”

李忱踏入紫宸殿，大门在他身后被关上，喊杀声被隔绝。

殿内只点燃了鹤衔仙草烛台上的灯烛，有些昏暗。

看见身披铠甲、腰悬长剑的长子，咸宁帝撑着扶手，嗓音疲惫地叹道：“那些大臣都说你不肖朕，现在看来，他们都说错了，你在逼宫谋反这件事上，倒很是像朕。”

已经到了近前，殿里又没有外人，倒不用像之前一样装腔作势，演戏给旁人看，李忱说得直接：“我也很想当父皇的好儿子，但谁叫父皇硬生生将我逼到了这个地步？父子不相残，可君父不慈，我也想活命哪。”

说着，他还颇为伤怀：“儿臣也是不得已而为之。”

“好一个不得已。”咸宁帝怎会看不明白，他这个长子早已藏不住蓬勃增长的野心和贪念，所谓的“不得已”，不过是借口罢了。

就像他当年提着刀，亲手割破先帝的喉管时，不也说的是“这是你逼我的”？

人总要有漂亮的借口，才能把事情粉饰得好看，即使下面堆满了血肉尸骨。

整了整绣着龙纹山河图的袍角，咸宁帝淡淡地说道：“对皇子之位腻了，坐不住了，想伸手来碰碰朕的御座了？你以为天下之主是这么好当的？”

李忱发现，自己最厌恶的就是咸宁帝这副轻视他、将他摆弄在股掌中的模样，仿佛无论他如何挣扎都逃脱不开。

怨气已经积攒太久，李忱一开口就带着讥嘲之意：“父皇这话我可不太好接。不过天下之人都知道父皇不仁不德，残害忠良，想来我坐上这皇位，肯定要比父皇更能做个好皇帝，更得民心。”

若父皇肯立他为储君，肯栽培他，他又何必多此一举地来抢这皇位？这一切，都是父皇自作孽！

不知道是不是这些年来，他习惯匍匐在咸宁帝的威压之下，现在看着咸宁帝不慌不乱的神情，心中越来越乱。

李忱压住心神继续说道：“父皇应该已经知道了，现在朝中都是我的人，朝廷已经不是父皇的朝廷了。”李忱抬了抬下巴，“父皇，下旨吧。”

“你想要朕下什么旨？”

“父皇这不是明知故问吗？”李忱收了笑容，“父皇禅位于我，我名正言顺地继承皇位。为全了孝道，说不定我会留父皇一条命，让父皇颐享天年。”

殿外火光摇曳，咸宁帝嗤笑：“真是打的好算盘，逼宫还想名正言顺？老大啊，你继承了朕的心狠性子，可终究还是欠缺了些。你就没想过，为何拦着你的禁军会比你想象的多出许多？”

李忱呼吸一紧。

他之所以敢踏进这紫宸殿，是因为除随他入宫的虎贲营外，虎骧营的人把守四面城门，岳父杨显压制着京畿守军，阻断驰援，虎豹营的人镇压住了羽林卫和其余守卫。

他与手下人筹划已久，绝不会出任何差错。

可当他看到咸宁帝还有心思喝茶时，他像是一脚踩在了悬崖边，感觉摇摇欲坠。

他不能再等了，迟则生变。

李忱攥紧拳头，嗓音一沉，喝道：“动手！”

咸宁帝已有提防，可就在他起身躲避时，才发觉四肢行动迟缓，连短刀刺入血肉的剧痛，也都延迟了片刻他才感知到。

茶杯砸到了地上，四分五裂。

他明显是中毒了，可毒是在什么时候入他口的，他不确定。

咸宁帝最近都很是谨慎，近身伺候的人里……

顺着刺歪了的短刀往上看，咸宁帝看到了一张熟悉的脸：“高——和。”

“陛下！”高让站得远，踉跄着靠近，双手撑着咸宁帝的身躯，怒视着自己亲自调教出来的徒弟，又惊又怒：“你知不知道你在做什么？”

高和松开刀柄后，后退了好几步，满是鲜血的手颤了又颤，他抬起眼，眼神狠戾地朝高让笑道：“师父，您看，您是内监总管，可您还能活二三十年！这辈子，我都会比您低上一头。”

“是您教我的，要想在这宫里活下去，成为人上人，心就要狠！”高和吐了口浊气，手不抖了，在高让面前一直弓着的背慢慢挺直，“您为您的陛下尽忠，我也为我的陛下尽忠！”

高让恨自己这么多年，竟只看见了高和做小伏低，没看出他的野心来，颤着手指：“你糊涂啊！”

就在这时，弓弦的震颤声陡然响起，如波纹般荡在人耳边，高和脸色骤然煞白，猛地转头，就看见一支羽箭脱弦，刺破空气，自上而下精准地扎进了李忱的心口，箭尾仍颤抖不止。

咸宁帝捂着流血的伤口，借高让的搀扶撑在御座上，紧盯着李忱："朕这回就教教你，逼宫夺位，不是谁都能做的。"

李忱跪倒在地，才发现一个弓箭手藏在紫宸殿的横梁上，手中的弓弦还在震颤。门外传来朱充嘶哑的喊声："殿下，禁军太多，我们要抵挡不住了！"

他的父皇，什么时候藏了这么多禁军在宫里？

他不知道。

李忱咳出一口血来，不由得大笑出声。

他想起自己是如何费心筹划，如何志得意满；想起此前他与老二是如何作对，只为了那个储位；想起更早以前，他是如何希望得到父皇的看重，又是如何因为一句夸奖话语而精神振奋。

单手撑在地上，李忱艰难地抬起头，双眼看着御座上的人。

心口处流出的鲜血一直止不住，李忱用尽最后的力气，笑得满眼是泪，断断续续地问道："我是长子……是你的儿子，立我为储，难道有错吗？"

大皇子中箭身死，高和见势不对，连忙从窗户翻出逃走，高让顾不上阻拦，只因咸宁帝一口气泄下来，再站不住。虽然咸宁帝没有被伤及要害，但伤口很深，血早已将龙袍洇湿了一大片，很是刺目。

"去把药拿来。"

听到这句吩咐，高让才想起什么，立刻跌撞着从咸宁帝的床下拿出一个木盒，取出褐色瓷瓶，将止血的药粉撒在了咸宁帝的伤口上。不过刺进去的短刀他不敢妄动，生怕出事。

眼看着血流得没那么快了，又喂咸宁帝吃了两颗提气吊命的药丸，高让才险险松下紧绷的弦。

无论是藏起来的禁军和弓箭手，还是这些药，都是咸宁帝在杨敬尧被定罪后陆续备下的。

如今的朝局确实如大皇子所说，半数朝臣归于大皇子麾下。若咸宁帝主动动手，那在杀父弑兄之后，还会添上"弑子"的罪名。那般情势，非咸宁帝所期望。

因此，在大皇子步步紧逼时，咸宁帝选择了"守"——逼宫谋逆，大皇子身死，就是罪有应得，写上史书，后世的人也挑不出错。

只是他没想到，高和竟然会被大皇子拉拢，胆敢刺君。

这时，高让耳边传来一声轻响——紫宸殿的暗门被打开了。

紫宸殿自修建之初，就留有一扇暗门，以作危急关头逃生之用，宫中只有少数人知晓。此时听见暗门处传来动静，高让心里生出不少猜测，等他定睛一看，又骤然松了一口气："皇后娘娘，您怎么来了？"

皇后未别钗环，衣着素净，边走边说道："出了这么大的乱子，我担心陛下出事，实在不放心，就赶来看看。”

先是看见了中箭身死的大皇子，皇后皱了皱眉，没说什么，等看清龙袍上的血迹，脸色一变，疾步走近御座：“怎么伤得这么重？”接着厉声吩咐高让：“你快去将太医带来为陛下诊治，陛下这里有我守着，出不了岔子。”

门外的叛军应该已经被控制住，翻不起大风浪，高让暂时还不敢让外面的人知道大皇子身死、咸宁帝受重伤——毕竟宫中还有个二皇子，若让二皇子知道了这个消息，保不准会再生出什么事端来。而皇后与陛下是年少夫妻，感情甚笃，虽然这几年淡了不少，但皇后没有子嗣，一身荣华尽系陛下身上，也是这宫里最不想陛下死的人。

这些想法都只在一念间，到这里，高让心里有了计较，但他仍谨慎地看了一眼咸宁帝，在对方点头示意后，才躬身回道：“奴婢这就去，陛下这里还有劳娘娘看顾。”又将药瓶递过去，“若伤口处的药粉失效，就要劳娘娘替陛下上药了。”

“你放心。”皇后又吩咐，“外面很乱，高公公将弓箭手带上，让他保护你和太医。记住，一切以陛下的身体为先，先将太医请来，其他任何事都容后再议。”

高让知晓事情的轻重缓急，应下来，立刻带着人从暗门出了紫宸殿。

殿中再无旁人，咸宁帝呼吸发沉，见皇后盯着他的伤处出神，缓缓地伸过手去，搭在皇后的手背上，喘息道：“朕没想到，此时来到朕榻前的，会是皇后。”

皇后隔了片刻，才回握住咸宁帝的手，柔声说道：“臣妾是陛下的妻子，当然应该守在陛下身旁。”

暗淡的灯影下，皇后眉眼如画，发如鸦羽，容貌与年轻时没有什么差别，咸宁帝看着看着，像是被勾起了什么回忆，忽地笑道：“朕还记得朕还是皇子时，有一次打猎受了伤，阿妩也是这般在我榻边替朕上药，眼睛都哭红了。”

他慢慢拍了拍皇后的手背，安抚着她：“阿妩，不要怕。”

皇后摇了摇头，手里捏着装有止血药粉的褐色瓷瓶：“陛下放心，臣妾没有害怕。”

“嗯，朕知道，阿妩看起来柔弱，性子最是坚韧。”咸宁帝惊觉，可能是因为心底的那一丝愧疚感，除宫中设宴或者有紧要的宫务外，他与皇后已经许久不见。

心软了下去，咸宁帝又说道：“等朕伤好了，朕就送阿妩一棵老梨树可好？春日时，会开出洁白的花。”他的嗓音越发柔和，“阿妩可还记得，你我初见，就是在春日的梨树下？”

“我当然记得。”皇后回答，“我还记得你问我愿不愿意嫁给你，你那时还是一个不受待见的皇子，我父母都极力反对这桩婚事，但只要是你说的话，我就都相信，所以，还是义无反顾地嫁给了你。现在想来，那时的我确实很傻。”

咸宁帝脸上的温和神情慢慢退去，他皱起了眉：“阿妩？”

“你看，二十几年了，你依然以为我还是当年那个好骗的阿妩，因为太爱你了，所以舍不得伤你。”皇后看着咸宁帝的伤口，笑道，“药效已经过了，流了很多血出来。”

咸宁帝不敢乱动，紧盯着皇后，收敛了温和神色：“皇后，不要做不该做的事！”

“不该做的事？”皇后坐直身，拿起褐色瓷瓶，手一松，只听“啪”的一声，药瓶砸到了地上，摔得粉碎，她迎上咸宁帝的视线，“是这样吗？”

“哦，对了，我让女官拿着我的懿旨，以宫变为由，将太医院轮值的太医都送出了宫。高让赶过去，肯定会扑空。”皇后笑盈盈地说道，“陛下，你看，如今没人能救你了。”

咸宁帝忍着剧痛，一把擒住皇后的手腕，向来泰山崩于前而色不变的脸上终于出现了惧恐与张皇之色：“阿妩，你不能这么对朕！太医，朕要太医！”他猛地低吼，“你不能这么对朕，你听见没有！”

手腕被攥得青紫，皇后没有挣扎，收起脸上的笑，声音冷冷地问：“我不能这么对陛下，那陛下又是如何对我的？”

“我的孩子是什么不能存于世上的妖孽怪物？为什么你要一而再地痛下杀手，那是我的孩子，也是你的亲子，你甚至不容许孩子出生！”所有的平静破成碎片，皇后眼中一滴眼泪也没有，却让人觉得她已经痛到了极致，“你是不是以为，你动手让我两次落胎再不能生育之事，我一辈子都不会知道？”

咸宁帝闭上了眼。

“中宫嫡子，生下来就会被立为储君，名正言顺。怎么，你就这么害怕有人会抢你的皇位？”这一刻，皇后眼中似浸着血，“你为了你的权力，将所有人都当作了你的敌人。”

年少时，梨花树下发生的事，仿佛一场不可沉溺的短梦。

见咸宁帝不言不语，皇后提了提声音：“可以进来了。”

听见从暗门处传来的脚步声，咸宁帝迟缓地睁开眼，就看见了一个绝不应该出现在这里的人——谢琢。

皇后脚踩在地面的药粉上，踬了踬，嘴里说道：“正好在殿外碰见，他还帮了臣妾一点小忙。听说陛下很是看重谢侍读，臣妾就将他带进来了。”

谢琢站在原地，对不远处大皇子的尸身视若无睹，也没有半丝惊讶之色，坦然地任咸宁帝的目光刺过来。

“谢衡是你什么人？”咸宁帝声音沙哑，带着浓重的杀意。

如今，他还有什么不明白的？

罗绍行刺大皇子失败，罗常被弹劾，徐伯明与盛浩元科举舞弊被揭发，太学生伏阙上书恳求定罪，杨敬尧通敌叛国被判谋逆凌迟……

一桩桩一件件，全都带着十二年前那件事的影子！

甚至谢琢与陆骁不睦，全都是演给他看的。

谢琢回答他的话："谢衡是我父亲，我小时候，陛下见过我。"

咸宁帝咳嗽了一声，口中满是铁锈味，引动伤口，疼得他呼吸一窒。他在短暂愣怔后惨然笑道："原来二十年前，他就已经防我到了这个地步！"

谢琢嗓音冷淡地说："陛下说笑了，若我父亲真的防着您，他当年就不会同谢家满门一起死去。就是因为他仍然心存侥幸，仍旧对您抱有期待，才用二十年的辅佐扶持，换来了一纸被凌迟处死的诏书。"

不知道是哪一句话戳中了咸宁帝的内心，他突然不顾伤处，撑起上半身，面目阴沉地斥道："二十年又如何？我已经让你们谢家登上了这么高的位置，还要朕怎么样？还要朕怎么报答？"

"报答？"谢琢神色冰冷，"你到底是想报恩，还是想让他去死，你难道不清楚？"

伤处的药粉被血冲散，咸宁帝唇色苍白，瞳孔微散，像是看不清一般，身体前倾，妄图从谢琢的脸上找出一点和谢衡相似的痕迹来。

失血令他浑身发冷，视线也越来越模糊了，恍惚间，他像是透过谢琢，看见了当年在夜宴中遇见的谢衡。

"你什么都不知道……你什么都不知道！"咸宁帝声嘶力竭，却无多少气力，"你可知道，每次看到你，我就仿佛看到了当年卑躬屈膝、与狗抢食才能活下去的自己！"他红着眼笑道，"可朕是天下之主，朕是皇帝！朕是皇帝啊！"

咸宁帝再也支撑不住，倒在榻上，一字一顿地说："你救我、帮我、辅佐我，你父亲为我身死，你妻子代我饮毒，你的孩子为我受苦……谢家助我登基，几番救我的性命，如此恩情，朕如何才能报答？"

他像是在问谢衡，又仿佛只是问自己。

语气转厉，咸宁帝自己回答了这个问题："不如，杀之。"

说完，咸宁帝半睁着眼，看着御座前空无一人的地方，沾着血的手缓缓往前递，似乎生了幻觉，又换了语气，乞求道："伯平，你知道朕不易……你肯定会原谅朕的，对不对？"

谢琢回应："我父亲一生唯一后悔的事，就是在宫宴那天救了你。若没有救你，他这一生，父母仍在，夫妻和睦，儿女绕膝，而不是家破人亡，满门尽灭，千刀万剐才含冤死去，裹着满身污名下黄泉。"

咸宁帝探出的手垂了下去。

莫非，这就是报应吗？

他的长子谋逆，死在了他的手里；他的次子算计他的权力，早已与他离心；他的第五子与陆家亲近，发妻恨他，朝臣反他，百姓骂他——

原来这就是，孤家寡人。

这就是孤家寡人……

曾经，他得到了无上的权力。

如今，他失去了一切，包括权力。

谢琢走近，握住短刀刀柄，寸寸下压。他俯视着咸宁帝，眼中无波无澜：“你弑父杀兄，残害忠良，弑子屠臣，为君不仁，不配入皇陵受子孙供飨。”

当夜，紫宸殿燃起大火，整夜不灭。

第二十三章 长风万里

紫宸殿的木柱和房基上都被浇了桐油，火势一起，不用风吹，整座殿宇顷刻间就陷入了火海。但起火后，无论是咸宁帝还是大皇子都还没有跑出来，有人慌张地想打开殿门，没想到门从里面被锁着，根本推不开。

不过几息，火舌就席卷而来，所有人都不得不退开，太平缸中蓄积的水于大火而言，不过杯水车薪，刚被泼上去，就化成了白气。

谢琢与皇后站在无人的暗处，远远看着。

交战打斗的声音渐弱，随之响起的是此起彼伏的“走水了”的呼喊声。

皇后曾与崔萤回相识，打量着谢琢的容貌，眼中露出怀念之色：“你长得不像你父亲，更像你母亲和你外家的人。”

谢琢点了点头：“嗯，家里的老仆也这么说，还说母亲容貌姣美，父亲为了娶到母亲，受了外祖父不少刁难。”

桂树的枝叶掩映着一弯新月，风中有淡香，皇后没有再提谢衡和崔萤回的旧事伤谢琢的心，过了一会儿，想起谢琢看见李忱中箭身死时毫不惊讶的模样，问道：“你是不是从一开始就不相信李忱能成功？”

“陛下多疑，又将皇位看得极重，绝不会轻易让李忱成功夺位。”谢琢望着远处奔走呼号的宫人，侧脸如凝玉，“我的目的，只是让整个皇宫乱起来。”

只要宫里乱起来，就有很多棋路可走。

皇后立刻意识到什么：“你知道我今夜也会动手，所以才在暗门附近等我？”

“我不知道，只是猜测而已。”谢琢毫不避讳地回答，“因为今夜，是您能报仇的最好时机，所以我猜您一定不会错过。”

“你很聪慧，算计着每个人的人心。”皇后眼里映着火光，笑了笑，“至于报仇，我其实谁也不恨，唯恨自己而已。”

没有问为什么，谢琢认真说道：“我记得小时候母亲曾提起过您，说您心性纯善，是很好的人。”

皇后目光一闪，又别开视线：“你父母也是很好的人，抱歉，当年我没救得了他们。”

谢琢的嗓音很轻："不怪您。"

紫宸殿的大火照亮了半个洛京，直至天色大亮，火势才熄灭，留下一片废墟残垣。

朱充、仇良等叛军皆束手就擒，高和也未能逃脱，在乱军中被就地格杀。高让指挥着宫中内侍去废墟中刨挖，找寻许久，终于找到了咸宁帝与大皇子的尸身，但都已经被烧得仿若焦炭，根本辨别不清。

众大臣一直沉默地等在紫宸殿前的平地上，不知道是谁先呜咽了一声，随即，不管真心还是假意，无数人恸哭，哀号不止。

"陛下驾崩。"皇后站在最前面，背对着众臣，正式宣告咸宁帝宾天的消息后，噙着眼泪吩咐高让："先将黄绫裁来，陛下生前最好体面。"

高让也哭红了眼睛："奴婢遵命。"

他仿佛已经忘了昨夜皇后从暗门进入紫宸殿，又将他支开的事。这场大火起得蹊跷，起火时不少人说闻到了桐油的气味。最重要的是，暗门未封，陛下没能逃出火场，皇后却好端端地站在这里主持大局。

可一切都不重要了，是大皇子逼宫谋反，火烧紫宸殿，咸宁帝被烧死，大皇子也未能逃出。而昨夜殿内发生的事，只会成为他带进土里的秘密。

将烧得面目全非的尸首收殓后，宫人们取了水冲洗地面，血气骇人。

皇后站在原地，悲痛得不肯离开，最后是经历两朝的老太傅颤巍巍地跪在地上，恳请皇后移驾，皇后才由女官搀扶，带着高让，与众人一同去了文华殿议事。

咸宁帝突然驾崩，事情千头万绪。众臣商议后，一致认为，如今最为紧要的便是新君登基，着手治丧，加上骤经宫变，大皇子作为主犯虽然死了，但从犯仍在，也需要新君下发诏令，惩治逆贼。

咸宁帝子息不丰，三个皇子中，一个谋逆逼宫已经身死，一个至今被禁足，另一个尚在凌北。

所有人都不约而同地停下了哀泣，已逝的咸宁帝成了"先帝"，且死得并不光彩。如今，新的利益摆在面前，等着所有人分割。

有人率先提出："大楚立国，长幼尊卑不可不尊。如今大皇子身死，自当立二殿下为储君，择日即位才是！"

御史中丞眼睛都没抬，反驳："你这是忘了二殿下与他那外家干出来的好事？你不怕天下士林沸腾，口诛笔伐？"

"五皇子年幼，长在宫中，从未接手过政事，且你我都不知其秉性。二皇子年长，熟悉政务，即使从前有错处，也并非不可饶恕的污点。况且，陛下与大皇子此般情况，若真等着五皇子从边境赶回洛京，还不知道要拖到什么时候。"

兵部尚书吕义直接说道："你还不如说二皇子比五皇子更好摆弄，你这是选傀儡，想自己摄政不成？"

另一个人仿若没听见吕义的嘲讽，支持前一个人的话："没错，即便不立新君，也该让二皇子出面统领众务才对。"

"对，国不可一日无君，若朝中因此生乱，北狄乘虚而入，你我才是天下的罪人！"

在场众臣，谁不清楚对方心里打的什么算盘？

想来，趁着昨夜的混乱，尚被禁足的二皇子不知道往宫外写了多少封信、传了多少密语，又许诺了多少好处。

就在众臣争论不休时，梁国公重重地冷哼了一声。

顿时就有官员看向他："怎么，国公有什么话说？"

皇后也看向了梁国公。

"说连同外家、泄露策论题目、科考舞弊算不上污点的人，这些话，你们敢对着天下士人举子说吗？怕不是立刻就会被唾沫淹死！"

此前说二皇子行事并非不可饶恕的人半转过身，不想直面梁国公的嘲讽。

"另外，二皇子禁足之期未到，陛下前一晚才驾崩，尔等今日立刻将圣命作废，就不怕陛下寒心？还有害怕无人统领众务的人，皇后娘娘打理宫务多年，如何会无人统领众务？"

皇后坐在主位上，一身朝服，未染脂粉，看起来很是憔悴，点了点头："一众宫务，有本宫在，诸位大人暂且不必忧心。"

当向来不沾政事的梁国公站出来说话时，她就隐隐意识到了什么。

有人不服气地说："可事实就是，凌北与洛京相隔千里！"

看了看天色与殿中的铜漏，梁国公将手揣进袖中，睨了那人一眼，悠悠开口："谁说五皇子如今远在千里之外的凌北边境？"

他这话一出，殿中骤然一静。

自进殿开始就由着众人争执的老太傅睁开眼睛，缓缓询问："梁国公何出此言？"

就在这时，殿外传来通报声：

"五皇子进殿。"

"武宁侯进殿。"

众人惊讶，纷纷朝殿门望去，有反应快的人，立刻想起前些日子，梁国公世子沈愚突然出京，说是游山玩水，难不成是去了凌北？

同时众人心中恨极——还真是老狐狸，这从龙之功，竟被梁国公府和陆家抢了先！

不多时，已经离开洛京四个月的五皇子李恪出现在群臣眼前。

与众大臣心中既往的印象不同，李恪身量高了不少，目光坚韧，踏入殿中的每一步都迈得极稳。而跟在李恪身后的，是身着黑色夔纹服，毫不掩藏一身悍然杀气的武宁侯陆骁。

看见这一幕场景，不少知情的人心里“咯噔”一声——

当初陆骁为了回凌北“奔丧”，答应大皇子，定会找机会在凌北除掉五皇子。可如今，陆骁特意走在五皇子身后，明显有效忠与保护之意。

现在看来，大皇子这是被陆骁和陆家狠狠摆了一道。

此前口口声声说拥立二皇子的人，纷纷闭口不言。

原本对他们来说，二皇子外家早已垮台，定然很好拿捏——二皇子为了登位，可是许了他们不少好处。至于五皇子，在朝中毫无根基，无外家照拂不说，还未成婚，缺少岳家的支撑，根本就无须放进眼里，遑论与二皇子争夺皇位？

但是，陆骁跟着李恪回来了。

陆骁不过区区一个没有实权的武宁侯，但陆骁背后站着的，是陆渊和陆绪，是苍狼骑和陆家军，以及整个凌北。

这是实打实的兵权。

就在文华殿中寂静无声时，梁国公率先行礼并唱喏：“恭迎殿下回朝！”

在梁国公有了动作后，站在梁国公身后的勋贵们反应极快，立即跟着行礼：“恭迎殿下回朝！”

李恪连续赶了好几天路，几乎没怎么闭过眼，整个人都被马颠得有些发晕。

在路上得知李忱逼宫、落败身死，紫宸殿大火、咸宁帝薨逝的消息后，还没来得及理清思绪，就被陆骁带着连过洛京内外两座城门，匆匆跑马入宫。

临近文华殿，陆骁忽地退到了他身后半步远的位置，不再与他并排行走。

李恪不解，刚想问，就见陆骁笑得散漫，眸中之色却极认真：“四个月前，在洛京城外，我曾告诉殿下，我和陆家都会保护殿下，不过同样，殿下也要学会保护自己。现在，臣与陆家仍会是您的后盾，但眼前这条大道，唯有殿下一人能走。”

李恪的脚步慢了下来。他想起从洛京到凌北的路上，看见了在地里刨食、被赋税徭役压垮、衣衫褴褛的百姓，想起在凌北看见的将军百战、壮士浴血，悍不畏死，以血肉之躯做大楚屏障的将士。

李恪意识到，自己未来将会被困在这一方天地里，再不得自由。但同样，他能做的事，也会多很多。

面对深深拜下的梁国公与一众勋贵，李恪下意识地转身去寻陆骁，却发现陆骁没有看他，只朝他利落地跪了下去，掷地有声：“恭迎殿下回朝！”

这一声像是惊醒了什么，满殿的文武大臣对视后，纷纷跪地，高呼：“恭迎殿下回朝！”

一整天里，陆骁穿着黑色夔纹服守在李恪身后，毫无纨绔之气，反而目光凶得令不少人避着走。

有了陆骁的强势表态，更无人再敢提一句二皇子。

天色将晚，李恪送走最后一批大臣，累得瘫倒在座椅上。他转头看向陆骁，不由得抱怨：“怎么事情这般多？门槛都要被他们踏破了！回宫到现在，我还没去看过我母妃！”

陆骁也抱怨：“回京到现在，我也还没去看过阿瓷。”

李恪不想知道阿瓷是谁都难——这个名字，他在凌北时，从陆骁嘴里听过不知多少遍。他想了想，说道：“我命人去把宫门关了，这样就不会有大臣进宫来找我，你就可以出宫了。”

见陆骁抬脚就准备往外走，李恪又将人叫住，还没来得及开口，就听陆骁喊了声“张召”。

张召就候在殿外，探了个脑袋进来：“少将军，有事？”

“你带亲卫守着殿下，保护殿下的安全，若出了半分差错，你就自己抹脖子吧！”话音刚落，陆骁已经蹿了出去，很快就看不见人了。

陆骁入京时，特意派了人来告知，这导致谢琢一整天里，听着宫内宫外的各种消息，心神不宁。

无心做旁的事，谢琢放下烛台，发现卧房中的兵书还停留在陆骁走之前看的那一页。就在这时，谢琢耳边响起了叩窗的声响。

谢琢以为跟之前一样，都是他的错觉，但他仍走过去，打开窗，然后就看见了陆骁。

陆骁终于将心里想了不知道多少遍的话说了出来：“阿瓷，我回来了。”

谢琢盯着陆骁，嘴唇动了动，却没说出话来。

陆骁单手撑着窗台，熟练地翻进房里，伸出结实有力的手臂，给了谢琢一个拥抱，笑道：“阿瓷长高了。我走后，阿瓷可有好好喝药？”

谢琢轻声回答：“有。”

不知从何处传来了打更的声音，这时，在熟悉的房间里，面对着熟悉的人，陆骁才终于将战场的长刀利箭都抛到了脑后：“阿瓷，我身上脏，我去洗澡。”

谢琢点了点头：“我给你备着水。”

水声止歇，等陆骁换了身衣服重新进来，谢琢总觉得他这次回来，变得不一样了。

身量比离京前高了，走之前穿过的夔纹服，如今袖口已经短了一小截。周身的气息更加冷厉，而且盯着人时，像是锁定了猎物。

室内烛光明亮，谢琢一眼就看见松散的衣襟下，陆骁的胸膛上添了许多道伤。

陆骁知道藏不住，所以根本就没想藏，见谢琢盯着自己肩下的伤疤，主动说道：“这是沙河一战，我率军去追击阿木尔，跟他对上时，他的枪尖划过来留下的。”

谢琢目光落在肋处一道手掌长的痕迹：“这里呢？”

“刀伤，记不清是谁留下的了，不过那场仗，我带着五千人，直接把对面八千人全打残了！”

自觉地指了指肩膀处的伤口：“上个月月底有一场攻防战，这是箭伤，当时运气好，箭尖卡得稳，没流多少血。”

没等谢琢说什么，陆骁飞快地转开话题，提起：“不用担心，凌北现在的战局已经稳定了，耶律真腹背受敌，他的汗位又是夺来的，他能夺，别人也会起同样的心思。所以，现在北狄内部混乱得很。我走时，我爹他们正在筹备夺回凌云关，想来这次出兵应该能抢回来。”

第二天，陆骁两下洗漱完：“阿瓷今日可要去大理寺？”

“嗯，前夜宫变，大理寺肯定会忙上很久，说不定连休沐日都轮不上。”谢琢坐在镜前束发，见陆骁动作间，露出了手腕上系着的深色皮绳。

皮绳表面磨损明显，谢琢暗想着，改日再编一条，亲自系到他腕上。

陆骁抱怨：“我也得进宫跟着五皇子，朝中那帮大臣不安分，要多吓吓他们。我爹还不让我回去，要等朝局稳定后才让我离开洛京。”

谢琢含笑道：“少将军英武。”

明明只是普普通通的一声“少将军”，在凌北都不知道听过多少遍了，但陆骁此时听着，心情立刻好上了几分。

谢琢到了大理寺不久，就有宫中内侍前来请他入文华殿轮值。

大理寺卿一听是未来的陛下传召，立刻就放了人。

汉白玉围栏上的血迹已经被冲刷干净，除紫宸殿化作了一片废墟外，整座宫城仿佛没有任何变化。大臣们进进出出，禁军值守，宫人们侍立等着被召唤。

只是御座之上，这片山河换了主人而已。

谢琢踏进文华殿，站在阶下的陆骁偏头看了过来，随即毫不掩饰地挑起嘴角，明显很开心。

尚服局的人正在为李恪量身，新皇一旦登基，除龙袍朝服外，一应常服等都要准备好才行。

李恪一边抬着手臂，一边听高让念折子，见谢琢来了，便示意高让停一停，笑着说道：“事务实在繁多，要劳谢侍读跟我一起在文华殿忙上一整天了。”

谢琢恭敬施礼：“这是臣职责所在。”

李恪不由多看了几眼身穿绯色官服的人，心里想，传闻确实没错，谢侍读长得跟玉人似的。

诏书起草事关重大，容不得丝毫差错，他如今在朝中毫无根基，又尚未正式登位，谢琢与陆骁关系亲厚，是他现在难得能信任的人。

先帝崩逝，治丧的事礼部虽然已经专门派了人负责，但诸如谥号等要务，仍会问到李恪这里。李恪与咸宁帝并无多少父子亲情，鉴于咸宁帝杀父、屠兄、弑子，残害忠良，在挑选谥号时，用朱笔圈了一个平谥，谢琢随即往礼部拟了诏令。

内阁已将新帝登基后改元的备选都递了上来，虽然年号还没完全定下，但谢琢还是事先将改元的诏书草拟了两遍。

一个上午过去，谢琢算了算，他竟拟了不下十道诏令。

天色黑尽，谢琢和陆骁一同乘马车去了千秋馆。

往里走时，谢琢问起："沈世子怎么没有一起回来？"

"凌北饮食虽不如洛京精细，但很有特色，阿蠢特别喜欢吃那边的牛肉汤。他一听我们要快马赶回洛京，立刻去求我爹再收留他一段时日，说他之前在来凌北的路上，骨头被颠散了，现在还没恢复好，实在受不住长途跋涉，其实就是还没有喝够那牛肉汤。"

谢琢想起在许三娘那里，沈愚听说要以最快的速度赶去凌北报信时，手中筷子都惊掉了的情景。

千秋馆里间，宋大夫正在整理医案，见谢琢进来，眼神一亮："我将炎心草减至三钱，另外加进了勿寒子，你试试这新药方的效用如何！"

谢琢坐下后，将手腕递了过去。陆骁站在旁边，又担心起来——即使从信中已经知道谢琢身体好了许多，可依然担心。

半晌后，宋大夫收回搭脉的手："较上次过来时又好些了。"他朝陆骁笑道："陆小侯爷从凌北送来的那些草药，有几种效果都不错。如今已入秋，若公子今年冬天再不犯寒疾，那病邪尽除便真的指日可待了。"

三日后，李恪登基，改年号为"征和"，有"征伐四夷而天下和平"之意，又尊嫡母皇后为慈圣皇太后，生母贤妃为惠圣皇太后。慈圣皇太后将宫务交接后，逐渐深居简出，鲜少露面。

登基大典结束，李恪下诏，加开恩科，为朝廷招贤纳士。

万象更新。

大楚习俗，家中子女加冠及笄前都不正式过生辰，以免惊动鬼神，将命收了去。

谢琢的生辰在十二月十一，因家中无长辈，便跟陆骁说好，由他替自己简单束发戴冠即可，不用在乎那些虚礼。

陆骁自己的冠礼随随便便就在中军帐里过了，但轮到谢琢加冠，陆骁特意跑了一趟钦天监，让监官挑了一个最吉利的时辰。

谢琢寅时就被叫起来了，看了看窗外黑沉沉的夜色，困倦得睁不开眼。

陆骁极为上心，取来昨日就备好的祭祀供品在老树下的石桌上摆好，又给谢琢披上厚厚的斗篷，戴好狐裘围脖，这才出了卧房。

悬挂的灯笼下，双手执着香，陆骁认真说道：“祭告天地祖先，今日阿瓷就成年了，望你们能保佑阿瓷无病无灾。”

祭告完，担心谢琢冷着了，陆骁先带人进了卧房，然后才去院中将神主牌位和供品收起。

确定吉时未过，陆骁又仔细替谢琢将头发束起，拿出准备好的素冠替他戴上，这才呼了一口气，笑道：“加冠礼成。”

谢琢碰了碰自己头上的素冠。

今日，他正式及冠了。

觉得自己束发的水平越来越好了，陆骁又说道：“我也有礼物要送给阿瓷。”

“是什么？”

看到木盒中盛放的两枚一模一样的玉佩时，谢琢惊讶了。

玉佩玉质莹润，玉上雕刻的是镂空缠枝纹，下面刻有四个小字——百岁无恙。

那是陆骁的字迹。

“以后有我在，阿瓷再不用将先前那枚玉佩放在枕下安眠了。”陆骁从木盒中取出一块玉佩，慎重地系在谢琢的腰上，“祝愿阿瓷，百岁无恙。”

二十几天后，过了除夕，在亡人的祭日里，谢琢把和陆骁一起抄的《往生经》都烧了。

火光明亮，经卷逐渐化成飞灰，在火焰上翻腾，最后随着北风不知散去了何处。

正月之后，天气开始回暖，谢琢天天服药，没有犯寒疾，但春困却犯得厉害。好像整个人都松懈了下来，时常赖床不想起，可点卯又不能不去。

这天到了大理寺门口，谢琢准备下车时，被陆骁叫住：“谢少卿晚上可有空？阿蠢从凌北回来了，今日下午入京。”

李恪登基后不久，就将谢琢升作从四品大理寺少卿，兼任翰林院待诏。初时，李恪是为确保谋逆一案的审理无欺瞒情况，之后，谢琢主要帮李恪盯着刑狱事务是否公正，隔几日去文华殿轮值即可。

“沈世子回来了？”因为大雪封路，沈愚在凌北回不来，除夕都没在洛京过。如今开春，算着时间，他确实该到了，谢琢习惯性地摸了摸腰间新换的香囊：“好，那你到时来接我。”

陆骁笑着回道：“嗯，等你散衙出来，我在大理寺门口等你。”

会仙酒楼。

包间里，沈愚被一口茶呛到，咳得天昏地暗。稍微缓过来后，他就睁大双眼，看着对面的陆骁和谢琢：“那……那谢侍读，不对，谢少卿就是你的小青梅？那个穿鹅黄衣裙、发髻上系着铃铛的小青梅？”

陆骁已经猜到沈愚会是这反应了，点头：“对，他就是阿瓷。”

沈愚感觉眼前发花——自己离京不过半年而已，怎么什么事都变了？

新帝下旨，将去年九月之前算作咸宁二十二年，九月之后，算作征和元年。所以他去了一趟凌北，去时还是咸宁二十二年，回来时，就已经是征和二年了。

沈愚喃喃自语：“皇位换人了，大皇子死了，年号变了，我家库房里的金银又多了不少，连陆二的小青梅都变成男的了！”

沈愚又偏过头去问张召：“你是什么时候知道的？”

“从凌北回来后知道的，侯爷之前瞒得太严实了。”张召觉得惊吓不能自己一个人受，故意说道，“对了，世子您还不知道吧？衡楼、千秋馆、琅轩还有那些茶庄、布庄、酒楼、书肆，全都是谢少卿的！”

沈愚又惊了：“谢少卿竟如此富有？”他盯着陆骁许久，羡慕道，“陆二，你这是什么好福气？”

陆骁很是得意：“反正是你没有的福气！”

沈愚又忍不住翻了个白眼，懒得再理他，以茶代酒，敬了谢琢一杯，感慨道：“陆二就一根筋，他念了你很多年。”。

“嗯，我知道。”谢琢笑着与沈愚杯盏相碰。

征和二年初夏，朝廷始定，李恪言大楚与北狄日后必有一战，钦封陆骁为正二品骠骑将军，赶赴凌北。

谢琢辞去官职，收拾了行装。

城外，风从远处吹来，将他的宽袖卷起，谢琢骑在名为“雪见”的马上，回望洛京。

他曾在这座城中度过温暖的幼年时光，也是在这座城中，失去了所有亲人，没有了家。

他曾回到这座城，步步为营，布下杀局，也是在这座城里，与陆骁重逢。

陆骁穿着黑色夔纹服，袖口扎进蜥皮护腕里，翻身骑上照夜明，眉目飞扬，笑着邀请：“阿瓷，你可愿与我去关山跑马、雪原寻梅？”

谢琢回过头来，握着缰绳，轻夹马腹，朗声回答：“有何不可？”

从今往后，长风万里。

烈雨惊雷，他作陪。

番外一 关山月明

进入凌州的地界后，阔野千里，天高云低，两匹纯色的骏马踏着官道，自绿树掩映处奔来，扬起一阵轻尘。

官驿的小吏听见动静，连忙快步迎出来，远远便拱手施礼，高声问候："陆将军一路辛苦！"

陆骁听见这个称呼，后背一紧，下意识地往左右看了看，发现官驿门口除了他们以外再无别人，才重新放松。

谢琢一身青色常服，学着陆骁的做法，将宽袖全都扎进了蜥皮护腕里，墨发高高束起，很是利落。他踩着马镫下马后，故意取笑陆骁："陆将军这是怎么了？"

"你又不是不知道，听见有人喊'陆将军'，我总以为是我爹来了。"

自从被封作骠骑将军后，没人再叫他"陆小侯爷"了，谁见了他都是一口一个"陆将军"，陆骁很是不适应。

官驿的小吏早就得到消息，陆骁回凌北会从这里经过，与他同行的还有深得圣心的前大理寺少卿兼翰林院待诏谢琢。这两个人都是新帝的心腹，他半点不敢耽误，早早就候着了。

如今见了人，小吏堪堪回神，意识到，洛京来的传闻不假，无论容貌还是风仪，这位谢少卿都是他见过的人中最好看的。

至于这位谢少卿为什么突然放着入阁的青云路不要，直接辞官，离开繁华的洛京前往苦寒的凌北边境，洛京上下议论纷纷，却没人能下个定论。

小吏小心翼翼地引着路，谢琢随陆骁跟在驿站小吏身后，没怎么看路，只好奇地打量周围。

此前因为病体所累，谢琢没有出过远门，因此沿途普通的风景也能勾起他的兴趣。和别处相比，凌州有着全然不同的风貌，山川高且绵长，有如天削地凿，山顶还覆盖着皑皑白雪。官驿内没有雕梁画栋，也没有小桥流水，却有着一股与此地格外相合的粗犷气息。

陆骁开口询问："最近可有人马经过？"

"前些时候，小陆将军带着人马从此地经过，也歇在了驿站里，行军行得很急，入夜才进来安顿，第二天天不亮就又启程了，叮嘱我备了点干粮。”

“我兄长？”陆骁想了想，又问，“他们是不是往东南方向去的？”

小吏回忆了一番，回道：“正是往东南去的。”

关上房间的门后，谢琢才问：“和沙蝎部有关？”

他记得凌北递上来的奏折中提起过，此前陆渊受重伤时，陆绪也杳无音信，实际上，在此期间，陆绪带人荡平了沙蝎部，几乎扫干净了整个凌北东南地域。

陆骁眼里是毫不掩饰的锐利之气：“应该是，北狄人狡猾，除非亡族，否则就跟会打洞的老鼠一样东躲西藏，残兵又伺机出来作乱。不过，我陆家能荡平他们一次，自然就能荡平第二次。”

去找小吏探听了些消息后，陆骁踩着木质的楼梯回房，就见谢琢站在窗前，正望着远处的山脉出神。

自前事了尽，谢琢夜里惊梦的次数少了，白日里也甚少思虑，像今日这样的情况很是少见。

陆骁站到他身旁：“阿瓷可是在担心什么？”

“嗯。”谢琢侧过身，有些迟疑，“后天上午就会到苍烟台，陆将军和宋姨……是什么样的人？”

“宋姨”是他小时候的叫法，在他印象里，宋语归是个言语温和的人，笑容好看，会将糕点切成小块喂给他，会在他喝完一碗药后夸奖“我们阿瓷真厉害”。

可已经过去了十二年，世事变迁，他也不再是十二年前的阿瓷。

谢琢又解释：“我没有多少与长辈相处的经验，所以不知道应该怎么做才是好的。”

陆骁意识到，阿瓷是在担心，担心自己不会与长辈相处，担心自己能不能讨得长辈喜欢，会不会引得长辈嫌恶……

片刻，陆骁缓声道：“不用担心，我保证，他们都会很喜欢你的。”

在谢琢看过来时，陆骁又认真道：“阿瓷只需要做阿瓷，不必为了任何人改变。”

又赶了一天的路，终于在第三日上午，照夜明和雪见一起停在了陆家的大门前。

陆渊和宋语归就等在门口，都穿着常服，目光同时落在了谢琢身上。

谢琢有些手足无措，就见宋语归提着裙摆快步走了过来。

对方和记忆中的样子没有什么不同，身量高挑，一双眼总是带着笑，眉宇间有一股英气。

谢琢站定，涩声叫了一句：“宋姨。”

宋语归听见这个称呼，眼眶立刻就红了，看着谢琢，努力笑了笑，压下嗓中的哽咽，关切地问道：“从洛京到凌北，路这么远，阿瓷肯定累了吧？现在到家了，到家就好了，都好了。”

听见这句话，谢琢怔了怔——家？

这个字对他来说极为陌生。无论是清源的宅子还是永宁坊的小院，于他来说都只是住处而已。

他的家，早在咸宁九年就已经没了。

在他短暂愣怔间，手被宋语归握住，宋语归引着他往府里走去。

“之后你就住驰风的院子，好不好？他的院子宽敞，不过他是个不爱碰笔墨的人，书房里空荡荡的，什么都没有，我就做主让人移了一张书案进去。听驰风说，你喜欢瓷青纸和鹄白纸，不爱用浓墨，喜欢用‘光清而不浮’的兰烟墨，我就都备了一份放在桌案上。”

“劳宋姨费心了。”谢琢手臂僵硬，一动不敢动。

宋语归的手很软，像是带着一股馨香，温温热热的，让他不由得想起幼时被母亲牵着的感觉。

“这有什么费心的？房里还添了书架，到时阿瓷有喜欢的书，就都可以放上去。驰风说你喜欢下棋，棋桌也备上了，就在窗边的矮榻上。”宋语归又笑道，“他们父子三个都爱舞刀弄枪，阿瓷来了，这府里总算有了点文墨气。”

她又看着谢琢，忍不住笑出声来：“就是我们阿瓷好好一个冰雪可爱的小姑娘，怎么突然变成翩翩少年郎了？”

谢琢下意识地想解释：“宋姨，我……”

“宋姨都知道。”宋语归拍了拍谢琢的手背，“宋姨只是在遗憾，给你准备的那些珠串、铃铛和胭脂、衣裙都用不上了，准备的时候，我还想象过阿瓷穿上的模样，肯定很漂亮！”

谢琢想起，洛京武宁侯府的库房里，也有满满一库房的衣裙和钗环。

“不过没关系，我们阿瓷生得这般清俊，到时宋姨给你多裁几身衣裳，还有扇袋、香囊、玉冠锦带什么的，都多做一些！”

谢琢不知道该怎么回答，点了点头：“好。”

“我已经让人准备了你喜欢的吃食，不过你脾胃弱，又赶了远路，记得不能多吃，以免脾胃承受不住。凌北这边的吃食有很多，你有什么想吃的东西，都可以告诉宋姨，知道吗？”

谢琢再次点头：“我知道了。”

陆骁安安静静地跟在后面，不由得翘起唇，觉得这天光真好。

一路将谢琢送到陆骁的院前，宋语归才停下来，转头叮嘱陆骁：“你一会儿带阿瓷去看看卧房和书房，如果有哪里不好，你就按着阿瓷的心意改一改，缺什么东西，就去库房里挑。”

陆骁赶紧应下：“知道了，知道了，您就别操心了，我会照顾好阿瓷的。”

宋语归瞪他一眼：“你连自己都照顾不好，还好意思说照顾人？”她又摆了摆手，“算了，算了，懒得说你，我和你爹去厨房看看，你们先好好歇歇。”

陆骁等的就是这句话了，立刻拉起谢琢，进房关了门。

门外，宋语归站在原地，忍了许久的眼泪终是落了下来。

陆渊揽着宋语归的肩：“怎么哭了？孩子已经来了，以后只要陆家在，他就有一个家。你今早不是说，绝对不会哭的吗？”

宋语归红着眼睛：“阿瓷受了太多苦。”

陆渊想起从陆骁信中得知的消息，难以想象这些年来，谢琢是怎么撑过来的，替宋语归擦了眼泪：“伯平和萤回不在了，我们替他们好好照顾阿瓷。”

宋语归点了点头，眼泪仍止不住：“我只是一看见人就难过，十四年前，他才那么小。”

“阿瓷虽然随驰风进去了，但要是看见你站在院门外哭，孩子心里不知道会怎么想。你不是说灶上还煨着给阿瓷炖的汤吗？炖多久了？”

宋语归一经提醒，立刻想了起来：“走，走，走，你赶紧跟我一起去看看，千万别熬干了！”

窗棂后，陆骁站在谢琢身边：“有一年，我爹被北狄人围杀，差点没能回来，不少人说陆渊肯定已经死了，我娘怒斥此人，又说陆渊跟她缔结百年盟约，现在还差了几十年，肯定会回来的。然后她站上城楼，鼓舞士气，一直等到我爹回来。就那次，我娘都没哭。”

陆骁又笑道：“她多心疼你，第一眼看见你的时候眼睛就红了，硬忍着，不好意思当着你的面掉眼泪。等你一转身，她才忍不住了。”

谢琢有些无措：“我以为陆将军和宋姨可能会因着两家的旧日情谊，不至于对我冷脸相待……但没想到他们对我这般好。”

他就像一直以来都独自行走在雪原中，突然面对温暖的火光，不会不假思索地立刻走近取暖，而是会忐忑不安。

陆骁语气笃定地说：“阿瓷这么好，值得被好好照顾。”

宋大夫与葛武一道，比谢琢晚几日到凌北。因为将军府附近也设有千秋馆，安顿好后，宋大夫休息两天就再闲不住，拎着药箱去坐诊了。

将素白的手腕放到迎枕上，等把完脉，谢琢观察着宋大夫的神情，浅笑道：“想来脉象是好的，否则您已经开始念叨了。”

宋大夫睨了谢琢一眼：“在你眼里，我就是如此絮叨嘴碎之人？不过凌北确实是个好地方，公子来了之后，胸怀开阔，再无郁结情绪。”

“嗯，我很喜欢这里。”谢琢理好袖口，又拿过砚台和墨锭磨起墨来。他眼底再无沉郁之色，整个人透出一股安然恬淡的气质，坐在桌边，有如丹青所描。

“我也挺喜欢的，这里民风彪悍，但人心纯朴，比洛京可清静多了。”宋大夫捋了捋花白的胡子，说回谢琢的病情，“拔除寒毒是个极为缓慢的过程，不管是我还是公子，都要有十足的耐心。我在来的路上琢磨着，可能要八年十年才能好，不过观公子现在的情形，说不定五六年就能有明显的效果。”

宋大夫又问起：“在凌北，公子可开心？”

他从谢家还在时就开始为谢琢诊病，亲眼看着病弱稚儿在家人的爱护下慢慢长大，心思纯净，又看着年纪不大的谢琢遭逢巨变，靠着一股恨意撑下来，步入朝堂，手刃仇人。他同样也清楚，自咸宁九年以后，数千个日夜里，谢琢从未开心过。

听到这个问题，正在帮宋大夫整理医案的谢琢几乎没有多想，就肯定地回答：“我在这里的每一天都过得很开心。”

说出这句话时，谢琢眼里浮起浅笑，令他身上的孤冷气消散了不少。

他曾经以为，他短暂的一生，都会陷在压抑的仇恨中，夜夜惊梦，拖着残躯度日。可是有一天，一缕烈阳照了进来。

此后，他的世界里再无严冬。

“这就好。”宋大夫眼中满是笑意，“人活一世，能握在手里的东西太少了，公子自幼聪慧，一直都知道自己想要的是什么，那就莫要后退，莫要彷徨。”

谢琢颔首：“我记住了。”

这时，门外传来一阵熟悉的脚步声，谢琢回头，正好看见陆骁推门进来。

“不是说随陆将军去中军帐议事了吗？怎么这么快就回来了？”

陆骁给自己倒了一杯冷茶，两口喝完，解了渴意，回答：“没什么要事，我在旁边听得坐不住，干脆就找了个理由过来找你了。”他又转过头：“宋大夫，阿瓷可要吃点药？从洛京到凌北路途遥远，赶了这么久的路，我怕阿瓷身体不舒服。”

宋大夫笑吟吟地回答：“公子脉象平和，身体较以前好了许多，只是赶路，没有大碍，少将军不必忧心。”

陆骁顿时变得神采飞扬：“既然如此，那我就先带阿瓷走了？过几日再来找您复诊！”

等出了千秋馆，骑上照夜明，谢琢才询问：“我们是要去哪里？”

陆骁双腿一夹马腹，朝出城的方向行去，又指了指天空：“看天上这云，再过不久应该会下大雨，趁着雨还没落下来，哥哥带你去找大雁窝！”

谢琢记得很清楚，当初在武宁侯府的库房中翻出了一个木盒，盒中都是十几年前陆骁写给他的信。信上记录的是陆骁在凌北的一些鸡毛蒜皮的日常琐事，其中一件，就是赶在下雨之前掏大雁窝。

正是水草丰茂的时候，照夜明停在水边，打了声响鼻，下了马，陆骁叮嘱：“这一片草很密，走路要小心，一个不注意就会陷进水洼里。”

谢琢低头，发现确实难以分辨哪一处草下是水洼，哪一处是泥土。他好奇地问：“你小时候也经常陷进去打湿鞋袜吗？”

陆骁唇边带着笑意：“我不会。我通常是赤着脚，要是踩了满脚的泥，到水边洗干净就好。不过阿瓷就算湿了鞋袜也没关系，我可以背你。”

谢琢每一步都走得很小心，不服输地说道：“你应该不会有这个机会。”

陆骁对怎么找到大雁的窝很熟悉，一看以前就没少做这样的事。讲解一番后，他带着谢琢站到一片水草旁边，拨开几根芦苇：“阿瓷你看，那里就是大雁的窝，不过这个时节窝里是空的，没有蛋。”

算起来，谢琢直到及冠才第一次做这一类事，随着陆骁所指的方向看过去，上身还微微前倾，神情很是专注。

陆骁又道：“等来年春天，我再带你过来，那时候窝里就会有蛋了，每一个都比拳头还大。你要是喜欢，我们还可以去抓野兔，”

“好。”谢琢弯腰捡了两根大雁的羽毛，准备带回家。这时，天边隐隐传来雷声，他还没反应过来，就被陆骁攥着手腕跑了起来。

青草被踩在脚下，草汁的香气被刮起的大风吹得四散开来，衣角从茎叶间飞快地掠过，发出窸窸窣窣的声音。

谢琢紧紧握着两根羽毛，跟在陆骁身后，穿梭在芦苇丛里，不由得开心地笑起来。

他不知道为什么笑，也不知道为什么会这么开心，好像此时此刻，开心并不需要任何理由。

雨停时，天光已暗，远山如洗，明月高升，不知道哪一处水草下面传来了淙淙的流水声，咚咚如乐。

两个人都没有急着返回，而是松开缰绳，任由马儿沿着溪流慢慢往前走着。

大雨一扫闷热感，草尖上坠着露珠，被凉风一吹，露珠便抖动着落了下去。

行了长长一段路，四野无人，陆骁聊起别的话：“阿瓷可想学射箭？”前两日，他见谢琢站在校场旁看他射箭，似乎很有兴趣。

谢琢墨发被风吹得有些凌乱：“你教我？”

陆骁挑起唇角，笑容肆意：“自然是我教你，以后阿瓷想学什么，我要是会，就教你，要是不会，就跟你一起学，阿瓷想去什么地方，我也跟你一起去，如何？”

谢琢许久才轻声回答：“好。”

马蹄慢下来，最后停在了水边。

芦苇轻荡，湿漉漉的叶尖上盛着一缕月光。

忽地想起什么，谢琢缓缓抬头，便看见天边一轮圆月，清辉皎皎。

番外二 总角之宴

咸宁八年，夏末秋初。

洛京城中连下了好几场雨，荷塘水满，湿了枯荷，长夏最后一丝燥热退去。

谢家宅院里，四角凉亭檐尖上的瓦片被昨夜的雨淋了个透，如今晒了半日的太阳，颜色深浅不均。身着浅绿衣衫的侍女从凉亭的阴影下匆匆走过，最后停在正院前，站定了仔细回话：“寒枝姐姐，我将宋大夫送上了马车，宋大夫临行前叮嘱说，两日后他再来府里，到时不用府里派马车去接，他自己过来便可。”

寒枝身形高挑，着深青色衣裙，只在发上别了一支银簪，干练利落，听完这话点了点头：“三姑娘刚喝完药，好不容易才睡下，你盯着点，别让人吵着了三姑娘。”

绿衫侍女连忙点头：“我记下了，寒枝姐姐放心，”她又想起，“若是那陆将军府上的二公子过来了，应当如何？”

陆家与谢家本是通家之好，陆渊与谢衡更是有同窗之谊，即使陆渊常驻边关，两边的情谊也一直没有断过。这次陆渊回京述职，免不了宴饮交际，陆二公子陆骁年纪还小，于是大多时候，陆骁就被父亲托付给谢家照看。

看了看天色，寒枝吩咐道：“陆二公子有课业，通常申时才会过来，那时三姑娘也差不多醒了，若二公子到了，你就引他进去。”

绿衫侍女连连点头：“我回来时看见各田庄和商铺的管事都已经到了偏厅，怕是等了有一会儿了，寒枝姐姐你快去吧，若是有什么事，我立刻去找你。”

谢家是夫人崔萤回掌家，不过府上众人都知道，三姑娘早产体弱，这几年，谢衡与崔萤回几乎耗尽了心力，才险险地把孩子性命保住。这回三姑娘病得急，崔萤回不放心将孩子交给旁人照料，不免顾不上旁的庶务，只能让寒枝打理。

寒枝朝院内望了一眼，想起三姑娘病中煞白的小脸，虽放不下心，但也只能再三将琐碎杂事吩咐清楚，随即快步离开正院，往偏厅去了。

与寒枝估计的情况差不多，申时刚过，陆骁便到了正院前，见门口有侍女守着，就猜到阿瓷妹妹应该是在休息。

他随父亲陆渊自凌州入洛京述职，刚下马车，就被府中门房里塞满的拜帖惊了。看父亲挑挑拣拣，还是有许多聚会、宴饮不能不去，陆骁立刻倒抽了一口凉气，决定躲懒，除了最开始的宫宴外，旁的一场都不参加。

陆渊看陆骁年纪小，大人间交际用不上他，于是如他所愿，把陆骁扔到了谢家。

对自家父亲的做法，陆骁还挺满意的，倒不是说谢家多有意思，主要是因为这里有阿瓷妹妹。

早在凌北时，陆骁就从谢叔父寄来的信里得知，谢家的阿瓷妹妹时常生病，若是碰上什么补身体的好药材，父亲也会命人送到洛京，看对阿瓷妹妹有没有用。

由父亲领着，第一次见到阿瓷妹妹时，陆骁站在原地，好一会儿没回过神——他短短几年的人生里，见过的人不算多也不算少，但他真没见过这么精雕细琢玉雪可爱的人！

阿瓷妹妹体弱，经常卧床不说，每天还要喝很苦很苦的药，也不能外出。陆骁看着觉得心里难受，便拿出了百倍努力，只望每天早点把课业完成，来陪陪阿瓷妹妹。

绿衫侍女见陆骁来了，一边引着他往里走，一边说道："三姑娘没过午时发了病，把夫人吓了一跳，宋大夫过来开了药，三姑娘服药后就睡下了，现在应该快醒了。"

陆骁一听这话，立时顿住脚步，急急询问："病得可严重？怎么病的？"

"听宋大夫说，是因为昨夜受了点凉，需要休养几天。"两个人正说着，到了卧房外，绿衫侍女轻轻叩了叩门，随即推开门，侧过身让陆骁进去。

卧房中闭着门窗，空气里弥漫着一股熟悉的药味，陆骁念着阿瓷可能在睡觉，将脚步放得很轻，绕过屏风，就看见一身素色衣裳的崔萤回倚在床边，眼下还有些发红，应该是哭过了。

陆骁不过七岁，虽然顽皮，常被他父亲追着狠揍，却很知礼。他先向崔萤回问了好，又小声安慰道："崔姨，我听我爹说，哭多了眼睛会疼的，若阿瓷妹妹醒来见您哭了，肯定也会心疼的。"

崔萤回容貌姣美，不施粉黛，仍显得肤色如玉，她掩下担忧与悲伤神色，伸手亲昵地整了整陆骁微乱的外衣，笑容温和："嗯，崔姨不哭了，阿骁可是来找阿瓷玩儿的？"

陆骁点头："嗯，我昨日跟阿瓷妹妹约好，今天要带泥人给她看。"

"好，阿瓷还没见过泥人，你带来给他看，他肯定会很高兴的。"崔萤回站起身，柔声问道，"崔姨去隔壁洗洗脸，阿骁就在这里陪陪阿瓷可好？"

陆骁拿着泥人点头："嗯，若有什么事，我会去隔壁叫崔姨的。"

等卧房的门被关上了，陆骁站到床边，盯着正在睡觉的阿瓷看了一会儿，只觉得越看越好看，阿瓷真的就像白瓷做成的一般。陆骁忍不住用食指轻轻戳了一下阿瓷的脸。

过了一会儿，发现阿瓷的呼吸逐渐急促，眉心也浅浅皱着，陆骁犹豫片刻，捏了捏阿瓷的手，小声说着："阿瓷，阿瓷你可是做噩梦了？别怕啊，快醒过来，哥哥给你带了泥人，还带了一颗千丝糖，你尝尝，很好吃！"

阿瓷慢慢睁开眼，看见陆骁，下意识地露出一个笑容来，哑着嗓音叫了声"哥哥"。至于刚刚梦见了什么可怕的事，他已经忘到脑后了。

陆骁重重地应了一声："嗯，哥哥在这里！"说着，又抬起小手摸了摸阿瓷的脸，"阿瓷可还难受？"

身上仍觉得冷，但比起中午时已经好了许多，阿瓷早已习惯这种四肢沉重、周身冰冷的感觉，不想让周围的人太过忧心，便缓缓地摇了摇头，说话仍没有多少力气："已经好多了，阿瓷不难受。"

陆骁便把泥人放到了阿瓷手里："这是我求泥人师傅专门捏的，捏了一个我，你看，就是这个穿着银甲还拿长枪的。另一个是你，穿着鹅黄色的衣裙，提着兔子灯。"

泥人捏得格外精致，阿瓷之前没见过，一时间拿着便不愿放下。

陆骁对着阿瓷时，耐心总是极好，仔细地解释着兔子灯是怎么做的，头发和身子又是怎么捏的，几乎从头到尾每个步骤都讲给了阿瓷听。

阿瓷惊讶，眼睛睁得圆圆的："哥哥怎么记得这么清楚？好厉害！"

"因为我是你哥哥啊，"陆骁理所当然地说道，又摸了摸阿瓷细软的头发，"阿瓷不能出门没关系，哥哥可以当你的眼睛，把看见的事物都讲给你听，好不好？"

阿瓷依赖地用脑袋蹭了蹭陆骁的手，眼睛亮亮地点头："好！"

看完了泥人，陆骁又将纸包着的千丝糖拿出来："我已经用干净匕首把糖切成了小块，你下次喝药的时候，觉得苦了，就吃点糖，吃了糖就甜了！"

阿瓷下意识地说道："不苦的，真的。"

"药哪有不苦的？"陆骁从小到大，城里城外、山上河里到处跑，难得生一次病，更别说喝药了。他回忆了一阵，想起来："以前我爹受了伤，要喝药，我被他骗着尝了一口，嘴里苦了好几天！阿瓷的药肯定更苦！"

他没说的是，他早就发现，阿瓷虽然从来不说药苦，也不耍性子，但喝药的时候总会把眼睛闭得紧紧的。

说着，他将细心切成小块的千丝糖放到阿瓷的枕边，哄道："阿瓷乖啊，我们喝了药就吃点糖，甜甜的。"

阿瓷没有再拒绝，因为他其实很怕苦，也不喜欢吃药，但知道自己总是生病，只有吃了药病才会好，娘亲才不会悄悄流眼泪。

闻到糖的丝丝甜味，阿瓷很开心，说了声“谢谢哥哥”。

见阿瓷说了几句话后就没了精神，陆骁干脆三两下脱了外衣，动作灵活地爬到床榻上，继续讲起自己在凌州边关的事情。

凌北原野辽阔，他常领着一群差不多大的孩子到处野，下河抓鱼、在河边树上摸鸟蛋荡秋千、拿着木棍对练、用小弓射靶子都是常干的事情。不过每一件事，最后往往都会以“没想到回家又被我爹揍了一顿”结尾。

阿瓷听得神往，又担心地从棉衾下探出手，拉了拉陆骁的袖子，关切地问：“陆伯父打你，哥哥疼不疼？”

疼肯定是疼的，他经常被打得龇牙咧嘴，但陆骁绝不会承认，很快以满不在乎的口吻说道：“哥哥早就习惯了，不疼的，不疼的！”说着又比画道，“等以后阿瓷也到了凌北，我就带你去摸鱼！那条河很宽，里面的鱼有这么长！阳光一照下来，鱼鳞上银灿灿的，就是滑不溜秋，要使劲儿才抓得稳……”

阿瓷听着听着，小脑袋靠着陆骁的肩膀，慢慢闭上了眼睛。在睡意迷蒙间，他感觉自己变得很轻，越过了高墙，越过了城池，越过了山峰与原野，到了凌北的河边，伸手从暖融融的河水里捞起来一条银灿灿的鱼，哥哥就站在他身边，连声叮嘱他不要松手，要抓稳。

这一病，阿瓷躺了好几天才被宋大夫允许下床。崔萤回不放心，尽管外面阳光正好，还是让寒枝拿了件披风来，严严实实地给阿瓷穿上，只露出一小截鹅黄色的衣摆。

崔萤回出身世家，自小就有美名，阿瓷长相择了母亲这边的优点，如今被披风领边的白狐毛绕着脖子围了一圈，显得脸更小了，唇红齿白，肤色如瓷，双眼点漆般灵动。

寒枝手巧，特意给阿瓷梳了两个花苞似的发髻，还在左右两边各缀了个铃铛，阿瓷走起路来，丁零作响。

陆骁等阿瓷穿好了披风，才上前小心牵起阿瓷微凉的小手，笑容飞扬：“阿瓷妹妹，今天太阳很好，我看见园子里开了不少花，我们可以一起去看看！”

阿瓷握紧陆骁的手，慢慢迈开步子，闻言乖乖点头：“好，我跟哥哥一起！”发髻上系的小铃铛随着他的动作轻轻响起来。

知道陆骁对阿瓷颇为照顾，崔萤回便放手让两个孩子在园子里玩耍。

陆骁耳朵灵，眼力也好，没一会儿就发现了一只蟋蟀，连忙带着阿瓷去看。

阿瓷胆子小，小手攥着陆骁的衣服，有些害怕：“哥哥，蟋蟀会咬人吗？”

一对着阿瓷，陆骁的耐性就跟没尽头似的，他握好阿瓷的手，仔细地说道：“蟋蟀又叫蛐蛐儿，白天不爱叫，所以又叫夜鸣虫，你看它腿不少，但它只吃草，不咬人的，而且哥哥在呢，阿瓷不用怕！”

有陆骁牵着，阿瓷的胆子渐渐大了一点，没一会儿，两个人就蹲在地上，围着那只蟋蟀观察。

“哥哥，蟋蟀是只在秋天出来吗？”

“应该是吧？天冷了它们就回自己家里躲着了。它们家在地下，吹不着冷风，也淋不到雨。”

阿瓷想了想，看着陆骁说：“明年秋天的时候，哥哥可以再跟我一起抓蟋蟀吗？”

“当然好啊！”陆骁伸手捏了捏阿瓷软软滑滑的脸颊，“等我爹下次回京述职，我就缠着他把我带上，到了洛京，我马上来找你！不过我不知道明年来洛京是不是这时候……阿瓷，你还想玩儿什么？”

阿瓷格外认真地思考着这个问题：“哥哥要是来得早，我们可以去摘莲蓬吗？还有抓知了！要是来得晚，我想和哥哥去摘梅花，梅花很香，可以做梅花饼，很好吃，我还想堆雪人，还想再摸摸兔子！”

“好，哥哥都跟你一起！”陆骁觉得不管是摘莲蓬、抓知了，还是摘梅花、摸兔子，都很简单。至于堆雪人，阿瓷怕冷，不能碰雪，下雪肯定很冷，阿瓷不能出卧房的话，也没关系，他可以用碗盛一碗雪送到卧房里，想来跟阿瓷一起做个小雪人是够的。

对上阿瓷满是期待之色的眼睛，陆骁握着阿瓷微凉的小手晃了晃，许诺：“那阿瓷要等着哥哥，哥哥都陪你。”又强调，“等哥哥回了凌北，阿瓷可不能把哥哥忘了。”

阿瓷勾着陆骁的手指摇了摇，笑容粲然，笃定地说道：“阿瓷不会忘记哥哥的。”

此时，人间秋来，绿叶渐黄，天阔云高，岁月绵长。

（全文完）